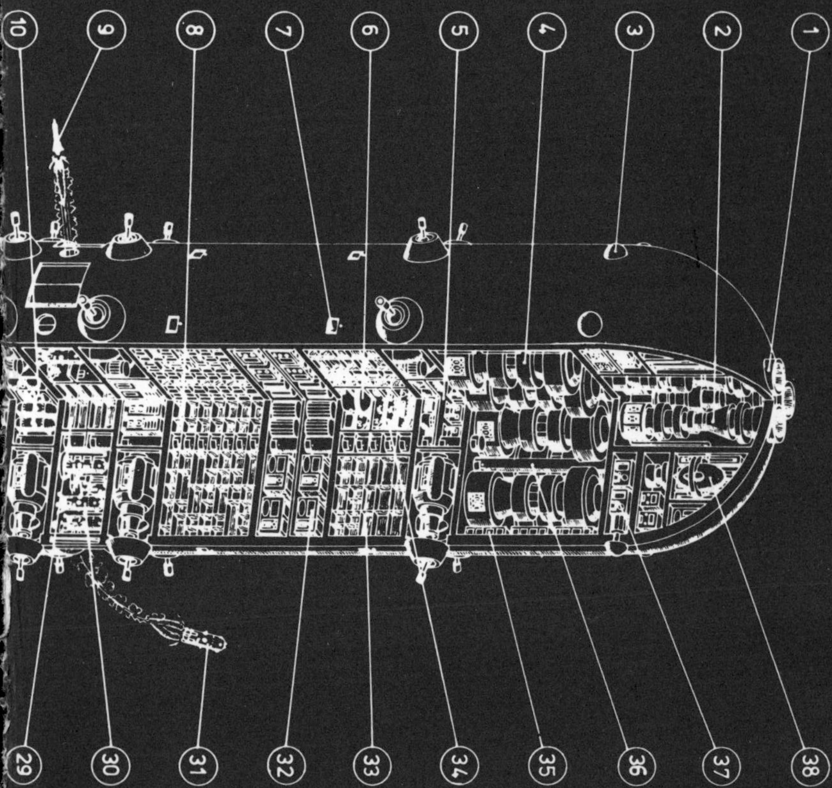
1
2
3
4
5
6
7
8
9
10
29
30
31
32
33
34
35
36
37
38

M.V. SCIENCE-FICTION-BIBLIOTHEK

Perry Rhodan

Festung Atlantis

Perry Rhodan

Festung Atlantis

Moewig Verlag KG · Rastatt

Redaktion: William Voltz
Lektorat: G. M. Schelwokat
Satz: Utesch, Hamburg
Druck und Bindung: Ebner Ulm
Printed in Germany
ISBN 3-8118-2011-7

Einleitung

Zeit ist gemeinhin der Ablauf des Geschehens, den wir als Vergangenheit, Gegenwart und Zukunft am Entstehen und Vergehen der Dinge erfahren. Das Zeiterlebnis ist von der Zeitordnung als geschichtliche Zeiteinteilung und von der Zeit im physikalischen Sinn (Raum und Zeit) zu unterscheiden. Unserer *unmittelbaren* Wahrnehmung und Beurteilung sind Zeiteinheiten zugänglich, die von etwas unter einer Sekunde bis zu Jahrzehnten reichen – kein Wunder, daß die Zahl der Science-fiction-Romane, deren Autoren darüber spekulieren, was Zeit über unser *subjektives* Empfinden hinaus sein könnte, Legion ist. Auch dieses PERRY-RHODAN-Buch befaßt sich mit einigen spekulativen Aspekten der Zeit: Die Existenz von Welten mit einem völlig unterschiedlichen Zeitablauf wird als gegeben vorausgesetzt, um eine reizvolle Handlung zu entwickeln. Da niemand mehr die von Albert Einstein nachgewiesene Zeitdilatation bestreiten wird, sollte man sich davor hüten, alle in diesem Buch gemachten Aussagen von vornherein ins Reich der Fabel zu verweisen. Wer sich in dieses Thema vertiefen möchte, findet in modernen Kosmologien, aber auch in vielen philosophischen Werken Hypothesen, die nicht weniger phantastisch anmuten als der Inhalt dieses Buches, in das folgende PERRY-RHODAN-Romane aus den frühen sechziger Jahren aufgenommen wurden (in der Reihenfolge ihres ehemaligen Erscheinens, unberücksichtigt der vorgenommenen Kürzungen und Bearbeitungen): *Attacke aus dem Unsichtbaren von Clark Darlton; Rückkehr aus dem Nichts von Kurt Mahr; Festung Atlantis von K. H. Scheer; Die Mikro-Techniker von Clark Darlton; Im Zeit-Gefängnis von Clark Darlton* und *Ein Hauch Ewigkeit von Clark Darlton.*

Mein Dank gilt *Christa Schurm, Franz Dolenc* und *G. M. Schelwokat,* die mich bei der Bearbeitung der Originalbände unterstützten.

Heusenstamm, Juni 1980 William Voltz

Vorwort

Die Geschichte des Solaren Imperiums in Stichworten:

1971 – Die Rakete STARDUST erreicht den Mond, und Perry Rhodan entdeckt den gestrandeten Forschungskreuzer der Arkoniden.

1972 – Aufbau der Dritten Macht gegen den Widerstand der irdischen Großmächte und Abwehr außerirdischer Invasionsversuche.

1975 – Die Dritte Macht greift erstmals in das galaktische Geschehen ein. Perry Rhodan stößt auf die Topsider und versucht das „galaktische Rätsel" zu lösen.

1976 – Die STARDUST II entdeckt den Planeten WANDERER, und Perry Rhodan erlangt die relative Unsterblichkeit.

1982/83 – Die Springer kommen, um die Erde als potentielle Konkurrenz im galaktischen Handel auszuschalten.

1984 – Perry Rhodans erster Kontakt mit Arkon und dem regierenden Positronengehirn im Kugelsternhaufen M-13.
Um den Heimatplaneten der Menschheit vor der Vernichtung zu bewahren, die durch die Streitkräfte der Springer und Aras droht, hat Perry Rhodan ein riskantes Täuschungsmanöver eingeleitet. Ein unbewohnter Planet wird anstelle der Erde vernichtet – Rhodan gilt als tot.

2040 – Das Solare Imperium der Menschheit ist entstanden. Atlan, der Einsame der Zeit, taucht auf. 10 000 Jahre lang schlief er in einer Unterwasserkuppel auf dem Grund des Atlantiks. Nach anfänglicher Gegnerschaft wird er zum Verbündeten Perry Rhodans.
Rebellische Mutanten verraten die Existenz Terras an den Robotregenten von Arkon.

1.

Gemessen an den Jahren, die sie bereits gelebt hatten, waren die meisten der im großen Konferenzraum des Regierungsgebäudes von Terrania versammelten Menschen sehr alt. Trotzdem sahen sie jugendlich aus und wirkten entschlossen. Dieser Anachronismus war die Folge der Zelldusche, die die Betroffenen auf dem Planeten *Wanderer* von ES, jenem geheimnisvollen Geisteswesen, erhalten hatten.

Perry Rhodan, der am Kopfende des Tisches saß und die Lagebesprechung, zu der auch viele Mutanten gekommen waren, leitete, wäre ohne diese Zelldusche ebenfalls ein alter Mann gewesen.

Ein Gefühl des Unbehagens beschlich ihn, als er die anderen beobachtete und an seine eigene relative Unsterblichkeit dachte. Manchmal fragte er sich, ob er nicht eines Tages einen hohen Preis dafür würde bezahlen müssen, daß er Alter und Tod überlistet hatte.

Er gab sich einen Ruck und richtete seine Gedanken auf näherliegende Dinge. Dann stand er auf und wandte sich an die Versammelten.

„Sie wissen, daß wir der Galaxis und besonders dem Robotregenten von Arkon vor sechsundfünfzig Jahren die Vernichtung der Erde vortäuschten, um Zeit zu gewinnen. Heute sind wir mächtig genug, dem ebenfalls erstarkten Regenten unsere Bedingungen zu stellen. Die Wiederentdeckung der Erde erfolgte durch Talamon, den Überschweren. Er erkannte mich, als ich vor einigen Wochen Fellmer Lloyd von Volat abholte. Der Regent wurde sofort davon unterrichtet und sendet seit jener Minute ununterbrochen einen Funkruf an uns. Ich soll mich mit ihm in Verbindung setzen. Die Robot-Psychologen glauben, daß sich der Regent in Schwierigkeiten befindet, da er sonst anders reagieren würde. Wir werden also dem Ruf Folge leisten und uns melden. Das wäre die Lage.“

Die anderen wußten natürlich längst, daß Rhodan einen Verband größerer Schiffe in den Herrschaftsbereich des Robotregenten von Arkon schicken wollte. Rhodan hatte oft genug davon gesprochen. Nun warteten alle gespannt darauf, wer an dem geplanten Unternehmen teilnehmen sollte. Rhodan hatte lange darüber nachgedacht, aber da er nicht wußte, was sie an Gefahren erwartete, war die Auswahl der Mitglieder eines Einsatzkommandos im Grunde genommen eine Glückssache.

Rhodan sagte: „Ich gebe nun die endgültige Aufstellung der Teilnehmer bekannt. Als Hauptgruppe fungiert diesmal das Mutantenkorps, vertreten durch den Telepathen John Marshall, den Telekineten Tama Yokida, den Orter und Telepathen Fellmer Lloyd, den Teleporter Ras Tschubai, den Teleoptiker Ralf Marten und Gucky. Außerdem die Offiziere und Mannschaften der DRUSUS. Die DRUSUS ist ein Kugelraumer vom Typ der TITAN, anderthalb Kilometer Durchmesser, eintausendfünfhundert Mann Besatzung, vierzig Kaulquappen mit je sechzig Meter Durchmesser an Bord und einer Hypersprung-Kapazität von dreißigtausend Lichtjahren. Alle anderen Daten sind durch die TITAN bekannt. Die DRUSUS wurde auf der Erde gebaut, ist also kein Beutegut. Ich glaube, damit werden wir den Regenten beeindrucken. Während unserer Abwesenheit führt Reginald Bull die Regierungsgeschäfte."

„Hm", machte Bully, gab aber keinen weiteren Kommentar.

„Ich habe dieses Schiff auch für Demonstrationszwecke konstruieren und erbauen lassen", fuhr Rhodan fort. „Trotzdem ist es bestens ausgerüstet, auch mit den beiden Fiktivmaterietransmittern. Der Start erfolgt bereits morgen vormittag. An Bord gebe ich die letzten Einzelheiten bekannt. Noch Fragen?"

Ras Tschubai, der stämmige Afrikaner, nickte. „Ist das Robotgehirn auf Arkon davon unterrichtet, daß wir ihm einen Besuch abstatten?"

„Natürlich nicht." Rhodan lächelte. „Wir werden morgen einen kürzeren Sprung in den Raum durchführen – mit eingeschalteten Strukturkompensatoren selbstverständlich – und dann Verbindung aufnehmen. Der Regent kann den Sendeort dann ruhig anpeilen. Seine Logik wird ihm sagen, daß wir niemals von der Erde aus einen Hyperfunkspruch senden."

Weitere Fragen wurden nicht gestellt.

„Also morgen", schloß Rhodan die Besprechung und verließ den Raum. Bully folgte ihm, denn er hatte noch einige Fragen.

Die Mutanten sahen den beiden Männern nach.

Ihnen blieb noch eine Nacht auf der Erde.

2.

In fast allen Sektoren der Milchstraße standen die Strukturtaster der Arkoniden. Sie hatten die Aufgabe, jede Transition von Raumschiffen zu registrieren. So kam es, daß der Regent im Zentrum des Imperiums über jede Transition genau orientiert war und seine Schlüsse ziehen konnte.

Die erste Transition der DRUSUS erfolgte im Schutz der Strukturkompensatoren. Niemand in den Tiefen der Milchstraße erfuhr, daß ein gewaltiges Schiff den normalen Raum verließ und an anderer Stelle wieder in ihn zurückkehrte. Niemand erfuhr somit die Position des Planeten Terra.

Aber jeder wußte Stunden später, *daß* dieses Schiff existierte und wer der Kommandant war.

Die Sterne erschienen auf den Bildschirmen in der Zentrale DRUSUS.

Oberstleutnant Baldur Sikermann, der 1. Offizier des Kugelraumers, ein untersetzter, dunkler Typ mit bulligem Gesicht, atmete erleichtert auf. Er saß neben Rhodan vor den Kontrollen und bemühte sich, mit keiner Miene zu verrraten, daß dieser Flug sein erster ernsthafter Einsatz war.

„Befohlene Position erreicht, Sir. Entfernung von der Erde exakt dreihundert Lichtjahre, neunzig Grad zum Zentrum der Galaxis. Jetzige Geschwindigkeit: 0,98 Licht."

„Danke, Sikermann. Kurs und Geschwindigkeit werden beibehalten."

Rhodan nickte dem 1. Offizier aufmunternd zu, erhob sich und verließ mit energischen Schritten die halbrunde Kommandozentrale.

Jeder dieser Schritte, so wußte er, brachte ihn der Entscheidung näher – und es würde eine schwere Entscheidung werden.

Vor der Tür zur Funkzentrale wartete jemand auf ihn. Die schlanke Gestalt war ein wenig nach vorn gebeugt und verriet das Alter des Mannes, dessen schneeweiße Haare im Schein der Deckenlampen aufleuchteten. Zwei goldrote Augen in dem durchgeistigten Gesicht verrieten den Albino. Alle reinrassigen Arkoniden waren Albinos, und Crest machte da keine Ausnahme.

„Der Ruf des Regenten ist bisher nicht verstummt, Perry“, sagte Crest und lächelte ein wenig zaghaft. „Wir haben das Robotgehirn lange warten lassen.“

„Es hat viel Zeit, Crest“, gab Rhodan zurück. „Wir müssen so tun, als hätten wir die auch.“

Zusammen mit dem Freund betrat er die geräumige Funkzentrale, in der auch die Hyperanlage ihren Platz hatte. Obwohl es Mittel und Wege gab, das Anpeilen von Hypersendungen unmöglich zu machen, hatte Rhodan es vorgezogen, nicht von der Erde aus Verbindung mit Arkon aufzunehmen. Niemand konnte wissen, welche Erfindungen inzwischen von den Arkoniden gemacht worden waren. Crest jedenfalls hatte geraten, erst im Raum Kontakt mit dem Regenten aufzunehmen.

Leutnant David Stern, ein dunkelhaariger, mittelgroßer Israeli, begrüßte die beiden Männer. „Funkzentrale – alles in Ordnung.“

„Danke, Stern“, sagte Rhodan und zeigte auf die Anlage. „Was macht unser Freund?“

Stern schaltete die Empfänger ein. „Ruft immer noch. Der Text wurde inzwischen unbedeutend geändert und scheint mir persönlicher geworden zu sein. Wollen Sie ihn hören?“

„Es wäre vielleicht angebracht. Schalten Sie auch das Bild hinzu, falls eins gesendet wird.“

Es dauerte Minuten, bis der ovale Schirm aufleuchtete. Es entstand darauf das wohlbekannte Bild des arkonidischen Regenten – eine gewaltige Stahlkuppel, die auf ihrer Schnittfläche ruhte. Bewegliche Antennen und Meßinstrumente unterbrachen die glatte Schale.

Ruhig und ohne Gefühlsregung kam die Botschaft des Positronengehirns aus dem Lautsprecher: „Ich weiß, daß du lebst, Perry Rhodan von Terra! Warum erfüllst du nicht meine Bitte und nimmst Kontakt mit mir auf? Ich sichere dir zu, daß wir nicht über das Vergangene reden werden. Nur die Zukunft zählt, Perry Rhodan. Deine und meine Zukunft! Melde dich!"

David Stern nickte. „Den Text sendet das Gehirn alle zwei Minuten. Sicher schon seit Tagen. Soll ich umschalten?"

„Auf Empfang bleiben, Stern. Aber schalten Sie den Sender hinzu."

Das war der große Augenblick. Crest stand ein wenig abseits und versuchte, seine Erregung zu meistern. Er war Arkonide und hatte einmal zur regierenden Schicht gehört. Nun aber regierte das von den Arkoniden selbst geschaffene Robotgehirn.

Rhodan wartete, bis das Robotgehirn eine Pause machte, dann sagte er mit ruhiger und fester Stimme: „Hier spricht Perry Rhodan, Planet Terra. Ich habe deine Botschaft vernommen, Regent. Wir Terraner sind bereit, den Kontakt mit dir aufzunehmen. Darf ich um Bestätigung bitten."

Der regelmäßig wiederkehrende Funkspruch blieb aus. Das Stahlgebilde auf dem Bildschirm schien plötzlich in grelles Licht getaucht zu werden, das Bild wurde heller.

„Du stehst weit von Arkon entfernt, Rhodan", kam die mechanische Stimme des Regenten ohne jede Verwunderung oder Freude. „Ich erwarte dich."

Rhodan lächelte kalt, als er fragte: „Wo soll der Treffpunkt sein?"

„Ich schlage den dritten Planeten der Sonne Mirsal vor. Dort gibt es eine junge Zivilisation, die meinen Berechnungen zufolge von einer Gefahr bedroht ist. Dorthin werde ich einen Vertreter entsenden."

„Ich schlage den überschweren Talamon vor, weil ich ihn kenne", antwortete Rhodan. „Er war es ja auch, der mich zuerst wiederfand."

Das Robotgehirn schwieg einige Sekunden. Rhodan wußte, daß der gigantische Roboter in dieser Zeitspanne mehr nachdenken oder Berechnungen anstellen konnte, als ein menschliches Hirn in zehn Jahren.

„Gut, ich erkläre mich mit Talamon einverstanden, aber ich stelle eine Bedingung: Jeder darf nur mit einem einzigen Schiff erscheinen – und zwar muß dieses Schiff auf dem Heimatplaneten erbaut worden sein. Meins auf Arkon, deins auf Terra."

Rhodans Lächeln vertiefte sich. „Einverstanden, Regent. Es werden also nur zwei Schiffe sein, die sich auf Mirsal III begegnen."

„Ich werde Talamon als meinen Vertreter entsenden und gebe dir die Koordinaten von Mirsal."

„Wann treffen wir uns mit Talamon?" fragte Rhodan und warf Crest einen schnellen Blick zu. Crests Gesicht war völlig ausdruckslos.

„In zehn deiner Stunden, Rhodan. Ende der Verbindung."

Das war sehr abrupt, aber schließlich konnte man von einem Robotgehirn nicht verlangen, daß es sich höflich verabschiedete und nichtssagende Redensarten austauschte.

David Stern schaltete die Anlage auf einen Wink Rhodans hin ab.

Draußen auf dem Gang wandte sich der Terraner an den Arkoniden.

„Nun?" fragte er.

Crest zuckte kaum merklich mit den Schultern und meinte: „Eins steht fest, Perry: Der Regent sitzt dick in der Tinte, wenn ich die irdische Redensart gebrauchen darf. Glaubst du, er hätte sonst ein Treffen arrangiert?"

„Nein", gab Rhodan zu. „Das glaube ich allerdings nicht. Was aber kann passiert sein? Im Imperium scheint alles in bester Ordnung zu sein. Keiner unserer kosmischen Agenten berichtete von Schwierigkeiten."

„Vielleicht sind es Schwierigkeiten", sagte Crest ruhig, „von denen außer dem Robotgehirn niemand etwas weiß."

Rhodan sah Crest lange an, dann nickte er und ging dem anderen voran.

Die DRUSUS fiel immer noch mit annähernd Lichtgeschwindigkeit dem Zentrum der Milchstraße entgegen und würde es in etwa dreißigtausend Jahren erreichen.

So lange aber hatte niemand Zeit, auch nicht Perry Rhodan.

Sechsmal glitt die DRUSUS in den Hyperraum, um dann wieder zu materialisieren. Die Sprünge führten in unterschiedliche Richtungen, geschahen stets unter dem Schutz der Strukturkompensatoren und führten zur Überbrückung unvorstellbarer Distanzen.

Lediglich der siebte und letzte Sprung wurde ohne Schutz und Vorsicht ausgeführt. Er brachte die DRUSUS bis in das System der Sonne Mirsal hinein. Wenn jemand diesen Sprung und die nachfolgende Materialisierung beobachtete und ortete, so würde er zu der erstaunlichen Erkenntnis gelangen, daß der Planet Terra irgendwo jenseits des Milchstraßenzentrums zu finden sein müsse.

Ein verzeihlicher Rechenfehler.

Die Sonne Mirsal sah genauso aus wie Sol, die irdische Sonne.

Sie stand 14 480 Lichtjahre von Terra entfernt, etwa zwischen Sol und Arkon. Mirsal wurde von fünf Planeten umkreist. In den Katalogen der Arkoniden stand verzeichnet, daß nur der dritte Planet bewohnt war. Die menschenähnlichen Wesen dort hatten eine gewisse Frühkultur entwickelt, standen aber noch weit von der Raumfahrt entfernt. Gelegentliche Besuche aus dem Raum waren ihnen allerdings bekannt.

Die DRUSUS materialisierte sieben Stunden vor dem mit dem Regenten verabredeten Zeitpunkt. Mit Lichtgeschwindigkeit eilte sie weiter, auf Mirsal III zu. Die Mannschaft war auf Gefechtsstationen geeilt und jeden Augenblick bereit, das Feuer eines möglichen Angreifers zu erwidern.

In der Kommandozentrale hatte Rhodan die Mutanten um sich versammelt. Die Reihenschirme gaben das Bild des Weltraums wieder. Oberstleutnant Sikermann saß reglos vor den Kontrollen.

In der Luft schien es förmlich zu knistern.

„Strukturtaster eingeschaltet", meldete David Stern aus der Funkzentrale.

Der Raum war leer. Nicht ein einziges Schiff weilte in diesem System – außer der DRUSUS.

„Ob der Regent uns angreifen läßt?" fragte Fellmer Lloyd im Hintergrund. „Es wäre die beste Gelegenheit für ihn."

„Nein, Lloyd." John Marshall schüttelte den Kopf, als Rhodan nicht antwortete. „Warum sollte man uns angreifen? Ich bin davon überzeugt, daß die Robot-Psychologen recht behalten. Arkon befindet sich in einer Klemme, aus der wir es befreien sollen."

Sie sprachen nur wenig, während die Sekunden verrannen, zu Minuten und schließlich zu Stunden wurden.

Endlich, nach insgesamt zehn Stunden des Wartens, erschien der Abgesandte des Robotregenten.

Die Erschütterung des Raum-Zeit-Kontinuums war nur mit den empfindlichen Geräten festzustellen, rein äußerlich blieb alles still und ruhig, als plötzlich keine zwei Lichtsekunden von der DRUSUS entfernt ein gigantischer Körper materialisierte und auf den Bildschirmen sichtbar wurde.

Rhodan stieß ein befriedigtes Lachen aus, als er das andere Schiff erkannte. Es war ein Kugelraumer vom Typ der TITAN – und der DRUSUS. Also hatten die Arkoniden in den vergangenen Jahrzehnten keine Neuerung einführen können. Das ließ einige Rückschlüsse auf ihre Lage zu.

Der Regent wollte Rhodan beeindrucken und schickte ihm ein Schiff, wie sie auf der Erde bereits konstruiert und gebaut wurden. Aber das konnte Arkon natürlich nicht wissen. Nun, sehr lange würde der Regent jedenfalls nicht so unwissend bleiben. Schließlich besaß Talamon Augen . . .

„Verzögerung Richtung Mirsal III, Sikermann."

Die Antigravfelder verhinderten jeden Andruck, und es dauerte kaum eine halbe Stunde, bis die DRUSUS keinen Kilometer von dem bereits gelandeten Riesen von Arkon aufsetzte. Beide Schiffe waren auf einer weiten Hochebene niedergegangen.

Rhodan betrachtete das andere Schiff. Deutlich erkannte er den Namen des arkonidischen Sendboten: ARC-KOOR.

„Stern", sagte er in den Interkom. „Funkverbindung herstellen und in die Zentrale legen. Direkter Sichtkontakt."

Gespannt sah er auf den rechteckigen Bildschirm neben den Navigationskontrollen. Das Rillenmikrofon diente gleichzeitig als Lautsprecher für die Interkomleitung.

Der Schirm glühte langsam auf, ein Gesicht entstand. Rhodan erkannte es sofort wieder, wenn es auch bereits 56 Jahre her war, daß er dem überschweren Talamon gegenübergestanden hatte – von jener winzigen Sekunde auf Volat abgesehen, in der Talamon ihn erkannt hatte.

„Perry Rhodan – ich bin froh, daß Sie leben."

Rhodan nickte und sagte etwas spöttisch: „Und Ihre Freude, Talamon, war so gewaltig, daß Sie sie nicht für sich behalten konnten. Sie hatten nichts Eiligeres zu tun, als den Regenten zu unterrichten."

„Sie müssen das verstehen", versuchte Talamon sich zu verteidigen. „Ich war so überrascht und befürchtete Verwicklungen. Im Imperium ist Friede, Rhodan. Ich wußte nicht . . ."

„. . . ob ich den Frieden störe – das wollten Sie doch sagen, nicht wahr? Keine Sorge, Talamon. Niemand ist über den Frieden glücklicher als ich. Wenn es nach mir geht, wird es zwischen Terra und Arkon niemals zu Meinungsverschiedenheiten kommen. Darum bin ich Ihnen dankbar, daß Sie mir die Entscheidung abnahmen und den Regenten unterrichteten, daß ich noch lebe. Nun stehen wir beide uns gegenüber – Sie als Vertreter Arkons, ich als Vertreter des Solaren Imperiums."

„Was ist das Solare Imperium?"

„Terra und seine Kolonialplaneten", erwiderte Rhodan ungerührt. „Berichten Sie mir von Arkon, oder ist es besser, wenn wir uns persönlich gegenüberstehen?"

„Die Atmosphäre ist atembar", sagte Talamon und nickte eifrig. „Wir werden uns mitten zwischen den beiden Schiffen treffen. Ich nehme einige meiner Offiziere als Zeugen mit, außerdem den persönlichen Vertreter des Regenten."

„Sind Sie nicht der Vertreter?"

„Doch, aber nur der menschliche. Der Regent hat es vorgezogen, auch einen mechanischen Vertreter zu entsenden, damit er über den Verlauf unserer Unterredung direkt unterrichtet wird."

„Einverstanden. Ich werde ebenfalls einige Leute mitbringen. Aber ich denke schon, wir können uns gegenseitig Vertrauen schenken. Wie geht es Ihnen finanziell, Talamon?"

Das war eine reine Zweckfrage. Talamon hatte Rhodan das größte Geschäft seines Lebens zu verdanken.

„Es geht mir gut, Rhodan. Und wenn Sie es wissen möchten, ich habe noch nicht vergessen, daß ich meinen Wohlstand Ihnen verdanke. Sie werden sich erinnern, daß ich vor sechs Jahrzehnten nicht an der Aktion der Springer und Aras gegen Terra teilnahm."

„Schon gut." Rhodan lächelte. „In zehn Minuten werden wir uns persönlich gegenüberstehen."

Die Verbindung brach ab. Rhodan erließ seine letzten Befehle und winkte den sechs Mutanten und Crest.

„Wir nehmen keinerlei Waffen mit. Die DRUSUS bleibt aber gefechtsklar. Sikermann, Sie übernehmen das Kommando über das Schiff und bleiben mit mir in Funkverbindung. So sind Sie über das Geschehen unterrichtet und können notfalls entsprechend handeln."

Die Schleuse war bereits geöffnet. Noch während drüben die Luken der ARC-KOOR in die Wandung glitten, schritten Rhodan und die ihn begleitenden Männer bereits die breite Rampe hinab und gingen dem verabredeten Treffpunkt entgegen. Gucky watschelte eifrig hinterher und bemühte sich, den Abstand nicht zu groß werden zu lassen.

Etwa vierhundert Meter von der DRUSUS entfernt gab Rhodan das Zeichen zum Anhalten. Hier etwa war die Mitte der Strecke zwischen beiden Schiffen. Einige Felsblöcke luden zum Sitzen ein. Die gelbliche Sonne stand hoch am Himmel und wärmte wohltuend. Im Westen standen die Silhouetten der Gebirge im blassen Himmel. Nach allen anderen Seiten hin erstreckte sich die Ebene mit Wäldern, Tälern und Steppen. Von Ansiedlungen war nichts zu bemerken.

Am unteren Teil der ARC-KOOR schob sich erst jetzt die Rampe auf den Boden hinab. Eine wuchtige Gestalt erschien oben in der Schleusentür und sah zu den acht Menschen herüber. Der Vollbart wehte im leichten Wind.

Talamon.

Er hob die rechte Hand und winkte. Dann kam er die Rampe heruntergeschritten. Ihm folgten fünf Männer mit normaler Statur. Zwei von ihnen waren Springer, die anderen zweifellos Arkoniden.

Als die Gesandten des Regenten unter dem Kugelraumer standen, geschah etwas sehr Merkwürdiges, das Rhodan sofort alarmierte. Deutlich konnte er sehen, wie sich die Schleusenluke weiter vergrößerte und zu einem riesigen Spalt wurde, durch den man ein Beiboot schieben konnte.

Wollte Talamon Panzer landen?

Aber dann, ehe er Baldur Sikermann einen entsprechenden Befehl zu geben vermochte, erinnerte Rhodan sich der Ankündigung Talamons, der Regent habe auch einen mechanischen Vertreter geschickt.

Aufmerksam beobachtete er die vergrößerte Luke, während Marshall flüsterte: „Talamon hat keine bösen Absichten. Das kleine Positronengehirn verläßt jetzt das Schiff."

Sie sahen es nun alle.

Auf Antigravfeldern schwebte eine mächtige Halbkugel aus der Schleuse und sank langsam zum Planetenboden herab, um in einem halben Meter Höhe anzuhalten. Rhodan konnte feststellen, daß es sich um ein fast naturgetreues Nachbild des Regenten auf Arkon handelte, wenn auch die Maße kleiner waren. Der Ableger des Regenten besaß einen Durchmesser von knapp dreißig Metern, Antennen auf der Kugelschale, dazu Bildschirme und einen Fiktivschirm, auf dem sich positronische Impulse sichtbar machen ließen.

Auf einem dieser Bildschirme erblickte Rhodan das eigentliche Positronengehirn auf Arkon. Es mußte eine direkte Übertragung durch den Hyperraum sein, denn Arkon war Lichtjahrtausende entfernt.

Talamon beeilte sich, mit dem Vertreter des Regenten Schritt zu halten. Fast gleichzeitig mit dem Robotgehirn erreichte er die Felsbrocken, die Rhodan als Treffpunkt ausersehen hatte. Mit ausgestreckten Händen kam der Überschwere Rhodan entgegen.

„Ich freue mich, Sie zu sehen, Rhodan", dröhnte seine Stimme durch die klare Luft. „Ich freue mich wirklich."

„Ich müßte lügen, wollte ich das Gegenteil behaupten", erwiderte Rhodan freundlich. „Der Regent hätte mir keinen besseren Unterhändler senden können." Er nahm Talamons Hände und erwiderte den sanften Druck. „Sie sind nicht alt geworden in den vergangenen Jahrzehnten."

Der Überschwere rollte mit den Augen, die unter den buschigen Brauen kaum zu sehen waren. „Wenn man reich ist, kommt man gut mit den Aras zurecht – und die haben allerlei Mittelchen gegen den frühen Tod. Auch das habe ich Ihnen zu verdanken. Aber Sie sehen auch nicht schlecht aus. Wo ist Ihre Lebensquelle?"

Rhodan lächelte hintergründig. „Auf einem unbekannten Planeten, den man die Welt des ewigen Lebens nennt. Ich fand ihn rein zufällig."

„Nein!" dröhnte Talamon und wollte sich ausschütten vor Lachen. „Sie binden anderen Leuten immer noch gerne Bären auf." Er vergaß das heikle Thema und zeigte zur DRUSUS. „Sie wollen doch nicht behaupten, das Schlachtschiff auf Terra gebaut zu haben? Ist es nicht der gleiche Typ wie meine ARC-KOOR?"

„Das schon. Aber es wurde auf der Erde gebaut. Wir haben einige davon. Ich gebe zu, die TITAN war unser Vorbild, aber immerhin erfülle ich die Bedingung, mit einem eigenen Schiff zu kommen."

„Das gebe ich gern zu." Talamon schmunzelte. „Darf ich nun Ihre Begleiter begrüßen und Ihnen die meinen vorstellen?"

Es folgte allgemeines Händeschütteln, bis das unbeweglich abseits schwebende Robotgehirn an die Reihe kam. Da war es natürlich aus mit dem Händeschütteln. Lediglich Gucky wollte die Gelegenheit ergreifen, mit dem persönlichen Vertreter des Regenten Kontakt aufzunehmen.

Aber noch ehe er das Wort an die Maschine richten konnte, was sicherlich zu einigen Komplikationen geführt hätte, ergriff der Regent die Initiative.

„Ich begrüße dich, Perry Rhodan", drang es in kalten und mechanischen Worten aus einem verborgenen Lautsprecher. „Ja, ich selbst bin es, der Regent, der zu dir spricht. Das, was du vor dir siehst, ist nichts als eine Relaisstation. Wir stehen somit in direkter Verbindung, und es ist genauso, als wärest du hier auf Arkon – oder ich dort bei dir."

„Mein Gruß gilt auch dir, Regent von Arkon", entgegnete Rhodan und verbarg seine Erregung.

Er sah, daß seine Mutanten sich mit Talamon und dessen Begleitern auf den nahen Felsen gesetzt hatten. Crest stand bei einem anderen Arkoniden und unterhielt sich angeregt mit ihm. Drüben ruhte die gewaltige DRUSUS – abwartend und drohend. Aber ihr gegenüber lag ihr Pendant. Genauso drohend.

„Es hat sich viel ereignet", klang die Stimme des Regenten erneut auf.

„Ich weiß", sagte Rhodan.

„Deine Agenten haben viel herausgefunden, Rhodan, aber ich glaube nicht, daß sie alles wissen."

Die Unterhaltung wurde so laut geführt, daß die Delegationen jedes Wort verstanden. Aufmerksam hörten Marshall und die anderen Mutanten zu, was gesprochen wurde. Auch Talamon interessierte sich für den Verlauf der Verhandlung.

„Was sollte ihnen entgangen sein, Regent? Ich weiß, daß du das Imperium der Arkoniden wieder zu einem Machtfaktor in der Milchstraße gemacht hast. Im Imperium herrschen Ordnung und Friede. Das alles weiß ich, Regent. Ich frage mich nur, was du von mir und Terra weißt."

„Nicht viel", gab das Robotgehirn zu. „Eine ganze Zeit lang glaubte man, Terra sei vernichtet worden. Du selbst warst verschollen. Und nun tauchst du plötzlich wieder auf. Damit stehen wir vor neuen Tatsachen, mit denen ich mich abfinden muß."

„Du wunderst dich nicht, wie es geschah?"

„Warum sollte ich? Du lebst, Rhodan, das allein zählt. Vielleicht hast du mich absichtlich täuschen wollen. Wenn ja, so gelang es dir. Die Vergangenheit ist erledigt, nur die Gegenwart ist wichtig. Und natürlich die Zukunft. Deshalb wollte ich mit dir zusammentreffen."

Rhodan wußte, daß drüben in der DRUSUS die Robot-Psychologen jedes Wort mithörten, das hier gesprochen wurde. Die Auswertungen liefen automatisch, und die Ergebnisse lagen jetzt bereits vor. Er zögerte, überwand dann aber das Verlangen, sie sich durchgeben zu lassen. Auf keinen Fall wollte er den Verdacht des Regenten erregen.

„Du willst also nicht wissen, Regent, wie es mir gelang, dich und die ganze Galaxis zu täuschen?"

„Später vielleicht, aber jetzt gibt es wichtigere Probleme. Wie du weißt, herrschen Ordnung und Friede im Imperium und damit in dem uns bekannten Teil der Milchstraße. Ich kenne kein Verständnis für jene, die den Krieg wollen."

„Ich stelle eine Gleichheit unserer Gedankengänge fest", sagte Rhodan lächelnd und sah genau auf den Bildschirm, hinter dem er auch die Kamera vermutete, die sein Bild nach Arkon sandte. „Das drängt mir die Frage auf, warum wir nicht zusammenarbeiten."

„Wir werden zusammenarbeiten *müssen,* Rhodan, wenn unsere Existenz nicht gefährdet sein soll."

Diesmal zeigte die Stimme des Regenten zum erstenmal eine Spur von Anteilnahme. Es war Rhodan, als schwinge Sorge in den Worten des Gehirns mit – und zwar Sorge um die nackte Existenz.

„Ich bin dazu unter gewissen Voraussetzungen bereit, Regent. Auf keinen Fall werde ich zustimmen, dein Diener zu werden."

„Das verlange ich nicht, wenn auch ein solcher Zustand besser wäre als zu sterben. Und die Gefahr, Rhodan, besteht."

Rhodan spürte erneut den Ernst.

„Welche Gefahr?" fragte er einfach.

„Sie ist nicht zu definieren, aber sie ist bereits seit zehn Jahren vorhanden. Niemand außer mir weiß von ihr, denn wenn sie irgendwo auftrat, gab es hinterher niemanden, der über sie hätte berichten können. Verstehst du, Rhodan? Es gab keine Überlebenden."

Rhodan spürte, wie etwas Kaltes nach seinem Herzen griff. Drohte der Milchstraße ein Krieg? Gab es einen mächtigen Gegner?

„Läßt sich aus der Art der Waffen, die angewendet werden, nicht ein Rückschluß ziehen, Regent?"

„Waffen?" kam die Frage des Regenten kalt und nüchtern. „Der unbekannte Gegner hat bisher seine Waffen noch nicht verraten. Vielleicht habe ich mich nicht deutlich ausgedrückt, Rhodan. Ich sagte, es gäbe keine Überlebenden. Vielleicht sollte ich besser sagen: Es gibt nach einem Angriff der unheimlichen Gegner kein lebendes Wesen mehr."

„Sie werden zerstrahlt, vernichtet?"

„Auch das nicht. Sie verschwinden einfach. Ganze Planeten wurden so entvölkert. Sie gehörten unserem Imperium an, besaßen eine richtige Zivilisation, erfreuten sich einer gut entwickelten Natur mit Pflanzen und Tieren. Und dann, eines Tages, waren auf diesen Planeten nur noch die Pflanzen. Die Menschen und Tiere waren verschwunden, als hätte es sie nie gegeben. Es gelang mir bis heute nicht, eine Erklärung für das Phänomen zu finden. Jede Vorsichtsmaßnahme hat sich bisher als fruchtlos erwiesen. Es gibt keinen Schutz wider den Gegner."

Rhodan warf seinen Leuten und der Delegation des Regenten einen schnellen Blick zu. An der Reaktion Talamons erkannte er, daß auch der Überschwere von der Gefahr noch nichts gewußte hatte. Talamon war bleich geworden und starrte fast hilflos auf das Robotgehirn. Die Springer und Arkoniden zeigten Verwirrung und Furcht. Lediglich Rhodans Mutanten blieben ruhig. Sie hatten etwas Ähnliches erwartet, schienen die ungeheure Gefahr jedoch noch nicht vollständig begriffen zu haben, die ihnen allen drohte.

Erneut wandte Rhodan sich dem Roboter zu. „Was gedenkst du zu unternehmen, und wie kann ich dir dabei helfen?"

Ohne zu zögern, sagte die Maschine: „Wir müssen unsere Kräfte und unsere Intelligenz zusammentun, um der Gefahr entgegentreten zu können. Du bist in dieser Hinsicht zumindest beweglicher als ich. Dir stehen, das gebe ich zu, lebendigere und fähigere Kräfte zur Verfügung. Ich habe vielleicht die größere Macht. Weder das eine noch das andere allein wird genug sein, den Feind zu stellen oder gar zu besiegen. Gemeinsam haben wir Erfolg – wenn überhaupt."

„Wenn überhaupt . . .?" dehnte Rhodan verwundert. „Du wirst doch nicht bereit sein, die Hoffnung aufzugeben?"

„Ich habe zehn Jahre erfolglos gegen die unsichtbare Gefahr gekämpft, Rhodan. Zehn Jahre sind eine kurze Zeit, aber sie ist lang genug, um eine Einsicht zu vermitteln. Wenn es uns nicht gelingt, zumindest die Natur des grauenhaften Angreifers zu erkennen, sind wir verloren. Der Feind wird die gesamte Milchstraße entvölkern."

„Du übertreibst", sagte Rhodan hart. Eine so große Gefahr, wie das Robotgehirn sie schilderte, konnte es einfach nicht geben. „Ich werde dir helfen, Regent. Und zwar als gleichberechtigter Partner. Wenn es notwendig erscheint, verlange ich die Befehlsgewalt über deine Schlachtflotten und Kampfroboter."

„Das geht nicht", lehnte der Regent ab. „Ich kann dir nicht die Macht über die Arkoniden in die Hand geben."

„Du stehst vor einer schweren Entscheidung, das gebe ich zu. Aber entweder stimmst du zu und vertraust mir, oder die unsichtbare Gefahr wird eines Tages dein gesamtes Reich entvölkert haben. Du hast persönlich nichts zu befürchten, denn du bestehst aus anorganischer Materie."

„Ich trage eine Verantwortung über alles Leben in diesem Teil der Milchstraße . . ."

„Dann handle danach, Regent. Übertrage mir einen Teil deiner Macht, damit ich den Gegner bekämpfen kann."

Es entstand eine kleine Pause. Baldur Sikermann nutzte sie und schaltete sich ein. Das Labor der DRUSUS meldete sich. Flüsternd erklärte einer der Wissenschaftler: „Unsere Analysen ergeben, daß das Robotgehirn die Wahrheit spricht. Es wird mit der aufgetauchten Gefahr nicht fertig und ist froh, einen Helfer zu finden. Es wird auf alle Ihre Bedingungen eingehen, daran kann kein Zweifel bestehen."

Leise gab Rhodan zurück: „Danke, Dr. Ali el Jagat." Laut sagte er: „Sikermann, ich halte es für richtig, wenn Sie einige kleine Patrouillenboote ausschleusen, die den Raum um Mirsal III beobachten. Die Arkoniden werden unserem Beispiel folgen."

„Wird gemacht, Sir."

Talamon nickte. Er gab seinen Offizieren in der ARC-KOOR identische Anordnungen. Eine Minute später stiegen die wendigen Beiboote senkrecht in den Himmel und schossen in die Kreisbahn.

Rhodan atmete erleichtert auf. Die Gefahr eines Überraschungsangriffs war weitgehend beseitigt. Für eine Sekunde fragte er sich erschauernd, *wer* sie wohl angreifen könne, dann wandte er sich erneut dem Robotgehirn zu. „Hast du eine Entscheidung getroffen, Regent?"

„Gleichberechtigung, Rhodan, mehr kann ich dir auf keinen Fall zusichern, ohne den Bestand des Imperiums zu gefährden."

Rhodan nickte. „Ich könnte mehr erreichen, aber ich verzichte darauf. Ich nehme nur, was ich freiwillig von dir erhalte. Vielleicht kommt der Zeitpunkt, da du gern bereit bist, mir mehr Verantwortung aufzubürden. Nun erkläre mir deinen Plan."

„Ich habe keinen Plan, Rhodan. Wir warten auf den nächsten Angriff, damit du dir ein Bild machen kannst. Dann wirst du mir deine Vermutungen mitteilen, und wir werden beraten, was zu tun ist."

„Vermutungen?"

„Ja, ich meine Vermutungen über den Gegner, wer er sein könnte, und wie er arbeitet. Ich werde dir meine nicht mitteilen, um dich in deiner Entscheidung nicht zu beeinflussen. Wenn du unabhängig von mir zu den gleichen Schlüssen gelangst, besteht die Möglichkeit, daß wir die Wahrheit gefunden haben. Ich warne dich, Rhodan. Es kann gut sein, daß diese Wahrheit dich zerbrechen wird. Dein Gehirn wird sie nicht ertragen können. Sie ist reiner Wahnsinn . . ."

Rhodan blieb gelassen. „Ich bin auf das Schlimmste gefaßt, Regent. Ist unsere Unterredung nun beendet, oder hast du noch Vorschläge?"

„Im Augenblick nicht. Du kannst dich mit Talamon zusammensetzen und die Art der Zusammenarbeit beraten. Ich werde die Verbindung mit dir aufnehmen, sobald der unbekannte Gegner wieder angreift. Zum erstenmal hoffe ich, daß er nicht lange auf sich warten läßt."

Das Bild der unterirdischen Halle mit der stählernen Halbkugel erlosch. Reglos verharrte der Robotgesandte auf seinen Schwerkraftfeldern. Zweifellos hielt er auch weiterhin Kontakt mit dem Regenten, griff aber nicht mehr aktiv in das Geschehen ein.

Wenigstens vorerst nicht.

Rhodan trat zu Talamon. „Sie haben gehört, was der Regent sagte. Wußten Sie nichts von der Gefahr?"

„Nicht die geringste Ahnung hatte ich bis heute", erwiderte der

Überschwere, und Rhodan erkannte, daß er nicht log. „Was sollen das für Wesen sein, die unsere Welten entvölkern?“

„Ich habe nicht die kleinste Vermutung, Talamon. Jedenfalls sieht es so aus, als könnten wir alle unsere bisherigen Sorgen zu den Akten legen. Da ist etwas aufgetaucht, das schlimmer und gefährlicher ist als alles, was wir kennen. Wir wissen nicht, was es ist. Eine unbekannte Gefahr ist immer tödlicher als eine, die ihrem Charakter nach erkannt wurde.“

Talamon wollte antworten, wurde aber daran gehindert.

An Rhodans Arm summte der winzige Empfänger, dann rief Sikermanns Stimme aufgeregt: „Alarm, Sir! Eine der Kaulquappen hat Alarm gegeben!“

Fast in derselben Sekunde begann die Relaisstation des Regenten auf die ARC-KOOR zuzugleiten. Talamon sah es, gab aber keinen Kommentar. Einer der Arkoniden seiner Begleitung zog einen kleinen Kasten aus der Tasche und drückte einen Knopf ein. Laut und deutlich sagte eine Stimme: „Kehren Sie ins Schiff zurück! Alarm! Dieser Planet wird überfallen!“

Rhodan war für Sekunden völlig überrascht und verwirrt. War er einem abgekarteten Spiel zum Opfer gefallen? Dann aber sah er Talamons erbleichendes Gesicht und wußte, daß sie alle urplötzlich in den Mittelpunkt von Geschehnissen geraten waren, die niemand vorausgesehen hatte.

Hastig rief er in das Armbandgerät: „Was ist los? Ich erwarte nähere Einzelheiten!“

„Unsere Beiboote haben fremde Raumschiffe orten können, sie aber wieder verloren. Die Kommandanten behaupten, die anderen Schiffe hätten sich unsichtbar machen können.“

„Unsichtbar?“ wiederholte Rhodan und bekam einen furchtbaren Schock. *„Unsichtbar?“*

John Marshall und Talamon eilten herbei.

„Ich muß zurück in mein Schiff“, erklärte der Überschwere, „um meine neuen Befehle abzuwarten. Mit diesem Zwischenfall konnte niemand rechnen. Was ist eigentlich geschehen?“

„Ich weiß es ebensowenig wie Sie“, gab Rhodan zurück, während seine Gedanken sich überschlugen und sich an das zu erinnern versuchten, was der Regent ihm über die unheimlichen Angreifer berichtet hatte. „Jedenfalls steht fest, daß dieser Planet von Unbekannten besucht wird."

Talamon wurde noch blasser. „Unbekannte? Vielleicht jene, von denen der Regent sprach?" Er richtete sich auf und sah zu seinem Kugelraumer hinüber. „Aber – warum greifen sie dann nicht an?"

Rhodan winkte Marshall und den anderen zu. „Es ist jetzt keine Zeit, darüber zu diskutieren, Talamon. Sie haben gehört, was der Regent sagte – wir sind gleichberechtigte Partner. Hoffentlich ist die Partnerschaft diesmal beständiger als damals vor sechs Jahrzehnten. Wir werden also die künftigen Schlachten gemeinsam schlagen. Ich fürchte, wir sind mittendrin in der ersten. Wir starten und warten ab. Unsere Funkzentralen bleiben permanent in Verbindung. Leben Sie wohl, Talamon. Die nächsten Stunden werden ergeben, wie dauerhaft unsere künftige Freundschaft sein wird."

„Viel Glück, Rhodan", gab der Überschwere zurück, wandte sich dann ohne ein weiteres Wort um und schritt in Richtung der ARC-KOOR davon. Seine Begleiter folgten ihm schweigend. Ihre Gesichter wirkten ernst.

Rhodan blieb mit den Mutanten allein zurück. Gucky war bereits zur DRUSUS gesprungen, während Crest nun zu ihnen trat und sagte: „Wir müssen zum Schiff, Perry. Die ARC-KOOR bereitet sich schon auf den Blitzstart vor. Ich rate zur Eile."

Ohne ein weiteres Wort zu verlieren, setzten sie sich in Bewegung. Hinter ihnen glitt der Roboter wieder in seine Luke, Talamon und seine Begleiter folgten. Sekunden später erhob sich der riesige Raumer und strebte lautlos in den klaren Himmel hinauf. Als er nur noch ein kleiner Punkt war, erreichte Rhodan mit seinen Begleitern die DRUSUS.

Baldur Sikermann erwartete sie in der Zentrale.

„Start!" befahl Rhodan und gab einige weitere Anweisungen. Dann eilte er in den Funkraum und verlangte Verbindung mit den Erkundungsbooten.

Als er Minuten später in die Kommandozentrale zurückkehrte, war sein Gesicht starr wie eine Totenmaske.

Crest erschrak unwillkürlich und setzte sich in den nächsten Drehsessel. John Marshall warf den anderen Mutanten einen hilfesuchenden Blick zu und wußte gleichzeitig, daß er noch nie in seinem

Leben einen so fassungslosen und schreckerfüllten Perry Rhodan gesehen hatte.

Es mußte Grauenhaftes geschehen sein.

„Die DRUSUS geht auf eine Kreisbahn, eine Lichtminute von Mirsal III entfernt", sagte Rhodan mit tonloser Stimme zu Sikermann. „Geben Sie Befehl, daß Beiboot K-13 startklar gemacht wird. Marshall, Ras Tschubai und Gucky begleiten mich, dazu die normale Besatzung von fünfzig Mann. Ich möchte in fünf Minuten die DRUSUS verlassen."

Es war selbst dem Telepathen Marshall bisher nicht möglich gewesen, Rhodans abgeschirmte Gedanken zu erforschen.

„Was haben Sie vor?" fragte Marshall.

Rhodan sah an ihm vorbei. „Wissen Sie, was passiert ist, John? Die Unsichtbaren haben das System Mirsal angegriffen. Die Gefahr, von der das Robotgehirn gesprochen hat, greift nun nach uns. Wenn wir nicht mit ihr fertig werden . . ."

Er schwieg.

Aber Marshall hatte schon begriffen.

3.

Die Beiboote waren raumtüchtige Schiffe in Kugelform, hatten sechzig Meter Durchmesser, sprangen über Lichtjahre hinweg durch den Hyperraum und trugen Bordwaffen.

In der verhältnismäßig kleinen Zentrale der K-13 hatten nicht viele Männer Platz, aber wenn man die Tür zum benachbarten Funkraum aufstieß, änderte sich das überraschend.

Hinter den vielen Fahrtkontrollen saß Stepan Potkin, ein untersetzter, muskulöser Russe mit hellblonden Stachelhaaren. Er war Leutnant und galt als einer der besten Piloten für kleinere Raumfahrzeuge.

Auf einer Couch hockte Gucky und tat höchst gelangweilt, obwohl er innerlich dem Abenteuer entgegenfieberte. Der Kampf mit

Unsichtbaren reizte ihn, obwohl er ein gewisses Unbehagen nicht unterdrücken konnte.

Marshall und Tschubai standen dicht neben der Tür, während Rhodan neben Potkin vor den Kontrollen saß und auf die Bildschirme starrte.

Längst schon war die DRUSUS im Weltraum zurückgeblieben und auf einen Kreisbahnkurs gegangen. Von der ARC-KOOR war ebenfalls nichts zu sehen. Rhodan spürte wieder das Grauen, als er sich darüber klar wurde: Jetzt sind wir allein, und irgendwo lauert die unfaßbare Gefahr auf uns.

Mirsal III wurde wieder größer, als die K-13 mit halber Lichtgeschwindigkeit auf den Planeten zueilte und dabei langsamer wurde, um nicht in der Atmosphäre zu verglühen. Die Nachtseite war dunkel und zeigte nur hier und da hell beleuchtete Städte. Für Rhodan war das beruhigend, denn er wußte, daß dort noch Leben sein mußte. Hätten die Unbekannten auch hier zugeschlagen, wären alle Lichter erloschen.

Aber zuerst galt es, die Tagseite zu untersuchen.

Vor Rhodan lag der aufgeschlagene Katalog der arkonidischen Astronauten. Seine Angaben waren verläßlich und aktuell – wenigstens behauptete Crest das.

Mirsal III war demnach eine von menschenähnlichen Intelligenzen bewohnte Welt. Die Ureinwohner wurden kaum größer als anderthalb Meter und lebten in einer Zivilisation, die etwa dem Mittelalter der Erde entsprach. Raumfahrt kannten sie nicht, wohl aber die hin und wieder landenden Schiffe der Arkoniden, die sie als halbe Götter verehrten. Es gab auf Mirsal III noch Staaten und Nationen, wie das auf allen Welten üblich war, die das kosmische Stadium noch nicht erreicht hatten. Fürsten und Könige regierten über den gemeinen Bürger, den sie mit ihren Söldnern unterdrückten und ausbeuteten. Die Herrscher saßen in ihren befestigten Burgen und lebten gut. Der Bürger mußte hart arbeiten, wenn er leben wollte.

Rhodan legte den Katalog beiseite. Die Entwicklung war überall gleich, Mirsal machte keine Ausnahme.

Die K-13 schoß hinab und glitt pfeifend in die Atmosphäre.

„Ich verstehe nicht, warum sich niemand sehen läßt“, bemerkte Marshall zwei Minuten später, als sie dicht über eine kleine Ansiedlung dahinflogen. Die Geschwindigkeit war stark abgesunken und betrug kaum noch zweihundert Kilometer in der Stunde. „Selbst wenn eine Invasion erfolgte, müßte man doch Spuren davon entdecken."

Rhodan schüttelte langsam den Kopf. „Sie vergessen, was der Regent berichtete. Es gibt keine Spuren."

Niedrige Häuser duckten sich um einen Berg, auf dem eine Art Burg stand. Primitive Fahrstraßen wanden sich durch bebaute Felder. Auf dem Marktplatz standen noch die Karren mit den Erzeugnissen der Bauern, aber es waren keine Lebewesen zu erblicken.

Rhodan hatte eng zusammengekniffene Augen, als er befahl: „Potkin, fliegen Sie westlich und verlangsamen Sie die Geschwindigkeit, wenn wir uns einer größeren Stadt nähern. Ich möchte sie mir ansehen."

Sie brauchten nicht lange zu warten.

Die Stadt tauchte schräg vor ihnen im Schein der Nachmittagssonne auf. Die sauberen Dächer blitzten und funkelten, als habe man sie mit Gold und Silber belegt, aber es waren nur die dünnen Metallziegel, wie sie hier allgemein benutzt wurden. Die Straßen waren breiter als auf den Dörfern, zeigten jedoch nicht die geringste Spur von Leben.

Selbst aus dieser Höhe wirkte die Stadt wie ausgestorben.

„Landen Sie dort unten auf dem freien Platz", ordnete Rhodan an.

Er wußte nicht warum, aber ein unheimliches Gefühl ergriff von ihm Besitz. Noch nie in seinem Leben hatte er einer solchen Situation gegenübergestanden, wie er sie hier vorzufinden befürchtete. Die Andeutungen des Regenten schienen nicht übertrieben gewesen zu sein.

„Ich kann keinerlei Gedanken empfangen", sagte Marshall plötzlich. „Die Wesen, die diese Hütten erbauten, müssen doch denken können."

Rhodan gab keine Antwort. Er verfolgte das Landemanöver auf den Schirmen und wartete, bis ein leichter Ruck durch das Schiff ging. Dann nickte er Marshall und Tschubai zu.

„Ihr und Gucky kommt mit. Potkin, Sie geben uns nötigenfalls Feuerschutz und lassen uns nicht aus den Augen."

Der Russe legte den Antrieb still. „Sie können sich auf mich verlassen."

Rhodan nickte und verließ mit den drei Mutanten die Zentrale.

Bevor sie die Schleuse erreichten, nahmen sie handliche Strahler und einige Atomgranaten aus dem Waffenschrank. Dann, wenige Minuten später, betraten sie zum zweitenmal die Oberfläche von Mirsal III.

Die K-13 war mitten auf einem freien Platz gelandet. Er zeigte Spuren primitiver Bearbeitung und diente wahrscheinlich Versammlungen und Märkten. Dicht neben dem Schiff stand ein Fahrzeug, das offensichtlich von einem Tier gezogen worden war. Die Zügel hingen lose herab, als sei das Pferd – oder was hier an der Stelle eines Pferdes benutzt wurde – aus ihnen geschlüpft, um sich selbständig zu machen.

Rhodan betrachtete die Zügel mit zusammengekniffenen Augen, sagte aber nichts. Marshall, der zufällig seine Gedanken aufgefangen hatte, warf ebenfalls einen Blick auf die Zügel. Ein fragender Ausdruck breitete sich auf seinem Gesicht aus. Aber er fand keine Zeit, das Rätsel der Zügel zu lösen, denn in diesem Augenblick zischelte Gucky aufgeregt: „Dort drüben – an der Mauer."

Sie sahen es gleichzeitig. Ein Schatten huschte dort vorbei, verharrte für einen kurzen Moment – und war dann verschwunden.

Das alles konnte genausogut eine Täuschung gewesen sein.

„Nein", sagte Rhodan sicher. „Das war keine Täuschung. Dort drüben war jemand – und es war kein Mirsalese."

„Er kann sich unsichtbar machen", sagte Gucky aufgeregt. „Er hat sich einfach vor unseren Augen in Luft aufgelöst."

„Und seine Gedankenimpulse?" fragte Rhodan.

„Sie waren nur wie ein Hauch zu spüren und erloschen wieder", antwortete der Ilt.

Sie betraten mit bereitgehaltenen Strahlwaffen das nächste Haus und durchsuchten es. Zu ihrem Erstaunen fanden sie alles so vor, als könnten die Bewohner jeden Augenblick wieder zurückkehren. Nichts war zerstört oder in Unordnung gebracht worden, alles stand und lag an seinem Ort. Im primitiven Herd brannte noch das Feuer, wenn die schweren Holzscheite auch bereits verglühten und davon zeugten, daß seit Stunden nicht mehr nachgelegt worden war.

Aber sie begegneten keinem lebenden Wesen.

„Wo sind sie?" hauchte Ras Tschubai, von einer abergläubischen Scheu ergriffen. „Sie können doch nicht einfach verschwunden sein."

Gucky, der so gern spottete, schwieg sich aus. Stumm und verbissen starrte er auf die verlassenen Gegenstände, hinein in die leeren Räume und Gänge, durch die Fenster hinaus auf die menschenleeren Straßen. Sein Nackenfell sträubte sich und verriet die innere Erregung des Mausbibers.

Marshall legte dem Afrikaner die Hand auf den Arm. „Alles hat seine natürliche Erklärung, Ras. Wir werden noch erfahren, was das hier zu bedeuten hat. Sicher, es ist ungewöhnlich, keine Spuren eines Kampfes vorzufinden, keine Hinweise über das Wie und Warum."

Es war, wie auch Rhodan zugeben mußte, ein schwacher Trost. Aber er fand selbst keinen besseren.

In den übrigen Häusern war es nicht anders. Keine Menschenseele, kein Tier, nichts. Nur vorbildliche Ordnung in allen Räumen und die erwartungsvolle Atmosphäre einer baldigen Rückkehr der verschwundenen Bewohner.

Aber der Robotregent hatte ja gesagt, daß sie nie mehr zurückkehren würden . . .

Rhodan drängte weiter. Sie durchschritten einige Seitengassen und erreichten die Außenbezirke der Stadt. Hier wurde es ländlicher und einfacher. Die großen Häuser wichen kleineren, hinter denen Gärten und Felder Platz fanden.

Und Viehställe.

Es war in einem dieser Ställe, wo sie zum zweitenmal auf das Rätsel stießen.

In den Mauern waren Ketten eingelassen, die in Ringen endeten. Diese Ringe, so war klar ersichtlich, umschlossen einst die Hälse von Tieren. Und nun lagen sie leer und ungeöffnet auf dem Boden des Stalles, alle nebeneinander und derart, wie die Tiere gestanden haben mußten.

Wer hatte die Tiere von ihren Fesseln befreit, ohne den Metallring zu öffnen?

„Auch die Zügel waren noch geschlossen", murmelte Marshall, als er an den verlassenen Pferdekarren dachte. „Es ist, als hätten sich die Tiere entmaterialisiert."

Rhodan gab wieder keine Antwort. Mit nachdenklichem Gesicht schritt er hinaus in den Schein der sinkenden Sonne und trat den Rückweg zur K-13 an.

Er wußte, daß vor ihnen noch ein langer Weg lag.

Ganz sicher auch ein gefährlicher.

Leutnant Marcel Rous befehligte das Beiboot K-7 und näherte sich, aus dem Raum kommend, der Nachtseite von Mirsal III.

Marcel war ein dunkelhaariger und sehr lebhafter Mann, dessen Leidenschaft oft größer war, als sein Verstand gutheißen mochte. Seine Impulsivität hatte ihm schon manchen Streich gespielt, dessen Folgen schwer auszugleichen waren.

In einer Höhe von knapp fünfhundert Metern strich er über die Oberfläche des Planeten dahin. Aus dem Lautsprecher kamen pausenlos die Berichte der anderen Beiboote und die Anweisungen von der DRUSUS. Irgend etwas geschah auf der fremden Welt, aber niemand hätte zu sagen vermocht, was es war.

Die Ortungsinstrumente der K-7 registrierten mehr als einmal feste Körper in der Atmosphäre von Mirsal III, waren aber niemals in der Lage, sie länger als drei oder vier Sekunden zu halten. Dann wurden die Schirme wieder leer, und die elektronischen Impulse erstarben. Es war Marcel klar, daß auch Schiffe mit unvorstellbarer Beschleunigung nicht derart schnell wieder aus dem Bereich der Taststrahlen entkommen konnten. Für das Phänomen fehlte jede nur denkbare Erklärung.

Marcel Rous spürte das Geheimnisvolle und ließ sich von ihm in seinen Bann ziehen. Er ignorierte den Befehl von der DRUSUS und beschloß, Nachforschungen auf eigene Faust anzustellen. Zu diesem Zweck verließ er die Kreisbahn und stieß wie ein Raubvogel auf die Oberfläche von Mirsal III hinab.

Er wählte mit Absicht die Nachtseite. Hier fühlte er sich vor einer Entdeckung durch den unheimlichen Gegner sicherer als im hellen Licht der Sonne. Er konnte natürlich nicht wissen, ob die Unbekannten im Dunkeln vielleicht genauso gut sahen wie im Hellen. Marcel Rous wollte diesmal kein Risiko eingehen.

Eine Invasion im üblichen Sinn hatte nicht stattgefunden, das erkannte Rous auf den ersten Blick. Dort unten schien alles friedlich und normal.

In den großen Städten waren die schnurgeraden Straßen hell beleuchtet. Die Bewohner von Mirsal III kannten also die Elektrizität, obwohl sie doch in einem verhältnismäßig primitiven Entwicklungsstadium lebten. Vielleicht hatten die Arkoniden ihnen geholfen, wenigstens dieses Produkt moderner Zivilisation zu finden. Jedenfalls waren die Städte hell beleuchtet und verrieten scheinbar pulsierendes Leben.

Der Eindruck blieb, bis Rous sich entschloß, noch tiefer zu gehen und über dem Zentrum der Stadt anzuhalten. Die Bildschirme brachten die Häuser und Straßen noch näher an das Auge des Franzosen, der plötzlich den Atem anhielt.

Es dauerte fast zehn Sekunden, ehe er sich an den zweiten Mann wandte, der mit ihm die Zentrale teilte.

„Was fällt Ihnen daran auf, Becker?"

Der Kadett beugte sich vor und richtete seine Aufmerksamkeit auf das Bild, welches sich ihm bot. Es dauerte eine Weile, ehe seine Augen sich an die Helligkeit gewöhnt hatten, dann lehnte er sich langsam zurück und erwiderte: „Warum beleuchten sie ihre Städte, wenn alle schlafen?"

Rous nickte langsam. Genau das war es, was er sich auch fragte: „Es ist längst nach Mitternacht Ortszeit. Wozu noch Straßenbeleuchtung? Und nicht nur das, Becker! In fast allen Häusern brennt Licht. Wie etwa gegen neun Uhr abends, würde ich sagen. Übrigens ist weiter östlich ebenfalls alles hell erleuchtet, auch wenn es dort bereits vier Uhr morgens ist. Ja, sehr merkwürdig."

Kadett Becker stand seinem Vorgesetzten hinsichtlich der Unternehmungslust in nichts nach. „Wenn wir landen würden, könnten wir vielleicht . . ."

Rous tat unentschlossen. „Dazu fehlt uns die Erlaubnis, Becker. Wir dürfen nicht auf eigene Faust handeln. Und wenn, dann trügen wir die Verantwortung für die gesamte Mannschaft. Wenn etwas passiert . . ."

„Was soll passieren?" kam Becker mit der erwarteten moralischen Unterstützung. „Die Bewohner kennen nicht einmal Energiewaffen, von ihnen haben wir kaum etwas zu befürchten. Und was die angebliche Invasion der Unbekannten angeht – nun, ich habe davon noch nichts bemerken können."

Rous zögerte deutlich. „Ich weiß nicht, vielleicht sollte ich Verbindung zur DRUSUS aufnehmen und die Genehmigung zur Landung einholen."

„Wie Sie meinen, Sir", sagte Becker förmlich. „Ich bin allerdings davon überzeugt, daß man uns die Genehmigung nicht erteilen wird.

Der Chef geht keine unnötigen Risiken ein, und wenn, dann übernimmt er sie selbst."

„Hm", knurrte Rous, unsicher geworden.

Er wurde in seinen Überlegungen unterbrochen. Aus dem Lautsprecher kam die Stimme von David Stern, der Dienst im Funkraum der DRUSUS machte. „K-7, melden Sie sich! Standort bekanntgeben!"

Rous stieß einen leisen Fluch aus und schaltete den Sender auf Betrieb. „Hier Leutnant Rous! Nachtseite von Mirsal III."

„Sie haben die Kreisbahn verlassen?" kam es erstaunt zurück.

„Ja. Wir verfolgten ein fremdes Schiff, verloren es aber aus den Augen und Geräten. Es müßte in der unter uns liegenden Stadt gelandet sein. Sollen wir es verfolgen?"

Es dauerte eine Minute, ehe die Antwort kam. „Befehl von Oberstleutnant Sikermann: Sie landen an einer übersichtlichen Stelle und schleusen zwei Kampfroboter und drei Besatzungsmitglieder aus. Sie selbst bleiben an Bord der K-7 und starten beim geringsten Zeichen eines Angriffes. Verstanden?"

„Und meine Leute?" fragte Rous. „Ich kann sie doch nicht einfach im Stich lassen."

„Das Schiff darf nicht in die Hände des Gegners fallen. Um Ihre Leute werden wir uns schon kümmern."

„Sonst noch Befehle?"

„Nein, Leutnant Rous. Bleiben Sie mit mir in Verbindung. Das ist alles. Ende."

Marcel Rous sah Kadett Becker an, in dessen Augen es aufleuchtete.

„Wie es aussieht, habe ich Pech gehabt, Becker. Sie erhalten somit die Gelegenheit, sich auszuzeichnen. Nehmen Sie sich zwei Männer und zwei Roboter – und dann haben Sie Stadturlaub."

Sie schwebten Minuten später über einem hell angestrahlten Platz und gingen schnell tiefer. Sanft setzte das Kugelschiff auf. Rous hatte alle verfügbaren Bildschirme eingeschaltet, um einen möglichst umfassenden Rundblick zu erhalten. Aufmerksam studierte er den Platz und die angrenzenden Häuser. Nichts rührte sich, und die Stadt schien in der Tat wie ausgestorben. Ihm fiel auf, daß einige Gegenstände auf dem unebenen Pflaster umherlagen, die hier nichts zu suchen hatten. Drüben dicht am Rinnstein lehnte ein breites Schwert gegen einen Mauersockel. Dicht daneben lag ein Schild. Es sah so aus, als habe sich eine Schildwache ihrer Waffen entledigt, um einfach davonzuspazieren. Ein Stück davon entfernt erblickte Rous eine umgestürzte Ritterrüstung, die Spuren eines harten Kampfes zeigte.

Es regte sich kein Hauch von Leben. Die hellbeleuchteten Räume hinter den Fenstern waren leer, kein Schatten zeigte sich auf den lichtüberfluteten Rechtecken.

„Fertig?“ fragte der Leutnant.

Aus der Schleuse kam über Funk die Antwort: „Kadett Becker mit zwei Mann und zwei Robotern fertig zum Einsatz.“

„Viel Glück!“ erwiderte Rous.

Becker atmete auf, wenn er sich plötzlich auch nicht mehr so wohl fühlte. Aber boten die beiden schwerbewaffneten Roboter nicht genügend Schutz? Sie würden ihn gegen eine ganze Kompanie angreifender Feinde verteidigen, wenn es sein mußte. Die beiden Kadetten, die ihn begleiteten, waren zuverlässig. Die Impulsstrahler in ihren Händen zitterten nicht.

Die Außenluke schwang auf, und die Rampe glitt zu Boden. Becker schritt voran, gefolgt von den Robotern. Die beiden anderen Männer bildeten den Abschluß.

Um sie herum war die Stille der schlafenden oder toten Stadt. Bis auf die schweren Tritte der Roboter auf dem Steinpflaster war kein Laut zu hören. Becker spürte, wie die Furcht vor dem Unerklärbaren in ihm hochkroch und sich in seinem Gehirn einzunisten drohte. Über den hellen Straßenlampen war der schwarze Himmel der fremden Welt. Er war wie ein Loch, durch das der Feind kommen konnte, ehe man ihn bemerkte.

Der Feind? Welcher Feind? Gab es überhaupt einen Feind?

Becker hielt sich dicht neben den beiden Robotern.

„Ihr sichert nach hinten und zur Seite“, flüsterte er seinen Männern zu, die ihre Waffen schußbereit hielten. „Ich achte mehr auf das, was vor und über uns geschieht.“

Der Platz war nicht allzu groß, aber sie benötigten fast zwei Minuten, ehe sie die Häuserfront erreichten. In der Straße gab es viele Schlaglöcher.

Becker sah sich um. Keine zweihundert Meter entfernt ruhte die K-7 auf ihren Teleskopstützen. Er wußte, daß Leutnant Rous vor den Bildschirmen saß und jede seiner Bewegungen beobachtete. Sicher lagen seine Hände gleichzeitig auf den Feuerknöpfen der schweren Strahler.

Rein zufällig erfaßte Becker aus den Augenwinkeln heraus eine schattenhafte Bewegung und fuhr herum. Dort oben, im zweiten Stock eines Hauses, war es gewesen. Das Licht, das aus dem Fenster fiel, war nicht ganz so hell wie bei den anderen. Es änderte sogar seine Intensität. Mal leuchtete es heller, mal dunkler. So, als ginge jemand vor der Lichtquelle auf und ab und verdecke sie in unregelmäßigen Abständen mit seinem Körper.

Becker fühlte den Andrang des Blutes zu seinem Herzen. Das war sie, die einmalige Gelegenheit. Er mußte sie nutzen, koste es, was es wolle.

„Ihr wartet hier unten!" befahl er flüsternd seinen Leuten und sah dann einen der Roboter an. „Du folgst mir, R-2."

„Sollen wir nicht besser . . .?" begann einer der Kadetten, aber Becker schnitt ihm das Wort ab.

„Ich gehe allein. Warum uns alle in Gefahr bringen?"

„Becker!" kam Marcel Rous' Stimme über Funk. „Seien Sie vorsichtig!"

„Keine Sorge, Leutnant. Ich nehme mich schon in acht."

Unter der Last des Roboters knarrten die Treppenstufen erbärmlich, aber Becker war nun nicht mehr aufzuhalten. Er hatte etwas gesehen, und er wollte auch wissen, was er gesehen hatte. Wer ging dort oben in dem Zimmer einer verlassenen Stadt auf und ab? War ein Bewohner dort oben zurückgeblieben?

Becker beschloß, vorerst nicht den Versuch zu unternehmen, sinnlose Fragen zu beantworten. Er festigte seinen Griff um den Kolben der Waffe und stieg hinter dem Roboter her.

Die Tür zur Wohnung im zweiten Stock war offen. Der Flur dahinter lag im Halbdunkel, denn nur im Treppenhaus brannte Licht.

Kein Laut war zu hören, als R-2 stehenblieb und Becker herankommen ließ.

Aber dann knarrte laut und deutlich eine Tür.

Becker war zusammengezuckt, und seine Waffe kam hoch. Das war in der fraglichen Wohnung gewesen. Dort weilte also jemand. Zuerst das wechselnde Licht, jetzt das Knarren der Tür. Das konnte keine Täuschung mehr sein.

Becker gab R-2 einen Wink und ging voran. Vorsichtig folgte der Roboter.

Die Wohnungstür besaß ein primitives Schloß, das keinen Einbrecher aufgehalten hätte. Aber die Tür stand ja offen. Weiter hinten, so sah Becker nun, war eine zweite Tür geöffnet. Sie führte zu einem Raum, der auf den Platz hinausging. Vielleicht auch zu dem Fenster, hinter dem der Schatten hin und her wanderte.

Becker schlich weiter, bis er dicht bei der Tür stand. Er wartete, bis auch R-2 herbeigekommen war, dann stieß er mit dem Fuß die Tür vollends auf und trat in den erleuchteten Raum.

Er war leer.

Das Fenster war einen Spalt weit geöffnet, und erst jetzt spürte Becker den leichten Luftzug, der an ihm vorbeiströmte und die Tür hinter dem Roboter sacht bewegte. Sie knarrte.

Gleichzeitig wehte ein leichter Vorhang wie ein Gespenst rechts von der Lichtquelle, einer Nachttischlampe. Daneben standen zwei Betten. Sie waren zerwühlt und zeigten noch deutlich die Abdrücke zweier Körper.

Der wehende Vorhang vor den Betten ließ das Licht der Lampe einmal heller, einmal weniger hell durch das Fenster auf den Platz hinausfallen. Die Tür knarrte im Wind. Das Rätsel war gelöst.

Etwas enttäuscht ließ der Kadett die Waffe sinken. Er hatte sich von einem Bettvorhang narren lassen.

„Was ist?“ unterbrach Marcel Rous’ ruhige Stimme die plötzliche Stille.

„Alles in Ordnung“, gab Becker knapp zurück und wandte sich zum Gehen. „Es war nur der Wind. Die Leute haben vergessen, die Fenster zu schließen, bevor sie auswanderten.“

„Keine Beobachtungen?“

Becker sah sich noch einmal um. „Nein, Leutnant. Normales Schlafzimmer. Sehr gemütlich eingerichtet. Möchte wissen, wo die Bewohner geblieben sind. Die Kleider hängen noch über den Stühlen. Sie müssen mondsüchtig geworden und im Nachthemd auf die Reise gegangen sein.“

„Mirsal III besitzt keinen Mond", sagte Rous nüchtern. „Kommen Sie jetzt wieder heraus, Becker."

„Ich komme", gab Becker zurück und wandte sich zum Gehen.

Gerade, als er unten auf die Straße trat und die beiden wartenden Kameraden erblickte, geschah etwas, das er sich nicht erklären konnte. Und ein „Später", das ihm Zeit dazu gelassen hätte, gab es nicht mehr.

Er sah zuerst das in zweihundert Meter Entfernung ruhende Raumschiff, hell angestrahlt von den vielen Straßenlampen und dem Schein der umliegenden Fenster. Dann erblickte er seine beiden Gefährten und den wartenden Roboter.

In der nächsten Sekunde begann alles vor seinen Augen langsam zu verschwinden.

Becker blieb mit einem Ruck stehen, als er die Veränderung bemerkte. Sein robotischer Begleiter kümmerte sich nicht darum, sondern ging weiter, an ihm vorbei. Aber noch während der Roboter ging, sah Becker, daß auch er sich in Luft aufzulösen schien.

Er stieß einen entsetzten Schrei aus, der auch von Rous gehört wurde. Schwach nur hörte Becker die Stimme seines Vorgesetzten an sein Ohr dringen: „. . . sofort zurück! Beeilen Sie sich, Sie werden sonst . . ."

Mehr hörte Becker nicht mehr. Er starrte in die weit aufgerissenen Augen seiner beiden Männer. Einer von ihnen wollte nach ihm greifen, wandte sich aber dann zur Flucht. Er hatte den Mund weit geöffnet, als rufe er etwas, aber Becker hörte keinen Laut.

Die Welt um ihn herum versank nicht nur allmählich in völlige Finsternis, sondern auch in Lautlosigkeit.

Dann wurde es dunkel und ruhig. So mußte es sein, wenn man in tausend Meter Tiefe unter der Meeresoberfläche dahintrieb. Nur fehlten jetzt auch sämtliche Empfindungen. Becker spürte nichts mehr.

Sein Nervensystem stellte die Funktionen ein.

Leutnant Marcel Rous sah Becker aus der Haustür kommen und wollte schon befreit aufatmen, als sich das Unheimliche vollzog.

Becker wurde zuerst durchsichtig, um dann völlig zu verschwinden. Er mußte den Befehl zur Rückkehr schon nicht mehr gehört haben, wohl aber seine beiden Begleiter und die Roboter, denn sie setzten sich in Richtung des Schiffes in Bewegung.

Inzwischen gab es keinen Kadetten Becker mehr. Die Stelle, an der er eben noch gestanden hatte, war leer.

Die beiden Roboter ließen sich Zeit, während die Männer zu laufen begannen und versuchten, das rettende Schiff so schnell wie möglich zu erreichen.

Sie waren aber nicht schnell genug, denn die unheimliche Macht griff auch nach ihnen.

Zuerst verschwanden seltsamerweise die Beine, dann der Unterkörper. Für eine schreckliche Sekunde sah Marcel nur die Köpfe der beiden Männer durch die Luft fliegen, gute anderthalb Meter über dem Boden. Sie hoppelten in einer flachen Sinuskurve dahin, den Bewegungen der nicht mehr sichtbaren Körper folgend. Dann zerflossen auch sie in nichts.

Marcel Rous nahm das Geschehen in sich auf, ohne es zu begreifen. Unberührt schritten die beiden Roboter dahin, auf die geöffnete Luke der K-7 zu.

„K-7 an DRUSUS! Drei Mann von den Unsichtbaren angegriffen und – und ebenfalls unsichtbar gemacht!" rief Rous in das Mikrofon. Er fand keine andere Erklärung für die Geschehnisse. „Sie sind verschwunden . . ."

„Sofort starten!" kam der Befehl.

„Die beiden Roboter sind noch . . ."

„Starten!"

Rous erschrak über den Tonfall von Sikermanns Stimme. Mit einem Handgriff rammte er den Fahrthebel auf volle Beschleunigung, während er mit der anderen die Schleuse schloß.

Der nächtliche Planet versackte in der Tiefe.

Zurück blieben zwei Roboter, die dem fliegenden Schiff mit unbewegten Mienen nachsahen.

„Der Raum ist voller Gedankenimpulse", sagte Fellmer Lloyd und sah Rhodan vom Bildschirm herab an. „Aber keiner von ihnen ergibt einen Sinn. Es ist, als ob diese Fremden nur in Bruchstücken dächten. Verstehen Sie das?"

„Nein, absolut nicht." Rhodan strich mit der K-13 dicht über die entvölkerten Städte der Tagseite dahin und suchte nach einer Spur von Leben. „Es scheint, daß die Angreifer sich im Raum aufhalten. Hier unten ist nicht viel von ihnen zu bemerken. Marshall und Gucky nehmen kaum Impulse auf."

„Der Raum wimmelt von ihnen – aber sie sind sinnlos. Ich sagte schon: Bruchstücke, nicht mehr. Es ist rätselhaft."

„Versuchen Sie, wenigstens *einen* Gedanken klar zu erkennen, damit wäre uns schon geholfen."

„Es ist unmöglich. Sie können genausogut versuchen, ein Buch anhand eines einzigen Wortes zu beurteilen. Es gibt Kritiker, die das leidenschaftlich gern tun, aber an der Echtheit ihres Urteils darf doch wohl gezweifelt werden. Mir geht es ähnlich. Ich erfasse einen einzigen Gedankenbruchteil – wie soll ich daraus etwas machen?"

„Geben Sie die Hoffnung nicht auf, Lloyd. Und vor allen Dingen: Versuchen Sie, die Quelle der Impulse festzustellen. Vielleicht gelingt es Ralf Marten, bis zu dieser Quelle vorzudringen."

„Warten Sie, ich gebe Ihnen Marten. Er soll selbst berichten."

Eine kurze Pause entstand.

Rhodan schaute auf die anderen Bildschirme und sah die Landschaft von Mirsal III unter sich vorbeiziehen. Verlassene Burgen standen inmitten leerer Städte. Auf den bestellten Feldern lagen noch die Geschirre verschwundener Zugtiere, standen herrenlose Fahrzeuge zwischen hingefallenen Kleidungsstücken und rauchten verglühende Lagerfeuer.

Ralf Marten erschien und grüßte kurz über die Millionen Kilometer hinweg. Als Teleoptiker war es ihm möglich, seinen Geist in andere Lebewesen zu versetzen und mit deren Augen zu sehen. Diesmal schien seine Kunst zu versagen.

„Lloyd sagte mir, was Sie wünschen. Ich habe es versucht. Die Quelle der Impulse, die wir auffangen, ist aber zu unbestimmt. Die Richtung läßt sich nicht feststellen. Ich habe mehrere Versuche unternommen, die stets im Nichts endeten. Es ist sinnlos. Ich schaffe es nicht."

Rhodan blieb ruhig. „Ich mache Ihnen keinen Vorwurf, Marten. Wir stehen einem Gegner gegenüber, der körperlos und unsichtbar ist. Wie es scheint, versteht er es außerdem noch, seinen Geist zu tarnen. Das ist mehr, als wir befürchten mußten. Wir sind machtlos, solange er uns nicht offen angreift, aber wie es aussieht, hat er daran kein Interesse."

„Kadett Becker und zwei Mann der K-7 lösten sich in Luft auf. Das ist doch ein offener Angriff."

„Ich bin mir nicht ganz im klaren darüber, ob wir es als solchen werten sollen", gab Rhodan zurück. „Vielleicht war es ein Versehen der Unsichtbaren. Jedenfalls müssen wir auf der Hut sein, wenn wir nochmals Mirsal III betreten. Und das müssen wir, wollen wir das Rätsel lösen. Der Regent von Arkon versucht das seit zehn Jahren, wir können nicht verlangen, daß es uns in einem Tag gelingt. Bemühen Sie sich also weiter, Marten. Einmal werden wir Erfolg haben."

Rhodan wartete, bis David Stern umschaltete. Auf dem Schirm erschien das Gesicht von Baldur Sikermann.

Es war ungewöhnlich blaß.

„Was haben Sie denn, Sikermann?" Rhodan wunderte sich. So fassungslos hatte er den Offizier noch nie gesehen. „Ist Ihnen der Klabautermann begegnet?"

„Mit dem würde ich schon fertig", erwiderte der Oberstleutnant mit einer Spur von zurückkehrendem Selbstbewußtsein. „Aber diese undefinierbaren Ortungen in allen Richtungen, die machen mich noch wahnsinnig. Jeden Augenblick befürchte ich, mit der DRUSUS in ein fremdes Schiff zu rasen, das unsere Geräte Sekunden zuvor genau im Kurs liegend anzeigen. Aber dann ist es nie etwas."

„Seien Sie doch froh darüber."

„Sie haben gut spotten", ereiferte Sikermann sich. „Wie ist übrigens Ihre Position?"

„Affe!" zischelte Gucky im Hintergrund auf der Couch. Rhodan warf ihm einen strafenden Blick zu.

„Wir nehmen Kurs zur DRUSUS und kommen in wenigen Minuten an Bord. Ich beabsichtige, mit verstärkter Mannschaft noch einmal auf Mirsal III zu landen. Vielleicht sogar mit der DRUSUS."

„Verflucht", sagte Sikermann. Mehr nicht.

Rhodan schaltete ab und kümmerte sich um die Navigation der K-13. Leutnant Potkin nahm den befohlenen Kurs und ging auf Beschleunigung. Fast gleichzeitig mit der zurückkehrenden K-7 unter Leutnant Marcel Rous glitt er in die weit geöffnete Schleuse und landete im Hangar der DRUSUS.

„Sie bleiben startbereit, Potkin. Ich bin gleich zurück."

Rhodan wartete, bis auch Marcel Rous seinem Schiff entstiegen war, und ließ sich noch einmal ausführlich berichten, was der Leutnant erlebt hatte. Selbst der Augenzeugenbericht brachte ihn nicht weiter.

„Es sind Gegner, die wir nicht unterschätzen dürfen", sagte Rhodan, als Marcel schwieg. „Gegen Unsichtbare zu kämpfen, bedeutet höchste Konzentration und Einsatz aller Mittel, die uns zur Verfügung stehen. Wollen wir hoffen, daß Becker und seine beiden Begleiter befreit werden können. Bleiben Sie mit Ihrem Schiff einsatzbereit."

Marcel sah ihm nach und kletterte wieder in die Schleuse.

Rhodan verließ den Hangar und eilte durch verschiedene Antigravlifte zur Kommandozentrale, wo Sikermann ihn bereits erwartete. Alle Mutanten waren anwesend, ebenfalls Crest, dessen Gesicht eine ungewöhnliche Erregung zeigte.

„Die Fremden müssen sich in einem Zustand ständiger Transition befinden", sagte der Arkonide ernst, als er Rhodan erblickte. „Die Ortungsgeräte weisen ihre Gegenwart nach, um in der folgenden Sekunde eindeutig zu zeigen, daß sie überhaupt nicht vorhanden sind. Ich fürchte, die Theorie, sie könnten sich unsichtbar machen, ist nicht ganz zutreffend."

Rhodan nickte ihm ernst zu. „Das ist es, was ich auch befürchte, wenn wir damit auch keine befriedigende Erklärung gefunden haben. Was ist, Marten? Noch keinen Erfolg?"

„Ich versuchte vor fünf Minuten einen Kontakt, als die Gedankenimpulse aus einer festen Richtung kamen und mehrere Sekunden konstant blieben. Für einen Moment drang ich in ein fremdes Gehirn ein, aber ehe ich durch die Augen des anderen Wesens blicken konnte, wurde ich regelrecht hinausgeschleudert. Das ist mir noch nie zuvor passiert."

„Irgendeine Erklärung?"

Ralf Marten schüttelte verzweifelt den Kopf. „Keine. Es ist unbegreiflich. Aber ich bin überzeugt, nicht das andere Lebewesen vertrieb mich aus seinem Gehirn, sondern etwas anderes, eine mir unheimliche Gewalt."

Rhodan hatte kleine Augen, als er Marten ansah. „Haben Sie schon einmal versucht, in das Gehirn eines anderen Menschen einzudringen, wenn dieser mit seinem Schiff gerade in den Hyperraum glitt? Könnte das so ähnliche Effekte haben?“

Ralf Marten nickte überrascht. „Allerdings, das könnte ich mir vorstellen, aber ich weiß es natürlich nicht. Sie meinen doch nicht etwa . . .“

„Ich habe keine direkte Vermutung“, wich Rhodan aus. „Wir müssen alle Möglichkeiten in Betracht ziehen und untersuchen.“ Er sah die anderen an. „Ich möchte mit allen Angehörigen des Mutantenkorps auf Mirsal III landen. Wir starten mit der K-13 in zehn Minuten. Die DRUSUS wird genau drei Minuten später folgen und ebenfalls landen. Ich habe einen günstigen Platz an den Mauern der Stadt gefunden.“

„Warum nehmen wir allein das Risiko auf uns“, wollte Sikermann wissen. „Was ist mit den Arkoniden?“

„Sie meinen Talamon und das Robotgehirn?“

„Ja, die meine ich.“

Rhodan zuckte mit den Schultern. „Talamon untersteht dem Kommando des Regenten, nicht dem meinen.“

Sikermann wollte noch etwas sagen, zog es dann aber doch vor zu schweigen. Stumm wandte er sich den Kontrollen zu. Rhodan winkte Crest zu.

„Sie bleiben besser hier. Unterstützen Sie Sikermann bei seiner Aufgabe. Wir bleiben in Verbindung.“

Zusammen mit den noch anwesenden Mutanten kehrte Rhodan in den Hangar zurück. Es dauerte drei Minuten, ehe er mit der K-13 in den Raum hinausschoß und direkten Kurs auf Mirsal III nahm.

In großem Abstand folgte die DRUSUS.

Wieder zehn Minuten später landete er auf dem freien Feld vor den Toren einer Stadt, in der kein lebendiges Wesen mehr weilte. Die DRUSUS setzte wie vereinbart drei Minuten danach auf.

Der Planet schien wie ausgestorben. Nichts regte sich, und auch die geheimnisvollen Ortungen hatten nachgelassen. Marten und Lloyd gelang es ebensowenig wie Marshall oder Gucky, den geringsten Gedankenimpuls aufzufangen.

Hatten die Unsichtbaren ihren Angriff eingestellt?

Rhodan traute dem Frieden nicht. Er ahnte, daß es vielmehr die Ruhe vor dem Sturm war.

Von der offenen Schleuse aus sah er zu, wie Kampfroboter in Kompaniestärke die Laderäume der DRUSUS verließen und in Richtung Stadtgrenze marschierten. Neben ihm war plötzlich Gucky und sagte: „Sikermann will dich sprechen. Er behauptet, es sei eilig. Talamon soll sich gemeldet haben."

Rhodan eilte mit dem Lift hoch in die Funkzentrale. Auf dem Bildschirm sah ihm Sikermanns Gesicht entgegen.

„Ich habe Kontakt mit der ARC-KOOR, Sir. Soll ich umschalten?"

„Schalten Sie, aber schnell!"

Sikermanns Gesicht verschwand blitzartig und wurde durch den mächtigen Kopf des Überschweren ersetzt. Talamon lächelte flüchtig, als er Rhodan erkannte.

„Ich wollte Sie sprechen, bevor ich in Transition gehe", sagte er mit leisem Bedauern in der dröhnenden Stimme. „Sie dürfen nicht denken, daß ich Angst habe, aber ich muß mich den Anordnungen des Regenten fügen."

„Und der Regent befiehlt Ihnen den Rückzug?" fragte Rhodan ungläubig. „Wie ist das möglich? Hat er uns denn nicht gebeten, die Gefahr zu untersuchen, die unseren Kosmos bedroht?"

„Er will die ARC-KOOR keinem Risiko aussetzen, Rhodan. Ich werde das Schiff nach Arkon bringen und dann mit meinem eigenen Schiff zurückkehren. Sie können sich darauf verlassen."

„Ich kann Sie nicht halten, Talamon, so bedauerlich das auch ist. Wir haben die einmalige Chance, die Unbekannten zu entdecken. Ich werde es also allein machen müssen. Grüßen Sie den Regenten von mir."

„Ihre Worte klingen bitter", beschwerte sich Talamon. „Es ist nicht meine Schuld, wenn ich fliehen muß. Die ARC-KOOR rast bereits dem Transitionspunkt entgegen. In fünf Minuten springe ich. Leben Sie wohl, Perry Rhodan. Noch heute werde ich zurückkehren."

„Ich erwarte Sie", schloß Rhodan die Unterhaltung ab.

Nachdenklich kehrte er in die Schleuse zurück und sah zu, wie die Kompanie der Roboter durch die Tore marschierte und in die Stadt eindrang.

„Was nun?" flüsterte Marshall. „In der Stadt ist niemand, ich würde es sonst wissen. Kein einziger Gedankenimpuls ist spürbar."

Rhodan nahm den Blick nicht von den Stadttoren.

„Die Unsichtbaren“, sagte er langsam und mit eigenartiger Betonung, „denken nicht. Sie besitzen nicht nur eine optische, sondern auch eine mentale Tarnkappe. Es wird schwer sein, sie zu finden.“

4.

Es waren vier Menschen, die äußerlich beherrscht und gelassen, innerlich aber vor Spannung zitternd durch die verlassenen Straßen der Stadt gingen. Fünf Schritt hinter ihnen watschelte der Mausbiber Gucky und bildete die Nachhut.

Rhodan und Fellmer Lloyd gingen nebeneinander, unmittelbar hinter ihnen hielten John Marshall und Ras Tschubai ihre Waffen schußbereit. Der Afrikaner bemühte sich, die ihm angeborene Scheu vor unnatürlichen Dingen zu verbergen.

Überall in der Stadt suchten Roboter nach Spuren von Leben. Rhodan konnte ihre Meldungen im Funkgerät mithören.

Ein hohes und wuchtiges Gebäude fesselte seine Aufmerksamkeit.

Er blieb stehen.

„Das sieht recht imposant aus“, sagte Rhodan und zeigte auf den Bau. „Scheint das Rathaus oder so etwas Ähnliches zu sein. Gehen wir hinein?“

„Warum nicht?“ meinte Marshall. „Die unsichtbare Gefahr droht überall, aber vielleicht finden wir dort einen Hinweis darauf, was mit den Bewohnern der Stadt geschehen ist.“

Die anderen nickten. Erneut setzten sie sich in Marsch.

Dicht vor den hohen Portalen blieb Rhodan stehen. „Gucky, willst du nicht nachschauen?“

Der Mausbiber verstand sofort.

„Wenn du glaubst, ich hätte Angst, hast du dich geirrt“, zischelte er voller Vorwurf. Er hatte in Rhodans Gedanken gelesen. „Ich kann ja schließlich jederzeit wieder verschwinden, wenn etwas faul ist.“

„Das Wort ‚verschwinden‘ kann ich schon nicht mehr hören, ohne daß mir eine Gänsehaut über den Rücken läuft“, gab Marshall leise zu.

Gucky warf ihm einen schnellen Blick zu, konzentrierte sich auf den kurzen Sprung in das Gebäude – und verschwand in einem Wirbel flimmernder Luft. Es dauerte kaum zehn Sekunden, dann war er wieder zurück.

„Ein Versammlungsort", gab er Auskunft und strich sich das Fell glatt. „Ich war in einem weiten Saal, der durch Lampen hell beleuchtet ist. Dabei scheint die Sonne. Es ist niemand drin, aber mir kommt es so vor, als hätten die Leute dort drinnen nur eine Pause gemacht und könnten jeden Augenblick in den Saal zurückkehren."

„Gehen wir", entschied Rhodan und begann, die breiten Stufen zu ersteigen. „Wir dürfen keine noch so geringe Spur vernachlässigen. Wir müssen wissen, wo die Verschwundenen geblieben sind – sonst finden wir niemals unsere eigenen Leute, die von den Unsichtbaren entführt wurden."

Durch verschiedene Gänge und kleinere Räume erreichten sie schließlich den von Gucky zuerst besuchten Saal.

Stumm blieben sie dicht bei der Tür stehen und spürten erneut, wie das Unheimliche ganz dicht bei ihnen war und nach ihnen zu greifen drohte.

Der Saal war leer, ebenso die reihenförmig angeordneten Sitze, die sich zu einem Halbrund formten und nach hinten tribünenartig anstiegen. Vor jedem Sitz war ein Schreibtisch angebracht, auf dem Papiere und Schreibgerät lagen. Es sah wahrhaftig so aus, als hätten die Abgeordneten den Saal nur zu einer kurzen Pause verlassen. Niemand würde seine Notizen liegenlassen, wenn er nicht zurückzukehren gedachte.

„Hier ist jemand", flüsterte Fellmer Lloyd plötzlich. „Ich kann es deutlich spüren."

„Lloyd hat recht", flüsterte Gucky. „Es ist jemand hier in diesem Saal. Ich kann ihn – fühlen, ja, das ist das rechte Wort. Seine Gedanken – es sind viele Gedanken, aber sie sind sinnlos und bruchstückartig. Sie kommen und gehen . . ."

Ras Tschubai schwieg verbissen. Seine Hand umklammerte den Kolben der Waffe, während die Augen nach einem Ziel suchten. Rhodan war davon überzeugt, daß der Teleporter sich innerlich auf den rettenden Sprung vorbereitete.

„Sie dürfen auf keinen Fall teleportieren", warnte Rhodan leise.

„Und wenn, dann müssen Sie zwei von uns mitnehmen. Verstanden?"

Wie ein ertappter Sünder nickte der Afrikaner.

Verstecke gab es in dem Saal genug. Hinter jeder Bank, unter jedem Tisch konnte sich der Feind verbergen – wenn er das nötig haben sollte. Helles Licht durchflutete den weiten Raum, aber niemand war zu sehen.

„Vielleicht sind es nur unsere Nerven", flüsterte Rhodan. „Sie gaukeln uns etwas vor . . ."

„Mir gaukelt niemand etwas vor", protestierte Gucky schrill und stellte aufmerksam die Ohren in die Höhe. „Hier ist jemand. Hier sind sogar mehrere. Aber ich kann sie nicht sehen."

Rhodan betrachtete die Stuhlreihen mit gerunzelter Stirn. Er war sich der furchtbaren Gefahr bewußt, in der sie alle schwebten. Er glaubte selbst nicht an seine These mit den überanstrengten Nerven.

Es war ihm plötzlich, als habe er drüben bei dem Rednerpult jemanden gesehen. Ein Schatten war es nur gewesen, der aus dem Nichts auftauchte und genauso schnell wieder verschwand. Ein Hauch schien durch den Saal zu wehen – eiskalt wie aus einem Grab. Er hüllte die vier Männer und Gucky ein und ließ sie frösteln. Dann verging der Hauch.

Wieder huschte ein Schatten quer durch den Saal.

Ras Tschubai riß seine Waffe hoch, der energiereiche Impulsstrahl raste mit einem grellen Zischen auf das verschwommene Ziel zu – fuhr durch es hindurch und setzte die dahinterliegende Bankreihe in Brand.

Rauch kräuselte auf, erste Flammen schlugen zur Decke.

Auch Marshall feuerte sinnlos auf ein Ziel, das keins war und in derselben Sekunde verschwand, in der sie es sahen.

„Nichts wie weg hier!" schrillte Gucky entsetzt.

„Ruhe!" flüsterte Rhodan. „Wenn wir jetzt fliehen, werden wir niemals erfahren, mit wem wir es zu tun haben." Er wandte sich in Richtung der flimmernden Schatten und umrißhaften Lichterscheinungen und rief laut: „Wer immer ihr auch seid, gebt euch zu erkennen. Wir beabsichtigen keine Feindseligkeiten."

Es erfolgte keine Antwort, aber Rhodan spürte, daß er von etwas Unsichtbarem berührt wurde. Gleichzeitig begann Lloyd sich vor ihren Augen aufzulösen.

Rhodan benötigte nur eine halbe Sekunde, um zu handeln. „Tschubai! Greifen Sie Lloyd und Marshall! Springen Sie nach draußen!“ Fast gleichzeitig faßte er nach Guckys Arm. „Los, springe du auch! Schnell!“

Dann versank der Saal vor seinen Augen, und als er sie wieder öffnete, stand er draußen auf der Straße neben Gucky. In derselben Sekunde materialisierten fünfzig Meter entfernt drei menschliche Gestalten – Ras Tschubai mit Marshall und Fellmer Lloyd.

Er atmete auf.

Rhodan hatte das Gefühl, die erste Runde in diesem ungleichen Kampf gewonnen zu haben.

Allerdings nur nach Punkten – und sehr knapp.

„Zurück zur DRUSUS!“ befahl Rhodan.

Baldur Sikermann stand in der geöffneten Schleuse und atmete erleichtert auf, als Rhodan und die anderen eintrafen.

„Von der ARC-KOOR traf eine kurze Meldung ein, Sir. Talamon ist noch nicht in Transition gegangen und hält sich hier im System auf. Er hat eine merkwürdige Entdeckung gemacht, die er dem Regenten von Arkon melden will. Er hofft, dann die Erlaubnis zu erhalten, uns im Kampf gegen die Unsichtbaren zu helfen.“

„Eine Entdeckung?“ dehnte Rhodan. „Hat er nicht gesagt, welche Entdeckung er meint?“

„Nein, leider nicht. Er will sich beizeiten wieder melden.“ Rhodan überlegte kurz und gab dann seine Befehle. „Los, Sikermann, geben Sie Startalarm. Alle Beiboote in die DRUSUS einschleusen. Dann starten wir.“

„Wohin, Sir?“

„Kreisbahn um Mirsal III. Abstand: zwei Lichtminuten. Hyperfunkgerät auf Dauerempfang. Wenn Talamon sich meldet, möchte ich sofort unterrichtet werden. Ich bin in meiner Kabine.“

Ohne ein weiteres Wort ging Rhodan davon. Die anderen begaben sich in die Zentrale.

Wenig später jagte das gewaltige Kugelschiff in den klaren Himmel hinauf, um kurz danach in der Tiefe des Alls unterzutauchen.

Sikermann runzelte die Stirn, als der Interkom schrillte. Unwillig schaltete er ein. „Was ist los? Ich habe genug mit der Navigation zu tun . . .“

„Hier Hangar, Leutnant Wroma. Ein Beiboot fehlt, Sir."

Sikermann verschlug es fast die Sprache.

„Was?" rief er fassungslos. „Aber es waren doch alle . . ."

„Die K-7 fehlt. Kommandant ist Leutnant Rous. Ich glaubte, er hätte den Auftrag, draußen zu bleiben."

„Mist!" rief Sikermann und vergaß dabei seine gute Erziehung.

Sikermann stellte die Verbindung mit der Funkzentrale her. „Haben Sie Kontakt mit der K-7, Stern?"

Der Israeli benötigte einige Sekunden, dann verneinte er. „Tut mir leid, Sir. Kein Kontakt."

Sikermann starrte verbissen auf die Kontrollen und Bildschirme, während Mirsal III immer tiefer im Raum zurückblieb.

Irgendwo dort unten mochte Leutnant Rous sein.

Wenn er noch vorhanden war.

5.

Marcel Rous war sich darüber im klaren, daß er gegen alle Befehle verstieß, als er den Fahrthebel der K-7 auf volle Kraft schob und in flacher Parabel in den Raum hinausschoß. Er wußte aber auch, daß er von Rhodan niemals die Erlaubnis erhalten hätte, auf eigene Faust nach den verschollenen drei Männern zu suchen.

Marcel Rous sah die DRUSUS verschwinden, als er der Oberflächenkrümmung des Planeten folgte und erneut in den Schatten der Nachtseite glitt.

Alle Schutzschirme waren eingeschaltet, die Funkzentrale arbeitete nicht, die K-7 war von der Außenwelt abgeschlossen.

Marcel Rous wußte, daß er die Besatzung gegen sich haben würde, sobald sie erfuhr, daß er gegen Rhodans Befehl verstieß. Daran änderte auch die Tatsache nichts, daß der Leutnant nur den drei verschwundenen Männern helfen wollte.

Es war nicht sehr schwer, jene Stadt wiederzufinden, in der die beiden Roboter zurückgeblieben waren. Sie standen noch unversehrt auf dem Marktplatz und warteten. Marcel landete dicht bei ihnen und nahm sie an Bord. Gespannt nahm er ihren Bericht entgegen.

„Keine Vorkommnisse", sagte R-2 unbewegt. „Es erfolgte kein Angriff auf uns. Von Kadett Becker und den beiden anderen Männern keine Spur. Wir haben alle Häuser der Umgebung abgesucht. Die Stadt ist unbewohnt."

Marcel fragte: „Was ist mit den Schatten? Habt ihr Schatten bemerkt?"

„Nichts, Sir. Die Stadt ist unbewohnt."

Rous fluchte still vor sich hin und schickte die Roboter in den Hangar. Dann gab er den Befehl, das Gleitboot startklar zu machen.

Diese Gleitboote waren nur knapp drei Meter lang, arbeiteten nach dem Prinzip der Antigravfelder, konnten zwei Mann an Bord nehmen und waren nicht für lange Flüge durch den Raum geeignet, weil sie nur die einfache Lichtgeschwindigkeit erreichten. Für Beobachtungen innerhalb eines Sonnensystems waren sie jedoch ideal.

Marcel Rous wählte Kadett Debruque, einen Landsmann, zum Begleiter.

Debruque konnte in gewisser Beziehung als Sonderling bezeichnet werden, wenn man auch gut mit ihm zurechtkam. In seiner Freizeit beschäftigte er sich mit Malerei, und es bereitete ihm unsägliches Vergnügen, seine Kameraden zu porträtieren, wenn diese auch immer wieder behaupteten, sich nicht wiederzuerkennen. Kein Wunder, denn Debruque malte abstrakt.

Die beiden Männer hatten in der engen Kabine kaum Platz. Rous bat seinen Gefährten, die Funkgeräte nicht zu berühren. Die K-7 sollte auf ihre Rückkehr warten und nur im Notfall aufsteigen, um in eine Kreisbahn zu gehen. Das Gleitboot schoß aus der weit geöffneten Luke und verlangsamte sofort, um in nur zwei Meter Höhe durch die hell beleuchteten Straßen der Stadt zu schweben.

Marcel Rous fühlte sich sicher. Er wußte, daß er mit einem einzigen Hebeldruck in das All hinausschießen konnte. So schnell würde ihn niemand einholen, auch keine Unsichtbaren.

Er stieg hoch genug, um in die meist beleuchteten Zimmer hinter den Fenstern schauen zu können. Manchmal hielt er auch an, wenn er glaubte, eine Bewegung entdeckt zu haben. Aber jedesmal wurde er enttäuscht. Alle Zimmer waren leer und verlassen.

Zwei Stunden kreuzten sie durch die Stadt, dann war Rous fest davon überzeugt, daß sich in ihr kein einziges lebendiges Wesen aufhielt – außer ihm selbst und seinen Begleitern.

Die Unsichtbaren, wenn sie unsichtbar waren, hatten sich aus dem Staub gemacht. Wäre das nicht der Fall, so hätten sie ihn längst angegriffen und entführt.

Enttäuscht, keine Spur der drei Männer gefunden zu haben, kehrte er auf den Marktplatz zurück.

Und da erlitt er einen derartigen Schrecken, daß seine Glieder erlahmten und er nur mit weit aufgerissenen Augen auf die Stelle starren konnte, an der K-7 gestanden hatte.

Die Stelle war leer.

Das Beiboot war verschwunden.

„Rous muß wahnsinnig geworden sein!“ schimpfte Sikermann wütend. „Wenn ich ihn erwische, kann er sich auf einiges gefaßt machen.“

Rhodan lag auf seinem Bett und sah hinauf zu Sikermanns Gesicht auf dem Bildschirm des Interkoms. Mit keiner Miene verriet er, wie müde er war – und wie verärgert, daß die Botschaft des Kommandanten ihn aus dem kurzen Schlummer gerissen hatte.

„Ich weiß nicht, ob Sie Rous jemals wiedersehen werden“, sagte er ruhig. „Kennen Sie sein Motiv? Warum tat er es?“

„Keine Ahnung. Er ist verrückt geworden . . .“

„Das glaube ich nicht. Ich nehme vielmehr an, daß er seine drei Männer befreien wollte, so irrsinnig das Unterfangen auch sein mag. Warten wir ab, was er erreicht – wenn überhaupt.

Sonst Neuigkeiten?“

„Keine, Sir“, erwiderte Sikermann etwas verstört. „Wir haben die gewünschte Kreisbahn erreicht. Noch keine Nachricht von Talamon. Wir sind auf Empfang.“

Rhodan erhob sich und nickte Sikermann zu. „Wenn Sie mich brauchen, ich bin in der Kabine Marshalls zu erreichen.“

Er wartete nicht, bis der Bildschirm erlosch, sondern ging hinaus, ließ sich vom Lift in ein anderes Stockwerk tragen und betrat Minuten später die Kabine des Telepathen, der seine Annäherung bereits registriert hatte.

„Ich stehe vor der Entscheidung", sagte Rhodan, als er sich gesetzt hatte, „entweder weiter hier auszuharren und auf den Zufall zu warten oder zur Erde zurückzukehren. Was meinen Sie?"

Marshall schien erschrocken. „Sie wollen doch nicht aufgeben? Jetzt, da auch noch Rous und ein ganzes Schiff verschwunden sind . . ."

„Das ist es nicht, was mir die Entscheidung schwermacht", korrigierte Rhodan die Meinung des Mutanten. „Die übertriebene Vorsicht des Regenten nimmt mir die Lust, die Kastanien für Arkon aus dem Feuer zu holen. Wenn ich nicht dächte, daß die Unsichtbaren eines Tages auch die Erde finden könnten . . ."

„Damit dürfte die Entscheidung ja bereits gefallen sein", sagte Marshall.

Rhodan nickte langsam. „Sie sagen es. Rufen Sie die anderen Mutanten."

Er saß still und schweigsam auf seinem Platz, bis sie alle in der kleinen Kabine versammelt waren: der Japaner Tama Yokida, der seine Fähigkeiten bisher noch nicht hatte einsetzen können, Fellmer Lloyd, Ras Tschubai, Ralf Marten und Gucky, der vor den Unsichtbaren einen unsagbaren Respekt zu haben schien.

Rhodan sah auf. In seinen Augen war ein freundlicher Schimmer, als er seine alten Freunde musterte. Und ein wenig Hoffnung.

„Ich glaube kaum, daß wir jemals einer solchen Gefahr gegenüberstanden", begann er. „Der Regent sagte, daß dieser unheimliche Feind bereits ganze Sonnensysteme entvölkert habe, ohne daß man etwas dagegen hätte unternehmen können. Unvorstellbar, wenn die Unbekannten die Erde fänden. Mein ursprünglicher Plan, nach Terrania zurückzukehren, kann aus diesem Grund nicht verwirklicht werden. Ein Unsichtbarer könnte an Bord der DRUSUS sein. Wir haben keine Möglichkeit, das festzustellen, denn die Telepathie versagt. Wir haben also keine Alternative: Wir müssen hierbleiben, bis wir den Gegner gefunden und entlarvt haben. Eine Rückkehr zur Erde darf nur dann erfolgen, wenn wir absolut sicher sind, daß die Unbekannten dieses System verlassen haben."

Gucky senkte den Kopf, was seinem spitzbübischen Gesicht einen maßlos traurigen Ausdruck verlieh. „Warum mußten wir auch unsichtbaren Geistern begegnen? Warum keinen Ungeheuern? Die kann ich sehen und in die nächste Sonne werfen. Aber Unsichtbare ... Brrr ..."

„Wir werden schon mit ihnen fertig", sagte Tama Yokida ruhig. „Wir sind bis heute mit allen Gefahren fertig geworden."

„Gut gesagt." Rhodan nickte ohne Überzeugung. „Ich wäre Ihnen aber dankbar, wenn Sie uns wenigstens einen kleinen Tip geben könnten."

„Das kann ich leider nicht", gab Tama kleinlaut zu.

„Fassen wir zusammen", fuhr Rhodan fort. „Die Unsichtbaren entvölkern bewohnte Planeten und kümmern sich nicht um anorganische Materie. Selbst Pflanzen rühren sie nicht an, nur Tiere und Menschen. Ich sehe damit bewiesen, daß sie die Planeten zu einem ganz bestimmten Zweck plündern. Es sieht so aus, als benötigten sie irgend etwas, aber keine anorganische Materie."

„Und das Fazit?" fragte Marshall.

Rhodan zuckte mit den Schultern. „Es ist noch zu früh, ein Fazit zu ziehen. Wir können nur Fakten registrieren und damit Vermutungen anstellen, mehr nicht. Sicher ist, daß wir den Unsichtbaren noch nicht entgegentreten können, ohne eine Niederlage zu erleiden."

Er sah auf den Schirm, als ein Summen ertönte. Sikermann schaute in die Kabine. Er schien erregt zu sein.

„Ja, was ist?" fragte Rhodan.

„Talamon meldet sich, Sir. Er möchte Sie sprechen."

Sekunden später wirbelten farbige Kreise und Punkte über die matte Bildfläche, formten sich allmählich zu einem Muster, das schließlich zu einem Gesicht wurde. Es war das des Überschweren.

„Sind Sie es, Rhodan?"

„Ich höre Sie, Talamon."

„Aber ich kann Sie nicht sehen! Schalten Sie die Kamera ..."

„Ich weile nicht in der Funkzentrale, Talamon. Sprechen Sie, wir versäumen sonst vielleicht wertvolle Sekunden. Warum sind Sie noch nicht nach Arkon zurückgekehrt, wie der Regent es befahl?"

„Ich erhielt die Erlaubnis, weitere zehn Minuten zu bleiben, weil ich eine merkwürdige Entdeckung machte, Rhodan. Ich wollte Sie davon unterrichten."

„Welche Entdeckung?"

„Ein fremdes Schiff, Rhodan. Ein ganz kleines Schiff. Es hat die

Form einer Spindel, hinten abgeflacht. Mit geringer Geschwindigkeit bewegt es sich von der Sonne weg. Der flammende Antrieb läßt vermuten, daß es sich um eine primitive Flüssigkeitsrakete handelt, wie sie in den Anfängen der Raumfahrt auch von den Arkoniden benutzt wurde. Aber das ist etliche Jahrzehntausende her."

Rhodan saß reglos auf seinem Stuhl. Er starrte Talamon an und bedauerte, daß die Sichtverbindung nur einseitig war. Nach mehreren Sekunden sagte er tonlos: „Glauben Sie, daß es sich um ein Schiff der Unsichtbaren handelt?"

Talamon zögerte. „Ich nahm es zuerst an, aber ich kann es mir nicht vorstellen. Wesen, die sich unsichtbar machen können, müssen eine fortgeschrittene Technik entwickelt haben, die der unsrigen zumindest ebenbürtig ist. Ich kann mir nicht denken, daß sie mit Flüssigkeitsraketen durch den Weltraum kriechen und sich von jedem Lichtstrahl überholen lassen. Wie sollten sie zu den anderen Sternsystemen gelangen?"

„Sie haben recht", gab Rhodan widerwillig zu, denn ihm wäre es lieber gewesen, man hätte ein Schiff der Unsichtbaren gefunden. „Aber wer soll es sonst sein? Die Bewohner von Mirsal III kennen die Raumfahrt nicht."

„Darüber zerbreche ich mir den Kopf und finde keine Antwort. Können Sie herkommen, Rhodan? Ich verfolge die fremde Rakete in gehöriger Entfernung und lasse sie nicht aus den Augen."

Rhodan zögerte.

Unten auf Mirsal III war noch Marcel Rous und erfüllte eine verzweifelte Mission – wenigstens versuchte er es. Durfte er den tapferen Offizier im Stich lassen? Sicher, Rous hatte nicht auf Befehl gehandelt, aber seine Motive waren ehrbar und uneigennützig. In solchen Fällen pflegte Rhodan nachsichtig zu sein. Er selbst hätte anstelle des Franzosen kaum anders gehandelt.

Er faßte einen Entschluß. „Ich werde in kürzester Zeit bei Ihnen sein, Talamon. Geben Sie inzwischen Ihre genaue Position durch. Ich habe hier noch eine Kleinigkeit zu erledigen."

Der Schirm erlosch, als Sikermann sich einschaltete.

Rhodan sagte: „Wir werden noch einmal landen, Sikermann. Nur für zehn Sekunden, dann starten Sie wieder und nehmen Kurs auf die Position, die Talamon Ihnen angibt. Alles klar?"

„Aber . . .“

„Kein Einwand, Sikermann. Ich weiß genau, was ich tue. Starten Sie! Landen Sie irgendwo auf Mirsal III.“

Sikermanns verdutztes Gesicht verschwand vom Bildschirm.

In seiner Ecke seufzte Gucky: „Auch das noch.“

Er hatte wieder spioniert und wußte, was Rhodan plante.

Noch während die DRUSUS erneut dem Planeten entgegenstürzte und zu einer überhasteten Landung ansetzte, sagte Rhodan: „Tama Yokida und Gucky werden von Bord springen, sobald wir den Boden berühren. Ich will mit der DRUSUS zu Talamon und werde so bald wie möglich zurückkehren. Wir bleiben in Verbindung, Gucky. Dein Kontakt ist Marshall. Alles soweit klar?“

Tama nickte stumm.

Gucky knurrte: „Möchte wissen, warum so viel geredet wird. Die Kleinigkeit erledigen wir so nebenbei.“

Aber seinen Worten fehlte jede Überzeugungskraft.

Die DRUSUS landete und startete zehn Sekunden später wieder.

Gucky und Tama Yokida waren nicht mehr an Bord.

Es war Marcel Rous, als habe er einen heftigen Schlag gegen den Kopf erhalten, und er vermeinte, den Schmerz körperlich spüren zu können.

War sein Schiff ohne ihn gestartet? Sicher, er hatte den Befehl dazu gegeben, aber niemals ernsthaft angenommen, daß man ihn so einfach in der Klemme sitzenließ. Bei Gefahr, hatte er gesagt. War eine Gefahr vorhanden gewesen? Keinerlei Spuren wiesen darauf hin, aber das hatte ja bei diesem unheimlichen Gegner nichts zu sagen.

Mehrmals umkreiste er mit dem Gleitboot die Stelle, an der die K-7 gestanden hatte. Sie war verschwunden, ohne den geringsten Beweis ihrer Existenz zurückzulassen.

Debruque sagte gelassen: „Jetzt sind wir allein auf diesem Geisterplaneten, Leutnant. Was nun? Ich würde vorschlagen, wir suchen die DRUSUS.“

Das würde nicht schwer sein, denn das Gleitboot verfügte über eine normale Funkanlage. Wenn Rhodan noch im System weilte, würde er früher oder später den Spruch auffangen.

Marcel Rous schüttelte verbissen den Kopf. „Wir haben unser Ziel noch nicht erreicht, Debruque. Sollen wir so einfach aufgeben? Und was die K-7 angeht, so sind uns die Herren im Kommandostand eine Erklärung schuldig. Die will ich mir noch holen."

„Und wo?" fragte der Kadett.

Marcel Rous gab keine Antwort. Er ließ das Boot ein wenig steigen, nahm Geschwindigkeit auf und steuerte die nächste Stadt an, deren Lichter bereits Minuten später durch die beginnende Dämmerung funkelten. Erst als sie tiefer sanken und dann dicht über das Pflaster der Straßen dahinglitten, sagte er: „Wir werden überall suchen, Debruque. Irgendwo müssen sie ja sein. Und wenn wir nicht *sie* finden, dann eben eine Spur der Unsichtbaren. Sie mögen eine Methode erfunden haben, die Lichtstrahlen abzulenken, aber körperlos sind sie sicherlich nicht. Darauf fußt meine einzige Hoffnung."

„Verstehe ich nicht, Leutnant."

Rous nickte grimmig. „Sie können beruhigt sein – ich verstehe es selbst noch nicht ganz, aber ich lasse alles an mich herankommen. Im richtigen Augenblick wird mir schon das Richtige einfallen."

„Hoffentlich", meinte der Kadett und wandte seine Aufmerksamkeit den verlassenen Straßen zu. Er war fest entschlossen, die Spur zu entdecken, die zu den Unsichtbaren führen sollte.

Aber die beiden Männer wurden enttäuscht.

Die Stadt war nicht nur von allen Lebewesen verlassen, sondern anscheinend auch von den Unsichtbaren.

In der nächsten Stadt unternahmen sie einen kleinen Rundgang, jederzeit bereit, in das kleine Schiff zurückzulaufen und sofort zu starten. Vielleicht hätte ihnen das auch nicht mehr geholfen, aber die unmittelbare Nähe des Bootes verschaffte ihnen eine gewisse Beruhigung. Ihre Suche blieb erneut erfolglos, und sie setzten den Flug fort.

Sie tauchten ins Licht der aufgehenden Sonne und begannen ihre Suche auf der Tagseite. Hier ging es schneller. Seltsam waren die brennenden Straßenlaternen in den verlassenen Gassen und Wegen anzusehen, ebenso seltsam wie die Lichter in den leeren Wohnungen. Es war niemand da, der sie ausgeschaltet hätte.

Aber es waren auch keine Unsichtbaren mehr da.

Marcel Rous ließ nicht locker. Er landete in jeder Stadt, bei jeder Ansiedlung und sogar vor einzelnen Häusern draußen auf dem Land. Was er fand, war immer wieder das gleiche: verlassene Wohnungen, leere Ställe und endloses Schweigen.

Da glaubte er auch daran: Die Unsichtbaren hatten den Planeten Mirsal III ebenfalls verlassen, nachdem es kein lebendes Wesen mehr dort gab.

Die Invasion war beendet, aber niemand ergriff von der eroberten Welt Besitz.

Warum also hatte man sie erobert?

Tama Yokida sah hinter der DRUSUS her, aber die riesige Kugel wurde innerhalb von Sekunden zu einem winzigen Punkt im Blau des Himmels und verschwand. Sein linker Arm hing nach unten, und mit den Händen hielt er Gucky.

Gucky betrachtete aufmerksam die Umgebung.

„Sie haben uns einfach in einem Gebirge abgesetzt, nicht in der Stadt", sagte der Ilt. „Aber warum sollen wir nicht gerade hier mit den Nachforschungen beginnen? Vielleicht haben die Unsichtbaren einen Einsiedler vergessen, der hier in einer Höhle wohnt. Dann erfahren wir endlich, was geschehen ist."

Um langes Gehen zu vermeiden, unternahm Gucky mit Tama vereinzelte Teleportationen. Es dunkelte bereits, als die den Rand des Gebirges erreichten und hinab auf die weite Ebene sahen, in deren Mitte eine große Stadt lag. Deutlich war zu erkennen, daß alle Lichter brannten. Nichts bewegte sich.

„Sehen wir uns die Stadt an?" fragte Tama, denn inzwischen hatte er jede Furcht vor den Unbekannten verloren. „Vielleicht finden wir einen Hinweis."

„Ich möchte wissen, wo dieser verrückte Leutnant geblieben ist." Gucky seufzte, ohne auf die Frage des Japaners zu antworten. „Er kann sich doch nicht einfach in Luft aufgelöst haben."

„Doch, Gucky, das kann er", befürchtete Tama. „Wir haben die Beweise, daß die Unsichtbaren Materie zu sich holen können – zu sich in ihr unsichtbares Reich."

„Ein ganzes Schiff?" fragte Gucky zweifelnd.

Tama zuckte mit den Schultern. „Wir müssen auch damit rechnen."

Er ahnte noch nicht, wie nahe er der furchtbaren Wahrheit kam.

Rhodan erreichte inzwischen mit der DRUSUS die von Talamon angegebene Position. Die ARC-KOOR stand gut zwei Lichtstunden von Mirsal III entfernt, hatte sich jedoch der gelben Sonne erheblich genähert. Das war eine Tatsache, die Rhodan wortlos registrierte, aber keineswegs zu ignorieren gedachte.

Die zweite Absonderlichkeit konnte er bemerken, als er der rätselhaften Rakete ansichtig wurde, die mit einer Geschwindigkeit von knapp fünfhundert Kilometer in der Sekunde aus dem Sonnensystem herausflog.

Aus ihm heraus. Und sie kam aus Richtung der Sonne.

Talamon ließ nicht lange auf sich warten. Kaum hatte Rhodan die Verbindung hergestellt, erschien der Überschwere schon auf dem Bildschirm.

„Es ist gut, Rhodan, daß Sie da sind. Ich hatte inzwischen eine Unterredung mit dem Regenten. Als ich von der primitiven Rakete berichtete und die Vermutung äußerte, es könne sich vielleicht um ein Schiff der Unsichtbaren handeln, erhielt ich die Erlaubnis, mit der ARC-KOOR zu bleiben."

„Soll das heißen", Rhodan wunderte sich, „daß der Regent sich Ihrer Meinung angeschlossen hat? Das halte ich für ausgeschlossen."

„Warum?"

„Das Robotgehirn denkt zu logisch, um annehmen zu können, die Unsichtbaren würden mit Flüssigkeitsraketen von Stern zu Stern eilen."

Talamon grinste breit. „Was immer der Regent auch annimmt, er hat mir den Befehl gegeben, die Rakete zu untersuchen, aber sehr vorsichtig zu Werke zu gehen. Ihre Unterstützung kommt mir dabei gerade recht."

Rhodan warf einen Blick auf den anderen Bildschirm. Unbeirrbar und mit gleichem Kurs flog die kleine Rakete ihrem unbekannten Ziel entgegen. Soviel glaubte Rhodan herausgefunden zu haben: Dieses unbekannte Ziel war Mirsal III, der entvölkerte Planet. Was wollte sie dort?

„Was unternehmen wir, Talamon?"

„Wir stoppen die Rakete, ganz einfach. Mit Magnetfeldern . . ."

„Ohne Anruf?"

„Warum nicht?"

Rhodan schüttelte den Kopf. „Ich möchte zuerst versuchen, Funkverbindung aufzunehmen. Wissen Sie, Talamon, ich teile durchaus nicht Ihre Ansicht, daß diese Rakete ein Schiff der Unsichtbaren ist. Ich habe vielmehr eine ganz andere Theorie."

„Welche? Das würde mich interessieren."

„Ich kann Ihnen in wenigen Minuten die genauen Kursberechnungen meines Navigationsroboters mitteilen. Aber denken Sie doch selbst: Die Rakete kommt aus dem System heraus und nimmt Kurs auf Mirsal III. Das geringe Tempo läßt darauf schließen, daß sich die Besatzung keine Umwege erlauben kann, weil diese zuviel Zeit in Anspruch nähmen. Also kann die Rakete nur vom zweiten Planeten dieses Systems stammen."

„Unmöglich." Talamon lachte. „Der zweite Planet von Mirsal ist unbewohnt."

„Er *gilt* als unbewohnt", berichtigte Rhodan gelassen. „Das ist ein Unterschied. Die Arkoniden machen sich nicht die Mühe, *alle* Planeten eines Systems zu untersuchen, außerdem sind die Kataloge veraltet. Das dürfen wir nicht vergessen. Ich bin jedenfalls davon überzeugt, daß die emsigen Raumschiffe dort von Mirsal II stammen."

Talamon dachte nach, dann nickte er langsam. „Vielleicht stimmt Ihre Vermutung, Rhodan. Was ergibt sich daraus?"

„Einiges, nehme ich an. Zumindest aber die Tatsache, daß ein Volk versucht, den Raum zu erobern. Ich weiß nicht, wer diese Bewohner von Mirsal II sind, aber es sind jedenfalls zivilisierte Lebewesen. Sie brauchen unsere Hilfe, und wir sollten sie nicht durch ein Magnetfeld erschrecken. Rufen wir sie über Funk an. Vielleicht geben sie Antwort."

Talamon willigte ein. Aber noch ehe Rhodan die entsprechenden Anweisungen an die Funkzentrale der DRUSUS weiterleiten konnte, traf die Antwort aus dem Navigationsraum ein. Die Positronik hatte errechnet, daß der zurückverfolgte Kurs der Rakete Rhodans Vermutung bestätigte. Das Objekt kam zweifellos vom zweiten Planeten der Sonne Mirsal und versuchte, den dritten Planeten zu erreichen. Es mußte bereits seit einigen Tagen unterwegs sein und würde Mirsal III erst in Wochen erreichen, wenn es die Geschwindigkeit nicht erhöhte.

War es eine Forschungsrakete, die den Nachbarplaneten anfliegen wollte?

Rhodan fand keine Antwort und sah sich auf Vermutungen beschränkt. Um so wichtiger erschien es ihm, Verbindung mit den Unbekannten aufzunehmen.

Er begab sich in die Funkzentrale. So sehr man sich auch bemühte, Antworten auf die laufenden Anfragen zu erhalten, die Empfänger der DRUSUS blieben stumm. Entweder besaßen die Erbauer der Rakete keine Funkanlage, oder sie legten keinen Wert auf einen Kontakt mit den beiden Giganten, die so plötzlich aus dem Nichts aufgetaucht waren.

Unbeirrt zog das stählerne Ding seine Bahn.

„Da hilft nichts." Talamon wurde allmählich ungeduldig. „Wir müssen sie anhalten und aufschweißen. Soll ich sie an Bord nehmen, oder wollen Sie das besorgen?"

Rhodan zögerte und betrachtete erneut das geheimnisvolle Objekt. Es erinnerte ihn an jene Zeit vor sieben Jahrzehnten, als er selbst mit einer solchen Rakete die Entfernung Erde-Mond zurückgelegt hatte. Das silberne Gebilde dort drüben, keine zwei Kilometer entfernt, war ein Stück Vergangenheit, und doch bedeutete es für jene, die es erbauten, den Beginn der Zukunft. Ihnen mußte nun so ähnlich zumute sein wie ihm, Rhodan, zu jener Zeit, da er zum erstenmal den gewaltigen Kugelraumer der Arkoniden erblickt hatte, der auf dem Mond notgelandet war. Sie würden jetzt die gleichen Ängste spüren, die er damals empfunden hatte.

„Ich werde es tun", beantwortete er Talamons Frage.

6.

Nach einigen Stunden waren Marcel Rous und Debruque sicher: Mirsal III trug außer ihnen kein lebendiges Wesen mehr. Der Planet war verlassen, sowohl von den ehemaligen Bewohnern als auch von den unsichtbaren Invasoren, deren Aufgabe beendet zu sein schien.

Kein einziger Angriff war auf sie erfolgt, und ohne jede Gefahr konnten sie sich in den Städten oder auf freiem Feld bewegen. Hier und da waren sie auf Kampfroboter der DRUSUS gestoßen, die immer noch versuchten, den Gegner zu stellen.

Die gleiche Feststellung mußten auch Gucky und Tama treffen. In wahllosen Teleportersprüngen eilten sie von einem Ort zum anderen, ohne jemanden zu finden. Selbst die unheimlichen Schattenerscheinungen fehlten. Keine Gedankenimpulse erreichten Guckys Gehirn, und als es dann plötzlich doch geschah, war es zwar überraschend, aber keineswegs eine Ursache zur Panik.

Der letzte Sprung brachte die beiden Mutanten auf den Gipfel eines Berges, der von einer mächtigen Festung geziert wurde. Sie erinnerte an die alten Burgen des europäischen Mittelalters und stellte für die hiesigen Verhältnisse ein gewaltiges Bollwerk dar. Sicher war sie einst von den Herrschern bewohnt worden, die über das umliegende Land regierten. Jetzt lag sie verlassen in der Glut der grell scheinenden Sonne.

Gucky stand still inmitten des weiten Burghofs und sah hinauf zu den Zinnen. Tama hatte seine Hand losgelassen.

„Hier ist niemand", murmelte der Japaner unsicher.

Gucky gab keine Antwort. Er lauschte und legte die Ohren zurück. Tama wurde aufmerksam und sah hinüber zu der Zugbrücke, die über einen tiefen Graben führte.

„Was ist, Gucky?"

Der Mausbiber bequemte sich zu einer Antwort.

„Es *ist* jemand hier", flüsterte er ohne jede Erregung. „Ich bin mir nicht ganz sicher, wer es ist, aber auf keinen Fall ein Unsichtbarer. Deren Gedanken sind verschwommen. Ich glaube, es ist . . ."

„Dort!" rief Tama plötzlich und zeigte schräg nach vorn, wo ein wuchtiger Turm den Eckpfeiler des Burgblocks bildete. „Was ist das?"

Gucky folgte der Richtung seines Armes. Die Sonne fiel auf einen metallischen Gegenstand und wurde grell reflektiert.

Geblendet schloß Gucky seine Augen, um sie nur langsam wieder zu öffnen.

Der Gegenstand war nur halb zu sehen, denn er wurde von dem Turm verdeckt. Es war ein konisch geformter Metallkörper, der bewegungslos auf dem Boden lag.

„Gehen wir, Tama."

Nur zögernd folgte der Japaner, die Hand am Griff der Waffe.

Noch ehe sie den Turm erreichten und den geheimnisvollen Gegenstand ganz übersehen konnten, sagte Gucky: „Es ist Leutnant Marcel Rous. Zusammen mit einem anderen Mann durchsucht er die Burg."

Tama fragte nicht, woher Gucky das wußte. Er atmete nur erleichtert auf und nahm die Hand vom Strahler.

„Er ist allein mit diesem anderen Mann", fuhr Gucky fort und sah ein wenig verdutzt aus. „Vom Schiff und den anderen Besatzungsmitgliedern ist nichts zu entdecken. Sie sind oben in der Burg und suchen nach den verschwundenen Bewohnern. Gehen wir zu ihnen."

Er nahm Tamas Hand, ging aber noch weiter, bis sie die Ecke des Turmes erreichten und das Gleitboot sehen konnten.

„Irgendwo müssen sie doch das Beiboot gelassen haben", murmelte Tama verständnislos.

Gucky nickte und konzentrierte sich auf den Sprung, den er ganz nach den Gedankenimpulsen einrichtete. Dann entmaterialisierte er zusammen mit dem Japaner.

In derselben Sekunde betraten Marcel Rous und Debruque einen großen Saal, der genauso leer wie alle anderen Räume der Burg war. Überall lehnten Waffen und andere Geräte an den holzgetäfelten Wänden. In einem offenen Kamin verglommen Reste eines Feuers. In einem kupfernen Gefäß verdampfte die letzte Spur von Wasser. Hier mußten noch vor wenigen Stunden Wesen geweilt haben, die ein unbegreifliches Schicksal hinweggeholt hatte.

Wohin . . .?

Marcel Rous' Blick ruhte nachdenklich auf dem langen Tisch, der mit Trinkgefäßen und hölzernen Tellern bedeckt war, als hätte eine fröhliche Gesellschaft hier gesessen und gefeiert, als das Unglück über sie hereinbrach. Auf einigen Tellern lagen noch Fleischreste. Die Becher waren teilweise halb gefüllt. Nicht die geringste Kleinigkeit verriet den beiden, daß ein Kampf stattgefunden hatte, vielmehr sah es ganz so aus, als wären die Zecher einfach aufgestanden und davongegangen.

Warum aber waren sie nicht zurückgekehrt?

Marcel Rous zuckte zusammen, als er die Luft zwischen sich und dem breiten Stuhl am Tischende flimmern sah. Dann erblickte er die beiden sich materialisierenden Gestalten. Seine Hand schnellte vor und legte sich um Debruques Arm.

„Nicht schießen! Es sind unsere Mutanten!“

Gucky und Tama winkten ihnen zu.

„Wo haben Sie Ihr Schiff gelassen, Rous?“ fragte Gucky ohne Umschweife.

„Ich wollte meinen drei vermißten Leuten helfen“, sagte Marcel trotzig. „Das kann auch Rhodan mir nicht verbieten. Nun ist die K-7 verschwunden. Ihr solltet mir helfen, sie zu suchen.“

Gucky zuckte mit den Schultern und strich mit den Pfoten über ein Schwert, das an der Wand lehnte. „Wir haben in den vergangenen zwei Stunden die ganze Oberfläche von Mirsal III abgesucht, aber keine Spur eines Beiboots entdeckt.“

„Ob die Unsichtbaren sie entführten?“ fragte Rous.

„Jedenfalls hängen sie damit zusammen.“ Gucky nickte und watschelte mit entschlossener Miene auf den Ausgang zu, der in einen breiten Gang führte. „Sehen wir uns die Burg gemeinsam an. Ich habe immer noch die Hoffnung, einen vergessenen Mirsalesen zu finden – und ich habe das Gefühl, hier ist einer.“

„Hier – in der Burg?“ fragte Rous zweifelnd. „Wir sind doch überall gewesen.“

„So?“ machte Gucky und ordnete die einfallenden Gedankenimpulse, die nun stärker wurden. Es war, als sei jemand aus einem tiefen Schlaf erwacht und beginne allmählich erst wieder zu denken. „Warst du auch in den Kellergewölben?“

Rous schüttelte langsam den Kopf und folgte Gucky, der bereits draußen auf dem Gang war.

Breite Steinstufen führten in die Tiefe. Tama und Debruque bildeten die Nachhut.

Je tiefer sie kamen, desto dunkler wurde es. Zum Glück verfügte Marcel Rous über eine kräftige Stablampe, die er nun einschaltete. Sie mußten sich bereits unter der Oberfläche von Mirsal III befinden, aber es ging immer noch tiefer. Es schien, als führten die Stufen tief in den Berg hinein, auf dem die Burg erbaut worden war.

Endlich endete die Treppe. Der Gang führte geradeaus weiter. Die Luft war stickig und dumpf. Irgendwo weiter vorn war ein Geräusch. Ketten klirrten.

Unbeirrt schritt Gucky weiter. „Keine Sorge, es ist ein Gefangener. Die Unsichtbaren müssen ihn übersehen haben."

Dann standen sie vor einer Tür aus Stein.

Rous konnte die Tür nach innen aufstoßen. Sie drehte sich schwer in den Angeln, gab jedoch nach.

Gespannt sahen die drei Männer in das Verlies.

Es war leer. Die Ketten lagen schlaff an den eingemauerten Ringen neben den vereinsamten Strohlagern. Holznäpfe standen umher und zeugten davon, daß hier einst Gefangene unter unmenschlichen Bedingungen ihr Leben gefristet hatten.

„Dort drüben", flüsterte Gucky und ging voran.

Erst jetzt sahen es auch die anderen.

Das Verlies war nicht völlig leer. Ein Gefangener war zurückgeblieben. Er lag auf dem halb verfaulten Stroh und blickte ihnen mit weit aufgerissenen Augen entgegen, in denen das Entsetzen stand. Seine zerfetzte Kleidung deutete darauf hin, daß seine Gefangennahme unter recht dramatischen Umständen erfolgt war. Ein blutiger Verband um den rechten Arm bestätigte die Vermutung nur zu deutlich.

„Er weiß von nichts", erklärte Gucky, der in den Gedanken des Gefesselten forschte. „Seit Wochen ist er im Kerker und erwartet das Urteil. Die Unsichtbaren müssen hier nicht nachgesehen haben. Er wäre verhungert, wenn wir ihn nicht gefunden hätten."

„Nehmen wir ihn mit?" fragte der Leutnant.

„Sollen wir ihn etwa hierlassen?" lautete Guckys Gegenfrage, und damit war die Angelegenheit entschieden. „Vielleicht erfahren wir etwas von ihm, wenn ich auch befürchte, er weiß nicht einmal, daß es eine Invasion auf Mirsal III gab."

Die Eisenketten waren mit Tamas Hilfe schnell gesprengt. Der anderthalb Meter große Mirsalese ließ alles mit sich geschehen. Vielleicht glaubte er auch, seine letzte Stunde habe geschlagen und jede Gegenwehr sei sinnlos.

Zehn Minuten später, als sie alle erleichtert auf dem Burghof standen und die wärmende Sonne die letzten Kälteschauer aus ihren Gliedern vertrieb, sagte Marcel Rous: „Was machen wir nun? Das Gleitboot ist zu klein, um uns alle zu befördern. Sollen wir uns trennen?"

„Wozu?“ fragte Gucky erstaunt. „An Bord des Bootes ist doch ein Sender, oder? Na also. Wir nehmen Verbindung mit Rhodan auf und bitten ihn, uns abzuholen. Bis dahin warten wir hier in der Burg.“

Der Leutnant machte einen deprimierten Eindruck. „Was wird der Chef sagen, wenn ich ohne die K–7 zurückkehre?“

Guckys Gesicht blieb ausdruckslos. „Wir werden es früh genug wissen, Leutnant. Ich kümmere mich um eine Funkverbindung mit der DRUSUS.“

Tama nahm sich des befreiten Gefangenen an, während Gucky mit Debruque in das Gleitboot kletterte, um die DRUSUS zu rufen.

Rhodans Augen sahen etwas, das keiner Erklärung mehr bedurfte.

Gleichzeitig sah Talamon es von der ARC-KOOR aus.

Der Bug der kleinen Rakete, die scheinbar bewegungslos zwischen den beiden mächtigen Kugelraumern schwebte, begann sich zu verflüchtigen. Zuerst war es, als lege sich ein kaum merkbares Flimmern um die silberne, abgestumpfte Spitze, dann jedoch begann diese langsam zu verschwinden, als glitte sie zögernd in ein anderes Medium. Zentimeterweise nur vollzog sich die unheimliche Verwandlung – aber gleichmäßig und unaufhaltsam.

Die Unsichtbaren griffen nach einer neuen Beute.

Rhodan sprang auf und stürmte in die Funkzentrale.

„Talamon!“ rief er und wartete, bis das breite Gesicht des Überschweren auf dem Bildschirm erschien. „Sie haben es gesehen?“

„Genau wie Sie, Rhodan. Was sollen wir tun?“

Rhodan strich sich mit einer fahrigen Bewegung die Haare aus der Stirn.

„Wenn ich das wüßte.“ Es entstand eine Pause, in der ein weiteres Stück der Rakete verschwand. David Stern, der vor dem Normalfunk saß, winkte plötzlich aufgeregt mit den Armen. Er riß sich den Kopfhörer von den Ohren. „Augenblick, Talamon – ja, Stern? Was ist?“

„Sie funken!“ rief der Cheffunker. „Die Raumfahrer in der Rakete funken! Die Zeichen sind unverständlich, aber sie stammen zweifellos von der Rakete.“

„Sie hören es, Talamon“, wandte Rhodan sich wieder dem Bildschirm zu. „Was nun? Wie sollen wir sie gegen den Angriff der

Unsichtbaren schützen, wenn wir selbst nicht wissen, wie man sie angreifen kann?“

„Feuerschutz“, entgegnete Talamon grimmig. „Wir legen einen Sperrgürtel von Energiestrahlen um die kleine Rakete.“

„Einverstanden“, erwiderte Rhodan. „Wir bleiben in Verbindung.“

Ohne eine Antwort abzuwarten, eilte Rhodan wieder in die Zentrale und gab die notwendigen Befehle. Seit Beginn des Angriffs der Unsichtbaren waren kaum dreißig Sekunden vergangen. Ehe Rhodans Feuerbefehle die Kampfstation erreichten, war die kleine Rakete um zwei Meter kürzer geworden.

Dann brach die Hölle los . . .

Die ARC-KOOR und die DRUSUS standen keine drei Kilometer auseinander. Dazwischen schwebte die kleine Rakete, die von den Unsichtbaren angegriffen wurde. Der unheimliche Gegner schien sich also ebenfalls zwischen den beiden Schlachtschiffen aufzuhalten.

Die Batterien der beiden Kugelraumer eröffneten das Abwehrfeuer.

Wie ein feuriger Ring legte es sich um die kleine Rakete. Bewegungslos schien sie dazustehen, wie von einem Glorienschein umgeben. Ungehindert passierten die Impulsstrahlen die Strecke zwischen Abschuß und Ziel, nichts stand ihnen im Weg. Die Angreifer waren nicht nur unsichtbar, sondern auch immateriell. Es gab sie einfach nicht – und doch waren sie vorhanden.

Rhodan starrte mit schmalen Augen auf das unbegreifliche Geschehen. Vom Bug der Rakete waren nun drei Meter nicht mehr sichtbar.

„Ich spüre wieder Gedankenimpulse“, flüsterte John Marshall, der dicht bei Rhodan stand und das Schauspiel bisher schweigend betrachtet hatte. „Sie kommen und gehen wie Meereswogen. Einmal sind sie stark, aber völlig unverständlich. Man könnte meinen, ein Verzerrer sei dazwischen geschaltet. Aber das ist doch unmöglich.“

„Nichts ist unmöglich“, murmelte Rhodan und sah, wie der vierte Meter des Bugs sich in Nichts auflöste. „Wir sind machtlos. Wir können nicht helfen.“

Er stand auf und ging zu David Stern. Talamon war nicht auf dem Bildschirm zu erkennen, dafür sah Rhodan einen schlanken Arkoniden, der vor den Funkgeräten der ARC-KOOR hockte.

„Rufen Sie Talamon", bat Rhodan.

Der Arkonide nickte und verschwand. Fünf Sekunden später erschien das Gesicht des Überschweren auf dem Schirm.

„Rhodan?"

„Es ist sinnlos. Wir haben keine Waffe gegen die Unsichtbaren. Wir können der Rakete nicht helfen."

„Verdammt! Welche Gefahr zieht da für uns herauf? Was sind das für Wesen, die sich nicht einmal wehren und gegen die wir doch nichts auszurichten vermögen?"

Rhodan zuckte mit den Schultern. „Der Regent von Arkon sagte, er versuche schon seit zehn Jahren, mit den Unsichtbaren fertig zu werden. Wie sollen wir das am ersten Tag schaffen?"

Talamon strich sich über den Bart. In seinen Augen glomm so etwas wie Furcht, aber er bemühte sich, seine Schwäche nicht zu verraten. „Sie haben Mutanten, Rhodan."

Das war ein Vorwurf, der gleichzeitig die Hilflosigkeit des Überschweren verriet.

„Was nützen mir die Mutanten, wenn sie den Gegner nicht sehen? Wie kann ein Teleporter sein Ziel erreichen, wenn es ein solches Ziel überhaupt nicht gibt? Die Unsichtbaren senden nicht einmal richtige Gedanken aus, die sich anpeilen lassen. Wie kann ein Telekinet etwas packen, das nicht vorhanden ist? Nein, Talamon! Wir sind geschlagen."

„Rhodan!" Die Stimme Talamons klang verbittert und verzweifelt. „Wollen wir aufgeben? Die Existenz vieler Völker der Milchstraße hängt von uns ab."

Mit einem Seitenblick auf die Bildschirme in der Kommandozentrale stellte Rhodan fest, daß die flammende Energiehülle lückenlos geschlossen war. Es gab nichts mehr, das die kleine Rakete erreichen konnte. Alles mußte sich in Nichts auflösen, verwandelt von der unvorstellbar konzentrierten Kraft zerstörerischer Impulsstrahlen. Und doch war die Rakete nur noch zwanzig Meter lang. Der Auflösungsprozeß schritt nun noch schneller voran.

„Nein, wir geben nicht auf, Talamon. Aber den Kampf um diese Rakete haben wir verloren. Die tapferen Raumfahrer des zweiten Planeten der Sonne Mirsal haben ihren Versuch, die Nachbarwelt zu erreichen, mit ihrem Leben bezahlen müssen. Wir stehen dabei und können ihnen nicht helfen. Sie werden uns vielleicht für den unbarmherzigen Angreifer halten."

„Wenn sie etwas von dem Angriff bemerken", warf Talamon ein.

„Hätten sie sonst um Hilfe gefunkt?"

„Haben sie das wirklich?" Der Überschwere zweifelte. „Niemand hat ihre Zeichen zu deuten gewußt. Nun sind sie verstummt."

Rhodan nickte langsam. „Stellen wir das Sperrfeuer ein. Wir verschwenden unnötig Energie. Aber Sie haben recht: Wir werden niemals aufgeben. Einmal werden wir die Unsichtbaren an einer verwundbaren Stelle treffen."

„Ich muß dem Regenten Bericht erstatten", sagte Talamon schwer.

„Sie können damit warten, bis ich zurück bin, Talamon. Werden Sie das für mich tun?"

„Warum?"

Rhodan sah, daß nun die Unsichtbaren nach dem Heck der Rakete griffen. Nur noch wenige Sekunden – und sie hatten ihr Opfer restlos aufgelöst. Auf den Ortungsschirmen der DRUSUS war der Punkt kleiner geworden, der die Rakete darstellte.

Dann verschwand er völlig.

Die Rakete hatte aufgehört zu existieren.

„Sie warten, Talamon", wiederholte er seine Bitte. „Ich hole unsere Leute von Mirsal III und kehre hierher zurück. Wir werden dem Regenten gemeinsam Bericht erstatten."

„Gut, Rhodan. Ich warte."

Rhodan atmete auf. Zum erstenmal entspannten sich seine Züge ein wenig, als er sagte: „Keine Sorge, Talamon, wir werden es schaffen. Wir werden keine zehn Jahre brauchen, bis wir die Unsichtbaren entlarven. Sie müssen einen schwachen Punkt haben, und den gilt es aufzuspüren. Aber erst müssen wir wissen, wer sie sind und woher sie kommen. Das halte ich für das vordringlichste Problem. Woher kommen sie? Aus welchem Teil der Milchstraße stammen sie? Wenn wir das erfahren . . ."

„Und wenn sie aus einer anderen Milchstraße kommen?"

Rhodan sah Talamon fast erschrocken an. „Das glauben Sie doch nicht im Ernst, oder . . .?"

„Gibt es etwas, das unmöglich wäre?" stellte der Überschwere die Gegenfrage, auf deren Beantwortung Rhodan verzichtete.

Mit einem kurzen Nicken verabschiedete er sich und kehrte zu Sikermann zurück. „Fertig?“

„Noch dreißig Sekunden“, bestätigte der Erste Offizier und gab seine Anweisungen über Interkom an die Mannschaft. „Transition über zwei Lichtstunden in fünfundzwanzig Sekunden.“

Rhodan setzte sich und nickte Marshall zu. „Nehmen Sie Kontakt mit Gucky auf. Wir haben keine Zeit zu verlieren.“

„Noch zehn Sekunden“, sagte Sikermann gleichmütig.

David Stern fing die Funksignale Debruques auf und ortete die Burg fünf Minuten später. Ein Beiboot wurde ausgeschleust und nahm die Raumfahrer an Bord. Auch der befreite Mirsalese, wahrscheinlich der Letzte seines Volkes, wurde in Sicherheit gebracht.

Von der K-7 fehlte jede Spur. Rhodan hatte das Verschwinden der Rakete von Mirsal II gesehen und gab die Hoffnung auf, das Beiboot jemals wiederzufinden. Die Unsichtbaren hatten sie geholt. Trotzdem machte er Leutnant Rous keinen Vorwurf.

Die DRUSUS kehrte zum Treffpunkt mit der ARC-KOOR zurück. Es gab sofort Funkkontakt mit dem Überschweren, und Rhodan sagte entschlossen: „Stellen Sie jetzt Verbindung zum Robotregenten her, Talamon.“

Talamon nickte und gab die notwendigen Befehle. Als die stählerne Halbkugel auf den Bildschirmen der ARC-KOOR und der DRUSUS erschien, war Talamons Gesicht beherrscht und ausdruckslos. Er überließ es Rhodan, die Unterredung zu führen.

„Das erste Zusammentreffen mit den Unsichtbaren ist vorbei, Regent“, sagte Rhodan. „Der Planet Mirsal III wurde entvölkert. Wir konnten es nicht verhindern. Unsere Auswertungen ergeben mit einiger Wahrscheinlichkeit, daß Mirsal II das nächste Angriffsziel der Unbekannten ist. Die Kataloge Arkons bezeichnen diesen Planeten als unbewohnt, wir haben jedoch die Beweise, daß Mirsal II von Wesen bevölkert ist, die am Beginn der Raumfahrt stehen. Wir müssen ihnen helfen.“

„Ich kann es dir nicht verbieten“, kam die mechanische Antwort des Robotgehirns. „Aber Talamon wird mit der ARC-KOOR nach Arkon zurückkehren.“

„Nein!“ sagte Rhodan scharf. „Talamon wird bei mir bleiben und mit mir gemeinsam versuchen, die Unsichtbaren zu bekämpfen. Ich werde das Wagnis nur mit Unterstützung des Imperiums unternehmen. Das ist eine Sache des Prinzips, Regent."

„Ein Schiff wie die ARC-KOOR kann nicht leichtsinnig aufs Spiel gesetzt werden und . . ."

„Hast du nur dieses eine Schiff?" erkundigte Rhodan sich spöttisch. „Willst du eines Schiffes wegen die Existenz vieler Völker der Milchstraße in Frage stellen?"

Von einer Sekunde zur anderen entschied sich das Robotgehirn. „Gut, Rhodan, die ARC-KOOR soll dich begleiten."

„Ich erhalte das Kommando über die ARC-KOOR, Regent. Talamon wird mir unterstellt."

„Ich kann nicht . . ."

„Du kannst, Regent. Talamon selbst hat diesen Wunsch."

Wieder benötigte das Robotgehirn nur eine Sekunde, um eine Entscheidung zu treffen. „Deine Forderung ist erfüllt, Rhodan. Die ARC-KOOR untersteht deinem Kommando. Hinter dir steht die gesamte Macht Arkons. Befreit uns von der Drohung der Unsichtbaren, Rhodan!"

„Wir melden uns wieder, wenn wir Mirsal II verlassen – so oder so, Regent. Wenn ich Hilfe benötige, fordere ich sie an."

„Einverstanden", kam die Antwort des Robotgehirns, dann erlosch der Schirm.

Für lange Sekunden herrschte Schweigen, dann sah Rhodan in die erwartungsvollen Augen Talamons. Plötzlich lächelte er, und unwillkürlich begann auch der Überschwere erleichtert zu grinsen.

„Gratuliere", sagte Talamon.

Rhodan lächelte noch immer, als er antwortete: „Warten wir ab, ob die Gratulation gerechtfertigt ist. Sie jedenfalls haben in den nächsten Stunden und Tagen nicht viel zu lachen. Wir haben schwere Zeiten vor uns, mein alter Freund. Aber der Gedanke, die Macht Arkons hinter uns zu haben, wird sie uns leichter machen."

Er sah plötzlich an Talamon vorbei und begegnete Sikermanns fragendem Blick. „Halten Sie sich bitte an die Anordnungen, die ich meinem Ersten Offizier gebe, Talamon. Für Sie gelten die gleichen Koordinaten."

„Wir werden Mirsal II direkt anfliegen?"

„Jawohl, direkt. Wenn es uns gelingt, die unsichtbare Gefahr sichtbar zu machen, hat sie ihre Schrecken verloren. Wir müssen es versuchen. Bis später, Talamon."

„Bis später", gab der Überschwere zurück. Seine Stimme klang nun wieder belegt, wenn seine Augen auch zuversichtlich lächelten.

Rhodan kehrte in die Kommandozentrale zurück. John Marshall begegnete ihm.

„Nun, John? Was macht der befreite Mirsalese?"

John Marshall zuckte mit den Schultern. „Er weiß nichts zu berichten, was uns interessieren könnte, denn er war seit Wochen im Kerker. Es tut mir leid, aber seine Geschichte bringt uns keinen Schritt weiter."

„Macht nichts", tröstete Rhodan und gab Sikermann seine Anweisungen. „Wir werden auf Mirsal II die Spuren finden, die wir benötigen."

In Gedanken war Rhodan bereits auf der Welt, deren Bewohnern das gleiche Schicksal drohte wie den Eingeborenen von Mirsal III. Wenn sie diesen Wesen helfen wollten, mußten sie möglichst viel über sie herausfinden, bevor die Unsichtbaren erneut zuschlugen. Rhodan faßte den Entschluß, Erkundungskommandos nach Mirsal II zu schicken, die sich dort umsehen und Informationen sammeln sollten. In jedem Fall würde Leutnant Marcel Rous bei jenen sein, die nach Mirsal II gingen. Rhodan brauchte nur in das Gesicht des jungen Raumfahrers zu blicken, um zu erkennen, wie sehr Rous darauf brannte, seinen Fehler wiedergutzumachen.

7.

„Ich habe Angst!"

Rosita zog die Beine an und krümmte sich auf dem kleinen Sofa, als sei ihr kalt.

Rous sah sich nach ihr um und schenkte ihr ein aufmunterndes Lächeln.

Er sagte nichts. Für Rositas Feinfühligkeit war das ein untrügliches

Zeichen dafür, daß ihr die Lage ebensowenig geheuer schien wie ihm.

Ganz im Gegenteil dazu Lloyd. Von Lloyd war jedermann gewöhnt, daß er so dasaß: die Ellbogen auf die Tischplatte gestützt und den Kopf in die Hände gelegt. Die Augen halb geschlossen und auf einen fiktiven Punkt gerichtet.

Schweigsam.

„Kann man nicht mehr Licht anmachen?“ fragte Rosita.

Rous nickte und stand auf. Der Raum hatte zwei Türen, und neben jeder Tür gab es ein Stück Faden, das aus der Wand neben dem Türrahmen hervorkam und einen halben Meter über dem Boden einen hölzernen Knopf umschlang. Rous nahm den Knopf in die Hand und zog daran. Unter der niedrigen Decke flammte eine Reihe von Leuchtröhren auf.

Rosita blinzelte.

Rous ging zu einem der beiden Fenster und sah hinaus.

„Was . . .?“ fragte Rosita und richtete sich hastig auf.

Rous winkte ab. „Nichts. Es wird eine ziemlich stürmische Nacht werden.“

„Und warum müssen wir sie ausgerechnet in dieser Hütte verbringen?“ wollte Rosita wissen.

Rous gähnte. Es lag ihm daran, Rosita wissen zu lassen, daß er genau die gleiche Frage schon zwanzigmal an diesem Tag beantwortet hatte.

„Wir können in irgendeine andere Hütte gehen“, sagte er gelangweilt, „wenn Sie das wollen.“

Rosita gab keine Antwort. Rous sah die Straße entlang, die sich vor dem Haus vorbeizog. In Gärten wahllos verteilt, standen andere Häuser, keines von ihnen größer als das, in dem sie Unterschlupf gefunden hatten, und keines kleiner. Sie schienen alle in Einheitsbauweise errichtet worden zu sein. Sie sahen ein wenig schmutzig, aber trotzdem noch recht neu aus. Sie waren alle regelmäßig sechseckig. Jeder ihrer Räume hatte zwei Fensterwände, die einen Winkel von hundertundzwanzig Grad bildeten und dem Zimmer ein fremdartiges Aussehen verliehen.

Fremdartig für *Terraner,* dachte Rous.

Wenn der Sturm den Staub nicht allzu dicht vor sich hertrieb, konnte man drüben, jenseits der Straße, am vorderen Rand eines Gartens ein anderes Haus sehen, durch dessen Fenster helles Licht drang.

Rous fühlte sich durch das Licht irritiert – selbst jetzt noch, nachdem er drüben gewesen war und sich überzeugt hatte, daß das Haus ebenso leer war wie alle anderen.

Während irgendwo hinter einer finsteren Wolkenwand die Sonne sank, wurde das fremde Licht deutlicher, und schließlich war es das einzige, was man jenseits der Fenster überhaupt noch wahrnehmen konnte.

Das Licht und ein paar niedrige Bäume, die es beleuchtete.

Rous wandte sich vom Fenster ab und verließ den Raum. Er kam in einen anderen, der die gleiche Form besaß wie der erste. Seine Einrichtung sah jedoch anders aus, und außerdem gab es drei Türen.

Rous öffnete die Tür an der schmalen Rückwand und tastete nach dem Faden. Er bekam ihn in die Hand, fand den hölzernen Knopf und zog kräftig. Licht flammte auf.

Rous fragte sich, warum er wieder hergekommen war. Diesen runden Tisch mit den sechs Schüsseln, die zum Teil gefüllt waren, und den gespaltenen Holzstäbchen, die ohne Zweifel Eßbestecke darstellten, hatte er mindestens schon zehnmal an diesem Tag gesehen.

Er setzte sich auf einen der Stühle, stützte den Kopf in die linke Hand und nahm eines der gespaltenen Stäbchen auf. Es hatte schräg, wie hastig hingeworfen, neben der halbgefüllten Schüssel gelegen.

Hinter ihm klappte eine Tür. Rous brauchte sich nicht umzudrehen, um zu wissen, wer kam. Er kannte den Schritt.

„Haben Sie Hunger?“ fragte Rosita.

Das klang lustig, aber Rous hörte den Galgenhumor heraus.

„Ich versuche mir vorzustellen“, antwortete er, „wie die Wesen heute morgen hier gesessen haben und was passiert ist, als sie verschwanden.“

Rosita setzte sich auf einen Stuhl.

„Lösung des Rätsels durch Intuition?“ spottete sie. „Glauben Sie ...“

„Natürlich glaube ich“, unterbrach Rous. „Überlegen Sie doch: Gegen sechs Uhr Ortszeit landen wir mit einer Space-Jet etwa sieben Kilometer von der Ortschaft Keyloghal entfernt in hügeligem, unübersichtlichem Gelände. Unser Auftrag: Erkundung des Unwesens, das ein unsichtbarer Gegner nun auch auf Mirsal II treibt. Wir sollen unauffällig vorgehen, das war uns aufgetragen worden. Wir hatten also nichts Eiligeres zu tun, als uns einen dieser kleinen Humanoiden zu schnappen, die diesen Planeten bevölkern, seinem Gehirn mit Hilfe einer Strukturanalyse alles Wissen zu entziehen und ihn danach wieder laufenzulassen – natürlich so konditioniert, daß er sich an den Vorfall nicht mehr erinnern konnte. Weiter: Wir brauchten eine Stunde, um uns die gewonnenen Erkenntnisse einzuverleiben. Wir richteten unsere Monturen so her, daß sie in den Augen der Eingeborenen, mit denen wir zu tun haben würden, nicht zu auffällig aussehen würden. Weisungsgemäß ließen wir die Space-Jet dann zurück und machten uns auf den Weg nach Keyloghal. Wir fanden ein Dorf, das einem irdischen Bauerndorf bis auf die sechseckige Form der Häuser ähnelte. Wir sahen eine Menge Männer mit Traktorfuhrwerken herumkutschieren, auf die Felder hinausfahren oder von dort zurückkehren. Sie sahen uns ebenfalls und staunten uns an, weil wir anderthalb Köpfe größer waren als sie. Das konnten sie aus hundert Meter Entfernung gut sehen, und näher kamen wir nicht heran. Sie verschwanden plötzlich. Sie lösten sich in Luft auf. Die Traktoren und Wagen blieben stehen, wo sie gerade zuletzt gehalten hatten, oder fuhren weiter, bis sie gegen das nächste Hindernis stießen. Die Fahrer waren weg."

Rosita sah ihn stumm an.

„Wissen Sie, warum ich Ihnen das noch einmal erzähle?" fragte Rous.

Rosita schüttelte den Kopf.

„Damit Sie sehen", erklärte Rous mit Nachdruck, „daß das alles kein Märchen ist. Wir waren auch nicht betrunken oder hypnotisiert. Wir haben mit offenen Augen gesehen, wie die Einwohnerschaft eines mittelgroßen Dorfes von einer Sekunde zur anderen verschwand. Wir helfen uns nicht damit, daß wir den Vorfall zur Metaphysik rechnen. Diese Sache *muß* mit rechten Dingen zugehen. Und wenn sie das tut, dann muß es auch eine Möglichkeit geben, das Rätsel zu lösen."

Rosita sah ihn nachdenklich an. „Was halten Sie von Fiktivtransmittern?"

Rous sah auf. „Wie meinen Sie das? Als Erklärung für – das hier?"

Er machte eine wischende Handbewegung über den gedeckten Tisch.

„Ja, genau.“

„Ich habe schon darüber nachgedacht. Gehen wir von dem aus, was wir wissen: Wir besitzen zwei Fiktivtransmitter, die, an einem beliebigen Ort aufgestellt, das Objekt von einem Platz entfernen, durch den Hyperraum schleudern und an einer beliebigen Stelle wieder zum Vorschein bringen. Das ist ein Fiktivtransmitter. Wir selbst könnten also der Reihe nach alle Einwohner von Keyloghal verschwinden lassen, aber nicht *alle auf einmal.* Noch mehr: Wenn einer, auf den wir den Fiktivtransmitter richten, im Augenblick der Transmission einen Löffel oder eine Gabel in der Hand hat, dann verschwindet er mitsamt Löffel oder Gabel. Nun sehen Sie sich das hier an: Die Leute haben beim Frühstück gesessen. Dann geschah es. Sie wurden vom Tisch weggerissen. Sie verschwanden. Ihr Eßbesteck blieb zurück wie auch die Traktoren und Wagen draußen auf der Straße. Nein, ich glaube nicht an Fiktivtransmitter.“

„Aber was dann?“

Rous zuckte mit den Schultern. Er wollte etwas antworten, aber in diesem Augenblick klappte eine Tür, und durch die Dunkelheit des angrenzenden Raumes kamen dumpfe Schritte.

Fellmer Lloyd streckte seinen Kopf herein.

„Da kommt jemand“, sagte er einfach.

Rous sprang auf.

„Los, macht das Licht aus!“ befahl er. „Einer, Lloyd?“

„Nein, eine ganze Menge, vielleicht zwanzig, und ziemlich schnell.“

„Von woher?“

„Anscheinend auf der Straße nach Ferraneigh.“

Dieselbe Straße waren sie zu dritt am frühen Morgen dieses Tages gekommen. Rous kehrte zu dem Raum zurück, durch dessen Fenster er die Straße sehen konnte. Rosita hatte inzwischen das Licht gelöscht, aber von jenseits der Straße, wo hinter zwei Fenstern des gegenüberliegenden Hauses die Leuchtröhren brannten, fiel ein schmaler Streifen Licht herein.

Rous hatte die Waffe gezogen. Lloyd war zum Tisch zurückgekehrt und hielt den Kopf zwischen den Händen. Rosita stand neben der Tür, den Holzknopf des Lichtschalters in der Hand.

„Hören Sie's?“ frage Lloyd plötzlich.

Rous horchte. Er spürte, wie leises Zittern durch den Boden lief, und hörte von weither monotones Summen. Das Geräusch kam ihm bekannt vor.

„Licht wieder an!“ befahl Rous. „Lloyd, bleiben Sie hier und geben Sie auf Rosita acht. Ich gehe hinaus.“

„Um Gottes willen, Rous!“ rief Rosita. „Bleiben Sie hier! Wissen Sie denn, was es ist?“

Rous war schon an der Tür.

„Ja“, antwortete er trocken. „Ein Omnibus.“

Es *war* ein Omnibus.

Er kam mit aufgeblendeten Lampen und erstaunlicher Geschwindigkeit die Straße von Ferraneigh herunter. Rous sah, wie der Sturm helle Staubfahnen an den Scheinwerfern vorübertrieb.

Ratternd schoß der schwere Wagen ins Dorf hinein, ohne das Tempo zu verringern. Offenbar hatte der Fahrer nicht die Absicht, in Keyloghal zu halten.

Rous stellte sich mitten auf die Straße und wartete, bis ihn das Licht der Scheinwerfer erfaßte. Dann fing er an, mit beiden Armen zu winken.

Ein paar Augenblicke lang war er nicht sicher, ob er nicht besser zur Seite springen sollte, aber dann quietschten die Bremsen, das Summen des Motors wurde tiefer, der Omnibus schlug nach rechts ein und kam ein paar Meter vor Rous zum Halten.

Der aufgewirbelte Staub reflektierte genug Licht, um Rous die Anschrift RESAZFILLINAN erkennen zu lassen.

Eine Tür wurde aufgerissen. Ein kleiner Mann sprang heraus und kam auf Rous zu. Er war nicht größer als anderthalb Meter und mußte den Kopf in den Nacken legen, um Rous ins Gesicht sehen zu können. Das schien ihn jedoch nicht zu stören.

„Was ist los?“ fragte er aufgeregt. „Wohin sind alle Bürger plötzlich verschwunden?“

Rous hob die rechte Hand und krümmte den Zeigefinger – das gängige Zeichen für Nichtwissen.

„Keine Ahnung“, antwortete er in der Sprache, die er heute morgen im Lauf einer Stunde aus der Strukturanalyse erlernt hatte. „Wir sind nicht von hier. Kamen heute morgen hier an. Als wir noch eine

Zehntelmeile vom Dorf entfernt waren, verschwanden die Leute. Wo kommen Sie her?“

„Von Resaz“, keuchte der Fahrer. „Wir sind heute morgen um fünf losgefahren. Zwischen fünf und acht machten wir halt in Resaz-Gollan, Gortrup, Vineigh und Bostall. Da war noch alles in Ordnung. Um halb neun kamen wir nach Millander – da war niemand mehr zu sehen. Und so blieb es bis jetzt.“

Rous überlegte. Zwischen acht und halb neun hatten sie Keyloghal erreicht. Anscheinend waren die Eingeborenen überall zur selben Zeit verschwunden.

„Haben Sie unterwegs nichts bemerkt?“ fragte Rous.

„Nein, nichts. Als wir in Millander waren, hatte ich auch keine Zeit mehr, auf irgend etwas aufzupassen. Die Passagiere im Wagen wurden hysterisch. Die einen wollten zurück, die anderen schneller vorwärts, und die dritten wollten mich dazu bringen, auf Seitenstraßen abzubiegen, weil ihnen die Landstraße zu gefährlich erschien. Ich hatte meine liebe Mühe, sie alle zu beruhigen, um weiterfahren zu können.“

Rous faßte einen raschen Entschluß.

„Wir sind zu dritt“, sagte er. „Wollen Sie uns mit nach Fillinan nehmen?“

„Natürlich, warum nicht. Kostet drei Einheiten pro Person von hier aus.“

Rous stimmte zu. Er hielt es nicht für nötig zu sagen, daß weder er noch Rosita noch Lloyd einheimisches Geld besaßen. In Fillinan würde sich irgend etwas finden lassen, das man dem Fahrer anstelle der neun Einheiten Fahrpreis geben konnte.

Er holte Lloyd und Rosita aus dem Haus. Rosita wollte wissen, was er vorhatte.

„Nach Fillinan fahren“, antwortete er knapp. „Eine solche Gelegenheit bekommen wir nicht wieder. Die Leute sind so aufgeregt, daß ihnen unsere Größe gar nicht aufallen wird.“

Lloyd klemmte sich die Tasche mit den Mikrogeräten unter den Arm.

Der Fahrer machte große Augen, als er sie sah, aber er sagte nichts.

Dicht hinter dem Fahrer gab es eine Längsbank, die freigeblieben war. Rosita, Lloyd und Rous setzten sich. Rous so, daß er schräg hinter dem Fahrer saß und durch die Frontscheibe hinaus auf die Straße sehen konnte.

Die Fahrgäste im Wagen unterhielten sich aufgeregt und achteten kaum auf die drei Menschen. Es gab ein paar scheue, neugierige Blicke, das war alles.

Natürlich drehte sich das Gespräch nur um die seltsamen Ereignisse des heutigen Tages: um das Verschwinden der Bewohner auf den Dörfern. Das einzige, was Rous aus dem Gewirr von Stimmen und Meinungen heraushören konnte, war, was er schon früher gewußt hatte: daß diese Art von Ereignissen neu war. Es hatte zuvor nichts Ähnliches gegeben.

Ein paar Augenblicke später hatte der Omnibus Keyloghal verlassen. Der Fahrer schien seine Angst und seine Unsicherheit damit zu betäuben, daß er den Gashebel bis zum Anschlag durchtrat.

Es war tatsächlich ein Gashebel. Rous hatte Zeit, den Steuer- und Schaltmechanismus zu betrachten und mit dem zu vergleichen, was ihm von der Erde her geläufig war.

Es gab keine wesentlichen Unterschiede. Rous hätte sich getraut, diesen Omnibus ohne weitere Anweisungen zu fahren.

Dabei war Mirsal II rund vierzehneinhalbtausend Lichtjahre von der Erde entfernt.

Eine Stunde später brauste der schwere Wagen durch eine weitere Ortschaft: Wimmanat. Man brauchte nicht anzuhalten, um zu sehen, daß sie ebenso ausgestorben war wie alle anderen, durch die der Omnibus seit heute morgen, halb neun Uhr, gekommen war.

Hinter Wimmanat wurde die Straße breiter. Die Nähe der Hauptstadt Fillinan machte sich bemerkbar.

Rous spähte voraus, um den Widerschein der Stadtlichter am Himmel zu erkennen, aber entweder war die Entfernung noch zu groß, oder der Sturm hatte zu viel Staub in die Luft geblasen. Der Himmel war schwarz.

Wenn, überlegte Rous, die Leute in Fillinan noch nicht verschwunden sind, dann müßten mit der Zeit ein paar Fahrzeuge auftauchen. Oder aber sie haben die Ausgänge der Stadt in Richtung Resaz gesperrt und das betroffene Gebiet zum Sperrgebiet erklärt.

Er sah sich nach Rosita um. Rosita hatte die Beine weit von sich gestreckt und den Kopf in den Nacken gelegt, so daß sie hinten auf der niedrigen Kopfstütze Halt fand. Sie hatte die Augen weit offen und starrte gegen die Decke.

Rous wollte etwas sagen, aber bevor er dazu kam, sprang Lloyd plötzlich in die Höhe.

„Vorsicht!“ schrie er.

Rous zuckte zusammen. Lloyd starrte über den Fahrer hinweg durch die Frontscheibe hinaus, aber Rous konnte dort nichts entdecken.

Der Fahrer und die Mirsalesen im Wagen waren über Lloyds Schrei erschrocken. Der Fahrer verringerte das Tempo ein wenig und sah sich um.

In diesem Augenblick begann es.

Rous sah das grelle Bündel des rechten Scheinwerfers plötzlich durch den Körper des Fahrers hindurch. Er warf sich vornüber, um den verschwindenden Mann bei den Schultern zu packen und festzuhalten. Aber bevor er die Bewegung noch ausführen konnte, war der Fahrer nicht mehr da. Rous' Hände griffen ins Leere.

„Das Steuer!“ schrie Rosita voller Angst.

Rous beugte sich über den leeren Sitz und bemühte sich, das Lenkrad in die Gewalt zu bekommen. Glücklicherweise war die Straße eben, und jetzt, da keiner mehr den Fuß auf dem Gaspedal hielt, kam der Wagen ziemlich schnell zum Stehen. Rous hielt ihn sicher auf der Mitte der Straße.

Als die Gefahr vorüber war, zwängte er sich auf den kleinen, schmalen Sitz und zog den Hebel, den er für eine Handbremse hielt.

Dann stand er auf und sah sich um.

Der Omnibus war leer. Die zwanzig Personen, die die Fahrt von Resaz oder Resaz-Gollan oder Gortrup bis hierher mitgemacht hatten, waren verschwunden – ebenso wie der Fahrer.

Übriggeblieben waren nur Fellmer Lloyd, Rosita Peres und Marcel Rous.

Ein Mutant, eine Psychologin und ein Leutnant.

Lloyd hatte sich wieder gesetzt.

„Was ist los?“ fragte Rous. „Was haben Sie gesehen?“

Lloyd schüttelte mürrisch den Kopf. „Nichts gesehen. Gespürt. Eine Menge fremder Gehirnmuster. Ziemlich konfus und unverständlich, und vor allen Dingen: nur eine oder zwei Sekunden lang.“

Lloyd hatte Ähnliches schon früher festgestellt. Damals, als die Mirsal-II-Rakete im freien Raum verschwand, zum Beispiel.

Rous ließ sich ächzend auf den Sitz fallen. Dabei berührte er Rosita und fühlte, daß sie zitterte.

„Keine Angst, Mädchen", sagte er beruhigend. „Sie haben uns nichts getan. Sie holen diesmal nur Mirsalesen, *wir* sind ihnen anscheinend gleichgültig."

8.

Rund dreißig Millionen Kilometer vom Schauplatz des Abenteuers entfernt registrierten die Empfänger der DRUSUS ein kurzes Fading der Signale, die von den Körpersendern der drei auf Mirsal II abgesetzten Menschen ausgingen.

Perry Rhodan erhielt einen knappen Bericht.

„Um neunzehn Uhr vierunddreißig Bordzeit vorübergehende Schwächung der Körpersender-Strahlung Rous, Peres und Lloyd gleichzeitig und für die gleiche Dauer von 2,8 Sekunden. Schwächung im Minimum ein Hundertstel der üblichen Intensität. Danach ungehindert Empfang."

Rhodan las die Meldung mehrere Male.

Nach den Vorgängen auf Mirsal III, die eindeutig darauf hinzuweisen schienen, daß ein unbekannter, mächtiger Gegner im Begriff war, immer wieder zuzuschlagen, hatte Rhodan entschieden, daß das Sammeln von Informationen über den fremden Gegner zunächst vordringlichste Aufgabe sei. Das Verschwinden jenes altmodischen, durch chemische Triebwerke bewegten Raumschiffs, als dessen Herkunftsort Mirsal II ausgemacht worden war, wies den Weg. Zu diesem Zeitpunkt wußte noch niemand, welche Rolle Mirsal II in diesem Drama spielte und wie es den Einwohnern dieser Welt gelungen war, so lange unentdeckt zu bleiben, obwohl ihre Technik doch der den Arkoniden längst bekannten Bewohnern von Mirsal III um Jahrhunderte überlegen war.

Rhodan hatte es für richtig erachtet, die Nachforschungen so unauffällig wie möglich zu betreiben. Bei den Vorfällen auf Mirsal III und dem spurlosen Verschwinden des Mirsal-II-Raumschiffs hatte es sich deutlich genug erwiesen, wie wenig selbst die mächtigsten Waffen der DRUSUS und der ARC-KOOR wider den fremden Gegner auszurichten vermochten. An eine gewaltsame Erkundung war also nicht zu denken. Es war niemand da, gegen den Gewalt angewendet werden konnte. Der Feind besaß Mittel, die jeder energetischen Einwirkung, gleich welcher Form, spotteten.

Es bot sich als Ausweg also nur eines jener Einsatzkommandos an, die schon in manchem Fall zum Erfolg verholfen hatten.

Zu Teilnehmern wurden die drei Menschen bestimmt, die sich in dem Augenblick, da Rhodan die merkwürdige Meldung in der Hand hielt, einige Millionen Kilometer weit entfernt in einem Omnibus der Linie Resaz-Fillinan entgeistert nach ihren Mitfahrern umsahen.

Fellmer Lloyd deswegen, weil er einer der wenigen Mutanten war, die den Feind mit Hilfe ihrer parapsychischen Gabe „orten" konnten, wenn er in der Nähe war, Rosita Peres deshalb, weil der Einsatz auf einer Welt erfolgte, die niemandem bekannt war und deren Einwohner, was ihre Mentalität anbelangte, erst sorgfältig studiert werden mußten, und schließlich Leutnant Marcel Rous, der mit dem unbekannten Gegner auf Mirsal III bereits einige Erfahrungen gesammelt und auch einiges wiedergutzumachen hatte.

Diese drei, so schloß Rhodan aus der Meldung, waren also mit dem Feind in Kontakt gekommen. Der Schluß war einleuchtend und drängte sich insofern auf, als bei den Funksignalen des Mirsal-II-Raumschiffs kurz vor dem Verschwinden mehrere Male ein gleiches Fading beobachtet worden war. Der Unterschied bestand darin: Die Signale des Raumschiffs waren schließlich völlig verstummt, während die der Mikrosender, die man Lloyd, Rosita Peres und Rous unter die Haut gepflanzt hatte, nach der momentanen Schwächung ihre alte Intensität wieder erreichten.

Es war also zu vermuten, daß die drei Agenten die Gefahr überstanden hatten. Rhodan fragte sich allerdings, warum die Unsichtbaren im Gegensatz zu den Ereignissen auf Mirsal III diesmal nicht gegen Terraner vorgingen. Die drei wagemutigen Menschen trugen außer den Mikrosendern, die übrigens für jeden der drei verschiedene Signale abstrahlten, noch ein Mikrokom mit sich herum – ein Gerät also, das ähnlich dem Telekom Hyperfunksprüche über beträchtliche Entfernungen ermöglichte. Rous würde sich melden, sobald es die Lage gestattete.

Die Space-Jet, mit der die drei auf Mirsal II gelandet waren, besaß ebenso einen Sender wie die drei Agenten selbst. Wenn der unbekannte Gegner nicht grenzenlos überlegen war – so daß er sich über die technischen Mittel seiner Feinde den Kopf nicht zu zerbrechen brauchte –, dann würde ihm die auf Rhodans Befehl am Landeort zurückgelassene Space-Jet ein willkommenes Studienobjekt sein. Er würde sie genauso entführen wie die K-7, und der Sender der Space-Jet würde darüber Aufschluß geben, wohin sie entführt wurde.

Damit wäre viel gewonnen. Denn bisher wußte man an Bord der DRUSUS und der ARC-KOOR noch nicht einmal, aus welcher Gegend der Galaxis die Unbekannten kamen.

Der Schock war vorüber.

„Was gibt es in der Nähe?“ fragte Rous.

Lloyd schüttelte den Kopf.

„Nichts“, antwortete er knapp. „Absolut nichts.“

Rous zwängte sich auf den Fahrersitz. „Dann wollen wir versuchen, mit diesem Ding weiterzukommen.“

Vorsichtig versuchte er, ein paar der Hebel, Knöpfe und Pedale, die am Boden, auf einem Schaltbrett und an der Trennwand zwischen Motorhaube und Fahrgastraum angebracht waren, zu betätigen.

Der Motor, der aus Mangel an Brennstoffzufuhr inzwischen zur Ruhe gekommen war, fing an knatternd zu arbeiten. Es roch nach Benzin – nach richtigem, echtem Benzin.

Rous löste die Bremse und gab Gas. Der Omnibus machte einen Satz nach vorn, der Motor erstarb. Rous probierte einen anderen Gang und hatte Glück. Mit tiefem Brummen und ganz langsam rollte der schwere Wagen die Straße entlang. Rous mußte noch ein paarmal von vorn anfangen, denn die nächsthöheren Gänge waren nicht auf Anhieb zu finden.

Aber dann war es geschafft. Mit einer Geschwindigkeit von rund fünfzig Kilometern pro Stunde brummte der Omnibus auf die Stadt zu.

Marcel Rous hatte Zeit und Muße, sich einen Plan zurechtzulegen.

Die Straße war völlig frei von allem Verkehr. Es gab niemanden, auf den er hätte aufpassen müssen. Fellmer Lloyd war in seine übliche Lethargie zurückgefallen und „horchte“ nach fremden Gehirnwellenmustern.

Was wollen wir in Fillinan? fragte sich Rous. Wir wollen dem unsichtbaren Gegner auf die Spur kommen. Und welchen Anlaß gibt es zu glauben, daß uns das in Fillinan leichter fallen wird als in irgendeinem der leeren Dörfer, durch die wir gekommen sind?

Keinen.

Höchstens einen kleinen Hinweis: Die *hier* operierenden Unbekannten waren offenbar keine Feinde der Terraner. Dies war nach den Ereignissen auf Mirsal III eine neue Erfahrung, denn dort war neben der gesamten eingeborenen Bevölkerung auch die K-7 mitsamt der Besatzung verschwunden. Immerhin schien festzustehen, daß die Unbekannten Agenten auf Mirsal II hatten. Wer aber nach Agenten sucht, der sucht sie in einer Hauptstadt.

Da rührte sich Lloyd.

„Eine ganze Menge Gehirnmuster“, brummte er. „Klingt wie ein menschlicher Ameisenhaufen.“

Rous nickte.

„Das ist die Stadt“, behauptete er. „Dann sind also die Bürger dort noch nicht verschwunden.“

Lloyd schien es nicht zu interessieren. Er horchte weiter.

„Wirklich fremde Muster sind nicht dabei“, erklärte er eine Weile später.

Damit sank er wieder nach vorn und stützte den Kopf in die Hände.

Ein paar Minuten später begann Rous zu bremsen, lenkte den Omnibus zum Straßenrand hinüber und hielt.

„Wir steigen hier aus“, erklärte er.

„Warum?“ fragte Rosita.

„Die Stadt ist höchstens noch fünf Kilometer entfernt. Man kann die Lichter von hier aus sehen. Ich möchte von niemandem gefragt werden, wie ich zu dem Bus gekommen bin und was aus den Passagieren geworden ist.“

Sie stiegen aus. Lloyd hielt seine Mappe unter dem Arm.

Der Rest des Weges nach Fillinan wurde sehr ungemütlich. Sturm pfiff den drei einsamen Wanderern heulend und mit schneidender

Kälte entgegen. Der graue Staub ätzte auf der Haut, sie hielten die Köpfe gesenkt, um sich dadurch ein wenig zu schützen.

Glücklicherweise begegnete ihnen niemand. Die breite Straße, auf der es nach irdischen Begriffen von Fahrzeugen aller Art hätte wimmeln sollen, war völlig leer.

Im Morgengrauen tauchten die ersten Häuser der Stadt vor ihnen auf. Der Sturm hatte sich ein wenig gelegt, aber der Himmel war immer noch verhangen. Mirsal, das Zentralgestirn des Systems, kam nicht zum Vorschein.

Die Häuser, die sie sahen, wirkten verlassen. Sie waren in der üblichen sechseckigen Bauweise errichtet. Vor den Fenstern hingen zum Teil Lichtblenden, und nirgendwo war ein Licht zu sehen.

Lloyd blieb plötzlich stehen.

„Vier Mann dicht voraus", sagte er. „Vielleicht zweihundert Meter."

„Nur vier?" staunte Rous. „Und in den Häusern?"

„Niemand. Alles leer."

Rous überlegte. Die Stadt war bevölkert, daran bestand kein Zweifel. Nur die ersten Häuser waren leer. Warum? Er gab sich die Antwort selbst: Weil sie diese Gegend evakuiert haben, um die Ausfallstraße besser beobachten zu können, Dummkopf. Die vier Mann, die Lloyd ausmacht, gehören zu einem Militärposten.

„Nehmen Sie die Psychowaffe!" befahl er Lloyd. „Wir haben keine andere Wahl, wir müssen geradeaus."

Lloyd nickte, holte die Waffe aus der Tasche und hängte sich die Tasche an einem Riemen über die linke Schulter.

Dann marschierten sie weiter. Rosita bildete den Abschluß.

Das erste, was Rous aus der grauen Dämmerung auftauchen sah, war das zylindrische, etwa zehn Zentimeter starke Rohr einer Waffe, die auf zwei Böcken am Rande eines Gartens auf der linken Straßenseite aufgebaut war.

Rous wußte, daß es sich um eine Art Flammenwerfer handelte. Die Geschoß-Technik war auf Mirsal II nicht so weit entwickelt, wie sie es auf der Erde zum äquivalenten Zeitpunkt gewesen war. Mirsal-Gewehre erweckten nicht mehr Vertrauen als eine Luntenflinte aus grauer irdischer Vergangenheit, und vor allen Dingen waren sie ebenso umständlich zu bedienen. Dafür waren mirsalesische Flammenwerfer eine wahre Wunderwaffe. Die größten Ausfertigungen erreichten Schußweiten bis zu zehn Kilometern, bei minimaler Bündelauffächerung und einer Hitzeleistung von mehr als tausend Watt pro Quadratzentimeter.

Rous tat so, als habe er den Werfer nicht gesehen. Er fühlte sich ziemlich unbehaglich dabei, denn er kannte die Mentalität der Mirsalesen kaum. Besonders jetzt, da sie durch das Verschwinden der Bewohner aus den Dörfern in Panik waren, konnte keiner wissen, ob sie nicht lieber schossen, anstatt zu fragen.

Die Sorge erwies sich schließlich als unbegründet. Aus dem Gartendickicht hinter dem Flammenwerfer erhob sich ein kleiner, braunhäutiger Mann und schwenkte heftig beide Arme.

Rous blieb stehen.

„Halt!“ schrie der Mirsalese herüber. „Warten!“

„Passen Sie auf!“ sagte Rous leise zu Lloyd. „Wenn er allein herkommt, dann bringen Sie ihn dazu, daß er die übrigen auch noch herbeiholt.“

Lloyd nickte.

Der kleine Mann kam über die Straße. Rous sah, daß er eine kleinere Ausgabe des Flammenwerfers in der rechten Hand trug. Rous gab sich Mühe, seinem Gesicht einen Ausdruck der Verwunderung zu geben.

„Was ist los?“ fragte er. „Warum werden wir aufgehalten?“

Der kleine Mann gab keine Antwort, bevor er bis auf etwa fünf Meter an Rous und seine beiden Begleiter herangekommen war.

„Woher?“ fragte er mißtrauisch.

Rous deutete mit dem Daumen über die Schulter. „Von dort.“

„Keine Ausflüchte! Ich will wissen, woher Sie kommen!“

„Von Wollaston“, antwortete Rous.

Wollaston war eine ziemlich große Insel im Zentralozean. Die Wesen, die dort lebten, bildeten einen eigenen, bis jetzt nur halb zivilisierten Stamm und waren im Mittel eine Handspanne größer als die übrigen Mirsalesen.

„Von Wollaston!“ staunte der Posten. „Zu Fuß?“

„Nein. Mit dem Flugzeug bis Resaz, und von dort mit dem Omnibus bis Keyloghal. Von da aus allerdings zu Fuß.“

„Ausweise?“

Rous machte ein Gesicht, als wüßte er nicht einmal, was ein Ausweis war. Der Posten drehte sich um und rief zum Dickicht des Gartens hinüber: „He, ihr! Kommt her! Da habe ich drei ganz besondere Vögel gefangen.“

Rous sah sich nach Lloyd um. Aber Lloyd schüttelte den Kopf. Er hatte den Psychostrahler bis jetzt noch nicht betätigt. Der Posten hatte aus eigenem Entschluß gerufen.

Drei Männer – ebenso klein wie der erste und in das gleiche, dunkelgrüne, uniformartige Zeug gekleidet – kamen aus dem Gebüsch hervor.

„Sie wollen aus Wollaston sein“, spottete der erste Posten. „Sie haben keine Ausweise.“

„Auf solche haben wir gerade gewartet!“ rief einer der anderen. „Wenn wir sie durchsuchen, werden wir eine Menge interessanter Sachen bei ihnen finden.“

Rous spürte die sanfte Bewegung hinter sich: Lloyd stellte sich in Position. Die Lage war günstig. Die Aufmerksamkeit des Postens, der vor ihnen stand, war während der kurzen Unterhaltung abgelenkt.

Rous hörte das helle, leise Summen, mit dem die Waffe arbeitete. Er sah, wie der Posten herumfuhr und Lloyd entgeistert anstarrte. Lloyd trat aus der Deckung hervor, die ihm Rous bis jetzt geboten hatte. In der Rechten hielt er den kleinen Psychostrahler.

„Legt die Waffen ab!“ befahl er ruhig.

Die anderen drei Posten, schon halbwegs herangekommen, waren stehengeblieben. Gehorsam zogen sie die kleinen Flammenwerfer aus den Gürteln und ließen sie fallen. Auch der erste Posten leistete keinen Widerstand.

„Stellt euch in einer Reihe auf!“ fuhr Lloyd fort.

Auch dieser Befehl wurde widerspruchslos befolgt. Die vier kleinen Männer starrten Lloyd an, als sei er auf einem feurigen Wagen geradewegs vom Himmel heruntergekommen.

„Warum steht ihr hier?“ wollte Lloyd wissen. „Los, du – antworte!“

Er deutete auf einen von ihnen.

„Seltsame Dinge gehen vor“, antwortete der Mann mit monotoner Stimme. „Personen verschwinden, ganze Landstriche werden entvölkert. Ein mächtiger, unsichtbarer Gegner hat uns angegriffen. Wir müssen ihm auf die Spur kommen. Wir müssen alle Mirsalesen untersuchen, die aus den entvölkerten Gebieten kommen, nur so können wir den Gegner packen."

Der Schluß, fand Rous, war einleuchtend. Wer aus den entvölkerten Gebieten kam, *mußte* ein Feind sein. Es sei denn, die Lage wurde durch drei Agenten einer fremden, unbeteiligten Macht kompliziert.

„Ihr haltet uns für Feinde?" fragte Lloyd.

„Ja. "

„Wir sind es nicht, hast du gehört?"

„Ja, ich habe es gehört: Ihr seid es nicht."

„Gut." Lloyd nickte. „Wieviel Geld hast du bei dir?"

Der Soldat begann seine Taschen zu durchsuchen. „Sechzehn Einheiten und ein bißchen Kleingeld."

„Gib es her!"

Der Soldat kam auf Lloyd zu und legte ihm das Geld in die Hand. Den anderen drei gab Lloyd den gleichen Befehl, und nachdem sie ihn befolgt hatten, hatte er fast hundert Einheiten kassiert.

„Ihr werdet vergessen, was hier vorgefallen ist!" schloß er. „Zehn Minuten, nachdem wir gegangen sind, werdet ihr nichts mehr davon wissen. Heute morgen ist gar nichts passiert, verstanden? Auf der Straße von Resaz ist niemand nach Fillinan hereingekommen."

Alle vier wiederholten die Anweisung gehorsam.

„Geht zurück auf eure Posten!"

Auch diesen Befehl befolgten sie. Lloyd schaltete die Waffe ab und schob sie wieder in die Tasche. Die posthypnotische Wirkung würde andauern.

„Los!" zischte Rous. „In zehn Minuten müssen wir außer Sichtweite sein."

Sie liefen ein Stück. Schon nach fünf Minuten beschrieb die Straße eine Biegung und entzog sie den Blicken der hypnotisierten Posten.

Etwa zwei Kilometer weiter stadteinwärts gab es einen zweiten Posten, aber da Rous und seine Begleiter den ersten anscheinend anstandslos hatten passieren können, wurden sie nicht einmal angehalten.

Jenseits des zweiten Postens begann der Trubel der großen Stadt.

„Wir werden uns in einem Hotel einquartieren", entschied Rous. „Für den ersten Tag reicht unser Geld, aber dann müssen wir uns neues beschaffen."

„Und was tun wir im Hotel?“ fragte Rosita.

„Fürs erste schlafen. Ich bin hundemüde.“

„Hm“, machte Rosita. „Haben Sie auch schon Pläne für die Zeit nach dem Schlafen?“

Rous verzog das Gesicht. „Sie sind ein neugieriges Mädchen, Rosita. Um ehrlich zu sein, nein, ich habe keine Ahnung, wie wir vorgehen sollen. Ich befürchte, wir werden die Dinge einfach auf uns zukommen lassen müssen.“

Sie erkundigten sich bei einem Passanten nach einem nahe gelegenen Hotel. Der Mann gab ihnen Auskunft, verbarg aber seine Verwunderung über die Frage nicht. Rous erfuhr, daß seit drei Tagen eine absolute Reisesperre über den ganzen Kontinent verhängt worden war und seitdem nur derjenige noch reisen durfte, der eine besondere Genehmigung besaß. Die Erklärung, daß die drei Fremden von der Insel Wollaston kamen, genügte ihm jedoch als Begründung.

Das Hotel, das der Mirsalese ihnen beschrieben hatte, lag in der Nähe. Sie gingen zu Fuß. Die Passanten starrten sie an und blieben stehen. Rous fühlte sich ungemütlich. Rosita hielt den Blick zu Boden gerichtet und sah nicht auf.

Lloyd dagegen war von den Dingen offenbar nicht im geringsten beeindruckt. Er murmelte ständig vor sich hin, nickte oder schüttelte den Kopf und war mit seinem Selbstgespräch ohne Zweifel genug beschäftigt, um die Neugierde der Mirsalesen zu übersehen.

Plötzlich blieb er stehen.

„Verdammt!“ fluchte er.

„Was gibt's?“ fragte Rous.

„Jeder, der reist, braucht eine Sondergenehmigung“, sagte Lloyd nachdenklich. „Die Leute in unserem Bus müssen also höchst wichtige Personen gewesen sein, nicht wahr?“

Rous nickte. „Na, und?“

„Sehen Sie sich einmal an, wo hier die Autos geparkt werden.“

Rous sah sich um. Er hatte zuvor schon festgestellt, daß man auf Mirsal II im Linksverkehr fuhr und die Fahrzeuge dementsprechend auf der linken Straßenseite parkten. Aber es war ihm nicht eingefallen, sich weitere Gedanken darüber zu machen.

„Links“, antwortete er. „Warum?“

„Sie haben den Bus aber rechts geparkt, erinnern Sie sich?“

„Und wennschon?"

Lloyd sah ihn ein wenig spöttisch an. „Ich komme aus New York, Leutnant. Wenn dort ein Bus mit wichtigen Leuten verlorengeht und die Polizei den Bus dann später auf der falschen Straßenseite geparkt findet, dann zieht sie allein daraus eine Menge Schlüsse. In Fillinan ist die Polizei vielleicht ebenso schlau wie in New York. Außerdem hat sie ohnehin schon seit drei Tagen Alarm. Und schließlich: Der *erste* Posten, den wir passiert haben, erinnert sich an nichts mehr. Aber der *zweite* wird, wenn man ihn fragt, sagen können, aus welcher Richtung wir gekommen sind."

Rous war nachdenklich geworden.

„Sie können recht haben, Lloyd", gab er zu. „Aber das einzige, was wir jetzt noch tun können, ist, abzuwarten, *wie* schlau die Polizei von Fillinan in Wirklichkeit ist."

In der großen Empfangshalle des Hotels herrschte gähnende Leere. Hinter dem Empfangspult war niemand zu sehen. Es gab aber einen Klingelknopf, und nachdem Rous mehrere Male darauf gedrückt hatte, erschien aus dem Hintergrund ein altes Männchen und gab sich sehr ungläubig, als Rous ihm versicherte, daß er für sich und jeden seiner Begleiter je ein Zimmer haben wolle. Das Männchen verlangte Ausweise und Sondergenehmigungen zu sehen, aber Lloyds Psychostrahler brachte den Alten von diesem Wunsch schnell wieder ab. Ohne weiteren Widerstand wurden den drei Zimmer im zweiten Geschoß des Hotelgebäudes angewiesen.

Da Lloyd ohnehin den Psychostrahler hatte gebrauchen müssen, waren die Zimmer von Rous streng nach dem Gesichtspunkt der Zweckmäßigkeit ausgewählt worden. Sie besaßen Verbindungstüren untereinander, so daß niemand über den Gang gehen mußte, wenn er seinen Nachbarn besuchen wollte.

Rous richtete sich ein und legte sich dann auf den Boden, nachdem er Polster und Decken des Bettes, das ihm viel zu klein war, dort ausgebreitet hatte.

Ein paar Minuten später war er eingeschlafen.

Als er aufwachte, war Mittag schon vorüber.

Jemand klopfte an die Tür.

„Herein!" rief er – vorsichtshalber auf mirsalesisch.

Rosita trat ein.

„Wünsche wohl geruht zu haben“, sagte sie mit leisem Spott. „Sie verschlafen die wichtigsten Dinge.“

„Wieso? Was gibt’s?“

„Lloyds posthypnotischer Befehl hat gewirkt. Das alte Männchen ist nun davon überzeugt, unsere Pässe in Empfang genommen und später verloren zu haben. Die Polizei ist hier, um uns auszufragen und neue Ausweise auszustellen.“

Rous sprang auf. „Gut. Ich komme.“

Es waren insgesamt vier Polizisten. Sie warteten unten in der leeren Empfangshalle. Als Rous erschien, waren Lloyd und Rosita Peres schon anwesend.

Die Aussage des Männleins wurde zu Protokoll genommen. Danach wurden Rous und seine Begleiter nach ihrer Herkunft und ihren Absichten ausgefragt. Sie gaben befriedigende Auskunft, denn sie hatten sich inzwischen über ihre Wahlheimat Wollaston ausreichend informiert. Rous gab an, von der Erfordernis besonderer Reisegenehmigungen nichts zu wissen. Er sei mit seinen Freunden vor fünf Tagen von Resaz aufgebrochen, mit Unterbrechungen bis nach Keyloghal gefahren und dort festgestellt, daß das ganze Dorf ausgestorben war. Von dort aus seien sie zu Fuß nach Fillinan gekommen.

Einer der vier Polizisten war ein älterer, grauhaariger kleiner Mann, der, nach der Aufmachung seiner Uniform zu urteilen, in höherem Rang stand als die drei anderen. Er hatte sich als Kommissar Flaring vorgestellt.

Zum Schluß wollte er wissen: „Haben Sie sich über das Verschwinden der Dorfbewohner Gedanken gemacht?“

Rous stimmte zu. „Natürlich. Wir waren sehr neugierig, wohin sie gegangen sein könnten. Wir dachten an eine Evakuierung aus irgendwelchen wichtigen Gründen und beeilten uns, nach Fillinan zu kommen.“

Flaring schien sich damit zufrieden zu geben. „Haben Sie irgendwo unterwegs einen Omnibus gesehen, ich meine: auf Ihrer Wanderung von Keyloghal nach Fillinan?“

Rous simulierte Nachdenklichkeit.

„Ja“, antwortete er schließlich, „jetzt erinnere ich mich. Etwa zehn Meilen vor der Stadt stand ein leerer Omnibus.“

„Leer?“ schnappte Flaring.

„Ja, leer.“

Flaring sah seine Begleiter an, dann stand er auf. „Es ist gut. Man wird Ihnen neue Pässe ausstellen und sie Ihnen zuschicken.“

Ohne Gruß verließ er mit seinen Begleitern das Hotel.

Rous, Lloyd und Rosita kehrten zu ihren Zimmern zurück.

„Flaring gefällt mir nicht“, sagte Rosita plötzlich.

„Warum nicht?“

„Ich habe die Mentalität der Mirsalesen damals an unserem Opfer in der Space-Jet studiert. Wenn sich jemand ohne Gruß entfernt, dann bedeutet das hier auf Mirsal II etwas wesentlich Schwerwiegenderes als bei uns auf der Erde. Flaring hat etwas gegen uns – und er läßt es uns merken.“

„Hoffentlich behält er seinen Verdacht für sich“, antwortete Rous. „Ihn allein können wir mit dem Psychostrahler bearbeiten. Nur wenn er die Sache publik macht, wird es gefährlich. Es muß unter allen Umständen vermieden werden, daß man uns als Fremde erkennt, denn in diesem Fall *muß* man uns logischerweise auch für den Feind halten, der unter den Mirsalesen so geheimnisvoll aufräumt.“

Rosita nickte.

Lloyd meldete sich zu Wort.

„Es wird wenig nützen“, meinte er, „wenn wir uns in den Zimmern verkriechen. Vielleicht sollten wir einen Spaziergang machen.“

Eigenartigerweise schienen die Mirsalesen am Nachmittag weniger neugierig zu sein als am Morgen. Nur wenige drehten sich nach den für mirsalesische Begriffe ungewöhnlich hochgewachsenen Gestalten um.

Rous und seine beiden Begleiter fuhren mit der Untergrundbahn zur Stadtmitte.

Die Prachtstraße von Fillinan hieß „Die Allee der Könige“. In einer Breite von mehr als hundert Metern durchzog sie die Stadt von Nord nach Süd. In diesen Wochen war sie auf mehreren, meist einen Kilometer langen Versuchsabschnitten zum erstenmal mit Mikrowellen-Leitstrahlen ausgerüstet worden, die dem Fahrer des Wagens, der mit den entsprechenden Geräten ausgestattet war, die Arbeit des Steuerns abnahm. Es war kein Wunder, daß sich an den Straßenrändern der Versuchsabschnitte das Publikum drängte und den Testfahrzeugen der Polizei zusah, deren Chauffeure ostentativ die Hände hinter dem Kopf gefaltet hielten, um zu zeigen, daß sie mit der Steuerung tatsächlich nichts mehr zu tun hatten. Der Aufregung zufolge, mit der die Mirsalesen dieses Schauspiel betrachteten, wurden Rous und seine Begleiter fast überhaupt nicht beachtet.

Die Häuser auf beiden Straßenseiten waren großzügig und offenbar ohne Rücksicht auf Kosten gebaut. Sie waren sechseckig, wie alle Häuser auf Mirsal II, und von Gärten umgeben.

Im übrigen enthielten die Gebäude, manche davon so hoch wie alte New Yorker Wolkenkratzer, im Erdgeschoß gewöhnlich Läden, in den darüberliegenden Stockwerken Büros oder Wohnungen. Bis auf die fremdartigen Inschriften über den Ladengeschäften hätte diese Stadt auf der Erde liegen und von einem besonders phantasiebegabten Architekten errichtet worden sein können.

Rous, Rosita und Lloyd schlenderten die Straße hinab. Lloyd hielt seine Mappe unter den Arm geklemmt wie ein Schüler, der sich Mühe gibt, seine Tasche nicht zu verlieren.

Sie mochten von der Stelle aus, an der sie die Untergrundbahn verlassen hatten und ans Tageslicht hinaufgefahren waren, etwa einen Kilometer gegangen sein, als Lloyd plötzlich stehenblieb und sich umsah.

„Warten Sie“, sagte er leise, aber aufgeregt. „Da ist etwas im Gange.“

Rous und Rosita waren ebenfalls stehengeblieben. Lloyd starrte die Straße hinauf, aber dort oben gab es nichts anderes zu sehen als das übliche Verkehrsgewühl.

„Was ist?“ fragte Rous.

Lloyd winkte ungeduldig ab.

„Die Fremden!“ stieß er hervor. „Ganz in der Nähe! Ich spüre sie!“

Rous lief ein Schauer über den Rücken. Die Mirsalesen standen immer noch an den Straßenrändern und sahen voller Begeisterung den Testwagen der Polizei zu.

„Jetzt!“ schrie Lloyd erstickt. „Jetzt kommen sie!“

Er hatte das Gesicht zu einer Grimasse verzogen, als müsse er Schmerzen ertragen. Mit mechanischen Handbewegungen öffnete er die Tasche, die er unter dem Arm getragen hatte und zog einen der kleinen Schirmfeldgeneratoren hervor, wie sie in Transportanzügen arkonidischer Herkunft und, in größerer Ausgabe, in Raumschiffen untergebracht waren.

Rous wußte nicht, was er damit wollte. Rosita stieß einen schrillen Schrei aus und zeigte mit ausgestreckten Armen die Straße hinauf.

„Dort . . .!“ keuchte sie.

Rous sah an ihrem Arm entlang. Er sah, wie weit oben über der ganzen Breite der Straße die Luft zu flimmern schien. Er sah, daß hinter dem Vorhang aus flimmernder Luft die Bürgersteige frei von Mirsalesen waren und wie die Autos, die bisher in geordneter Bahn gefahren waren, wild durcheinanderwirbelten, teilweise auf den Bürgersteig hinauffuhren, gegen Hauswände prallten und zusammenstießen.

Der Vorhang schien näherzurücken. Es war ein zum Wahnsinn reizender Anblick, wie die Eingeborenen von der Straße verschwanden und die führerlosen Fahrzeuge ihr närrisches Spiel begannen.

Die Mirsalesen am Straßenrand wurden aufmerksam. Die Straße stieg nach Norden hin sanft an, so daß sie gut zu übersehen war. Jeder beobachtete mit eigenen Augen, wie ein Vorhang, der lebende Wesen unsichtbar machte, immer weiter über die breite Straße gezogen wurde.

Wenige Sekunden später begann die Panik. Heulend, schreiend, schiebend und stoßend setzte sich die Menge in Bewegung – die Straße hinunter, weg von dem Entsetzlichen, Unbegreiflichen, das da herankam.

Rous, Lloyd und Rosita flüchteten zur Seite. Am Rand eines Gartens überstanden sie den Ansturm der Flüchtenden und starrten der flimmernden Wand entgegen, die die Straße herabkam.

Sie schien ihre Geschwindigkeit vergrößert zu haben.

Lloyd erwachte plötzlich aus seiner Starre.

„Halten Sie einen fest!“ rief er Rous zu.

Rous verstand nicht, was er meinte. Lloyd deutete auf die flüchtenden Mirsalesen.

„Einen von denen!“ schrie er. „Schnell, wir haben keine Zeit mehr!“

Rous griff wahllos einen aus der Menge der Flüchtenden heraus. Der Mann wehrte sich, aber Rous' Kräften war er nicht gewachsen.

Die Wand war näher herangekommen.

Schlaff hing der Mirsalese in Rous' Armen. Mit weit aufgerissenen Augen starrte er die drei Terraner an, stöhnte und sagte kein Wort.

„In die Mitte nehmen!" verlangte Lloyd.

In diesem Augenblick begriff Rous zum erstenmal, was er vorhatte. Er hatte den Schirmfeldgenerator eingeschaltet.

Dann kam die Wand.

Rous spürte etwas, das wie leichtes Kribbeln und ein sanfter Windhauch über ihn dahinzog. Aber wenn er später darüber nachdachte, konnte er nicht mehr sagen, ob die Wand diesen Effekt hervorgerufen hatte oder seine eigene Phantasie.

Für den Bruchteil einer Sekunde erstarb aller Lärm, von dem die Straße bisher erfüllt gewesen war.

Rous, Lloyd und Rosita standen Hand in Hand und bildeten ein Dreieck, in dessen geschützte Mitte sie den Mirsalesen plaziert hatten.

Der Lärm kehrte zurück. Rous sah die Straße hinunter und die Flüchtenden schneller, als sie laufen konnten, von dem unbegreiflichen Phänomen erfaßt werden und verschwinden. Die Wand schien ihre Geschwindigkeit verzehnfacht zu haben, sie schoß die Straße hinunter und fegte sie leer. Ein paar Augenblicke später war weit und breit kein Mirsalese mehr zu sehen, außer dem einen, den Rous und seine Begleiter unter ihre Fittiche genommen hatten. Der Mann stand zitternd, mit weit aufgerissenen Augen und keines Wortes fähig zwischen seinen Beschützern. Er sah straßauf, straßab, holte stoßweise Luft und fing an zu schluchzen, als er das Ausmaß der Katastrophe begriffen hatte.

Rous betrachtete ihn und fragte sich, ob er ihnen noch von Nutzen sein konnte. Er war ein wertvolles Versuchsobjekt gewesen.

Rous war sicher, daß sie ohne das Schirmfeld diesmal das gleiche Schicksal erlitten hätten wie die Mirsalesen. Offenbar waren die Unbekannten nun auch hinter ihm und seinen Begleitern her.

Rous legte dem Mann die Hand auf die Schulter und sagte freundlich: „Gehen Sie nach Hause, und freuen Sie sich, daß Sie noch existieren."

Der Mann gehorchte wortlos. Er stolperte davon, ohne sich noch ein einziges Mal umzudrehen.

Rous' Aktivität kehrte zurück. „Los! Wir müssen erfahren, ob irgend jemand in der Stadt dem Verhängnis entgangen ist."

Lloyd packte den kleinen Generator in die Tasche und marschierte davon, auf den nächsten U-Bahn-Schacht zu.

„Geben Sie sich keinen falschen Hoffnungen hin!“ rief Rous ihm nach. „Die U-Bahn fährt nicht mehr. Stellen Sie sich vor, was mit den Zügen passiert ist, als sie plötzlich keine Fahrer mehr hatten.“

Rosita hatte die bessere Idee. Ein paar von den Autos, die die Katastrophe mitten auf der Straße überfallen hatte, waren unversehrt geblieben.

Rosita suchte sich den größten Wagen aus.

„Kommen Sie her!“ rief sie. „Ich glaube, wir können ihn gebrauchen.“

Rous ging über die Straße. Kurz vor dem Auto sah er etwas auf der Straße liegen. Es war blau, mattschimmernd und etwa so geformt wie eine Kamm ohne Zinken. Rous wußte nicht, welchem Zweck es einmal gedient hatte. Einer plötzlichen Idee folgend, hob er es auf und steckte es in die Tasche.

Rosita hatte ihn beobachtet.

„Was wollen Sie damit?“ fragte sie.

Rous zuckte mit den Schultern. „Untersuchen. Es hat mitten unter der – Wand gelegen. Vielleicht zeigt es irgendwelche Spuren.“

Er setzte sich ans Steuer. Nachdem er den Omnibus bedient hatte, machte es ihm keine Schwierigkeiten mehr, das Auto in Gang zu bringen und vorsichtig zwischen den Hindernissen hindurchzubugsieren, die es auf der Straße gab.

An der ersten Straßenkreuzung bog er nach rechts ab. Die Seitenstraße, im Vergleich zu der Allee der Könige ziemlich schmal, obwohl sie immer noch gute vierzig Meter in der Breite maß, war ebenso leer wie die Allee.

Rous versuchte sich zu erinnern, wo das Hotel lag. Da sie mit der U-Bahn gekommen waren, hatte er keine Möglichkeit gehabt, sich die Straßenzüge einzuprägen. Er kannte jedoch die allgemeine Richtung und traute sich zu, in den bis auf die Wracks der Autos leeren Straßen den Weg zu finden.

Eine halbe Stunde mochte er so gefahren sein, als Lloyd plötzlich aufschreckte.

„Vor uns sind Leute“, berichtete er hastig. „Eine ganze Menge. Es scheint, das Unglück hat nicht die ganze Stadt getroffen.“

Rous kniff die Augen zusammen. „Dann sollten wir vorsichtig sein. Sie werden jeden, der aus der Stadtmitte kommt, für einen ihrer Feinde halten."

Das Hotel lag in den Außenbezirken der Stadt, wenigstens fünfzehn Kilometer von der Allee der Könige entfernt. Für diese fünfzehn Kilometer brauchte Rous anderthalb Stunden, weil er sich nicht auskannte.

Aber schließlich kam er in eine Straße, die er zu kennen glaubte. Rosita erinnerte sich an eine Art Juwelierladen, vor dem sie am frühen Nachmittag stehengeblieben war, und Lloyd wußte, welche Kreuzung man nehmen mußte, um von hier aus zum Hotel zu kommen.

Rous bog ein und wäre um ein Haar auf das Fahrzeug geprallt, das quer in der schmalen Straße stand.

Lloyd hatte zuletzt behauptet, die Impulse, die er empfange, stammten aus der Nähe. Auf dem Wagen saßen etwa zwanzig Polizisten mit angeschlagenen Waffen, und je ein Doppelposten stand auf der rechten und der linken Seite der Straße.

Rous hielt an, es blieb ihm nichts anderes übrig.

„Aufpassen, Lloyd!" zischte er.

Von dem roten Wagen sprangen drei Polizisten herunter und kamen auf das Auto zu. Rous ließ die rechte Seitenscheibe herunter.

„Wo kommen Sie her?" fragte einer der drei.

„Aus den östlichen Vorstädten", antwortete Rous.

„Quer durch die Stadt?"

„Ja."

„Wie sieht es dort aus?"

Rous machte eine Gebärde des Entsetzens – er brauchte sich dazu nicht einmal besonders anzustrengen. „Alles leer, alle verschwunden."

„Haben Sie beobachten können, wohin?"

„Nein. Wir waren nicht selbst dabei. Wir kamen über die Finnestal-Brücke. Hüben war noch alles in Ordnung, aber drüben . . ."

„Gut", sagte der Polizist. „Sie können weiterfahren. Fahren Sie über den Bürgersteig."

Rous bedankte sich, schlug nach links ein und umrundete den roten Mannschaftswagen.

„Sie haben einen Fehler gemacht", sagte Rosita ruhig.

Rous sah sie erstaunt an. „Welchen?"

„Sie haben sich nicht verabschiedet."

„Ich habe mich . . ."

„Sie haben sich bedankt, aber nicht verabschiedet. Erinnern Sie sich, welch wichtige Rolle der Gruß bei den Mirsalesen spielt?"

„Oh, verdammt!" ächzte Rous. „Vielleicht ist es ihm nicht aufgefallen?"

„Es *ist* ihm aufgefallen", antwortete Rosita. „Man konnte es an seinem Gesichtsausdruck sehen. Ich denke, es war eine Finte, daß er uns weiterfahren ließ. Wir werden Unannehmlichkeiten bekommen."

Ein paar Minuten später hielt Rous den Wagen vor dem Hotel an.

Auch hier waren die Straßen leer. Lloyd behauptete, daß die Menge der Impulse, die er empfing, aus südwestlicher Richtung kam. Wahrscheinlich war der Südwesten von Fillinan der einzige Stadtteil, der dem Verhängnis entronnen war.

Das Hotel wirkte noch leerer als zuvor. Selbst das alte Männlein war verschwunden. Rous klingelte ein paarmal, und als niemand kam, besorgte er selbst die Zimmerschlüssel.

Der Aufzug funktionierte nicht mehr. Die Katastrophe hatte auch die Wärter in den Kraftwerken verschwinden lassen. Es gab keinen Strom mehr.

Sie stiegen die Treppen hinauf. Sie sprachen kein Wort miteinander. Sie hatten genug, worüber sie nachdenken konnten.

Sie trennten sich nicht. Sie gingen alle miteinander in Rous' Zimmer. Bevor Rous aufschloß, gab Lloyd ihm ein warnendes Zeichen und deutete auf die Tür. Rous zog die Brauen in die Höhe, dachte eine Weile nach und nickte schließlich. Dabei deutete er auf Lloyds Tasche. Lloyd zog den Psychostrahler hervor.

Dann traten sie ein.

Auf den ersten Blick sah es so aus, als hätte sich nichts verändert. Aber als Rosita die Tür hinter sich zugezogen hatte, tauchten Gesichter hinter den Sesseln, Stühlen und Tischen auf.

Die Gesichter von Polizisten. Die Männer richteten sich vollends auf, und jeder konnte sehen, daß sie ihre kleinen Flammenwerfer im Anschlag hielten.

Einen von den Polizisten kannte Rous. Es war Flaring.

Flaring kam hinter seinem Versteck hervor. Er machte ein

spöttisches Gesicht und sagte: „Wir dachten, wir könnten von Ihnen etwas über diese neuerliche Katastrophe erfahren. Deswegen sind wir hier."

Auf der DRUSUS registrierte man ein erneutes Fading der Körpersender-Signale der drei Agenten. Es dauerte, wie das erste, knapp drei Sekunden. Danach waren die Signale wieder einwandfrei zu empfangen.

Der Sender, den die Space-Jet trug, war dagegen nicht gestört worden.

Rhodan nahm an, daß Rous und seine Begleiter zum zweitenmal Feindberührung gehabt hatten und erneut verschont geblieben waren. Zweifellos war Rous ein Mann, der das Glück gern herausforderte, aber da Lloyd bei ihm war, machte Rhodan sich noch keine großen Sorgen.

Flaring machte eine Handbewegung auf die Sessel hin und sagte: „Setzen Sie sich! Und machen Sie keine Dummheiten!"

Rous, Lloyd und Rosita setzten sich gehorsam.

„Sie behaupten, Sie kommen von Wollaston", begann Flaring. „Auf Wollaston leben eine Menge unzivilisierter Leute. Ich glaube nicht, daß es einen unter ihnen gibt, der ohne Unterrichtung einen Omnibus fahren kann. Und wenn doch, dann kennt er auch die Verkehrsregeln und parkt ihn auf der linken Seite, anstatt auf der rechten."

Rous sah ihn aufmerksam an.

„Na schön", antwortete er. „Das ist Ihre Vermutung. Und wie geht's weiter?"

„Seit der Katastrophe auf dem Land sind die Ausfallstraßen der Stadt mit Doppelsperren besetzt. Sie haben auf der Straße von Resaz her die zweite, also die innere Sperre reibungslos passiert, aber die erste, die äußere, erinnert sich seltsamerweise nicht an drei Leute von Wollaston, die dort vorbeigekommen sein sollen."

Rous hob die rechte Hand zum Zeichen der Zustimmung.

„Dafür können wir nichts", sagte er, „daß Ihre Leute so vergeßlich sind."

Flaring lächelte. „Sie sind nicht vergeßlich, darauf können Sie sich verlassen. Außerdem bin ich noch nicht fertig. Sie waren zu dritt in der Stadt – heute nachmittag, als das Unglück geschah. Sie drei sind die einzigen, die es überstanden haben. Welche Erklärung können Sie dafür angeben?"

Rous senkte die Hand.

„Keine", gab er zu. „Wir sind lediglich dankbar dafür, daß wir davongekommen sind."

Flaring wurde ernst. „Die Behauptung, daß Sie während des Unglücks gerade auf der Finnestal-Brücke waren, halten Sie also nicht mehr aufrecht?"

Rous stutzte. „Was? Das wissen Sie auch schon?"

„Ja, das – und daß Sie gegen alle Sitte, die übrigens auch auf Wollaston herrscht, wie ich mir sagen ließ, den freundlichen Wachtposten nicht gegrüßt haben."

Rous sah vor sich hin auf den Boden.

„Hören Sie zu", begann Flaring von neuem. „Wir sind weit genug fortgeschritten, um einzusehen, daß Sie nicht von dieser Welt stammen. Wir selbst stehen am Beginn des Raumfahrtzeitalters. Ihr Volk ist vermutlich schon mittendrin. Sie haben Mirsal überfallen – wir wissen nicht, aus welchem Grund. Wir wissen nicht, was Sie gegen uns haben. Aber *wenn* wir es wüßten, dann könnten wir den Groll, den Sie offenbar gegen uns hegen, vielleicht besänftigen, ohne daß deswegen die Einwohner unserer Welt millionenweise verschwinden. Es ist unser sehnlichster Wunsch, mit Ihnen zu einem vernünftigen Frieden zu kommen. Wir wollen tun, was wir können – wenn nur keine Mirsalesen mehr verschwinden müssen. Mirsal hat eine Einwohnerzahl von rund drei Milliarden. In den vergangenen Tagen sind zwei Millionen davon spurlos verschwunden. Wir wollen nicht, daß unsere Welt in absehbarer Zeit völlig entvölkert ist."

Rous hatte aufmerksam zugehört. Jetzt sah er Flaring von unten her an und fragte: „Sind Sie zu Verhandlungen autorisiert?"

Flaring sah sich seinem Ziel näher. „Ja, natürlich. Wollen Sie . . .?"

Rous winkte ab und stand auf.

„Stecken Sie das Ding wieder ein!" befahl er Lloyd auf englisch.

Lloyd ließ den Psychostrahler in der Tasche verschwinden.

Rous ging ein paar Schritte, dann blieb er plötzlich stehen und wandte sich zu Flaring um.

„Sie sind ein aufrechter Mann, Flaring", sagte er. „Deswegen will ich offen mit Ihnen sein. Allerdings muß ich Ihnen eine Enttäuschung bereiten: Wir sind nicht die, für die Sie uns halten. Wir sind Fremde, ja, aber wir sind nicht verantwortlich für das Verschwinden der zwei Millionen Einwohner dieses Planeten. Weder wir noch irgendein anderer Angehöriger unseres Volkes."

Er sah Flaring durchdringend an. Flaring erwiderte den Blick nachdenklich.

„Ich dachte mir, daß Sie uns nicht vertrauen würden", sagte er lahm.

Rous schüttelte den Kopf.

„Sie sind auf dem falschen Weg, Flaring", sagte er hart.

Und dann erklärte er dem Mirsalesen soviel, wie er wissen mußte, um die Situation der drei Terraner zu verstehen. Er verschwieg alles, was er nicht sagen durfte – zum Beispiel: welche Welt seine Heimat war, wie sie hieß und wo sie lag. Er verschwieg auch, welche Rolle das Solare Imperium im Rahmen der galaktischen Politik spielte, obwohl er natürlich erläutern mußte, daß es in der Galaxis eine ganze Anzahl von Machtblöcken und Interessengruppen gab.

Rous' Vortrag dauerte etwa eine Viertelstunde. Zum Abschluß sagte er: „Sie können keinen größeren Fehler begehen, als uns für Feinde zu halten. Uns stehen Mittel zur Verfügung, gegen die Ihre modernsten Geräte nichts weiter als Steinzeitbeile sind. Wenn überhaupt jemand, dann können *wir* dem unsichtbaren Feind auf die Spur kommen. Dieser Möglichkeit würden Sie sich berauben, wenn Sie uns Schwierigkeiten machten."

Man sah Flaring an, daß er noch längst nicht überzeugt war.

„Erklären Sie mir", bat er, „welches Interesse Ihr Volk an den Vorgängen auf Mirsal haben könnte. Sie geben selbst zu, daß Sie zweimal in solchen Situationen steckten, in denen meine Landsleute spurlos verschwanden, und verschont wurden. Wenn sich diese Angriffe nicht gegen Sie richten, warum kümmern Sie sich dann darum?"

Rous begann zu grinsen.

„Das ist sehr schlau gefragt", gab er zu. „Glauben Sie nicht, daß wir es nur aus Nächstenliebe tun. Auf der dritten Welt dieses Systems hat es einige von uns erwischt. Grundsätzlich aber sind wir über die Gefahr von einem mächtigen Robotgehirn informiert worden."

„Ja“, antwortete Flaring abwartend.

„Gut. Obendrein, sind wir hilfsbereit. Wenn wir etwas dafür tun können, daß die Unbekannten Sie nicht weiter angreifen, dann wollen wir es tun. Dazu ist es allerdings erforderlich, daß Sie uns keine Hindernisse in den Wege legen.“

Er sah Flaring dabei auffordernd an. Flaring zögerte eine Weile, dann antwortete er: „Ich bin nicht befugt, in diesem Sinn eine Entscheidung zu treffen. Ich werde vortragen müssen, was ich gehört habe, und eine höhere Instanz wird daraufhin entscheiden. Das einzige, was ich zu Ihrer Erleichterung tun kann“, dabei lächelte er ein wenig, „ist, Sie ohne Aufsicht zu lassen. Wollen Sie mir versichern, daß Sie die Stadt nicht verlassen?“

Rous hob die rechte Hand. „Das versichere ich Ihnen.“

„Gut. Dann will ich Sie so schnell wie möglich wissen lassen, wie man entschieden hat.“

Er verabschiedete sich höflich. Auch von seinen Männern ging keiner hinaus, ohne die Fremden zu grüßen.

Draußen sank der Abend über die Stadt. Es wurde finster. Nirgendwo brannte Licht. Die Polizei hatte anderes zu tun, als ihre Leute in die Kraftwerke zu kommandieren.

Lloyd und Rosita hatten sich auf ihre Zimmer zurückgezogen. Rous verfaßte im Schein einer Notbeleuchtung einen gerafften und kodifizierten Bericht über die bisherigen Erlebnisse auf Mirsal, den er an die DRUSUS durchgeben wollte.

Der Bericht enthielt auch das Ergebnis der Verhandlung mit Flaring. Rous bat Rhodan um Zustimmung zu dieser Weise des Vorgehens.

Als der Bericht fertig war, bestand er – im Klartext aus rund dreitausend Worten zusammengesetzt – nur noch aus einer Reihe von winzigen Löchern in einer Plastikschablone, die so klein war, daß man sie bequem in der Hand verbergen konnte.

Rous machte sich auf den Weg zu Lloyd, der den Mikrokom in der Tasche hatte. Dabei durchquerte er Rositas Zimmer. Rosita stand am Fenster und starrte in die Nacht hinaus. Sie wandte sich nicht um, als Rous eintrat, aber Rous hörte sie sagen: „Es ist alles so entsetzlich still.“

Rous trat neben Rosita ans Fenster. Es war nichts zu sehen – nicht einmal die Front des gegenüberliegenden Hauses.

Rund anderthalb Millionen Mirsalesen waren diesem zweiten Anschlag des unsichtbaren Feindes zum Opfer gefallen. Diese Zahl hatte Flaring angegeben.

Anderthalb Millionen Personen waren im Lauf weniger Minuten von der Oberfläche dieser Welt spurlos verschwunden.

Warum? Wozu?

In Rous stieg Wut auf, als er daran dachte.

„Warte!“ knirschte er. „Wir werden sie fassen!“

Rosita gab keine Antwort. Rous trat vom Fenster zurück und ging zu Lloyds Tür hinüber.

Als er sie öffnete, drang ihm heller Lichtschein entgegen. Rous war eine Weile geblendet, dann stellte er fest, daß die Helligkeit Lloyds Zimmer nahzu gleichmäßig erfüllte und aus allen Richtungen gleichzeitig zu kommen schien. Es war, als sei er aus einem verdunkelten Zimmer in ein anderes gekommen, das durch Fenster von allen Seiten her das helle Sonnenlicht in sich aufnahm.

Auch Rosita war aufmerksam geworden, als der Schein durch die Tür fiel.

Lloyd stolperte irgendwo in der Helligkeit umher und war offenbar sehr beschäftigt.

„Was ist das?“ rief Rous. „Was haben Sie angestellt?“

Lloyd blieb stehen.

„Vorläufig weiß ich es selber noch nicht“, antwortete er ein wenig mürrisch. „Ich habe ein bißchen herumgebastelt – und plötzlich kam das Licht.“

„*Woran* haben Sie herumgebastelt?“

„Am Schirmfeldgenerator.“

Rous war sprachlos. In Lloyds Taschen gab es eine Menge Dinge, mit denen man Licht erzeugen konnte – auch die Notbeleuchtung, mit deren Hilfe er die Berichtsschablone an die DRUSUS abgefaßt hatte, stammte aus Lloyds Tasche. Aber von allen Dingen war der Schirmfeldgenerator dasjenige, dem man am wenigsten zugetraut hätte, daß es sich als Ersatzbeleuchtung verwenden ließe.

Rous und Rosita traten ein und schlossen die Tür hinter sich. Rous setzte sich auf einen Sessel.

„Erklären Sie!“ forderte er Lloyd auf.

Lloyd wischte sich über die Stirn.

„Sie erinnern sich“, begann er schließlich, „wie wir den Mirsalesen auf der Allee der Könige gerettet haben? Na, ich nahm den Generator auseinander, um zu sehen, ob man das Schirmfeld unter Umständen dadurch verstärken könne, daß man das Gerät an eine äußere Energieversorgung anschließt. Sie wissen ja, daß das im Prinzip möglich ist. Die Frage ist lediglich, wieviel Energie das kleine Gerät aufnehmen und verarbeiten kann.“

„Und was weiter?“ fragte Rous.

Lloyd zuckte mit den Schultern. „Weiter weiß ich nichts. Ich habe ein paar Chips herausgenommen und anders geschaltet. Da wurde es plötzlich hell. Ich habe keine Ahnung warum.“

Rous war aufgesprungen. „Zeigen Sie. Wo ist das Ding?“

Loyd deutete auf den Tisch.

Rous trat vorsichtig an den kleinen Generator heran. Das Gerät war nicht größer als eine Zigarettenschachtel. Lloyd hatte den Deckel abgenommen und sich an dem komplizierten Innern des Generators mit einer winzigen Lötpinzette zu schaffen gemacht.

Lloyd war Fachmann. Außer seiner erstaunlichen parapsychologischen Befähigung besaß er nahzu vollständige Kenntnis aller elektronischen und gravomechanischen Probleme, wie sie beim Bau von Schirmfeldgeneratoren und einer Reihe anderer Geräte auftauchen.

Rous auf der anderen Seite war Lloyd nicht unterlegen. Er hatte auf der Akademie Kurse in Elektronik und Gravomechanik absolviert. Er kannte sich aus und sah auf den ersten Blick, an welchen Stellen Lloyd an dem kleinen Generator etwas verändert hatte.

Er untersuchte die frischen Lötstellen, fuhr in Gedanken die Leitungen der veränderten Schaltung nach und stutzte plötzlich. Er wiederholte die Untersuchung und kam zum selben Ergebnis.

Lloyd stand hinter ihm und sah ihm über die Schulter.

„Wissen Sie, was Sie gemacht haben?“ fragte Rous.

Lloyd nickte. „So, wie es jetzt aussieht, habe ich lediglich die Form des Schirmfelds verändert.“

„Genau. Das Schirmfeld wird von dem Generator als Kugelfeld mit variablem, aber begrenztem Radius ausgebildet. Und jetzt . . .“

„. . . ist es nur noch ein Ringfeld“, ergänzte Lloyd.

„Richtig. Ein Ringfeld, von dem wir zunächst noch nicht wissen, wo es liegt."

Er setzte die Untersuchung fort. Er schien zu finden, was er suchte. Er verlangte die Lötpinzette, nahm ein paar kleine Veränderungen vor, drehte an der Einstellung auf der Frontplatte des Geräts und sah sich mehrere Male um.

„Ich versuche, das Feld zu lokalisieren", erklärte er dazu. „Es hat jetzt die Form eines Ringes, anstatt die einer Kugel, aber *wo* der Ring liegt, wissen wir nicht."

Er arbeitete weiter, bis schließlich Rosita aus dem Hintergrund des Zimmers einen überraschten Schrei ausstieß: „Dort – am Fenster!"

Rous sah auf.

Auf dem Fenster hatte sich ein kreisrunder Fleck weißblauer Helligkeit gebildet. Jenseits des hellen Kreises war alles finster. Das Licht, das das Zimmer jetzt noch empfing, kam nur aus dem Kreis.

„Sonderbar", murmelte Rous.

„Ich denke, es ist ein Ringfeld?" fragte Lloyd. „Das ist kein Ring, das ist ein Kreis."

Rous schüttelte den Kopf. „Unsinn. Was Sie dort sehen, ist nicht das Feld, sondern ganz simples Licht. Das Feld selbst ist unsichtbar. Es liegt als Ring um diesen Lichtkreis herum."

Rosita war neugierig geworden. „Wo kommt das Licht her?"

„Ja – wenn ich das wüßte!"

Ein paar Minuten lang starrte Rous nachdenklich auf den runden Lichtfleck. Dann zuckte er plötzlich zusammen, als sei ihm etwas Wichtiges eingefallen, und danach begann er wie ein Besessener zu arbeiten.

Lloyd und Rosita beobachteten, wie der Lichtfleck kleiner wurde und das Licht an Intensität dabei gleichzeitig zunahm. Die Helligkeit im Zimmer blieb daher immer die gleiche, nur waren jetzt nicht mehr alle Ecken so regelmäßig ausgeleuchtet wie zuvor.

Schließlich war aus dem Kreis von ursprünglich einem Dreiviertelmeter Durchmesser ein winziger Punkt von nahezu unerträglicher Helligkeit geworden.

Während Rous weiterarbeitete, begann der Punkt sich wieder auszudehnen. Rous bemerkte es und drehte, schaltete und lötete solange weiter, bis der Punkt wieder auf der Fensterscheibe erschien.

Dann stand er auf.
„So“, seufzte er. „Wissen Sie, was das ist?“
Dabei deutete er auf den Lichtpunkt.
Lloyd schüttelte den Kopf.
„Ich natürlich auch nicht“, gab Rous zu. „Aber ich habe eine Vermutung. Ich vermute nämlich, daß unser Ringfeld als eine Art Linse wirkt. Es bringt Lichtstrahlen, die von einem sehr weit entfernten Gegenstand kommen, in seinem Brennpunkt zum Schnitt.“
„Welches Licht meinen Sie? Und woher kommt es?“ fragte Lloyd.
Rous kratzte sich am Kopf. „Das ist das große Rätsel. Wenn ich den Generator ausschalte, ist das Licht verschwunden. In *unserem* Raum existiert es also nicht.“
„Das ist mir zu metaphysisch“, brummte Lloyd respektlos. „In welchem Raum denn dann?“
Rous, begeistert von seiner Entdeckung, gab ihm einen freundschaftlichen Rippenstoß.
„Denken Sie doch daran, daß wir die Fremden niemals sehen konnten, wenn sie angriffen!“ rief er. „Sie waren unsichtbar. Wenn Ihnen die Erklärung mit den zwei verschiedenen Räumen, in denen wir und dic Feinde existieren, zu kompliziert ist, dann stellen Sie sich einfach vor, wir hätten hier ein Mittel gefunden, um ihre Unsichtbarkeit zunichte zu machen. In Wirklichkeit ist es so: Das Ringfeld mit seinen Linseneigenschaften verursacht eine Unstetigkeit in der Struktur unseres Raumes. Diese Unstetigkeit wirkt als Brücke zwischen zwei Kontinuen: Licht kann aus dem einen in das andere hinüberwechseln.“
Lloyd nickte. „Gut. Ich glaube, das kann ich verstehen. Und was weiter?“
Rous deutete auf den Lichtpunkt. „Das dort ist ein Bild. Ein Bild eines Gegenstands aus jenem anderen Raum. Wenn wir eine Lupe nehmen und es vergrößern, werden wir etwas sehen können.“
„Na schön – dann nehmen wir eben eine Lupe.“
Rous winkte ab. „Eine Lupe ist nichts anderes als wieder eine Linse. Wenn die erste Linse aus einem ringförmigen Schirmfeld besteht, wird die zweite ebenso aussehen müssen. Wir haben also nichts weiter zu tun, als den Generatorkreis in zwei Teile zu spalten, so daß er uns *zwei* Ringfelder liefert, das eine als Objektiv, das andere als Okular.“

Er sah sich um. „Dort hinten haben wir eine breite, weiße Wand. Wenn wir Glück haben, werden wir das Bild dorthin projizieren können."

Lloyd hatte verstanden. Mit Eifer begannen beide, an dem Generator zu arbeiten, während Rosita ihnen neugierig zusah und nicht wußte, was sie von der Sache halten sollte.

„Ich dachte immer", wandte sie ein, „Linsen seien aus Glas – oder etwa nicht?"

Rous lachte.

„Die meisten", gab er zu. „Aber es gab schon vor hundert Jahren in den Elektronenmikroskopen Linsen, die bestanden aus elektrischen Feldern oder aus Magnetfeldern. Warum soll unser Schirmfeld nicht ebensogut als Linse taugen."

„Also gut", winkte Rosita ab, „ich verstehe nichts davon. Ich bin nur gespannt, was Sie da zurechtzaubern werden."

Bei Lloyds und Rous' unglaublichem Eifer verging nur eine halbe Stunde, bis in der Mitte des Zimmers, gegen die vom Fenster herkommende Helligkeit kaum abstehend, ein zweiter Kreis erschien – größer, als der erste jemals gewesen war. Rosita machte die beiden Männer darauf aufmerksam.

„Ah – gut!" schnaufte Rous. „Das ist unser Okular. Jetzt wollen wir solange daran drehen, bis . . ."

Er unterbrach sich mitten im Satz, dachte nach und lächelte dann. „Ich Narr! Mit einem Okular kann man kein reelles Bild entwerfen. Wir können nicht projizieren, es sei denn, wir hätten eine dritte Linse. Das schafft der Generator nicht mehr. Wir müssen direkt beobachten."

Er trat, vom Fenster aus gesehen, hinter den Kreis, der mitten im Zimmer schwebte.

„Ich sehe nichts als Helligkeit", stellte er ein wenig enttäuscht fest. „Drehen Sie am Potentiometer, Lloyd."

Lloyd begann, an dem kleinen Schaltknopf zu drehen. Rous starrte währenddessen angestrengt auf den Lichtkreis.

„Halt!" schrie er plötzlich. „Markieren Sie sofort diese Stellung, Lloyd!"

Lloyd markierte die Potentiometereinstellung mit einem kleinen Kratzer auf der Frontplatte des Generators. Rous hatte unterdessen weitere Bitten: „Rosita, bringen Sie ein paar Tücher und hängen Sie sie mir über den Kopf. Das übrige Licht stört beim Beobachten."

Rosita brachte Tücher. Rous, nun unter den Tüchern verhüllt, so daß gerade der Lichtkreis ausgeblendet war, starrte vor sich hin und gab keinen Laut von sich.

Erst, als zehn oder mehr Minuten vergangen waren, trat er zurück und schüttelte die Tücher von sich.

„Sehen Sie hinein", sagte er zu Lloyd. „Es ist ein Bild, ganz ohne allen Zweifel, aber ich kann mir nichts darunter vorstellen."

Rosita konnte ihre Neugierde nicht mehr bezähmen. Während Lloyd sich die Tücher umhängte, fragte sie: „Was sieht man?"

An Rous' Stelle beschrieb Lloyd das Bild. „Man sieht eine ebene, weite Fläche. Auf der Fläche liegen wahllos verstreut dunkle Gegenstände. Das Bild ist mehrfarbig, aber in dieser Gegend scheint es nicht besonders viele Farben zu geben. Die dunklen Gegenstände – na ja, es könnten Maschinen sein, ich weiß es nicht."

„Bewegt sich etwas?" wollte Rosita wissen.

„Nein, nichts. Es ist alles ruhig. Das Bild sieht aus wie eine Fotografie. Ich kann auch keine – halt, was ist das?" Er schwieg eine Weile und fuhr dann aufgeregt fort: „Jetzt hat es sich bewegt. Ich meine das Bild als Ganzes. Es sah so aus, als rückte es jemand ein Stück näher heran. Die schwarzen Gegenstände sind größer geworden – o ja, es sind Maschinen."

In diesem Augenblick wurde Lloyds Beobachtung rücksichtslos unterbrochen. Rosita konnte ihre Neugierde nicht mehr zügeln, riß ihm die Tücher vom Kopf, schob ihn zur Seite und stellte sich selbst vor den Kreis.

Rous und Lloyd ließen sie gewähren. Rosita beobachtete ein paar Minuten lang stumm und reglos, dann sagte sie:

„Also: Eine Ebene, die mit Kacheln gepflastert zu sein scheint, und ein paar dunkle Sachen darauf, die unter Umständen Maschinen sein könnten. Alles ziemlich unscharf. Ich finde nichts Besonderes dabei", meinte sie.

„So?" Rous lachte. „Sie finden nichts Besonderes? Wissen Sie, was Sie da gesehen haben?"

„Nein", antwortete Rosita.

„Ich will es Ihnen erklären. Sie haben selbst miterlebt, wie ein

Mirsalese durch den Einfluß unseres Schirmfeldgenerators vor dem Verschwinden gerettet wurde. Sie verstehen also, daß das Schirmfeld auf den Gegner, wer oder was es auch immer sei, irgendeine Wirkung ausübt. Welcherart diese Wirkung ist, wissen wir noch nicht. Dasselbe Schirmfeld, in die geeignete Form gebracht, schafft eine Unstetigkeit in der Struktur des Raumes und damit eine Brücke, über welche das Licht aus dem Kontinuum des Gegners in das unsrige herübertreten kann."

Rosita begann zu verstehen. Mit weit aufgerissenen Augen starrte sie Rous an. „Sie wollen doch nicht sagen, daß . . ."

Rous nickte ruhig. „Doch, genau das will ich sagen. Die Welt des Gegners ist nicht unsere. Er befindet sich in einem anderen Kontinuum und trägt von dort aus seine Angriffe vor. Was wir durch diesen Kreis sehen, ist nichts anderes als ein kleiner Ausschnitt aus der Welt des Gegners."

Sie hatten den ersten Blick getan. Nach langer Zeit, während der sie sich mit einem Unsichtbaren hatten herumschlagen müssen, war es ihnen zum erstenmal gelungen, einen Blick in jenen anderen Raum zu werfen, in dem der Feind lebte.

Das stärkte die Zuversicht, zu mehr war es nicht nütze. Denn die komplizierten Vorgänge, die bei der Abbildung mit Hilfe einer Schirmfeld-Linse mitspielten, machten es unmöglich anzugeben, *wo* denn das, was sie durch den Lichtkreis sahen, zu suchen war. Man konnte es nicht lokalisieren, wenn es überhaupt sinnvoll war, etwas, das sich sozusagen in einem anderen Universum befand, lokalisieren zu wollen.

Es gab nicht einmal einen Hinweis darauf, ob das beobachtete Bild in Wirklichkeit ein statisches Gebilde war, sich also von Natur aus bewegte, oder ob lediglich in jenem anderen Raum auch ein anderer Zeitablauf herrschte, so daß Bewegungen nicht wahrgenommen werden konnten.

Dieses ruckartige Näherkommen des Bildes, das seit Lloyds erster Beobachtung noch mehrere Male festgestellt worden war – mitunter auch mit umgekehrtem Vorzeichen, so daß sich das Bild entfernte, anstatt näherzukommen – hielt Rous nicht für einen echten Effekt. Er schob es auf Schwankungen im Schirmfeldgenerator.

Rous hatte versucht, einen Gegenstand – eine Zigarettenschachtel zum Beispiel – durch den Lichtkreis hindurch in den Raum des Gegners hinüberzuschaffen. Aber der Versuch mißlang kläglich. Die Schachtel fiel auf der anderen Seite des Kreises wieder auf den Boden. Die beiden ringförmigen Schirmfelder waren ein einigermaßen leistungsfähiges Linsensystem – ein Transportmittel waren sie nicht.

Unzufrieden war Rous überdies mit der Schärfe des Bildes. Er konnte sich ausmalen, daß die Maschinen, die durch den Lichtkreis hindurch zu sehen waren, als Erzeugnisse einer fremden Technologie undurchschaubare Gebilde sein mochten.

Aber wenn es gelungen wäre, das Bild ein wenig schärfer einzustellen, hätte man vielleicht doch die eine oder andere Funktion dieser Geräte erkennen können. Vielleicht waren diese Maschinen die Waffen, mit denen der Gegner seine brutalen Angriffe auf Mirsal ausführte.

Aber alle Versuche, das Bild schärfer einzustellen, schlugen fehl. Man mußte schließlich froh sein, auf so merkwürdige, zufällige Weise überhaupt zu einem Bild gekommen zu sein.

Nach mehrstündiger Beobachtung schaltete Rous den Generator aus. Eine halbe Stunde später schaltete er ihn wieder ein und fühlte sich ziemlich erleichtert, als Lichtpunkt und Lichtkreis an denselben Orten wieder auftauchten und durch den Lichtkreis hindurch dasselbe Bild wieder beobachtet werden konnte.

Das Bild war reproduzierbar – das war die Hauptsache.

„Auf das Schirmfeld werden wir in Zukunft verzichten müssen“, erklärte Rous. „Wir brauchen den Generator hier nötiger.“

Früh am nächsten Morgen erschien Flaring. Er brachte gute Nachrichten.

„Ich habe Ihre Sache vorgetragen“, erklärte er, nachdem er alle drei Terraner der Reihe nach begrüßt hatte, „und freue mich, Ihnen sagen zu können, daß man Ihnen volles Vertrauen schenkt. Man ist für die angebotene Zusammenarbeit dankbar und bereit, Ihnen alle Wege zu ebnen. Allerdings möchte man wissen, ob Sie schon konkrete Absichten haben.“

Rous nickte grimmig. „Wir möchten diese unsichtbaren Burschen beim Kragen packen.“

„Das ist eine gute Absicht", meinte er. „Aber – sind Sie denn schon soweit?"

„Nein", seufzte Rous, „soweit sind wir noch nicht. Aber warten Sie", er zog das seltsam geformte Stück Plastik aus der Tasche, das er tags zuvor auf der Allee der Könige aufgehoben hatte, und hielt es Flaring hin. „Hier habe ich etwas."

Er erklärte, wo er das Ding gefunden hatte, und schloß: „Ich möchte es gern analysieren lassen. Ihre Chemiker wissen sicher, woraus es besteht – oder vielmehr bestehen sollte. Was ich wissen möchte, ist: Hat sich dieses Stück Plastik während des gegnerischen Angriffs verändert?"

Flaring ergriff das Stück vorsichtig. „Ich werde das so schnell wie möglich besorgen lassen. Haben Sie noch andere Anweisungen?"

Rous runzelte die Stirn. „Wir haben überhaupt keine Anweisungen. Wir sind froh, wenn wir ein paar Bitten aussprechen dürfen."

Flaring fühlte sich geschmeichelt.

„O ja, doch", fuhr Rous fort, bevor Flaring noch etwas sagen konnte. „Wir hätten gern einmal auf einer Landkarte gesehen, wie die Gebiete aussehen, die der Feind bisher angegriffen hat, und wo sie liegen."

Flaring hob die rechte Hand. „Gut. Ich werde Ihnen die Karten sofort besorgen."

Er verabschiedete sich und ging.

Rous benutzte die Zeit, um den Bericht an die DRUSUS, den er am vergangenen Abend abzusenden gezögert hatte, weil noch so viel Neues dazugekommen war, zu vervollständigen. Die Plastikschablone bekam ein paar zusätzliche Löcher, dann wurde sie in den Mikrokom geschoben, und nahezu im selben Augenblick empfingen die Geräte der DRUSUS, dreißig Millionen Kilometer weit entfernt, Rous' aufsehenerregende Botschaft.

Rous hatte diese Arbeit gerade hinter sich gebracht, da erschien Flaring wieder.

„Die Analyse ist noch im Gang", erklärte er, nachdem er gegrüßt hatte. „Aber die Karten habe ich Ihnen schon besorgt."

Er breitete sie auf dem Tisch aus. Die oberste zeigte die ganze Provinz zwischen Resaz und Fillinan, und zu beiden Seiten darüber hinaus noch ein paar hundert Kilometer mehr. Das Gebiet, das durch den Angriff des unsichtbaren Gegners entvölkert wurde, war rot umrandet und schraffiert.

Rous stutzte, als er die merkwürdige Form des schraffierten Kartenteils sah.

„Sind Sie sicher, daß Ihre Informationen verläßlich sind?“ fragte er Flaring.

Flaring hob die Hand. „Völlig sicher. Sie können sich denken, daß wir eine Menge Mühe darauf verwenden, sichere Informationen zu bekommen.“

„Ja – aber was sagen Sie zu dieser Form?“

Die rote Umrandung umschrieb etwa die Form eines Schuhlöffels, den jemand auf dem heißen Ofen liegengelassen und dann nach Kräften auseinandergezogen hatte. Das eigenartige Gebilde hatte im Osten und Westen zwei weit auseinandergezogene Ohren und dazwischen eine unregelmäßige Einschnürung. Im östlichen Ohr gab es eine elliptische Aussparung, offensichtlich einen Fleck, den das Unheil nicht getroffen hatte.

Flaring krümmte den Finger, um zu zeigen, daß er nichts zu sagen hatte.

„Wir haben uns auch schon den Kopf darüber zerbrochen“, meinte er. „Wir dachten zunächst, daß es der Feind darauf abgesehen hat, so viele Personen wie möglich verschwinden zu lassen. Aber gerade hier in diesem Loch“, er deutete auf die merkwürdige Aussparung im östlichen Ohr des „Schuhlöffels“, „liegt Kelleyhan, eine Stadt von rund dreihunderttausend Einwohnern.“

„Das befallene Gebiet ist also nicht besonders dicht bevölkert?“

„Keineswegs. Das Industriegebiet von Russoms im Norden hat vierhundert Kopf pro Quadratmeile – hier zwischen Resaz und Fillinan sind es nur dreißig.“

Rous ließ sich die zweite Karte vorlegen, die in etwas größerem Maßstab die Umgebung von Fillinan in einem Umkreis von zweihundert Kilometern zeigte. Rous erfuhr zum erstenmal, daß sich das gestrige Unheil nicht allein auf das Stadtgebiet von Fillinan beschränkte, sondern nach Norden und Osten bis zu hundertundfünfzig Kilometern darüber hinausreichte. Vom Stadtgebiet von Fillinan waren allein die südwestlichen Vorstädte unbehelligt geblieben. Allerdings drängte sich dort die Bevölkerung am dichtesten, so daß von den insgesamt drei Millionen Bewohnern nur anderthalb Millionen verschwunden waren.

Das Gebiet östlich und nördlich der Stadt war das Einzugsgebiet einer Reihe von Flüssen – unter ihnen der Finnestal als mächtigster –, eine größtenteils sumpfige und moorige Landschaft. In vergangenen Jahrhunderten hatte man sich, wie Rous von Flaring erfuhr, darangemacht, das Land zu entwässern, aber die Neuzeit hatte diese Bemühungen aufgegeben und aus der Gegend einen riesigen Naturschutzpark gemacht. In dem gesamten Gebiet lebten, abgesehen von der Stadt Fillinan, nicht mehr als tausend Menschen.

Auf dieser zweiten Karte hatte das Gebiet, das der Feind überfallen hatte, die Form eines unregelmäßigen Vielecks. Außerdem gab es vier mehr oder weniger große Löcher, die ausgespart worden waren.

Lloyd stand neben Rous und starrte auf die Karte.

„Sieht das nicht völlig sinnlos aus?“ fragte er leise.

Rous hob die Schultern. „Vielleicht ist der Feind gar nicht darauf aus, so viele Personen wie möglich verschwinden zu lassen. Vielleicht verfolgt er ein anderes Ziel? Wir wissen es vorläufig noch nicht.“

In diesem Augenblick trat die Ordonnanz ein, um Flaring davon zu benachrichtigen, daß die Analyse des Plastikkammes, den Rous zur Untersuchung eingereicht hatte, beendet war.

„Das ging schnell“, lobte Rous. „Zeigen Sie her.“

Die Ordonnanz reichte ihm den Bericht. Rous begann zu lesen. Flaring las mit. Es stellte sich heraus, daß die Untersuchung die stoffliche und molekulare Struktur des Plastikstücks unverändert gefunden hatte. Es war sozusagen nichts mit dem Plastikstück geschehen.

„Oh, halt – warten Sie!“ bat Flaring. „Hier unten steht noch eine Anmerkung. Verstehen Sie, was mit einer Altersanalyse gemeint ist?“

„Ja. Man hat das Alter des Stückes zu bestimmen versucht. Mit welcher Methode?“

„In jedem organischen Stoff ist eine bestimmte Menge eines radioaktiven Isotops vorhanden, und zwar ist es ein Isotop des sechsten Elements . . .“

„Kohlenstoff“, unterbrach ihn Rous hastig. „Man hat eine C14-Analyse gemacht“, erklärte er Lloyd und Rosita auf englisch. Zu Flaring gewandt, fuhr er fort: „Was ist dabei herausgekommen?“

„Von dem genannten Isotop ist nur noch ein winziger Bruchteil der ursprünglichen Konzentration vorhanden. Dafür erscheint das nächsthöhere Element um den gleichen Betrag angereichert . . ."

„Halt, warten Sie!" bat Rous. „Seit wann fertigt man auf Mirsal solche Plastikstücke?"

Flaring überlegte. „Seit rund vierzig Jahren, würde ich meinen."

Rous' Erregung stieg. Mit gesenktem Kopf ging er ein paar Schritte auf und ab und murmelte dabei vor sich hin: „In kristallinem Plastik ist die Nachbildung von C14 so gut wie ausgeschlossen. In vierzig Jahren zerfällt aber nur ein kaum nennenswerter Bruchteil des eingeschlossenen C14 – ein Alter von nur vierzig Jahren könnte man mit dieser Methode wahrscheinlich nicht bestimmen. Wenn mit dem C14 etwas geschehen ist, muß es in den paar Sekunden passiert sein, in denen die – die flimmernde Wand darüber hinwegging."

Vor Flaring blieb er stehen.

„Gut, das ist klar", stellte er fest. „Welches Alter hat man also festgestellt?"

Flaring sah den Zettel an, den man ihm geschickt hatte. Sein Gesicht hatte einen ungläubigen Ausdruck.

„Rund zwanzigtausend Jahre", antwortete er unsicher.

Rous zog die Brauen in die Höhe. „Und Ihre Analysemethoden sind verläßlich?"

Flaring knickte den rechten Zeigefinger ein. „Gerade diese hier ist an einer Reihe von Mustern, deren Alter genau bekannt war, bis ins letzte erprobt. Ich glaube nicht, daß ein Fehler vorliegt."

Rous wandte sich zu Rosita und Lloyd um.

„Das bedeutet", sagte er auf mirsalesisch, so daß es auch Flaring verstehen konnte, „daß in den wenigen Augenblicken, in denen der gegnerische Angriff auf der Allee der Könige über uns hinwegzog, für dieses Plastikstück zwanzigtausend Jahre vergangen sind."

Der Aspekt war verblüffend – aber letzten Endes nicht mehr als ein weiteres Glied in der Kette, die insgesamt das Geheimnis des unsichtbaren Feindes ausmachte.

Flaring wußte überhaupt nichts damit anzufangen.

Er wußte nichts von den seltsamen Dingen, die das Universum barg. Sein Volk hatte eben angefangen, den Raum in der engsten Umgebung seiner Heimatwelt zu erobern.

Rous gab sich Mühe, Flaring zu beruhigen und ihm klarzumachen, daß das zwanzigtausend Jahre alte Plastikstück sein Alter auf durchaus „normale“ Weise erworben haben könne.

„Aber sagen Sie“, protestierte Flaring, „dann müßte doch alle Materie, die den Angriff des Feindes mitgemacht hat, um denselben Betrag gealtert sein?“

Rous drehte die Hand. „Seien Sie vorsichtig mit solchen Behauptungen. Warum um den gleichen Betrag? Gealtert ist sicherlich *alles,* aber über den Betrag wollen wir noch nichts sagen.“

„Also gut“, stimmte Flaring zu. „Meinetwegen mag dieses Haus, in dem wir uns befinden, nur um tausend Jahre gealtert sein, anstatt um zwanzigtausend. Glauben Sie nicht, daß es dann trotzdem schon längst zusammengebrochen sein müßte?“

„O nein! Sie verwechseln zwei Dinge miteinander: das Altern von Material, das durch fortdauernde Beanspruchung hervorgerufen wird, und das bloße Vergehen von Zeit. Dieses Plastikstück ist während der zwanzigtausend Jahre, die es verbracht hat, keiner Beanspruchung ausgesetzt worden. Sie lesen selbst, daß das kristalline Gefüge noch so ist, wie es sein sollte. Und ebenso ist es auch allem anderen Material ergangen. Sie brauchen keine Angst zu haben, daß die Häuser von Fillinan jetzt der Reihe nach einstürzen. Aber Sie haben mich auf eine neue Idee gebracht.“

„Welche?“ fragte Flaring.

„Weisen Sie Ihre Leute an, in den beiden von den Angriffen betroffenen Gebieten nach Musterstücken zu suchen, an denen das Alter mit Hilfe einer Analyse bestimmt werden kann. Ich brauche möglichst viele Stücke von vielen verschiedenen Punkten, verstehen Sie? Ich möchte anhand der Untersuchungen in diese Landkarten einzeichnen können, an welcher Stelle der feindliche Angriff welche Alterung hervorgerufen hat. Können Sie gleich damit anfangen?“

Flaring war damit einverstanden. Er verabschiedete sich und versprach, alles Nötige sofort zu veranlassen.

Ein paar Tage vergingen, ohne daß auf Mirsal ein neuer Angriff des Feindes registriert wurde. Flarings Mitarbeiter sammelten in den betroffenen Gebieten Plastik-, Holz- und sonstige Proben, die sofort analysiert wurden.

In Rous' Hotelzimmer, das mit der Zeit eine Art Hauptquartier geworden war, sammelten sich die Informationen – säuberlich geordnet, katalogisiert und Punkt für Punkt in die Landkarten eingetragen.

Schon nach den ersten hundert Untersuchungsergebnissen wußte Rous, welches Bild er zu erwarten hatte. Die Punkte gleichen Alters lagen jeweils auf einer Linie, die die gleiche Kontur hatte wie die äußere Umrandung des Angriffsgebiets. Von außen nach innen nahm das Alter zu. Das Ganze sah nicht anders aus als eine Meereskarte, auf der die Meerestiefe in Linien vermerkt war. Nur stand an den Linien, die Rous einzeichnete, ein Alter anstatt einer Tiefe. Die Gegenstände, die man am Rand der Angriffsgebiete gefunden hatte, waren so gut wie überhaupt nicht gealtert.

Im Zentrum des Gebiets dagegen betrug die Alterung rund fünfzigtausend Jahre für das Gebiet westlich von Fillinan, in dem der erste Angriff damals erfolgt war, und dreiunddreißigtausend Jahre für das Stadtgebiet von Fillinan selbst, wo der zweite Angriff stattgefunden hatte.

Merkwürdig war die Tatsache, daß es mitten in dem Gebiet westlich von Fillinan, also in Richtung Resaz, eine Art Insel gab, innerhalb derer das Alter der Fundstücke auf achtzig- bis hunderttausend Jahre geschätzt wurde. Rous glaubte zunächst an einen Analysefehler, bis ihn Lloyd auf die richtige Spur brachte.

„Erinnern Sie sich an die Leute aus dem Bus, mit dem wir gekommen sind? Es hat in diesem Gebiet in Wirklichkeit zwei Angriffe gegeben: den ersten am frühen Morgen, als wir Keyloghal gerade erreicht hatten, und den zweiten in der darauffolgenden Nacht, als wir mit dem Omnibus unterwegs waren. Die Mirsalesen wissen nichts davon, weil aus dem ohnehin entvölkerten Gebiet ja niemand mehr verschwinden konnte – außer den Personen im Omnibus. Für die Fundstücke bedeutet das, daß sie *zweimal* einen Alterungsprozeß durchgemacht haben. Die Zeiten addieren sich – daher kommen die hohen Zahlen."

Das war einleuchtend. Auf der Karte konnte man sehen, daß der Angriff, in dessen Verlauf die Passagiere des Busses verschwunden waren, nur ein kleines Gebiet von weniger als drei Quadratkilometern Flächeninhalt betroffen hatte.

Flaring erhielt Bescheid, daß seine Mitarbeiter ihre Arbeit einstellen konnten, da Rous auf den Karten genügend viele Linien eingezeichnet hatte, um einen Überblick zu gewinnen.

Außerdem schlug Rous den Mirsalesen vor, sternförmig von Fillinan ausgehend, Funkposten zu errichten, um vor neuen Angriffen rechtzeitig gewarnt zu sein.

Mehr war im Augenblick nicht zu tun.

„Werden wir das Rätsel jemals lösen können?" fragte Rosita mutlos.

Sie hatten die Tagesarbeit beendet, aus mirsalesischen Konserven ein kleines Abendessen bereitet und saßen an dem großen Fenster, das von Rous' Zimmer nach Süden hinausging.

Die Polizei hatte mittlerweile eines der Kraftwerke wieder in Gang gebracht. Es gab Licht; man sah es an der matten Helligkeit, die über den südwestlichen Vorstädten lag.

Trotzdem saßen Rous, Lloyd und die Psychologin im Dunkeln.

„Werden wir das Geheimnis ergründen?" fragte Rosita.

„Natürlich werden wir", antwortete Rous zuversichtlich.

Rosita stand auf.

„Na, hoffentlich." Sie lachte. „Aber bis dahin werden wir wohl noch ein paarmal schlafen müssen, nicht wahr? Gute Nacht, meine Herren."

„Ich überlege mir die ganze Zeit", begann Lloyd plötzlich, „ob man nicht . . ."

Er unterbrach sich mitten im Satz. „Was war das?"

Rous war aufgesprungen. „Ein Schrei! Hören Sie – jetzt ist unten alles still. Kommen Sie!"

Sie stürmten hinaus und die Treppe hinunter. In der ersten Etage standen Flarings Polizisten scharenweise auf dem Gang und beobachteten ihren Kommissar, der, den Blick auf den Boden gerichtet wie ein Spürhund, vorsichtig in den hinteren Teil des Ganges vordrang.

Dieser hintere Teil war leer, obwohl dort ebenfalls Polizisten untergebracht waren, die den Schrei und die darauffolgende Stille ebensogut wie die anderen bemerkt haben mußten.

„Flaring! Was ist los?" rief Rous.

Flaring richtete sich auf und blieb stehen.

„Zehn meiner Leute sind verschwunden", antwortete er.

„Verschwunden . . .?"

Flaring hob die Hand. „Ja. Einer der Männer hat gesehen, wie ein anderer, der gerade durch diese Tür hier hineinwollte, plötzlich durchsichtig wurde und verschwand. Er schrie vor Schreck, das werden Sie gehört haben."

„Und was tun Sie dort?"

Flaring krümmte den Zeigefinger. „Ich überzeuge mich davon, ob noch irgendwelche Gefahr vorhanden ist."

„Warten Sie!"

Rous ging an den wartenden, aufgeregten Männern vorbei in den Gang. Er schritt ihn entlang bis zum Ende, wo eine weitere Treppe zum Erdgeschoß hinunterführte, und kehrte dann zurück.

„In die Zimmer haben Sie schon hineingesehen?" fragte er Flaring.

„Ja."

„Aus welchen Zimmern sind die Männer verschwunden?"

Flaring deutete auf drei Türen.

„Und links davon?"

„War kein Zimmer belegt."

„Aber rechts?"

„Das ist es ja eben", beklagte sich Flaring. „Von dort an sind alle Zimmer belegt – mit den Büroräumen insgesamt vierzehn. Die drei ersten sind völlig leer, in den elf übrigen ist nichts geschehen."

Rous öffnete eines der Zimmer, aus dem die Mirsalesen verschwunden waren. Man sah nichts als einen mit vier Bettstellen provisorisch eingerichteten Raum. Zwei der Betten waren noch unberührt.

„Diese beiden hatten frei", erklärte Flaring. „Sie müssen aus den Betten heraus verschwunden sein."

Rous betrachtete das Zimmer. Bevor Flaring mit seinem Stab hier eingezogen war, hatte es wahrscheinlich nicht anders ausgesehen als einer der Räume im darüberliegenden Stockwerk. Direkt über diesem Zimmer lag . . .

Rous kam ein furchtbarer Gedanke. Er rannte hinaus.

„Lloyd!" schrie er. „Rauf! Wir müssen nach Rosita sehen!"

Mit hastigen Sprüngen hetzten sie die Treppe hinauf, rannten den Gang entlang und blieben vor Rositas Tür stehen. Rous klopfte, während Lloyd in sich hineinhorchte.

Von drinnen kam keine Antwort. Lloyd schüttelte den Kopf.

„Sie ist nicht da", behauptete er.

Rous hielt sich nicht weiter mit Klopfen auf. Die Tür war nicht verschlossen. Er riß sie auf, stürmte in das Zimmer hinein und machte Licht.

Rosita war nirgends zu sehen. Das Bett war unberührt. Rous durchsuchte auch die beiden angrenzenden Zimmer: Lloyds und sein eigenes. Es war alles unverändert, aber von Rosita fand er keine Spur.

Er schrie ihren Namen durch das ganze Haus, aber Rosita meldete sich nicht. Auch von Flarings Leuten hatte sie keiner gesehen.

Es gab keinen Zweifel, Rosita war verschwunden.

Der Feind hatte erneut zugeschlagen, und diesmal war dem Angriff auch wieder ein Terraner zum Opfer gefallen.

Dieser Angriff unterschied sich in mancher Hinsicht von den vorhergehenden Angriffen.

Der auffallendste Unterschied lag in der Größe des Gebiets, das von ihm betroffen war. An Lebewesen waren neben Rosita nicht mehr als zehn Mirsalesen verschwunden, die Flaring vermißte – aus dem einfachen Grund, weil es jenseits der Grenze, die zwischen Zimmer vierzehn und fünfzehn hindurchlief, nicht mehr Personen als diese zehn und die Psychologin gegeben hatte.

Rous ließ in aller Eile ein paar Altersbestimmunen durchführen und fand an einer Reihe untersuchter Gegenstände das Alter um rund dreitausend Jahre höher, als es zuvor, nach dem Angriff auf Fillinan, gewesen war.

Auf diese Weise ließ sich das Gebiet des Angriffs abgrenzen. Es war etwa quaderförmig. Die Höhe des Quaders betrug zwanzig Meter und reichte vom Keller des Hotels bis zum dritten Stockwerk hinauf. Tiefe und Breite waren jeweils zehn Meter. Das ergab umgerechnet die Breite von drei und die Tiefe von zwei Zimmern.

In diesem Quader hatten die drei Räume der Polizisten, außerdem Lloyds und Rositas Zimmer gelegen. Als Lloyd das erfuhr, kratzte er sich am Kopf und brummte: „Welch ein Glück, daß ich gerade bei Ihnen war.“

Rous gab sich mit den bisherigen recht oberflächlichen Untersuchungen nicht zufrieden und ließ weiterforschen.

Die exakte Untersuchung brachte interessante Aufschlüsse. Rositas Zimmer lag etwa im Zentrum des Quaders, innerhalb dessen der Angriff stattgefunden hatte. Es stellte sich heraus, daß im Randgebiet dieses Quaders nur eine einzige Alterslinie verlief – nämlich die von dreitausend Jahren –, so daß es zunächst ausgesehen hatte, als sei der Alterungsprozeß überall innerhalb des Quaders gleichstark gewesen. In Rositas Zimmer gab es jedoch eine Reihe von Gegenständen, die ein weitaus höheres Alter aufwiesen. Die Untersuchung einer hölzernen Stuhllehne ergab schließlich, daß aus dieser Lehne aller Kohlenstoff-14 verschwunden war. Da aber die Analytiker sicher waren, daß sie ein Zehnmillionstel der ursprünglich vorhandenen C14-Menge noch hätten nachweisen müssen, bedeutete das, daß die Alterung mehr als hundertunddreißigtausend Jahre betragen mußte. Rous ordnete daraufhin eine Analyse des C-14-Gehalts an, die als Alterung der Stuhllehne rund drei Millionen Jahre erbrachte.

Damit hielt Rous das Rätsel für gelöst. Die Alterung innerhalb des Angriffsgebiets war offenbar ein Maß für die Wucht, mit der der Angriff vorgetragen worden war. In allen bisherigen Fällen waren Alterungen bis zum Höchstbetrag von hunderttausend Jahren registriert worden, in diesem letzten aber schnellte die Grenze bis auf den dreißigfachen Wert nach oben.

Offensichtlich hatte der letzte Angriff genau jene verheerende Intensität besessen, die scheinbar notwendig war, um auch Terraner verschwinden zu lassen – was immer der Grund für ihre Immunität bei leichteren Angriffen sein mochte. Rous nahm sich vor, Perry Rhodan so schnell wie möglich von diesem Phänomen zu unterrichten, damit an jener Stelle auf Mirsal III, wo die K-7 verschwunden war, entsprechende Untersuchungen durchgeführt wurden, die Rous' Vermutungen bestätigen sollten. Im Augenblick jedoch gab es eine dringendere Aufgabe: Rosita Peres aufzuspüren. Rous hatte die düstere Vorstellung, daß der letzte Angriff ausschließlich ihm und seinen beiden Begleitern gegolten hatte. Der rätselhafte Gegner hatte die drei Terraner offenbar als Quelle des Widerstands ausgemacht und versuchte nun, sie zu beseitigen.

Rous wußte, was er zu tun hatte.

„Mit dem Warten ist es jetzt vorbei", erklärte er Lloyd. „Wir müssen von uns aus etwas unternehmen."

Lloyd war damit einverstanden.

Er sagte: „Ich habe mir inzwischen ausgerechnet, daß unser Schirmfeldgenerator bis zu zwanzig Megawatt Leistung aufnehmen kann. Wenn wir es fertigbrächten, ihm diese zwanzig Megawatt auf irgendeine Weise zuzuführen, dann. . ."

„. . . dann könnten wir unser Linsensystem vielleicht als Transportmittel verwenden, meinen Sie?"

Lloyd nickte.

„Wir wollen es versuchen", entschied Rous. „Flaring soll uns die Kraftwerke zur Verfügung stellen."

Flaring und seine Auftraggeber waren gern dazu bereit. Drei weitere Kraftwerke der Stadt Fillinan wurden innerhalb einiger Tage wieder in Betrieb gesetzt, und Lloyd bekam seine zwanzig Megawatt.

Den eigentlichen Anschluß an den Schirmfeldgenerator besorgten Lloyd und Rous innerhalb weniger Stunden. Dann waren sie soweit, daß sie dem kleinen Gerät das mehr als Hundertfache der bisherigen Leistung zuführen konnten. Die hundertfache Leistung würde die Wirkung der Schirmfeld-Linsen, wenn Lloyds Vermutung richtig war, um ebenfalls das Hundertfache steigern. Durch eine so starke Linse hindurch konnte man aber – das war Lloyds Idee gewesen – vielleicht auch noch andere Dinge ans Licht befördern.

Flaring war als einziger anwesend, als Lloyd und Rous zu ihrem entscheidenden Versuch ansetzten. Zuvor war Flaring in kurzen Worten aufgeklärt worden.

Lloyd hatte sich vor dem Tisch zurechtgesetzt, auf dem der Generator lag. Rous dagegen stand hinter dem Lichtkreis, der sich immer noch etwa in der Mitte des Zimmers abbildete, und sah hindurch.

„Langsam die Leistung erhöhen!" befahl er.

Lloyd nickte. Strom aus den Kabeln der Kraftwerke begann durch den Generator zu fließen. Der Zeiger auf dem Leistungsmeßgerät, das Lloyd vor den Generator geschaltet hatte, fing an zu klettern.

An dem Bild jedoch, das Rous durch den Lichtkreis hindurch sah, änderte sich nichts.

„Mehr!" befahl Rous.

Als Lloyd die Megawatt-Grenze überschritt, begann sich das Bild zu verwischen. Rous ließ Lloyd anhalten und nahm eine Neueinstellung vor. Das geschah mehrere Male. Die verstärkte Leistung änderte auch die Brennweiten der beiden Linsen, daher waren von Zeit zu Zeit Neueinstellungen nötig. Schließlich strömte die gesamte Leistung, die

die Kraftwerke lieferten, durch den kleinen Generator. Die Endeinstellung war erreicht.

Lloyd lehnte sich zurück und seufzte. „Wir sind soweit. Wir können anfangen."

Rous warf die Tücher ab, die ihn vor störendem Lichteinfall geschützt hatten. Er ging zu einem zweiten Tisch, auf dem er mehrere Versuchsobjekte verschiedener Größe aufgestapelt hatte. Das erste und kleinste war wiederum eine Zigarettenschachtel – wie bei jenem ersten Versuch, den er ausgeführt hatte und der ihm mißlungen war.

Lloyd hatte sich umgedreht und beobachtete den Lichtkreis von der Fensterseite her.

„Achtung!" sagte Rous. „Ich fange an."

Er hob die Hand und warf die Zigarettenschachtel aus einer Entfernung von einem halben Meter gegen die Lichtscheibe. Von seinem Standort aus hatte er den Eindruck, als zögere die Schachtel, in den Kreis einzudringen. Einen winzigen Augenblick lang schien eine unsichtbare Kraft sie aufzuhalten.

Dann war sie verschwunden.

Drüben auf der anderen Seite des Lichtkreises gab Lloyd einen Laut der Überraschung von sich.

„Nichts!" rief er. „Die Schachtel ist verschwunden!"

Rous atmete auf. Das Experiment war geglückt. Er trat an den Kreis heran, um zu sehen, ob er die verschwundene Zigarettenschachtel entdecken konnte, aber es gelang ihm nicht.

Das war rätselhaft. Nach seiner Vermutung hätte die Schachtel nirgendwo anders landen dürfen als dort, wohin man durch das System der beiden Schirmfeld-Linsen schauen konnte.

Das war nicht der Fall. Die Schachtel war wirklich verschwunden.

„Merkwürdig", murmelte Rous und nahm sich vom Tisch einen zweiten, größeren Gegenstand.

Diesem erging es nicht anders als dem ersten: Er verschwand und war nicht mehr zu sehen.

„Das gefällt mir nicht", entschied Lloyd. „Unter diesen Umständen ist es ziemlich gefährlich, selbst . . ."

„Warten Sie! Ich habe eine Idee."

Außer dem eigentlichen Bett gab es in Lloyds Zimmer eine Art Couch – eine Liege ohne Rückenlehne und Armstützen. Sie war auf mirsalesische Körpermaße zugeschnitten und gerade so groß, daß sie noch durch den Lichtkreis hindurchgeschoben werden konnte.

Die Couch leistete keinen Widerstand.

„Wir nehmen einen Anlauf", entschied Rous. „Sie *muß* hindurch."

Sie stützten die Couch auf die Hände, das Polster nach unten, die Beine nach oben. Dann nahmen sie von der Rückwand des Zimmers aus Anlauf. Rous, der das vordere Ende des Möbelstücks trug, blieb dicht vor dem Lichtkreis stehen und ließ sich das Polster über die Handflächen gleiten, während Lloyd von hinten her kräftig schob.

Der Widerstand wurde überwunden. Die Couch glitt durch den Lichtkreis hindurch und war verschwunden, bevor sich Rous noch recht umsehen konnte.

Lloyd wischte sich die Hände ab.

„Jetzt *muß* man etwas sehen können", behauptete er.

Rous trat in den Lichtkreis, zog die Tücher über den Kopf und beobachtete. Auf den ersten Blick sah es so aus, als habe sich das Bild nicht verändert, aber dann . . .

„Lloyd, kommen Sie her!" rief Rous.

Lloyd trat heran.

„Nehmen Sie die Tücher so, daß wir gleichzeitig beobachten können."

Lloyd kam der Aufforderung nach.

„Hat sich das Bild verändert?" wollte Rous wissen.

„Nein", antwortete Lloyd enttäuscht.

„Sehen Sie genau hin."

Lloyd beobachtete ein zweites Mal, diesmal länger und sorgfältiger.

„Nein", behauptete er dann, „es hat sich nichts verändert."

„Sehen Sie diese winzigen schwarzen Punkte?"

Lloyd kniff die Augen zusammen.

„Glauben Sie, daß sie eine Bedeutung haben?" fragte er. „Ich habe sie bisher immer für Abbildungsfehler gehalten."

„Ich auch." Rous nickte. „Aber es ist ein neuer Punkt dazugekommen."

Lloyd sah ihn verwundert an. „Woher wissen Sie das?"

„Mir war vorher aufgefallen, daß die Punkte, die wir für Abbildungsfehler hielten, sich am Rand des Bildes häuften, während in der Mitte kein einziger war. Sehen Sie sich die Bildmitte an."

Lloyd sah hin. „Ja – jetzt ist dort auch ein Punkt. Meinen Sie, das sei unsere Couch?"

„Natürlich. Etwas anderes kann es kaum sein."

„Aber das Ding ist ja nicht größer als ein Staubkorn!" rief Lloyd erstaunt. „Das würde bedeuten . . ."

„. . . daß wir uns in den Maßen des Bildes erheblich verschätzt haben, nichts anderes. Diese Maschinen, die man dort sieht, müssen so groß sein wie Wolkenkratzer."

Lloyd starrte ihn an. „Und dort hinüber wollen Sie jetzt?"

„Ja. Und zwar sofort", bestätigte Rous und warf die Tücher ab. „Das Risiko ist nicht gerade klein", sagte er ruhig. „Aber ich denke, wir können es dadurch verringern, daß Sie den Generator von jetzt an ununterbrochen eingeschaltet lassen. Flaring soll dafür sorgen, daß es in der Stromversorgung keine Schwankungen und vor allen Dingen keinen Ausfall gibt. Ich habe vorläufig noch keine Ahnung, wie das Loch, durch das ich krieche, von drüben her aussieht, aber ich kann mir vorstellen, daß jede noch so geringfügige Änderung an der Einstellung des Generators es mir unmöglich macht, den Rückweg zu finden."

„Gut", sagte Lloyd ernst. „Ich werde aufpassen."

Rous wandte sich an Flaring.

„Haben Sie alles verstanden?" fragte er.

„Soweit es mich betrifft, ja", antwortete Flaring. „Sie wollen wirklich dort hinüber?"

Rous nickte. „Ja, natürlich. Es hat keinen Sinn mehr, zu warten und dem Gegner die Initiative zu überlassen."

„Viel Glück!" wünschte Flaring.

Rous trat zur Seite und sah sich den Lichtkreis an. Der untere Rand des Kreises hing etwa einen Meter fünfzig über dem Boden – gerade so hoch, daß Rous noch ohne Mühe in den Kreis hineinschauen konnte.

„Ich bin kein Leichtathlet", murmelte Rous. „Ich brauche etwas, worauf ich in den Kreis hineinkriechen kann."

Lloyd wußte Rat. Einer der Schränke, mit denen das Zimmer ausgerüstet war, wurde auf die Seite gelegt und an den Lichtkreis herangeschoben. Auf der Seitenwand des Schrankes schob Rous sich an den Kreis heran.

„Ich werde versuchen, Ihnen von drüben ein Zeichen zu geben", sagte er zu Lloyd. „Erschrecken Sie also nicht, wenn es plötzlich irgendwo blitzt. Geben Sie mir die Waffen."

Lloyd reichte ihm den Psychostrahler, einen Antigravprojektor und einen kleinen Desintegrator. Rous steckte alles ein, dann fing er an, sich in den Kreis hineinzuschieben.

Flaring stand in der Nähe, und zwar so, daß er nur die Kante des Kreises sehen konnte. Für ihn war es ein atemberaubender Anblick, wie Rous den Kopf in den Kreis hineinsteckte, der Kopf auf der anderen Seite aber nicht mehr zum Vorschein kam.

Rous schien keine Mühe zu haben. Nach einer halben Minute war er verschwunden.

9.

Rous hatte den Kopf gerade durch den Kreis hindurchgesteckt und sah vor sich statt des vertrauten Bildes ein undeutliches, weiß-graues Flimmern, da packte ihn etwas wie ein Sog, riß ihn vollends durch den Kreis hindurch und ließ ihn fallen.

Rous schrie vor Schreck auf. Er hatte nicht erwartet, daß er irgendwo hinunterfallen werde, nachdem er durch den Kreis gekrochen war.

Er sah, daß er in Wirklichkeit auf solidem, festem Boden lag. Das Gefühl des Fallens war nichts weiter als ein Streich, den ihm die überreizten Nerven gespielt hatten.

Er richtete sich auf. Gewohnheitsgemäß versuchte er zu spüren, ob die Gravitation, der er hier ausgesetzt war, sich von der der Erde oder des Planeten Mirsal II unterschied, aber er konnte keinen Unterschied feststellen. Der nächste Blick galt seiner Umgebung.

Was ihm am meisten auffiel, war die Tatsache, daß es keinen eigentlichen Horizont gab. Soweit Rous sehen konnte, war das Blickfeld zwar kreisförmig, wie es sein sollte, aber anstelle des Horizonts gab es nur eine undurchdringliche Wand tiefster Finsternis. Rous schätzte die Entfernung von der Stelle, an der er herausgekommen, bis dorthin, wo ihm die Wand am nächsten war, auf etwa zwei Kilometer.

Das Ganze sah aus wie der von Scheinwerfern beleuchtete Teil einer Bühne. Der Rest lag in der Dunkelheit.

Rous schaute nach oben. Er sah einen blaußblauen, von dünnen, durchsichtigen Wolken überzogenen Himmel. Er starrte eine Zeitlang in die Höhe und stellte fest, daß sich die Wolken nicht bewegten.

Der Boden des eigenartigen Kreises, in dessen Mitte er ungefähr stand, war mit großflächigen Steinplatten belegt. Die Platten waren unregelmäßig geformt, aber keine von ihnen hatte einen geringeren Flächeninhalt als dreihundert Quadratmeter. Wo sie aneinanderstießen, gab es dunkle Streifen – wie die Schweißnähte an Plastikmaterial. Rous erinnerte sich plötzlich an die Kacheln, die Rosita beim ersten Blick durch den Lichtkreis gesehen zu haben glaubte.

Das, was sie bei der Beobachtung von Lloyds Zimmer aus zunächst für Maschinen gehalten hatten, erwies sich aus der Nähe als eine Ansammlung von riesigen, fremdartigen Bauwerken. Rous hatte sich nicht verschätzt: Jedes davon konnte sich mit den größten Gebäuden der Erde messen. Rous schätzte die mittlere Höhe der Riesenbauten auf fünfhundert Meter.

Absolut fremdartig war die Form der Gebäude, die auf Rous den Eindruck der konsequenten, bis ins letzte vervollkommneten Zweckmäßigkeit machten.

Er stand vor einem der gigantischen Gebäude, starrte an der vielfach gekrümmten, zerklüfteten und abgesetzten Wand hinauf und war fest davon überzeugt, daß jede Krümmung, jeder Spalt und jeder Absatz seinen bestimmten Zweck besaß.

Es gab nirgendwo Fenster – es sei denn, man hätte eines der verschiedenartig geformten Löcher, die die Wand in großer Zahl und an allen möglichen Stellen durchbrachen, als Fenster bezeichnen wollen. Die Farbe der Gebäude war dunkelgrau. Das gab ihnen einen düsteren, unheimlichen Anblick, der zu dem blaßblauen, winterfarbenen Himmel mit seinen unbeweglichen Wölkchen nicht recht passen wollte.

In der Nähe der Stelle, an der Rous herausgekommen war, fand er die Zigarettenschachtel, die er durch den Kreis geworfen hatte, die Konservendose und die Couch. Die Couch lag so, wie er sie mit Lloyd zusammen durch den Kreis hindurchbugsiert hatte: mit den Beinen nach oben.

Rous wandte sich um. Er versuchte, den Kreis zu finden, durch den er gekommen war, oder doch wenigstens das, was man von hier aus von dem Kreis sehen konnte. Einen Augenblick stand er starr vor Schreck, als er feststellte, daß der Boden hinter ihm genauso eben war wie überall sonst und die Luft genauso durchsichtig.

Dann aber entdeckte er das Flimmern, das wenige Meter hinter ihm dicht über dem Boden begann und sich in der Form einer schrägliegenden Ellipse bis zu einer Höhe von etwa drei Metern hinaufzog. Der kurze Durchmesser der Ellipse betrug dagegen nur rund einen Meter.

Der Kreis sah also von dieser Seite anders aus als von drüben – und vor allen Dingen war er schwerer zu finden.

Er machte keinen Versuch, durch die Ellipse hindurchzukriechen. Die Tatsache, daß sie vorhanden war, schien ihm Beweis genug, daß der Rückweg offenstand. Außerdem hatte er keine Zeit zu verlieren.

Er hielt nach den Punkten Ausschau, die Lloyd und er bis vor kurzem für Abbildungsfehler gehalten hatten, und fand sie – weit drüben, dicht vor der schwarzen Wand, die nach allen Seiten hin den Abschluß der „Bühne“ bildete.

Sie waren von seinem jetzigen Standort aus nicht wesentlich deutlicher zu erkennen als von Lloyds Zimmer. Er marschierte davon, um sie sich aus der Nähe anzusehen.

Es kam ihm vor, als sei der Boden, auf dem er sich bewegte, außergewöhnlich hart. Nach einer Weile begannen seine Füße bei jedem Schritt zu schmerzen. Rous blieb stehen, beugte sich nieder und nahm sich Zeit, das Material zu untersuchen, aus dem die großen, unregelmäßig geformten Platten bestanden. Er trug ein Messer bei sich, klappte es auf und versuchte, die Oberfläche der Platte zu ritzen. Der Versuch mißlang. Rous war gezwungen einzusehen, daß das Plattenmaterial zumindest härter war als die Klinge seines Messers – und das bedeutete schon recht viel.

Für die anderthalb Kilometer, die ihn ursprünglich von dem nächstliegenden jener „Punkte“ getrennt hatten, die er untersuchen wollte, brauchte er infolge der Beschwerden des Marsches fast eine Stunde. Schon eine Weile früher konnte er jedoch erkennen, daß das, worauf er sich zubewegte, nichts anderes als eine Statue war.

Die Statue war bunt und stellte einen kleinen Mann dar, der Rous nicht einmal bis zum Kinn reichte.

Der kleine Mann hatte helle Flecken im Gesicht, die wie Pockennarben aussahen. Das Gewand, das er trug, war an manchen Stellen geflickt, und seine Schuhe sahen staubig aus. Alle diese Merkmale hatte der Künstler sorgfältig auf seine Plastik übertragen.

Rous versuchte herauszufinden, aus welchem Stoff die Statue bestand. Auf den ersten Blick hatte er den Eindruck, als sei alles echt: das Fleisch aus Fleisch und die Kleider aus Stoff. Aber als er den Umhang berührte, den der kleine Mann trug, fühlte er sich an wie kalter, harter Stein und ließ sich um keinen Fingerbreit bewegen.

Rous stand eine Weile und starrte das seltsame Gebilde an. Je länger er darüber nachdachte, desto weniger konnte er sich des Eindrucks erwehren, daß der unbekannte Künstler einen Bewohner der Welt Mirsal II nachgebildet habe. Dieser kleine Mann, wenn er lebendig gewesen wäre, hätte weder in Fillinan noch in einer anderen mirsalesischen Stadt Aufsehen erregt.

Für ein paar Augenblicke kam Rous ein grotesker Verdacht: Waren die Mirsalesen selbst die unsichtbaren, unheimlichen Feinde? Waren die zwei Millionen Verschwundenen nichts weiter als die Akteure eines großen Täuschungsmanövers, das zu nichts anderem diente, als die Terraner in die Irre zu führen – womöglich aus der Mirsal-Gegend zu verjagen?

Rous dachte darüber nach und gab den Verdacht schließlich wieder auf. Er war närrisch. Mirsal II stand am Beginn des Raumfahrt-Zeitalters. Hier hatte man von der Anwesenheit der Terraner auf Mirsal III, wo das rätselhafte Verschwinden zum erstenmal beobachtet worden war, keine Ahnung gehabt, denn bis zum heutigen Tag war kein mirsalesisches Raumschiff bis in die Nähe von Mirsal III gekommen, geschweige denn, dort gelandet.

Nein, die Mirsalesen waren unschuldig. Es blieb Rous nichts anderes übrig, als anzunehmen, daß die Bewohner dieser Welt, in der er sich jetzt befand, rein zufällig den Bewohnern von Mirsal II ähnlich waren.

Er sah sich um. Die schwarze Wand, die er als erstes nach seinem Auftauchen wahrgenommen hatte, war nur noch rund fünfhundert Meter von ihm entfernt. Sie interessierte ihn. Er wollte sie sich ansehen und wollte wissen, warum es dahinter nichts mehr zu sehen gab.

Er warf der merkwürdigen Statue einen letzten Blick zu . . .

Und blieb wie angewurzelt stehen, vor Schreck erstarrt.

Er war sicher gewesen, daß der kleine Mann die Augen weit offen gehabt hatte, als er ihn zum erstenmal sah. Er erinnerte sich, daß ihn die eigenartig violette Färbung der Regenbogenhaut – wie sie auch ein Merkmal der Mirsalesen war – stutzig gemacht hatte. So aber, wie der Mann die Augen jetzt hielt, hätte er diese Färbung überhaupt nicht entdecken können. Es sah so aus, als seien ihm in der letzten Viertelstunde die Lider vor Müdigkeit langsam nach unten gesunken. Beide Augen waren jetzt etwa zur Hälfte geschlossen.

Rous blieb stehen. Ein schrecklicher Verdacht stieg in ihm auf. Angespannt beobachtete er den reglosen, kleinen Mann. Er konnte nicht sehen, wie sich die Lider weiter senkten, weil der Vorgang zu langsam ablief, aber er stellte nach einer weiteren Viertelstunde fest, daß sich die Augen jetzt vollends geschlossen hatten.

Rous war so verwirrt, daß eine Weile verging, bevor sich aus dem Wust der verworrenen Gedanken die erste klare Idee herausschälte: *Das ist keine Statue! Der Mann lebt!*

Aber *wie* lebte er? Alle Regungen seines Körpers schienen gegenüber dem Normalzustand um das Vieltausendfache verlangsamt zu sein. Rous hatte an der „Statue“ keinerlei Zeichen von Atmung feststellen können, und *doch* mußte der Mann atmen, wenn er in der Lage war, seine Augenlider zu bewegen.

Rous rechnete fieberhaft. Wie lange dauerte ein Augenzwinkern? Weniger als eine Zehntelsekunde auf jeden Fall. Rous nahm an: fünf Hundertstelsekunden. Er nahm weiter an, daß das Senken der Lider, das er beobachtet hatte, ein halbes Augenzwinkern gewesen war – also ein Vorgang, der unter normalen Verhältnissen 0,025 Sekunden lang dauerte. *Hier* hatte der Mann zweimal eine Viertelstunde dazu gebraucht.

Das ergab als Umrechnungsfaktor 72 000. Um das Zweiundsiebzigtausendfache liefen die Lebensvorgänge dieses Mannes, den Rous zuerst für eine Statue gehalten hatte, langsamer ab als unter normalen Umständen – vorausgesetzt, daß Rous mit seinen Vermutungen recht hatte und keiner Sinnestäuschung zum Opfer gefallen war.

Kein Wunder, daß keine andere Bewegung wahrzunehmen war. Vielleicht war der Mann gerade dabei, den Kopf zu drehen oder das Bein zu heben, um zu gehen. Aber was für ihn eine Sekunde dauerte, dauerte für Rous zwanzig Stunden und war zu langsam, um wahrgenommen zu werden.

Und noch etwas: Der Mann seinerseits konnte Rous nicht wahrnehmen. Für ihn war Rous höchstens ein schemenhaftes Etwas, das sich mit der Geschwindigkeit einer Flintenkugel hierhin und dorthin bewegte und von den Augen überhaupt nicht erfaßt werden konnte.

Rous lief davon. Vor Aufregung vergaß er, wie hart der Boden war, und mußte durch die Schmerzen an den Füßen erst wieder daran erinnert werden. Das brachte ihm gleichzeitig eine neue Erkenntnis: Die scheinbare Härte allen Materials, das er bisher betastet hatte, war sicher nichts weiter als eine andere Folge des veränderten Zeitablaufs. Ein Stück Stoff – wie zum Beispiel der Umhang, den der unglückliche Mirsalese trug – brauchte infolge seiner Trägheit eine unendliche Zeitspanne, um äußerem Druck, zum Beispiel dem Druck von Rous' Finger, nachzugeben und auszuweichen. Diese Zeitspanne war um das mehr als Siebzigtausendfache vergrößert, Rous' Finger wirkte nur eine ungleich kürzere Zeit auf das Material ein. Es kam zu keinem Nachgeben oder Ausweichen – und Rous hatte den Eindruck, er sei auf etwas Hartes gestoßen.

Genauso war es mit dem Boden, auf dem er ging. Wahrscheinlich war das Material, aus dem er bestand, nichts anderes als gewöhnliche Plastikmasse. Aber in den Zeitmaßen dieser langsamen Welt stieß Rous' Fuß bei jedem Schritt mit der Geschwindigkeit einer Rakete herab – und bekanntlich ist für den, der mit großer Geschwindigkeit ins Bassin fällt, selbst weiches Wasser die härteste Masse der Welt.

Rous verbiß seine Schmerzen und überwand die fünfhundert Meter, die ihn noch von der finsteren Wand trennten, in zehn Minuten.

Die Wand war nicht materiell, aber dennoch so undurchdringlich wie der stärkste Schutzschirm. Rous' ausgestreckte Hand traf auf etwas, das er nicht sehen konnte, und wurde aufgehalten. Rous verstärkte den Druck im Arm, aber das Hindernis gab nicht nach.

Hier war die Welt zu Ende, und während Rous noch überlegte, wohin er sich jetzt wenden solle, fiel ihm etwas ein, das vielleicht die Erklärung für das erstaunliche Phänomen war.

Das System der Schirmfeld-Linsen vermochte nur einen kleinen Ausschnitt aus dieser Welt zu erfassen. Wie man den Generator auch drehte und schob, das Bild blieb immer dasselbe. Umgekehrt war es offenbar so, daß das Linsensystem den Zugang zu dieser Welt nur innerhalb eines eng begrenzten Gebietes möglich machte – das durch die beiden Schirmfeld-Linsen hindurch beobachtet werden konnte.

Das war logisch gedacht, fand Rous. Unter diesen Umständen war die kreisrunde, finstere Wand keine Eigenschaft dieser Welt, sondern deutete nur die Grenzen an, die die Leistungsfähigkeit der Linsen setzte. Die Wand existierte nicht in dieser Welt, sie war durch die Linse hierhergesetzt worden. Rous war überzeugt, daß ein Bewohner dieser Welt, wenn er zufällig daherkäme, die Wand überhaupt nicht bemerken würde.

Rous kam an mehreren der vermeintlichen Statuen vorbei. Soweit er sehen konnte, waren alle, die hier reglos umherstanden, Mirsalesen. Keine der Gestalten war größer als anderthalb Meter, aber Männer, Frauen und Kinder waren etwa in gleicher Anzahl vertreten.

Rous näherte sich schließlich der Rückwand des Gebäudes, vor dem er vor ein paar Stunden aufgetaucht war. Er sah eine jener merkwürdigen Öffnungen dicht über dem Boden liegen und überlegte, ob er versuchen sollte, in das Gebäude einzudringen.

Er war schon fast dazu entschlossen, als er ein merkwürdiges Geräusch hörte. Zunächst war es nur ein schwaches Summen, das sich eine Minute lang auf gleicher Höhe und gleicher Intensität hielt, um danach langsam anzuschwellen. Innerhalb von fünf Minuten erreichte es eine Wucht, die Rous' Ohren schmerzte. Dannach sank es unendlich langsam wieder ab. Als Rous die Hände wieder von den Ohren nehmen konnte, waren, seitdem er das Geräusch zum erstenmal gehört hatte, zwanzig Minuten vergangen, und immer dröhnte und summte es von irgendwoher noch weiter durch diese merkwürdige Welt.

Rous wußte nicht, was für ein Geräusch es war, aber er spürte die Gefahr, die von ihm ausging. Ohne einen Anhaltspunkt zu haben, wußte er, daß er nicht länger warten durfte. Die Besichtigung des Gebäudes mußte er auf ein andermal verschieben.

Er lief davon, so schnell es ihm die wunden Füße erlaubten. Er bog nach links um den gigantischen Bau herum, um so schnell wie möglich die Stelle zu erreichen, von der aus er nach Mirsal zurückkehren konnte, als er im Schatten zweier pfeilerähnlicher Gebilde eine reglose Gestalt entdeckte.

Er wollte weiterlaufen, weil er im ersten Augenblick glaubte, es handele sich um einen der verschleppten Mirsalesen, der dort im Halbdunkel sein langsames Leben fristete. Aber dann sah er, daß diese Gestalt größer war als alle, die er bisher gesehen hatte. Er wandte sich um und drang zwischen die beiden Pfeiler ein.

Seine Augen waren geblendet von der Helligkeit, die draußen unter dem blaßblauen Himmel herrschte. Er sah zunächst nichts anderes, als daß diese Gestalt einen Kopf größer war als die anderen. Dann entdeckte er, daß sie, im Gegensatz zur mirsalesischen Mode, langes, schwarzes Haar trug.

Und als die Augen sich vollends an das Halbdunkel gewöhnt hatten, sah er, daß es Rosita Peres war.

Rous befestigte den mitgeführten Antigravprojektor am Körper der jungen Frau, um ihr in diesem Zustand unglaubliches Gewicht zu neutralisieren, und versuchte, Rosita zwischen den beiden Pfeilern hinauszubugsieren, aber das gelang ihm erst, als er sie langsam vornüberkippen ließ, um die Taille faßte und forttrug wie ein Stück Holz. Rosita zeigte keinerlei Reaktion, sie war der gleichen Dehnung des Zeitablaufs unterworfen wie die Mirsalesen. Sie knickte nicht ein, wie es jeder getan hätte, der auf diese Weise transportiert wurde – sie blieb steif, als sei sie aus Stein, und erleichtere Rous dadurch die Arbeit.

Rous beeilte sich, aber natürlich kam er jetzt noch langsamer vorwärts als zuvor. Die Couch, die ihm als Wegweiser diente, war nicht mehr als zweihundert Meter entfernt – aber die Zeit, die er für diese Strecke benötigte, wurde für Rous mit seiner Last zu einer Ewigkeit.

Er erschrak entsetzlich, als vor ihm, neben der Couch, aus dem Nichts heraus eine Gestalt erschien, die, ganz im Gegensatz zu der Langsamkeit, mit der diese Welt behaftet war, wirbelnd die Arme schwenkte und schrille Laute von sich gab, die Rous nicht verstand.

Rous blieb stehen, dafür kam die aufgeregte Gestalt näher. Rous fiel ein Stein vom Herzen, als er sah, daß es Fellmer Lloyd war.

„Kommen Sie, schnell! Gefahr im Verzug!“ rief Lloyd.

„Helfen Sie mir!“ schrie Rous zurück. „Ich habe Rosita gefunden!“

Lloyd kam vollends heran. Vor lauter Sorge um Rous hatte er sich bisher keine Zeit genommen, seine Umwelt zu betrachten. Jetzt, da er wußte, daß Rous schon so gut wie in Sicherheit war, sah er sich um.

„Mein Gott!“ murmelte er. „Was ist das für eine seltsame . . .“

„Fassen Sie mit an!“ unterbrach Rous ihn ungeduldig. „Wir haben keine Zeit zum Staunen.“

Mit zwei Antigravgeneratoren konnten sie Rosita leichter transportieren. In wenigen Minuten erreichen sie die Couch und die flimmernde, schrägliegende Ellipse dahinter.

„Wer ist drüben?“ fragte Rous. „Flaring?“

Lloyd nickte.

„Ich habe ihm gesagt, er solle aufpassen“, erklärte er.

„Kommen Sie! Dann wollen wir zuerst Rosita hinüberschaffen.“

Das bereitete einige Schwierigkeiten. Die Psychologin war immer noch so steif wie ein Brett. Sie schoben sie in das flimmernde Oval hinein und sahen zu, wie sie verschwand.

Dann stieg Lloyd in die Ellipse. Für Rous, der solches zum erstenmal beobachtete, war es trotz der Aufregung, in der er sich befand, ein frappierender Anblick zu sehen, wie Lloyds Beine stückweise verschwanden, wie die Grenze der Unsichtbarkeit an seinem Leib emporkroch und schließlich nur noch der Kopf herausragte. Einen Augenblick später war Lloyd vollends verschwunden.

Rous folgte ihm sofort. Er stieg einfach durch die Ellipse hindurch und fand sich nach einem kurzen Augenblick weißgrauen Flimmerns auf der Seitenwand des Schrankes stehen, der zuvor bis an den Lichtkreis herangeschoben worden war, um ihm das „Einsteigen“ zu erleichtern.

Rosita war inzwischen aus ihrer Reglosigkeit erwacht. Sie hatte Flaring erkannt und ihn verwundert gefragt, was geschehen war. Aber Flaring konnte nichts anderes tun, als seinen Zeigefinger zu krümmen. Er wußte von nichts.

Danach wurden Lloyd und Rous mit Fragen bestürmt, aber beide winkten ab.

„Später“, tröstete Rous. „Im Augenblick haben wir Wichtigeres zu tun. Lloyd, woher wissen Sie, daß Gefahr im Verzug ist?“

Lloyd deutete auf den Lichtkreis.

„Sehen Sie hindurch!“ forderte er Rous auf.

Rous starrte den Kreis an. Ohne die Tücher zu Hilfe zu nehmen, sah er, daß sich das Blickfeld vergrößert hatte. Nicht etwa die Grenzen des Feldes hatten sich verändert – es waren immer noch dieselben Dinge zu sehen wie vorher –, sondern das Bild als solches war größer geworden. Die Couch zum Beispiel bildete sich nicht mehr als schwer identifizierbarer Punkt ab, sondern war zu einem Strich geworden, der endlose Breiten besaß. Die gigantischen Gebäude waren gewachsen, und die dunklen Flecken der starren Mirsalesen hätte unter diesen Umständen niemand mehr für Abbildungsfehler gehalten.

„Es ist näher herangekommen, nicht wahr?“ sagte Rous.

Lloyd stimmte zu.

„Um ein ganzes Stück“, bestätigte er. „Es gab einen gewaltigen Ruck, dann war plötzlich alles so groß, wie es jetzt ist.“

„Daraus schließen Sie auf Gefahr?“

Lloyd hob die Schultern.

„Man soll vorsichtig sein“, antwortete er. „Ich glaube nicht mehr, daß diese ruckartigen Bewegungen des Bildes auf die Schwankungen im Generator zurückzuführen sind. Vielleicht kommt uns wirklich etwas näher, und nach allem, was wir bisher erlebt haben, können wir uns diese eigenartige Welt nicht weit genug vom Leibe halten.“

Rous gab ihm recht.

„Wahrscheinlich wird es einen neuen Angriff geben“, sagte er zu Flaring. „Wird man Sie informieren, wenn es irgendwo losgeht?“

„Natürlich“, antwortete Flaring. „In diesem Hotel laufen sozusagen alle Drähte zusammen.“

Rosita drängte sich nach vorn. „Will mir nicht endlich jemand erklären . . .“

Rous winkte ab. „Nein, Mädchen, jetzt noch nicht. Lloyd, beobachten Sie weiter und geben Sie Bescheid, sobald das Bild näher kommt. Ich gebe einen Bericht an die DRUSUS durch.“

Lloyd nickte, hängte sich die Tücher über den Kopf und stellte sich vor den Lichtkreis. Rous besorgte sich eine Hyperfunkschablone, auf der er den Bericht an Rhodan abfassen konnte.

Er hatte gerade damit angefangen, da wurde die Tür aufgerissen. Herein schoß eine von Flarings Ordonnanzen und keuchte: „Angriff, Kommissar! Die Funkstellen in Fregnaat geben keine Signale mehr!“

„Wo liegt Fregnaat?“ wollte Rous wissen.

„In südöstlicher Richtung“, antwortete Flaring hastig. „Etwa achthundert Meilen von hier.“

„Sind Ihre Posten dicht genug gesetzt, so daß Sie registrieren können, in welcher Richtung sich die Angriffsfront bewegt?“

„Ja. Wir haben durchschnittlich alle zehn Meilen einen Funkposten – strahlenförmig nach allen Richtungen von Fillinan aus, wie Sie vorgeschlagen hatten.“

„Gut. Lassen Sie sich auf dem laufenden halten.“

Die Ordonnanz rannte davon, um zwei Minuten später wieder zu erscheinen.

„Der Angriff bewegt sich auf Fillinan zu!“ erklärte der Mann. „Zwei weitere Posten sind inzwischen ausgefallen. Außerdem . . .“

„Außerdem?“ stöhnte Flaring.

„Außerdem fallen der Reihe nach die Posten in der Umgebung von Kovan aus. Auch diese Front bewegt sich etwa in Richtung Fillinan.“

Flaring starrte Rous ratlos an.

„Was sollen wir tun?“ jammerte er.

Rous rechnete. Flarings Posten standen in Abständen von zehn Meilen, also ungefähr zehn Kilometern. Innerhalb von höchstens fünf Minuten waren von Fregnaat aus gerechnet zwei Posten ausgefallen. Zwanzig Kilometer in fünf Minuten – das war eine Geschwindigkeit von etwa zweihundertundvierzig Kilometern pro Stunde.

Rous wandte sich an die Ordonnanz. „Versuchen Sie festzustellen, wie breit die Front ist und ob sie sich mit konstanter Geschwindigkeit bewegt. Wie weit ist Kovan von hier entfernt?“

„Tausend Meilen.“

„Gut. Geben Sie Meldung, sobald Sie etwas erfahren haben.“

Die Ordonnanz verschwand. Rous sah Flaring ernst an. „Auf Sie wartet eine schwere Aufgabe.“

Flaring sah auf.

„Wir können hunderttausend Leute aus dem bedrohten Gebiet evakuieren“, erklärte Rous. „Dazu haben wir nicht mehr als drei Stunden Zeit. Trauen Sie sich zu, hunderttausend Leute zur Evakuierung bereitzustellen, ohne daß unter den übrigen eine Panik ausbricht?“

Flaring horchte auf. „Sie wollen – Sie wollen hunderttausend Bürger . . .“

Rous winkte ab. „Ja, das wollen wir. Kümmern Sie sich jetzt nicht darum. Bringen Sie die hunderttausend Personen zusammen?"

Flaring hob die Hand.

„Gut. Dann fangen Sie damit an. In spätestens einer Stunde können wir mit der Einschiffung anfangen."

„Einschiffung?" murmelte Flaring verständnislos. „Haben Sie denn Schiffe?"

Rous schob ihn zur Tür hinaus.

„Nicht fragen", redete er ihm zu. „Handeln Sie! Wir haben keine Zeit zu verlieren."

Flaring eilte davon.

Rous kehrte in Lloyds Zimmer zurück und rief Lloyd zu: „Hören Sie auf damit! Kommen Sie her, wir haben Wichtigeres vor!"

Lloyd warf die Tücher ab.

„Nehmen Sie den Mikrokom und geben Sie SOS an die DRUSUS und die ARC-KOOR!" befahl Rous. „Beide Schiffe sollen sofort landen. Beschreiben Sie die Lage von Fillinan, so genau Sie können. Es geht um Minuten!"

10.

Perry Rhodan zögerte nicht. Wenige Minuten, nachdem Rous' Hilferuf eingetroffen war, befanden sich die beiden Riesenschiffe schon im Anflug. Die dreißig Millionen Kilometer, die sie ursprünglich von Mirsal II getrennt hatten, waren in weniger als einer halben Stunde überwunden, allerdings nahm das Landemanöver weitere dreißig Minuten in Anspruch, so daß eine Stunde, nachdem Lloyd den SOS-Spruch aufgegeben hatte, die beiden gigantischen Raumschiffe in der Nähe der Stadt Fillinan landeten.

Mittlerweile hatte Rous zusätzliche Informationen gegeben. Es kam darauf an, die südwestlichen Vorstädte von Fillinan mit einem starken Schirmfeld zu umgeben. Rous wollte das Manöver wiederholen, mit dem Fellmer Lloyd vor ein paar Tagen den Mirsalesen auf der Allee der Könige gerettet hatte. Die Generatoren der beiden Schiffe waren ohne Zweifel stark genug, einen ganzen Stadtteil einzuhüllen, und das wiederum war notwendig, wenn, wie Rous es vorhatte, so viele Eingeborene gerettet werden sollten, wie an Bord der zwei Raumriesen untergebracht werden konnten.

Rous war mit seinen Begleitern und allem Material, das er bisher gesammelt hatte, zur Stelle, als die DRUSUS am westlichen Stadtrand landete. Er hatte das Landegebiet von Flarings Polizisten abriegeln lassen, damit die Einschiffung rasch vor sich gehen konnte.

Dabei hatte er sich in der Mentalität der Mirsalesen verrechnet. Die kleinen Wesen, von Natur aus nicht besonders beherzt, nun aber noch zusätzlich durch die Angriffe des Unsichtbaren in Furcht versetzt, dachten gar nicht daran, sich den beiden Schiffsriesen zu nähern. Sie liefen davon, vom Entsetzen gepackt, und mit ihnen liefen die Polizisten, die aufgestellt worden waren, um den Landeplatz freizuhalten.

Rous erstattete Rhodan Meldung. Rhodan war mit der Art des Vorgehens einverstanden und billigte den Plan, so viele Bewohner der Stadt wie möglich vor dem Feind zu retten. Talamon, der Kommandant der ARC-KOOR, die am südlichen Stadtrand niedergegangen war, erhielt Anweisung, die Schirmfeldgeneratoren seines Schiffes auf höchste Leistung zu schalten und das Schirmfeld so zu formen, daß es von Süden her etwa die Hälfte der südwestlichen Vorstädte umfaßte. Das gleiche wurde von der DRUSUS aus getan. Eine halbe Stunde nach der Landung der beiden Schiffe befand sich der Teil von Fillinan, in dem noch Mirsalesen lebten,unter einer undurchsichtigen Energieglocke, die, so hoffte Rous, stark genug sein würde, um den gegnerischen Angriff abzuhalten.

Von der Funkzentrale der DRUSUS aus wurden die Signale von Flarings Funkposten abgehört. Man erfuhr auf diese Weise, daß die gegnerische Angriffsfront auf einer Breite von zweihundertundfünfzig Kilometern von Fregnaat her bis auf vierhundert, von Kovan her bis auf sechshundert Kilometer an Fillinan herangerückt war.

Wenn sich die Geschwindigkeit der beiden Fronten nicht wesentlich erhöhte, dann bestand gute Hoffnung, das Einschiffungsmanöver noch zu beenden, bevor der Angriff die Stadt überhaupt erreichte.

Eine Stunde nach der Landung meldete sich Flaring mit der ersten

Gruppe von Mirsalesen. Die Gruppe umfaßte fünfzehntausend Männer, Frauen und Kinder. Flaring gab an, daß er einen Stellvertreter ernannt hatte, der eine weitere Gruppe der ARC-KOOR zuführte. Weitere siebzigtausend Mirsalesen standen nach Flarings Aussage in den äußersten Straßen der Stadt zur Evakuierung bereit.

In den Vorstädten herrschte wieder Ruhe, nachdem sich die Panik, die durch das Erscheinen der beiden Riesenschiffe ausgelöst worden war, gelegt hatte.

Während auf diese Weise die Einschiffung unter Flarings Leitung, unterstützt von seinem Stellvertreter und den mit Organisationstalent begabten Offizieren der beiden Schiffe, nahezu reibungslos ablief, nahm sich Rhodan Zeit, um von den drei Agenten, die er auf Mirsal II abgesetzt hatte, einen ausführlicheren Bericht zu hören.

„Ich habe Ihnen jetzt die Phänomene geschildert, die einwandfrei beobachtet wurden", schloß Marcel Rous seine Erläuterung. „Ich wäre froh, wenn ich Ihnen jetzt noch meine persönliche Meinung dazu sagen dürfte."

Rhodan nickte lächelnd.

„Nur zu!" forderte er Rous auf. „Ich bin gespannt."

„Wer auch immer der Feind ist, mit dem wir es hier zu tun haben, er greift aus einem anderen Raum heraus an. Er lebt nicht in unserem Universum. Weiterhin: Für Terraner sind seine Angriffe auf Mirsal II nicht so gefährlich wie zum Beispiel für die Eingeborenen. Darüber kann man sich seine Gedanken machen. Man könnte, um nur ein Beispiel zu nennen, für jeden Punkt der Galaxis eine Eigenstruktur definieren und weiterhin schließen, daß derjenige dem feindlichen Angriff gegenüber am gefährdetsten ist, dessen Eigenstruktur der des Feindes am meisten ähnelt. Wenn wir bei diesem Bild bleiben, müssen wir sagen, die Eigenstruktur des Terraners ist offenbar von der des Feindes so weit verschieden, daß einen Terraner nur Angriffe von besonderer Wucht behelligen – wie man am Beispiel von Miß Peres und der K-7 sah. Natürlich müßten in Zusammenhang mit dem Verschwinden des Beiboots noch die entsprechenden Untersuchungen auf Mirsal III durchgeführt werden. Drittens: Unbelebte Dinge machen, während der Angriff über sie hinwegrollt, einen Alterungsprozeß durch. Gerade das Umgekehrte geschieht den Leuten, die infolge des Angriffs verschwinden. Sie kennen Miß Peres' Bericht, Sir. Nach unserer Rechnung befand sie sich mehrere Tage in jener anderen Welt, sie selbst jedoch hat den Eindruck, als seien es nur vier oder fünf Sekunden gewesen – gerade genug, um den ersten Blick rundum zu tun. Hinter diesem Effekt – nämlich Beschleunigung des Zeitablaufs für unbelebte Dinge – verbirgt sich wahrscheinlich auch der Grund, warum Menschen und Tiere zwar verschwinden, unbelebte Gegenstände aber zurückbleiben. Dasselbe habe ich selbst erlebt. Als ich durch das Linsensystem zu kriechen versuchte, wie ich Ihnen schon geschildert habe, erwartete ich, den gleichen Widerstand zu finden wie die Zigarettenschachtel, die Konservendose und die Couch, die wir zuvor durch den Lichtkreis hindurchgeschoben hatten. Der Effekt war aber gerade umgekehrt, es gab keinen Widerstand, sondern einen Sog. Um sich das plausibel zu machen, könnte man an das Bild positiver und negativer Ladungen denken. Betrachtet man Menschen und Tiere als positive Ladungen, unbelebte Gegenstände als negative, dann kann man sich vorstellen, daß der Gegner bei seinem Angriff nichts weiter tut, als eine negativ geladene Platte über das Gelände zu schieben. Positive Ladungen werden angezogen – und verschwinden demzufolge –, negative werden abgestoßen. Ich bitte, Sir, dieses Bild ..."

„... nicht wörtlich zu nehmen", ergänzte Rhodan nickend. „Ja, gut, ich kann mir schon vorstellen, daß niemand in Wirklichkeit eine Platte über das Land schiebt. Ganz abgesehen davon, daß die Unbekannten auch leblose Dinge verschwinden lassen können, wie das Beispiel der K-7 beweist. Fahren Sie fort, Leutnant Rous."

„Welche Rolle die Pflanzen in dieser Sache spielen", ergänzte Rous, „die ja schließlich auch zum organischen Leben gehören, das wissen wir nicht. Auf jeden Fall bleiben sie von den Angriffen verschont. Viertens und letztens: Dieser Gegner ist uns überlegen. Das einzige, was wir ausrichten können, ist, mit Hilfe von Schirmfeldlinsen eine Reihe von Leuten in seine Welt einzuschleusen. Wir wissen aber jetzt schon, daß das Aktionsgebiet, das die Linsen öffnen, beschränkt ist. Durch die schwarze Wand können wir nicht hindurch. Dagegen ist der Gegner in seinen Bewegungen auf seiner eigenen Welt natürlich nicht gehemmt. Wir ..."

„Einen Moment bitte. Geht aus Ihren Beobachtungen nicht hervor, daß unsere Leute, sofern sie durch das System der Schirmfeldlinsen hindurch eindringen, ihre Eigenzeit behalten, sich also siebzigtausendmal schneller bewegen als der Feind?"

„Ja, das wollte ich gerade sagen", antwortete Rous eifrig. „Wir werden vermutlich immer wesentlich schneller sein als der Gegner. In der Zeit, die er braucht, um einmal Luft zu holen, können wir alle Gefangenen befreien, aber nur die, die sich innerhalb unseres Aktionsradius befinden. Die . . ."

„Die Gefangenen unterliegen der Eigenzeit der gegnerischen Welt, nicht wahr?"

„Jawohl, Sir. Wie gesagt: Miß Peres hatte den Eindruck, sie habe nur vier oder fünf Sekunden dort drüben verbracht. Der Vorteil der Schnelligkeit gilt nur für den, der durch das Linsensystem eindringt. Er schleppt seine Eigenzeit sozusagen mit sich. Dennoch möchte ich warnen, voreilige Rückschlüsse über den *tatsächlichen* Zeitablauf der anderen Seite zu ziehen. Unsere Erfahrungen beruhen auf einer spezifischen und vielleicht einmaligen Situation, die sich an anderer Stelle, zu einer anderen Zeit und unter anderen Begleitumständen völlig anders darstellen kann. Meiner Ansicht nach hängt es von der Art des Eindringens, von der Intensität eines Angriffs und von Zeit und Ort ab, wie sich der Zeitablauf in diesem anderen Kontinuum auf einen Hinübergewechselten auswirkt. Wir können Erkundungen anstellen und ein paar Gefangene befreien, das ist alles. Innerhalb des Kreises, in dem ich mich bewegen konnte, gab es, rund geschätzt, vielleicht einhundert Gefangene. Von Mirsal II sind aber in den vergangenen Tagen allein zwei Millionen verschwunden, dazu kommt noch die gesamte Einwohnerschaft von Mirsal III sowie die K-7 mit ihrer Besatzung. Sie waren nirgends zu sehen. Wahrscheinlich befinden sie sich *hinter* der Wand."

Rous hatte geendet. Perry Rhodan saß eine Weile schweigsam und starrte nachdenklich vor sich hin. Dann hob er plötzlich den Kopf. Er lächelte ein wenig, als er zu Rous sagte: „Sie haben Ihre Sache gut gemacht. Sie alle drei. Ich bin Ihnen sehr dankbar. Und vor allen Dingen: Sie haben mehr Informationen gesammelt, als ich zuvor hoffen konnte. Wegen der Überlegenheit des Feindes machen Sie sich keine Sorgen. Wir standen schon ein paarmal in Situationen, die völlig ausweglos erschienen."

Eine halbe Stunde später registrierte die Funkzentrale, daß die beiden von Südosten und Norden heranrückenden Angriffsfronten des Gegners ihre Geschwindigkeit vergrößert hatten.

Von den hunderttausend Mirsalesen, die Flaring zur Evakuierung bereitgestellt hatte, waren bereits fünfzigtausend eingeschifft.

Die Mirsalesen verhielten sich ruhig. Sie waren eingeschüchtert von der Größe der Schiffe und hatten Furcht vor dem, was ihnen bevorstand, wenn sie sich nicht schnell genug bewegten.

Kurz vor siebzehn Uhr Bordzeit erreichten die beiden Angriffsfronten die Stadt. Rhodan selbst befand sich um diese Zeit im Kommandostand der DRUSUS. Die Geräte registrierten eine plötzliche Stoßbeanspruchung der Schirmfelder, und wenige Sekunden später meldete sich Talamon über Telekom und rief mit nervöser, ängstlicher Stimme: „Die Generatoren werden durchbrennen, wenn wir nicht sofort starten!“

Rhodan sah Talamons panikerfülltes Gesicht auf dem kleinen Bildschirm.

„Sie werden *nicht* zusammenbrechen“, antwortete er kalt. „Bewahren Sie Ruhe und sehen Sie zu, daß die Einschiffung ordnungsgemäß durchgeführt wird.“

Talamons ängstliches Gesicht verschwand. Rhodan wandte sich den Registriergeräten zu.

Meldungen über den Fortgang der Evakuierung trafen laufend ein. Die DRUSUS war fast bis an den Rand ihrer Kapazität gefüllt, aber auf der ARC-KOOR gab es noch eine Menge Platz.

Nach der ersten Stoßbelastung der Schirmfelder sah es so aus, als habe sich der Feind von der Stadt abgewandt. Einige Funkposten im Westen der Stadt, wo es bisher noch keinen Ausfall gegeben hatte, verstummten plötzlich.

Rhodan atmete auf, aber zu früh.

Minuten später traf die Schirme ein zweiter Stoß, ungleich heftiger als der erste. Für ein paar Sekunden drohte der Ausfall aller Schirmfeldgeneratoren unter der Wucht des Angriffs.

Aber die paar Sekunden gingen vorüber, und zurück blieb Talamons Angst, die sich inzwischen zur Hysterie gesteigert hatte.

„Bringen Sie die Leute an Bord!“ fuhr Rhodan ihn grob an. „Und warten Sie auf meinen Startbefehl. Ich denke nicht, daß mir das Große Imperium mit der ARC-KOOR ein so altes Schiff geschickt hat, daß seine Schirmfelder bei der ersten Beanspruchung zusammenbrechen."

Der unverhüllte Spott wirkte. Talamon ließ von da an nichts mehr von sich hören.

Rous, Rosita und Lloyd waren, da sie die Sprache der Mirsalesen beherrschten, Flaring bei der Einschiffung behilflich. Kurz nachdem der zweite Angriff die Generatoren der beiden Schiffe auf Hochtouren gebracht hatte, brachten sie den letzten von sechzigtausend Mirsalesen in der DRUSUS unter.

Die ARC-KOOR hatte, wie man hörte, in derselben Zeit nur vierzigtausend aufnehmen können.

Flaring stand am Fuß der breiten Rollrampe, die zum Leib des riesigen Kugelschiffs hinaufführte, und sah sich um. Drüben, jenseits der weiten Grasfläche, lag die erste Häuserreihe der Vorstadt, Horun.

„Wir hätten es also geschafft", murmelte Flaring.

„Ja, kommen Sie, steigen Sie ein!" forderte Rous ihn auf. „Ich denke, es wird jeden Augenblick losgehen."

Flaring sah ihn erstaunt an.

„Ich?" Dann schüttelte er den Kopf. „Ich bleibe hier. Ich gehöre zu den Leuten dort drüben, die auf ihren Untergang warten."

„Seien Sie kein Narr, Flaring! Sie können ihnen nicht helfen. Kommen Sie mit. Wenn alles vorbei ist, kehren wir zurück. Sie haben noch eine Menge Aufgaben vor sich."

Aber Flaring hob den Arm und ließ ihn, zum Zeichen der Verneinung, langsam wieder sinken.

„Nein, ich bleibe", antwortete er. „Vielleicht geht der Angriff vorüber, und wir bleiben am Leben. Vielleicht auch nicht, wer weiß . . ."

Rous sah, daß es ihm ernst war, und spürte, wie lächerlich alle weiteren Worte diesem Entschluß gegenüber klingen mußten. Trotzdem sagte er: „Bei unserer zweiten Begegnung habe ich Ihnen schon gesagt, daß Sie ein aufrechter Mann sind, Flaring. Seien Sie gewiß, daß wir Mirsal II nicht vergessen werden. Wir kommen zurück."

In diesem Augenblick dröhnte aus der offenen Lastschleuse

Rhodans harte Stimme: „Besatzung an Bord! Sofortstart in vier Minuten! Besatzung an Bord!“

Rous schrak zusammen. Wenn Rhodan einen Start in der kurzen Zeitspanne von vier Minuten ansetzte, dann war die Lage mehr als brenzlig.

Die Lauframpe begann sich zum Schiffskörper hinauf zu bewegen. Rous, der neben Flaring auf ebenem Boden gestanden hatte, sprang auf.

„Kommen Sie mit!“ schrie er Flaring zu.

Aber Flaring ließ ein zweites Mal seinen Arm sinken. Er machte vor jedem der drei eine abgezirkelte Verbeugung, drehte sich um und marschierte erhobenen Kopfes zur Stadt zurück.

Ein kleiner, braunhäutiger Mann, der offenen Auges ins Verderben ging.

Der dritte Angriff hatte auf der DRUSUS einen, auf der ARC-KOOR drei Generatoren zum Ausfall gebracht. Rhodan wußte, daß er keine Sekunde länger zögern durfte. Ein vierter Angriff würde für beide Schiffe den Untergang bedeuten.

Pünktlich vier Minuten nach dem ersten Aufruf schossen die beiden Schiffe, mit Antigravfeldern den gewaltigen Andruck neutralisierend, von ihren Startplätzen in die Höhe.

Ein mächtiger Sturm, von der Luftverdrängung der beiden Giganten verursacht, brauste über die südwestlichen Vorstädte von Fillinan, aber der Sturm war nichts gegen das, was wenige Augenblicke später über die Stadt hereinbrach.

Die beiden Schiffe waren noch deutlich am blauen Himmel zu sehen, als die beiden Angriffsfronten, durch kein Schirmfeld mehr gehindert, über die Stadt hereinbrachen. Innerhalb weniger Sekunden verschwanden fast anderthalb Millionen Mirsalesen – um es genau zu sagen: anderthalb Millionen minus hunderttausend.

Unter denen, die verschwanden, war auch Polizeikommissar Flaring. Er spürte nichts von dem Unheil, das ihn traf. Er sah ein kurzes, weißgraues Flimmern, dann tauchte er in einer Welt wieder auf, die er nie zuvor gesehen hatte.

Die beiden Raumschiffe verließen Mirsal II ungehindert und stießen in schneller Fahrt in den Weltraum vor. Während des Fluges wurde an Bord der DRUSUS registriert, daß die Signale der Space-Jet, mit der Rous und seine Begleiter auf Mirsal II gelandet waren und die man dort zurückgelassen hatte, schwächer wurden. Schließlich, nach etwa einer halben Stunde, verschwanden die Signale ganz.

Rhodans Plan war fehlgeschlagen. Der Feind hatte die Space-Jet entführt. Aber aus dem Raum, in dem sie sich jetzt befand, gelangten keine Funksignale mehr zur DRUSUS. Der Aufklärer war verloren, genau wie die seinerzeit auf Mirsal III gelandete K-7 samt Besatzung.

Die von Rous vorgeschlagenen Untersuchungen auf Mirsal III wurden in aller Hast an der Stelle durchgeführt, wo die K-7 verschwunden war – und sie bestätigten die Vermutungen der Terraner, was die Intensität der Alterungsprozesse betraf. Wenig später schloß die DRUSUS wieder zu der im Raum wartenden ARC-KOOR auf.

Rhodans Entschluß hatte schon festgestanden, bevor er auf Mirsal III landete: nach dem Ende dieser Unternehmung nach Arkon zu fliegen und mit dem Robotregenten des arkonidischen Imperiums eine Konferenz zu halten, die über alle schwebenden Fragen entscheiden sollte.

Die Schiffspositronik der DRUSUS bestätigte Rhodan, daß er dabei kein Risiko einging. Der Robotregent sah sich einer Gefahr gegenüber, die er aus eigenen Kräften nicht meistern konnte – der Gefahr nämlich, die von dem unsichtbaren Gegner drohte, dem es offenbar ein leichtes war, die Bevölkerung eines gesamten Planeten innerhalb weniger Stunden verschwinden zu lassen. Der Robot brauchte einen Verbündeten. Die Positronik war der Ansicht, daß er, da er über die Erde so gut wie keine Informationen besaß, diesen Verbündeten in Rhodan sah.

Der Robot war unbestechlich und sachlich. Ihm bereitete es keine seelischen Schwierigkeiten, sich einzugestehen, daß Rhodan unter Umständen ein paar Trümpfe in der Hand haben könnte, die ausreichten, um den unsichtbaren Gegner zu entlarven.

Mit der kalten, berechnenden Diplomatie einer Maschine würde der Robotregent versuchen, Rhodan für den Kampf gegen den unbekannten Feind zu gewinnen, um von ihm dann, wenn der Kampf beendet war, die Unterwerfung der Erde unter das arkonidische Imperium zu fordern.

Damit rechnete Rhodan. Er gedachte die Situation, wie sie im Augenblick war, sich und der Erde zunutze zu machen. Der Robotregent würde bereit sein, dem Verbündeten Zugeständnisse zu machen. Rhodan nahm sich vor, dafür zu sorgen, daß die Zugeständnisse solcherart waren, daß sie die Erde auch über die Zeitdauer des Krieges gegen den Unsichtbaren hinaus schützten.

Während die beiden Schiffe das Mirsal-System verließen, klärte Rhodan Talamon darüber auf, daß er beabsichtige, nach Arkon zu fliegen. Talamon, seit seinen Angstausbrüchen auf Mirsal II ein wenig eingeschüchtert, gab keinen Kommentar dazu. Aber seinem Gesicht war anzusehen, daß ihn Rhodans Entschluß ebensosehr überraschte, wie er überzeugt davon war, daß der Robotregent Rhodans Bitte um Zutritt zum innersten Herzen des arkonidischen Imperiums nicht erfüllen würde.

Darin hatte sich Talamon getäuscht. Er verstand die Lage nicht.

Rhodans Telekom-Spruch an den Robotregenten lautete schlicht und kurz: „Wertvolle Informationen über unbekannten Gegner gesammelt. Beratung der weiteren Schritte und Auswertung der Hinweise unerläßlich. DRUSUS und ARC-KOOR sind auf dem Weg nach Arkon. Bitte um Einlaß und Vereinbarung eines Termins."

Der Regent bedachte mit der ungeheuren Geschwindigkeit, deren positronische Maschinen fähig sind, Vorteile und Nachteile dieses Antrags und hatte seine Antwort schon nach Sekunden bereit.

Sie lautete: „Einverstanden. Lande mit beiden Schiffen. Ich stehe zur Verfügung, sobald du eintriffst."

Diese rasche Zusage allerdings kam selbst für Perry Rhodan unerwartet.

Er wurde stutzig. Die rasche Antwort konnte zweierlei bedeuten: entweder, daß Arkons Robotregent sich den Angriffen des unsichtbaren Gegners gegenüber tatsächlich in ärgsten Nöten befand – oder, daß er falsches Spiel trieb, um sich seines Konkurrenten auf möglichst einfache Art zu bemächtigen.

Die DRUSUS wurde in Alarmzustand versetzt, bevor sie, schon hundert astronomische Einheiten von Mirsal entfernt, in die erste Transition ging. Der ARC-KOOR dagegen teilte Rhodan mit, daß die Einflugerlaubnis des Regenten vorliege und daß Arkon nun das nächste Ziel der Reise sei.

Weit vor dem äußeren Festungsring, einer Reihe schwerer Raumforts, die das arkonidische System seit Jahrtausenden umkreisten und jeden ungebetenen Gast fernhielten, beendeten die beiden Schiffe die letzte Transition.

Rhodan ließ die DRUSUS bis auf geringstmögliche Entfernung – das bedeutete etwas mehr als fünfhundert Meter von Schiffswand zu Schiffswand – auffliegen und den Zwei-Schiffe-Verband sich in dieser Form dem äußeren Festungsring nähern. Rhodan rechnete damit, daß, wenn der Robotregent die Absicht hatte, sich seiner zu bemächtigen, er von diesem Plan absehen werde, sobald er merkte, daß er Rhodans Tod ganz sicher mit dem Verlust eines Schiffes bezahlen mußte. Rhodan benutzte die ARC-KOOR als Pfand für seine Sicherheit.

Auf diese Weise wurde der äußere Festungsring ohne Behelligung durchstoßen. In schneller Fahrt drangen die beiden Schiffe, immer noch im geringstmöglichen Abstand voneinander, in das Innere des Systems vor.

Nebeneinander glitten die beiden Schiffe durch die klare, von keiner Wolke getrübte Atmosphäre des Kriegsplaneten auf die Oberfläche hinunter und landeten keine zwei Kilometer von jener Linie entfernt, aus der sich die schimmernde Wand der riesigen Energiekuppel in den blauweißen Himmel erhob.

Perry Rhodan hielt das Schiff weiterhin im Alarmzustand. Er wußte, daß es zu den Angewohnheiten des Robotregenten gehörte, seine Gäste eine Weile warten zu lassen. Währenddessen blieben alle Geschützstände besetzt, und die Telekom-Zentrale horchte die Gespräche ab, die in der Umgebung geführt wurden.

Nach anderthalb Stunden wurde die DRUSUS angerufen. Der Telekom-Bildschirm über Rhodans Schaltpult flammte auf, und als Rhodan die Bildübertragung einschaltete, erschien das Gesicht eines arkonidischen Offiziers.

„Willkommen auf Arkon", sagte er mit gelangweilter Stimme. „Mein Name ist Drenn. Der Regent bittet Sie, bei ihm vorzusprechen."

„Es ist mir eine Ehre", antwortete Rhodan. „Aber wie komme ich hinein?"

„Ich werde Sie begleiten", sagte Drenn.

„Gut, dann holen Sie mich ab."

Drenn war damit einverstanden und unterbrach das Gespräch.

Rhodan gab seine letzten Anweisungen.

Drenn schien eine Art Verbindungsoffizier zwischen dem Regenten und der Außenwelt zu sein. An der Stelle, an der sich sein Gleiter der schimmernden Wand näherte, wurde sie durchsichtig und ließ das Fahrzeug unbehelligt passieren.

Jenseits der Energieschranke befand sich glattes, mit einer Kunststoffschicht überzogenes Gelände. Weit im Hintergrund sah Rhodan ein würfelförmiges, fensterloses Gebäude.

„Was ist das dort?" fragte er Drenn.

„Das Empfangsgebäude", antwortete der Arkonide. „Wem die Ehre zuteil wird, mit dem Regenten selbst sprechen zu dürfen, der wird dorthin bestellt."

Aus der Nähe machte der Würfel mit seinen glänzenden, schwarzen Wänden einen finsteren und zugleich gewaltigen Eindruck. Rhodan konnte an keiner der Wände eine Unebenheit, geschweige denn einen Eingang entdecken.

Aber Drenn brauste, ohne die Geschwindigkeit zu verringern, auf das Gebäude zu, und gerade rechtzeitig, um den Gleiter hindurchzulassen, öffnete sich in der Wand eine doppelt mannshohe und ebenso breite Spalte, durch die das Fahrzeug in das strahlend erleuchtete Innere des Gebäudes hineinschoß.

Drenn setzte den Gleiter ab und schaltete den Motor aus. „Steigen Sie aus und gehen Sie weiter!" forderte er Rhodan auf.

Rhodan gehorchte.

Dabei sah er sich um. Das Innere des Würfels bestand nur aus einem einzigen Raum, und der war leer – bis auf die glänzende, blendende Helligkeit, die aus jedem Kubikzentimeter der reinen, klaren Luft hervorzubrechen schien.

Von dem Regenten selbst war keine Spur zu sehen. Rhodan wußte, daß die riesige Maschine des positronischen Gehirns subplanetarisch angelegt war.

Alles, was über der Planetenoberfläche unterhalb der Energiekuppel zu sehen war, diente einzig und allein der Repräsentation – und Rhodan war gezwungen, sich einzugestehen, daß sie in ihrer

Schlichtheit und Größe auf den unbefangenen Besucher sicherlich einen überwältigenden Eindruck machte.

Als er zwanzig Schritte gegangen war, sah er sich um. Es überraschte ihn nicht, daß Drenn inzwischen verschwunden war.

Rhodan schritt weiter, und als er etwa die Mitte des würfelförmigen Raumes erreicht hatte, ertönte aus der Höhe eine mächtige Stimme: „Bleib stehen, Rhodan!“

Perry Rhodan gehorchte, ohne sich umzusehen.

Wenn der Robotregent überhaupt die Möglichkeit besaß, optische Eindrücke zu empfangen, und wenn er darüber hinaus in der Lage war, menschliche Mimik zu deuten, dann mußte er jetzt erschrecken. Erschrecken über den Eindruck, den diese seltsame Begrüßung auf Rhodan gemacht hatte.

Rhodan grinste. Er glaubte, die Gedanken zu kennen, die die Erbauer dieser Anlage gehabt hatten, als sie dem positronischen Gehirn die Möglichkeit gaben, auf diese Weise mit seinen Besuchern zu sprechen.

Klang das nicht wie die Stimme eines zornigen Gottes aus den Wolken? Wäre nicht einer, der weniger Selbstvertrauen besaß als Rhodan, beim Klang dieser Stimme in die Knie gegangen?

Kluge Arkoniden. Sie hatten die Mentalität vieler Bewohner der Galaxis berücksichtigt, als sie diese Anlage errichteten.

„Ich stehe“, antwortete Rhodan und war sicher, daß es irgendwo ein Mikrophon gab, das seine in Arkonidisch gesprochene Antwort dem Regenten vermittelte.

„Ich bin der Herr der Galaxis!“ dröhnte die Stimme. „Eine Zeitlang hast du vermocht, mir vorzuenthalten, was mir von Rechts wegen gehört. Ich will dir verzeihen, wenn du eingestehst, daß du unrecht gehandelt hast.“

Rhodan horchte der Stimme nach. Sie klang anders als sonst, weniger mechanisch, persönlicher, als man es von einer Maschine erwarten sollte. Offenbar verstanden es die Arkoniden, auch unbelebten Geräten eine individuelle Note zu verleihen.

Im übrigen tat er so, als wisse er nicht, wovon die Rede war.

„Ich verstehe nicht, wovon du sprichst“, antwortete er.

„Ich spreche von deiner Heimat, Rhodan“, erklärte der Regent. „Alle Welten sind mir untertan, und auch deine Heimatwelt sollte es sein. Du hast mir bisher widerstanden. Bist du gekommen, um mir zu sagen, daß du dich jetzt unterwerfen willst?"

„Nein", antwortete Rhodan. „Deswegen bin ich nicht gekommen."

„Ich werde mir mein Recht nehmen, wenn ich es nicht freiwillig bekomme."

„Herr über meine Heimat zu sein, ist nicht dein Recht."

„Was ist Recht? Ich bin der Mächtigere. Was ich für gut halte, ist Recht."

„Du wirst es nicht mehr für gut halten, wenn du Gewalt anwendest."

„Warum nicht? Deine Welt ist nicht mehr als ein Staubkorn gegen das Große Imperium."

Rhodan lachte. „Das magst *du* glauben – aber du würdest dich täuschen, wenn du es darauf ankommen ließest. Meine Heimat ist mächtiger, als es das alte Arkon ist."

„Das ist unmöglich."

„Nein. Bedenke, daß du mein Volk nicht kennst und daß fast sechzig Jahre vergangen sind, seitdem wir das letzte Mal voneinander hörten. In sechzig Jahren schafft mein Volk soviel wie andere nicht in dreihundert."

„Was sind sechzig Jahre? Was bedeutet Zeit für ein Wesen wie mich? Ich bin unsterblich, für mich ist eine Zeitspanne so lang wie die andere, ganz gleichgültig, welch einen Namen ihr Sterblichen ihr gebt."

„Das mag sein", antwortete Rhodan gleichmütig. „Aber für uns waren sechzig Jahre eine lange Zeit."

„Du verweigerst also die Unterwerfung?"

Rhodan wich aus. Von einem Atemzug zum anderen war ihm eine Idee gekommen, die so einleuchtend und zwingend war, daß ihm der Atem stockte.

„Ich mache dir einen Vorschlag", antwortete er. „Wir unterhalten uns zunächst über unseren gemeinsamen Gegner. Danach können wir über meine Heimat sprechen. Man soll immer das Wichtigste zuerst behandeln."

Der Regent schien die Zurechtweisung nicht zu empfinden. Nach kurzem Zögern antwortete er: „Ich bin einverstanden. Berichte, was du erfahren hast."

Rhodan berichtete genau das, was er sich Stunden zuvor an Bord der DRUSUS zurechtgelegt hatte. Er schilderte die allgemeinen Eindrücke, die die drei Agenten auf Mirsal II gehabt hatten, und beschränkte sich überhaupt darauf, das zu erzählen, was geschehen war – ausgenommen Rous' geglückten Versuch, in die Welt des Feindes einzudringen, und alle Dinge, die mit den verschiedenen Eigenzeiten der beiden Universen zusammenhingen.

Der Regent konnte nicht viel damit anfangen.

„Ist das alles?" fragte er. „Das reicht nicht aus, um gegen den Feind vorzugehen."

„Selbst wenn es alles wäre", spottete Rhodan, „dann hätten immer noch *wir* es herausgefunden und nicht etwa deine Leute, die sich währenddessen hinter ihren Schiffswänden verkrochen."

„Es ist also nicht alles?" fragte der Regent.

„Nein. Wir haben stapelweise Material gesammelt und wollten dich bitten, es auszuwerten. Uns stehen solche Möglichkeiten nicht zur Verfügung."

„Ich bin einverstanden", antwortete der Regent. „Ich werde Drenn anweisen, die gesammelten Informationen entgegenzunehmen und sie mir vorzulegen."

„Ich werde sie Drenn übergeben", bestätigte Rhodan. „Unser Gespräch ist damit vorerst beendet?"

„Ja. Du darfst gehen. Drenn wird dich zurückbringen."

Rhodan drehte sich um und ging. Als er drei Viertel des Weges zurückgelegt hatte, tauchte Drenn mit seinem Gleiter wieder auf. Rhodan stieg ein, Drenn setzte das Fahrzeug in Gang und ließ es durch dieselbe Öffnung, die sie auch bei der Einfahrt benutzt hatten, ins Freie hinausschießen.

Die Fahrt zur DRUSUS dauerte nur wenige Minuten.

Drenn war über seine Aufgabe informiert. Er hatte die gesammelten Informationen entgegenzunehmen. Rhodan überreichte sie ihm im Kommandoraum.

Drenn nahm das umfangreiche Bündel von Aufzeichnungen und gelochten Registrierstreifen in Empfang, verließ das Schiff und fuhr mit seinem Gleiter zum zweitenmal zur Energiekuppel des Regenten hinüber. Rhodan sah ihn hinter der Wand verschwinden.

Nach knapp einer Stunde erschien Drenn wieder. Allein die Tatsache, daß er um Einlaß bat und zum Kommandostand heraufkam, bewies Rhodan, daß er richtig vermutet hatte: Drenn wollte ihn abholen.

„Der Regent bittet Sie um eine weitere Unterredung“, eröffnete Drenn.

Rhodan winkte ab.

„Der Regent überschätzt mein Standvermögen“, erwiderte er ruhig. „Ich habe seit dreißig Stunden kein Bett mehr gesehen. Ich denke, es genügt, wenn eine Verbindung über Telekom hergestellt wird.“

Drenns Gesicht war leichenblaß geworden.

„Das – das kann ich nicht“, stammelte er.

Rhodan nickte ihm beruhigend zu. „Doch natürlich, das können Sie. Es geht ja nicht von Ihnen aus. Erklären Sie dem Regenten, daß ich zu müde bin, um jetzt noch einmal das Schiff zu verlassen. Er mag sich entweder hier mit mir in Verbindung setzen oder warten, bis ich ausgeschlafen habe.“

Drenn stand mit offenem Mund und weit aufgerissenen Augen in der Zentrale. Erst nach einer Weile brachte er hervor: „Ich – ich will es ausrichten. Aber es geschieht auf Ihre Verantwortung.“

„Ja, selbstverständlich“, erwiderte Rhodan. „Gehen Sie nur.“

Drenn stolperte hinaus. Nach geraumer Zeit sah man ihn unten in den Gleiter steigen und ein drittes Mal in Richtung Energiekuppel davonfahren.

Nicht lange danach flammte der Telekom-Bildschirm auf. Drenns Gesicht erschien, nachdem Rhodan den Empfang freigegeben hatte.

„Nun?“

„Ich bin ermächtigt, Sie mit dem Regenten zu verbinden“, stieß Drenn hervor. „Sind Sie bereit?“

„Ich bin bereit, Drenn.“

Die Unterredung dauerte eine ganze Stunde. Und Perry Rhodan hatte gewonnen.

Er bekam das Kommando über fünfundsiebzig Prozent der arkonidischen Kriegsflotte und weiterhin die Zusicherung, daß keines der zur Verfügung gestellten Schiffe mit Robotern ausgerüstet wurde. Arkon 3 galt ab sofort als ständiger Flottenstützpunkt für Perry Rhodan, solange der Administrator des Solaren Imperiums ihn als solchen benötigte.

Schließlich standen ihm noch eine Reihe weiterer Stützpunkte in der Galaxis zur Verfügung, deren Standortkommandanten auf höchste Anweisung Perry Rhodans Befehl unterstellt wurden.

„Das bedeutet“, erklärte Rhodan Baldur Sikermann, dem Ersten Offizier der DRUSUS, „daß der Regent auf lange Zeit hinaus davon absieht, die Erde zu belästigen. Fünfundsiebzig Prozent der arkonidischen Flotte unterstehen von heute ab meinem Befehl. Da in keines der Schiffe ein Robot eingebaut sein darf, haben die Schiffskommandanten keine direkte Verbindung zum Regenten und hören allein auf meine Befehle. Dieser Umstand verschafft auch den von dem Regenten unterdrückten Imperiumsvölkern eine Verschnaufpause, denn solange ich die Befehlsgewalt über diese vielen Schiffe besitze, kann der Regent sie nicht gegen diese Völker einsetzen.“

Sikermann erwachte allmählich aus seiner Starre. „Und das – das hat er Ihnen einfach so geschenkt?“

Rhodan schüttelte den Kopf. „Nein, ich konnte ihm plausibel machen, daß ich nicht daran denke, mir das Imperium zum Feind zu machen. Die Tatsache, daß ich mit einer Arkonidin verheiratet bin, fiel schwer ins Gewicht. Die Maschine vertraut mir. Im übrigen kann sie sich des neuen Feindes nicht ohne unsere Hilfe erwehren.“

„Immer noch nicht? Dabei hat sie alle Informationen bekommen.“

„Die nützen ihr nichts.“

„Wieso?“

Rhodan setzte sich.

„Mein erstes Gespräch mit dem Regenten ist auf Band aufgenommen“, antwortete er. „Hören wir uns doch die entscheidende Stelle an.“

Er zog ein kleines Gerät aus der Tasche, legte es vor sich hin auf das Pult und schaltete es ein. Nach kurzem Suchen fand er die Stelle, die er meinte. Sikermann hörte Rhodans Stimme sagen: „. . . bedenke, daß du mein Volk nicht kennst und daß fast sechzig Jahre vergangen sind, seitdem wir das letzte Mal voneinander hörten. In sechzig Jahren schafft mein Volk soviel wie andere nicht in dreihundert.“

Und die Antwort des Regenten: „Was sind sechzig Jahre? Was bedeutet Zeit für ein Wesen wie mich? Ich bin unsterblich, für mich ist eine Zeitspanne so lang wie die andere, ganz gleichgültig, welch einen Namen ihr Sterblichen ihr gebt.“

Rhodan schaltete das Band aus. Sikermann sah ihn verständnislos an.

„Ich begreife es wirklich nicht“, murmelte er.

„Das sollten Sie aber. Der Kernpunkt der Information, die wir über den Unsichtbaren gesammelt haben, ist offenbar das Wissen um die Verschiedenheiten der Eigenzeiten der beiden Universen. Die Maschine ist zwar in der Lage, Sekunden, Minuten oder Stunden abzuzählen, oder irgendeine Zeitspanne als soundsoviel Jahre zu registrieren. Sie kann also mit der Zeit rechnen – wie mit beliebig anderen Zahlen. Aber wenn von zwei verschiedenen Zeiten die Rede ist, dann versagt ihr Verständnis. Mit einem Wort: Sie kann mit unserer Information nichts anfangen. Man muß ihr entweder einen neuen Sektor einbauen, der mit Eigenzeiten zu rechnen versteht – oder sie ist ganz allein auf uns angewiesen, denn unter den arkonidischen Wissenschaftlern wird es nicht viele geben, die bereit sind, sich wegen eines solchen Problems von ihren Fiktivschirmen zu trennen.“

Sikermann holte tief Luft. „Dann sind wir jetzt also . . .“

„Außer Gefahr“, ergänzte Rhodan. „Der Regent muß sich durch den Unbekannten sehr bedroht fühlen, sonst hätte er sich zu solchen Eingeständnissen nicht bereit gefunden.“

Die DRUSUS blieb einige Tage auf Arkon 3. Die Unterstellung eines Teiles der arkonidischen Flotte unter Rhodans Befehl brachte eine Menge administrativer Arbeiten mit sich, die erledigt sein wollten.

Während dieser Zeit hatte Rhodan eine Reihe von Unterredungen mit dem Regenten, dessen Ton nun wesentlich freundschaftlicher war als zuvor. Rhodan erhielt die Erlaubnis, die hunderttausend evakuierten Mirsalesen auf Arkon 1 abzusetzen und sie dort zu lassen, bis der Weg in ihre Heimat wieder frei war.

Was die arkonidische Flotte betraf, so hatte Rhodan zunächst Bedenken gehabt, daß sich die Kommandeure seinem Befehl nur mit Widerwillen fügen würden. Es stellte sich jedoch heraus, daß er die Arkoniden falsch eingeschätzt hatte. Erstens waren sie im allgemeinen viel zu träge, um überhaupt eine Regung zu empfinden, und zweitens schien es ihnen lieber, von einem fremden Menschen als von einer einheimischen Maschine befehligt zu werden.

Die Übergabe näherte sich ihrem Ende. Die im Raum stehenden Flottenteile waren benachrichtigt und verharrten in Warteposition.

Der Regent versicherte Rhodan abermals, daß ihm alle Hilfsmittel der Dreier-Welt Arkon und ihrer galaktischen Stützpunkte uneingeschränkt zur Verfügung stünden und zeigte sich seinerseits beruhigt über Rhodans wiederholte Versicherung, daß er nicht daran denke, gegen Arkon selbst mit Gewalt vorzugehen.

Rhodan täuschte sich über die Natur dieses Friedensschlusses nicht hinweg. Während er draußen im Raum gegen die Unsichtbaren kämpfte, würde sich der Regent bemühen, einen Teil der früheren Überlegenheit wiederzugewinnen – durch neue Schiffsbauten zum Beispiel, oder durch festere Bindung der Springer an das Imperium.

Vorerst allerdings waren ihm die Hände gebunden. Die Erde befand sich in Sicherheit.

Rhodan gedachte, sein Wort zu halten. Er würde niemals mit Gewalt gegen das Robotgehirn vorgehen – dazu reichten wohl auch fünfundsiebzig Prozent der arkonidischen Kriegsflotte nicht aus. Aber so, wie sich die Dinge entwickelten, würde einst der Tag kommen, an dem es Zeit war für einen friedlichen Zusammenschluß.

Zunächst aber würde die DRUSUS zur Erde zurückkehren, wo Rhodan alle Vorbereitungen für die Suche nach den Unsichtbaren treffen wollte.

11.

Der mittelgroße, unauffällig wirkende Mann mit den Rangabzeichen eines Captains der Raumflotte nannte sich Hubert Gorlat. Er gab sich verbindlich und respektvoll, was aber nicht darüber hinwegtäuschte, daß er auf dem linken Ärmel seiner Uniformkombination das Zeichen des Sicherheitsdiensts trug.

„Sie sehen gut aus, Atlan“, sagte er lächelnd.

Ich dachte belustigt darüber nach, ob er nun meine Person an sich oder nur die nagelneue, prächtig sitzende Uniform gemeint hatte.

Ich schaute prüfend an mir hinab, schnippte ein Stäubchen vom zartgrünen Kunstfasermaterial des rechten Hosenbeins und blickte ihn stirnrunzelnd an. „Meinen Sie, Captain?"

„Aber sicher", beeilte er sich zu sagen. „Ich glaube, es wurde allmählich Zeit, die Ihnen gebührende Kleidung anzufertigen."

Ich war etwas enttäuscht. Also hatte er doch die Uniform bewundert. Diese Terraner hatten schon immer sehr viel auf das Äußere ihrer Mitmenschen gegeben.

Hubert Gorlat räusperte sich. Sein Blick auf die Uhr war ein deutlicher Hinweis. Ich tat, als hätte ich es nicht bemerkt. Dabei gestand ich mir ein, daß ich seine Geduld wahrscheinlich nicht so sehr strapaziert hätte, wenn er etwas diplomatischer vorgegangen wäre.

Ich wußte, weshalb man ihn geschickt hatte. Gorlat fungierte als Sicherheitsoffizier des Superschlachtschiffs DRUSUS, das drei Tage zuvor nach einer offenbar recht abenteuerlichen Reise auf dem großen Raumhafen von Terrania gelandet war.

Damit war auch jener Mann zur Erde zurückgekehrt, dessen Erscheinen ich mit einiger Ungeduld erwartet hatte.

Die Tatsache, daß ich ihn etwa vier Monate zuvor besiegt und vorübergehend in meine Gewalt gebracht hatte, befriedigte meinen Stolz.

Perry Rhodan, Erster Administrator jenes winzigen Planetenreichs, das er mit einem Anflug von Größenwahn „Solares Imperium" genannt hatte, war von mir im Schwertsaal des venusischen Terramuseums gestellt und mit der getreuen Nachbildung eines germanischen Langschwerts niedergeschlagen worden.

Es war alles gut ausgegangen. Ich hatte im letzten Moment eingesehen, wie sinnlos es gewesen wäre, diesen Terraner ernsthaft zu verletzen oder gar zu töten. Es waren genügend Leute dagewesen, die meine ohnehin überflüssig gewordene Flucht vereitelt hätten.

Nun war Rhodan wieder auf der Erde angekommen. Ich konnte mir lebhaft vorstellen, was er in den letzten vier Monaten alles angestellt hatte. Ich war Ende Juli 2040 in Port Venus festgenommen worden.

Als Captain Gorlat vor einigen Minuten eintrat, war mir klargeworden, daß ich mich der endgültigen Entscheidung über meine Zukunft näherte.

Ich wandte mich an ihn. „Sie wissen, Captain, daß ich ein

schriftliches Gesuch an den Chef der Psychologischen Abwehr eingereicht habe? Ich hatte um meine Entlassung gebeten.“

Gorlat war informiert. Er verbeugte sich eckig. „Generalleutnant Kosnow hat sich sofort nach unserer Landung mit dem Administrator in Verbindung gesetzt. Deshalb werden Sie auch ersucht, baldigst an Bord der DRUSUS zu erscheinen.“

Perry Rhodan erwartete mich in der Zentrale der DRUSUS. Daß er allein war, erschien mir als eine Herausforderung. Um seine Lippen spielte ein Lächeln.

Wir standen uns eine Weile schweigend gegenüber, und jeder wußte, daß der andere nicht nachgeben würde. Wir waren wie Feuer und Wasser, und doch hatten sich zwischen uns Bande angeknüpft, die sich nicht mehr leugnen ließen.

Er deutete auf einige bequeme Kontursessel nahe einem Getränkeautomaten. Dabei stellte ich mit wachsender Erregung fest, daß die DRUSUS startklar gemacht wurde. Irgendwo begann es dumpf zu poltern. Maschinen liefen an. Wir setzten uns.

Ich dachte, er käme nun auf die unüberhörbaren Geräusche zu sprechen. Es lag jedoch in der Art dieses Menschen, unberechenbar zu sein.

„Wenn du demnächst deine unterseeische Druckkuppel nahe der Azoren verläßt, sorge bitte dafür, daß die automatischen Abwehreinrichtungen abgeschaltet werden. Deine Roboter haben beinahe ein Handels-U-Boot vernichtet.“

Er sah mich treuherzig lächelnd an, und ich glaubte, mein Herz schlüge plötzlich im Halse.

„Machen wir uns nichts vor, Atlan“, fuhr er ernster werdend fort. „Wir wissen nun, wo du gesteckt hast. Wahrscheinlich hast du in diesem Stahldom einige Jahrhunderte verschlafen. Da wir auf Venus ein Abkommen getroffen haben, habe ich dafür gesorgt, daß deine Unterkunft unangetastet blieb.“

Ich benötigte einige Zeit, um zu begreifen, daß ich Rhodan wieder einmal verpflichtet war.

„Danke“, sagte ich mühevoll.

„Oh, nichts zu danken“, wehrte er ab. „Ich kann mir vorstellen, daß du da unten allerlei Andenken aufbewahrst. Die technischen Einrichtungen interessieren mich nicht. Sie können nicht besser sein als jene, die wir längst besitzen. Als du vor zehntausend Jahren zur Erde kamst, hatte Arkon nicht mehr aufzuweisen als heute."

Ich schloß die Augen. Nun hatte er mir auch noch den letzten Rückhalt geraubt. Ja, in dieser Kuppel hatte ich im biomedizinischen Tiefschlaf viele Jahrhunderte verbracht.

„Ich möchte dich nicht kränken", fuhr er fort. Sein schmales Gesicht war verschlossen, aber ausdrucksvoll. „Es wird Zeit, daß wir unsere Karten aufdecken. Ich habe Sorgen, Admiral."

Die knappe Erklärung beseitigte meine unterbewußte Verkrampfung. Es hatte wirklich keinen Sinn mehr, Rhodan anzulügen. Er wußte bereits alles. Meine artbedingte Impulsivität brach durch.

„Sorgen?" wiederholte ich.

Er sah mich prüfend an. Dann nickte er. „Ja. Mein Versteckspiel ist durchschaut worden. Ein Galaktischer Händler erkannte mich und informierte den Robotregenten von Arkon, an dessen Existenz du nicht glauben willst. Das ist aber nicht so wichtig. Schwerwiegender ist die Tatsache, daß überall in der besiedelten Milchstraße unbekannte und unheimliche Kräfte am Werk sind. Sie richten sich ebenso gegen die Menschheit wie gegen dein eigenes Volk. Wir sollten aufhören zu versuchen, uns gegenseitig zu demütigen."

Ich war verwirrt. Rhodan sagte die Wahrheit, ich fühlte es. Mein Logiksektor schaltete sich nicht ein.

Ehe ich sprechen konnte, lehnte er sich vor und sagte eindringlich: „Arkonide, nun hör gut zu! Du hast einen schriftlichen Antrag gestellt. Du willst endlich heim, nachdem du einige Jahrtausende auf der Erde verbracht hast. Du warst abgeschnitten, denn du hattest kein überlichtschnelles Raumschiff mehr. Du hast unsagbar lange auf den Zeitpunkt gewartet, der den Menschen die Raumfahrt bringen sollte. Nun ist es soweit. Ich weiß genau, daß du uns niemals Schaden zugefügt hast. Es wäre ja auch unsinnig gewesen."

Ich nickte automatisch. Ja, so war es gewesen. Ich hatte viel getan, um mein arkonidisches Wissen tröpfchenweise in menschliche Gehirne einsickern zu lassen, nicht uneigennützig, natürlich nicht. Ich hatte ganz einfach nach Hause gewollt.

„Du glaubst nach wie vor nicht daran, daß deine Leute geistig und körperlich degeneriert sind?" fragte Rhodan.

Ich fuhr zusammen. Da war er wieder, dieser verhaßte Begriff, den ich nicht in klarer Konsequenz zu überdenken wagte.

„Unmöglich", behauptete ich. „Gib mir eine Space-Jet. Ich fliege Arkon an und sehe nach. Ich komme anschließend wieder zurück, mein Wort darauf."

Ich fühlte, daß meine Augen brannten. Jetzt mußte die Entscheidung fallen.

„Ich glaube dir." Er nickte einfach. „Trotzdem kannst du nicht starten."

„Warum nicht?" fuhr ich auf. „Du bist erkannt worden. Niemand glaubt mehr an deinen angeblichen Tod."

„Darum geht es nicht. Das Große Imperium wird von einem gigantischen Automaten beherrscht. Die Maschine ist in ihrer Entschlußfassung gnadenlos. Sie sucht nach einigermaßen aktiv gebliebenen Arkoniden, die unter ihrem Oberbefehl sogenannte Strafexpeditionen führen müssen. Der Regent ließe dich nicht mehr weg. Ich will dich nicht verlieren, verstehst du! Deine wirkliche Heimat ist jetzt die Erde."

Ich schwieg erbittert, bis mein Extrasinn zu meiner größten Überraschung durchgab: *Glaube ihm! Er sagt die Wahrheit! Du warst zehntausend Jahre Terrazeit nicht mehr auf Arkon.*

Ich wollte den geistigen Impuls meines Logiksektors nicht anerkennen, aber tief in meinem Unterbewußtsein ahnte ich, daß Rhodan niemals so klar und ernst zu mir gesprochen hatte wie in diesen wenigen Minuten.

„Ich mache dir einen Vorschlag, Admiral. Ich werde dir an Hand zahlreicher Originalfunksprüche des Regenten, authentischer Filmaufnahmen, Bildtonaufzeichnungen und anderer Unterlagen beweisen, daß dein Arkonidenreich nicht mehr existiert. Deine Artgenossen schlafen. Der Imperator ist eine Schattenfigur, die noch nicht einmal die Macht besaß, meine Männer und mich frei ins System einfliegen zu lassen, obwohl wir als vertrauensvolle Besucher gekommen waren. Das geschah vor etwa sechzig Jahren. Nunmehr ist die Macht des Robotregenten so gefestigt, daß sie von einem Mann allein nicht mehr gebrochen werden kann. Seine teils automatischen, teils von Hilfsvölkern besetzten Schlachtschiffe haben die aufständischen Intelligenzen vieler Kolonialplaneten unterdrückt. Das Große Imperium wird zerbrechen, wenn die Maschine länger an der Macht bleibt. Außerdem befindet sich der Regent zur Zeit in einer noch schlimmeren Notlage als wir. Ich komme soeben von Arkon. Ich habe mit dem Robot ein Bündnis geschlossen. Er hat mir unumschränkte Vollmachten über die arkonidische Flotte erteilt. Ich bin befugt, große Einheiten anzufordern und sie nach meinem Ermessen einzusetzen. Atlan, besinne dich!"

Ich war entsetzt. Rhodans Wangen waren hektisch gerötet. So hatte ich den kühlen Rechner und geistvollen Spötter noch nie erlebt. Ich hatte Haß, Verachtung, Furcht und wilden Zorn im Glanz seiner Augen entdeckt, niemals aber Verzweiflung.

Die Besatzung kehrte in die Zentrale zurück und nahm ihre Plätze ein. Ein dumpfes Dröhnen ließ den gewaltigen Rumpf der DRUSUS erzittern. Ich richtete mich langsam in meinem Sitz auf. Rhodan lehnte sich zurück.

„Es sind die achtzehn Ringwulsttriebwerke", erklärte er. „Wir starten in zehn Minuten. Du kannst mich begleiten."

Die Sehnsucht nach der Weite des Raumes drohte mich zu übermannen. Ich konnte mich kaum noch daran erinnern, wie es war, hinter den Kontrollen eines großen Schiffes zu sitzen.

„Meine wenigen Habseligkeiten?" fragte ich vorsichtig an.

„Bereits an Bord."

Ich lächelte still. Rhodan verstand. Die Starre seines Gesichts lockerte sich. Sinnend schaute er auf seine schlanken, sehnigen Hände nieder. Als er sprach, hob er nicht die Lider.

„Einmal werde ich dich zum Arkonsystem schicken, Atlan. Für einen Unsterblichen ist es jetzt noch zu gefährlich."

Er kniff ein Auge zu und schaute eindringlich auf jene Stelle meiner Uniformkombi, die den auf meiner Brust hängenden Zellschwingungsaktivator verdeckte.

„Widerlicher Spötter!" knirschte ich.

Er lachte unterdrückt. „Wir kennen uns doch, nicht wahr? Laß dir gesagt sein, daß dieses Robotgehirn auf Grund seiner Programmierung jetzt schon dabei ist, das mit mir getroffene Abkommen zu brechen. Du bist Energie-Ingenieur?"

„Das ist mein zweites Fachgebiet", bejahte ich zurückhaltend. Was wollte er mit der Frage bezwecken? Ich erfuhr es.

„Du wirst wissen, wie die Maschine reagieren muß. Wir haben eine sogenannte robotpsychologische Abteilung eingerichtet. Es ist errechnet worden, daß der Regent nach veralteten Schaltungsanweisungen handelt. Er ist unfähig, die neue Situation zu begreifen, aber er schlägt mit fürchterlicher Wucht zu. Wenn er mit mir, dem gefährlichen Terraner, verhandelt, dann ist er in Not. Du wirst Filme sehen und mit Intelligenzen sprechen können, die dir meine Angaben bestätigen werden."

„Warum hast du mir von deinen Sorgen berichtet, Barbar?"

Er grinste mich offen an.

„Bestimmt nicht deshalb, weil ich aufzugeben bereit bin. Die Sache ist die, daß ich nicht gern Feinde im Rücken habe. Du hast mir genug zu schaffen gemacht mit deinen närrischen Fluchtversuchen. Beinahe wären sie auch noch gelungen."

Er schüttelte den Kopf und ignorierte mein ironisches Lächeln. Glaubte er wirklich, er hätte mich mit dieser Erklärung abspeisen können? Wahrscheinlich konnte er auch nicht unsere gemeinsamen Erlebnisse vergessen.

Ich für meine Person wußte nicht genau, warum ich zu diesem Terraner eine freundschaftliche Zuneigung empfand. Wir hatten uns gegenseitig töten wollen, aber nun sah es so aus, als wären wir aufeinander angewiesen.

Er rief einige Befehle in den Interkom. Das Dröhnen der Maschinen verstärkte sich. Die DRUSUS startete.

Ich blickte hinüber auf die Panoramagalerie der Bildschirme, auf denen nur das weiße Lohen hochkomprimierter Luftmassen zu erkennen war. Sekunden später erschien bereits die Schwärze des Raumes.

Wie gebannt betrachtete ich die sichtbar werdenden Sterne. Die DRUSUS beschleunigte mit hohen Werten.

Der irdische Mond stand günstig. Ich konnte die leuchtende Halbsichel aber nur für einige Augenblicke beobachten, dann blieb sie zurück.

Nach sechs Minuten vernahm ich einige Meldungen aus dem Maschinenleitstand. Das Schiff trat in den relativistischen Geschwindigkeitsbereich ein, was eine Verminderung der Beschleunigungswerte bei gleichbleibender Energieaufwendung bedingte.

Ich sah, wie Rhodan auf den roten Schalter der Stützmasseneinspritzung drückte. Das Dröhnen der Impulstriebwerke wurde noch dumpfer. Nach etwa zehn Minuten hatten wir annähernd Lichtgeschwindigkeit erreicht.

Ich staunte nur noch. War dieses Raumschiff wirklich auf irdischen Werften erbaut worden?

Rhodan lachte. „Wenn ich dagegen an meinen ersten Mondflug denke! Von lächerlichen zwölf Gravos wurden wir fast zerquetscht. Jetzt beschleunigen wir mit fünfhundert Kilometer pro Sekundenquadrat. Wir gehen etwa zwanzig Lichtstunden jenseits der Plutobahn auf Warteposition. Dort stoppen wir. Ich vermute, daß sehr bald wichtige Nachrichten von unseren Agenten einlaufen werden."

Er sah auf die Uhr. „Jetzt essen wir, und anschließend bekommst du deine Beweise zu sehen. Du wirst dich wundern, was auf den Arkonwelten los ist. Sikermann, bereiten Sie die Kurztransition vor."

Der untersetzte, dunkelhaarige Kosmonaut nickte.

Zehn Minuten später erfolgte die Transition. Ich empfand den kurzen Schock der totalen Rematerialisierung.

Nach wenigen Augenblicken kam der Eintauchschmerz. Als ich wieder klar sehen konnte, war die flammende Sonne von den Bildschirmen verschwunden. Ich suchte sie, doch als ich sie wiederfand, war sie nur noch ein Sternchen unter zahllosen anderen Sonnen.

Ich stöhnte leise und rieb mir mit beiden Händen den schmerzenden Schädel. Rhodan musterte mich prüfend. Er saß da, als wäre überhaupt nichts geschehen.

„Du wirst dich wieder daran gewöhnen müssen, Freund. Was denkst du wohl, wie oft wir in letzter Zeit gesprungen sind?"

Man hatte mir Zeit und Gelegenheit gegeben, mich von meinem tiefen Schock zu erholen.

Während der siebenstündigen Beweisführung hatte ich all mein Wissen und all meine Menschenkenntnis aufgeboten, um in den vorgelegten Funksprüchen und abgelaufenen Original-Tonfilmen Unrichtigkeiten zu entdecken.

Es war mir nicht gelungen. Das, was Perry Rhodan mir erst in schonender Art, später aber in aller Offenheit gezeigt hatte, war dazu angetan, mir einen furchtbaren Schrecken zu versetzen.

Ich hatte gesehen, wie sich die Arkoniden benahmen, die erst viel später geboren worden waren als ich. Das waren nicht mehr die hochgewachsenen, kraftvollen Gestalten, die ich während meiner Zeit kennengelernt hatte.

Die späteren Nachkommen meines ehrwürdigen Volkes waren eher bedauernswert als bewunderungswürdig. Sie besaßen nichts mehr von dem, was wir einmal als ganz selbstverständlich hingenommen hatten.

Die sinnlosen, auf Dekadenz und Lebensuntüchtigkeit hinweisenden Simultanspiele, die lachhaften Intrigen zwischen ohnehin machtlos gewordenen Familien und das gespreizte Gebaren höchster Würdenträger hatten in mir keine Zweifel über die Wahrheit der Rhodanschen Behauptungen aufkommen lassen.

Er hatte recht: Das war nicht mehr das Arkonidenreich, das ich gekannt hatte. Auf den drei Planeten waren Männer meiner Art längst ausgestorben.

Ich war niedergeschlagen und zutiefst betrübt. Meine Trauer um das Vergangene, niemals Wiederkehrende war es aber nicht allein, was mich innerlich aufgerüttelt hatte.

Größte Gefahr war im Anzug. Ich hatte den sogenannten Robotregenten, der sich auch „Großer Koordinator“ nennen ließ, in Bild und Ton erlebt. Es stand fest, daß man etwa 4000 Jahre nach meinem Abflug von Arkon die ersten Anzeichen einer beginnenden Degenerierung bemerkt hatte.

Die fähigsten Wissenschaftler und Techniker meines Volkes hatten eine riesenhafte Maschine erbaut und ihr den Auftrag erteilt, im Fall eines Versagens der Regierung die Macht im arkonidischen Sternenreich zu übernehmen.

Das war auch geschehen, jedoch bestimmt nicht in der Form, die von den großen Männern des Imperiums gewünscht worden war.

Der Robot schien etliche Programmierungen völlig falsch auszulegen.

Dazu kam die Tatsache, daß die vor sechstausend Jahren noch gültigen Gegebenheiten längst überholt waren, das Gehirn jedoch nach wie vor nach diesen Gesichtspunkten handelte.

Meine Empörung richtete sich nicht gegen die Maschine, sondern galt jenen, die über ihrer Vergnügungssucht wichtige Dinge übersahen. Der Robotregent enthielt ganz zweifellos einige Sonderschaltungen, die seinen Sicherheitssektor automatisch ansprechen ließen, sobald sich eine Änderung in den bestehenden Verhältnissen zeigte. Es kam also darauf an, tatkräftig einzugreifen.

Damit war Perry Rhodan auf dem einzig richtigen Weg. Ich sah nun ein, daß meine ehemaligen Fluchtbestrebungen nicht nur närrisch, sondern auch sehr gefährlich gewesen waren.

Nach den Vorführungen hatte mich Rhodan in die große Kabine geleitet, in der ich mich jetzt noch aufhielt. Die Maschinen der DRUSUS waren längst abgeschaltet worden. Wir standen ohne Fahrt im interstellaren Raum.

Ich wußte nicht, worauf Rhodan eigentlich wartete. Sicherlich hing es aber mit jener Notlage zusammen, die er nicht näher beschrieben hatte.

Ich blickte auf die Uhr. Während meiner Grübeleien waren vier Stunden vergangen. Es wurde allmählich Zeit, daß ich zu mir selbst zurückfand. Als ich auf den Knopf der Bildsprechverbindung drückte, gab es für mich keinen Zweifel mehr, daß ich nun zu den Terranern gehörte. Wenn ich etwas für mein eigenes Volk tun wollte, mußte ich vorbehaltlos zu Rhodan und den Menschen halten. Nur mit deren Hilfe konnte es möglich sein, den Robotregenten in die Schranken zu weisen.

Auf dem Interkomschirm meiner Kabine erschien das breitflächige Gesicht des Ersten Offiziers.

Ich trat dichter vor die Aufnahmeoptik. „Sikermann, würden Sie sich erkundigen, ob Perry Rhodan abkömmlich ist?“

Er runzelte die Stirn. Offenbar wunderte er sich, daß ich seinen Namen behalten hatte. „Er erwartet Sie bereits. Sie sollen noch über einige Dinge informiert werden.“

Ich fühlte meine Augen feucht werden; ein Zeichen der Erregung.

„Lieber nicht“, wehrte ich mutlos ab.

„Es geht nicht um Arkon, sondern um die Vorfälle während der letzten Monate. Wir nehmen an, Sie interessieren sich dafür.“

Die Lethargie fiel von mir ab. Das hörte sich schon besser an. „Wo kann ich Rhodan finden?“

„Ich lasse Sie abholen.“

Der Bildschirm verdunkelte sich. Minuten später meldete sich ein junger, dunkelhaariger Leutnant.

„David Stern?“ sprach ich ihn an. Er war verblüfft. Die Röte der Verlegenheit schoß in sein Gesicht. Ich freute mich über mein fotografisches Gedächtnis.

„Ja – jawohl. Ich habe den Auftrag erhalten, Sie . . .“

„Ich weiß, vielen Dank“, unterbrach ich ihn. „Gehen wir? In diesem Labyrinth von Gängen, Sälen und Zwischenetagen kann man sich ja verirren.“

„Als ich hier einstieg, bin ich darin beinahe verhungert“, sagte er treuherzig.

Ich schmunzelte.

Stern brachte mich in nur fünf Minuten hinauf zum Informationsraum. Er lag direkt hinter der Zentrale.

Rhodan war schon da. Einige Offiziere des Schiffes nickten mir zu. Sie waren längst nicht mehr so förmlich wie noch wenige Stunden zuvor.

Rhodan musterte mich prüfend. Mein schwaches Lächeln schien ihm zu genügen.

„Wieder in Ordnung, Gladiator?“ fragte er.

Ich nickte.

„Nimm Platz und sieh dir an, was wir mittlerweile entdeckt haben“, forderte Rhodan mich auf. „Kannst du dir vorstellen, daß es irgendwo eine fremde Macht gibt, die ganze Planeten entvölkert?“

Ich glaubte, nicht recht gehört zu haben. „Entvölkert?“ wiederholte ich.

Er nickte nachdenklich. Zwischen seinen Augenbrauen entstand eine scharfe Falte. „Es klingt seltsam, ich weiß. Ich hatte mich mit einem Sendboten des Robotregenten auf dem dritten Planeten der Sonne Mirsal verabredet. Sie steht im Zentrum der Milchstraße, 14 480 Lichtjahre von der Erde entfernt. Ich konnte unsere galaktische Position weiterhin verschleiern. Niemand ahnt, wo Terra zu finden ist.“

„Ein Grund mehr, mich nicht nach Arkon fliegen zu lassen, was?“ warf ich mit leichter Ironie ein.

„Stimmt“, bestätigte er offen. „Einmal werden wir aber trotzdem entdeckt werden. Zur Zeit geht es jedoch um die Planeten des Sterns Mirsal. Als wir dort ankamen, fanden wir Nummer drei entvölkert vor. Sämtliche nichtorganischen Dinge waren unangetastet, nur die menschenähnlichen Intelligenzen und Tiere waren verschwunden. Wir verloren ein Beiboot mit Besatzung. Wir wissen noch nicht, mit wem wir es zu tun haben. Planet Mirsal zwei wurde ebenfalls angegriffen. Wir erlebten, wie die dortigen Intelligenzen praktisch vor unserer Nase verschwanden, um sich in nichts aufzulösen. Der Robot war von diesen Geschehnissen so beunruhigt, daß er mir die Befehlsgewalt über sein neues Superschlachtschiff ARC-KOOR übertrug. Wir waren hilflos. Nicht einmal die Mutanten konnten die Sachlage klären. So blieb mir keine andere Wahl, als möglichst viele Mirsalesen an Bord zu nehmen und fluchtartig zu starten. Ich habe die Evakuierten auf Arkon ausgeladen. Das ist die Situation, mit der wir noch nichts anzufangen wissen. Ich habe vor – was hast du denn? He, Atlan, was ist?"

Er sprang auf und rüttelte mich an den Schultern. Ich spürte nur den harten Griff. Mein Augenlicht hatte sich beim jähen Aufwallen meines plastischen Erinnerungsvermögens getrübt.

Ich nahm Rhodan nur schemenhaft wahr. Seine Rufe hallten in meinen Ohren wie Donnerschläge. Es war mein fotografisches Gedächtnis, das gegen meinen bewußten Willen im Verlauf seiner Schilderung angesprochen hatte.

Ich unterlag einer Panikstimmung, die mich gleich einer Woge überflutete und mitriß. Es dauerte einige Augenblicke, bis ich wieder klar sehen konnte.

Rhodan stand dicht vor mir. Seine Lippen bildeten einen dünnen Strich.

Ich fühlte, daß meine Hände bebten. Jemand rief nach einem Arzt.

„Du kennst die Unbekannten?" fragte Rhodan erregt. „Nun rede schon! Kommen dir die Geschehnisse bekannt vor?"

„Bekannt?" stammelte ich. „Freund, die Geschichte liegt etwa zehntausend Jahre irdischer Zeitrechnung zurück."

„Erzählen Sie", bat Leutnant Stern.

Ich nickte langsam. Mein plastischer Gedächtnisteil erdrückte mich fast mit den Bildern der Erinnerung.

Rhodan zögerte nicht mehr lange. Er schien zu ahnen, daß ich litt.

Sie führten mich zu einem Antigravlift. Wir landeten in einem Messeraum der DRUSUS.

Während ich noch um meine Fassung kämpfte und versuchte, die in mir wühlende Aufregung zu dämpfen, füllte sich der Raum. Bald sah ich zahllose Männer, die mir noch nicht vorgestellt worden waren.

Rhodan saß neben mir.

„Wir sind bereit“, erklärte er. „Wenn die Sache wichtig ist, dürfte es gut sein, wenn die gesamte Besatzung zuhört. Unter Umständen können wir uns auf Grund deiner Erfahrungen ein klares Bild machen. Fühlst du dich stark genug? Du siehst miserabel aus.“

Ich versuchte ein Lächeln. Mein Kopf schmerzte.

„Es wird schwierig sein“, begann ich. „Mit meiner Vergangenheit sind zu viele Begriffe aus dem arkonidischen Sprachschatz verbunden. Ich werde daher Entfernungs- und Zeitangaben in irdischen Werten ausdrücken. Maschinen, Waffen, Offiziersränge und was der vielen Dinge mehr sind, muß ich ebenfalls umbenennen.“

Ich blickte mich um. Die große Messe wimmelte von Zuhörern. Mir war, als hätte ein Unsichtbarer mein Gehirn in Watte eingehüllt. Ich war kaum noch fähig, in der Gegenwart zu denken.

Mein fotografisches Gedächtnis hatte – angeregt durch Rhodans Erklärungen – völlig Besitz von mir ergriffen.

Jemand reichte mir einen Plastikbecher.

„Trinken Sie“, sagte ein Mann. „Das wird Sie etwas beruhigen. Was habt ihr mit ihm gemacht?“

Die Frage galt Rhodan. Anscheinend war ein Arzt erschienen. Die Worte drängten sich wie von selbst auf meine Zunge. Zum erstenmal seit vielen Jahren begann ich zu erzählen.

Ich holte weit aus. Es mußte sein, wenn ich begreiflich machen wollte, wie alles seinen Lauf genommen hatte. Ich verwendete ausschließlich gängige und daher verständliche Begriffe. Es wäre sinnlos gewesen, für das terranische Wort „Impulstriebwerk“ die arkonidische Bezeichnung „Tsohlt-Taàrk“ zu gebrauchen, oder einen Kreuzerkommandanten „Vere'athor“ zu nennen.

Ich vergaß, daß ich mich im Messeraum der DRUSUS befand. In meinem Vorstellungsvermögen lief die Zeit zurück. Ich befand mich plötzlich wieder auf dem Schlachtschiff TOSOMA, und die Befehle des Großen Rates von Arkon steckten in meiner Tasche.

Mein Blick vernebelte sich. Willig gab ich dem schmerzhaften Drängen meines Erinnerungssektors nach. Ich begann zu berichten . . .

„. . . sei es mir gestattet, Deiner Erhabenheit zu raten, die aufsässigen Kolonisten aus den untersten Schichten des Volkes nicht zu sanft zu behandeln. Meine Maßnahmen zielten darauf hin, dem Imperator eine neue Welt mit treuen Siedlern zu schenken, Dir, erhabener Kristallprinz, sei mein Wirken ein Vorbild an . . ."

„Danke", unterbrach ich den vorlesenden Offizier, „es reicht mir. Die Ratschläge des Amonar sind dazu angetan, die Unruhen noch mehr zu steigern. Liegt sonst noch etwas vor?"

Kapitän Tarts, Kommandant meines Geschwaderflaggschiffs TOSOMA, zugleich Freund und Ratgeber, rollte das Schriftstück zusammen und warf es auf den luxuriösen Arbeitstisch.

Ich war vor vier Tagen auf dem zweiten Planeten der kleinen, gelben Sonne angekommen, die ein Forschungskreuzer unter Kommandant Larsaf entdeckt hatte. Inzwischen waren längst klimatische Korrekturen vorgenommen worden.

Wir hatten diese Welt nach Larsaf Larsa genannt. Unseren Kolonisten sollte das regulierte Klima gut bekommen. Die Regentschaft des Administrators Amonar aber hatten die Leute anscheinend weniger gut ertragen.

Der Große Rat von Arkon hatte mich drei Wochen zuvor über Hyperfunk aus meinem Einsatzgebiet zurückbeordert und mir den Befehl erteilt, mit meinem Expeditionsgeschwader das Larsaf-System anzufliegen, um auf dem zweiten Planeten dieses einsamen Sternes nachzusehen, was der verzweifelte Funkspruch eines Kolonisten namens Tonth zu bedeuten hatte.

Der Inhalt der Nachricht sprach von maßlosen Übergriffen und unnötigen Härten des Administrators Amonar aus der unbedeutenden Familie der Cirol.

Ich hatte die große Entfernung von etwa 34 000 Lichtjahren in vier Transitionen überwunden und war wenig später mit der TOSOMA sowie den beiden Schlachtkreuzern ASSOR und PAITO auf dem Raumhafen von Larsa gelandet.

Eine kurze Untersuchung hatte bereits ergeben, daß Amonar seine Befugnisse weit überschritten hatte. In ihm hatte ich einen harten, ungerechten, von brennendem Ehrgeiz erfüllten Mann kennengelernt, dessen einziges Trachten offenkundig nur darauf hinausging, für sich und seine Familie Anerkennung zu erwerben.

Er hatte aus der wilden Welt eine Musterkolonie gemacht, Städte und Raumhäfen angelegt sowie den Bau eines Robotgehirns von solchen Maßstäben angeordnet, daß ich zutiefst überrascht war.

Amonar hatte seinen Ruhm mit dem Blut unserer Kolonisten erkauft. Die fähigsten Wissenschaftler und Techniker der Siedler waren ausschließlich dazu eingesetzt worden, den Automaten zu vervollkommnen. Ich hatte den Eindruck gewonnen, Amonar wäre bestrebt gewesen, in diesem kleinen, abseits liegenden Sonnensystem einen Staat nach seinen Wünschen aufzubauen.

Ich hatte mit den Truppen meines bewährten Einsatzgeschwaders eingegriffen, als Amonars Soldaten versuchten, ihren Herrn zu verteidigen. Dabei waren Waffen zum Einsatz gekommen, die der Administrator ohne Wissen des Großen Rates von den galaktischen Händlern gekauft und im Festungsring seines noch unvollendeten Robotgehirns installiert hatte.

Vor einem Tag hatte ich ihn verhaften und unter starker Bewachung nach Arkon zurückschicken lassen. Sein letzter Versuch, mich umzustimmen, war identisch mit der schriftlichen Eingabe, die Kapitän Tarts soeben vorgelesen hatte.

Es waren die üblichen Redewendungen, untertänig und spitzfindig, geschrieben von einem Mann, der sehr wohl wußte, daß ich der herrschenden Dynastie angehörte. Die Familie der Gonozal stellte seit drei Epochen den Imperator von Arkon, in dessen Händen das Geschick des Großen Imperiums lag.

Ich erhob mich langsam aus dem vollautomatischen Gliedersessel.

Seitdem ich durch Beschluß des Großen Rates zum arkonidischen Admiral und Chef eines Einsatzgeschwaders ernannt worden war, hatte ich einen gleichartigen Übergriff nur einmal erlebt. Ein Mann meines Volkes hatte versucht, mit der Unterstützung einer artfremden Echsenrasse ein eigenes Imperium zu gründen. Es war mein erster Einsatz gewesen.

Im Kampf gegen Amonar war kaum Blut geflossen. Mein Bericht an den Großen Rat und meinen ehrwürdigen Oheim, Imperator Gonozal VII., war mit dem Kurierschiff abgegangen. Ich erwartete meine baldige Abberufung, da es nicht meine Aufgabe war, Kolonien aufzubauen. Ich hatte nur dann einzugreifen, wenn es zu Unruhen kam.

Das unter Amonar errichtete Administrationsgebäude war der prunkvollste Palast der planetarischen Hauptstadt.

Tarts, ein alter, erfahrener Schlachtschiffkommandant, stand schweigend vor dem prächtigen Arbeitstisch, dessen Schaltanlagen so installiert waren, daß durch rein manuelle Bedienung wichtigste Befehlszentren und Abwehrstellungen kontrolliert werden konnten. Amonar hatte zwar vorgesorgt, nur waren wir etwas zu schnell gekommen. Sein hochfliegender Plan war dadurch nicht mehr in Erfüllung gegangen.

Ich war davon überzeugt, daß man den verabschiedeten Kolonisator auf Arkon verurteilen würde.

Ich nahm den weiten Umhang mit den Symbolen der herrschenden Dynastie von den Schultern und legte ihn sorgsam über die hohe Lehne des Sessels. In der einfachen Uniform der arkonidischen Flotte fühlte ich mich freier und ungezwungener.

Langsam schritt ich zur transparenten Energiewand hinüber, die Amonar an Stelle der vorgeschriebenen Panzerstoff-Fenster hatte einbauen lassen.

Ich blieb vor der durchsichtigen Mauer stehen, tippte mit dem Finger dagegen und wartete, bis die hochempfindliche Klimaautomatik auf die Wärme meiner Hand reagierte. Ein kühlender Luftstrom kam aus versteckt angebrachten Gebläsen.

„Etwas zu viel Aufwand für den Amtssitz eines unbedeutenden Kolonialbeamten", sagte Kapitän Tarts. „Draußen wartet eine Abordnung der Siedler. Ein gewisser Tonth bittet um eine Audienz."

„Das ist der Mann, der dem Rat den Funkspruch schickte", erklärte ich. „Ein offenbar mutiger Bursche. Woher stammt er?"

Tarts sah in seiner Liste nach. „Von Visal IV, Erhabener."

„Für dich bin ich Atlan, Lehrmeister." Ich lächelte. „Visal IV also, hmm . . . Eine ehemalige Kolonialwelt, die nun ebenfalls übervölkert ist. Man sagt, etwa fünfhundert Millionen Einwohner müßten auswandern."

„Zwei Millionen davon wurden von Schiffen des Kolonisationsamts hier gelandet. Dazu kamen etwa zwanzigtausend Wissenschaftler und Techniker aus allen Fachgebieten. Die Wachtruppen stammten von Arkon. Dieser Planet ist vorzüglich ausgerüstet."

Ich ging zu dem Schreibtisch zurück und nahm hinter ihm Platz.

„Laß die Leute herein. Hoffentlich kommen sie nicht mit unerfüllbaren Anliegen."

Tarts' tiefrote Augen schienen zu lachen. Langsam, infolge seines hohen Alters schon etwas schwerfällig werdend, schritt er zur Tür hinüber. Ich drückte auf den Knopf des Öffnungsmechanismus.

Die beiden stählernen Doppelflügel glitten in die Wand zurück. Draußen entwickelte sich eines der berüchtigten Larsa-Unwetter. Es kam so schnell, daß ich Kunstlicht benötigte. Beim ersten zuckenden Blitz schaltete die Energiewandautomatik auf Verdunkelung.

Ich dachte an die Besatzungen der Schweren und Leichten Kreuzer, die ich auf weiten Satellitenbahnen zurückgelassen hatte. Wahrscheinlich konnte man die Oberfläche dieser von einer dichten Wolkendecke umhüllten Welt nicht sehen. Auf dem Raumhafen standen die drei schwersten Einheiten meiner kleinen Flotte. Sie waren beeindruckend genug gewesen.

Fünf Kolonisten traten ein. Sie waren einfach und derb gekleidet, so wie ich es überall gesehen hatte. Ihre Gestalten waren hochgewachsen.

Die fünf Männer knieten nieder und bargen ihre Gesichter in den Händen. Es war das Zeichen demutsvoller Unterwerfung, das wir auf Arkon eigentlich nicht mehr kannten.

„Steht auf", ordnete ich peinlich berührt an. „Verlangte Amonar diese untertänige Geste?"

„So war es, Erhabener", bestätigte ein älterer Mann mit weißen, kurzgeschnittenen Haaren.

Diese hart arbeitenden Leute verstanden nicht viel von galaktischer Großraumpolitik. Ihnen genügte es völlig, wenn ihnen die Administratur einwandfreie Robotmaschinen zur Landbestellung zuteilte.

„Du bist der Kolonist Tonth?" erkundigte ich mich.

Der Alte neigte sein Haupt. „Der bin ich, Erhabener. Wir sind gekommen, um Dank zu sagen für die schnelle Hilfe. Ich riskierte mein Leben, als ich heimlich in die Funkstation eindrang und den Spruch abstrahlte. Anschließend floh ich in die Wälder, da die automatischen Warnvorrichtungen meine Körperschwingungen registriert hatten. Ein Techniker warnte mich, und so suchte ich Zuflucht in der Wildnis. Nun aber ist alles gut."

Ich unterhielt mich über eine Stunde lang mit den erfahrenen

Siedlern. Danach war ich davon überzeugt, daß die zweite Welt der kleinen Sonne Larsaf gute Zukunftsmöglichkeiten bot.

Die von einem heißen, feuchten Planeten stammenden Auswanderer hatten hier günstige Bedingungen angetroffen. Der unberührte Boden war fruchtbar gemacht worden, und reiche Bodenschätze schienen auch vorhanden zu sein.

Ich erwog die Idee, Larsaf II als Handelsniederlassung zuzulassen, bis mir einfiel, daß der Arm des Imperiums nicht jederzeit bis in diese entfernte Gegend der bereits erforschten Galaxis reichte. So unterließ ich es, den Männern den Vorschlag zu machen. Wahrscheinlich war es auch noch etwas zu früh für ein solches Vorhaben.

Sie bedankten sich überschwenglich, und dann kamen sie mit der Frage, die ich bereits erwartet hatte.

„Unter uns befinden sich fünfzigtausend Auswanderer von Zakreb V, Erhabener. Sie sind gegen ihren Willen hierher gebracht worden. Es handelte sich um ein Versehen. Sie bitten darum, auf einem anderen Planeten angesiedelt zu werden, da sie das hiesige Klima auf die Dauer nicht vertragen. Wir hatten bereits zahlreiche Todesfälle. Die Zakreber benötigen eine kühlere und trockenere Luft, Erhabener. Sie vermissen auch den Sonnenschein, und die hiesigen Temperaturen sind für sie zu hoch."

Ich schaute zu Tarts hinüber. Er nickte kaum merklich. Also schienen die Angaben zu stimmen.

„Es tut mir leid, Tonth, aber ich kann diese Kolonisten in meinen Kreuzern nicht befördern. Ich habe keine Auswandererschiffe."

„Auch dann nicht, wenn es sich nur um eine kurze Fahrt im gleichen Sonnensystem handelt? Die dritte Welt soll alle Voraussetzungen aufweisen. Es wäre eine Kleinigkeit, Erhabener. Willst du sie hinsiechen lassen?"

Das wollte ich natürlich nicht. Außerdem war es meine Pflicht, bedrängten Kolonisten beizustehen. Dafür war ich da.

Tarts gab zu bedenken: „Die dritte Welt dieser Sonne hat bereits eigenes Leben entwickelt. Die dortigen Wesen stehen allerdings auf einer sehr niedrigen Intelligenzstufe, aber sie sind arkonidenähnlich. Das Gesetz verbietet es, eingeborene Intelligenzen zu verdrängen."

„Nur solche über der Intelligenzstufe C", sagte ein anderer Kolonist rasch.

„Welche Stufe haben sie denn erreicht?“ erkundigte ich mich.

„Höchstens A-3, Erhabener. Ich war einmal dort. Es sind primitive Wilde mit Gerätschaften aus Steinen. Sie sind noch nicht soweit, um die Schäfte ihrer plumpen Äxte durchbohren zu können. Die Stiele sind noch angebunden.“

Das sagte allerdings genug. Das Gesetz verbot es nicht, solche Planeten zu übernehmen, zumal die Erfahrung zeigte, daß unterentwickelte Wesen von einer planvollen Besiedlung nur profitieren konnten.

Ich erhob mich und beendete damit die Audienz.

„Ich werde mich auf Nummer drei umsehen“, versprach ich. „Auf alle Fälle werde ich dafür Sorge tragen, daß die fünfzigtausend Zakreber einen anderen Wohnsitz erhalten. Ihr könnt gehen.“

Sie verließen den Raum. Tarts schaltete das Bandgerät ab und nahm die Spule zur Archivierung heraus.

„Neue Schwierigkeiten“, grollte er. „Welcher Narr hat mir nur geraten, in die Flotte einzutreten?“

„Wir sehen uns morgen Larsaf III an“, sagte ich. „Was gibt es heute sonst noch?“

„Einen Provinzempfang im Haus des Trento. Trento ist Chefmathematiker der hiesigen Forschungszentrale. Man sagt, er zähle zu den besten Köpfen des Imperiums. Früher soll er dem Rat angehört haben.“

„Auch das noch“, nörgelte ich. „Wann kommt endlich unsere Abberufung? Für meinen Geschmack ist diese Welt etwas zu heiß und feucht. Den Leuten von Visal IV scheint es aber gut zu bekommen.“

„Bis auf die fünfzigtausend Arkoniden von Zakreb“, mahnte der alte Kommandant. „Du wirst entscheiden müssen, noch ehe ein neuer Beamter kommt.“

Ich nahm meinen Umhang über den Arm und schaltete die Kontrollanlagen des pompösen Schreibtisches ab. Für mich war der Fall bereits erledigt. Auf Larsa hatte ich nichts mehr verloren.

Trotz der bereits vorliegenden Unterlagen hatten wir Larsaf III vor der Landung nochmals kartographisch erfaßt. Es war ein schöner, arkonähnlicher Planet mit weiten Meeren, blauem Himmel, ausgedehnten Kontinenten und grünen Wäldern.

Die äquatoriale Zone gefiel uns am besten. Die dort herrschenden Temperaturen entsprachen unseren Erfordernissen, zumal es in den höheren Gebirgslagen trotz der angenehmen Wärme gute und trockene Luft gab.

Die ausgedehnten Dschungelwälder der beiden vom Äquator durchschnittenen Kontinente behagten uns nicht so gut. Ein Landteil wies zudem in seinem nördlichen Drittel eine riesige Sand- und Steinwüste auf, die uns überhaupt nicht begeistern konnte.

Weiter nördlich war es zu kalt. Auch dort gab es grenzenlos erscheinende Wälder, die aber natürlich keinen tropischen Charakter besaßen.

Schon vom Raum aus hatten wir ein reiches Tierleben beobachtet. Diese Welt könnte in etwa zwanzigtausend Jahren wirkliche Intelligenzen hervorbringen. Wir hatten also noch genügend Zeit, um uns ein passendes Fleckchen auszusuchen.

Nach der Analyse der Luftproben auf schädliche Erreger hatte ich die Anweisung erteilt, tiefer zu gehen. Ich war laut Gesetz verpflichtet, mich von der geistigen und körperlichen Entwicklungsstufe der Eingeborenen persönlich zu überzeugen, ehe ich kraft meiner Vollmachten den Himmelskörper zur Errichtung einer arkonidischen Niederlassung freigab.

Die TOSOMA, ein Schlachtschiff der neuen Imperiumsklasse, tauchte mit hoher Fahrt in die dichte Atmosphäre ein. Vor unserem Prallschirm bildete sich ein weißglühender Ball hochverdichteter Luftmassen, deren Anblick die Eingeborenen sicherlich zur überstürzten Flucht verleiten würde.

Wir überflogen die Kontinente in geringer Höhe, kreuzten die gewaltigen Ozeane in schneller Fahrt und hielten dabei Ausschau nach jenem Land, das mitten zwischen den beiden äquatorialen Gebieten eingebettet lag.

Für unsere Zwecke war das Gebiet groß genug. Außerdem war es gebirgig und nur wenig bewaldet. Wenn ich fünfzigtausend Zakreber hier landen ließ, dann mußten sie gute klimatische Verhältnisse antreffen.

Wir hatten das Land rasch gefunden. Eigentlich war es schon so groß, daß man es als Kontinent ansehen konnte. Schmale Landbrükken verbanden es mit den östlich und westlich gelegenen Landteilen, was gute Voraussetzungen für einen eventuellen Handelsverkehr mit von uns unterrichteten Eingeborenen bot.

Die Erfahrung hatte bewiesen, daß begabte Lebewesen schnell lernen konnten, Felder zu bestellen, Schiffe zu bauen und Gebäude zu errichten.

In achtzig Kilometer Höhe stoppten wir die TOSOMA. Die ovale, etwa 2000 Kilometer lange Insel war zu einem großen Teil klar zu überblicken.

Dort, wo sich ein schmaler, oftmals durch breite Wasserflächen unterbrochener Gebirgsstreifen zur östlich davon gelegenen Wüstenlandschaft hinüberzog, fanden wir ein großes, hoch über dem Meer liegendes Plateau, dessen steppenartiger Charakter gute Landemöglichkeiten versprach.

Der Erste Offizier des Schlachtschiffes legte mir die inzwischen angefertigten Karten des automatischen Bildgeräts vor. Kapitän Tarts kam näher.

Kritisch sprachen wir die einzelnen Punkte durch, bis ich mich schließlich doch für die Hochebene entschied.

„Man wird einen guten Zugang zum Meer schaffen können", meinte Tarts. „Notfalls brennen wir mit einem kleinen Impulsgeschütz eine breite Serpentinenstraße in das Randgebirge. Ich sehe da eine große, windgeschützte Bucht. Sie dürfte sich als Hafen eignen. Diese Welt besteht zum größten Teil aus Wasser. Unsere Kolonisten, vordringlich aber die Eingeborenen, werden nicht umhin können, sich mit der Schiffahrt vertraut zu machen. Entsprechende Ausrüstungen sind auf Larsa zu finden. Ich würde sogar vorschlagen, den Planeten als Flottenstützpunkt zu wählen. Er liegt an den äußersten Grenzen des Imperiums. Wer weiß, ob wir in diesem unbedeutenden Spiralarm der Galaxis nicht einmal auf Reparaturwerften angewiesen sind. Du mußt dich entscheiden, Atlan."

Ich markierte das vorgesehene Gebiet auf den Karten mit roter Farbe. Dabei dachte ich schaudernd an die mächtigen Eiskappen der beiden Pole. Die weit südlich und nördlich sichtbaren Länder schienen von abtauenden Gletschern bedeckt zu sein.

„Hier bleiben wir", entschied ich. „Ich möchte mich vom Stand der Eingeborenenkulturen überzeugen. Rufe die Einsatzkommandos zusammen."

Tarts erteilte die entsprechenden Befehle. Unter dem Triebwerkswulst der TOSOMA schob sich die Mündung eines schweren Psychostrahlers ins Freie.

Was dann folgte, war eine reine Routineangelegenheit. Wenn es da unten einigermaßen intelligentes Leben gab, mußte es auf unsere Suggestivbefehle ansprechen.

Der Psychooffizier des Schiffes sprach einige Worte in das Mikrophon. Sie wurden in Paraschwingungen umgewandelt und von dem Geschütz in breiter Fächerform ausgestrahlt.

Wir warteten noch zwei Stunden, bis ich mich zur Landung entschloß. Langsam glitt das Schlachtschiff tiefer, bis dicht unter dem irrlichternden Schein des justierten Antigravitationsfeldes die weiße Brandung der Küste sichtbar wurde.

Unser achthundert Meter durchmessender Kugelriese setzte nahe des Ufergebirges auf. Unter den mächtigen Landetellern der Teleskopbeine gab der weiche Grund der Steppe nach, bis wir festen Fels erreichten. Ich war zum erstenmal auf dem dritten Planeten von Larsafs Stern gelandet.

Die Analysen der Wasser- und Bodenproben waren zufriedenstellend.

Als wir die Schleuse öffneten und die reine, würzige Luft einströmen ließen, näherten sich die ersten Lebewesen.

Tarts' Gebrüll regte mich auf. Er konnte niemals unterlassen, nach einer erfolgten Landung schwerbewaffnete Einheiten auszuschiffen. Trotz aller Toleranz gehörte er zu jenen Kommandanten, die der Sicherheit ihres Schiffes den Vorrang gaben.

Die schweren Kampfroboter unter dem Kommando von Leutnant Ketlar schwebten, getragen durch ihre Antigravfelder, aus den kleinen Luken des Ringwulsts. Ketlar schaute zu den hastenden Eingeborenen hinüber. Sie beeilten sich, die durch den Psychostrahler erhaltenen Befehle zu befolgen.

Ich verzichtete auf das übliche Zeremoniell, was Tarts mißmutig das Gesicht verziehen ließ. Er hatte es noch nie versäumt, nach einer Erstlandung die Symbole des Imperiums feierlich in den Boden zu stecken und die althergebrachten Worte zu sprechen.

„Noch wissen wir nicht, ob wir hier bleiben dürfen", sprach ich ihn ironisch an. „Warum so eilig, Lehrmeister? Soviel ich sehe, haben diese Wesen keine Waffen aus Stein. Sie tragen sauber gearbeitete Streitäxte aus Bronze, Lederschilde und brauchbare Bogen mit langen Pfeilen. Das ist wenigstens Intelligenzstufe A-5."

„Diese hier sind die am höchsten entwickelten Eingeborenen, Erhabener", beeilte sich der Kolonialbeamte zu sagen, den wir auf Larsa eingeladen hatten.

Ich schaute ihn zweifelnd an.

„Das stimmt", brummte Tarts unwillig. „Ich kenne die Unterlagen. Die Lebewesen weiter nördlich beherrschen die Metallbearbeitung noch nicht, desgleichen kennen sie keine gewebten Stoffe. Sie tragen noch Tierfelle. Hier haben sich sehr unterschiedliche Volksstämme entwickelt."

Ich verließ die TOSOMA durch die kleine Bodenschleuse und bestieg den flachen Gleitwagen, der mich in wenigen Augenblicken zu den in einer Gruppe stehenden Eingeborenen hinüberbrachte.

Aus stumpfen Augen sahen sie mich an. Unsere Mediziner und Biologen sonderten einige Leute beiderlei Geschlechts ab, um sie an Bord zu untersuchen.

Es waren hochgewachsene, sehr muskulöse Gestalten mit rötlichbrauner Hautfärbung. Die Gesichter waren klar und offen, die Stirnen hoch und von tiefschwarzen Haaren überschattet. Sie waren wirklich sehr arkonidenähnlich, diese unwissenden Barbaren.

Ich ließ den Suggestivbann vorsichtig aufheben. Als sie wieder im Besitz ihrer geistigen Kräfte waren und die Sachlage erfaßten, begann die erwartete Massenflucht.

Ich geduldete mich, bis unsere Galaktopsychologen das Nötige getan hatten. Es gehörte Fingerspitzengefühl dazu, aufgeschreckte Gemüter zu beruhigen und sie davon zu überzeugen, daß ihnen kein Unheil widerfahren würde.

Tarts gab keine Ruhe, bis ich den weiten, prächtig bestickten Umhang mit den Symbolen der herrschenden Dynastie über die Schultern legte und die vorgeschriebenen Worte sprach.

Die Eingeborenen lagen vor mir auf dem Boden und bargen die Gesichter in den Händen.

Inkar, der noch junge, tatenhungrige Kommandant des Schlachtkreuzers PAITO, sagte in dem Augenblick leise: „Das Sonnensymbol deiner Familie dürfte für diese Leute ein heiliges Zeichen werden."

Ich war unangenehm berührt, obwohl unsere Psychologen behaupteten, eine gewisse Verherrlichung könnte niemals etwas schaden.

Es dauerte vier Stunden, bis die ersten Berichte der Forschungsabteilungen vorlagen. Ich hatte einige Beiboote in die nördlichen Gebiete geschickt. Als sie zurückkamen, stand es fest, daß die dort lebenden Wesen tatsächlich auf einer wesentlich tieferen Kulturstufe standen als jene, die ich hier auf der Insel angetroffen hatte.

Inkar, dessen Schiff auf Larsa zurückgeblieben war, bemühte sich bereits um eine Verständigung. Die ersten Übersetzungen wurden von dem Kommunikator-Robot geliefert. Sie hatten eine einfache, leicht begreifliche Sprache, diese braunhäutigen Burschen.

Ich brach das Zeremoniell endgültig ab. Tarts, mein alter Freund und Lehrmeister, ließ es sich jedoch nicht nehmen, das von uns in Besitz genommene Landgebiet nach mir Atlantis zu nennen.

Seufzend ließ ich auch noch diesen Akt über mich ergehen, um dann an Bord meines Flaggschiffs die nötigen Befehle auszuarbeiten.

Inkar flog mit einem Beiboot der TOSOMA zum zweiten Planeten zurück, um den Abtransport der fünfzigtausend Zakreber zu organisieren.

Ich setzte einen Hyperfunkspruch an den Großen Rat ab, in dem ich mitteilte, welche Maßnahmen ich im Interesse unserer gefährdeten Kolonisten ergriffen hatte.

Die Bestätigung kam einige Stunden später an. Mein ehrwürdiger Oheim erteilte mir persönlich den Befehl, die Siedler einstweilen zum dritten Planeten zu befördern und dort provisorische Unterkünfte zu schaffen. Zugleich kündigte er die baldige Ankunft einer Transportflotte an, die all das mitbringen sollte, was zum schnellen Aufbau einer Kolonie erforderlich war.

Ich neigte vor dem Bildschirm mein Haupt und legte die rechte Hand auf die Brust. Mein ferner Gesprächspartner lächelte. Die Bildverbindung war ob der großen Entfernung sehr schlecht, denn es gab keine geschlossene Kette von Relaisstationen.

„Du wirst noch einige Zeit in diesem System verweilen müssen, Atlan. Die Aussagen des ehemaligen Administrators Amonar deuten auf eine Verschwörung hin, die nicht nur den zweiten Planeten von Larsafs Stern betreffen. Das Imperium benötigt einen verantwortungsbewußten Mann an Ort und Stelle. Ich erteile dir alle Vollmachten."

Sein Befehl war unumstößlich. Als das Bild verblaßte, hörte ich Tarts laut und ärgerlich lachen. Die Männer der Funkzentrale sahen mich an.

„Da haben wir es", sagte der alte Kommandant. „Mußtest du unbedingt anrufen? Ich glaube, daß wir nun für einige Jahre in diesem kümmerlichen System festsitzen, sozusagen in Erwartung eines Angriffs, der niemals stattfinden wird. Mir ist bekannt, daß noch nicht einmal die galaktischen Händler über die Existenz dieser neun Planeten informiert sind."

Ich grollte mit mir selbst. Wenn ich sofort abgeflogen wäre, hätte der Große Rat einen anderen Kommandanten schicken müssen. Sicherlich gab es in den Aufruhrgebieten der Galaxis für mich mehr zu tun als auf einer Welt, deren Bewohner vor uns im Staub lagen, um unser Wohlwollen zu erflehen.

Am nächsten Tag starteten wir. Ich ließ ein Kommando unter Captain Feltif zurück, desgleichen fahrbare Projektoren und Planierungsmaschinen.

Als eine Woche später die Kreuzer meines Verbandes in die Lufthülle des dritten Planeten vorstießen und die ersten Zakrebsiedler ausschifften, existierte bereits ein provisorischer Raumhafen mit einem meterstarken, festen Untergrund.

Captain Feltif, unser Aufbauplaner, hatte kurzerhand einen Teil des Hochplateaus mit Impulsgeschützen verflüssigt und das zu einer glatten Fläche zerlaufene Felsgestein erkalten lassen.

Etwa vierzehn Tage später kam die vom Imperator angekündigte Transportflotte an. Die dritte Welt von Larsafs Stern erhielt eine eigene Administration.

Während die ausgeschleusten Spezialroboter unverzüglich mit der Arbeit begannen und nach vorliegenden Schemaplänen kleine Ansiedlungen errichteten, erhielt ich die Anweisung, unter Zurücklassung eines bewaffneten Forschungskommandos in den Raum zu starten.

Raumadmiral Sakal stand in schwerer Abwehrschlacht gegen Methanatmer, die die Grenzen unseres Reiches mit erheblichen Flottenaufgeboten und neuartigen Waffen bedrängten.

Damit ergab sich für mich die willkommene Gelegenheit, von Atlantis zu verschwinden.

Ich ließ eine Schutztruppe unter dem Befehl von Captain Feltif zurück, untersuchte nochmals jeden einzelnen Planeten des kleinen Systems auf eventuell vorhandene Intelligenzen und rüstete dann zum Aufbruch.

Nur die dritte Welt hatte eigenes Leben entwickelt. Ich konnte beruhigt abfliegen und dem Rat mitteilen, meine Aufgabe sei vorerst erfüllt.

Ich startete mit dem Schlachtschiff TOSOMA, den Schlachtkreuzern PAITO und ASSOR, wartete in Höhe der vierten Planetenbahn auf meine nachkommenden Schweren und Leichten Kreuzer, um sodann unverzüglich zur ersten Transition anzusetzen.

Der Krieg gegen die Methanatmer strebte in jenen Tagen, als die auf Atlantis gelandeten Siedler damit begannen, ihre neue Heimat aufzubauen, einem Höhepunkt zu.

Ich aber war glücklich, wieder dichter zum sternwimmelnden Zentrum der Milchstraße vorstoßen zu dürfen. Wir waren uns darüber klar, daß uns ein schwerer und harter Kampf bevorstand.

Im Flottenstützpunkt Alslafton VI übernahm ich für mein Geschwader Proviant, Frischwasser und Reaktionsbrennstoff. Aus dem sogenannten Nebelsektor kamen besorgniserregende Nachrichten an. Es war, als hätten sich sämtliche nichtarkonidischen Intelligenzen plötzlich gegen uns verschworen.

Als ich endlich auf dem vorgeschobenen Planetenstützpunkt Jangtu eintraf und mich bei Admiral Sakàl meldete, hatte ich längst vergessen, daß mehr als dreißigtausend Lichtjahre entfernt eine kleine, gelbe Sonne existierte, die wir nach ihrem Entdecker Larsafs Stern genannt hatten.

Ich dachte auch keine Sekunde an einen kleinen Kontinent, dem der Kommandant meines Flaggschiffs den Namen Atlantis verliehen hatte. Es war alles so unwichtig geworden. Das Große Imperium unter Arkons Vorherrschaft rang um sein Weiterbestehen.

Der sogenannte Methankrieg nahm all unsere Kraft in Anspruch. Wir wußten zu jener Zeit noch nicht, daß er unser Volk zum Ausbluten und das Imperium an den Rand des Abgrunds bringen würde.

Wäre das nicht so gewesen, hätte ich zwei Jahre später fraglos Mittel und Wege gefunden, um ein anderes, umheimliches Geschehen wenigstens teilweise zu verhindern.

Der Brennpunkt der fünfunddreißigsten Auffangschlacht war nur noch ungefähr drei Lichtjahre entfernt. Es ging diesmal um das Koàl-System, dessen Bewohner in fliegender Eile evakuiert wurden.

Ich war vier Wochen vor Beginn des neuen Großangriffs auf dem Flottenstützpunkt Alaget III gelandet, um die überbeanspruchten Maschinen meiner Schiffe überholen und die abgenutzten Waffen erneuern zu lassen.

Auf Alaget herrschte ein Chaos ohnegleichen. Ich hatte all meinen Einfluß aufbieten müssen, um mit den Raumern meines Verbandes in die Werft zu kommen.

Überall standen schwer angeschossene Einheiten der Imperiumsflotte herum, überall waren Kommandanten und Geschwaderchefs bemüht, als Ersatz für gefallene Raumfahrer neue Mannschaften zu erhalten.

Ich war noch sehr gut daran, da es bekannt war, daß ich Atlan aus der herrschenden Dynastie war.

Kapitän Inkar erhielt an Stelle seines raumuntauglichen Wracks einen nagelneuen Schlachtkreuzer der Fusufklasse. Er nannte ihn nach seinem alten Schiff PAITO. Auch gelang es mir, zehn Leichte Kreuzer zu bekommen.

So war ich praktisch wieder gefechtsklar und wohlausgerüstet, als Kapitän Tarts an die Tür meiner Kajüte klopfte. Ich wunderte mich, daß er nicht die Bildsprechverbindung benutzt hatte.

Nachdem er eingetreten war, legte er wortlos den beschrifteten Kunststoffstreifen des Dechiffrierautomaten auf den Klapptisch.

Tiefe Sorge sprach aus seinem faltigen Gesicht. Ich hatte ihm vor einigen Wochen eine biochemische Verjüngung bewilligt, aber bisher war es noch nicht möglich gewesen, ein entsprechend ausgerüstetes Labor zu erreichen. An den Grenzen des Reiches gab es so etwas nicht mehr.

„Neue Rückschläge, Alter?“ fragte ich bestürzt und griff nach dem Streifen.

Er lachte rauh. Seine roten Augen waren entzündet.

„Von deinem Oheim, Seiner Erhabenheit persönlich", sagte er müde. „Atlan, das gefällt mir nicht. Jemand ist uns in den Rücken gefallen. Wir werden sofort aus der Schlacht abgezogen und in höchster Eile verlegt. Weißt du wohin?"

Ich las den Funkspruch durch. Er trug die persönlichen Kodezeichen des Imperators.

„Larsafs Stern?" überlegte ich laut. „Larsafs Stern ..."

„Das ist jenes winzige System, das wir vor zwei Jahren verlassen haben. Die dortigen Kolonisten haben wieder einmal einen Notruf an den Großen Rat geschickt, nur scheint es sich diesmal nicht um die Übergriffe eines größenwahnsinnigen Beamten zu handeln, sondern um eine ernstere Sache. Wir werden angewiesen, voll auszurüsten und augenblicklich den betreffenden Raumsektor anzufliegen."

Ich schaute auf die eingeschalteten Bildschirme in der großen Admiralskajüte. Draußen, auf dem weiten Gelände der Werft, drängten sich erregte Arkoniden aus allen Teilen des Sternreichs.

All die kleinlichen Streitigkeiten um Souveränität und Handelsbeziehungen waren vergessen. Jetzt ging es darum, methanatmende Intelligenzen abzuwehren.

„Und ausgerechnet jetzt sollen wir zu jenem lächerlichen Sternchen", grollte ich erbost. „Mein ehrwürdiger Oheim scheint vergessen zu haben, daß wir runde zweiunddreißigtausend Lichtjahre entfernt sind."

„Der hiesige Ausrüstungschef hat Sonderbefehle erhalten", begütigte Tarts, ein glühender Verehrer meiner Familie. „Wir werden noch einige neue Kreuzer bekommen."

Ich stand ruckartig auf, griff nach dem wulstigen Bildfunk-Helm und schritt auf die Türen zu. Was mochte im Gebiet von Larsaf geschehen sein?

Bereits zwölf Stunden später startete ich mit meinem Verband, der nunmehr aus dem Schlachtschiff TOSOMA, den Schlachtkreuzern PAITO und ASSOR sowie 42 Schweren und Leichten Kreuzern bestand.

Die kurze Lagebesprechung hatte ich über Bildsprechfunk gehalten. Meine Kommandanten wußten, worum es ging.

Laut Funkspruch hatte ich nahe dem Estaf-System weitere Informationen abzuwarten. Als wir dort ankamen, wartete bereits ein

Kurierboot. Die Nachrichten wurden von einem Beauftragten des Rates überbracht.

Ich ging mit dem Geschwader auf Kurs, überließ Tarts die Transitionsbesprechungen und vertiefte mich inzwischen in die erhaltenen Anweisungen.

Danach schien der zweite Planet von Larsafs Stern Angriffen aus den Tiefen des unbekannten Raumes ausgesetzt zu sein. Mehr als hunderttausend Kolonisten sollten bereits auf rätselhafte Weise verschwunden sein.

Ich rief Tarts zu mir und schaltete die Kommandanten der einzelnen Schiffe in die Unterredung ein.

„Geschwaderchef an alle!“ dröhnte es aus den Lautsprechern meines Geräts. „BF-Gespräch, geheim, umschalten auf Schlüssel 2020-34-176, klar für Zerhacker, Rafferimpulse nach Kode 2534-B. Melden Sie sich fertig für Empfang, Bestätigung.“

Ich lauschte auf die knappen Anweisungen. Nach einigen Minuten liefen die Klarmeldungen der Kommandanten ein. Mein Verband stand kurz vor der Transition. Die Sammelschaltungen meines Flaggschiffs versorgten die strukturellen Krümmungskonverter mit den Daten.

Die Gesichter der Offiziere erschienen nacheinander im Unterteilungsnetz des zentralen Bildschirms. Tarts und ich setzten uns vor die Aufnahme.

„Fertig, Erhabener“, gab die Funkzentrale der TOSOMA durch.

Ich begann mit der kurzen Information: „Wir stoßen mit vier Transitionen zu Larsafs Stern vor. Den älteren Kommandanten sind die dortigen Verhältnisse bekannt. Es handelt sich um ein Neun-Planeten-System. Nummer zwei und drei sind von unseren Leuten besiedelt. Ich weiß nicht genau, was geschehen ist. Die Anweisungen des Großen Rates sind nicht ausführlich genug. Offenbar tappt man ebenfalls im dunkeln. Wir gehen mit Sprung vier ins System hinein und orten jeden Fremdkörper, der sich im Sonnensektor erkennen läßt. Vorsicht: Zwischen dem vierten und fünften Planeten erstreckt sich ein ausgedehnter Planetoidenring. Nach unseren Unterlagen handelt es sich um die Überreste eines zerplatzten Planeten. Verwechselt die kosmischen Gesteinsbrocken nicht mit gegnerischen Schiffen.“

Ich sah auf meine Unterlagen. Tarts gab als ältester Kapitän noch einige spezielle Hinweise auf Manöververhalten und Gefechtsbereitschaft direkt nach dem Sprungschock.

„Es handelt sich wahrscheinlich um Methanatmer", fuhr ich fort. „Diese Wesen scheinen mehr und mehr dazu überzugehen, einen Mehrfrontenkrieg anzustreben. Anscheinend verfügen sie über ungeheure Reserven. Wir können es nicht darauf ankommen lassen, auch nur ein Schiff zu verlieren. Unsere eigenen Einheiten wechseln den Erkennungskode nach Geschwaderkladde im Fünf-Stufen-Rhythmus. Eher wird eine Dechiffrierung durch den Gegner erfahrungsgemäß nicht möglich sein. Das wäre vorläufig alles. Wir müssen abwarten, was sich im Larsafsystem abgespielt hat."

Zehn Minuten später erfolgte die erste Transition. Nach dem vierten Sprung kamen wir im kleinen Planetenreich der gelben Sonne an.

Als der Rematerialisierungsschock vorüber war, gellten die Alarmpfeifen auf allen Einheiten meines Verbandes. Unsere Ortungsgeräte suchten den Raum ab, jedoch war nirgends ein fremder, aus Metall bestehender Körper zu entdecken. Die Energietaster zeigten nur die Impulswellen der eigenen Triebwerke an.

Wir rasten in breiter Zwanzig-Kilometer-Staffelung durch den planetarischen Raum, kreuzten die Bahnen der Welten fünf und vier, bis wir schließlich den dritten Planeten auf die Bildschirme bekamen.

Da ich davon überzeugt war, daß unsere Kolonisten während der beiden vergangenen Jahre einige kosmische Abwehrstellungen erbaut hatten, rief ich Atlantis über Hyperfunk an. Ich war nicht daran interessiert, durch das Abwehrfeuer der eigenen Leute etliche Schiffe zu verlieren.

Die Antwort kam nach fünf Minuten. Wir standen bereits dicht vor der Umlaufbahn von Nummer drei.

Captain Feltif, der Spezialist für Aufbauplanung, wurde auf dem Hyperschirm erkennbar. Als er mich auf seinem Gerät sah, entspannte sich sein verkrampftes Gesicht zu einem strahlenden Lachen.

„Atlan!" schrie er freudig erregt. „Ich wußte es. Bei uns ist alles in Ordnung. Ich bin dabei, die Eingeborenen in die Wälder zu schicken und Atlopolis räumen zu lassen. Der Ausbau unserer Provinzfestungen läuft. Ich lasse einfache Steinbauten auf beiden Südkontinenten errichten, um beim Gegner den Eindruck zu erwecken, es handle sich um Erzeugnisse primitiver Völker. Ein Evakuierungsplan wird die Siedler notfalls in diese Gebiete flüchten lassen. Lebensmittelvorräte sind angelegt worden. Unsere beiden Frachtschiffe habe ich mit Katastrophenbesatzung in den Ozean tauchen lassen, wo sie auf Grund liegend die Sachlage abwarten. Unter Umständen werden wir uns unter die Wasseroberfläche zurückziehen."

Feltif erklärte hastig weiter. Ich sah, daß sich meine Stabsoffiziere entgeistert ansahen. Was war hier eigentlich geschehen? Seit wann flüchtete man vor Angriffen der Methans in primitive Steinburgen und in die Wälder? Wenn die Nichtarkonidischen kamen, dann verglühten die Oberflächen der für sie giftigen Sauerstoffplaneten.

Mein Planungsingenieur schilderte noch immer diese und jene Maßnahmen. Er mußte unglaubliche Dinge geleistet haben. Wir aber verstanden nicht, worum es ging. Schließlich unterbrach ich ihn durch das Erheben beider Hände.

Weit vor uns wurde die kleine, unscheinbare Sonne zum grellen Glutball. Wir mußten in nächster Nähe an ihr vorbei, wenn wir den jenseits des Sterns stehenden zweiten Planeten erreichen wollten. Unsere Fahrt wurde durch ständige Energieentfaltung auf fünf Prozent unter Licht gehalten. Die schubschwachen Maschinen der Leichten Kreuzer arbeiteten bei diesen Werten mit intermittierender Stützmasseneinspritzung, was eine baldige Auffüllung der Tanks bedingte. Unsere Impulskonverter verdauten praktisch jede denkbare Materie, allerdings vorausgesetzt, ihr Schmelzpunkt lag nicht über 1650 Grad.

Captain Feltif unterbrach sich mitten im Wort. Sein gebräuntes Gesicht drückte Verwunderung aus. Er schien mit unserem Verhalten ebensowenig anfangen zu können wie wir mit dem seinen.

„Ich habe den Eindruck, wir reden aneinander vorbei", gab ich über Hyperfunk durch. „Ich bin hierhergekommen in der Meinung, die Methans hätten dieses System angegriffen. Was ist wirklich los? Was sollen deine Evakuierungsmaßnahmen bedeuten? Oder seid ihr völlig unwissend, was in letzter Zeit geschehen ist? Existieren etwa keine Nachschubverbindungen zu Arkon mehr?"

„Doch, ja, natürlich, Erhabener", stotterte der Ingenieur verblüfft. „Selbstverständlich sind wir genau informiert. Vor einem Jahr schon erhielten wir komplette Geschützstellungen direkt von Arkon, dazu

Spezialisten für bodengebundene Raumabwehr. Darum geht es aber auch gar nicht, Erhabener.“

Tarts, mein alter Ausbilder im Auftrag des Imperators, fluchte lautstark.

„Bei allen Geistern Arkons, was ist eigentlich los?“ schrie ich wütend. „Kann man denn nirgends eine klare Auskunft erhalten? Weshalb bin ich angefordert worden?“

Feltif sah ein, daß wir völlig ahnungslos waren. Entsetzen prägte seine Züge.

„Vorsicht, Erhabener!“ rief er hastig zurück. „Unsere Mathematiker sind dabei, die Phänomene zu berechnen. Es erfolgen intervallartige, aber gänzlich unterschiedliche Angriffe, die wir nur gelegentlich meßtechnisch orten können. Es sieht so aus, als läge keine gesteuerte Planung vor, sondern ein blitzschnelles Zuschlagen bei jeder passenden Gelegenheit. Es ist nicht leicht zu erklären. Fünfdimensionale Taster bringen klare Energieechos, aber die Individual-Schwingungsmesser versagen. Wir nehmen an, daß der Feind überdimensional ist.“

Ich unterdrückte einen beginnenden Zornesausbruch und versuchte, die Impulse meines Extrahirns zu ignorieren. Es fragte hartnäckig an, weshalb man mich wegen solcher Geschehnisse vom Kriegsschauplatz abgezogen hätte.

„Weiter!“ sagte ich innerlich bebend. „Fahre fort mit dem Unfug.“

„Ich bitte um Verzeihung, Erhabener“, entgegnete Feltif offenkundig verzweifelt. „Es bleibt mir aber keine andere Wahl, als dir das zu sagen, was sich wirklich ereignet hat. Genaue Berichte sind an den Großen Rat abgegangen. Bist du nicht informiert worden?“

„Wir haben andere Sorgen, Captain“, wies ich ihn erbost zurecht. „Wir stehen im fürchterlichsten Kampf der Imperiumsgeschichte. Jedes Schiff wird benötigt, jeder einzelne Mann. Wie kann man da erwarten, daß die besten Köpfe des Rates von Arkon einer unglaublichen Geschichte nachgehen? Es genügt bereits, daß ich mit meinem Elitegeschwader aus dem Brennpunkt der Geschehnisse abgezogen worden bin.“

„Ich stelle mich dem Richterkollegium zur Verfügung, Erhabener“, antwortete Feltif ausdruckslos. „Meine Enkel sollen verflucht sein, wenn ich nicht von Tatsachen spreche. Auf Larsa, dem zweiten Planeten von Larsafs Stern, sind bereits über hundertfünfzigtausend

Kolonisten spurlos verschollen. Es ist kein einziger Schuß von fremder Seite gefallen, keine Bombe explodierte, und niemand versuchte zu landen. Wir wehrten uns verzweifelt, aber wir schossen durch Unsichtbare hindurch. Ich habe persönlich gesehen, wie einige Männer des Schutzkommandos direkt vor meinen Augen schattenhaft wurden, ehe sie wie bei einer Entmaterialisierung verschwanden. Wir haben unbekannte Raumschiffe entdeckt, aber wir konnten sie nicht fassen. Es sind auch keine bewaffneten Einheiten mehr hier, Erhabener. Jeder verfügbare Kreuzer der kolonialen Schutzflotte wurde bereits vor Jahresfrist abberufen. Wir besitzen noch unsere beiden Frachtschiffe am Grund des Ozeans."

Mein Zorn verrauchte. Ich kannte Feltif gut genug, um zu wissen, daß er keinen Unsinn erzählte. Auch Tarts schien nachdenklich geworden zu sein. Sein Gesicht war verkniffen. Auf seinen Befehl hin hatte die Funkzentrale der TOSOMA auf Rundumsendung geschaltet. Die Kommandanten und Offiziere der anderen Einheiten hörten mit.

„Ist Atlantis ebenfalls angegriffen worden?" erkundigte ich mich nun beunruhigt.

„Nein, Erhabener, nur die Kolonisten auf dem zweiten Planeten. Wir sind wahrscheinlich zu unbedeutend. Außerdem habe ich, wie schon erwähnt, alle Schutzmaßnahmen getroffen. Die Larsakolonie ist bereits zu groß und unbeweglich geworden. Vor einem Jahr habe ich ein Geburtengesetz erlassen. Ich wollte verhindern, daß Kleinstkinder in das Chaos einbezogen werden. Ich bitte um nachträgliche Billigung der Anordnung."

Ich bewegte zustimmend die Hand. Feltif hatte folgerichtig und daher einwandfrei gehandelt.

Mittlerweile rasten wir an der Sonne des Larsaf vorbei. Ich vernahm das Anspringen der längst betriebsbereiten Schutzschirmprojektoren. Unter unseren mächtigen Kraftfeldern wurden mühelos die Strahlungen des kleinen Sterns absorbiert oder reflektiert. Das Flammen und Leuchten in den Außenbezirken unserer sichtbar werdenden Glokkenschirme mäßigte sich, je weiter wir uns von dem Glutofen entfernten.

Minuten später erfolgte das Einschwenkmanöver unter gleichzeitiger Bremsverzögerung mit dem Wert von 500 km/sec^2. Wir näherten uns dem Punkt, an dem der zweite Planet bei unserem Eintreffen stehen mußte.

Die Verbindung mit Captain Feltif war nach wie vor klar, als die Meldung des Kommandanten Henos durchkam.

Unsere Funkzentrale überlagerte rücksichtslos das überflüssig werdende Gespräch.

Henos' laute Stimme schien in jeden Winkel der Schlachtschiffzentrale zu dringen. „Kreuzer TANTOR, Kommandant Henos an Kristallprinz: Ich orte einen Fremdkörper. Schlechtes Hyperecho. Normaltaster sprechen nicht an. Punktauswertung nur zehn hoch drei pro Meßsektor, keine Bildmessung. Körper scheint nebelhaft. Energieberechnung unmöglich. Übergeordnete Impulse. Es ist, als befände sich das unbekannte Schiff halb im Hyperraum und zur anderen Hälfte im Normaluniversum. Ich bitte um Befehle."

„Vorsicht!" hörte ich jemanden in höchster Lautstärke schreien. Es war Feltif, der die Meldung über die Aufnahme mitgehört hatte. „Vorsicht!" wiederholte er. „So hat es immer angefangen. Der letzte Überfall erfolgte vor drei Monaten und zwei Tagen. Sie kommen wieder, aber völlig unzeitgemäß nach unseren Wahrscheinlichkeitsdaten. Erhabener, sie werden angreifen!"

Der diensthabende Funkmeßoffizier der TOSOMA unterbrach die Verbindung. Es war richtig. Von nun an hatte er sich nur noch um die Sicherheit des Flaggschiffs zu kümmern.

Weit vor uns hing die hell leuchtende Halbsichel des zweiten Planeten im Raum. Die mächtige Wolkenhülle dieser Welt reflektierte das Sonnenlicht so stark, daß ich sie unter hundert anderen Himmelskörpern herausgefunden hätte.

Ich schaute mich nach Kapitän Tarts um. Als ich seine plötzlich aufrecht stehende, kraftgeladen wirkende Gestalt bemerkte, drückte ich wortlos auf den Alarmknopf. Überlichtschnelle Kodesignale zuckten aus den Antennen meines Flaggschiffs.

Die Kreuzer des Verbandes spritzten auseinander, als gelte es, einer plötzlich entstehenden Supernova auszuweichen.

Ich hörte das Heulen der Triebwerke im Äquatorwulst der riesigen TOSOMA. Sekunden später bekamen wir ebenfalls ein Echo. Die von Henos durchgegebenen Leitzahlen stimmten haargenau.

Tarts grinste bissig. Sein Gesicht erinnerte mich an den atlantischen

Marmor, den die zakrebischen Siedler kurz nach der Landung so begeistert gelobt hatten.

Dieser Stein sollte blütenweiß und von feinen, rötlichen Adern durchzogen sein. Genauso schimmerte Tarts' Gesicht.

Augenblicke danach wurde ich vom harten Rückstoß einer geschlossenen Impulssalve nach Feuerlee geschleudert.

Ein Mann der Besatzung fing mich auf.

„Ich schätze, diese geheimnisvollen Angreifer sind diesmal auf die falschen Leute getroffen, was?" hörte ich einen blutjungen Leutnant sagen.

Ich schaute augenzwinkernd zu Tarts hinüber. Er hatte seine Gefechtsposition eingenommen. Er nickte kurz. Dann lauschte er wieder auf die Meldungen aus den einzelnen Zentralen.

Ich war natürlich auch der Meinung, mit dem Phantom schnell fertig werden zu können.

„Kreuzverband zehn Grad Untergravo zur Ekliptik einschwenken", ordnete ich an. „ASSOR und PAITO Keilangriff. TOSOMA direkt frontal mit Vorhalt für zweieinhalb Prozent Unterlicht, Manuellfeuer. Fertig? Los!"

Vom atomaren Lohen vor den Mündungen unserer Impulskanonen konnte ich nichts sehen. Der materielose Raum machte die lichtschnellen Schußbahnen nicht sichtbar.

Wohl aber vernahm ich das fürchterliche Dröhnen innerhalb der Kugelzelle. Die Automatik des Sicherheitssessels stülpte mir den gepolsterten Gefechtshelm über den Schädel. Wir schalteten um auf bildlosen Sprechfunkverkehr.

Von nun an konnte man meine Anordnungen überall im Schiff hören. Die Vermittlungszentrale lag auf Hyperfunkwelle unter Rafferkode. Alle Befehle wurden in Sekundenbruchteilen verschlüsselt, umgeformt und abgestrahlt. Die Kommandanten hörten direkt mit. Eine Verzögerung erfolgte nur durch die von den Chiffreautomaten benötigte Arbeitszeit. Es handelte sich um etwa $^1/_{10}$ Sekunde.

Ich wartete auf die Treffermeldung. Einer von uns mußte den Fremden ja erwischen.

Ein Aufschrei dröhnte aus den Lautsprechern hervor, als wäre er nochmals zusätzlich verstärkt worden.

Ich fuhr aus meinem Gefechtssessel auf. In der Zentrale der

TOSOMA hatten erfahrene Offiziere aus den Abwehrschlachten im Nebelsektor den Kopf weit nach hinten gelegt, um ungläubig und wie gebannt auf die Galerie der rundum angebrachten Bildschirme zu blicken.

Es war aber nichts zu sehen. Der Gegner stand zu weit entfernt, und die Sonne des Larsaf war zu schwach, um auf der Panzerzelle des unbekannten Schiffes leuchtende Reflexe zu erzeugen.

Wir schossen immer noch, aber eine Erfolgsmeldung kam nicht durch. Nur der Schwere Kreuzer IGITA unter dem besonnenen Kommandanten Cerbus gab bekannt, das geortete Objekt sei scharf abgeschwenkt, um den Energiesalven zu entgehen.

Wir erfuhren nicht, was der Aufschrei zu bedeuten hatte, bis die Robotauswertung der Funkzentrale in maschineller Nüchternheit durchgab: „Besatzung Leichter Kreuzer MATATO ausgefallen, Funkstille, Schiff unversehrt, bleibt auf Trefferkurs, spricht nicht mehr an auf Sammelschaltung, Ende.“

Wieso konnte der Kreuzer unbeschädigt sein, wenn seine Mannschaft ausgefallen war? Außerdem lag das Schiff noch auf Trefferkurs, also weiterhin in Zielanflug auf etwa zehn Grad.

Während ich noch krampfhaft überlegte, meldete der Schlachtkreuzer PAITO unter Kapitän Inkar, das fremde Objekt sei plötzlich verschwunden. Wahrscheinlich wäre es in die Transition gegangen. Dagegen sprach aber die Tatsache, daß die leistungsfähigen Strukturorter meines Flaggschiffs kein Sprunggeräusch aufgenommen hatten. Bei der nahen Entfernung von bestenfalls drei Millionen Kilometern war es praktisch ausgeschlossen, eine noch so schwache Transition zu überhören. Eine Krümmungserschütterung ließ sich nicht verheimlichen.

Als wir kein Ziel mehr fanden, brach ich das einseitige Gefecht ab und befahl, den planlos weiterrasenden Kreuzer MATATO mit einem Bergungsstrahl einzufangen.

Der ganze Verband flog ein kompliziertes Anpassungsmanöver, das fast zwei Stunden beanspruchte. Anschließend hatten wir das nur einhundert Meter große Kugelschiff in den Traktor-Zugstrahlen. Die MATATO kam immer näher an das Flaggschiff heran.

Während des eigenartigen Gefechtes hatten wir unseren ehemaligen Kurs verlassen. Der zweite Planet war nur noch als blasses

Scheibchen zwischen den dünngesäten Sternen dieses Milchstraßensektors zu sehen.

Als der Kreuzer endlich an unsere Breitseite gefesselt war, meldete sich der Kommandierende Offizier des Bergungskommandos.

Leutnant Cunór blickte erstaunt auf meinen leichten Raumanzug. Ich klappte soeben den Helm über den Kopf und regulierte die Sauerstoffversorgung ein.

„Du gehst mit, Erhabener?" erkundigte er sich verwirrt.

„Allerdings", wies ich ihn knapp zurecht. „Bist du soweit?"

Fünfzehn Minuten später öffneten wir die untere Luftschleuse des Leichten Kreuzers, dessen Besatzung auf keinen Funkanruf mehr antwortete.

Wir stiegen mit fünfzig Mann ein. Ich hatte meine Waffe schußbereit in den Händen. Kapitän Tarts war entgegen meiner Anordnung ebenfalls mitgekommen. Ich hörte seine schweren Atemzüge im Lautsprecher meines Helmgeräts. Ich wollte ihn nicht rügen, aber er verstand meinen Blick. Unmutig runzelte er die Brauen.

Es war, als hätte die MATATO niemals eine Besatzung besessen. Wir durchstreiften jeden Raum, aber nirgends war ein Mann zu finden.

In der Zentrale des völlig intakten und unbeschädigten Schiffes trafen sich die einzelnen Suchtrupps.

Jeder, der hereinkam, breitete hilflos die Hände aus. Niemals zuvor hatte ich meine Männer so betroffen gesehen. Immer häufiger dachte ich an die Warnungen des Planungsoffiziers Feltif. Hatte er nicht von einem plötzlichen Verschwinden lebender Wesen gesprochen?

Als ich noch nachgrübelte, vernahm ich den drängenden Ruf. Jemand schrie nach Leutnant Cunór. Wir rannten zu dem bezeichneten Raum. Als man mir Platz machte, glaubte ich, mein Herz müsse aufhören zu schlagen.

Ein Mann der MATATO-Besatzung lag auf dem Boden. Sein Oberkörper war bis hinab zu den Oberschenkeln hart und fest wie Stein, aber seine Beine schlugen umher, als wäre er in größter Panik bemüht, vor einer unheimlichen Erscheinung die Flucht zu ergreifen.

Es war ein Bild, das mich erblassen ließ. Ich unterdrückte ein Ächzen, stieß Leutnant Cunór zur Seite und kniete neben dem Hilflosen nieder.

Als ich seinen Körper anheben wollte, gelang es mir nicht. Er war nicht nur wie fester Fels, sondern er wog auch soviel. Die Dichte des Organismus mußte sich grenzenlos gesteigert haben. Nur die zuckenden, über die Bodenplatten schabenden Beine fühlten sich normal an.

Ich machte einem Arzt Platz. Er versuchte, dem so eigenartig Verwundeten eine Injektion zu verabreichen. Es war unmöglich.

„Was ist das? So rede doch, was ist das?" schrie ich den Mediziner an. Er sah mich blaß und unsicher an. Er wußte es nicht.

Ich ordnete an, den Soldaten an Bord der TOSOMA zu bringen und dort alles zu versuchen, ihn wiederherzustellen. Ich ahnte, daß es sinnlos war.

Auf mein Flaggschiff zurückgekehrt, schleuste ich eine Notbesatzung aus. Niemals zuvor hatte ich die Männer so zögernd in ein Raumschiff der Flotte einsteigen sehen. Etwas Unheimliches, nicht Erfaßbares war geschehen.

Als wir wieder auf Kurs gegangen waren und die Landung dicht bevorstand, ließ sich Grun, mein Chefmathematiker, bei mir melden. Er erschien mit seinem Stab.

Grun war von relativ kleinem Wuchs und recht alt. Seiner auffallend glatten Haut sah man jedoch an, daß er eine biomedizinische Verjüngung erhalten hatte. Der Große Rat ging immer häufiger dazu über, wirklich fähigen Männern noch einige Lebensjahre zu schenken.

Kapitän Tarts hielt nebenan eine BF-Besprechung mit den Kommandanten ab. Ich widmete mich dem Wissenschaftler.

„Die Sache ist mehr ein physikalisches als ein medizinisches Rätsel, Erhabener", erklärte er. „Der Verletzte lebt. Die Nervenleiter der Beine sind stillgelegt worden. Wir haben beobachtet, daß sich die völlig erstarrt wirkende Hand des Mannes im Verlauf der letzten Stunde um etwa drei Millimeter nach links bewegte. Ich hatte entsprechende Anweisungen erlassen. Ich vermute, daß die totale Verdichtung des organischen Gewebes auf einen relativistischen Zeiteffekt zurückzuführen ist. Der in unserem Sinn normale Bewegungsablauf scheint für den Verletzten keine Gültigkeit mehr zu haben, was allerdings auf die Beine nicht zutrifft."

„Wahnsinn", sagte ich fassungslos. „Wie ist das zu erklären?"

„Die Berechnungen laufen, Erhabener. Wir denken an eine neuartige Waffe, deren Wirkung ausschließlich auf organisches Leben beschränkt ist. Es könnte sich um ein Konvertergeschütz handeln, dessen Feld im Zielbrennpunkt eine Stukturveränderung bewirkt. Organisches Material wird entmaterialisiert und in eine andere Ebene versetzt. Im vorliegenden Fall scheint es sich um einen Streifschuß zu handeln. Der Oberkörper des Mannes wurde von schwachen Feldausläufern nur berührt, die Beine blieben ganz verschont. Es erfolgte keine Entstofflichung, sondern nur eine Verdichtung. Zugleich hat eine Verschiebung der Eigenzeit stattgefunden. Möglicherweise erlebt der Verletzte alles, nur in einem viel langsameren Ablauf. Auf alle Fälle hat er die Hand bewegt. Die Beine sind seiner bewußten Geisteskontrolle entzogen."

Ich fühlte meine Augen feucht werden; ein Zeichen höchster Erregung. Grun hatte so nüchtern gesprochen, wie es nur ein Wissenschaftler vermochte.

„Was ist daraus zu folgern?" fragte ich nervös.

„Alles und nichts, Erhabener. Eine solche Waffe könnte auch den Krieg mit den Methans entscheiden. Es müßte gelingen, ein Schiff der Unbekannten zu erbeuten."

„Wie?" fragte ich.

Grun wußte wieder Rat. „Wir sollten den nächsten Angriff abwarten und auf die Verwendung normaler Mittel verzichten. Ich empfehle, die Impulstriebwerke einiger älterer Kreuzer als Strahlkanonen zu verwenden. Sie arbeiten auf überdimensionaler Basis. Es sollte eine Fernsteuerschaltung eingebaut werden, damit die Gefährdung der Mannschaften ausgeschlossen ist. Eventuell müßten wir den Verlust der Kreuzer in Kauf nehmen."

Grun war ein klarer Denker. Der Vorschlag erschien einleuchtend. Etwas gefiel mir jedoch nicht.

„Die waffentechnischen Fragen sind für mich als Chef eines Imperiumsgeschwaders erst in zweiter Linie wichtig", erklärte ich. „Ich möchte vordringlich wissen, mit wem wir es überhaupt zu tun haben. Ich halte es für ausgeschlossen, daß wir auf ein Raumschiff der Methans gestoßen sind. Wenn sie solche Waffen besäßen, hätten wir sie im Nebelsektor längst zu spüren bekommen. Ist es wahrscheinlich, daß wir hier mit gänzlich andersartigen Intelligenzen zusammengetroffen sind? Eventuell mit solchen, die von unserem Verzweiflungskampf mit den Methans überhaupt nichts wissen?"

„Wahrscheinlich mit siebenundneunzig Prozent", bestätigte der Physiker. „Ich habe es bereits durchgerechnet. Damit ergibt sich für uns eine völlig neuartige Situation."

Ich war ihm dankbar, daß er es unterließ, mich auf einen dringend erforderlichen Bericht an den Großen Rat von Arkon hinzuweisen. Ich hätte auch nichts mitzuteilen gewußt. Die Lage war so verworren, daß die weitere Entwicklung erst einmal abgewartet werden mußte.

Ich opferte die beiden ältesten Kreuzer des Verbandes als Versuchs-Waffenschiffe. Die Besatzungen wurden auf die herrenlose MATATO und die PAITO verteilt. Damit verfügte ich noch über vierzig Schwere und Leichte Kreuzer. Die beiden Fernlenkboote schrieb ich jetzt schon ab.

Nachdem sich Grun verabschiedet hatte, stieß ich mit den drei Einheiten meines Verbandes in die dichte, nebelartige Lufthülle des zweiten Planeten vor. Die Hauptstadt am Berghang nahe des Äquatorialmeers bot den Anblick einer von Flüchtlingen wimmelnden Siedlung.

Das große Robotgehirn in den Bergen, ehemals von dem verbrecherischen Administrator Amonar gebaut, war fast fertiggestellt. Nach der Landung gab ich sofort Befehl, alle verfügbaren Techniker abzustellen, um den doppelten Abwehrring dieser Robotfestung noch mehr zu verstärken.

Bereits drei Stunden später gingen die beiden alten Kreuzer TITSINA und VOLOP in die große und gut ausgerüstete Werft von Larsa. Wir machten alle Anstrengungen, die Querschnittsverstellung der mächtigen Impulsfelddüsen zu verändern und zuzüglich zur bereits existierenden Fernlenkelektronik eine halbautomatische, auf hyperkurze Steuersignale reagierende Waffenschaltung einzubauen. Es erforderte einen erheblichen Aufwand an Zeit, Material und Fachleuten, die mir auf Larsa aber in genügender Anzahl zur Verfügung gestellt wurden.

Anschließend besichtigte ich die Angriffsgebiete, in denen nunmehr hundertfünfzigtausend Kolonisten spurlos verschollen sein sollten.

Chefphysiker Grun war mit seinem Stab dabei, als wir die erste vollautomatische Farm betraten.

Die flachen Gebäude waren leer. Es fehlte nichts an den wertvollen Einrichtungen, nur waren die Siedler nicht mehr anwesend.

Die Wissenschaftler der planetarischen Administration legten eingehende Berechnungsunterlagen vor. Daraus war ersichtlich, daß die Oberfläche der Dschungelwelt in völlig unregelmäßigen Abständen von einem scharf begrenzten Feld berührt worden war, das die darin lebenden Kolonisten hatte verschwinden lassen.

Grun nannte den Angriffsstreifen „Relativfeld", womit alles und nichts gesagt war. Wir fanden lediglich heraus, daß es niemals zu einem planetenumspannenden Überfall gekommen war. Ich sprach mit einigen total verstörten Leuten, die sich in ihren Häusern aufgehalten hatten.

Nur wenige Meter entfernt waren Familienangehörige aufgelöst worden, und ihnen war überhaupt nichts geschehen.

Daraus war zu folgern, daß der Fächerstrahl – wenn es sich um einen solchen handelte – sehr scharf begrenzt war.

Grun war noch immer der Meinung, es handle sich um eine unerhört wirkungsvolle, überdimensionale Waffe, deren Funktionsgeheimnis wir unter allen Umständen entdecken müßten.

Ich war durchaus nicht so sicher, daß er den richtigen Gedanken hegte. Die Wissenschaftler von Larsa waren eher der Auffassung, der unbekannte Gegner würde lediglich einen ganz natürlich entstehenden Effekt ausnützen. Wenn man danach ging, mußten also die Fremden ständig auf der Lauer liegen, bis wieder etwas geschah, das für ihre Zwecke verwendbar war.

Nach all diesen Besprechungen und anstrengenden Unterhaltungen mit den Wissenschaftlern fühlte ich mich völlig erschöpft und zerschlagen.

Ich ordnete höchste Alarmbereitschaft an, forcierte den Ausbau des großen Robotgehirns in den Bergen und sorgte überdies dafür, daß die beiden Versuchskreuzer TITSINA und VOLOP in ständig wechselnden Arbeitsschichten umgebaut wurden.

Die überflüssig werdenden Normalwaffen ließ ich mitsamt den Energieaggregaten durch Schwebegleiter zum Festungsring des P-Gehirns bringen, wo die Kreuzerkanonen eingebaut wurden.

Meine letzte Maßnahme bestand in der Beschlagnahme der einundzwanzig großen Transportschiffe, die bisher der hiesigen Administration unterstanden hatten. Die dickbauchigen, kaum bewaffneten Einheiten wurden mit Lebensmitteln ausgerüstet und startklar gemacht. Wenn eine Evakuierung der zwei Millionen Kolonisten erforderlich sein sollte, würde ich nicht mehr lange zögern. Schließlich hatte ich viele Male im Nebelsektor erlebt, wie kolossal schwierig es war, aufgeregte Leute in Sicherheit zu bringen.

Über Funk erhielten die einzelnen Distriktchefs der Kolonialregierung die Anweisung, alles für eine eventuelle Flucht vorzubereiten. Dabei fragte ich mich, wie ich die zwei Millionen im Falle höchster Gefahr in nur einundzwanzig Raumschiffen unterbringen sollte. Es waren verschiedene Typen, die bei allergrößter Ausnutzung der verfügbaren Räumlichkeiten zwischen zehntausend und zwanzigtausend Siedler aufnehmen konnten. Dabei hätten die Leute aber bereits in den Maschinenräumen und sonstigen Betriebszellen kampieren müssen.

Nach einem ausgedehnten Schlaf setzte ich einen langen Funkspruch an den Großen Rat ab. Ich schilderte die Schwierigkeiten so klar, wie es überhaupt nur möglich war.

Die Folge davon war ein sofortiges Reagieren des arkonidischen Erfassungskommandos. Mir wurde mitgeteilt, ich hätte augenblicklich 1,8 Millionen Auswanderer nach Arkon zu schicken. Die restlichen zweihunderttausend würden zur Aufrechterhaltung der noch jungen Larsakultur genügen.

Ich hatte mit einer kleinen Revolte gerechnet. Um so erstaunter war ich, daß man sich um die Schiffsplätze riß. Man wollte nicht mehr auf der unheimlichen Dschungelwelt bleiben. Drei Tage später kamen fünfzig riesige Flottentransporter an.

Die Verladung dauerte knapp zwölf Stunden. Anschließend schossen die Schiffe in den Raum. Ich sah sie niemals wieder. Bei einer Zählung stellte sich heraus, daß nur knapp hundertfünfzigtausend Einwohner zurückgeblieben waren.

Alle anderen hatten es vorgezogen, lieber in den Dienst der Imperiumsflotte zu treten. Die Schlachtkreuzer der Methans konnte man wenigstens sehen!

Wir waren drauf und dran, eine wertvolle Kolonie aufzugeben. Die Abwehrschlachten im Nebelsektor gingen vor. Das winzige System von Larsafs Stern war dem Erfassungskommando überhaupt nicht wichtig erschienen.

Ich hatte dagegen vom Imperator persönlich den Befehl erhalten, dem geheimnisvollen Angreifer die Stirn zu bieten und zu versuchen, seine Waffentechnik zu erkunden. Dies sei bei der jetzigen Kriegssituation unter Umständen von ganz entscheidender Bedeutung.

Larsa konnte nicht mehr gehalten werden. Nachdem wir etwa drei Monate überhaupt nichts von Angriffen bemerkt hatten, war der Überfall so schnell gekommen, daß niemand rechtzeitig hatte reagieren können.

Ich befand mich in der Befehlszentrale der TOSOMA. Vor zwei Minuten hatten wir die besorgniserregende Funknachricht erhalten, eine unsichtbare Vernichtungsfront nähere sich mit einer Geschwindigkeit von etwa 30 000 Kilometer pro Stunde dem äquatorialen Hauptsiedlungsgebiet, in dem auch die bedeutendsten Niederlassungen des Planeten lagen.

Ich war sofort gestartet, um die unglaublichen Ereignisse an Ort und Stelle zu erleben.

Auf dem Raumhafen wurden die einundzwanzig Transporter von verstörten Kolonisten gestürmt. Es war ein Chaos, wie ich es überall erlebt hatte, wenn es ans Leben ging. Wir hatten noch etwas Zeit. Die relativistische Feldfront war noch weit entfernt, und wir wußten nicht genau, ob sie nicht abschwenken würde.

Trotzdem hatte ich die endgültige Evakuierung sämtlicher Bewohner angeordnet. Es wurde nun höchste Zeit, diese Welt ausschließlich den Streitkräften des Imperiums zu überlassen. Einer späteren Neubesiedlung stand nichts im Wege, zumal die so mühevoll errichteten Städte und kleineren Ansiedlungen erfahrungsgemäß nicht zerstört wurden.

Wir waren in voller Gefechtsbereitschaft. Die mächtigen Schutzschirme des Schlachtschiffs brachten die feuchte Luft des Planeten zum Dampfen.

Wir näherten uns mit nur drei Kilometer pro Sekunde dem Ort der Geschehnisse. Vorsichtshalber hatte ich die Andruckabsorber auf Katastrophenwerte schalten lassen, um notfalls mit höchsten Beschleunigungen die Flucht ergreifen zu können.

Die ASSOR und die PAITO folgten in geringer Flughöhe dem Flaggschiff. Die im Raum stationierten Kreuzerkommandanten unter der zeitweiligen Führung von Kapitän Cerbus meldeten die Hyperortung zahlreicher nicht klar erkennbarer Fremdobjekte, die sich aber anscheinend nur in jenem Sektor zu bewegen schienen, den wir mit dem Energiefeld identifizierten.

Ich erteilte den Befehl, vorläufig abzuwarten und zu versuchen, dem gefährlichen Bereich fernzubleiben.

Mit den Normalempfängern der TOSOMA nahmen wir die zahllosen Bildfunksprüche auf, die zwischen den Beamten der Administration, den flüchtenden Siedlern und meinem in der Hauptstadt wartenden Einsatzkommando gewechselt wurden.

Unsere Männer bemühten sich verzweifelt, die Kolonisten noch rechtzeitig in die Transporter zu bringen, deren Kommandanten kategorisch erklärten, sie würden bei einer weiteren Annäherung der Unheilfront augenblicklich starten.

Ich kümmerte mich nicht weiter um die chaotischen Zustände, an denen ich doch nichts hätte ändern können. Meine Aufgabe war es, den Gegner zu erkennen, ihn zu stellen und dabei zu versuchen, wenigstens einen Erfolg zu erringen.

Nach kurzer Flugzeit sprachen unsere überdimensionalen Energietaster an. Wir hatten sie erst vor wenigen Monaten auf einem Flottenstützpunkt des Reiches erhalten, da die Methans einen Abwehrschirm auf übergeordneter Basis entwickelt hatten.

Diese Geräte alarmierten uns, als wir der Gefahrenzone näher kamen.

Tarts gab seine Befehle. Die Maschinen der TOSOMA stoppten. Ein kurzer, gegenläufiger Schubstoß ließ uns in etwa 5000 Meter Höhe anhalten.

„Wellenfront optisch erkennbar", gab die Ortungszentrale durch. „Es entstehen eigenartige Luftspiegelungen. Geschwindigkeit der Wand nach P-Auswertung 301 Kilometer pro Stunde konstant."

Ich legte erregt den Kopf in den Nacken und schaute hinauf zu den großen Bildschirmen der optischen Bilderfassung.

„Phantastisch", sagte Grun. Seine Augen glänzten fiebrig. „Ich gebe zu, daß diese Erscheinung nicht den Eindruck erweckt, als stamme sie von der Wirkung einer Waffe ab, Erhabener."

Ich dachte grimmig daran, wie tröstlich diese Feststellung für jene Siedler sein mochte, die noch in den betreffenden Gebieten weilten. Unter uns schien nur dichter, undurchdringlicher Dschungel zu liegen.

Die Vergrößerungsschaltungen der Bildgeräte zeigten aber hier und da kleinere Ansiedlungen, von denen wir nicht wußten, ob sich darin noch Bewohner aufhielten oder nicht.

Die Kommandanten der PAITO und ASSOR fragten über Normalfunk an, ob Feuererlaubnis gegeben sei.

„Nein, noch nicht", wehrte ich ab. „Es dürfte sinnlos sein, einfach in die Mauer zu schießen. Laßt sie näher kommen. Fernsteuerzentrale: Sind die beiden Versuchsschiffe in der Luft?"

„Sie wurden vor zwei Minuten gestartet, Erhabener."

„Haltet sie im Gebiet der Hauptstadt fest. Sie dürften unser letztes Verteidigungsmittel sein. Achtung, an Schlachtkreuzer PAITO: Wie weit seid ihr mit der Evakuierung der entdeckten Flüchtlinge?"

Meine Bildzentrale schaltete um. Auf den Schirmen erschien eine große, felsige Lichtung inmitten des Dschungels. Mehr als 500 Leute hatten sich dort versammelt. Sie stritten um den Besitz einiger Gravogleiter, die bei höchster Kraftentfaltung eben noch fähig sein mochten, der rasch näher kommenden Auflösungszone zu entkommen.

„Im Anflug, Erhabener", antwortete Kapitän Inkar.

Wenig später sah ich den fünfhundert Meter durchmessenden Schiffsriesen heranbrausen. In etwa zehn Minuten mußte die Front unseren Standort erreicht haben.

Inkar versuchte erst, die verbissen kämpfenden Siedler mit einem kleinen Beiboot an Bord zu holen. Ich hörte seine wilden Verwünschungen über Funk, als das zur Landung ansetzende Kleinraumschiff sofort von verwildert aussehenden Männern gestürmt wurde.

„Zurück mit dem Boot, Inkar", schrie ich ins Mikrophon. „Einschleusen und mit dem Kreuzer auf Höhe gehen. Sauge diese Irrsinnigen mit einem breitgefächerten Traktorstrahl an. Lieber blaue Flecken verursachen, als die Leute umkommen lassen."

Aus einem Traktorprojektor der PAITO zuckte ein flimmerndes, breit ausstreuendes Strahlenbündel nach unten. Die entsetzt in Deckung gehenden Kolonisten wurden erfaßt und mit solcher Wucht nach oben gerissen, daß ich um ihre Gesundheit bangte. Sicherlich aber hatte Inkar ein Prallfeld errichten lassen.

Die dunklen Körper verschwanden im Ansaugschlund des Schlachtkreuzers. Kurz darauf vernahm ich Inkars dröhnendes Gelächter.

„Ich habe sie", gab er bekannt. „Es kamen noch einige Dinge mit, die wir eigentlich nicht einladen wollten."

Tarts grinste. Dabei schaute er gebannt auf die Frontbildschirme, die die fluoreszierenden Luftmassen zeigten. Dort näherte sich das Unheil. Es sah aus, als käme die Strahlung, oder was es sonst sein mochte, senkrecht von oben aus dem Raum.

Meldungen meiner Kreuzerkommandanten besagten, daß diesmal die gesamte nördliche Halbkugel des Planeten von dem Relativfeld erfaßt wurde.

„Wir liegen im Randgebiet einer kosmischen Zone", ließ sich plötzlich Grun vernehmen. Er war längst in seiner Rechenstation verschwunden, was ich überhaupt nicht bemerkt hatte.

„Interessant", sagte ich wütend.

Er reagierte nicht darauf und fuhr fort: „Es kann sich nur um eine Überlappung des Normaluniversums durch instabile, stetig wechselnde Kräfte höherer Ordnung handeln. Daher die erstaunlichen Effekte. Lebewesen dieser relativistischen Bereiche nutzen die Situation aus, um . . ."

„Um was zu tun?" unterbrach ich ihn. „Um Leute und Tiere zu stehlen, was? Wozu soll das gut sein? Wenn man Industrieanlagen vernichtete, Raumschiffe entführte oder sonstige wertvolle Güter an sich brächte, sähe ich in der Sache noch einen Sinn. So aber nicht, es sei denn, man wäre bestrebt, das intelligente Leben unserer Galaxis zu vernichten."

Grun schaltete ab. Seinem verkniffenen Gesicht war anzusehen, daß er keinen Rat wußte. Möglicherweise handelte man aber auf der anderen Seite nach den Grundsätzen einer fremden Logik. Wir wären jedenfalls nicht auf die Idee gekommen, irgendwo denkende Individuen zu rauben. Ich erblickte darin ein völlig sinnloses Tun.

Infolge dieser Hilflosigkeit erfüllte mich rasender Zorn. Wir kämpften gegen Schatten.

Zehn Sekunden später gab ich den Feuerbefehl. Während wir sprunghaft Fahrt aufnahmen, um sie der Geschwindigkeit des voranschreitenden Feldes genau anzugleichen, legten wir mit allem los, was wir überhaupt verwenden durften.

Tarts ließ zuerst die thermisch wirksamen Impulsgeschütze sprechen. Unter den sonnenheißen, violett strahlenden Glutbahnen der

Kernprozesse begann die Atmosphäre des Dschungelplaneten zu kochen.

Wir schossen in die flimmernde Wand hinein, als gelte es, etliche angreifende Großraumschiffe mit einem einzigen Schlag zu vernichten.

Die Desintegratorgeschütze mit ihrer molekülauflösenden Wirkung machten weniger Lärm. Ihre schwach flimmernden Schußbahnen verschwanden in der auflohenden Wand.

Wenn die turmstarken Energiebahnen die Mauer trafen, war es, als würden sie plötzlich verschluckt werden.

Sie fuhren offenbar hindurch oder wurden so nachhaltig absorbiert, daß sie von einem Augenblick zum anderen erloschen. Hinter der flimmernden Wand war die Landschaft des Sumpfplaneten nicht mehr zu erkennen. Das Licht wurde verzerrt, und unsere Tasterortung sprach überhaupt nicht an.

Hyperorter registrierten nur die Anwesenheit einer artverwandten Energieeinheit, aber das wußten wir längst.

Als sich fürchterliche Unwetter zusammenbrauten und die hochgespannten Wasserdämpfe der ehemals so feuchten, nunmehr stark aufgeheizten Luft gewaltsam nach einem Ausweg suchten, ließ ich den Beschuß abbrechen.

Ich zog das Kommandomikrophon dichter vor die Lippen und gab durch: „Geschwaderchef an alle: Feuer einstellen, Fahrt aufnehmen und dem Flaggschiff folgen. Ziel ist die Hauptstadt. Wir schirmen sie so weit wie möglich ab, decken die startenden Frachter gegen eventuelle Angriffe aus dem Raum und setzen zuletzt die beiden Versuchskreuzer ein. Bestätigung . . ."

Das tiefe Donnern verstummte. Die TOSOMA kam unter Tarts' geschickter Führung mit so hohen Werten auf Geschwindigkeit, daß die Luft zu glühen begann. Die Schlachtkreuzer standen einige Kilometer südlich und nördlich des Flaggschiffs. Das flimmernde Relativfeld hatte sich von unserem Beschuß nicht aufhalten lassen. Es war ein blindes Hineinfeuern in eine Energieform gewesen, die nicht einfach fünfdimensional sein konnte. Diese Effekte waren uns seit der Erforschung der überlichtschnellen Raumfahrt längst bekannt.

Die Mauer glitt über den Planeten hinweg.

Als wir unsere hohe Fahrt aufhoben, hatten wir noch knapp dreißig

Minuten Zeit. Von Kapitän Cerbus, dem derzeitigen Chef des Kreuzerverbandes, kamen besorgniserregende Nachrichten.

Im planetarischen Raum der gelben Sonne schien es nichts mehr zu geben, was dem Einfluß dieser allmählich eindringenden Gewalten nicht unterlag.

Planeten, die in Opposition zu Nummer zwei standen, wurden zweifellos von dem gleichen Unheil heimgesucht, nur mit dem Unterschied, daß es dort kein Leben gab.

Zu meiner größten Erleichterung befand sich die dritte Welt genau auf der entgegengesetzten Seite der Sonne. Damit konnte den Bewohnern von Atlantis augenblicklich kaum etwas geschehen.

Auf dem Raumhafen standen nur noch drei Transporter. Die anderen Schiffe waren bereits gestartet. Der Planet wurde fluchtartig geräumt.

Die Frachter starteten in die von wütenden Unwettern aufgewühlte Luft, als das Leuchten der Wellenfront bereits mit bloßen Augen erkennbar war.

Inkar nahm noch einige Leute auf, die wie wahnsinnig auf dem Raumhafen umherliefen und flehend nach oben winkten.

Dann war es soweit. Ich ließ Grun mit seinem physikalischen Stab in die Zentrale des Flaggschiffs rufen und wies ihn an, die entstehenden Effekte auf den großen Bildschirmen zu beobachten.

Die in mühevoller Arbeit zu Fernlenkschiffen umgebauten Kreuzer TITSINA und VOLOP hingen still über dem weiten Gelände. Ihre umgeschalteten Triebwerke wirkten bis auf je eine betriebsklare Einheit als Waffen. Es kam darauf an, den schwachen Punkt des Gegners zu finden.

Die Fernlenkingenieure saßen nebenan in der Ortungszentrale. Die Meßwerte der Kreuzerinstrumente wurden einwandfrei übertragen.

Ich wartete, bis die Front noch knapp vierzig Kilometer entfernt war, und ließ dann das Wirkungsfeuer eröffnen.

Grun hatte seinen Kontursessel nach hinten geklappt, um die riesigen Schirme besser übersehen zu können.

Aus den Triebwerken der Fernlenkschiffe schossen die kaum sichtbaren, räumlich übergeordneten Impulswellen, die ihren energetisch höheren Charakter durch die Totalumformung in den mächtigen Konvertern erhielten.

Sie waren lichtschnell und griffen normale Materie nur dann an, wenn ein Schiff mit voll laufenden Triebwerken startete oder zur Landung ansetzte.

Ich gewahrte das kurze, blendende Aufzucken, als die Impulswellen auf die Relativmauer trafen.

Grun schrie erregt auf. Auch ich ruckte aus meinem Sessel hoch, um das unheimliche Phänomen besser sehen zu können.

„Sie schlagen durch!" rief Tarts immer wieder.

Ich schrie ebenfalls. Es war, als fiele ein fürchterlicher Bann von uns ab.

Dort, wo die enggebündelten Impulswellen auftrafen, brach die Energieglocke in sich zusammen.

Es entstanden klaffende, scharfkantige Öffnungen, die Sekundenbruchteile später wie finstere, gähnende Schlünde wirkten. Die Mauer begann an diesen Stellen zu wanken, und mir war, als wiche sie etwas von ihrem beständigen Kurs ab.

In den nachtschwarzen Hohlräumen war nichts zu erkennen. Nur die Einschußränder flammten in einem violetten, irrlichternden Feuer, das unsere Krümmungstaster zum wilden Ausschlagen brachte.

Es waren ausgesprochene Transitionseffekte, die wir durch unseren Impulsbeschuß erzielt hatten.

Augenblicke später nahmen wir überhastet Fahrt auf. Die Wellenfront hatte kaum an Tempo verloren. Nur dort, wo wir praktisch ein Punktfeuer veranstalteten, sah es so aus, als wäre sie zum Stillstand gekommen.

Die herausgeschossenen Öffnungen pflanzten sich mit der Mauer fort. Ehe die TOSOMA mit aufbrüllenden Maschinen startete, sah ich zu den klar erkennbaren Kreuzern hinüber.

Die Leistung ihrer Resttriebwerke reichte völlig aus, um sie mit spielerischer Leichtigkeit aus der Gefahrenzone zu bringen. Als wir fünfzig Kilometer von dem Unheil entfernt waren, schrie ich um Ruhe.

„Geschwaderchef an Fernlenkstation: Laßt die Hecks der Kreuzer bewegen. Streut die Mauer langsam ab und achtet darauf, wo die unterste Grenze der sichtbaren Wirkung liegt."

Sie schalteten schnell und exakt. Die TITSINA begann zuerst zu vibrieren. Langsam wie bei einem Manöver drehte sich das alte Schiff um seine Querachse. Es besaß keine Kugelform, weshalb wir die

Abstrahlung deutlich beobachten konnten. Die VOLOP fiel ebenfalls in das Manöver ein.

Sekunden später schien weit hinter uns die sagenhafte Unterwelt meiner frühen Vorfahren entfesselt zu werden. Es war ein schauriges Energiegewitter, das sich unter der zerstörerischen Wucht der streuenden Impulsbündel entfaltete.

Schwarze, blitzumzuckte Krater bildeten sich. Sie wurden von erhalten gebliebenen Formationen überlappt, bis auch diese Wellenflächen getroffen wurden.

Die Mauer kam zum Stillstand, so weit ich blicken konnte. Rechts und links von uns lief sie jedoch weiter. Wir schauten in einen finsteren Abgrund hinein, aber sonst geschah nichts.

Dieses Spiel führten wir noch einige Stunden fort, bis die eine Hälfte des Planeten völlig von der Mauer eingedeckt war. Von da an wurde es sinnlos, weiterhin dunkle Tunnels zu erzeugen.

Als wir in schnellem Vertikalstart die von Unwettern aufgewühlte Atmosphäre des zweiten Planeten durchstoßen und den Raum erreicht hatten, glühte die vorher gelbe Sonne blutrot.

Erst jetzt sahen wir, daß die sternfunkelnde Leere nicht mehr leer war, sondern riesenhafte, rötlich leuchtende Energieballungen von trichterförmiger Form enthielt.

Wo diese Phänomene auftraten, wurde das Licht ferner Sterne verdeckt. Wir konnten genau messen, wie groß sie waren. Sie verjüngten sich nach unten, um in der blitzdurchbohrten Lufthülle von Larsa zu enden. Wir hatten etwas erschaffen, das wir uns nicht hatten träumen lassen.

Ich sah fassungslos auf die Bildschirme, bis das drängende Rufen eines Funkoffiziers mein Bewußtsein erreichte.

Ich riß mich von dem Anblick los. Es war ungeheuerlich, was der Beschuß bewirkt hatte. Ich spielte mit dem Gedanken, die Triebwerke der modernen Kreuzer ebenfalls umbauen zu lassen, dazu einen Teil der schweren Impulskonverter meines Schlachtschiffs. Wenn es dann nochmals zu einer Begegnung mit einem unsichtbaren Raumschiff kommen sollte, mußte sich die Sachlage entscheidend ändern.

Tarts begann zu schreien. In seinen Augen stand das blanke Entsetzen.

„Was ist?“ fragte ich.

Im selben Augenblick begann die modulationslose Mechanostimme des Tasterrobots zu plärren: „Kreuzerverband antwortet nicht mehr, Energieecho negativ, Kapitän Cerbus schweigt. Keine Metallortung im Halbmesser von drei Lichtjahren. Verband muß als verschollen angesehen werden. Zeit sechs–sechs–fünf Standard, Ende der Meldung."

Das Krächzen der Robotstimme verstummte. Wie irr schaute ich mich um. Tarts sank langsam auf seinen Kommandantensitz und barg das Gesicht in den Händen. Grun stöhnte.

Ich brachte keinen Ton hervor. Mein Verstand weigerte sich, die gefühllose Meldung des Robots als Tatsache anzusehen. Mein ganzer Kreuzerverband sollte verschollen sein? All die Schiffe, die ich zwei Jahre lang geführt und die ich einigermaßen heil nach Hause gebracht hatte?

Ich hörte einen gellenden Ruf. Der Funkoffizier stürzte in die Zentrale. Ich starrte ihn nur an.

Das, was ich ihm soeben befehlen wollte, hatte er längst getan. Ihm mußte es zuerst aufgefallen sein, daß der Verbandsführer nicht mehr geantwortet hatte.

Ich glaubte, ein Unsichtbarer schnüre mir die Kehle zu. Niemand sprach in der großen Zentrale der davonrasenden TOSOMA. Auf den Schirmen der Energieortung waren nur noch vier grüne Punkte zu sehen. Es waren die beiden Schlachtkreuzer und die umgebauten Waffenschiffe; zusammen noch fünf Einheiten von ehemals fünfundvierzig.

„Rufe nochmals", flüsterte ich gepreßt. „Anrufen, beeile dich. Tarts, das kann doch nicht möglich sein. Cerbus hatte in seiner letzten Meldung mitgeteilt, er hielte sich in respektvoller Entfernung von der klar anmeßbaren Wellenfront. Wieso kann er plötzlich verschollen sein?"

Ich achtete kaum auf die geschäftigen Ärzte, deren Medo-Roboter den besinnungslos gewordenen Mathematiker und Physiker Grun abtransportierten. Der alte Mann war von dem Schock überwältigt worden.

„Diese Nachricht kam vor der Feuereröffnung durch die Waffenschiffe", preßte der Kommandant mühevoll hervor. „Atlan, unser Verband ist verloren. Dort, wo er eigentlich in der befohlenen, dicht geschlossenen Keilformation stehen müßte, gähnt einer dieser Trichter. Er hat einen Durchmesser von etwa zwanzig Millionen Kilometern. Cerbus ist mit seinen Kreuzern genau hineingeraten. Es ist fürchterlich. Er kann nicht mehr antworten."

Ein Physiker aus Gruns Stab bestätigte die Mutmaßung. Mittlerweile liefen die ersten Meßergebnisse ein.

Ich ließ trotzdem mit Höchstwerten stoppen und die Schiffe auf Suchkurs gehen. Nachdem wir drei Stunden lang ununterbrochen gefunkt und den interplanetarischen Raum nach treibenden Wracks abgesucht hatten, wußte ich, daß alles vergebens war.

Ich war wie ausgebrannt. Meine Kehle verweigerte den Dienst, und mein Gehirn schien von unsichtbaren Klammern zusammengepreßt zu werden. Es war alles zu grauenhaft, um darüber nachdenken zu können.

Tarts und ein Arzt führten mich hinaus. Ich wußte nun, was wir mit unserem Impulsfeuer angerichtet hatten.

Wahrscheinlich war es ein dummer Zufall gewesen, daß der auf meinen Befehl hin dicht formierte Verband ausgerechnet in jenem Raumsektor gestanden hatte, wo die Wellenfront aufgerissen und förmlich explodiert war.

Meine einzige Hoffnung bestand darin, daß meine Männer vielleicht noch am Leben waren. Dagegen sprach aber die Tatsache, daß die Schiffe ebenfalls nicht mehr gefunden werden konnten. Es war zum erstenmal geschehen, daß dieses Relativfeld auch nichtorganische Materie in sich aufgenommen hatte.

Ich gab den Befehl, unverzüglich den dritten Planeten anzufliegen und auf unserem Atlantis-Stützpunkt zu landen.

Jetzt war ich froh, daß ich zwei Jahre zuvor diese schöne Welt zur Besiedelung freigegeben hatte. Der zweite Himmelskörper von Larsafs Stern war für uns völlig unbrauchbar geworden. Er schien wieder von der überdimensionalen Zone überlappt zu werden.

Auf alle Fälle hatten wir dort unser riesiges Robotgehirn mit seinen schweren Abwehrwaffen hinterlassen. Vielleicht ließ sich später nochmals etwas damit anfangen.

Ich wies meine Begleiter aus der Kajüte und legte mich auf das Pneumolager. Ich benötigte all meine Willenskraft, um die Selbstkontrolle einigermaßen zurückzugewinnen.

Die Gesichter meiner Kreuzeroffiziere zogen nacheinander an mir vorüber. Es waren alles Männer, die wir in unserem Verzweiflungskrieg gegen die Methanatmer doch so dringend benötigt hätten.

Vier Stunden später landeten wir auf dem ausgebauten Raumhafen von Atlantis. Captain Feltif, mein Planungsingenieur, empfing mich schweigend. Ich legte ihm ebenso wortlos die Hand auf die Schulter, nickte den angetretenen Männern seines kleinen Schutzkommandos zu und blickte mich dann um.

Atlopolis, der neue Mittelpunkt dieses Kolonialplaneten, war schon zu einer richtigen Stadt angewachsen. Es war wirklich sehr erstaunlich, was Feltifs Leute und die fünfzigtausend zakrebischen Auswanderer in der doch relativ kurzen Zeit aus dem kleinen Kontinent gemacht hatten.

Weiter hinten standen einige Eingeborene. Sie trugen bunte, muschelgeschmückte Kleidungsstücke und leuchtende Vogelfedern in den dichten Schöpfen.

Sie kamen näher, erhoben die Hände und breiteten allerlei Gaben vor mir aus.

Ich freute mich über ihre klaren, offenen Gesichter und die hellen Augen, in denen Intelligenz schimmerte. Aus diesen Wilden konnte einmal ein großes Volk hervorgehen.

Captain Feltif stellte mir seine Wohnung zur Verfügung und wies anschließend mit Filmen nach, was er alles geleistet hatte.

Er verfügte noch über zwei große Transportschiffe, die er in den Tiefen des Ozeans versenkt hatte. Sie konnten jederzeit durch Funkanruf zum Auftauchen gebracht werden.

Am Tage darauf gab ich eine eingehende Schilderung über die Geschehnisse. Die Kolonisten hörten zu.

Feltif zeigte mir noch die ausgebauten Abwehrstellungen, ehe er mich zu einer seltsamen Fahrt einlud.

Sein geheimnisvolles Lächeln machte mich neugierig.

Ich war etwas verblüfft, als er mich hinunter zum Hafen brachte, in dem neben primitiven Ruder- und Segelschiffen ein Speziallandungsboot der Imperiumsflotte lag.

Diese Modelle dienten dazu, schwierige Unternehmen auf ausgesprochenen Wasserplaneten durchzuführen. Sie waren flug- und tauchfähig, jedoch nicht dazu geeignet, mit ihnen den freien Raum zu bezwingen.

Wir stiegen ein. Das leuchtende Energiefeld hielt die drängenden Wassermassen von dem flachen, ellipsenförmigen Rumpf fern.

In knapp hundert Meter Tiefe erschien im Licht der grellen Scheinwerfer ein großes unterseeisches Plateau, auf dem sich eine bläulich schimmernde Halbkugel aus bestem Arkonstahl erhob. Sie war umfangreich und wohl geeignet, vielen Kolonisten Unterschlupf zu gewähren.

„Unser Notquartier, Erhabener", erklärte der Ingenieur sachlich. „Durchmesser an der Bodenrundung hundertzwanzig Meter, Höhe etwas über sechzig Meter. Sie hält jeden Wasserdruck aus und ist mit allen Maschinen und Gerätschaften ausgestattet worden, die wir oben entbehren, beziehungsweise von Larsa evakuieren konnten. Die Kuppel hat eine Robotbesatzung, reiche Lebensmittelvorräte in konzentrierter Form und große Flutschleusen. Der gewachsene Fels unterhalb des Aufsatzstückes ist auf weitere hundert Meter ausgehöhlt und mit Arkonstahl im Thermal-Hochdruckverfahren ausgespritzt worden. Die statischen Berechnungen weisen aus, daß auch extremste Belastungen bei eventuellen Bodenverschiebungen gut absorbiert werden können. Der Spritzgußsockel ist mit der Halbrundung verschweißt worden. Genau betrachtet, handelt es sich um einen im Fels versenkten Turm, von dem nur die halbkugelige Dachwölbung zu sehen ist. Wir bringen notfalls zehntausend Flüchtlinge darin unter."

„Du hast zusammen mit deinen Soldaten mehr als fünfzigtausend Kolonisten zu versorgen", warnte ich. „Wohin willst du mit den Familien?"

„Ich bereite soeben ein Schulungsprogramm vor, Erhabener. Dreißigtausend werden auf die beiden Südkontinente gebracht. In der östlichen Wüste und in den Bergen des Westlands existieren Eingeborenenkulturen. Ich lasse von Robotkommandos Steinfestungen und pyramidenförmige Silos errichten. Wenn eine Wellenfront kommen sollte, wird sie kaum den ganzen Planeten auf einmal erfassen. Ein Warnsystem ist fertiggestellt. Bei den ermittelten Fortpflanzungsgeschwindigkeiten der Todeszone dürfte es nicht schwer sein, rechtzeitig mit Luftfahrzeugen zu fliehen. Wir sind in der Hinsicht reich ausgerüstet. Unsere Sendboten werden in Ost und West neue Kolonien errichten. Was uns hier fehlt, ist ein sicherer Rückhalt durch einige Einheiten der Flotte."

Während wir mit dem Tiefseegleiter in eine große Wasserschleuse einfuhren und auf das Singen der starken Pumpen lauschten, dachte ich über Feltifs Vorschlag nach.

Natürlich hätte er es gern gesehen, wenn wir hier blieben. Ich fühlte brennenden Haß in mir aufsteigen. Er galt jenen Unbekannten, die am Verschwinden meiner Männer schuldig waren.

In diesen Minuten beschloß ich, von meinen Vollmachten Gebrauch zu machen und mit den restlichen Einheiten meines einst so starken Geschwaders auf Atlantis zu bleiben. Unter Umständen gelang es uns, das Geheimnis der Wellenfront zu lüften und daraus etwas abzuleiten, was den Krieg mit den Methans über Nacht entscheiden konnte.

Wenn ich jedoch ehrlich zu mir selbst war, mußte ich zugeben, daß es mehr meine Selbstvorwürfe und meine seelische Not waren, die mich zum Verweilen zwangen. Der Befehl des Imperators schaffte dazu eine gute Rückendeckung. Ich hatte ja den Auftrag, die Vorfälle zu enträtseln.

Nach einem ausgedehnten Rundgang durch die hervorragend ausgerüstete Unterseekuppel wurde die positronische Robotautomatik mit meinen individuellen Schwingungsfrequenzen gespeist.

Von da an stand es mir frei, jederzeit die Stahlhülle nach eigenem Ermessen zu betreten. Außer mir waren nur noch Feltif und zwei andere Offiziere in der Lage, die tödlichen Energiesperren zu öffnen.

Nach der Tauchfahrt genoß ich die warme Sonne. Sie leuchtete nun wieder gelblich-weiß wie zuvor. Die Verfärbung hatte nur zwei Tage lang angehalten.

Mein Funkspruch an den Großen Rat löste noch nicht einmal ein Bedauern aus. Die Kreuzer waren eben vernichtet worden. Ich erkannte, daß es um das Imperium schlimm stehen mußte, wenn man schon so gleichmütig den Verlust von vierzig Schiffen akzeptierte.

Das waren die ersten Anzeichen eines beginnenden totalen Krieges, in dem nur noch Zahlen sprachen. Die arkonidische Schiffbauindustrie würde den Verlust in einem halben Tag ersetzt haben. Auf dem dritten Arkonplaneten liefen sogar schwerste Einheiten in reiner Robotfertigung von den Bandstraßen. Ich hatte persönlich gesehen, daß alle zwölf Stunden ein Schlachtschiff der Imperiumsklasse fertig wurde.

Man überließ es jetzt sogar den einzelnen Kommandanten, ihre neuen Raumfahrzeuge zu taufen. So geschah es, daß immer wieder die gleichen Schiffsnamen auftauchten. Man hängte lediglich Nummern an die Bezeichnung, damit man auch wußte, die wievielte ARKON oder POSONO man überhaupt vor sich hatte.

Ich war entschlossen, hier in aller Ruhe zu versuchen, eine neue Waffe zu finden. Die von Grun anfänglich erwähnte Konverterkanone ging mir nicht aus dem Sinn. Wenn es möglich war, ein brennpunktgesteuertes Krümmungsfeld direkt am Ziel aufzubauen, mußte eine totale Entmaterialisierung der angegriffenen Körper erfolgen.

Wir besaßen auf Atlantis bessere Möglichkeiten als die Forscher auf den Heimatwelten. Wir hatten am eigenen Leibe erlebt, wie eine solche Waffe wirken konnte. Ich setzte zehn Tage nach meiner Landung eine entsprechende Meldung an den Imperator ab und unterzeichnete mit dem Begriff „Kristallprinz“. So war es sicher, daß mein Oheim die Nachricht auch erhielt.

Schon wenige Stunden später fingen die Hyperrichtantennen meiner TOSOMA die Antwort auf.

Sie lautete sinngemäß: „Neue Waffe wichtig. Bleibe auf Atlantis und setze alle Kräfte ein, um das Rätsel zu lösen.“

Das war alles, was man mir mitteilte. Ich setzte mich mit den Wissenschaftlern und Technikern meiner Schiffe und jenen der Kolonie in Verbindung. Grun hatte sich wieder erholt. Er wurde zum führenden Kopf eines Forschungsteams, das 34 000 Lichtjahre von Arkon entfernt mit einer Arbeit begann, die dem Imperium einmal dienen sollte.

Es waren knapp zwei Monate vergangen. Inkar und Taneth hatten mit ihren beiden Schlachtkreuzern laufend gefährliche Einsätze geflogen, um aus den reich versorgten Depots des zweiten Planeten all das zu holen, was auf Atlantis fehlte.

Ich stand mit dem Flaggschiff auf Abwehrposition. Drei der mächtigen Ringwulsttriebwerke waren zu Waffen umgebaut worden, desgleichen je eine Maschine in den beiden Schlachtkreuzern.

Unseren ersten Erfolg hatten wir vor drei Wochen errungen, als wir mit den Hypertastern wieder ein unbekanntes Objekt ausgemacht hatten. Es hatte sich diesmal um einen nur schmalen Überlappungskeil gehandelt, in dem der Fremde aufgetaucht war.

Nachdem wir ihn mit der neuartigen Zielautomatik erfaßt hatten, war er so rasch im konzentrierten Feuer explodiert, daß wir das Ereignis kaum hatten verfolgen können.

Die Impulswellen-Kanonen hatten einen riesigen Trichter in das Relativfeld gerissen, aber dann war etwas geschehen, das unseren Fachleuten einige wichtige Hinweise gegeben hatte.

Das geortete, jedoch völlig unsichtbare Schiff war wie von einer Gigantenfaust von dem dunklen, an den Rändern glühenden Tunnel ausgestoßen worden. Wir hatten den langen, tiefschwarzen Körper so deutlich ausmachen können, als wäre er niemals in einer anderen Dimension gewesen.

Seine Bewegungen waren uns extrem schwerfällig und langsam erschienen. Die Explosion war erst dann erfolgt, als der Raumer erkennbar geworden war.

Natürlich hatte ich den Fremden einfangen wollen, was aber nach dem übereilten Abschuß nicht mehr möglich war.

Von da an war Ruhe gewesen. Es hatte sich nichts mehr blicken lassen, was nach einem Fahrzeug der Unbekannten ausgesehen hätte.

„Sie wagen sich nicht mehr heran", hatte Tarts grimmig gemurmelt. Ich hoffte nicht, daß er recht behielt. Ich wollte wissen, mit wem wir es eigentlich zu tun hatten.

Genau vierundzwanzig Tage nach der Vernichtung des langen, stabförmigen Raumschiffs startete ich mit dem kleinen Verband. Wir näherten uns vorsichtig dem zweiten Planeten, um zu versuchen, eine vorbereitete Schalteinheit in das Registersystem des auf Larsa errichteten Robotgehirns einzufügen.

Es war ein fünfdimensionales Meßgerät, das genau auf die Schwingungen der Wellenfront abgestimmt war. Wenn ein Durchgang geschah, mußten wir auf Atlantis sofort informiert werden.

Ich war von tiefer Sorge erfüllt, da sich die beiden Planeten auf ihren Umlaufbahnen mehr und mehr einander näherten. Eine Totalopposition stand bevor.

Wenn es während dieser Zeit zu einem Überfall kam, mußten auch die Kolonisten und Atlantis betroffen werden.

Die Eingeborenen hatte ich längst in die vorbereiteten Festungen geschickt. Sie waren so verteilt worden, daß nicht alle entführt werden konnten. Wenigstens nahmen wir zu unserer eigenen Beruhigung immer noch an, daß es sich um Entführungen handelte, obwohl wir darin keinen logischen Sinn sahen.

Die beiden Fernlenkkreuzer wurden neuerdings durch die Schaltungen eines Schlachtschiff-Beiboots bedient. Wir konnten es nicht mehr riskieren, die drei letzten kampffähigen Einheiten meines Geschwaders zu nahe an den Gegner zu bringen. Unsere Manövrierfähigkeit hatte durch den Umbau etlicher Triebwerke ohnehin gelitten.

Die Schlachtkreuzer PAITO und ASSOR ließ ich im Raum zurück. Nachdem es feststand, daß auf dem zweiten Planeten zur Zeit Ruhe herrschte, stieß ich mit der TOSOMA mit hoher Fahrt in die dichte Atmosphäre vor, strahlte das Kodezeichen an das große Robotgehirn des Planeten ab und setzte direkt vor dem mächtigen Gebirgszug zur Landung an.

Die Energieglocke des Gehirns sackte in sich zusammen. Meine Techniker kauerten bereits auf der großen Antigravplattform, auf der wir auch das neue Schaltelement verankert hatten. Wenn alles klappte, konnten wir in zehn Stunden mit dem Einbau fertig sein.

Der Schleusenoffizier öffnete die großen Flügeltore über dem Ringwulst des Schlachtschiffs. Der Schweber glitt nach draußen und verschwand mit hoher Fahrt in der dunstigen Luft.

Die schweren Waffen des Gehirns drohten zu den dichten Wolken hinauf. Normalerweise wäre der Automat durchaus in der Lage gewesen, einen gewöhnlichen Angriff erfolgreich abzuwehren. Immerhin war er beim Durchgang der Wellenfronten noch niemals beschädigt worden.

Die Stunden wurden für uns zu Ewigkeiten. Mit den hastenden Technikern standen wir in ständiger Bildfunkverbindung. Die Arbeiten schritten gut voran, und draußen im Raum schien alles ruhig zu sein.

Es war den Kommandanten der beiden Schlachtkreuzer zur Pflicht gemacht worden, alle drei Minuten einen wechselnden Schlüsselspruch zu senden.

Nach acht Stunden geschah etwas, das ich anfänglich als Überlappungsangriff ansah. Nachdem der alte Tarts ebenfalls lauschend den

Kopf erhob und andere Männer der Zentrale aufhorchten, merkte ich, daß ich die Geräusche nicht allein gehört hatte.

Es war, als stünde ein unsichtbarer Rufer direkt unter uns. Trotzdem war kein wirklicher Laut zu hören. Das, was wir vernahmen, schien sich im Unterbewußtsein zu entwickeln, um als verständlicher, aber nicht laut ausgesprochener Begriff in unserem Gehirn zu erscheinen.

Tarts schaute mich verblüfft an. Nur sehr langsam löste er den Zeigefinger vom Alarmknopf.

„Man ruft dich“, sagte er ungläubig.

„Ja, ich weiß“, entgegnete ich gedehnt. Sehr aufmerksam sah ich mich um. Was war das nun wieder?

Mein Name wurde erneut genannt, dazu kam eine Anweisung, die fast schon wie ein Befehl klang.

Ein junger Offizier schrieb die auf so unglaubliche Art übertragene Nachricht mit. Es waren nur wenige Worte, und sie zeugten von einer Absicht, die ich nicht zu definieren vermochte.

Der Leutnant kam schwankend zu mir herüber. Wortlos legte er den Zettel auf meinen Schalttisch. Ich las: „An Atlan, den Arkonidenbefehlshaber. Ich bin nicht identisch mit den Unbekannten aus der Zeitzone. Starte sofort mit einem kleinen Beiboot und erscheine in meinem Leib. Ich warte zwei Stunden. Solltest du nicht kommen, wird es dein und der Schaden deines Volkes sein. Ich garantiere dafür, daß während deines Besuches in meinem Leib kein Angriff erfolgt. Orte mich!“

Als ich die Botschaft las, erschien sie mir noch viel unglaubwürdiger und seltsamer als zuvor. Trotzdem brachte ich es nicht fertig, lachend die Lippen zu verziehen.

Meine Offiziere sahen mich gespannt an.

„Verrückt“, sagte Tarts. „Worin liegt da der Trick? Jemand will dich in seine Gewalt bringen, Atlan.“

Ich sah mich zweifelnd um, bis die rein geistige Nachricht wieder in unserem Bewußtsein erschien. Es war stets die gleiche Anweisung.

Ich erhob mich bedächtig aus meinem Gefechtssessel, als ein Bildschirm aufleuchtete. Captain Zerg, unser Psychooffizier, meldete sich und bat um Sprecherlaubnis.

„Rede“, antwortete ich innerlich bebend.

„Es handelt sich um Paraschwingungen, Erhabener", erklärte er. „Sie sind jenen Impulsen ähnlich, die wir mit unseren Psychostrahlern erzeugen, nur scheinen sie wesentlich stärker zu sein. Es ist eine Bewußtseinsübertragung auf rein geistiger Ebene, wie es bei telepathisch begabten Wesen üblich ist. Wir verfügen nicht über diese Eigenschaft, jedoch liegen einwandfreie Forschungsergebnisse vor."

„Deine Meinung über den Sinn der Mitteilung?" fragte ich an.

„Ungewiß, Erhabener. Ich bin jedoch fast sicher, daß sie nicht von den Schattenwesen stammt."

Das Lautsprecherdröhnen in der Funkzentrale ließ mich die Verbindung mit Captain Zerg unterbrechen. Er winkte mir nochmals kurz zu, dann verschwand sein Gesicht von dem Schirm.

Der Diensthabende legte die eingehende Mitteilung in meinen Gefechtsstand um. Es war Kapitän Inkar, der sich aus dem Raum gemeldet hatte. Seine Augen glitzerten erregt.

„Inkar an Geschwaderchef", sagte er hastig. „Ist auf der TOSOMA der Wortlaut einer rätselhaften Aufforderung empfangen worden?"

„Wir haben sie gehört", bestätigte ich. „Hast du jenen geortet, der von uns erkannt werden will?"

„Sowohl meßtechnisch als auch optisch", behauptete Inkar. „Hoher Metallgehalt, jedoch kein Arkonstahl. Es sieht aus wie ein Raumschiff, nur ist die äußere Form asymmetrisch. Das Ding wirkt wie eine würfelförmige Zelle mit zahlreichen Auswüchsen, die auf der Oberfläche verteilt sind. Ich habe vorläufig von einem Angriff abgesehen."

Ich nickte unschlüssig. Captain Zerg kam in die Kommandozentrale. Er hielt einige Meßfolien in der Hand.

„Besondere Anweisungen, Erhabener?" fragte Inkar ungeduldig. Er schien sich nicht besonders wohl zu fühlen. Wahrscheinlich war sein Schiff bereits in Gefechtsbereitschaft.

„Wie weit ist der Körper entfernt?" erkundigte ich mich.

„Er steht ohne Fahrt im Raum. Distanz 1,5467 Millionen Kilometer, also im Wirkungsbereich eines kleinen Impulsgeschützes. Das verführt mich zu der Annahme, daß wir es nicht mit einem Angreifer zu tun haben können. Niemand wäre verrückt genug, vor den feuerbereiten Geschützen eines Schlachtkreuzers auf dem gleichen Fleck zu bleiben."

„Stimmt“, bestätigte Tarts ungefragt.

„PAITO und ASSOR bleiben auf Beobachtungskurs“, ordnete ich an. „Nichts unternehmen, wenn der Fremde weiterhin keine feindseligen Absichten erkennen läßt. Ich komme mit einem Rettungsboot der TOSOMA nach oben. Bestätigung! Ende.“

Ich schaltete ab. Inkars verblüfftes Gesicht würde ich nie vergessen.

„Wozu soll das gut sein?“ drang Tarts erregt auf mich ein. „ Ich vermute hinter der Geschichte eine Falle. Wer könnte dich schon anrufen?“

Captain Zerg mischte sich ein. „Erhabener, ich halte es für ausgeschlossen, daß die Schattenwesen deinen Namen kennen und darüber informiert sind, daß wir eine Flotteneinheit des Großen Imperiums sind. Hier ist jemand erschienen, der genau weiß, was in diesem System geschehen ist. Ich habe eine logistische Auswertung vorliegen. Danach kann es sich nicht um einen Angreifer handeln.“

Ich schwankte. Mein soeben gefaßter Entschluß, der eigentümlichen Aufforderung zu folgen und mit einem Boot in den Raum zu rasen, erschien mir jetzt schon wieder unsinnig.

„Wie weit sind unsere Techniker?“ erkundigte ich mich.

„In zwei Stunden fertig“, kam die Mitteilung aus der Felshalle des positronischen Gehirns.

In dem Augenblick wurde die Nachricht aus dem Raum wieder hörbar.

Tarts sagte nichts mehr. Er, der immer um mein Wohlergehen besorgt gewesen war und seit Jahrzehnten im Dienst meiner ehrwürdigen Familie stand, schaute mich prüfend an.

„Gut, dann gehe“, sagte er unvermittelt. „Ich weiß, daß es dir in den Füßen juckt. Ich mache allerdings zur Bedingung, daß die TOSOMA ebenfalls startet. Die ASSOR unter Taneth kann den Schutz der Techniker übernehmen. Die Schlachtkreuzer sind nicht mehr schnell genug, um allen Eventualitäten vorbeugen zu können.“

Tarts' Vorschlag machte mich ganz sicher. Ich mußte dauernd an den Ausspruch denken, wonach mein Nichterscheinen nur zum Schaden meines Volkes sein könne.

Ich erteilte die entsprechenden Anweisungen. Wir warteten ab, bis die ASSOR in die Atmosphäre eingetaucht und neben uns gelandet war.

Die noch arbeitenden Ingenieure erhielten den Befehl, bei der geringsten Gefahr aufzubrechen und mit dem Schlachtkreuzer in den Raum zu fliehen.

Dann war es soweit. Die Aufforderung des Unbekannten dröhnte immer lauter in meinem Schädel. Es war, als gäbe es auch bei dieser Mitteilungsart bestimmte Dringlichkeitsstufen, die sich durch ein allmähliches Anschwellen der Impulsstärke bemerkbar machten.

Die TOSOMA durchbohrte die grell aufleuchtende Lufthülle des zweiten Planeten. Plötzlich und unvermittelt tauchte der grelle Glutball der Sonne auf. Sie war von hier aus gesehen schon wesentlich größer, als wenn man sie von der Atlantisbahn aus betrachtete.

Zehn Sekunden nach unserem Vorstoß in das Nichts erhielten wir das erste Ortungsergebnis. Ich sah wie gebannt auf die Reliefschirme der überlichtschnellen Hypertaster.

Ein dunkler, nur umrißhaft erkennbarer Körper von ungleichmäßiger Formgebung stand reglos im Raum. Wenn es ein Schiff war, dann handelte es sich um die seltsamste Konstruktion, die ich jemals gesehen hatte.

Dieses Gebilde wirkte äußerlich asymmetrisch. Die vielen Auswüchse auf den Bordwänden erweckten den Eindruck, als handle es sich um unförmige Isolatoren, drehbare Waffenkuppeln oder um Meßzellen zur Aufnahme irgendwelcher Energieeinheiten.

„Herunter mit der Fahrt!“ herrschte ich Tarts an, der anscheinend bemüht war, noch einige hunderttausend Kilometer näher zu kommen.

Der Alte blickte mich grimmig an.

„Hör zu, Atlan“, sagte er. „Ich habe dich auf meinen Knien gewiegt und dir gezeigt, wie ein gutes Raumschiff funktioniert. Der Imperator persönlich hat dich meiner Obhut anvertraut und mir befohlen, mit meinem Leben für dich einzustehen. Ich warte genau eine Stunde Atlantiszeit. Wenn du dann noch nicht zurückgekehrt bist, werde ich etwas unternehmen. Wenn der Kahn da drüben Fahrt aufnehmen sollte, bin ich mit einer Kurztransition direkt neben seiner Breitseite.“

„Wir werden sehen. Ich habe nicht das Gefühl, als drohe eine Gefahr. Schön, nun laß uns ein Rettungsboot klarmachen.“

„Schon geschehen“, entgegnete Tarts. „Ich konnte mir ja denken, daß du nicht auf meinen Rat hörst.“

Einige Männer der Besatzung halfen mir, den leichten Raumanzug anzulegen. Ich hatte Luft, Wasser und Nahrungsmittel für achtundvierzig Stunden. Die eingebauten Geräte arbeiteten einwandfrei.

Mit dem Lift fuhr ich hinunter zur riesigen Bootshalle der TOSOMA. Die kleinen Impulsflitzer waren kaum acht Meter lang und halb so breit. Sie besaßen Ellipsenform.

Ich durchstieg die Schleuse, öffnete die Eigenluftversorgung und schaltete den Triebwerksvorwärmer ein. Die leistungsfähigen Maschinen des Bootes begannen zu summen. Man konnte mit ihm im Zeitraum von zwei Stunden die einfache Lichtgeschwindigkeit erreichen, was für die Erfordernisse eines Rettungsfahrzeugs genügte.

Tarts kontrollierte die kleine, starr eingebaute Impulskanone. Sie war feuerklar und in bester Ordnung, so wie alles an Bord der TOSOMA in einem vorzüglichen Zustand war.

„Achtung, an Verband", sprach ich in das Mikrophon des Hyperfunkgeräts. „Es mag sein, daß ich nach dem Einschleusen in das fremde Raumschiff nichts mehr von mir hören lasse. Keine Panik, bitte! Mein Raumanzug besitzt einen Feldprojektor, der mich im schlimmsten Fall abschirmen wird. Fertig, TOSOMA?"

Sie waren bereit. Ich hörte das Pfeifen der Absaugpumpen, dann glitten die Schleusentore auf.

Gleichzeitig mit dem harten Stoß des magnetischen Katapultes begann mein Andruckabsorber zu laufen. Ich spürte nichts von der hohen Belastung.

Vor mir öffnete sich die Weite des Raumes. Die TOSOMA wurde für das normale Auge sofort unsichtbar. Nach wenigen Augenblicken war sie als dunkler, formloser Klumpen verschwunden.

Ich flog mit hohen Beschleunigungswerten auf den fremden Raumer zu. Dabei dachte ich daran, was der dortige Kommandant mit dem rätselhaften Begriff „erscheine in meinem Leib" gemeint haben könnte. Außerdem fiel mir erst jetzt ein, daß man mich nicht direkt aufgefordert hatte, ganz allein zu kommen. Allerdings war auch nichts von einer Begleitmannschaft erwähnt worden.

Meine Nerven begannen zu vibrieren, als ich den Richtstrahler des Hypersenders mit dem Echotaster koppelte. Bei Grünwert nahm ich das Mikrophon vor die Lippen. Meinen Raumhelm hatte ich noch nicht über den Schädel geklappt.

„Admiral Atlan, Chef des 132. Imperium-Einsatzgeschwaders an fremdes Raumschiff: Ich habe deine Nachricht empfangen und nähere mich allein. Ich werde in zehn Minuten eintreffen."

Gespannt lauschte ich auf eine Antwort. Sie erfolgte so, wie ich es instinktiv erwartet hatte.

Der Unbekannte bediente sich wieder der telepathischen Bewußtseinsübermittlung. „Ich habe dich bereits geortet. Schalte dein Triebwerk ab. Ich werde dich unbeschadet in meinem Leib bergen."

Da war er schon wieder, dieser unsinnige Begriff. Natürlich würde ich in den Körper des Raumschiffes hineinfliegen, was aber bestimmt nicht identisch war mit dem „Leib" des sprechenden Kommandanten.

Meine Spannung wuchs, als ich weisungsgemäß die Maschinen stillegte. Nach wenigen Minuten fühlte ich ein sanftes Ziehen. Sofort danach tauchte direkt vor mir die dunkle Bordwand des Raumers auf.

Mir wurde klar, daß man mich einer Miniaturtransition unterzogen hatte. Mein bisher nur unbewußt vorhandener Respekt steigerte sich ins Grenzenlose. Das, was mir soeben vorgeführt worden war, beherrschte die arkonidische Technik noch nicht.

Ich beeilte mich, meinen sicherlich unruhig werdenden Leuten die Sache zu erklären.

„Wahnsinn!" hallte Tarts' Stimme in meinem Empfänger. „Denke daran, daß dies genau die Waffe ist, die wir suchen."

Und ob ich daran dachte. Die Idee war mir gekommen, als ich den leichten Druck spürte.

Das war der Moment, in dem ich all meine Bedenken gegen das Ungewöhnliche endgültig über Bord warf. Ich hatte eine Art von gesteuerter Entmaterialisierung erlebt. Wenn es uns möglich sein sollte, dieses Gerät nachzubauen, konnte der Methankrieg beendet werden.

Dicht vor meinem plötzlich stillstehenden Boot war ein runder, scharf umrissener Lichtfleck erkennbar. Es war eine beleuchtete Lichtschleuse, die sich einladend öffnete. Der unbekannte Kommandant ließ nichts mehr von sich hören.

Ich wurde sanft in einen verlassenen Metallraum gezogen. Die Tore schlossen sich wieder. Luft strömte in die Kabine. Da kam die nächste Mitteilung durch: „Ich versorge dich mit einem Sauerstoff-Helium-Gemisch. In meinem Körper herrscht kein Gasdruck."

Ich begann zu staunen. Bestürzt tastete ich nach dem Schalter des Funkgeräts, unterließ es dann aber doch, das Flaggschiff anzurufen. Tarts war nervös genug. Wenn er Dummheiten machte, konnte alles verloren sein.

Ich saugte mit dem automatischen Analysator eine Luftprobe an und wartete auf die Auswertung. Sie kam nach vier Sekunden mit einem hellen Grünwert. Die künstliche Atmosphäre war für mich atembar.

Ich öffnete meine Kabine und stieg aus. Bedächtig, die geringe Schwerkraft instinktiv durch vorsichtige Bewegungen ausgleichend, schritt ich auf das Innenschott zu. Es glitt auf.

Es war niemand zu sehen. Der lange Gang war nur schwach beleuchtet. Überall summte und sirrte es.

Zögernd ging ich weiter. Meine bohrende Unruhe wich erst dann, als ich wieder die mentale Stimme vernahm: „Ich begrüße dich, Atlan. Du befindest dich in meinem Körper. Deine Überlegungen sind mir bekannt. Dies ist ein Robotraumschiff ohne organische Besatzung. Ich bin eine kompakte Schalteinheit, raumflugfähig und mit allen Mitteln ausgerüstet, die mein Erbauer für erforderlich hielt. Geh nach links!"

Ich war schockiert. So sah also des Rätsels Lösung aus. Ein Robot, der praktisch mit dem gesamten Schiff identisch war, konnte natürlich sehr gut davon sprechen, mich in „seinem Leib" zu empfangen.

Ich betrat ein Antigravfeld, das mich in sanftem Zug nach oben brachte. Ich glitt direkt aus der Bodenöffnung heraus, um in einem großen, kreisrunden Saal mit gewölbter Decke zu landen.

Die sinnverwirrende Fülle fremdartiger Schaltelemente beeindruckte mich zutiefst.

Ich blieb mitten im Raum stehen, da ich befürchtete, andernfalls mit Stromleitern in Berührung zu kommen. Hier wurde mit ungeheuren Energien gearbeitet, und nirgends konnte ich irgendwelche Abschirmungen bemerken. Für einen Robot war das auch nicht erforderlich.

Was dann kam, geschah völlig unvermittelt.

„Ich bin beauftragt worden, dir zum Zweck einer ständigen Zellkernregeneration einen Mikroaktivator zu überreichen. Das Gerät hat die Eigenschaft, deinen natürlichen Alterungsprozeß aufzuhalten. Wenn du es ständig in der Nähe deines Herzens trägst, wirst du biologisch unsterblich sein, vorausgesetzt, dein Körper wird keinen von außen kommenden zerstörerischen Einflüssen ausgesetzt. Ich wiederhole: Du wirst immer jung und gesund bleiben, aber deine Unsterblichkeit ist relativ. Unfälle und Gewalttaten können dich töten. Lege deine Kleidung ab und tritt auf die rote Plattform vor dir. Ich werde deine individuellen Schwingungen auf den Zellaktivator übertragen."

Das war alles, was der Schiffsrobot erklärte. Völlig verblüfft befolgte ich seine Anweisung und trat mit bloßen Füßen auf die rötlich leuchtende Metallplattform. Eine Stahlkappe senkte sich auf meinen Schädel. Ich spürte die Einstiche von Kontaktnadeln, die bis zu meiner Schädeldecke vordrangen.

Die Prozedur dauerte knapp zwei Minuten. Ehe sich der Helm wieder hob, wurde mir von einem fein gearbeiteten Greifarm ein kleiner eiförmiger Körper um den Hals gehängt. Er war an einer sehr dünnen, aber festen Gliederkette befestigt.

Ich fragte ununterbrochen. Eine Antwort erfolgte erst, als ich angezogen war.

„Meine Aufgabe ist erfüllt. Auf deine Fragen darf ich nicht eingehen. Mein Erbauer ist daran interessiert, die Arkoniden vor dem Untergang zu bewahren. Es wird deine Pflicht sein, alles für dein Volk zu tun. Nimm an, mein Erbauer hielte es nicht für gut, daß Lebewesen der zweiten Zeitebene in euer Universum eindringen. Dir wird der Zellaktivator deshalb verliehen, damit du weiterhin in der Lage bist, die entsprechenden Maßnahmen zu veranlassen. Unter Umständen kann etwas geschehen, was einen beschleunigten Alterungsprozeß bedingt. Für diesen Fall bist du auch ausgerüstet worden. Mein Erbauer selbst ist nicht befugt, direkt einzugreifen. Er gibt dir damit die Gelegenheit, in seinem Sinn zu handeln."

Damit war die seltsamste Unterredung meines Lebens beendet. Die Maschine schob mich einfach in den Antigravschacht.

Als ich wieder unten ankam und die in mir aufsteigende Panik meine Beine zu schnellem Lauf anspornte, wurde ich von einem aus der Wand hervorzuckenden Greifarm aufgehalten.

Die „Stimme" des Robots kam wieder durch. „Ich habe den Auftrag erhalten, dir die Konstruktionsunterlagen für eine Waffe zu überreichen, die deine Wissenschaftler Konverterkanone nennen. Es ist ein Gerät, mit dem in beliebig entfernten Zielgebieten ein

unstabiles Ballungsfeld auf fünfdimensionaler Basis erzeugt werden kann. Sobald der Sender den künstlich hergestellten Ballungseffekt aufgibt, kommt es zu einer Entstofflichung der von dem Feld umspannten Materie. Die Daten sind auf Magnetdraht gespeichert. Sie können sofort verwendet werden. Arkonidische mathematische Symbolgruppen sind verarbeitet worden. Ich wünsche dir viel Glück."
Damit war ich endgültig verabschiedet. Aus der stählernen Greifhand nahm ich eine kleine Metallrolle entgegen, die ich unter meiner Kleidung verbarg.

Dabei fühlte ich erstmals einen belebenden Strom durch meinen Körper rinnen.

Als ich wieder im Boot saß, war all meine Müdigkeit vergangen. Mir war, als gewänne ich neue Lebenskraft. Der Rücktransport zur wartenden TOSOMA geschah ebenfalls durch eine Miniaturtransition.

Ich ging an Bord, wich den neugierig fragenden Besatzungsmitgliedern aus und schloß mich in meiner Kajüte ein. Tarts gab über Bildsprechverbindung bekannt, das fremde Schiff sei plötzlich verschwunden.

„Was hat es gegeben?" erkundigte er sich. „Nun rede doch schon."

Ich blickte auf die kleine Kapsel. Ihr Inhalt bestand aus einigen feinen Bildtonspulen, wie wir sie ebenfalls gebrauchten. In meinem Hirn schien kein einziger klarer Gedanke mehr abzulaufen.

„Sind die Techniker fertig?" fragte ich zurück.

„Ob – ob sie fertig sind?" echote Tarts verblüfft. „Natürlich. Wir warten seit achtzehn Stunden auf deine Rückkehr."

„Achtzehn Stunden?" ächzte ich.

„Ich hatte mir doch gleich gedacht, daß da etwas nicht stimmt", sagte der Kommandant wütend. „Du hast in Abständen von dreißig Minuten angerufen und immer wieder mitgeteilt, die Besprechung zögere sich noch hinaus. Ich hätte noch zwei Stunden gewartet, aber dann hätte ich eingegriffen. Was war eigentlich los?"

„Nichts", wehrte ich müde ab, „überhaupt nichts. Das Schiff war ein kompletter Roboter ohne Besatzung. Er muß eine andere Eigenzeit besitzen als wir. Ich war bis jetzt der Meinung, bestenfalls fünfzehn Minuten in dem Körper verbracht zu haben. Ich habe dich auch nicht angerufen."

„Ja, achtzehn Stunden!“ schrie Tarts außer sich. „Ich schicke dir den Arzt. Bist du in Ordnung?“

„Ich glaube schon. Ich komme hinauf.“

Als ich in der Zentrale erschien, sah man mich an, als wäre ich ein fremdes Lebewesen. Tarts fragte nach einigen Dingen, die nur ich wissen konnte. Erst dann gab er es auf, zu vermuten, an meiner Stelle wäre vielleicht ein maskiertes Ungeheuer an Bord gekommen. Tarts zog sich fluchend in seinen Gefechtssessel zurück.

Wir landeten auf Atlantis, ohne etwas von dem Schattengegner bemerkt zu haben. Die Planeten drei und zwei näherten sich mehr und mehr der von mir mit Bangen erwarteten Opposition.

Ich bereitete alles für eine baldige Evakuierung vor. Die Wissenschaftler untersuchten mittlerweile die seltsamen Spulen. Drei Tage später teilte mir Grun aufgeregt mit, das Geheimnis sei gelöst.

Das war der Zeitpunkt, an dem ich mich wieder von einem treuen Gefährten trennen mußte. Ich rief die Kommandanten zu mir und erteilte dem Kapitän der ASSOR den Befehl, die wichtigen Daten sofort nach Arkon zu bringen, wo er sie dem Imperator persönlich auszuhändigen hätte.

Zugleich nutzte ich die Gelegenheit, um gegen den Willen der Siedler vierzigtausend Leute in die beiden noch vorhandenen Transportschiffe zu stecken. Es genügte, wenn zehntausend Einwohner auf Atlantis zurückblieben.

Ich setzte meinen Willen durch und befahl Taneth, gleichzeitig als Geleitschutz zu fungieren.

Drei Wochen später starteten die drei Einheiten zum weiten Heimflug. Von der ASSOR unter Kapitän Taneth hatte ich später gehört, sie wäre nach Erfüllung ihrer wichtigen Kurieraufgabe von einem Admiral angefordert und sofort in die Abwehrschlacht gegen die Methans geworfen worden.

Trotz meiner wiederholten Bitten an den Großen Rat, mir eine der neuartigen Waffen zu überlassen, bekam ich niemals eine Konverterkanone.

Dagegen erhielt ich vom Imperator persönlich den Befehl, weiterhin in dem kleinen System von Larsafs Stern auszuharren, um zu versuchen, das Rätsel der Wellenfront zu lösen.

Für die Beschaffung der Unterlagen über die neue Waffe wurde ich zum Flottenadmiral befördert. Neue Schiffe bekam ich jedoch nicht. Mir wurde erklärt, durch den Krieg gegen die Methans sei das Reich bis aufs äußerste belastet. Jedes neu in Dienst gestellte Schiff ginge sofort an die Front.

So war ich auf meine TOSOMA und den neuen Schlachtkreuzer PAITO unter Kapitän Inkar angewiesen.

Die beiden alten, zu ferngelenkten Waffenschiffen umgebauten Kreuzer waren nur noch bedingt verwendbar. Es war ausgesprochen umständlich und auch kaum möglich, sie gegen schnellbewegliche Ziele einzusetzen.

So erließ ich den Befehl, die verbrauchten Schiffe abzuwracken und ihre umgeschalteten Triebwerke als stationäre Waffen auf Atlantis einzubauen.

Zusammen mit den Besatzungen meiner restlichen Einheiten befanden sich noch etwa vierzehntausend Arkoniden auf dem kleinen Kontinent, der allmählich erblühte.

Die zehntausend Kolonisten von Zakreb V errichteten weite Farmen und unterwiesen dabei die Eingeborenen in der Kunst der Feldbebauung. Unser Verhältnis mit den Barbaren war gut. Es kam niemals zu Zwischenfällen.

So erteilte ich Feltif schließlich die Anweisung, sie in der Metallbearbeitung und Baukunst zu unterrichten. Auf den beiden großen Südkontinenten östlich und westlich von Atlantis entstanden unsere ersten Schulen.

Wir waren dabei, den am weitesten vorgeschobenen Stützpunkt des Imperiums auszubauen.

Während der kommenden Wochen flog ich zusammen mit Inkar immer wieder gefährliche Einsätze hinüber zum zweiten Planeten, dessen Depots wir mehr und mehr ausräumten.

Es dauerte lange, bis die ausgebauten Kreuzertriebwerke im felsigen Untergrund von Atlantis sorgfältig versenkt und verankert waren.

Von da an besaßen wir acht völlig in sich abgeschlossene Feuerstellungen. Wenn es zu einer Überlappung durch die Wellenfront kommen sollte, mußten natürlich die Besatzungen in Sicherheit gebracht werden.

Ich stellte schnelle Antigravgleiter bereit, mit deren Hilfe die Leute ausweichen konnten, falls sich das Relativfeld nicht gänzlich aufhalten oder wenigstens an bestimmten Stellen einreißen ließ.

Atlantis war zu einer Festung geworden.

Wir erholten uns in der warmen, trockenen Luft der höheren Gebirgslagen von all den Anstrengungen, unternahmen Expeditionen in die eisigen Nordländer, wo wir Steinzeitbarbaren antrafen.

Einige Volksstämme wohnten längst in Hütten, andere durchstreiften noch ziellos die riesigen Urwälder. Es war erstaunlich, wie unterschiedlich sich auf der dritten Welt von Larsafs Stern das Leben entwickelt hatte.

Besonders die Nordvölker schienen über Jahrtausende hinweg schwere Not ertragen zu haben.

In den Seegebieten nahe einem großen, die südliche Gegend abschließenden Gebirge errichteten wir für Fischer Pfahlbauten.

Unser Hauptaugenmerk galt den Völkern auf den beiden Südkontinenten, wo unter Anleitung unserer Zakrebsiedler erste Eingeborenenstädte entstanden.

Es sah alles gut aus. Die Wellenfront blieb zumeist in ihrem Raumsektor. Es stand nun fest, daß es sich um natürliche Ereignisse handelte, die von denkenden Wesen ausgenutzt wurden.

Wir warteten ab. Ein Angriff konnte nur dann erfolgen, wenn der dritte Planet in Opposition zu Larsa stand. Dann mußte die Entscheidung kommen.

Jemand rüttelte meine Schultern. Mein Name klang immer wieder auf, bis sich die Laute langsam in meinem Gehirn festsetzten. Mir war, als erwachte ich aus tiefem Schlaf.

Ich fühlte mich unsagbar müde und abgespannt. Die Gesichter der Offiziere verwischten sich in meinem Vorstellungsvermögen.

„Eh, Admiral, wach auf!“

Eine Hand tätschelte meine Wange.

„Tarts, bist du es?“ stammelte ich.

Die rufende Stimme verstummte, bis ich sie scharf sagen hörte: „Es kommt nicht mehr in Frage, ihn so weit in die Vergangenheit schweifen zu lassen. Ich bitte mir aus, zukünftig nur noch knappe Zwischenfragen zu stellen und einfach das Ergebnis seiner Handlungen anzuhören. Doc, kümmern Sie sich bitte um ihn.“

Ich lauschte verwundert auf die helle Stimme. Jemand stach mich in den Arm. Ein warmer Strom durchrann meine Adern.

Ich hörte das schwere Atmen eines Mannes. Wenn er sprach, bediente er sich einer fremden Mundart, die ich aber einwandfrei verstand.

Nach einer knappen Stunde hatte ich endlich erfaßt, daß ich mich nicht mehr an Bord der alten TOSOMA befand, sondern im Messeraum der DRUSUS.

Kommandant war Perry Rhodan, und Larsafs Stern wurde nun Sol genannt.

Atlantis existierte längst nicht mehr, und meine Leute waren seit zehntausend Jahren tot. Das Große Imperium, das ich hatte retten wollen, war am Zerfallen. Ein Robotregent hatte die Macht übernommen.

Rhodan richtete mich auf. Ich versuchte ein klägliches Lächeln.

Da sagte er freundlich: „Du hättest noch stundenlang erzählt, wenn ich dich nicht immer wieder angerufen hätte."

Ich tastete nach meinem Zellaktivator.

„Er funktioniert immer noch", flüsterte ich. „Siehst du nun, daß ich dir über das Geheimnis des ewigen Lebens nichts verraten kann? Ich weiß heute noch nicht, was damals geschah."

„Aber ich", behauptete Rhodan gleichmütig. „Ich kenne ein rätselhaftes Lebewesen auf der Kunstwelt Wanderer, das sich bei jeder unpassenden Gelegenheit über andere Wesen amüsiert. Das Gerät kann nur von ihm stammen. Wahrscheinlich war es über das Auftauchen der zweiten Zeitebene beunruhigt. Du warst sein Waffenarm, denn es ist nicht mehr materiell. Jetzt bin ich neugierig, wie es sich zu den neuen Ereignissen stellt. Deine Schatten von damals sind wieder da, Arkonide. Du solltest nun ruhen. Es war etwas zuviel. Übrigens ...", er unterbrach sich für eine Sekunde, um danach lächelnd fortzufahren, „übrigens habe ich von den Arkoniden nun eine ganz andere Meinung. Dieser Tarts scheint ein prächtiger Bursche gewesen zu sein."

„Das waren sie alle", entgegnete ich leise und mit Stolz auf die große Vergangenheit meines Volkes. Ich lehnte mich weit in den Sessel zurück. Ich befand mich wieder im Raum, nur führte jetzt ein anderer Mann das Kommando. Dennoch fühlte ich mich zu Hause.

12.

Bereits eine Stunde später betrat Atlan die Zentrale der DRUSUS. Als Träger eines Zellaktivators hatte er sich in dieser kurzen Zeit völlig erholt.

„Es gibt noch ein paar Einzelheiten, über die wir sprechen sollten“, meinte er.

Rhodan nickte und deutete auf einen freien Sessel. In diesem Augenblick erfolgte ein Funkruf. Rhodan lächelte Atlan zu.

„Wir werden uns später unterhalten“, versprach er.

Sie warteten, bis die Botschaft entschlüsselt war. Rhodan nahm sie aus den Händen des Cheffunkers entgegen und wandte sich den in der Zentrale versammelten Raumfahrern zu.

„Dies ist eine Hyperfunkmeldung von der Erde“, sagte Rhodan in das erwartungsvolle Schweigen hinein. „Ich bin nicht sicher, ob sie etwas mit unserer eigentlichen Aufgabe zu tun hat, aber selbst dann, wenn das nicht der Fall ist, müssen wir der Aufforderung Folge leisten.“

Aus dem Hintergrund fragte Bully: „Welcher Aufforderung?“

Es klang sehr befremdet.

Rhodan lächelte flüchtig. „Ich werde den Wortlaut der Meldung vorlesen. Sie können sich vorstellen, daß sie gerafft und außerdem kodifiziert auf Umwegen in unseren Empfänger gelangte. Eine Abhörgefahr oder gar die Möglichkeit, die Erde anzupeilen, bestand somit nicht. Die Meldung besagt: *An DRUSUS! Notruf Dreimal Glockenschlag von Agent Jost Kulman auf Swoofon, System Swaft. Bittet um sofortige Abholung. Keine Einzelheiten.* Unterzeichnet ist der Funkspruch von der Zentrale in Terrania. Ich denke, wir sollten uns darum kümmern und Swoofon anfliegen.“

„Konnte Kulman nicht sagen, was ihn bedrückt?“ fragte Bully. Rhodan nickte nachsichtig. „Natürlich konnte er das, aber er hat es nicht getan.“

Sikermann sah sich veranlaßt zu fragen: „Wer nimmt unsere Position ein, wenn wir Swaft anfliegen? Es entsteht eine Lücke im Überwachungsnetz, die geschlossen werden müßte."

„Kaum." Rhodan schüttelte den Kopf. „Wir haben die Front lediglich verstärkt. Wenn wir verschwinden, wird sie wieder normal sein."

Er blickte in die Runde. „Wir werden sofort nach Wachablösung in Richtung Swaft springen und uns die Gegend ein wenig ansehen. Es könnte ja sein, daß sich seit Kulmans Funkspruch dort etwas geändert hat. Ich habe nicht die Absicht, in eine Falle zu rennen. Bereiten Sie sich also auf einige Stunden anstrengenden Dienst vor, meine Herren. Darf ich Reginald Bull und Captain Gorlat bitten, in der Zentrale zu bleiben? Ich möchte keine Vorsichtsmaßnahmen außer acht lassen."

13.

Jost Kulman gehörte zur Spezialeinheit der „Kosmischen Agenten". Diese Agenten, oft auch Mutanten mit besonderen Fähigkeiten, lebten auf vielen Welten des arkonidischen Imperiums und standen mit der Zentrale auf Terra durch Hyperfunk in Verbindung. So erfuhr Rhodan vieles von Wichtigkeit, was in der Galaxis geschah.

Kulman war Mikro-Optiker. Durch willkürliche Brennweitenverstellung seiner Augenlinsen vermochte er Dinge zu sehen, die man sonst nur mit dem Mikroskop erkennen konnte. Dieser Fähigkeit hatte er es zu verdanken, daß man ihn damals nach Swoofon geschickt hatte.

Denn auf Swoofon lebten die Swoon, die besten und fähigsten Mikrotechniker der bekannten Galaxis.

Kulman saß in einem Sessel und begegnete Rhodans Blick. Vor wenigen Minuten erst war die Space-Jet, die Kulman unbemerkt von Swoofon abgeholt hatte, zu der im Ortungsschutz einer Nachbarsonne des Swaft-Systems wartenden DRUSUS zurückgekehrt.

„Ich habe den Funkspruch geschickt", begann Kulman seinen mit Spannung erwarteten Bericht, „weil die Lage es erforderte. Die

Swoon haben den Auftrag erhalten, einen Kompensatorpeiler für Raumschiffe zu bauen, der in seiner Konstruktion bereits festliegt."

Rhodan beugte sich vor und sah den Agenten an. Das Lächeln war von seinem Gesicht verschwunden, als sei es weggewischt worden. „Was, bitte?"

Kulman lächelte verlegen. „Ich habe das Gerät so genannt, weil damit seine eigentliche Aufgabe fest umrissen wird. Die Springer gaben den Auftrag dazu und lieferten auch die Konstruktionspläne. Der Kompensatorpeiler macht künftig alle heimlichen Hypersprünge von Raumschiffen unmöglich. Sie sehen, daß meine Beobachtung wichtig ist . . ."

„Und ob." Rhodan nickte und sah nicht gerade sehr erfreut aus. „Was konnten Sie an Einzelheiten erfahren?"

Kulman entschloß sich, weiter auszuholen. „Wie Sie am besten wissen, wurde der Kompensator ursprünglich von den Springern entwickelt. Er verhindert eine Ortung von Raumschiffen, die in die Transition gehen und wieder materialisieren. Die Strukturtaster wurden damit so gut wie entwertet. Wenn aber erst einmal der Kompensatorpeiler in Serienanfertigung geht, gibt es keine Geheimnisse mehr. Jedes Schiff kann wieder angepeilt werden, ob es nun beim Sprung einen Kompensator benutzt oder nicht. Die Position der Erde wäre nicht mehr lange ein Geheimnis."

„Eine böse Sache", meinte Bully und sah Crest an, der reglos in einem Sessel saß. „Nächstens gucken sie uns noch in die Suppentöpfe."

„Berichten Sie weiter, Kulman", sagte Rhodan. „Wie weit sind die Vorbereitungen zum Bau gediehen?"

„Zum Glück ist damit noch nicht begonnen worden. Die Konstruktionspläne trafen erst kürzlich ein. Sie werden noch geprüft, aber man bereitet schon die Errichtung der Werkshallen vor. Es sieht so aus, als wolle man den Peiler gleich massenweise herstellen."

„Das", sagte Rhodan hart, „muß unter allen Umständen verhindert werden." Er beugte sich vor. „Haben Sie eine Ahnung, wie der Peiler funktionieren soll?"

„Ja, ungefähr. Der Kompensatorpeiler hat die Eigenschaft, die Frequenzen eines Strukturkompensators aufzufangen, auch wenn die Erschütterung des Raum-Zeit-Gefüges nicht vernommen werden kann. Durch den Peiler verrät sich also ein Kompensator von selbst, wenn er eingeschaltet wird. Er sendet Eigenschwingungen aus, die auf fünfdimensionaler Ebene erfaßt werden können. Das war soweit alles, was ich erfahren konnte."

„Es ist genug, glaube ich", stellte Rhodan fest. „Kennen Sie auch die Lage der künftigen Fabrik?"

„Ja, sie ist mir ungefähr bekannt."

Rhodan nickte befriedigt. „Wir müssen versuchen, an die Konstruktionspläne heranzukommen und sie vernichten, bevor mit der Produktion des Kompensatorpeilers begonnen wird. Kulman, berichten Sie weiter. Schildern Sie uns, wie es auf Swoofon aussieht, wie die Bewohner leben und wie sie zum Imperium stehen. Jede Einzelheit kann wichtig sein, auch wenn Sie glauben, sie sei es nicht."

Der Strukturkompensator, dachte Rhodan, während Kulman seine Schilderung begann, ist unsere wichtigste Verteidigungswaffe. Wenn sie außer Gefecht gesetzt wird, ist unsere Lage bedrohlich. Unsere Stärke ist, daß niemand weiß, wo die Erde zu finden ist. In der Unendlichkeit des Universums ist sie nur ein Staubkorn.

Niemand darf dieses Staubkorn finden, versprach sich Rhodan und wandte seine Aufmerksamkeit erneut Kulman zu.

„. . . werden die Bewohner Swoon genannt. Sie leben ausschließlich auf dem zweiten Planeten der Sonne Swaft, neunhundertzweiundneunzig Lichtjahre von der Erde entfernt. Insgesamt hat dieses System drei Planeten, aber nur der zweite ist bewohnt. Sauerstoffwelt, wüstenhafter Oberflächencharakter, keine nennenswerte Vegetation, ein Viertel der irdischen Schwerkraft. Der Sauerstoffgehalt von Swoofon ist nur gering, aber er reicht noch gerade aus, daß Menschen ohne Atemgeräte auf dem Planeten leben können."

„Wie kommt es", fragte Bully, „daß die Swoon als die besten Techniker des Universums gelten?"

„Feinmechaniker", betonte Kulman. „Ihre Augen sind ähnlich wie die meinen, und sie können Dinge sehen, zu denen jeder normale Mensch ein Mikroskop benötigt. Außerdem besitzen sie äußerst geschickte Hände, die selbst ein Sandkorn ohne optische Hilfsmittel zu formen vermögen. Sie sind ja auch nicht groß, höchstens dreißig Zentimeter."

„Wer?" fragte Bully. „Die Hände?"

„Die Swoon", belehrte ihn Kulman nachsichtig. Dann entsann er sich, daß sie bisher kaum Zeit gehabt hatten, darüber zu sprechen. „Sie sind sehr klein, diese Bewohner des Planeten Swoofon. Etwa dreißig Zentimeter hoch, sehr schlank und alles andere als humanoid. Sie sehen eher aus wie Gurken mit zwei kleinen Füßen. Sie haben vier Arme mit geschickten Händen." Bully schüttelte den Kopf. „Das kann doch nicht wahr sein! Gurken, die Uhren bauen!"

„Sie bauen noch ganz andere Dinge", sagte Kulman, und in seiner Stimme war so etwas wie Hochachtung. „Wenn Sie die Swoon erst einmal kennen, werden Sie lernen, sie zu bewundern."

„Ich habe mir nie viel aus Gurken gemacht", knurrte Bully. Er sah Gucky an, als erwarte er von dem Mausbiber Zustimmung, aber er wurde bitter enttäuscht.

„Ich glaube", sagte Gucky ganz ruhig, „daß die Swoon sehr gut meine Freunde werden könnten. Vorurteile, wie Bully sie immer noch hegt, sind nicht meine Schwäche."

Rhodan nickte ihm zu. „Du hast schon recht, aber so ernst meinte es Bully nun auch wieder nicht. Wäre das der Fall, könnte ich ihn nicht mit nach Swoofon nehmen."

„Wir wollen . . ."

Rhodan nickte Bully zu. „Ja, wir werden. Und zwar noch heute."

„Bravo!" schrillte Gucky und stand auf, um zum Schott zu watscheln. „Ich werde mich noch ein wenig fein machen. Wir landen doch offiziell?"

„Ich denke schon, Gucky. Warum willst du dich fein machen?"

„Landurlaub unter Gurken – das ist etwas ganz Besonderes. Ich möchte mich nicht blamieren."

Und weg war er, ohne die Tür zu öffnen.

Bully sah auf die Stelle, an der Gucky eben noch gestanden hatte.

„Seine Urinstinkte brechen durch", orakelte er. „Wenn er die Gurken-Techniker nur nicht mit Mohrrüben verwechselt – das könnte einigen Ärger geben."

Kulman warf ihm einen verständnislosen Blick zu, aber Bully hielt es nicht für notwendig, dem Agenten die Vorliebe Guckys für frische Mohrrüben zu erklären.

Rhodan blieb sitzen. „Es wäre vielleicht richtig, Kulman, wenn Sie uns noch weitere Einzelheiten berichten würden. Mich interessiert zum Beispiel, wo sich die Botschaft Arkons befindet, welche Truppen dem Administrator zur Verfügung stehen, wie die Verwaltung durchgeführt wird und so weiter.“

Kulman sprach weiter. Er berichtete alles, was er über Swoofon wußte. Diese Informationen wurden ausgewertet, und die Vorbereitungen für einen Besuch des Planeten begannen.

Die Sonne Swaft besaß etwa die Größe und Helligkeit der irdischen Sonne und war auch genauso heiß. Trotzdem blieb es unverständlich, warum der Planet Swoofon so gut wie keine Vegetation entwickelt hatte. Wasser war vorhanden, ebenso Felsen und daraus verwitterte Erde. Sand gab es in jeder Menge, aber fast keine Pflanzen.

Etwa die Hälfte der Swoon lebte in kleinen Städten auf der Oberfläche von Swoofon, während es die andere Hälfte vorgezogen hatte, sich unter die Oberfläche zurückzuziehen. Kulman hatte herausfinden können, daß es Swoon gab, die sich mit den Springern verbündet hatten und bereit waren, für sie den Kompensatorpeiler zu bauen. Es waren insbesondere die Swoon, die unter der Planetenoberfläche lebten.

Landende Raumschiffe bedeuteten für die Swoon keine Sensation, wenn auch diese Schiffe für sie riesengroß und unvorstellbar mächtig sein mußten. In der Regel waren es Springer und galaktische Händler, die Swoofon besuchten, Waren tauschten und begehrte Gebrauchsartikel brachten. Man betrachtete sie nicht gerade als Freunde, aber doch als willkommene Händler.

So gesehen, gehörte Swoofon also zum arkonidischen Imperium, und auf dieser Tatsache hatte Rhodan seinen Plan aufgebaut.

Als Swoofon auf den Bildschirmen auftauchte und die DRUSUS mit Lichtgeschwindigkeit in das Swaft-System einfiel, verteilte er die Rollen.

„Leutnant Rous, Sie übernehmen die mit Zusatztriebwerken ausgestattete K-13 und fliegen mit eingeschaltetem Kompensator zur Erde. Sie holen die TITAN und GENERAL POUNDER mit vollständiger Besatzung. Ein Funkspruch von hier aus wäre zu riskant. Sobald die beiden Raumer hier eintreffen, werden wir Swoofon einen eindrucksvollen Besuch abstatten. Und zwar im Auftrag des Regenten von Arkon.“

„Hm", machte Crest voller Skepsis. „Ist das nicht zu gewagt?"

„Nein, auf keinen Fall. Ich handle so offiziell im Rahmen meines Abkommens, das ich mit Arkon traf, daß kein Verdacht entstehen kann. Swoofon, so werde ich dem Regenten auf Wunsch mitteilen, steht kurz vor der Invasion der Unsichtbaren. Wie wir das herausgefunden haben, geht den Regenten nichts an. Und nun unternehmen wir etwas dagegen. Wer soll uns daran hindern?"

Niemand gab Antwort. Lediglich Atlan, der ein wenig im Hintergrund stand, räusperte sich.

„Ich halte es für falsch, den Swoon Schaden zuzufügen", bemerkte er sachlich. „In meiner Eigenschaft als ehemaliger Kolonisationspsychologe des Imperiums rate ich von Gewaltmaßnahmen ab und empfehle . . ."

„Ich habe nicht vor, die Swoon zu schädigen", unterbrach ihn Rhodan freundlich. „Wir werden sie nur bluffen – aber der eigentliche Zweck der Aktion ist, den geplanten Agenteneinsatz zu vertuschen. Darum nämlich geht es: Wir werden einige Mutanten mit Kulman zu jenen Swoon senden, die den Peiler bauen sollen. In dem allgemeinen Wirrwarr, den unser Erscheinen anrichtet, geht diese Aktion unbemerkt unter."

„Vielleicht ist das so richtig", bemerkte der Unsterbliche.

Leutnant Marcel Rous trat einen Schritt vor. „Wann soll ich starten?"

Rhodan sah auf den Bordkalender. „Zehnter November 2040, dreizehn Uhr Erdzeit. Sie können in zwei Stunden mit den beiden Schlachtschiffen zurück sein, wenn Sie eine Transition vornehmen. Starten Sie also sofort, und nehmen Sie nur die halbe Besatzung mit. Alles klar?"

„Alles klar", sagte Rous und verließ die Kommandozentrale.

Rhodan sah ihm nachdenklich nach, dann winkte er John Marshall, dem Leiter des Mutantenkorps, zu. „Sie suchen mich in zehn Minuten in meiner Kabine auf, wo wir die weiteren Einzelheiten besprechen werden." Zu Bully gewandt, fügte er hinzu: „Sieh doch mal in der Bekleidungskammer nach. Irgendwo muß eine arkonidische Uniform hängen. Sie könnte uns gute Dienste leisten."

„Werden wir bald wissen", murmelte Bully und verschwand.

Baldur Sikermann, der die Kontrolle nicht aus den Augen ließ, fragte: „Sie werden doch nicht mit der DRUSUS auf dem Planeten landen wollen?“

„Mit allen *drei* Schiffen.“ Rhodan nickte entschlossen. „Für die zwergenhaften Swoon wird es ein eindrucksvolles Erlebnis sein, drei Raumkugeln mit je anderthalb Kilometer Durchmesser auf ihrer Welt zu sehen. Je mehr Aufregung, desto besser für uns.“

Um genau 15.00 Uhr Erdzeit materialisierten in geringer Entfernung die beiden Riesenschiffe TITAN und GENERAL POUNDER.

Mit einfacher Lichtgeschwindigkeit rasten die drei Schiffe auf Swoofon zu.

Rhodan sandte ununterbrochen folgenden Funkspruch: *„Achtung! An die Bevölkerung des Planeten Swoofon. Im Auftrag des Imperiums wird das System Swaft abgeriegelt. Kein Schiff darf Swoofon ohne besondere Genehmigung verlassen. Ab sofort besteht strengstes Start- und Landeverbot für alle Schiffe. Die Bevölkerung hat Ruhe und Ordnung zu bewahren!“*

Rhodan unterließ es, seinen Namen zu nennen. Der Regent auf Arkon würde noch früh genug erfahren, wer hinter der Aktion steckte, und sich Gedanken darüber machen, was die *wirkliche* Absicht seines Partners von Terra war.

Rhodan lächelte grimmig, während Sikermann die DRUSUS allmählich langsamer werden ließ, damit sie nicht mit zu großer Geschwindigkeit in die Atmosphäre eindrang. Die TITAN und die GENERAL POUNDER folgten ihrem Beispiel.

Kulman stand neben Rhodan und beobachtete das Landemanöver. Er kannte Swoofon gut genug, um sich orientieren zu können.

„Die Hauptstadt heißt Swatran“, sagte er und starrte auf den Bildschirm, der alle Einzelheiten der Oberfläche exakt wiedergab. „Sie liegt zum größten Teil an der Oberfläche, insbesondere beim Raumhafen. Die Produktionsstätten hingegen liegen tief unter der Oberfläche. Sie sind nur durch kleine Tore zu erreichen. Ich fürchte, es wird niemandem von uns gelingen, in sie einzudringen.“

„Abwarten.“ Rhodan lächelte. „Wir werden ja sehen.“

Der Raumhafen war von Springern angelegt worden, die mit den Feinmechanikern der Galaxis einen regen Handel pflegten. Obwohl die Gebäude der Springer-Kolonie und des ansässigen arkonidischen

Administrators verhältnismäßig flach errichtet worden waren, mußten sie den kleinen Swoon wie Wolkenkratzer vorkommen. Kulman hatte während seines Einsatzes in einem großen Lagerhaus der Swoon gelebt. In Wirklichkeit war dieses Lagerhaus nicht größer als ein gewöhnlicher Schuppen gewesen. Er hatte sich gefühlt wie Gulliver bei den Zwergen.

Die Winzigkeit der Häuser täuschte über die Entfernung hinweg.

Mit bloßem Auge schätzte Rhodan, daß sein Schiff noch hundert Kilometer über Swatran stand, aber der Höhenmesser belehrte ihn darüber, daß es nur noch zehn Kilometer waren.

Die drei Riesenschiffe landeten. Sofort verließen annähernd einhundert Kaulquappen – Beiboote von sechzig Meter Durchmesser – die Frachtluken der DRUSUS, TITAN und GENERAL POUNDER, um den Planeten abzuriegeln.

„Sind Nachrichten eingegangen?“ fragte Rhodan David Stern, den Cheffunker der DRUSUS.

„Nur verworrene Anfragen, aus denen niemand schlau wird. Die Springer protestieren und behaupten, es läge absolut nichts gegen sie vor.“

„Das sagen sie immer.“ Rhodan nickte. „Dabei haben sie stets ein schlechtes Gewissen. Ich wette, daß sie sich jetzt den Kopf darüber zerbrechen, welchem Vergehen wir auf die Spur gekommen sind. Wenn die Springer die Sache mit dem Kompensationspeiler eigenhändig ausgeheckt haben, werden sie jetzt allmählich anfangen zu schwitzen.“

„Aber sie wissen ja nicht, daß wir es wissen“, sagte Bully.

„Ungewißheit ist nicht gerade angenehm“, deutete Rhodan an und wandte sich erneut an Stern: „Ich möchte eine Verbindung mit dem Administrator von Swoofon.“

„Ich werde es versuchen“, versprach Stern und machte sich an die Arbeit. „Aber ich weiß nicht, wie lange es dauert.“

„Informieren Sie mich!“ befahl Rhodan. „Ich werde mich inzwischen in einen offiziellen Beauftragten des Imperiums verwandeln.“

Bully sah auf die mächtigen Reihenbildschirme, auf denen die Umgebung des gelandeten Schiffes so deutlich zu sehen war, als gäbe es keine Wände mehr.

Das Landefeld war nicht mehr leer. Zwischen hoch aufragenden

Springerschiffen wimmelte es von gravitätisch einherschreitenden Kleinwesen, die in der Tat wie Gurken aussahen. Sie waren kaum dreißig Zentimeter hoch, besaßen kurze Beine, vier Arme, keinen Hals und ein fast lächerlich wirkendes Gesicht mit stumpfer Nase und einem kleinen Mund. Die hervorquellenden Augen machten die Swoon auch nicht gerade schöner.

Bully wußte von Kulman, daß diese merkwürdigen Geschöpfe einen geradezu krankhaften Ehrgeiz hatten und größten Wert darauf legten, zuvorkommend und voller Achtung behandelt zu werden. Tat man das nicht, bekam man Ärger mit ihnen, und gerade den wollte Rhodan vermeiden.

„Bei allen Planeten!“ keuchte Bully und betrachtete die gelbhäutigen Eingeborenen. Obwohl sie eine Art Kleidung trugen, wurde ihre Gestalt kaum verdeckt. „Sie sehen tatsächlich wie Gurken aus. Wie verständigen sie sich?“

Kulman, der neben ihm stand, erwiderte: „Mit hoher schriller Stimme. Sie haben ein empfindliches Gehör. Wenn man sie anschreit, krümmen sie sich vor Schmerz. Mit Hilfe der elektronischen Übersetzungsgeräte kann man sich gut mit ihnen verständigen.“

„Ich kann ihre Gedanken empfangen“, zwitscherte Gucky.

„Sie sind friedlich und sehr neugierig, aber sie wollen das nicht zugeben. Sie haben sich sogar vorgenommen, sehr energisch zu sein und gegen die Besetzung von Swoofon zu protestieren. Hm, also eine Art Regierungsdelegation, wenn ich mich nicht irre.“

„Das ist ja ausgezeichnet“, sagte eine Stimme von der Tür her.

Sie fuhren herum und sahen, daß sich Rhodan umgezogen hatte und bereit war, seine Rolle zu spielen.

„Du siehst aus wie ein Papagei“, murmelte Bully neiderfüllt. „Dagegen komme ich mir wie ein gewöhnlicher Sperling vor.“

„Mehr bist du ja auch nicht“, stieß Gucky hervor und grinste vergnügt.

Bully ließ sich nicht ablenken. „Du willst das Schiff verlassen, um mit den Swoon zu sprechen? Wer begleitet dich?“

Rhodan sah sich um. „Kulman bleibt vorerst besser im Schiff. Ich will nicht, daß man ihn wiedererkennt – wenigstens jetzt noch nicht. Du gehst mit, Bully. Gucky auch, damit wir die Gedanken der Swoon erfahren. Die Beibootkommandanten haben jedes Schiff zu stoppen, das Swoofon verlassen will. Weitere Kaulquappen landen auf den übrigen Häfen aller Kontinente und beschlagnahmen die Schiffe der Springer. Jeder Handel wird sofort eingestellt. Befehl von Arkon!"

Er lächelte, als er den letzten Satz hinzufügte. Crest und Atlan machten bedenkliche Gesichter.

Inzwischen waren die drei Schiffe, die weit voneinander entfernt standen, von herbeiströmenden Swoon umringt worden. Es war ein exotisch anmutendes Bild, das sich den Terranern bot. Die glatte Fläche des Raumfelds wimmelte von den kleinen, komischen Geschöpfen, die sich so gemessen und würdig bewegten, als seien sie die Beherrscher des Universums.

„Gehen wir", sagte Rhodan. Bully und Gucky folgten ihm.

Sie nahmen keine Waffen mit, dafür aber einen der elektronischen Übersetzer, da es sonst keine Verständigung mit den Swoon gegeben hätte. Bully trug ihn mit der Würde eines königlichen Kammerdieners, während Gucky mit gebührender Ehrfurcht auf die farbige Hose Perry Rhodans starrte, der vor ihm ging.

Die Ausstiegsluke öffnete sich, automatisch fuhr die schräge Rampe aus, auf der Rhodan und seine Begleiter langsam hinabgingen, den wartenden Swoon entgegen.

„Sie haben nicht die geringste Furcht vor uns", flüsterte Gucky. „Sie sind nur neugierig."

„Die treibende Kraft im Universum", gab Rhodan ebenso leise zurück. „Die Neugier."

Es mußten Zehntausende von Swoon sein, die sich versammelt hatten, um die vermeintlichen Arkoniden zu begrüßen. Es gelang Gucky, die Gedanken der am nächsten Stehenden zu lesen, obwohl es nicht leicht war, das Gewirr der Impulse auseinanderzuhalten. In der Tat: Nur Neugier schlug ihnen entgegen, sogar ein wenig Freude und Genugtuung.

Das war zumindest erstaunlich, wenn nicht gar befremdend.

Rhodan ging weiter, bis er inmitten der Swoon stand. Er bückte sich und setzte sich auf die Hacken. Bully folgte seinem Beispiel, was ihm nicht leichtfiel, denn er wog einige Pfund mehr als Rhodan.

Mit piepsiger Stimme begann einer der Swoon, der von den anderen mit auffallender Achtung behandelt wurde, zu sprechen. Seine Artgenossen bildeten einen schützenden Halbkreis um den Sprecher.

„Willkommen auf Swoofon", sagte der Swoon würdevoll und deutete eine Verbeugung an. „Wir freuen uns, euch als unsere Gäste begrüßen zu dürfen. Ihr kommt im Auftrag des Regenten?"

Das war unmißverständlich die erste Frage.

Rhodan nickte und sprach in den Übersetzer: „Der Regent entbietet den hochwürdigen Swoon seinen achtungsvollen Gruß. Das Imperium ist glücklich, die Swoon zu seinen besten Freunden zählen zu dürfen."

Die Swoon schluckten die Schmeichelei mit der ihnen eigenen Selbstverständlichkeit in diesen Dingen. Das gelbe Gesicht vor Rhodan strahlte.

„Wir tun nichts als unsere Pflicht, wenn wir unsere wertvollen Dienste der Sache der Allgemeinheit zur Verfügung stellen", versicherte der kleine Kerl selbstbewußt und stolz. „Vielleicht hat das Imperium einen Auftrag für uns. Wir werden ihn durchführen wie alles bisher . . ."

„Der Anlaß unseres Besuchs ist kein erfreulicher", unterbrach Rhodan den Sprecher. „Wir suchen einen Feind des Imperiums. Unsere Informationen besagen, daß er nach Swoofon floh. Außerdem steht dieser Welt eine Invasion bevor, gegen die es keine Abwehr gibt, wenn es uns nicht gelingt, eine Waffe zu finden. Es ist mein Wunsch, mit dem Regierungschef von Swoofon zu reden."

„Deren gibt es viele", lautete die überraschende Antwort. „Leider sind sich unsere Nationen und Stämme noch nicht einig, wer würdig genug wäre, für uns alle zu sprechen.

Die Einigungsversuche . . ."

Es war die alte Geschichte. Die Swoon besaßen noch keine eigene Raumfahrt. Sie lebten nur ihrer Arbeit, handelten mit den Springern und anderen Völkern des Imperiums, verdienten eine Menge Geld und kümmerten sich nicht um Kosmopolitik.

„. . .und so müssen wir Sie bitten, mit der Vertretung von Swatran vorlieb zu nehmen. Wir sprechen für zehn Millionen Swoon."

Rhodan nickte. „Gut, dann hören Sie meine Anweisungen: Alle hier liegenden Schiffe sind beschlagnahmt. Sie dürfen erst dann wieder starten, wenn wir die Erlaubnis dazu geben. Dann möchte ich mit dem Administrator Arkons sprechen. Er wohnt doch in Swatran, wenn ich nicht irre."

„Bis heute, ja", sagte der kleine Swoon. „Leider ist er seit Ihrem plötzlichen Auftauchen verschwunden. Wir wollten ihn um Rat fragen, da wir uns das Erscheinen einer Arkonidenflotte nicht erklären konnten, aber er war nicht mehr in seinem Amtssitz."

Das war eine überraschende Neuigkeit. Was hatte der Vertreter Arkons hier auf Swoofon von Arkon zu befürchten, daß er sich aus dem Staub machte? Hatte er mit den Springern heimliche Geschäfte gemacht, um sich persönlich zu bereichern?

„Dann spreche ich mit den Springern", sagte Rhodan. „Ich werde sie mit einigen Soldaten aufsuchen und verhaften."

In dem Gesicht des vor ihm stehenden Swoon glaubte Rhodan so etwas wie Freude zu erkennen. Der kleine Kerl mochte die Springer nicht. Aber da gab es noch andere Swoon.

Swoon, die mit den Springern zusammenarbeiteten.

„Sorgen Sie dafür", sagte Rhodan, „daß alle Swoon das Landefeld verlassen, damit unsere Operationen nicht gestört werden."

„Wir stehen Ihnen gern zur Verfügung", versicherte der Swoon. „Sicher werden Sie baldigst die Güte haben, uns von dem Erfolg Ihrer Bemühungen in Kenntnis zu setzen. Wenn wir Ihnen irgendwie behilflich sein können . . ."

„Wir werden Sie unterrichten", versprach Rhodan und erhob sich. Bully und Gucky folgten seinem Beispiel, wenn man beiden auch ansah, daß sie noch gern geblieben wären. Vielleicht gab es später noch Gelegenheit, sich mit den Eingeborenen zu unterhalten.

Rhodan schaltete den elektronischen Übersetzer aus.

„Du wartest hier mit Gucky", sagte er zu Bully. „Ich gehe in die DRUSUS und hole Marshall und fünf weitere Mutanten. Laßt euch nicht ablenken. Ich bin gleich zurück." Ohne eine Antwort abzuwarten, schritt er davon. Bevor er die Rampe erreichte, schaltete er sein Armbandfunkgerät ein. David Stern meldete sich.

„Stellen Sie über Hyperfunk eine Verbindung zu Arkon her", ordnete Rhodan an. „Sie kennen ja das Kodezeichen des Robotgehirns. Fordern Sie vom Regenten die Kampfflotte Talamons als Verstärkung an."

Stern bestätigte. Bevor Rhodan im Schiff verschwand, warf er einen Blick zurück und sah, daß sich die Swoon zur Stadt zurückzogen. Bully und Gucky standen allein am Ende der Gangway.

Die drei gelandeten terranischen Schlachtschiffe bildeten ein gleichschenkliges Dreieck. In ihrer Mitte, aber auch außerhalb, standen einige Walzenschiffe der Springer. Sie hüteten sich, die Funkbefehle Rhodans zu mißachten und verhielten sich ruhig und abwartend. Die Swoon waren verschwunden und bekundeten damit, daß sie mit der angedrohten Verhaftungsaktion nichts zu tun haben wollten. Rhodan führte seine Gruppe aus dem Schiff. Die geringe Schwerkraft ließ sie schnell vorankommen.

Der Teleporter Ras Tschubai hielt sich dicht neben dem Hypno André Noir. Der japanische Späher Wuriu Sengu ging neben dem Orter Fellmer Lloyd, während John Marshall den Abschluß bildete. Rhodan, Gucky und Bully schritten voran, auf den Rand des Landefelds zu, wo die Gebäude der Verwaltung standen und die Sicht auf die eigentliche Stadt verdeckten.

Niemand war zu sehen. Hin und wieder bewegte sich hinter den Fenstern ein Schatten, aber sonst geschah nichts. Fellmer Lloyd, der Gedanken analysierte, sagte: „Es herrscht eine gespannte Atmosphäre bei den Springern. Sie wissen mit unserem Besuch nichts anzufangen. Auf keinen Fall denken sie daran, sich ernsthaft zur Wehr zu setzen. Vor dem Regenten haben sie Respekt. Sieht ganz so aus, als hätten sie schon empfindliche Lehren einstecken müssen."

„Das ist außerordentlich günstig", bemerkte Rhodan zufrieden. „Dann haben wir es leichter."

„Ich helfe gern nach, wenn es nötig sein sollte", erbot Gucky sich.

Inzwischen waren sie bis nahe an das größte Gebäude herangekommen, das in seiner Konstruktion erstaunlich flach gehalten war. Nur zwei oder drei breite Stufen führten zum Eingangsportal, das weit offenstand.

Rhodan sah sich um. „Tschubai, Noir, Sengu, Lloyd und Gucky – ihr wartet hier. Marshall, Bully und ich gehen allein. Wenn ich Hilfe benötige, schickt Marshall eine telepathische Botschaft. Dann kommt ihr nach."

Er wartete ihre Antwort nicht ab, sondern ging weiter. Bully und Marshall, der als einziger von ihnen eine Waffe trug, folgten.

Der breite Korridor war leer und hell beleuchtet. Rechts und links zweigten Türen ab, hinter denen Zimmer lagen. Es fiel Marshall nicht schwer, bald die richtige Tür zu finden.

„Dahinter sind Springer", flüsterte er. „Im Augenblick sind sie noch dabei, sich einige gut fundierte Ausreden auszudenken. Es gibt eine Menge, das sie auf dem Kerbholz haben. Vielleicht sogar die Sache mit dem Peiler."

„Das werden wir bald wissen", gab Rhodan leise zurück.

„Statten wir ihnen einen Informationsbesuch ab. Bully, mach die Tür auf."

Bully trat vor, drehte den Knopf an der Tür und stieß sie auf.

Rhodan und Marshall waren dicht hinter ihm, als er eintrat.

„Guten Tag, meine Herren", sagte er auf arkonidisch. „Sie gestatten, daß wir Ihnen einen Besuch abstatten . . .?"

Es waren sechs oder sieben Männer, die den Eindringlingen entgegenstarrten. Alle trugen mehr oder weniger zurechtgestutzte Vollbärte, zivile Kleidung und in den Gürteln Handstrahler. Sie saßen an einem runden Tisch und fuhren von ihren Stühlen hoch, als sie sich den Ankömmlingen gegenübersahen.

„Was soll das?" fragte einer von ihnen. „Wir haben uns an die erlassenen Befehle gehalten. Unsere Schiffe stehen draußen."

„Na, und?" sagte Rhodan, der Marshall die Rückendeckung überließ. „Haben wir das Gegenteil behauptet? Es wird doch wohl nicht das schlechte Gewissen sein, das aus Ihnen spricht?"

Ein rothaariger Riese kam auf Rhodan zu. Dicht vor ihm blieb er stehen und maß den vermeintlichen Inspekteur mit einem herablassenden Blick.

„Wir sind Untertanen des Imperiums und tun nur das, was erlaubt ist. Ich kenne Sie nicht und habe Sie nie gesehen, aber wenn sich Ihr Tonfall nicht ändert, könnte es sein, daß wir uns noch sehr gut kennenlernen."

„Das würde mich freuen", sagte Rhodan freundlich, aber in seiner Stimme war ein drohender Unterton. „Darf ich fragen, was Sie auf Swoofon zu tun haben?"

Der Rothaarige schnaubte verächtlich. „Was gibt es hier schon zu tun? Wir handeln. Die Swoon stellen Dinge her, für die überall in der Galaxis Höchstpreise bezahlt werden. Ist es ein Verbrechen, die Produkte der Swoon einzukaufen und an einem anderen Ort wiederzuverkaufen?"

„Hatte ich das denn behauptet?" wunderte Rhodan sich.

Der Springer schien verwirrt.

„Nein, natürlich nicht, aber . . .“ Er stockte plötzlich, betrachtete Rhodan aufmerksamer und fuhr dann fort: „Spielen wir mit offenen Karten. Was wünschen Sie von uns? Warum dieser Großalarm? Wen suchen Sie?“

„Aha“, sagte Rhodan und nickte. „Das klingt schon viel vernünftiger. Unter diesen Umständen glaube ich, daß wir uns schnell einig werden. Haben Sie schon einmal den Namen Berenak gehört?“

„Nein, noch nie.“

Das wunderte Rhodan nicht. Er hatte den Namen auch noch nie gehört. Er war ihm gerade erst eingefallen.

„So, Sie kennen Berenak nicht? Er stammt von einem Planeten in der Nähe Arkons, ist der Sohn von Arkoniden und Springern, gehört aber zu niemandem. Ein Meister der Maske – und ein Verbrecher. Wir suchen ihn.“

„Was hat er getan?“

„Es würde zu weit führen, seine Untaten aufzuzählen, aber wir wissen, daß er sich auf Swoofon aufhält. Der Regent gab uns den Auftrag, ihn zu finden. Er kann jeder sein, jeder von Ihnen kann Berenak sein. Es wird nicht leicht sein, ihn zu überführen. Daher unsere Maßnahmen.“

„Ich bin dieser Berenak nicht!“ fauchte der Rothaarige. „Ich bin Patriarch Gol und ein ehrlicher Händler.“

„Das mag sein“, antwortete Rhodan, „aber das müssen Sie auch beweisen können. Ich muß Sie also bitten, vorerst noch auf Swoofon zu bleiben und sich meinen Anordnungen zu fügen. Sie werden einsehen, daß es gegen die drei Schlachtschiffe des Imperiums keine Chance für Sie geben kann. Habe ich mich klar genug ausgedrückt?“

„Ziemlich“, knurrte Gol verbittert und setzte sich wieder. Er schien jede Lust verloren zu haben, das Gespräch fortzuführen.

Marshall sondierte inzwischen den Gedankeninhalt der Anwesenden. Er fand nicht den geringsten Hinweis auf die beabsichtigte Konstruktion des Kompensatorpeilers. Vereinbarungsgemäß gab er Rhodan ein Zeichen.

„Ich verzichte darauf, Sie einzusperren“, sagte Rhodan abschließend und schritt zurück zur Tür. „Aber betrachten Sie sich alle als vorläufig festgenommen. Niemand darf das Gebäude verlassen. Wer den Befehlen Arkons zuwiderzuhandeln wagt, muß mit den entsprechenden Folgen rechnen. Sie sind den Umständen gemäß sehr unangenehm."

Er erhielt keine Antwort. Die Springer waren harte und verwegene Burschen, die seit dem Zusammenschluß des Imperiums viel von ihrer persönlichen Freiheit verloren hatten. Arkon war ihnen nicht sonderlich sympathisch, aber sie bewiesen Vernunft und befolgten die Anordnungen des großen Robotgehirns.

Sie bewegten sich nicht, als Rhodan, Marshall und Bully den Raum verließen.

Die drei Männer durchsuchten das ganze Gebäude, aber von den Springern, die den Bau des Peilers planten, entdeckten sie nicht die geringste Spur.

Als Rhodan mit seinen beiden Begleitern wieder ans Sonnenlicht kam, schienen die vier Mutanten sehr erleichtert zu sein. Gucky hockte auf dem Boden und ließ sich den Bauch bescheinen. Er machte den Eindruck eines Ferienreisenden.

Ehe Rhodan etwas sagen konnte, entstand über ihnen in der Luft ein schrilles Pfeifen, das bald darauf in dumpfes Orgeln überging. Ein mächtiger Schatten huschte über das weite Landefeld, dann senkte sich eine gigantische Raumkugel herab. Sie landete genau in der Mitte des Dreiecks, das von Rhodans Schiffen gebildet wurde.

Talamon war eingetroffen.

Über sein Armbandfunkgerät nahm Rhodan Kontakt zu dem Überschweren auf. „Hallo, Talamon! Sie sind schnell gewesen."

„Der Regent gab mir den Befehl, mich zu beeilen. Wo brennt es denn wieder?"

„Auf Swoofon, Talamon."

„Und dazu fordern Sie eine starke Flotte an? Haben Sie nicht selbst drei Schlachtschiffe? Wovor haben Sie Angst, Rhodan? Doch nicht vor den Swoon?"

Rhodan lächelte noch immer, aber Talamon konnte ihn ja nicht sehen. „Nicht immer bedeutet zu große Vorsicht auch Angst, alter Kampfgefährte. Jedenfalls sollen Sie Ihre Befehle haben: Das System Swaft wird hermetisch abgeriegelt. Kein Schiff darf kommen, keins darf gehen. Das ist wichtig. Swoofon muß isoliert werden, so daß ich hier Ruhe und Zeit habe, mir jeden einzelnen Springer anzusehen.

Keine Maus darf entkommen. Habe ich mich klar genug ausgedrückt, Talamon?“

„Natürlich haben Sie das. Aber dürfte ich auch erfahren . . .“

„Wir suchen jemanden“, sagte Rhodan knapp und kündigte damit an, daß er nicht mehr zu sagen wünschte. Talamon kannte ihn gut genug, um jetzt nicht weiter in ihn zu dringen.

„In Ordnung, Rhodan. Vielleicht unterhalten wir uns später mal über die Notwendigkeit gewisser Maßnahmen, wenn Sie nichts dagegen haben. Ich jedenfalls finde Ihre Vorsicht übertrieben.“

Rhodan wartete noch, aber der winzige Lautsprecher schwieg.

Seufzend schaltete er das Gerät ab.

„Niemand kann sich daran gewöhnen“, stellte er fest, „Befehle ohne überflüssige Fragen auszuführen. Talamon kann ich es zwar kaum übelnehmen, aber wie ich das Robotgehirn auf Arkon kenne, wird es sich bald in die Fragestunde einmischen. Dann wird es kritisch.“

„Laß nur mich mit dem Blechhaufen reden“, erbot Gucky sich dreist.

Rhodan sah nachdenklich zu Talamons Schiff hinüber und gab keine Antwort. Er begann sich darüber zu wundern, daß der Regent die angeforderte Flotte geschickt hatte. Hielt sich der Regent an die Abmachungen? Rhodan blieb skeptisch.

„Gehen wir“, sagte er schließlich. „Wir müssen mit der Arbeit beginnen. Was dich angeht, Gucky, so wirst du bald deinen Tatendrang befriedigen können. Zusammen mit Kulman und Sengu wirst du die Fabrikationsstätte des Kompensatorpeilers suchen – und finden.“

„Gern.“ Gucky nickte leichthin, als habe er den Auftrag erhalten, beim Bäcker um die Ecke fünf Brötchen zu besorgen.

14.

Swatran lag fast genau auf dem Äquator. Da Swoofons Tag etwa achtzehn irdische Stunden maß, schien hier also neun Stunden lang die Sonne, ehe es für neun Stunden Nacht wurde.

Jetzt war es stockdunkle Mitternacht.

Gucky, Wuriu Sengu und Jost Kulman standen auf dem Zentralplatz der Hauptstadt und achteten darauf, daß sie keine parkenden Autos der Swoon zertraten. Die Eingeborenen besaßen Straßenkreuzer bis zu einem Meter Länge. Sie hatten ihre Wagen unbeleuchtet auf den dunklen Platz gestellt, von dem aus Gucky und die beiden Männer mit ihren Nachforschungen beginnen wollten.

„Ziemlich still hier", murmelte der Japaner unsicher. „Haben denn die Swoon kein Nachtleben?"

„Nein", erwiderte Kulman. „Die Swoon lieben den Schlaf."

Er sah sich um. Aber selbst seine Augen konnten die Finsternis kaum durchdringen. „Seht ihr etwas?" fragte er seine Begleiter.

Wuriu Sengu zuckte mit den Schultern. „Ich kann zwar jede Molekularstruktur von Materie mit meinen Augen durchdringen und sehen, was sich dahinter befindet, aber in der Finsternis versagen meine Kräfte auch. Sicher, ich sehe die Swoon in ihren Betten liegen, aber nur undeutlich. Was sollen wir damit anfangen?"

Gucky nahm die beiden Männer beim Arm. „Wozu habt ihr mich, Freunde? Suchen wir zuerst auf der Tagseite. Euch halbe Portionen nehme ich gleich mit."

Die Luft flimmerte kurz, aber das sah niemand. Dann war der Zentralplatz leer.

Sie materialisierten viele hundert Kilometer entfernt auf demselben Kontinent, etwas nördlich des Äquators. Sie wußten von Kulman, daß es in den anderen Zonen zu kühl war und sich das Leben hauptsächlich südlich und nördlich des Äquators abspielte.

Sie standen inmitten einer weiten Ebene, die nördlich von Bergen und weit im Süden vom Ozean abgegrenzt wurde. Nach Osten und Westen erstreckte sich eine wellige Hügellandschaft, die kein Ende zu nehmen schien.

Von einer Stadt oder Ansiedlung war weit und breit nichts zu sehen.

„Einsame Gegend", maulte Gucky und sah hinauf in den tiefblauen Himmel, dessen Farbe fast ins Violette ging. Die dünne Atmosphäre machte sich bemerkbar. „Aber ich spüre Mentalimpulse."

„So einsam ist es tatsächlich nicht", gab Kulman zurück und deutete auf den steinigen Boden. „Hier leben die Swoon schon unter der Planetenoberfläche. Ich weiß nicht, wie tief ihre Städte liegen, aber wir werden es erfahren können. Wenn alle großen Fabriken subplanetarisch angelegt sind, dann auch ganz bestimmt die, in der der Peiler gebaut werden soll."

Wuriu Sengu setzte seine Fähigkeit ein. Seine Augen bekamen eine merkwürdige Starre, als er auf den Boden hinabsah, dann glitt so etwas wie Erstaunen über sein Gesicht. Langsam begann er zu sprechen: „Eine Stadt – genau unter uns. Sie liegt etwa fünfzig Meter tief und hat nur ein Stockwerk. Aber dann, unter dem gewachsenen Felsen, ist eine zweite Stadt, zwanzig Meter unter der ersten. Nein – es ist keine Stadt, sondern eine riesige Fabrik. Langgestreckte Hallen mit Werkbänken, daran Tausende von Swoon. Himmel, ist das winzig!"

„Wer?" erkundigte Gucky sich. „Die Swoon?"

„Nein, die Dinge, die sie bauen. Man kann sie kaum mit dem bloßen Auge erkennen."

„Sie konstruieren Sender, die man bequem in einer Stecknadelspitze unterbringen kann", warf Kulman ein. „Ich habe wahre Wunderdinge erlebt und könnte euch Sachen erzählen ..."

„Wartet", unterbrach Sengu, der sich nicht ablenken ließ. „Die Anlage unter uns ist riesenhaft, und ich kann sie nicht vollständig übersehen. Wenn wir mit dieser Methode weitersuchen, benötigen wir ein paar Monate, ehe wir Erfolg haben. Hat Rhodan so viel Zeit?"

„Natürlich nicht", knurrte Gucky und starrte neidisch auf den Felsen. Er konnte nichts anderes als diese Felsen sehen, genau wie Kulman. Alles, was darunter verborgen lag, blieb unsichtbar.

Nur für den japanischen Seher Wuriu Sengu nicht.

„Sie haben Züge, die eine Verbindung der Stadtteile herstellen und die Güter transportieren. Wohin eigentlich, Kulman?"

„Zu den Städten an der Oberfläche", gab der Agent Auskunft. „Und zu den Raumhäfen."

„Ich glaube", sagte der Japaner, „die Straßen sind breit genug für uns. Auch scheinen mir die Hallen so hoch zu sein, daß wir uns ungehindert bewegen können."

„Aber die Eingänge zu den subplanetarischen Städten sind zu schmal", sagte Kulman und seufzte. „Ich habe es schon versucht."

„Wir teleportieren", erklärte Gucky.

Sie schwiegen, während der Mausbiber telepathisch die Gedankenimpulse der tief unter ihnen lebenden Swoon aufnahm und eine genaue Ortung vornahm. Sengu suchte inzwischen einen Ort, an dem sie ungefährdet auftauchen konnten. Er fand nichts Besseres, als einen zentral gelegenen Platz, auf dem erheblicher Verkehr herrschte.

„Sie wissen übrigens, was geschehen ist", sagte Gucky endlich. „Das Nachrichtensystem klappt vorzüglich. Das Leben wird nicht davon beeinflußt. Sie tun ganz so, als sei nichts passiert."

„Gleich werden sie Augen machen", prophezeite Sengu und nahm den Arm des Mausbibers. „Los, Kulman, worauf warten Sie noch? Gucky kann springen."

Und Gucky sprang.

Drogs mächtige Springergestalt bewegte sich vorsichtig durch den zwei Meter hohen Tunnel, der die beiden Laboratorien verband. Achtlos schritten seine Füße über winzige Gleisanlagen dahin und sorgten dafür, daß die Reparaturkommandos der Swoon genügend Arbeit bekamen.

Der Tunnel war hell beleuchtet, und die Klimaanlage funktionierte ausgezeichnet. Der frische Luftzug verbannte das Gefühl, in dieser Tiefe unter der Planetenoberfläche ersticken zu müssen.

Drog fluchte leise vor sich hin. Er mußte sich vorsichtig bewegen, um nicht mit dem Kopf gegen die harte Felsdecke zu stoßen. Das war ihm bereits einmal passiert, seitdem nahm er sich in acht.

Er hatte einen Auftrag, und er mußte ihn ausführen. Ewig würde sein Aufenthalt auf diesem verrückten Planeten ja nicht dauern.

Der Gang machte eine Biegung und stieg dann leicht an. Nun war es nicht mehr weit bis zu den Konstruktionsbüros, in denen er Markas treffen würde. Heute mußte es sich entscheiden, ob das Projekt bald anlaufen konnte oder nicht. Er mußte die ganze Strecke zu Fuß zurücklegen, weil die Züge zu klein und zerbrechlich waren, um ihn zu befördern. Auf der Oberfläche ging es ja noch. Dort kam einem die geringe Gravitation sehr zustatten. Aber hier unten? Schon der Einstieg durch die eigens für die Springer geschaffenen Geheimeingänge war problematisch.

Die Schienen zu Drogs Füßen verliefen nun wieder waagerecht, und der Gang verbreiterte sich. Einige Weichen führten zu mehreren Schienensträngen, wie das vor Bahnhöfen gewöhnlich üblich ist. Die Decke wurde höher. Die Lichter vermehrten sich, und Drog konnte wieder besser sehen.

Gleich war er am Ziel.

Er nahm sich Zeit, für einige Sekunden das Beladen eines Güterzugs zu beobachten, der an einer Rampe stand. Die Lokomotive, kaum einen Meter lang und knapp fünfzig Zentimeter hoch, zog etwa zwanzig Wagen. Im Führerstand waren zwei Swoon zu sehen, die sich durch den Anblick des Springers nicht in ihrer Arbeit stören ließen. In regelmäßigen Zeitabständen ließen sie den Zug vorrollen, bis der nächste Waggon unter dem zuführenden Transportband stand. Drog konnte nicht genau erkennen, was da verladen wurde, aber sicherlich handelte es sich um Produkte der in der Nähe befindlichen Fabrik, in der winzige Fernsehgeräte hergestellt wurden. Drog wußte, daß die Bildschirme dieser Geräte nicht größer als ein Fingernagel waren, von den Kameras ganz zu schweigen. Die ließen sich gut und gern in einem Ring unterbringen.

Er ging weiter und erreichte einen freien Platz, der von Flachbauten umgeben war. In Wirklichkeit waren diese Bauten für die Swoon beachtlich, aber Drog erschienen sie wie Schuppen.

In einem der Häuser waren mehrere Wände und Decken herausgebrochen worden, so daß jetzt für Drog genügend Platz vorhanden war. Hier konnte sich der Springer ungehindert bewegen, ohne ständig Angst haben zu müssen, mit dem Kopf gegen die Decke zu stoßen.

Er betrat den Raum und setzte sich aufatmend auf das Schemelchen, das ursprünglich einem Swoon-Ehepaar als Doppelbett gedient hatte. Der kleine Tisch war eine Sonderanfertigung.

Markas war bereits anwesend. Seine gelbe Hautfarbe wirkte hier unten ungesund und fahl. Der kleine Kerl hockte mitten auf dem Tisch und studierte einige Papiere, die größer als er selbst waren. Anscheinend gab es noch einige Unklarheiten, die er gern geklärt haben wollte.

Drog stand auf, ging zu einem Wandregal und zog ein Kästchen hervor. Es war der gebräuchliche Übersetzer, ohne den es keine Verständigung zwischen Swoon und Springern gab.

Er stellte ihn auf den Tisch und setzte sich wieder. „Nun, Markas, haben Sie die Pläne durchgesehen? Was sagen Sie dazu, mein Lieber?“

„Bevor ich mir ein abschließendes Urteil bilde, Springer, eine Frage: Ist das Gerät für kriegerische Zwecke bestimmt?“

Drog schüttelte entrüstet den Kopf. „Aber nein, nicht im entferntesten, Markas. Es dient lediglich der Ortung unserer Handelsflotten. Ich habe Ihnen bereits erklärt . . .“

„Sie haben gesagt, es handele sich um einen Fortschritt in der Raumfahrtentwicklung.“ Der kleine Swoon nickte ungerührt. „Natürlich kann ich nicht beurteilen, ob Sie die Wahrheit sprechen, ich muß mich da auf Ihre Zusicherungen verlassen. Aber Sie wissen genausogut wie ich, daß Kriegsmaterial nur mit ausdrücklicher Zustimmung des Regenten hergestellt werden darf. Ich habe nicht die Absicht, dieses Verbot zu mißachten.“

Drog kochte innerlich vor Wut, aber er hütete sich, es zu zeigen. Diese Swoon waren diffizil und wollten wie rohe Eier behandelt werden. Man mußte ihnen schmeicheln, um ihr Wohlwollen zu gewinnen. Anders ging es nun mal nicht.

„Es gibt niemanden in der ganzen Galaxis, der dieses Gerät zu bauen vermag, Markas. Einzelne Teile sind so klein, daß man nur mit dem Mikroskop vor den Augen arbeiten könnte. Ihr seht ohne Mikroskop. Nur ihr könnt uns helfen. Wir werden uns dafür dankbar erweisen.“

„Darum allein geht es nicht“, versicherte der Swoon energisch und mit unverkennbarem Stolz. „Sie haben meine Frage bezüglich Arkon noch nicht beantwortet.“

„Natürlich hat der Regent nichts gegen den Bau des Geräts, das später in Serie hergestellt werden soll, wenn es sich bewährt. Was sollte er denn auch dagegen haben?“

„Hm“, sagte Markas und richtete seine hervorstehenden Augen auf den Springer. „Dann können Sie mir vielleicht erklären, warum der Regent das System Swaft von der Galaxis abriegelt und alle auf Swoofon gelandeten Schiffe der Springer beschlagnahmt hat?"

Drog wurde blaß. Die Spitzen seines Bartes zitterten.

„Was?" keuchte er. „Was haben Sie da eben gesagt? Arkon soll . . .? Nein, das kann ich nicht glauben."

„Dann überzeugen Sie sich selbst", schlug Markas vor und sprang vom Tisch. Langsam schwebte er zu Boden, wo er auf allen sechsen landete. Er trippelte zur Wand, an der ein niedriges Schaltpult stand. Ein Bildschirm bedeckte, in einem halben Meter Höhe beginnend, die Fläche von einem Quadratmeter. „Wir haben von hier aus eine direkte Leitung nach Swatran, der Hauptstadt." Der Schirm begann hell zu werden. Drog mußte sich bücken, um ihn genau betrachten zu können. „Sie sehen jetzt einen Teil des Raumhafens."

Und Drog sah.

Auf der gewölbten Mattscheibe wurden die Objekte nun deutlicher und hoben sich plastisch ab. Die vier gigantischen Kugeln der Arkoniden waren nur teilweise erkennbar. Einige ausgeschiffte Kampfroboter standen Wache, die Energiestrahler erhoben und schußbereit. Sonst war das Feld wie ausgestorben.

Die Kameras schwenkten herum und erfaßten einen anderen Ausschnitt des Geländes.

„Wie Sie erkennen können", sagte Markas mit unverändertem Tonfall, „sind die Geschütze der schweren Kugelraumer auf die Schiffe der Springer gerichtet, denen somit die Möglichkeit fehlt, sich in Sicherheit zu bringen. Arkon hat befohlen, daß kein Schiff starten darf. Inspekteur Rhodan hat außerdem angekündigt . . ."

„Wie heißt der Inspekteur?" fragte Drog. Er kniff die Augen halb zu. „Sagten Sie Rhodan?"

„Ja. Kennen Sie ihn?"

„Der Name kommt mir allerdings bekannt vor", murmelte Drog und suchte verzweifelt in seinem Gedächtnis. „Wenn ich nur wüßte, wo ich ihn schon vernommen habe." Er dachte einige Sekunden nach, dann schüttelte er den Kopf. „Der Name Rhodan hängt mit einiger Aufregung zusammen, wenn ich mich recht erinnere. Ist aber schon lange her. Na, ich werde schon dahinterkommen." Er sah auf. „Haben die Arkoniden einen Grund für ihre Maßnahmen angegeben?"

Der kleine Swoon spazierte quer durch den Raum und machte sich an den Kontrollen einer Sendeanlage zu schaffen. Er vollführte eine seltsame Bewegung mit allen vier Armen, die soviel bedeutete wie: Was fragen Sie mich?

„Ich dachte, Sie wüßten es vielleicht", deutete er an. „Es kann doch sein, daß Arkon nicht ganz mit dem in Auftrag gegebenen Gerät einverstanden ist."

„Warum sollte es? Arkon kann damit seine Feinde . . .", entfuhr es dem Springer unbedacht, aber er sah seinen Fehler sofort ein. „Ich meine . . ."

„Danke", sagte der Swoon mit einer Spur von Befriedigung.

„Sie haben sich verraten. Ich kenne Ihre heimliche Verachtung für unser Volk und weiß, daß Sie uns nur wie gleichberechtigte Wesen behandeln, weil Sie uns brauchen. Es gibt keine besseren Feinmechaniker als die Swoon."

„Das weiß jeder zu schätzen, und niemand verehrt die Swoon so wie wir", sagte Drog salbungsvoll, aber ohne innere Überzeugung. „Mißverständnisse gibt es überall, aber gute Freunde sollten sie klären."

„Ich bin dabei", erklärte Markas und rollte mit den Augen, was einem Nicken gleichkam. Er hantierte wieder an den Kontrollen, dann leuchtete ein kleiner Bildschirm auf, und das Gesicht eines anderen Swoon erschien darauf. Natürlich funktionierte auch jetzt Drogs Übersetzer und ließ ihn die Unterhaltung verstehen.

„Hat man etwas Neues erfahren können, Habrog?" Der Swoon auf dem Bildschirm machte eine Bewegung der Zustimmung. „Ja, Markas. Arkon ist auf der Spur nach einem Verbrecher und hat Gründe für die Annahme, er befinde sich auf Swoofon. Es soll ein Springer sein."

„Hm", meinte Markas und sah Drog an. „Und was soll dieser Springer verbrochen haben?"

„Darüber wurde keine Auskunft erteilt", berichtete Habrog.

„Die Ältesten von Swatran sprachen mit dem Inspekteur von Arkon und erfuhren nur, daß ein Verbrecher gesucht wird. Das genügte ihnen. Wir haben also nichts mit dieser Angelegenheit zu tun."

„Zum Glück", beendete Markas das Gespräch und schaltete ab.

Langsam wandte er sich Drog wieder zu. „Es kann sich also immer noch um das Peilgerät handeln, Springer. Ehe ich das nicht weiß . . .“

„Wir haben schon eine Anzahlung geleistet, Markas“, sagte Drog. „Sie können nicht einfach von heute auf morgen von Ihrem Kontrakt zurücktreten. Außerdem kann ich Ihnen versichern, daß wir mit dem gesuchten Verbrecher nichts zu tun haben.“

Markas schien zu zögern, aber dann sagte er überraschend: „Also gut, ich glaube Ihnen. Ich werde dafür sorgen, daß das erste Modell so schnell wie möglich konstruiert und erprobt wird. Eines Ihrer Schiffe wird uns wohl dafür zur Verfügung gestellt. Es genügt, wenn wir den neuen Peiler darin unterbringen, in den Raum gehen und ein anderes Schiff mit eingeschaltetem Kompensator springen lassen. Habe ich Sie so richtig verstanden?“

„Genau“, erwiderte Drog erfreut und erhob sich. „Dann kann ich wohl jetzt an die Oberfläche zurückgehen und meinen Auftraggebern Ihre endgültige Bereitschaft mitteilen?“

„Ja“, sagte der Swoon würdevoll. „Das können Sie tun.“

Drog drehte sich an der Tür noch einmal um. „Haben Sie bereits eine Ahnung, wo die Fabrikation stattfinden soll? Halten Sie nicht auch eine zentral gelegene Produktionsstätte für angebracht?“

„Das ist geplant, Springer.“

Drogs Gesicht leuchtete auf. „Hier, nehme ich an . . .“

„Nein, etwa zwei Flugstunden nördlich. Nach Studium der Pläne, die Sie uns überließen, hielten wir es für richtig, die Fabrik isoliert einzurichten. Alle benötigten Teile können dort hergestellt werden. Was außerdem gebraucht wird, kann angefordert werden. Es besteht eine Zugverbindung unter Tage.“

Drog sah etwas enttäuscht aus, aber er hütete sich, seinen Ärger laut werden zu lassen. „Gut. Ich werde mich dann dort einrichten. Wie Ihnen ja bekannt sein dürfte, bin ich zum Konstruktionschef des Projekts ernannt worden.“

„Von wem eigentlich?“ fragte Markas unbewegt.

Er erhielt darauf keine Antwort, sondern sah nur noch Drogs breiten Rücken durch die Tür verschwinden, die gleich zwei Stockwerke des Gebäudes einnahm.

Gucky, Sengu und Kulman materialisierten mitten in einem unübersehbaren Werksgelände, das durch hell strahlende Deckenlampen beleuchtet war. Überall erhoben sich flachgestreckte Gebäude und stießen mit ihren Dächern gegen die Decke, die sich in zehn Meter Höhe über der gewaltigen Höhle spannte. Wenn man sich überlegte, wie klein die Swoon waren, wurde es einem klar, welches gigantische Projekt sie mit dieser Anlage verwirklicht hatten. Es gab hier unten richtige Straßen, auf denen Fahrzeuge aller Art schnell hin und her fuhren. Gleitende Transportbänder beförderten Swoon von und zur Arbeitsstätte. Verzweigte Gleisanlagen verrieten einen regen Verkehr zu den benachbarten Städten oder anderen Fabriken. Alles wirkte wie ein vergrößertes Kinderspielzeug, das man hier, tief unter der Oberfläche, aufgebaut hatte.

„So tief bin ich noch nie gewesen", gestand Kulman. „Sie haben mir nie den Weg zu ihren Fabriken gezeigt."

„Verständlich." Sengu nickte. „Sie haben Angst, daß wir Riesen ihnen ihre Anlagen zertreten. Immerhin sind wir sechmals so groß wie sie."

„Ich bin nur dreimal so groß", murmelte Gucky. „Hoffentlich verwirrt sie nicht mein Anblick. Sie werden nur Arkoniden oder Springer kennen."

Inzwischen waren sie bemerkt worden. Man hätte meinen sollen, ihr Auftauchen hätte hier unten gehöriges Aufsehen erregen müssen, zumal es keine direkte Verbindung zur Oberfläche gab, aber die Swoon blieben relativ ruhig und besonnen.

Einige sprangen von den Transportbändern und verschwanden in den nächstgelegenen Gebäuden. Andere wiederum kamen ihnen entgegen und blieben neugierig in gebührender Entfernung stehen. In ihren Gesichtern spiegelte sich keine Panik, sondern nur Wissensdurst.

Ein größerer Swoon – er mochte an die fünfunddreißig Zentimeter messen – drängte sich vor und winkte mit allen vier Armen. Kulman nahm sein Übersetzungsgerät und bückte sich. Mit einer fast behutsamen Gebärde nahm er den Swoon auf.

Als der Swoon bequem auf Kulmans Arm saß, sagte der Agent: „Ich darf Sie meiner größten Hochachtung versichern und möchte Sie um Verzeihung bitten, wenn unser Anblick Sie ein wenig erschreckte, aber wir hatten gewichtige Gründe, ohne Ankündigung hierher vorzudringen."

„Durch welchen Eingang kamt ihr?" fragte der Swoon.

„Wir fanden einen Weg", antwortete Kulman ausweichend. „Auf der Suche nach dem Verbrecher dürfen wir keinen Ort übersehen. Ich nehme an, Sie sind über die Aktion des Imperiums unterrichtet."

„Nur weitläufig", sagte der Swoon mit einem deutlichen Bedauern in seiner piepsigen Stimme. „Ich weiß nur, daß Schiffe des Imperiums landeten und eine Blockade verhängten. Die Gründe sind mir unbekannt."

„Wir suchen einen Mann", klärte Kulman ihn auf. „Er muß sich auf Swoofon aufhalten, daher unsere Maßnahmen. Sobald wir ihn gefunden haben, kann alles seinen geregelten Gang weitergehen. Ist es möglich, daß Sie uns zu einem führenden Wissenschaftler und Techniker Ihrer Stadt geleiten? Wir benötigen einige Auskünfte, die Sie uns vielleicht nicht geben können oder wollen."

„Ich bin Ingenieur für Rundfunktechnik, habe aber keinen direkt leitenden Posten. Vielleicht bringe ich Sie zuerst zum Bürgermeister unserer Stadt, die über uns gelegen ist. Er kann alle weiteren Schritte veranlassen. Gehen Sie bitte dort in Richtung der beiden Tore."

Kulman und Sengu schritten voran, während Gucky den Abschluß bildete und gemächlich durch die einen Meter breite Straße watschelte, wobei er peinlich darauf achtete, nicht mit einem der Swoon in Berührung zu kommen, die überall neugierig herumstanden.

Gucky drang in ihre Gedanken ein, konnte aber nichts Neues feststellen. Die Swoon waren harmlos und fragten sich erstaunt, was die großen Fremden hier unten in ihrem Reich zu suchen hatten.

„Dort drüben sind die Aufzugskabinen", sagte der Swoon auf Kulmans Arm und zeigte mit seinen dünnen Ärmchen in Richtung der vor ihnen liegenden Wand. „Wir sind in wenigen Minuten in der Stadt."

Die Voraussage erfüllte sich. Die Kabine war groß genug, jeweils einen von ihnen aufzunehmen. Den Abschluß bildete Gucky zusammen mit dem Swoon. Der Mausbiber las in den Gedanken seines kleinen Begleiters.

In der Stadt herrschte reger Verkehr. Auf den engen Straßen wimmelte es von Autos und Passanten. Es blieb dem Swoon nichts anderes übrig, als die Polizei zu alarmieren, die alle Straßen bis zum Haus des Bürgermeisters absperrte. Die Passanten zogen sich in die Häuser zurück. Parkende Fahrzeuge wurden schnell entfernt.

„Jetzt können wir gehen", sagte der Swoon zu Kulman und kehrte auf dessen Arm zurück. Es schien ihm dort recht gut zu gefallen. „Wenn Sie meinen Namen wissen möchten – ich bin Ingenieur Waff. Der Bürgermeister ist bereits von Ihrem Eintreffen unterrichtet."

„Ist es weit, Waff?" fragte Kulman.

„In wenigen Minuten erreichen wir das Haus des Bürgermeisters. Sie müssen darauf achten, daß Sie nichts beschädigen. Gehen Sie am besten mitten auf der Straße. Der Bürgermeister wird Sie übrigens in seinem Garten erwarten."

„Garten?" erwiderte Sengu. „Hier unten gibt es Gärten?"

„Vergessen Sie nicht", sagte Kulman nüchtern, „daß unser Übersetzungsgerät fremde Worte nur sinngemäß wiedergibt. Die Swoon kennen zum Beispiel keinen Bürgermeister in unserem Sinn. Auch ist ‚Garten' nicht die richtige Bezeichnung für den genannten Ort. Wir werden wahrscheinlich nur kahle Felsen und Sandwüste zu sehen bekommen."

Seine Voraussage bewahrheitete sich.

Durch ein enges Tor – etwa einen halben Meter breit und kaum einen hoch – gelangten sie in den Garten des Bürgermeisters. Ein kleiner Bach wand sich in engen Kurven durch eine sandige Fläche mit schroffen Felsklippen.

Der Bürgermeister, ein kleiner schmächtiger Swoon, erwartete sie. Er hockte auf einer winzigen Bank und sah ihnen neugierig entgegen.

Die nun folgende Verhandlung wurde in der Hauptsache von Kulman geführt. Er besaß schließlich die größten Erfahrungen mit den Bewohnern von Swoofon.

Sengu hatte sich auf einen Felsbrocken gesetzt, während Gucky still am Rand des kleinen Baches hockte und die Swoon nicht aus den Augen ließ. Man sah ihm förmlich an, wie es in seinem Innern arbeitete. Für die possierlichen Swoon erfüllte ihn Sympathie.

Kulman saß auf einem Stein und sprach mit dem Bürgermeister. Er versuchte ihm klarzumachen, daß sie einen Mann suchten, den man unmöglich beschreiben könne, weil er immer wieder anders aussähe. Einmal, so erklärte Kulman, sähe er aus wie ein Springer, dann wieder wie ein Arkonide oder Ara. Er sei ein Meister der Maske und könne sein Äußeres nach Belieben verändern. Sein Ziel sei es, so versicherte Kulman mit todernstem Gesicht, Herr der Galaxis zu werden.

„Ich bin Ihnen natürlich gern behilflich, aber ich wüßte nicht, was dieser Mann auf Swoofon zu suchen hätte", meinte der Bürgermeister. „Außerdem nehme ich an, daß Ihre Mission hier schnell beendet ist, denn auf unserer Welt halten sich nur wenige Humanoide auf. Es wird nicht lange dauern, bis Sie alle überprüft haben."

„Davon sind auch wir überzeugt." Kulman nickte und tat erleichtert. „Geben Sie mir einen Rat, wie wir erfahren können, wo sich Springer in den subplanetarischen Städten und Fabriken aufhalten."

Der Swoon antwortete: „Bei uns lebt zur Zeit nur ein einziger Springer, ein Techniker mit Namen Drog."

„Wo können wir diesen Drog finden? Vielleicht hat er einen Hinweis für uns."

„Er ist meist unten in den Werken. Eigentlich kann Waff Ihnen da behilflich sein, da er Markas am besten kennt."

„Wer ist Markas?"

„Einer unserer fähigsten Wissenschaftler auf dem Gebiet der Mikroelektronik. Er hat direkt mit Drog und den anderen Springern zu tun, die mit uns handeln und hier ihre Bestellungen aufgeben. Ja, das ist alles, was ich für Sie tun kann."

Der Abschied dauerte zehn Minuten, in denen Höflichkeitsfloskeln ausgetauscht wurden. Der Weg zurück zum Lift gestaltete sich erneut zu einer kleinen Sensation für die Stadtbewohner, aber dank der tatkräftigen Unterstützung der Polizei gelangten die drei Besucher und Waff schnell an ihr Ziel.

Sie fuhren in die Tiefe.

Auf dem Vorplatz mit den abzweigenden Fabrikstraßen sagte Waff: „Ich möchte Sie bitten, hier zu warten. Es würde zuviel Verwirrung stiften, wenn Sie mit mir gingen. Ich suche Markas und werde ihn zu Ihnen bringen."

Gucky las in den Gedanken des Ingenieurs, daß er die Wahrheit sprach. Er nickte Kulman unmerklich zu.

„Wir werden warten", versicherte Kulman und setzte sich auf einen Stapel von Kunststoffplatten und sah hinter dem davongehenden Waff her.

Gucky legte sich einfach auf den harten Betonboden. „Wir suchen Swoon und Springer, die etwas mit dem Kompensatorpeiler zu tun haben. Du hast als erster die Spur gefunden, Kulman."

„Alle Hinweise deuten auf diese Stadt, Gucky", erwiderte Kulman langsam. „Ich sprach mit einigen Technikern auf der Oberfläche. Sie behaupteten, ein völlig neuer und für sich abgeschlossener Höhlenkomplex sei zur Errichtung der Anlage vorgesehen. Ich habe allerdings keine Ahnung, wie weit man ist."

„Es wird nicht schwer sein, das zu erfahren, Kulman. Ich bin Telepath, und die Gedanken eines Springers oder Swoon bleiben mir nicht verborgen." Der Mausbiber blickte in Richtung des Gebäudes, in dem Waff verschwunden war. „Sie kommen. Alle zusammen."

Sengu und Kulman sahen, wie Waff mit einem schmächtigen Swoon aus der Tür kam, die für die hiesigen Verhältnisse ungewöhnlich hoch war. Ihnen folgte die Gestalt eines Mannes. Das mußte Drog sein.

Gucky saß bewegungslos und lauschte. Er nahm bereits die Gedankenimpulse der sich Nähernden auf und sondierte sie. Fast unmerklich nickte er Kulman zu.

„Ich höre", sagte Drog, als er vor ihnen stand, „daß Sie einen Verbrecher suchen. Mein Name ist Drog, und ich weile bereits seit zehn Swaft-Jahren auf Swoofon, und zwar im offiziellen Auftrag meiner Sippe. Ich wüßte nicht, was ich mit dem Gesuchten zu tun hätte."

„Niemand behauptet das", entgegnete Kulman. „Niemand hat Sie verdächtigt. Wir haben lediglich den Auftrag, Stichproben zu machen. Wenn Ihre Angaben der Nachprüfung standhalten, sind Sie über jeden Verdacht erhaben."

Kulman tat so, als sei die Unterredung bereits beendet, aber die Erleichterung des Springers war so groß, daß er die Störung als willkommene Abwechslung zu betrachten schien. Er lächelte. „Sie wollen schon wieder gehen? Berichten Sie, was es Neues im Imperium gibt."

Kulman hatte das Gefühl, als wolle Drog unter allen Umständen verhindern, daß der Swoon mit Namen Markas zu Wort kam.

Markas drängte sich an Drog vorbei und lenkte die Aufmerksamkeit auf sich. Laut redete er in seiner Sprache in das Übersetzungsgerät, aus dem seine Stimme klar und verständlich kam. „Ich bin Markas, der leitende Wissenschaftler dieses Sektors. Ich hätte einige Fragen, für deren Beantwortung ich Ihnen sehr dankbar wäre. Es handelt sich um . . ."

Gucky unterbrach ihn plötzlich mit heller und schriller Stimme: „Wir sind nicht dazu da, deine Fragen zu beantworten, Swoon."

Kulman und Sengu starrten verblüfft auf den kleinen Mausbiber. Warum sollte der Swoon keine Fragen stellen können? Sie schwiegen jedoch, als sie einen Blick Guckys auffingen, der ihnen gebot, sich jetzt nicht einzuschalten.

„Wir suchen einen Verbrecher und haben mit Ihren Angelegenheiten nichts zu tun."

Markas war sichtlich enttäuscht. Drog hingegen strahlte über das ganze Gesicht und warf Markas einen triumphierenden Blick zu, der etwa soviel besagte wie: Sehen Sie nun, was diese Beauftragten des Imperiums für hochnäsige Burschen sind?

„Wie Sie wünschen", kam es aus dem Übersetzer. Markas war nicht nur enttäuscht, sondern auch zutiefst beleidigt. Die Fremden ließen es an der gebührenden Hochachtung fehlen und waren es daher nicht wert, daß man sich weiter mit ihnen befaßte.

Drog zuckte mit den Schultern und meinte: „Vielleicht haben Sie Glück und finden den Verbrecher, wer immer das auch ist. Sie haben nichts dagegen, wenn ich mich jetzt zurückziehe?"

„Keineswegs." Kulman nickte ihm zu. Er begann zu ahnen, was Gucky zu seinem Eingreifen veranlaßt hatte. Der Mausbiber mußte Wichtiges erfahren haben und wollte nicht, daß man im Beisein des Springers darüber sprach. „Sie können gehen."

Drog schritt davon, bückte sich ein wenig und war dann durch die Tür im gegenüberliegenden Gebäude verschwunden. Er konnte beruhigt sein. Die Beauftragten Arkons interessierten sich in ihrer Arroganz nicht für das, was ein kleiner Swoon zu sagen hatte. Markas war abgeblitzt. Er würde keinen zweiten Versuch unternehmen, die Sprache auf den Kompensatorpeiler zu bringen.

Die beiden Swoon waren bei den Besuchern zurückgeblieben. Markas sagte unfreundlich: „Waff wird sich Ihrer annehmen." Er selbst schien keine Lust zu verspüren, seine kostbare Zeit den Fremden zu schenken. „Ich denke, wir haben uns nichts mehr zu sagen."

„Sie irren", warf Kulman ein. „Ich bin überzeugt, unser Begleiter hier . . .", er zeigte auf Gucky, „. . .hat noch einige Fragen an Sie zu richten. Stimmt's, Gucky?"

Der Mausbiber nickte und sah sich um.

„Wo können wir ungestört sprechen, Markas?" Er bückte sich und nahm den Swoon in die Höhe. „Du mußt mir mein Benehmen verzeihen, aber ich war durch die Anwesenheit des Springers dazu gezwungen. Ich werde dir alles erklären."

„Wer bist du?" fragte Markas. „Du bist kein Humanoide."

„Allerdings nicht, das sieht ein Blinder", sagte Gucky grinsend und zeigte auf den nahen Bahnhof mit seinen vielen Tunneleinmündungen. „Wie wäre es dort?"

Als sie gebückt einige Meter weit in den Tunnel eingedrungen waren, fragte Kulman: „Was hast du vor, Gucky?"

„Wir werden machen, daß wir an die frische Luft kommen. Hier unten haben wir nichts mehr zu suchen. Markas ist der Mann – eh, der Swoon, den wir suchen. Er ist verantwortlich für das Projekt Kompensatorpeiler. Ich denke, er wird uns alles darüber erzählen."

Waff und Markas sahen sich verblüfft an, denn Guckys Worte waren von der Maschine getreulich übersetzt worden. Dann sagte Markas: „Woher wissen Sie . . ."

„Ich bin Telepath", erklärte Gucky kurz. „Und nun wollen wir mal sehen, wie wir am besten zur Oberfläche springen . . ."

Die Teleportationen zur Oberfläche dauerten keine zwei Minuten. Dann standen die beiden Männer, die Swoon und Gucky inmitten der Wüste unter den Strahlen der tiefstehenden Sonne.

Genau in dieser Sekunde summte das Funkgerät an Sengus Arm. Die DRUSUS meldete sich. Rhodan forderte die kleine Gruppe zur Rückkehr auf.

Als der Telekom schrillte, ahnte Rhodan bereits, daß eine Entscheidung auf ihn zukam. Eigentlich hatte er sie schon früher erwartet.

Auf den Schirmen der Funkanlage erschien das Bild des Regenten, die mächtige, auf ihren Schnittflächen ruhende Metallkugel mit ihren Antennen und Fiktivschirmen. Der Sockel der gesamten Anlage war im Fußboden versenkt, und es war müßig, Betrachtungen über ihre vermutlichen Ausmaße anzustellen.

Rhodan trat einen Schritt zurück und sorgte dafür, daß die Kamera ihn erfaßte. Er wußte, daß der Regent ihn nun sehen konnte, genauso, wie es umgekehrt auch der Fall war.

„Du wünschst mich zu sprechen, Regent?"

„Du hast mich getäuscht und eine Kampfflotte zur Unterstützung angefordert, um ein harmloses Sonnensystem zu überfallen. Ich mußte annehmen, es handele sich um eine Aktion gegen unseren gemeinsamen unsichtbaren Gegner, der aus einer anderen Zeitebene zu uns gelangte. Statt dessen störst du unseren Handel mit friedlichen Welten, wie mir inzwischen von protestierenden Händlern berichtet wurde. Was ich aber nicht verstehe, ist, warum du von mir eine Flotte anforderst, obgleich deine eigene stark genug ist, eine Aufgabe von größerer Problematik zu lösen. Ich nehme an, du wolltest mich in etwas verwickeln, für das du nicht allein die Verantwortung zu tragen bereit bist."

„Wir schlossen ein Abkommen, Regent", entgegnete Rhodan kühl. „Darin heißt es, daß du mir bedingungslos deine Macht zur Verfügung stellst, falls ich sie benötige und dich darum bitte. Gut, du bist meinem Ersuchen nachgekommen und hast Talamon geschickt. Nun aber sprichst du von der Verletzung unseres Vertrages durch mich. Wie soll ich das verstehen?"

„Du verstehst sehr gut, Terraner. Unser Abkommen gilt nur für den Kampf gegen die Unsichtbaren. Es besagt nicht, daß du dich in die internen Angelegenheiten Arkons mischen darfst. Und genau das tust du jetzt."

In Rhodan stieg eine dumpfe Ahnung auf. Warum war das Robotgehirn so sehr daran interessiert, daß er Swoofon in Ruhe ließ? Wußte der Regent etwas von dem Kompensatorpeiler, mit dessen Hilfe es ihm endlich gelingen würde, die Position der Erde zu entdecken?

Wurde das Gerät im Auftrag des Regenten gebaut?

„Unser Abkommen betraf nicht nur die Unsichtbaren, Regent. Es betraf unsere gesamte Zusammenarbeit. Wenn es in einem Punkt gebrochen wird, ist es in jeder Beziehung wertlos geworden."

„Ich bin anderer Meinung, Rhodan. Wir halten uns beide an das Abkommen, achten aber darauf, daß es nur die Unsichtbaren betrifft. Ziehe dich also von Swoofon zurück und störe unseren lebenswichtigen Handel nicht. Talamon wird von mir den Befehl erhalten, sofort nach Arkon zurückzukehren. Jeden Augenblick können die Unsichtbaren wieder losschlagen. Wir müssen darauf vorbereitet sein, Rhodan. Du weißt, wie groß die Gefahr ist, die unserer Milchstraße droht."

„Ich weiß es sehr gut, Regent", erwiderte Rhodan. „Wir sind dabei, eine Waffe gegen die Unbekannten zu entwickeln. Es wird uns gelingen, in ihr Reich vorzudringen und mit ihnen Verbindung aufzunehmen. Glaube nur nicht, daß wir untätig geblieben sind. Unsere Aktion hier auf Swoofon war notwendig, sonst hätte ich sie nicht unternommen. Wie also lautet deine Entscheidung?"

„Du kennst sie bereits: Talamon kehrt nach Arkon zurück, und du wirst ebenfalls das Swaft-System verlassen."

Rhodan nickte langsam. „Wir ziehen uns zurück, sobald unsere Angelegenheiten erledigt sind."

Er unterbrach die Verbindung, bevor der Regent antworten konnte.

Bully sah Rhodan bestürzt an. Er wußte, daß die Handlungsweise Rhodans einer Herausforderung gleichkam.

Für einen Protest blieb jedoch keine Zeit, denn die Rückkehr Guckys und seiner Begleiter wurde gemeldet.

Rhodan, Bully, Marshall und Kulman saßen um den Tisch, auf dem Markas neben dem viereckigen Übersetzungsgerät stand und auf alle an ihn gestellten Fragen bereitwillig antwortete. Er begriff nicht alles, was um ihn herum geschah, und er ahnte auch nichts von den wahren Hintergründen, die Rhodan so viel Kopfzerbrechen bereiteten. Markas und Waff hatten Schwierigkeiten mit der an Bord der DRUSUS herrschenden Schwerkraft von einem Gravo, aber sie ertrugen die Bedingungen. Markas sagte, was er wußte.

„. . .und so beschlossen wir, einen bisher unbenutzten Teil der großen Gewölbe auszubauen, damit die spätere Serienherstellung des Peilers ungestört vonstatten gehen kann. Die Arbeiten an den Fabriken sind in vollem Gang. Wenn das erste Versuchsmodell fertig und erprobt worden ist, kann die Produktion anlaufen."

„Wo liegt das Gebiet genau? Hier habe ich eine Karte der Oberfläche von Swoofon." Rhodan schob Markas eine Karte hin. „Dies ist Swatran, Ihre größte Stadt. Können Sie sich orientieren?"

Der Swoon sah auf die Karte und zögerte. „Ich kenne die Oberfläche kaum, da ich mich zumeist in der Tiefe aufhalte, aber ich denke, dort etwa liegt die künftige Fabrik für den Peiler." Er deutete auf die entsprechende Stelle.

„Wo haben Sie die Pläne für das Gerät?" fragte Rhodan.

„In meinem Büro, in einem Tresor verschlossen. Nur Drog und ich haben den Schlüssel. Eigentlich sind es zwei Schlüssel. Er hat einen, und ich habe einen. Nur mit beiden gemeinsam kann der Tresor geöffnet werden."

Rhodan nickte. „Einer traut dem anderen nicht – das kenne ich." Er sann eine Weile vor sich hin. „Glauben Sie, daß es möglich ist, mir die Pläne für eine kurze Zeit zur Verfügung zu stellen?"

Nun zögerte der Swoon. Er war sich nicht recht im klaren über die Rolle, die Rhodan und seine Freunde spielten. Handelten sie wirklich im Auftrag des Imperiums? Warum gingen sie dann nicht offen vor?

Von der Couch her sagte Gucky: „Du solltest ihn einweihen, Rhodan. Markas kann nur dann unser Freund werden, wenn wir Vertrauen zu ihm haben."

Rhodan nickte. „Also gut, Markas. Sie sollen die Wahrheit erfahren. Der Kompensatorpeiler soll dazu dienen, die Position meiner Heimatwelt herauszufinden. Arkon will meinen Planeten finden. Das größte Interesse daran haben die Springer. Ich habe einen Vertrag mit Arkon, aber der Regent legt keinen großen Wert darauf, ihn einzuhalten, obwohl eine furchtbare Gefahr heraufzieht und alles Leben in der Milchstraße auszulöschen droht. Ich will die Pläne des Peilers sehen, damit ich etwas über seine Beschaffenheit erfahre. Noch mehr: Ich will versuchen, ein Abwehrgerät zu konstruieren, damit der Peiler unwirksam wird. Es liegt an Ihnen, Markas, uns zu helfen. Wir können Sie nicht dazu zwingen."

Der Swoon sah Rhodan in die Augen und blickte dann in Richtung der Couch, wo Gucky sich aufrichtete und seinem Blick begegnete. „Ich will Ihnen helfen, denn Sie sind anders als die Springer, die für uns nichts als Verachtung empfinden, obwohl sie uns brauchen. Und wenn Arkon den Peiler dazu benötigt, einen Krieg zu führen, dann vernichte ich lieber die Pläne."

„Das wäre falsch", warf Rhodan ein. „Der Peiler soll ruhig gebaut werden, wenn wir mit einiger Gewißheit sagen können, daß es eine

Abwehr gibt. Dazu aber benötigen wir die Pläne. Später werden sie an Ort und Stelle zurückgebracht."

„Und wie soll ich sie holen?" fragte Markas endgültig überzeugt.

Rhodan lächelte. „Ihr Freund Gucky wird mit Ihnen gehen. Sie wissen ja, daß solche Entfernungen für ihn keine Rolle spielen, weil er Teleporter ist."

„Und Drog? Wie soll ich es machen, daß er mir den Schlüssel gibt?"

„Unser Mutant André Noir wird euch begleiten. Drog wird alles tun, was Sie wünschen. Glauben Sie mir?"

Der Swoon nickte ernst. „Ihre Heimatwelt muß eine phantastische und sehr mächtige Welt sein."

Rhodan beugte sich vor. „Möchten Sie sie sehen?"

Markas schien größer zu werden. Er wechselte einen schnellen Blick mit Waff, der sich ebenfalls aufrichtete und Rhodan fragend ansah. Die plötzliche Spannung teilte sich auch den anderen mit, die zu ahnen begannen, daß ein neuer, entscheidender Plan im Entstehen war.

„Nun?" fragte Rhodan.

Markas tat einen winzigen Schritt vor und sah den Terraner an. „Ja, ich möchte Ihre Welt kennenlernen. Aber ist sie nicht groß und weit? Werden wir auf ihr leben können? Und werden wir jemals nach Swoofon zurückkehren können?"

„Das Risiko müssen Sie auf sich nehmen, Markas. Aber ich kann garantieren, daß Sie auf Terra gut und sicher leben werden. Dafür werde ich sorgen. Vielleicht kann der vierte Planet unseres Sonnensystems eure neue Heimat werden, er hat ähnliche Bedingungen wie Swoofon. Wir werden noch darüber beraten. Doch zuerst – die Pläne für den Peiler. Wann sind Sie bereit, sie mit Gucky und Noir zu holen?"

„Sofort", sagte der Swoon entschlossen.

„Dann soll es auch sofort geschehen", entschied Rhodan.

Drog schaltete das Funkgerät wieder aus.

Minuten noch starrte er sinnend auf den erloschenen Bildschirm, auf dem er das Gesicht eines mächtigen, energisch blickenden Springers gesehen hatte. Die Anordnungen waren eindeutig gewesen. Eile war geboten. Keine Sekunde durfte mehr verlorengehen. Perry Rhodan schien Verdacht geschöpft zu haben. Die Suche nach dem entflohenen Verbrecher war wahrscheinlich nur ein Vorwand, um in aller Ruhe Swoofon nach den Plänen für den Peiler absuchen zu können.

Immerhin – es war nichts als eine Vermutung.

Das Erscheinen der Kriegsflotte von Arkon schien jedoch zu beweisen, daß der Regent mit Rhodans Handeln einverstanden war, auf der anderen Seite war Talamon mit seinem Schlachtraumer inzwischen wieder verschwunden. Zurückgeblieben war nur Rhodan mit seinen drei Schiffsgiganten und der Flotte der kleineren Beiboote.

Drog zuckte mit den Schultern. Was immer dieser Rhodan auch plante, sollte es sich um die Pläne für den Peiler handeln, so würde er eine bittere Enttäuschung erleben. Und was diesen Markas anging, der so plötzlich verschwunden war . . .

Drog hielt nicht viel von den Swoon, aber er mußte anerkennen, daß es keine besseren Techniker in der Milchstraße gab. Niemand außer ihnen würde die winzigen Teilchen für den Peiler so schnell und sicher herstellen können wie sie. Man brauchte die Swoon, ob man sie nun mochte oder nicht.

Natürlich kannte Drog die künftige Fabrik und wußte um ihre Lage. Er würde dorthin gehen und die wertvollen Pläne mitnehmen. Markas würde ein dummes Gesicht machen, wenn er zurückkehrte und ihn nicht mehr vorfand. An den Tresor konnte er ohnehin nicht heran.

Wohl aber er, Drog. Längst hatte er sich heimlich eine Kopie von Markas' Schlüssel beschafft.

Zufrieden, endlich eine Lösung gefunden zu haben, die auch seinen Auftraggebern gefallen mußte, betrat Drog nach einem kurzen Inspektionsgang das Büro Markas' und machte sich an dem Tresor zu schaffen, der nicht viel größer als ein Briefkasten war, aber aus Arkonstahl bestand. Normale Energiestrahlen konnten ihn nicht schmelzen, ganz davon abgesehen, daß dann auch sein Inhalt vernichtet würde.

Die Tür öffnete sich und gab das Innere frei. In einer braunen Mappe lagen die Pläne.

Drog nahm sie an sich, verschloß den Tresor wieder und ging dann zum Bahnhof, wo er dem Zugkoordinator den Auftrag gab, möglichst schnell einen neuen Transport zur Peilerfabrik zusammenzustellen, mit dem er sich selbst dorthin begeben wollte.

Eine Stunde später lag er in zwei zusammengeschweißten Waggons und benutzte die braune Mappe als Kopfpolster. Mit einem Lächeln sah er hinauf zur glatten Felsendecke des Tunnels, die mit größer werdender Geschwindigkeit nach hinten zu gleiten schien.

Er würde notfalls den erhaltenen Auftrag auch ohne Markas ausführen und dafür Sorge tragen, daß der erste Versuchspeiler noch in dieser Woche gebaut wurde.

15.

Vor wenigen Augenblicken waren Gucky, Noir und der Swoon im Zielgebiet unter der Planetenoberfläche materialisiert. Waff war an Bord der DRUSUS zurückgeblieben.

Markas trippelte mit winzigen Schritten die Fabrikstraße entlang. Noir und Gucky schlichen förmlich dahin.

„Gleich sind wir da", sagte der Swoon. „In meinem Büro werden wir erfahren, wo sich Drog aufhält."

Es kostete Noir keine Mühe, in das umgebaute Bürohaus zu gelangen. Er setzte sich auf denselben Schemel, den auch Drog immer benutzt hatte. Gucky sah sich um. Sein Blick fiel auf den unverkleideten Tresor an der Wand.

„Sind die Pläne dort?" erkundigte er sich.

Markas bejahte die Frage. „Nur Drog fehlt. Ich hatte ihn hier vermutet. Warten Sie." Er ging zur anderen Wand und hantierte an den Kontrollen der Funkeinrichtung, die ihn mit allen Teilen der Fabrikanlagen und der Außenwelt verband. Nach wenigen Sekunden war der Kontakt mit der Zentrale hergestellt. „Ich wünsche Auskunft darüber, wo der Springer Drog sich aufhält."

Bereits nach wenigen Minuten kam die Antwort. „Der Springer hat Sektor NH/K/075 vor zwei Stunden verlassen, nachdem er einen Transportzug nach NH/K/078 zusammenstellen ließ. Er ist selbst mit diesem Zug gefahren. Sollen wir versuchen, Verbindung mit ihm herzustellen?"

Markas schien unentschlossen, dann fing er Guckys Blick auf. „Nein, danke. Das ist nicht nötig.“

Er unterbrach die Verbindung und wandte sich um.

„Was nun?“ fragte er und war offensichtlich ratlos. „Was mag Drog dazu bewogen haben, schon heute zur Peilerfabrik zu fahren? Was will er dort?“

„Mich würde mehr interessieren“, stellte Noir fest, „wie wir nun an die Pläne herankommen sollen. Der Tresor läßt sich nur mit Hilfe seines Schlüssels öffenen.“

„Dann müssen wir zu Drog“, murmelte Markas entmutigt.

„Warum?“ fragte Gucky. „Höre, Markas: Wie ist der Tresor beschaffen? Ein elektronisches Schloß? Oder mechanisch?“

„Beides.“ Der Swoon seufzte. „Ohne die Schlüssel kann es unmöglich geöffnet werden, wenn Sie das meinen. Wir legen großen Wert darauf, daß niemand unsere Konstruktionspläne entwenden kann.“

„Sehr gut verständlich.“ Gucky nickte und betrachtete den Tresor. „Es würde mich sehr interessieren, ob ich nicht einen ausgezeichneten Tresorknacker abgeben würde. Elektronisch also? Das müßte eigentlich zu schaffen sein, wenn ich die Relaiskontakte finde. Sobald der Strom fließt, öffnet sich der Tresor. Die mechanischen Riegel sind leichter zu beseitigen.“

„Aber wie denn?“ Markas wunderte sich.

Noir klärte ihn auf: „Haben Sie schon mal etwas von dem Begriff der Telekinese gehört, Markas?“ fragte er. „Das sind Kraftströme, die Materie zu bewegen vermögen. Gucky ist Telekinet.“

Der Swoon betrachtete den Mausbiber mit steigender Ehrfurcht. „Er ist Telepath, er ist Teleporter und nun auch noch Telekinet? Was für ein mächtiges Wesen ist Gucky?“

Der Mausbiber freute sich über die ihm entgegengebrachte Bewunderung, dann wurde er wieder sachlich. „Darf ich um absolute Ruhe bitten? Ich werde versuchen, den Tresor zu öffnen. Mehr als ein paar Minuten kann es nicht dauern.“

Noir und Markas traten ein wenig zurück und ließen Gucky allein vor dem Tresor stehen. Der Mausbiber konzentrierte sich.

Als es zum erstenmal leise knackte, entspannte sich Guckys Körper, aber er legte keine größere Pause ein. Nur Noirs Atmen war zu hören.

Markas stand reglos und steif, als sei er tatsächlich eine Gurke, die sich nicht von der Stelle bewegen konnte.

Erneut knackte es. Gucky murmelte: „Jetzt müßte es eigentlich gehen . . .“

Und dann schwang die Tür auf.

Markas stieß einen piepsenden Ruf des Erstaunens und der Freude aus. Mit seinen kurzen Füßen trippelte er quer durch den Raum und stand neben Gucky. Beide sahen in das Innere des Tresors.

„Nun?“ fragte Noir, der ebenfalls herbeigekommen war. „Wo sind denn die Pläne? Besitzen sie Kleinformat?“

Markas trat noch einen weiteren Schritt vor und wäre fast in den Tresor hineingekrochen. Als er sich umdrehte, sagte er: „Sie lagen hier drin, aber nun sind sie fort. Niemand außer mir und Drog hat einen Schlüssel, und nur wenn beide Schlüssel vorhanden sind, läßt sich der Tresor öffnen – ich verstehe das nicht.“

„Ich schon.“ Gucky nickte grimmig. „Drog hatte den gleichen Schlüssel noch einmal, den auch du besitzt, Markas. Er hat dich hereingelegt. Das heißt, er hat uns alle hereingelegt. Was nun?“

Der Swoon faßte sich erstaunlich schnell. Mit einem letzten Blick auf den leeren Tresor riet er: „Wenn Drog die Pläne gestohlen hat, müssen wir ihn suchen. Wir wissen, wo er sich aufhält. Worauf warten wir noch?“

Gucky sah Noir an.

„Fast sieht es so aus“, zwitscherte er, schon wieder zuversichtlich geworden, „als könnten wir von Markas noch etwas lernen. Er hat völlig recht. Worauf warten wir noch?“

Sie verzichteten darauf, mit einem der ständig hin und her pendelnden Züge zu fahren, sondern kehrten mit einem Teleportersprung zur Oberfläche zurück, wo sie sich neu orientierten. Noir hatte die Karte mitgenommen, auf der Markas nun sorgfältig die unterirdische Lage der Peilerfabrik einzeichnete. Dann war es für Gucky nicht mehr schwer, das Ziel zu erreichen.

Sie materialisierten in einer fast leeren Halle, deren Boden und Decke aus Felsgestein bestanden. Für die Verhältnisse der Swoon erschien sie ihnen ziemlich hoch, aber dann entsannen sie sich, daß hier schließlich Geräte gebaut werden sollten, die einmal in den großen Schiffen der Springer Platz haben würden. Außerdem war damit zu rechnen, daß ständig Beobachter der Springer hier weilen würden, wenn die Produktion erst einmal angelaufen war.

Niemand war zu sehen, also war auch damit zu rechnen, daß ihr Auftauchen nicht bemerkt worden war. Nun galt es nur noch, Drog zu finden.

Das würde nicht schwer sein.

Drog ahnte nichts von dem nahenden Unheil, wohl aber spürte er instinktiv, daß irgend etwas nicht ganz in Ordnung war. Seine Unruhe hatte allerdings erheblich nachgelassen, seit er sich im Besitz der wertvollen Pläne wußte. Er wußte, daß es die einzigen existierenden Pläne außer den Originalen waren. Und die lagen sicher auf einem kleinen Planeten der galaktischen Händler.

Die Blockade des Swaft-Systems im Auftrag Arkons hatte mehr zu bedeuten, als es zuerst den Anschein gehabt hatte, davon war er inzwischen fest überzeugt. Um einen einzelnen Mann zu suchen, isolierte man nicht ein ganzes Sonnensystem.

Drog kletterte aus seinem Wagen, verscheuchte mit brüllender Stimme einige herumlungernde Swoon und schritt die unfertige Straße hinab, die zu den Hallen führte. Dort, so wußte er, würde einmal sein Büro liegen. Warum sollte er sich nicht schon heute darin häuslich einrichten, so gut es eben möglich war?

Drog achtete nicht auf die Swoon. Wenn sie gebraucht würden, war immer noch Zeit, ihnen seine Hochachtung auszusprechen – wenn sie Wert darauf legten. Gelogen war es ohnehin.

Links lag eine Metallwand, dahinter eine Werkshalle.

Einem plötzlichen Impuls folgend, verließ Drog seinen ursprünglichen Weg und betrat die Halle durch ein viel zu niedriges Tor. Er mußte sich bücken, um nicht mit dem Kopf anzustoßen.

„Das werden wir auch noch ändern lassen", murmelte er wütend vor sich hin und blieb dann wie angewurzelt stehen. Fast hätte er die Aktenmappe fallen lassen, die er unter dem rechten Arm trug.

Vor ihm – oder besser: unter ihm – stand Markas.

Drog erkannte ihn sofort, obwohl es nicht ganz einfach war, die Swoon voneinander zu unterscheiden. Aber leider fehlte jede Möglichkeit einer Verständigung, weil kein Übersetzungsgerät zur Verfügung stand.

„Aus dem Weg, du Wurm!“ brüllte Drog.

Markas hielt sich entsetzt die winzigen Ohren zu, aber er vertraute dem Mausbiber, der sich mit Noir im Hintergrund der weiten Halle versteckt hielt. Obwohl er kein Wort von dem verstand, was der Riese schrie, erahnte er den Sinn. Aber er blieb trotzig stehen. In der einen Hand hielt er dem Springer den Tresorschlüssel entgegen.

Drog verstand sofort. „Ah – die Pläne? Pech gehabt, mein Lieber, die habe ich bei mir. Was gehen die dich überhaupt an? Wo bist du so lange gewesen?“ Er entsann sich, daß der Swoon ihn nicht verstehen konnte und wurde ärgerlich, so viel Zeit verschwenden zu müssen. Warum sorgte der Zwerg nicht dafür, daß endlich das erste Modell des Peilers gebaut wurde, wie man es vereinbart hatte? Er zeigte zum Ausgang. „Folge mir jetzt! Ich habe dir einiges zu sagen.“

Die Geste mußte Markas verstehen, aber der Swoon rührte sich nicht vom Fleck. Schon wollte Drog nach Markas greifen, da erstarrte er mitten in der Bewegung.

Irgend etwas Unsichtbares übte einen plötzlichen Druck auf sein Gehirn aus, preßte gegen sein Bewußtsein und begann, seinen Willen auszuschalten. Vor seinen Augen begann sich die Halle zu drehen, aber er verlor nicht die Besinnung. Er wußte genau, was in den nun folgenden Minuten geschah, aber er hatte keine Möglichkeit, sich dagegen zu wehren.

Aus dem Hintergrund kamen zwei Gestalten, die eine so groß wie er, die andere nur halb so hoch.

Noir konzentrierte sich. Mit aller Gewalt griffen seine Gehirnwellen nach dem Bewußtsein des Springers.

„Gib mir die Tasche mit den Plänen!“ befahl Noir, denn er wußte schon längst von Gucky, was in der braunen Mappe war.

Drog gab ihm die Tasche.

„Komm mit uns!“

Sie begegneten in den nun folgenden Minuten mehr als einem Swoon, besonders draußen auf der Straße, aber keinem von ihnen fiel der Springer auf, der mit Chef-Wissenschaftler Markas, dem merkwürdigen Pelzwesen und dem vermeintlichen Arkoniden ging. Jeder kannte Drog, der sich jetzt nicht anders benahm als sonst, wenn er Herr seiner Sinne war.

Vor einem Portal hielt Markas an. „Dahinter liegen die Verwaltungsbüros. Eines davon ist für Drog eingerichtet worden. Ich denke, das ist der richtige Ort. Wie lange werden wir warten müssen?"

„Nicht lange, denke ich", erwiderte Gucky. „Allein finde ich den Weg zum Schiff schnell und sicher. Dort kann Rhodan sich die Pläne ansehen und sie kopieren lassen. In einer halben Stunde werde ich wieder zurück sein. Solange müßt ihr auf Drog aufpassen, denn es ist noch zu früh, ihn laufen zu lassen."

„Kein Problem." Noir nickte.

Als sie endlich die Tür hinter sich schließen konnten und allein waren, atmeten sie auf. Die fragenden und neugierigen Blicke der harmlosen und gutmütigen Swoon auf der Straße waren fast nicht mehr zu ertragen gewesen. Wenn ihnen auch an Drogs Benehmen nichts auffiel, so machten sie sich der Delegation wegen doch unnötige Gedanken. Und Noir konnte nicht allen die Erinnerung nehmen, wie es mit Drog geschehen würde.

„Du kannst anfangen, Noir", sagte Gucky und winkte Markas zu sich. „Jetzt paß mal auf, Kleiner, wie schön uns der Springer alles erzählt, was wir wissen wollen."

Noir dirigierte Drog in eine Ecke, nachdem er Gucky die Tasche gegeben hatte. Mit einem schnellen Blick überzeugte sich der Mausbiber, daß die gewünschten Papiere darin waren. Markas bestätigte die Echtheit der Pläne.

Drogs Augen wurden seltsam glasig, und sein Blick glitt in die Ferne. Bewegungslos stand er an seinem Platz, und es war, als könne er sich nicht mehr rühren.

„Für wen wird der Kompensatorpeiler gebaut?" fragte Noir. Die Antwort kam wie aus der Pistole geschossen: „Für den Regenten von Arkon."

„Wer hat ihn erfunden?"

„Einer unserer Wissenschaftler, der Name ist mir unbekannt."

Es konnte kein Zweifel daran bestehen, daß Drog die Wahrheit sprach.

„Wie hoch soll die Produktion sein?"

„Der neue Peiler soll in jedes Schiff des Imperiums eingebaut werden, damit es keine unbeobachteten Transitionen mehr gibt. Hauptziel ist, Terra, den Heimatplaneten Rhodans, zu finden."

„Darum soll die Herstellung heimlich stattfinden?"

„Hauptsächlich. Aber das Gerät enthält so kleine und empfindliche Teile, daß nur die Swoon es konstruieren können. Später ist beabsichtigt, die Fabrik auf einen Planeten der Springer zu verlegen.“

Noir warf Markas einen kurzen Blick zu, ehe er fragte: „Mit Einverständnis der Swoon?“

„Wir werden eine Gruppe von ihnen mitnehmen.“

„Das ist ein Befehl des Regenten?“

Ohne zu zögern, antwortete Drog: „Nein, das ist meine eigene Idee. Meine Sippe wird sich das Monopol sichern und die Pläne zur gegebenen Zeit vernichten.“

„Und der Erfinder? Die Originalpläne?“

Drog lächelte wie in einem schönen Traum. „Es ist dafür gesorgt, daß der Erfinder nicht mehr lange lebt. Wenn der erste Peiler erfolgreich erprobt ist, stirbt der Erfinder, dessen Namen ich nicht kenne. Die Pläne werden ebenfalls sichergestellt und vernichtet. Niemand wird uns belangen können, denn sonst gibt es keine Kompensatorpeiler mehr.“

Noir sah Gucky an. Der Mausbiber seufzte.

„Allerhand“, stellte er fest. „Ein regelrechtes Komplott, sogar gegen Arkon. Denen werden wir aber die Suppe versalzen, wie Bully jetzt so schön sagen würde. Gut, ich weiß genug. Wartet hier, bis ich zurück bin. Es kann nicht lange dauern.“

Noir und Markas nickten. Der Swoon hatte sich bereits an die Geste der Bejahung gewöhnt. Er lernte erstaunlich schnell.

Gucky entmaterialisierte und sprang zuerst zur Oberfläche. Dann konzentrierte er sich auf die Kommandozentrale der DRUSUS und landete genau in Bullys Schoß, der neben Sikermann auf einer Couch saß.

In der Abwehrzentrale der DRUSUS machte sich der rothaarige Captain des Sicherheitsdiensts, Hubert Gorlat, an seine Arbeit. Rhodan stand mit Gucky ein wenig abseits und sah zu, wie die Pläne fein säuberlich ausgebreitet und kopiert wurden. Um Gorlat nicht zu stören, berichtete Gucky leise über das, was sie von Drog erfahren hatten.

Rhodan fragte: „Wenn ich recht verstanden habe, will Drog spezialisierte Swoon von ihrem Planeten entführen, um sie auf einer fremden Welt anzusiedeln? Dort sollen sie dann ausschließlich für ihn Kompensatorpeiler herstellen?"

„Ja, das sagte Drog unter Noirs Einfluß."

„Dann stimmt es auch." Rhodan fügte hinzu: „Wenn du die Pläne zurückbringst und Noir holst, dann bringe doch den kleinen Swoon wieder mit."

„Ja, Chef. Du hattest doch versprochen, ihn und Waff mit zur Erde zu nehmen."

Plötzlich lächelte Rhodan. „Du magst die Swoon, nicht wahr?"

Gucky strahlte. „Ich mag sie sehr gern, Perry. Sie sind nicht nur klein und lustig, sondern auch sehr intelligent und liebenswert. Ich wäre froh, wenn ich Waff und Markas nicht verlieren müßte. Sicher werden sie gern mit uns gehen."

„Ich habe ihnen einen sehr interessanten Vorschlag zu machen, Gucky. Nein, gib dir keine Mühe, du wirst jetzt noch nichts erfahren. Bring Noir und Markas, dann wird deine Neugier gestillt." Er sah zu Gorlat, der seine Geräte abschaltete und die Pläne zusammenlegte. „Fertig, Captain?"

„Nein, ich möchte sie zusammen mit Crest und Atlan prüfen. Mir ist da ein Gedanke gekommen." Er nahm die Pläne Drogs, faltete sie so zusammen, daß sie wieder in die Tasche des Springers paßten, legte sie hinein und überreichte Gucky die Mappe. Dann klopfte er dem Mausbiber auf die Schulter. „Beeil dich, Gucky. Ich erwarte dich in Crests Kabine. Und vergiß nicht, Markas mitzubringen."

Gucky grinste spitzbübisch und zeigte seinen Nagezahn.

„Eher vergesse ich meinen Schwanz", versicherte er, konzentrierte sich und verschwand.

Während kurze Zeit darauf Drog mit seiner wertvollen Tasche dem Verwaltungsgebäude entgegenstrebte und überlegte, was er in den vergangenen zwei Stunden getrieben hatte, fand in der DRUSUS die entscheidende Konferenz statt. Gastgeber war Crest.

Er saß am Kopf des halbrunden Tisches und lauschte reglos auf die Worte des Unsterblichen Atlan, in dessen Händen die Kopien der Pläne ruhten. Außer Rhodan, Bully, Gucky und den beiden Swoon waren noch Chefingenieur Gunter Forster und Chefmathematiker Dr. Ali el Jagat anwesend.

„Das Prinzip des Peilers ist leicht zu verstehen, wenn man die Grundzüge des Strukturkompensators kennt, denn aus ihm wurde er weiterentwickelt. Genauso einfach wird es sein, das nachfolgende Gerät zu entwickeln, den Absorber. Dieses Gerät wird alle Impulse des Kompensators absorbieren, so daß der Peiler nichts mehr zu orten hat. Damit ist er wertlos."

Rhodan sah Atlan ernst an. Er wußte, daß er sich auf seinen neuen Verbündeten voll und ganz verlassen konnte, aber vielleicht überschätzte der Unsterbliche seine Fähigkeiten.

„Bist du ganz sicher, Atlan, daß die Konstruktion möglich sein wird?"

Atlan nickte und zeigte mit der rechten Hand auf Jagat und Forster. „Frag die beiden Experten, Rhodan. Sie werden dir bestätigen, was ich dir schon sagte. Allerdings muß bedacht werden, daß der Peiler auf Swoofon hergestellt wird und dementsprechend mikroskopisch kleine Bestandteile enthält. Der Absorber müßte ähnliche Teile erhalten. Das ist der einzige schwache Punkt meiner Argumentation."

Rhodan nickte ihm lächelnd zu. „Danke, Atlan. Wir kommen später darauf zurück. Ich stelle also fest, daß es für uns kein Risiko bedeutet, wenn in drei oder vier Monaten die Suchschiffe der Springer mit Peilern ausgerüstet sind, weil wir bis dahin – mit Hilfe der Swoon – in der Lage sein werden, den Absorber zu entwickeln. Stimmt das so?"

„Theoretisch schon . . ."

„Gut." Rhodan sah zu Gucky, der die beiden Swoon auf dem Schoß sitzen hatte und seine Umwelt vergessen zu haben schien. „Dann darf ich Markas nun bitten, mir auf einige Fragen zu antworten."

Markas trippelte mit seinen kurzen Beinchen ein wenig unschlüssig hin und her, bis er neben dem Übersetzergerät den richtigen Platz gefunden zu haben glaubte. Über die Tischkante hinweg beobachtete Waff ihn aufmerksam von Guckys Schoß her.

„Fragen Sie", bat der Swoon. „Ich werde alles tun, um Sie zufriedenzustellen."

Rhodan beugte sich vor, sah dem Swoon in die hellen, klaren Augen. Er las in ihnen ehrliche Zuneigung und spürte, wie ihm warm ums Herz wurde. Diese kleinen, so komisch anzusehenden Wesen besaßen einen guten und anständigen Charakter, wie man ihn bei Menschen nur selten vorfand. Wie leicht hätte man sich die Freundschaft dieser Wesen verscherzen können, wenn man sich nicht die Mühe gemacht hätte, sie als gleichberechtigte Intelligenzen anzuerkennen und zu behandeln. Rhodan begann plötzlich, Gucky zu verstehen.

„Sie äußerten den Wunsch, meine Heimat kennenzulernen, Markas. Ich kann Ihren Wunsch erfüllen, möchte Ihnen aber gleichzeitig einen Vorschlag machen, den Sie sich bitte gut überlegen wollen. Niemand wird es Ihnen übelnehmen, wenn Sie ablehnen, aber lassen Sie sich mit der Entscheidung Zeit."

„Wie lautet der Vorschlag?"

„Ich möchte, daß Sie mit Waff und etwa zehn- bis zwanzigtausend Swoon Ihre Heimat verlassen und mit uns nach Terra kommen. Wir benötigen so begabte Mikrotechniker, wie Sie es sind. Ich biete Ihnen für Ihre Arbeit ein eigenes Wohngebiet mit Werksanlagen unter den von Ihnen bevorzugten Lebensbedingungen. Sie erhalten den gleichen Arbeitslohn wie die Spezialisten. Sie verpflichten sich für fünf Ihrer Jahre, und wer dann nach Swoofon will, der wird kostenlos zurückgebracht. Ich stelle nur eine einzige Bedingung dagegen: Der Flug nach Terra findet für die Swoon blind statt, es wird also niemand die galaktische Position meines Heimatplaneten erfahren können."

Atemlos hatte man den Worten Rhodans gelauscht. Crest nickte langsam vor sich hin, als habe er etwas Ähnliches erwartet. Atlan begann still zu lächeln. Gucky streichelte den kleinen Waff auf seinem Schoß und grinste geradezu herausfordernd.

Markas antwortete: „Für mich kann ich Ihren Vorschlag annehmen. Ich bin überzeugt, daß auch Waff mitkommen wird. Wünschen Sie besondere Spezialisten unter den anderen Swoon?"

„Ja, wenn es möglich ist. Von jedem Wissensgebiet einige Vertreter, so daß die Swoon-Kolonie auf Terra alles das herstellen kann, was auch auf Swoofon gebaut wird. Sie verstehen, was ich meine?"

„Genau", sagte Markas. „Wie lange habe ich Zeit, die Auswanderungswilligen auszusuchen?"

Rhodan zog die Augenbrauen in die Höhe. „Nicht sehr lange, da ich bald starten möchte. Der Regent soll nicht auf die Idee kommen, ich wollte mich hier häuslich niederlassen. Außerdem muß darangegangen werden, den Absorber zu konstruieren. Bringen Sie Wissenschaftler mit, die das können."

Markas sah zu Waff hinüber. „Waff soll mit mir gehen, dann schaffen wir es bald."

„Nehmen Sie Waff mit", sagte Rhodan. „Gucky wird euch zurückbringen und unterstützen. Es wäre noch eine Kleinigkeit zu beachten, Markas: Es darf niemand erfahren, daß auch nur *ein* Swoon Swoofon verläßt."

Markas erwiderte: „Das ist alles nicht so schwer, wie Sie vielleicht glauben. Östlich der Stadt Gorla gibt es ein Versuchszentrum für angewandte Technologie. Eine Art praktische Universität, die der Ausbildung unserer künftigen Spezialisten dient. Beste Wissenschaftler sind dort als Lehrkräfte tätig. In den Studienfabriken sind alle Spezialwerkzeuge vorhanden, die es auf Swoofon gibt. Wenn es möglich wäre, das ganze Universitätsgelände mit seinen zwanzigtausend Lehrern und Studenten auf die Erde zu versetzen, gäbe es nichts, was wir nicht herstellen könnten, angefangen vom Miniatur-Bildsender bis zum Hyperantrieb im Kleinformat."

Rhodan nickte. In seinen Augen leuchtete es auf. „Danke, Markas. Ich glaube, das wäre eine Lösung. Wird es Ihnen aber gelingen, alle Bewohner des Versuchszentrums davon zu überzeugen? Was geschieht, wenn sie ablehnen?"

Markas lächelte. „Niemand wird ablehnen. Verlassen Sie sich nur auf mich."

16.

Die Kommandanten der vierzig Kaulquappen waren nicht wenig erstaunt, als sie zwei Stunden später folgenden Funkspruch von der DRUSUS erhielten:

An alle Kommandanten der K-Schiffe! Außer K-33 kehren alle Einheiten selbständig zur Erde zurück. Mehrere Sprünge unter dem Schutz der Kompensatoren. Äußerste Vorsicht! Die K-33 meldet sich sofort bei mir. Ende.

Rhodan.

Es gab einige Rückfragen, aber Stern, der inzwischen wieder den Funkdienst übernommen hatte, beseitigte alle Zweifel. Es stimmte. Die Blockade von Swoofon war aufgehoben, und die Kaulquappen sollten nicht an Bord der DRUSUS zurückkehren. Die zur TITAN und GENERAL POUNDER gehörenden Einheiten wurden zu diesen zurückbeordert, um das System sofort zu verlassen.

Alles glich einem geordneten Rückzug. Im Grunde genommen war es auch einer, wenn man ihn strategisch auch besser als Schachzug bezeichnet hätte. Das aber sollte niemand wissen.

Mikel Tompetch, ein etwas fettleibiger, strohblonder Amerikaner, war der Kommandant der Kaulquappe Nr. 33. Er steuerte zehn Minuten nach dem Funkbefehl sein Schiff vorsichtig in die Schleuse der DRUSUS und landete im Hangar. Diese Stationierungsräume für die Beiboote lagen wie ein Ring um die gewaltige Kugel der DRUSUS. Insgesamt vermochten sie vierzig dieser Kaulquappen aufzunehmen, die selbst einen Durchmesser von sechzig Metern besaßen.

Leutnant Tompetch kletterte steifbeinig die ausgefahrene Rampe hinab und kümmerte sich nicht weiter um die Besatzung, die ebenfalls die K-33 verließ. Die Raumfahrer kehrten an ihre gewohnten Stationen auf der DRUSUS zurück, wo sie nach Ausfall der anderen K-Besatzungen dringend benötigt wurden.

Nur Tompetch kannte Rhodans die K-33 betreffenden Sonderbefehl, ohne seinen Sinn zu begreifen.

Als Tompetch zwei Stunden später Rhodan gegenüberstand und meldete, daß alles geschehen sei, was man angeordnet habe, daß die K-33 praktisch nur noch eine leere Hülle mit Hyperantrieb sei und er inständig hoffe, endlich eine Aufklärung zu erhalten, wurde er grausam enttäuscht.

Rhodan nickte lediglich und sagte: „Fein, Leutnant Tompetch. Melden Sie sich bei Oberstleutnant Sikermann und lassen Sie sich neu einteilen.“

Solange es Leben gibt, wird es auch Unfälle und Katastrophen geben, das ist ein unumstößliches Naturgesetz. Auch auf Swoofon gab es solche Katastrophen, aber sie waren verhältnismäßig selten und meist harmloser Natur.

Gucky, der sich telepathisch über Rhodans Pläne informiert hatte, bedachte das. „Also nur eine einzige Bahnlinie verbindet die technische Universität mit der Oberwelt oder den anderen Städten – das ist günstig." Waff, der auf dem Tisch hockte und ihm über den Arm sah, nickte bestätigend. „Auf ihr verkehrt nur täglich ein Zug, sagst du? Ausgezeichnet, denn da er vor einer Stunde wieder abfuhr, ist vor morgen keiner mehr zu erwarten. Wo ist Markas?"

„Er hält seinen Vortrag gerade vor den Mikro-Optikern", erklärte Waff. „Von ihnen wird keiner zurückbleiben wollen."

„Haben wir schon viele, die nicht mitkommen?"

„Erst hundert, mehr nicht. Was wird mit ihnen geschehen?"

Gucky zuckte die Schultern. „Was schon? Sie werden Markas' Ansprache vergessen, das ist alles. Noir sorgt dafür. Dann bringe ich sie nach Gorla, wo sie sich den Kopf darüber zerbrechen können, wie sie hinkamen. Aber ich sehe nun ein, daß ich es nicht allein schaffe. Ich werde Hilfe holen müssen. Warte hier, ich bin bald zurück."

Waff trippelte ein wenig zur Seite und sprang auf den Boden. Dann sah er zu, wie sich Gucky konzentrierte und verschwand. Er hatte sich bereits an dieses merkwürdige Ereignis gewöhnt und erschrak nicht mehr.

Er ging zum Fenster. Von hier aus hatte man einen Ausblick auf die einzelnen Gebäudekomplexe der nur zwanzig Meter unter der Oberfläche liegenden Universität. Der „Himmel" bestand aus der glatt behauenen Felsendecke, in regelmäßigen Abständen durch eingelassene Lampen unterbrochen. Es war hell in dieser Welt, fast so hell wie oben unter dem richtigen Himmel, aber es war auch wärmer.

Waff erschrak, als Gucky wieder auftauchte. Er brachte André Noir und einen kräftig gebauten, schwarzen Terraner mit, den Teleporter Ras Tschubai.

Genau im selben Augenblick trat Markas ein. Aufrecht schritt er durch die kaum einen halben Meter hohe Tür in den Saal, der Noir und Tschubai wie ein mittleres Zimmer vorkam. Immerhin konnten sie sich bewegen, ohne an die Decke zu stoßen.

„Die Mikro-Optiker haben sich ausnahmslos einverstanden erklärt, Swoofon zu verlassen, um nach Terra zu gehen", verkündete er triumphierend und sah dann die beiden Terraner. „Ah – wir haben Besuch erhalten?"

Gucky stellte Ras Tschubai vor, den Markas noch nicht kannte.

„Und nun wird es Zeit, daß wir die Verbindungen zur Außenwelt abschneiden", sagte er. „Ich denke in erster Linie an die Bahn. Aber auch die Funkstationen müssen ausfallen. Wie viele gibt es davon, Markas?"

„Nur eine. Waff kennt sie." Markas gab sich kaum Mühe, seine Ungeduld zu unterdrücken. „Ich muß jetzt weiter, um mich um die übrigen Studenten und Lehrer zu kümmern. Diejenigen, die sich dafür ausgesprochen haben hierzubleiben, versammeln sich mit ihrem Gepäck in der Bahnhofshalle."

„Ausgezeichnet." Gucky freute sich. „Noir und Ras werden sich ihrer annehmen."

Das geschah dann auch. Noir nahm den Swoon jede Erinnerung an das, was sie hier gesehen oder gehört hatten, während Ras daran ging, sie schubweise nach Gorla zu bringen. Er setzte sie der Einfachheit halber auf der Oberfläche dicht bei den Aufzügen ab. Es gab nicht einen Swoon, der später zu sagen vermocht hätte, wie er nach Gorla gekommen war. Zu dieser Zeit war das aber auch aus verschiedenen Gründen nicht mehr interessant, da es andere Probleme gab.

Gucky watschelte indessen mit entschlossener Miene in den Eisenbahntunnel hinein und teleportierte sich an eine Stelle, die von der Universität keine fünf Kilometer entfernt war. Es fiel ihm nicht schwer, telekinetisch einige Stützfelsen so zu lockern, daß sie herabstürzten und den Schienenstrang unter sich begruben. Hier kam vorerst kein Zug mehr durch.

Er sprang zurück und sorgte dann mit Waff dafür, daß die Funkzentrale ausfiel. Das erwies sich als besonders einfach, denn er brauchte nur den energiespendenden Reaktor auszuschalten, indem er zwischen die tragenden Elemente eine isolierende Wand schob. Wollte man den Reaktor wieder dazu bringen, Energie zu spenden, mußte man ihn auseinanderbauen. Das nahm mindestens zehn Stunden in Anspruch. Bis dahin aber . . .

Die wenigen vorhandenen Atombatterien brachte Gucky an die Oberfläche und lagerte sie dort in einer Felsmulde. Einige lebenswichtige Teile der Sendeanlage folgten. Mit seiner Arbeit höchst zufrieden, kehrte er schließlich in den Saal zurück, in dem ihn Tschubai und Noir bereits mit Waff und Markas erwarteten.

„Es ist alles soweit erledigt", sagte Markas. „Die noch hier weilenden Swoon gehen mit zur Erde. Wie soll der Transport stattfinden? Die Aufzüge fassen nur jeweils zehn Swoon, da sie ausschließlich für einen Notfall gedacht waren und . . ."

„Keine Sorge, Markas. Ras Tschubai und ich werden alle, die nicht mit den Aufzügen nach oben gehen, in die DRUSUS teleportieren. Wir können auf diese Weise auch die Einrichtungen, die ihr mitnehmen wollt, transportieren. Die DRUSUS wird genau über uns landen. Wir werden diese Landung mit der Festnahme des gesuchten Verbrechers begründen. Du siehst also, Markas, das Problem ist gelöst. Wenn du fertig bist, kann ich Rhodan verständigen."

Markas nickte. „Wir warten, Gucky."

Der Mausbiber verzichtete darauf, an die Oberfläche zu springen. Er hantierte an dem kleinen Funkgerät, das er an einem Band um den linken Arm trug, und wartete, bis sich Rhodan meldete. In kurzen Worten schilderte er die Situation und bat um weitere Anweisungen.

Rhodans Stimme, die aus dem winzigen Lautsprecher drang, war leise. „In fünf Minuten landen wir mit der DRUSUS genau über der Universität. Sorge dafür, daß bis dahin alles bereit ist. Ich melde mich wieder."

Gucky sah auf das Funkgerät, als er es ausschaltete.

„Markas", sagte er dann. „Alle Swoon sollen sich mit ihrem persönlichen Eigentum innerhalb von fünfundzwanzig Minuten auf dem großen Platz vor der Aula einfinden. Ras Tschubai und ich werden schon jetzt damit beginnen, die Experimentiersäle auszuräumen und alle Geräte und Instrumente zur Oberfläche zu bringen. Wir dürfen nichts vergessen. Und nun an die Arbeit. Noir, du bleibst bei Markas und Waff, um ihnen zu helfen. Wir treffen uns in einer halben Stunde vor der Aula. Sie dient ja auch sonst dazu, abgehenden Studenten eine Abschiedsfeier zu ermöglichen. Das soll auch diesmal der Fall sein."

Zusammen mit Ras Tschubai verschwand er.

Vier Stunden später war alles vorbei.

Zwanzigtausend Swoon befanden sich mit ihren Spezialwerkzeugen und ihren besten Maschinen an Bord der DRUSUS, wo zahlreiche Räume den Bedürfnissen der Swoon entsprechend präpariert worden waren. Vor allem an eine künstliche Swoofon-Gravitation war gedacht worden.

Die große Gewölbehöhle zwanzig Meter unter der Oberfläche von Swoofon war leer; es gab keine Universität mehr. Rhodan war davon überzeugt, daß die Swoon im Verlauf der nächsten fünf Jahre eine neue aufbauen würden, aber er war auch davon überzeugt, daß sich der Bau des Kompensatorpeilers durch ein noch bevorstehendes Ereignis um etliche Wochen oder gar Monate verzögern würde.

Dieses erwähnte Ereignis hing eng mit Mikel Tompetchs Ungewißheit und der K-33 zusammen.

Die DRUSUS war gestartet und nach einem nichtssagenden Funkspruch in die Stratosphäre von Swoofon aufgestiegen. In einer Höhe von dreihundert Kilometern schlug sie eine Kreisbahn ein.

Gucky hielt sich schon längst an Bord der K-33 auf und wartete auf seinen Einsatz. Er war diesmal allein. Die ganze Verantwortung eines eventuellen Mißerfolgs würde auf ihn fallen, wenn er versagte.

Gucky hockte ein wenig verkrampft hinter den Kontrollen. Er sah über die Teleskopsichtanlage, wie sich die Hangarschleuse der DRUSUS öffnete und den Weg nach draußen in den Raum freigab.

An Guckys Handgelenk knackte es leise.

„Kleiner?" Das war Bullys Stimme, der die Aktion von der Kommandozentrale der DRUSUS aus leitete. „Bist du fertig?"

„Schon lange, Dicker. Von mir aus kann's losgehen."

Kurze Pause, dann: „Start in zehn Sekunden. Kurs wie besprochen, Beschleunigung ständig ein g. Noch fünf Sekunden . . ."

Als Bully „eins – jetzt!" sagte, riß Gucky den Fahrthebel vor. Die Kaulquappe hob sich leicht vom Boden des Hangars ab, glitt zwischen den magnetischen Sperrfeldern hinaus in den Raum und schoß davon.

Gucky sah auf den Schirm.

Die DRUSUS fiel schnell zurück, folgte dann aber in einer eleganten Kurve, als wolle sie die Kaulquappe wieder einholen. Gleichzeitig setzte David Stern in der Funkzentrale folgenden Spruch ab, der von den Stationen der Springer auf Swoofon aufgefangen wurde: *Achtung! Entflohener Verbrecher mit Beiboot erneut entkommen. Vor Hilfeleistung wird gewarnt. Beiboot ist bewaffnet. Perry Rhodan.*

Mit diesem Funkspruch wurde zweierlei erreicht. Erst einmal

mußten die Bewohner von Swoofon die bald eintretende Katastrophe für erklärbar halten, zweitens wurde das Verschwinden von zwanzigtausend Swoon vertuscht.

Gucky grinste vergnügt, als er den Funkspruch in seinem winzigen Gerät hörte. Er änderte den Kurs des Kugelschiffs ein wenig und sorgte dafür, daß es wieder in die dichtere Atmosphäre eindrang. Die Geschwindigkeit sank, als er die Beschleunigung drosselte. Die Gravitation von Swoofon griff nach der K-33.

„Achtung!“ kam Bullys Stimme aus dem Funkgerät. „Noch eine halbe Umrundung, dann sind wir am Ziel.“

Die DRUSUS flog keine fünfzig Kilometer hinter Gucky. Es bestand keine Gefahr, daß jemand, der nicht im Besitz eines Spezialempfängers war, das Gespräch abhören konnte.

„Du mußt mir das Ziel genau beschreiben, ich habe keine Karte.“

„Keine Sorge, Kleiner, das schaffen wir schon.“

Wieder vergingen endlose Minuten, in denen die Kaulquappe scheinbar steuerlos dahinjagte. Das Schiff sank merklich tiefer und schien nicht mehr an Höhe gewinnen zu können. Einige schlecht gezielte Energieschüsse der DRUSUS wiesen eindeutig darauf hin, daß man den flüchtigen Verbrecher unter keinen Umständen entkommen lassen wollte.

Sachlich und nüchtern gab Bully die letzten Angaben durch: „Am Horizont tauchen jetzt Berge auf, Gucky. Davor eine Ebene mit einzelnen Nadelfelsen. Der mittlere ist der größte, rechts und links zwei langgestreckte Berge. Hast du sie?“

„Ich sehe den mittleren Felsen genau vor mir“, bestätigte der Mausbiber. „Wo ist es? Ich habe noch acht Sekunden.“

„Vor dem Felsen liegt ein rundes Tal – man kann es deutlich erkennen. Sieht aus wie ein vertrockneter See. Dort steuere die K-33 hin! Jetzt!“

„Erkannt!“

Gucky starrte auf den Bildschirm. Mit rasender Geschwindigkeit näherte er sich dem bezeichneten Tal. Die Kaulquappe hatte Kollisionskurs eingenommen. Mit jetzt wieder erhöhter Beschleunigung schoß sie wie ein riesiger Meteor fast senkrecht auf das Tal hinab.

Noch zwanzig Kilometer Höhe.

Weit oben stand die DRUSUS und machte sich nicht die Mühe, dem abstürzenden Schiff zu folgen. Für jeden Beobachter mußte es so aussehen, als habe man die Verfolgung des kleinen Kugelraumers aufgegeben, der nun haltlos abstürzte.

Gucky begann zu schwitzen. Längst schon hatte er die Hände von den Kontrollen genommen. Der Kurs stimmte haargenau und mußte nicht mehr korrigiert werden. Worauf wartete er eigentlich noch? Wenn er noch lange hier sitzen blieb, würde er mit der Kaulquappe aufschlagen und in seine atomaren Bestandteile zerfetzt werden.

Die Spitze des Felsens war nun auf gleicher Höhe und glitt scheinbar blitzschnell nach oben in den klaren Himmel. Unten weitete sich das Tal, als wolle es das abstürzende Schiff in sich aufnehmen. Das genau war es, was auch geschehen würde.

Gucky konzentrierte sich auf Bully in der Zentrale der DRUSUS, schloß die Augen und sprang.

Keine Sekunde zu früh.

Wie ein gewaltiger Meteor drang die Kaulquappe in den felsigen Grund ein und durchschlug an die zwanzig bis dreißig Meter, ehe sie detonierte und ein riesiges Loch in die Oberfläche von Swoofon riß. Als sei der Felsen eine zähe Flüssigkeit, so entstand nun mit beängstigender Langsamkeit ein Ringwall, hochgedrückt von der eingedrungenen Masse des Schiffes. Sekunden später schleuderte die Eruption glühende Felsen und flüssiges Gestein kilometerweit in die Luft.

Bully, der atemlos auf die Bildschirme starrte, achtete nicht auf Gucky, der auf seinem Schoß materialisiert war und mit ihm das Geschehen beobachtete. Die Lippen aufeinandergepreßt, stand Rhodan ein wenig abseits.

Crest trat auf ihn zu und legte ihm die Rechte auf die Schulter. „Perry, denken Sie daran, daß niemand zu Schaden kam. Kein einziger Swoon ist gestorben."

Rhodan sah Crest an. Plötzlich breitete sich ein Lächeln auf seinem Gesicht aus. „Wir haben nicht nur die Springer auf Swoofon, wir haben insbesondere das Robotgehirn auf Arkon überlistet, als es uns eine Falle stellte. Solange es davon überzeugt ist, bald einen Peiler zu besitzen, mit dem es die Position der Erde erfahren kann, haben wir Ruhe vor ihm. Wir benötigen diese Ruhe, denn eine Entscheidung kommt auf uns zu. Sie wissen, Crest, was ich meine?"

„Die Fremden aus der anderen Zeitebene, ja, ich weiß. Aber wir werden mit dieser Gefahr fertig werden, Perry Rhodan.“

Rhodan nickte.

Sikermann gab seine Anweisungen.

Der Planet Swoofon fiel zurück und wurde schnell kleiner, als die DRUSUS zu beschleunigen begann und dem Transitionspunkt entgegeneilte. Die Erde war nicht mehr weit.

17.

Nach der Rückkehr zur Erde fand Perry Rhodan nur wenig Zeit, mit seiner Frau Thora zusammen zu sein oder sich um private Dinge zu kümmern. Die Hinweise, daß ein neuer Übergriff der Unsichtbaren aus einem anderen Raum-Zeit-Kontinuum bevorstand, häuften sich. In aller Eile war der von Marcel Rous und Fellmer Lloyd auf Mirsal II provisorisch zusammengebaute Linsenfeldgenerator vervollkommnet worden. Das neue Versuchsmodell war an Bord eines eigens zu diesem Zweck umgebauten Space-Jets installiert worden. Die Berechnungen hatten ergeben, daß der nächste Angriff im Sektor des Morag-Systems stattfinden könnte. Rhodan wollte die Chance, den Linsenfeldgenerator zu testen, unter allen Umständen nutzen. Er stellte eine Expedition unter der Leitung von Marcel Rous zusammen, die zusammen mit der mit dem neuen Gerät ausgerüsteten Space-Jet an Bord eines Schweren Kreuzers ins Morag-System gebracht werden sollte. Von den Mutanten sollte der Hypno André Noir an dem Unternehmen teilnehmen. Dazu kamen vier Spezialisten, die Rhodan für diesen Einsatz aus vielerlei Gründen geeignet hielt. Es waren der Physiker Fritz Steiner, der das neue Versuchsmodell des Linsenfeldgenerators mitgebaut hatte, der Biologe und Arzt Iwan Ragow, der Techniker Fred Harras und ein afrikanischer Metallurge namens Kemo Josua. Jeder dieser Männer besaß außer auf seinem Spezialgebiet in anderen Wissensbereichen umfangreiche Kenntnisse.

Rhodan brauchte den sechs Männern nicht zu sagen, welche

Bedeutung dieses Unternehmen besaß und welches Risiko damit verbunden war. Sie wußten, worum es ging, und dies erfüllte sie mit einer derart grimmigen Entschlossenheit, daß sie beim Abschied von der Erde nicht einmal lächelten.

In den Sternenkatalogen war der Stern, als „Morag" bezeichnet, eine gelblichweiße Sonne von fast gleichem Spektraltyp wie Sol. Der zweite Planet dieser Sonne war erdgroß, besaß eine atembare Sauerstoffatmosphäre und eine etwas höhere Schwerkraft als die Erde. Seine etwas geringere Entfernung zur Sonne Morag bedingte ein heißeres und trockeneres Klima, wenn es auch zahlreiche Ozeane gab. Die an den Küsten gelegenen Gebiete allerdings brauchten sich über Regenmangel nicht zu beklagen. Die riesigen Urwaldgebiete zeugten davon.

Dieser zweite Planet der Sonne hieß Tats-Tor und war vor knapp drei Jahrtausenden von den Arkoniden besiedelt worden. Als Fundstätte für seltene und wertvolle Rohstoffe war Tats-Tor zu einem wichtigen Umschlaghafen für die Schiffe des Imperiums geworden. Auf dem weiten Betonfeld von Akonar, der Hauptstadt Tats-Tors, landeten und starteten die Frachtraumer vieler Völker. In den Straßen der Stadt wimmelte es von den bizarren Geschöpfen, die eine phantasiereiche Natur im Lauf der Jahrtausende auf verschiedenen Welten der Galaxis hervorgebracht hatte.

Die eigentlichen Herren von Tats-Tor aber waren die „Neuen Arkoniden", wie sie sich selbst nannten. Sie unterschieden sich rein äußerlich nicht von ihren Artgenossen. Sie waren jedoch schrecklich eingebildet auf ihre Herkunft und behandelten die Angehörigen anderer Völker mit verletzender Herablassung. Man ließ sich das gefallen, weil man die kostbaren Güter einhandeln wollte, die es auf Tats-Tor gab.

Der Schwere Kreuzer TERRA materialisierte in zwei Lichtstunden Entfernung von Tats-Tor und schleuste den Spezial-Space-Jet aus. Dieser kleine Fernaufklärer erinnerte an einen Diskus, war von Pol zu Pol achtzehn Meter dick und besaß einen Durchmesser von fünfunddreißig Metern.

Kaum hatte das Beiboot einen Sicherheitsabstand erreicht und Kurs auf den noch fernen Planeten genommen, entmaterialisierte die TERRA wieder.

Sie verschwand einfach und ließ nicht nur einen leeren Raum, sondern auch das Gefühl grenzenloser Verlassenheit zurück.

Wenigstens glaubte Leutnant Rous das zu empfinden, als er auf den Bildschirm starrte, der nur durch das Funkeln der Sterne erhellt wurde, die Hunderten von Planeten Leben gaben.

Es war soweit. Nun waren sie allein auf sich angewiesen. Niemand würde ihnen helfen können, wenn das Furchtbare geschah – und es sollte noch innerhalb einer irdischen Woche geschehen.

Rous seufzte und korrigierte den Kurs mit optischer Hilfe. Er verzichtete auf einen Transitionssprung, um Zeit zu gewinnen. Zeit wozu? Sich auf die Begegnung mit den Neuen Arkoniden vorzubereiten, deren Charakter nicht gerade der liebenswerteste sein sollte?

„Unsinn", sagte er laut vor sich hin.

Noir sah auf. „Was ist Unsinn, Marcel? Unsere Expedition doch wohl nicht?"

„Wie kommen Sie auf die Idee, André? Ich halte im Gegenteil unsere Expedition für unerläßlich, selbst wenn sie mit dem großen Risiko verbunden ist, daß wir praktisch an der Zeit stranden. Nein, ich dachte nur an die Neuen Arkoniden. Sie sollen keine angenehmen Zeitgenossen sein."

„Wo gedenken Sie zu landen?"

„Auf dem Raumfeld von Akonar, der Hauptstadt. Dort wohnt auch der Administrator des Planeten, dem wir die Botschaft Rhodans zu überbringen haben. Wenn uns jemand bei unserer Aufgabe unterstützen kann, dann er."

Fritz Steiner war in die Zentrale gekommen. Er hatte die letzten Worte gehört. In seiner etwas übertriebenen, poltrigen Art sagte er: „Was heißt hier unterstützen? Wenn die Kerle nicht wollen, sollen sie sich von der Zeit überholen lassen. Wir haben ja schließlich unseren LFG."

Rous riß die Augen auf. „Unseren – was?"

Steiner lachte dröhnend. „Unseren LFG. Das ist meine Abkürzung für den Linsenfeldgenerator."

„Sehr geistreich", lobte Rous sarkastisch und ärgerte sich, daß er nicht von selbst auf den Sinn der Abkürzung gekommen war. „Und Sie sind wirklich davon überzeugt, daß der Generator funktionieren wird?"

„Sie vielleicht nicht? Er wurde doch nach Ihren Angaben konstruiert. Haben Sie plötzlich Zweifel?“

„Keineswegs, ich bin nur vorsichtig, Steiner. Die geringste Fehlerquelle, und wir sind verloren.“

Zwei Stunden nach diesem Gespräch landeten sie auf dem Raumhafen von Akonar. Sie waren von der Bodenkontrolle angerufen worden und hatten die genauen Landekoordinaten erhalten. Wer sie waren, schien den Anrufer nicht zu interessieren – jedenfalls hatte er nicht nach ihrem Heimatplaneten gefragt. Das ließ mit Sicherheit darauf schließen, daß auf Tats-Tor ein reger und vor allen Dingen friedlicher Verkehr herrschte.

Rous bat Steiner, in der Zentrale zu bleiben und mit eingeschaltetem Empfänger ihren Weg zu verfolgen. Der Leutnant wollte mit Noir den Administrator aufsuchen und ihn vor der drohenden Gefahr warnen. Über einen in einem Ring eingebauten Sender würde Steiner stets erfahren, was gesprochen wurde. Wenn etwas Unvorhergesehenes geschah, konnte er notfalls eingreifen.

Es gehörte zur Atmosphäre eines interstellaren Raumhafens dieser Art, daß sich niemand um den anderen kümmerte. Rous und Noir trugen unter ihren Kombinationen die inzwischen verbesserten arkonidischen Kampfanzüge. In der Hauptsache sollte der Anzug ihnen eine schnelle Flucht vor einem eventuellen überraschenden Angriff der Unsichtbaren ermöglichen.

Ein unbemanntes Robotfahrzeug brachte sie in die Stadt und setzte sie vor dem Palast des Administrators ab. Es hatte genügt, das gewünschte Ziel dem Steuer-Roboter mitzuteilen.

Jetzt allerdings liefen sie der ersten Kontrolle in die Quere.

Der Palast des Administrators lag genau an der kreisförmigen Grenze, die das Gebiet des Raumhafens und des Geschäftsviertels einschloß. Innerhalb dieser Zone gab es weder eine Kontrolle noch sonst ein Hindernis. Erst wenn man das geschlossene Gebiet verlassen wollte, mußte man Kontrollen über sich ergehen lassen.

Zwei uniformierte Arkoniden – Rous erkannte sie an dem weißen Haar und den rötlichen Albinoaugen – standen zusammen an der Strahlensperre.

Der größere von ihnen nahm die im Imperium gültigen Ausweise, während der andere die beiden Fremden aufmerksam betrachtete und augenscheinlich versuchte, sie zu klassifizieren. Vielleicht hielt er sie für Abkömmlinge der Springer.

„Heimatplanet Terra?“ fragte der prüfende Arkonide und sah Rous an, der ihm am nächsten stand. „Die Positionsangaben fehlen. Der Ausweis ist ungültig.“

„Wir hätten ja falsche einsetzen können“, meinte Rous in aller Gemütsruhe, „dann ersparten wir uns die ständige Fragerei, wenn wir auf einer rückständigen Welt landen. Die Positionsangaben, mein Lieber, fehlen mit Einverständnis des Regenten. Genügt das?“

„Das kann jeder sagen“, wich der Arkonide aus. „Ich muß Erkundigungen einziehen, bevor ich Sie passieren lasse. Was wollen Sie auf Tats-Tor?“

„Den Administrator aufsuchen und ihn vor einer bevorstehenden Invasion warnen.“

Der Arkonide starrte Rous verblüfft an, während der andere unwillkürlich einen Schritt zurückwich. „Invasion? Sind Sie verrückt?“

„Sehen wir so aus?“ lautete Rous' Gegenfrage. „Glauben Sie nur nicht, daß wir den weiten Flug unternahmen, um uns von Ihnen beleidigen zu lassen. Beeilen Sie sich gefälligst, wenn Sie schon glauben, Erkundigungen einziehen zu müssen. Wir haben keine Zeit.“

Die Verblüffung der Arkoniden wich der gewohnten Arroganz.

„Sie warten, Terraner, solange es mir gefällt. Ohne unsere Erlaubnis jedenfalls werden Sie Akonar nicht betreten. –

Roph“, wandte er sich an seinen Kollegen, „rufe die Zentrale und televisiere ihnen die beiden Pässe.“

Rous und Noir warfen sich einen bedeutsamen Blick zu und bereiteten sich auf eine längere Wartezeit vor.

Die Überprüfung dauerte jedoch nur ein paar Minuten, dann gaben die Wächter den Weg frei.

Rous nahm die Pässe entgegen und gab Noir den seinen zurück. „Wir werden wahrscheinlich öfter in den folgenden Tagen diese Sperre passieren müssen. Ich hoffe, es dauert nicht immer so lange. Aber Sie tun ja nur Ihre Pflicht.“

Wenn Rous später an diese Szene zurückdachte, dann wunderte er sich, warum sie sich solche Umstände gemacht hatten. Es wäre Noir leichtgefallen, die beiden Posten unter seinen Willen zu zwingen. Aber

Rhodans Befehl lautete: Die Neuen Arkoniden müssen freiwillig bereit sein, mit uns zusammenzuarbeiten.

Normalerweise wäre es ihnen wahrscheinlich nicht so leicht gewesen, den Administrator des Planeten zu sprechen, aber die Zentralkommandostelle der Sperre hatte den Vorfall bereits an den höchsten Beamten weitergemeldet. Schon in der Vorhalle der Administration schritten Rous und Noir zwei würdige Arkoniden in der Uniform der Palastwache entgegen.

„Sind Sie die beiden Terraner?" fragte einer von ihnen.

Rous war nicht sonderlich überrascht, daß sich ihre Ankunft so schnell herumgesprochen hatte. „Ja, die sind wir."

„Der Administrator möchte mit Ihnen reden. Folgen Sie mir, bitte."

Trotz der höflichen Anrede konnte der Beamte seine Arroganz nicht verbergen.

Rous hätte ihm jetzt, da er vor ihm ging, am liebsten einen Tritt versetzt, aber er entsann sich rechtzeitig der Richtlinien, die er für diesen Einsatz erhalten hatte. Keine Gewalt anwenden, nicht überheblich werden, immer geduldig bleiben.

Am Ende eines breiten Korridors blieben die beiden Arkoniden stehen. „Hinter dieser Tür erwartet Sie der Administrator. Darf ich Sie bitten, Ihre Waffen abzulegen."

Sie hatten keine Waffen.

Die Tür schwang auf und gab den Eintritt frei.

Rous hatte einen ziemlichen Luxus erwartet, aber er sah sich angenehm enttäuscht. Der Saal war nicht besonders groß und erinnerte eher an ein elektronisches Laboratorium als an ein Audienzzimmer. Die Wände waren voller Bildschirme und entsprechender Kontrollen, Leitungen sammelten sich unter der Decke und verschwanden hinter den verschiedenen Wänden. Auf zwei Tischen standen kleinere Interkomgeräte und Sprechanlagen. Hier also liefen die Fäden eines ganzen Planeten zusammen, und von dieser Stelle aus, so vermutete Rous, konnte der Administrator mit jedem Punkt von Tats-Tor in Verbindung treten.

Der Arkonide selbst saß hinter einem dritten Tisch, vor dem zwei freie Sessel standen.

„Seien Sie willkommen", sagte er jetzt mit einem leichten Nicken und in reinstem Imperium-Arkonidisch. „Ich erfuhr durch die

Grenzwachen von Ihrer Ankunft, wenngleich ich zugeben muß, noch nie vom Planeten Terra gehört zu haben."

„Sie sind der Administrator eines friedlichen Kolonialplaneten", gab Rous zurück und blieb mit Noir neben den Sesseln stehen. Der Arkonide machte keine Anstalten, sich zu erheben. „Wären Sie ein Springer oder gehörten Sie zur Kampfflotte des Imperiums, hätten Sie sicherlich schon von uns vernommen."

„Was heißt das?" Der Administrator erinnerte sich seiner Pflichten und zeigte auf die Sessel. „Setzen Sie sich."

Rous nahm Platz, ebenso Noir. Ihre Blicke kreuzten sich. „Das soll heißen, daß wir mit Arkon eine heftige Auseinandersetzung hatten, die aber inzwischen beigelegt wurde. Wir sind heute gleichberechtigte Partner des Regenten. Der Administrator des solaren Imperiums, dessen Mittelpunkt der Planet Terra ist, hat mit dem Regenten ein Abkommen geschlossen, um einem mächtigen Gegner die Stirn zu bieten. Darum kamen wir hierher."

„Warum nach Tats-Tor? Sie sagten doch eben noch, wir seien ein friedlicher Planet, der nichts mit den Kriegen des Imperiums zu tun hätte."

„Das stimmt, aber selbst der Friedlichste kann nicht in Frieden leben, wenn es dem bösen Nachbarn nicht gefällt. Und den Unsichtbaren scheint es nun mal nicht zu gefallen."

„Den Unsichtbaren? Ich verstehe kein Wort."

Rous holte tief Luft und beschloß, es so kurz wie möglich zu machen.

„Unser Universum wird von einer fremden Dimension geschnitten. In dieser fremden Dimension herrschen andere Zeitbegriffe als bei uns. An jenen Stellen, an denen sich die beiden Dimensionen schneiden, verschwindet die organische Materie und somit alles Leben aus unserem Universum."

„Sehr interessant", unterbrach ihn der Arkonide ohne jede Gefühlsregung. „Leider habe ich bis heute noch nichts von diesem Phänomen vernommen."

„Das ist nicht verwunderlich", klärte Rous ihn auf. „Der Regent hielt es für ratsam, das Imperium nicht zu beunruhigen. Auch war es bisher nicht möglich, einen bevorstehenden Angriff vorauszusagen. Die Fremden griffen an, und es gab keine Gegenwehr."

„Und warum kommen Sie nach Tats-Tor, um das Geheimnis des Regenten auszuplaudern?"

Rous sagte einfach: „Weil nach unseren Berechnungen Tats-Tor der nächste Planet sein könnte, der von der Zeitfront überrollt wird."

Der Administrator sah Rous ungläubig an, zeigte aber weder Erregung noch besonderes Interesse.

„Ach?" machte er fragend und kniff die Augen zusammen. „Sie sind also gekommen, um uns zu warnen?"

„So könnte man es bezeichnen."

„Und warum? Was wollen Sie dafür haben? Warum überhaupt eine Warnung, wenn es keine Gegenmittel gibt?"

Rous war über die Fragen enttäuscht. „Es ist unsere Absicht, eine Abwehr gegen die Überlappungsfronten zu entwickeln, aber uns fehlt die Erfahrung. Deshalb kamen wir in erster Linie nach Tats-Tor. Wir wollen hier unser Experiment durchführen und benötigen dafür Ihre Erlaubnis. Sie werden doch nichts dagegen haben, wenn wir versuchen ..."

„Auf keinen Fall in Akonar", lehnte der Administrator ab. „Ich dulde nicht, daß Leben in Gefahr gebracht wird. Machen Sie Ihre Experimente, wo immer Sie wollen, aber nicht in der Hauptstadt."

„Wir verlangen nicht, das Experiment hier durchzuführen. In erster Linie haben wir uns nach den Anzeichen zu richten, die das Nahen der Zeitfront verraten. Ich weiß nicht, ob wir die Möglichkeit haben werden, Ihre Welt vor dem drohenden Untergang zu retten, aber wir wollen wenigstens versuchen, Erfahrungen zu sammeln. Sie verstehen?"

„Ich verstehe nur", sagte der Arkonide und lehnte sich zurück, „daß Sie eine uns angeblich drohende Gefahr dazu ausnutzen wollen, sich Vorteile zu verschaffen. Wahrscheinlich aber steckt ein ganz anderer Zweck hinter Ihrer Aktion. Ich sähe es gern, wenn Sie unsere Welt so schnell wie möglich verließen. Sagen wir: noch vor Sonnenuntergang heute. Einverstanden?"

Rous machte keine Anstalten, sich zu erheben. In seine Augen trat plötzlich ein Glitzern, das zur Vorsicht mahnte. Mit einer ruhigen Gebärde legte er beide Hände vor sich auf den Tisch. Diese Ruhe paßte eigentlich nicht zu ihm, denn der dunkelhaarige, bewegliche Franzose war für seinen impulsiven Charakter bekannt.

„Sie glauben mir also nicht?“ erkundigte er sich fast freundlich.

„Ich will nicht, daß Sie Unruhe stiften“, wich der Arkonide einer direkten Antwort aus. „Bisher wurde unsere Welt noch niemals angegriffen, und wenn das einmal geschehen sollte, so stehen wir unter dem Schutz der Kampfflotten des Imperiums. Ein Hilferuf genügt . . .“

„Diesmal nicht“, eröffnete Rous dem Administrator gelassen. „Sie würden bitter enttäuscht werden, denn der Regent ist gegen die Unsichtbaren aus der anderen Zeitebene machtlos. Alle Welten, die von ihnen angegriffen wurden, sind heute praktisch ohne jedes Leben.“

Der Arkonide war bleich geworden. Wie feurige Kohlen leuchteten seine roten Augen aus dem weißen Gesicht. „Sie lügen, Terraner! Es gibt keinen Gegner, den unser Regent fürchtet. Ich werde herausfinden, was Sie *wirklich* mit Ihrem Besuch beabsichtigen.“

Rous erhob sich ohne jede Ankündigung. „Sie können uns zwar Ihre Unterstützung versagen, aber ich glaube nicht, daß Sie uns verbieten können, auf Tats-Tor zu bleiben. Geben Sie sich also keine Mühe, uns den Start zu empfehlen. Im übrigen werden wir Sie unterrichten, sobald Anzeichen dafür sprechen, daß die Invasion begonnen hat.“

Der Administrator gab den Blick kühl und arrogant zurück. „Ich verzichte auf Ihre Warnung. Wenn in der Tat ein Angriff stattfinden sollte, so werde ich selbst wissen, was ich zu tun habe. Selbstverständlich kann ich Ihnen nicht verbieten, auf dem Raumhafengelände zu bleiben, aber ich muß Sie bitten, die Bevölkerung Akonars mit Ihren abenteuerlichen Geschichten nicht zu beunruhigen. Ich wäre Ihnen dankbar, wenn Sie sich nun verabschieden würden.“

Auch Noir hatte sich erhoben. Er fragte auf englisch: „Soll ich ihn nicht in Behandlung nehmen, Marcel? Ich könnte ihn dazu bewegen, uns einige Leute zur Verfügung zu stellen . . .“

„Das ist gegen Rhodans Anordnungen, André. Wenn die eingebildeten Kerle nicht wollen, daß wir ihnen helfen, sollen sie es bleiben lassen.“ Zu dem Administrator gewandt, fügte er auf arkonidisch hinzu: „Es wäre ratsam für Sie, wenn Sie Ihrer Funkstation empfehlen würden, auf der üblichen Handelswelle auf Empfang zu bleiben. Leben Sie wohl.“

Bewußt verzichtete er darauf, den Titel des Administrators zu nennen. An dem Zusammenzucken des anderen stellte er fest, daß dieser die beabsichtigte Beleidigung gut verstanden hatte. Ohne eine Antwort abzuwarten, verließen die beiden Männer den Saal und brachen zu ihrem Schiff auf.

Der Russe Iwan Ragow war einer jener Menschen, die in jedem anderen Individuum einen friedfertigen Charakter zu erkennen glauben. Die Vorstellung entsprang natürlich dem eigenen Wunsch, in Ruhe gelassen zu werden und in Frieden leben zu können. Außerdem schien diese Eigenschaft seinen Fachgebieten zu entsprechen. Wer viel mit Tieren und Pflanzen zu tun hat und außerdem noch Arzt ist, muß an das friedliche Zusammenleben der verschiedenartigsten Geschöpfe glauben.

Drei Tage nach ihrer Ankunft schlenderte Ragow durch die verkehrsreichen Straßen Akonars und betrieb private Studien. Rous hatte nichts gegen Ragows Wunsch einzuwenden gehabt, sich in der Hauptstadt umzusehen. Durch den winzigen Körpersender, von den Swoon in Fingerringen untergebracht und so gut wie nicht auffindbar, war er ständig mit dem Space-Jet in Verbindung.

Ragow blieb auf der Hauptgeschäftsstraße, die dem Raumhafengelände angeschlossen war. Hier wohnten die Händler und Besucher in großen Hotels, deren Namen grell in der Sonne leuchteten. Von dem ihn umschwirrenden Sprachgewirr verstand Ragow kein einziges Wort, und er bedauerte, kein Telepath zu sein.

Vor einem der zahlreichen Geschäfte blieb er stehen. Der Verkäufer, ein spitzbärtiger Springer, pries laut und aufdringlich seine Waren an, Andenken aus allen Teilen der Galaxis.

Ragow trat näher und betrachtete die Auslagen, als plötzlich von hinten zwei Männer an seine Seite traten. Er erkannte sie sofort als Arkoniden. Die Uniform wies sie als Polizisten oder Soldaten aus.

„Sie sind Terraner und kamen mit dem kleinen, flachen Schiff?“ fragte der eine von ihnen mit der gewohnten Arroganz des kleinen Beamten, der sich seiner Macht über gewöhnliche Sterbliche vollauf bewußt ist. „Folgen Sie uns.“

Aber Ragow war nicht gewillt, so ohne weiteres mitzugehen. Er schüttelte den Arm des Mannes ab. „Ich bin Terraner, aber das gibt

Ihnen noch lange nicht das Recht, mich auf offener Straße zu verhaften. Was wollen Sie von mir?“

„Das wird Ihnen der Administrator sagen“, gab der Arkonide zurück. „Kommen Sie freiwillig mit, oder müssen wir Sie zwingen? Sie dürfen nach der Unterredung wieder zu Ihrem Schiff zurückkehren.“

Ragow dachte an seinen Kampfanzug. Sollte er einfach davonfliegen? Nein, das würde unliebsames Aufsehen erregen und der Sache keineswegs dienen. Außerdem war es vielleicht ganz interessant zu erfahren, was der Administrator von ihnen wollte. Vor drei Tagen hatte er sich Rous und Noir gegenüber sehr zugeknöpft gezeigt.

„Ich komme mit, aber nur freiwillig“, erklärte Ragow schließlich und warf einen letzten Blick auf den Laden des Springers. „Gehen Sie vor, ich folge Ihnen.“

Sie taten, was er von ihnen verlangte. Wahrscheinlich hatten sie strenge Anweisungen erhalten, keine Gewalt anzuwenden.

Ragow ließ sie ein wenig Abstand gewinnen, dann hielt er die Hand vor den Mund und flüsterte hinein: „He, Harras! Haben Sie mitgehört? Ich muß zum Administrator. Unterrichten Sie Rous.“

„Schon geschehen, Ragow. Sie sollen mitgehen. Wir achten schon auf Sie, keine Sorge. Wenn Gefahr ist, tauchen wir auf und holen Sie.“

„Zögern Sie nicht“, bat Ragow und folgte dann den beiden Arkoniden.

Zehn Minuten später stand Ragow dem Administrator gegenüber.

Der Schilderung Rous' nach hatte der Russe ihn sich anders vorgestellt, zumindest arroganter und hochmütiger. Aber wie es schien, hatte der hohe Beamte heute keine Zeit für derartige Mätzchen. In seinen roten Augen glitzerten verschiedene Empfindungen, von denen die Unsicherheit am deutlichsten hervorstach.

„Nehmen Sie Platz, Terraner“, sagte er heiser und mit erzwungener Ruhe. „Ich wollte einen von Ihnen sprechen. Sind Sie über die Dinge unterrichtet, die Sie hierher führten?“

„Ich bin unterrichtet, wenn Sie den bevorstehenden Angriff der Unsichtbaren meinen.“

„Und dieser Angriff, wie Sie es nennen, macht sich bemerkbar, indem Lebewesen verschwinden?“

„Ja, so ist es.“

Der Administrator sah Ragow starr in die Augen. „Ich bin davon überzeugt, daß es sich nicht um einen Angriff von Unsichtbaren handelt, sondern um einen teuflischen Trick der Terraner, dessen Zweck mir noch unklar geblieben ist. Sonst wäre es unmöglich, den Zeitpunkt eines solch eigenartigen Geschehnisses so genau vorauszubestimmen. Klingt das nicht logisch?"

„Finde ich nicht, Administrator." Der Russe schüttelte den Kopf und betrachtete interessiert die technischen Einrichtungen des Raumes. „Warum sollten wir derartige Anstrengungen machen, um Sie zu erschrecken?"

„Das frage ich mich auch", gab der Arkonide zu und gewann ein wenig von der gewohnten Überheblichkeit zurück. „Jedenfalls sehe ich nun, daß Sie tatsächlich bereit sind, Ihre Drohung wahrzumachen."

Ragow verstand überhaupt nichts mehr.

„Welche Drohung?" erkundigte er sich gelassen.

Der Administrator holte tief Luft und sagte: „Vor einer halben Stunde verschwanden fünfhundert Kilometer östlich von hier sämtliche Bewohner einer Stadt mittlerer Größe. Kein lebendes Wesen blieb zurück."

Ragow erwachte wie aus einem Traum.

„Es geht los!" sagte er und nahm dann die Hand hoch, um laut gegen den Ring zu sagen: „Die Zeitfront rollt, Harras! Unterrichten Sie sofort Leutnant Rous."

„Was ist das?" wollte der Administrator wissen und zeigte auf den Ring an Ragows Hand.

Aber der Russe war das ewige Mißtrauen nun endgültig leid.

„Das", sagte er von oben herab, „ist die Wunderwaffe, mit der ich Ihre schäbige Stadt verschwinden ließ. Und wenn Sie jetzt nicht den Mund halten und sich auch noch weiterhin weigern, uns in unserem Kampf zu unterstützen, dann sind Sie der nächste, der vom Zeitstrom hinabgespült wird. Haben Sie das verstanden?"

Der Administrator schwieg verbissen und gab Ragow durch eine Handbewegung die Erlaubnis, den Saal zu verlassen. Aber kaum war er wieder allein, rief er einige seiner Offiziere zu sich und erteilte ihnen sehr eindeutige Befehle.

„Es geschieht früher, als wir erwarteten", stellte Rous beunruhigt fest, als sie alle in der Messe der Space-Jet saßen und Ragows Bericht vernommen hatten. „Meiner Ansicht nach kann es sich jedoch nur um einen Vorläufer der eigentlichen Front handeln, gewissermaßen eine Ausbuchtung der Überlappungszone."

„Also ist die Front auch hier asymmetrisch", stellte Noir fest.

„Vorerst gilt nichts als bewiesen", warnte Rous vor voreiligen Schlüssen. „Wir müssen uns den Ort der Geschehnisse erst ansehen und warten, bis weitere Angriffe erfolgt sind."

„Ich bezweifle, daß es sich überhaupt um Angriffe handelt", sagte Ragow plötzlich. „Vielleicht haben die unsichtbaren Fremden aus der anderen Zeitdimension keine Ahnung davon, was sie bei uns anrichten. Wahrscheinlich können sie es auch nicht verhindern."

Rous schüttelte ungläubig den Kopf. „Ich schlage vor, daß wir jetzt starten und uns die entvölkerte Stadt ansehen." Sie machten sich nicht die Mühe, irgendwelche Formalitäten zu erfüllen. Ohne jede Ankündigung erhob sich der Fernaufklärer vom Boden und stieg schnell in die Höhe, um bereits Sekunden später im Blau des Himmels zu verschwinden.

Rous, der als Pilot fungierte, sah nicht die verdutzten Gesichter der auf das Landefeld marschierenden Soldaten, die den Befehl erhalten hatten, die Terraner zu verhaften und ihr Schiff sicherzustellen. Er steuerte die Space-Jet nach Osten und ging erst wieder tiefer, als er die bezeichnete Stadt unter sich erblickte. Die Strahlenmesser begannen zu arbeiten und zeichneten die Grenze des Überlappungsgebiets auf einer Karte ein. Jede anorganische Materie, die nur für kurze Zeit in der anderen Zeitebene geweilt hatte, war um Jahrtausende gealtert. Der radioaktive Zerfall bestimmter Elemente bewies das eindeutig. Die Abgrenzung ließ sich leicht markieren.

„Mehr eine Ellipse", meinte Fritz Steiner, der verantwortliche Fachmann. „Sieht ganz so aus, als ob die Überlappungszone den Planeten nur gestreift hätte. Beim nächstenmal wird sie umfangreicher sein."

Sie landeten am Rand der Stadt und untersuchten sie flüchtig. Es gab kein lebendes Wesen mehr in ihr, selbst die überall sonst vorhandenen Insekten waren verschwunden.

Fred Harras rief plötzlich vom Funkgerät aus: „Der Administrator macht uns für den Vorfall verantwortlich und hat seine Streitkräfte alarmiert. Die Polizei in Akonar ist angewiesen, uns sofort zu verhaften. Eine Suche nach uns ist eingeleitet worden."

Rous starrte mit halb geschlossenen Augen auf die verlassenen Häuser. „Rhodans Vermutung hat sich bewahrheitet. Die Arkoniden sind so arrogant, daß sie nur der eigenen Erfahrung vertrauen. Auf das Wort eines anderen geben sie nichts. Nun gut, sie sollen ihre Erfahrungen sammeln können. Nur fürchte ich, daß sie später damit nicht mehr viel anfangen können."

„Wir müssen uns vorbereiten", sagte Steiner warnend. „Einer der nächsten Angriffe wird etwa hundert Kilometer vor Akonar stattfinden, von hier aus gesehen. Werden wir dort landen und abwarten? Es hat wohl wenig Sinn, nach der Stadt selbst zurückzukehren. Es gäbe nur unnötigen Ärger."

Rous seufzte. „Unsere Aufgabe geht vor. Außerdem haben wir noch nicht die Mittel, den Bewohnern dieser Welt wirklich zu helfen, wenn es geschieht." Er nickte Steiner zu und legte die Hand auf den Fahrthebel. „Gut, warten wir in der Wüste vor Akonar. Zum Glück gibt es dort keinen Urwald, aber große Herden wilder Tiere, wenn ich mich nicht irre. Ein frisches Steak würde mir jetzt gut schmecken."

„Solange es durch die andere Zeitdimension nicht um zehntausend Jahre gealtert ist – einverstanden", sagte Steiner und kehrte in den Maschinenraum zurück, wo komplizierte Apparaturen ihres Einsatzes harrten.

18.

Der Landstrich zwischen Urwald und Wüste entpuppte sich als kleines Paradies.

Nach Süden begann der immer dichter werdende Dschungel, der sich bis zu den Ufern des Ozeans erstreckte. Gen Westen lag in knapp hundert Kilometer Entfernung Akonar. Nach Norden erstreckte sich zuerst die Steppe, dann die unfruchtbare Wüste. Im Osten sah es ähnlich aus wie im Westen, nur lag dort keine Stadt, sondern das fruchtbare Gebiet zwischen Urwald und Wüste.

Die Space-Jet ruhte auf ihren Teleskopstützen inmitten einiger üppiger Büsche, die als Tarnung nur unvollkommen ihren Zweck erfüllten, wohl aber als Schattenspender. Einer der sechs Männer weilte ständig in der Zentrale des kleinen Raumschiffs, um es startbereit zu halten. Steiner hatte seine Apparaturen einsatzbereit. Nur ein Knopfdruck, und der LFG würde das Tor zur anderen Zeitdimension öffnen. Das andere wichtige Gerät, der Strahlorter, war ständig eingeschaltet. Eine Alterungsveränderung würde sofort registriert werden.

Derart gewappnet, gönnten sich die Teilnehmer der Expedition eine Ruhepause. Harras und Noir waren auf die Jagd gegangen und kehrten mit einem erlegten Vierfüßler zurück, der entfernt an ein großes Reh erinnerte. Selbst der friedliche Ragow sträubte sich nicht, an den Vorbereitungen des Festmahls teilzunehmen. Er untersuchte das Fleisch und bestätigte seine Genießbarkeit. Leutnant Rous stellte einen Handstrahler zur Verfügung, der – auf kleine Leistung gestellt – eine nicht so schnell versiegende Hitzequelle war.

Während der Bratenduft verlockend durch die Steppe zog, hockte Steiner übel gelaunt in der Zentrale und tat Dienst. Die Funkgeräte waren eingeschaltet und orientierten ihn über das, was auf Tats-Tor geschah. Der Administrator hatte seine Streitkräfte nun endgültig alarmiert, da er der festen Überzeugung war, nur die Terraner könnten hinter dem merkwürdigen Verschwinden der Bewohner einer ganzen Stadt stecken. Seine Logik war bestechend: Niemand außer den Terranern hatte im voraus von diesem Ereignis gewußt, also mußten sie auch dafür verantwortlich sein.

Tats-Tor war eine friedliche Welt. Dem Administrator standen keine Raumflotte und kein Heer zur Verfügung. Er hatte nur seine Polizei und deren Fahrzeuge. Dazu gehörten einige wendige Jäger und kleine Bomber, die aber kaum geeignet waren, größere Flüge in den Raum zu unternehmen. Sollte es interstellare Verwicklungen geben, stand es dem Administrator frei, von Arkon Hilfe anzufordern.

Ein ungewisses Gefühl hielt ihn ab, von dieser Möglichkeit Gebrauch zu machen.

Jedenfalls konnte Steiner keiner der vielseitigen Meldungen entnehmen, daß man den Regenten davon unterrichtet hatte, was auf Tats-Tor geschah – ein sicheres Zeichen dafür, daß sich der Administrator seiner Sache absolut nicht sicher war.

Die Aktion gegen die Terraner auf dem Raumhafen war erfolglos geblieben, aber einer der Jäger hatte die Space-Jet verfolgen können und festgestellt, daß sie bei der nun leblosen Stadt landete. Das wiederum schien den Verdacht des Administrators zu bestätigen.

Er gab seiner Polizei erneut den Befehl, die sechs Terraner zu verhaften.

Steiner berichtete Rous und machte ein ernstes Gesicht. „Was sollen wir jetzt noch tun? Uns sind die Hände gebunden, und wir dürfen uns nicht einmal verteidigen, wenn man uns angreift. Ich verstehe nicht, was Rhodan damit bezwecken will."

„Er zwingt niemandem unsere Hilfe auf", versuchte Rous sich in Erklärungen. „Eine Selbstverteidigung ist übrigens nicht verboten, lediglich sollen wir darauf achten, daß niemand zu Schaden kommt. Auch darf Noir in einem solchen Fall nicht eingreifen. Das ist alles."

„Mir reicht es!" rief Steiner mißmutig. „Sollen wir die Arkoniden vielleicht mit Sand bewerfen, wenn sie uns verhaften kommen?"

Vom Feuer her rief Harras: „Wir bekommen Besuch!"

Rous und Steiner standen in der offenen Luke und sahen nach oben.

Es waren insgesamt drei Gleitflugzeuge, die wenige Sekunden später keine zweihundert Meter von ihnen entfernt aufsetzten und ausrollten. Unmittelbar nach der Landung verließen etwa zwei Dutzend bewaffnete Soldaten die Maschinen, nahmen Aufstellung und marschierten dann mit schußbereiten Waffen auf die Space-Jet zu.

Steiner verzog das Gesicht. „Sie hätten uns wenigstens noch das Steak verzehren lassen können."

Rous sah den Heranmarschierenden entgegen und sagte zu Harras: „Los, Harras! Rein ins Schiff mit Ihnen! Sorgen Sie dafür, daß die Space-Jet nicht starten kann. Schalten Sie die Tarn-Sicherung ein. Man weiß nie, was passieren kann. Die Sache ist mit einem Handgriff erledigt."

„Als ob ich das nicht wüßte", meinte Harras wütend und ließ den Braten im Stich. Nur Ragow blieb noch zurück und betrachtete das große Stück Fleisch mit einigem Bedauern. Vom nahen Bach her kam

Josua mit einem Kanister Frischwasser und riß Augen und Mund auf, als er die Arkoniden bemerkte.

Rous ging ihnen entgegen. Ostentativ hatte er auf jede Bewaffnung verzichtet.

Der an der Spitze marschierende Arkonide blieb stehen. Automatisch hielt auch seine kleine Armee an.

„Der Administrator hat befohlen, daß Sie sich ohne Gegenwehr in meine Gewalt zu begeben haben“, sagte er hochnäsig. Mit erhobenem Arm deutete er auf die Space-Jet. „Ihr Schiff ist beschlagnahmt.“

„Darf ich fragen, was diese Anordnungen zu bedeuten haben?“ erkundigte Rous sich.

„Sie haben unsere Welt angegriffen, und wir vermuten, daß sich Ihre Waffe in dem flachen Schiff befindet.“

„Da können Sie lange suchen“, sagte Rous spöttisch, denn schließlich gab es genug unverständliche Apparaturen in der Space-Jet, deren Funktionen nicht so schnell erklärt werden konnten. Die Arkoniden konnten von jeder glauben, es handele sich um die geheimnisvolle Waffe, mit deren Hilfe man Menschen verschwinden lassen könne.

„Wollen Sie Widerstand leisten?“ erkundigte sich der Offizier.

„Warum? Wir sind uns keiner Schuld bewußt.“

Die Truppe marschierte weiter und schloß das Lager ein. Rous zeigte auf die Space-Jet und meinte: „So walten Sie Ihres Amtes, Offizier. Aber ich möchte Sie vorher warnen. Wenn sich der Verdacht Ihres Administrators als unberechtigt herausstellen sollte, werde ich mich auf Arkon über Sie beschweren. Ihrer Welt droht eine furchtbare Gefahr, und Sie haben nichts anderes zu tun, als uns zu belästigen. Dabei sind wir es, die Ihnen helfen wollten.“

„Ich führe nur meine Befehle aus“, nahm der Offizier zu der wohl abgedroschensten und dümmsten Ausrede Zuflucht, die seit Menschengedenken existierte. „Wenn hier jemand eine Verantwortung zu tragen hat, dann ist es der Administrator.“

Auch darauf wäre Rous sicherlich eine passende Antwort eingefallen, wenn er noch dazu gekommen wäre. Das aber war nicht der Fall.

Gleichzeitig geschahen mehrere eng zusammenhängende Dinge.

Steiner erschien oben in der Luke der Space-Jet und rief: „Es finden neue Berührungen statt. Am Rand von Akonar ist eine größere

Überlappung wirksam. Mehr als zehntausend Bewohner sind verschwunden. Ein Angriff erfolgt zur Zeit auf der anderen Seite des Planeten. Die Berichte sind überstürzt und ungenau. Eine breite Front rollt mit der Rotationsgeschwindigkeit des Planeten auf unseren Standort zu, wenn die Meldungen verläßlich sind. Jagen Sie die Polizisten zum Teufel, Rous, die halten uns jetzt nur noch auf."

Rous hätte den Ratschlag gern befolgt, aber er hielt sich streng an Rhodans Anweisungen. Außerdem wurden die Meldungen über die rätselhaften Vorfälle und neuen Angriffe ja auch von der Polizeitruppe aufgefangen. Der Offizier hörte, was der herbeigeeilte Soldat ihm zu sagen hatte, wurde blaß und wandte sich ein wenig hilflos an Rous. „Neue Angriffe! Wie ist das möglich?"

„Vielleicht geht Ihnen allmählich ein Licht auf", meinte Rous ärgerlich. „Wenn wir hier vor Ihren Augen stehen, können wir ja nicht gleichzeitig Ihre Welt entvölkern. Das sehen Sie doch ein."

„Ich muß mich an meine Anordnungen halten." Der Arkonide verfiel in die gewohnte Arroganz. „Ich werde mit drei Leuten Ihr Schiff durchsuchen und es dann nach Akonar bringen lassen. Sie kommen mit mir."

„Hoffentlich bleibt noch Zeit dazu", erwiderte Rous. „Die Berichte sprechen von einer sich nähernden Front der Unsichtbaren."

„Unsichtbare. . .?"

„Ach, das wissen Sie nicht? Da hat Ihr Administrator das Interessanteste verschwiegen. Die Angreifer sind unsichtbar und stammen aus einer anderen Zeitdimension. Wir Terraner versuchen, eine Waffe gegen sie zu finden und baten hier um Unterstützung. Leider – aber was rede ich? Es ist ja doch alles vergeblich."

Immerhin war es Rous gelungen, Mißtrauen im Herzen des Offiziers zu säen.

Steiner rief aus der Luke herab: „Massenflucht aus dem Raumhafen! Die Springer stürmen die Schiffe und starten überhastet! Auch die anderen Besucher von Akonar drängen sich um die Kontore der Fluglinien! Das alles gibt der offizielle Sender des Administrators bekannt! Vielleicht hat er sich die Sache anders überlegt!"

Weit im Westen stiegen grelle Feuerpunkte senkrecht in den Himmel und verschwanden blitzschnell in der Tiefe des Alls. Man konnte förmlich spüren, daß den Piloten Angst im Nacken hockte.

Der Polizeioffizier entsann sich seiner Pflicht. Er winkte drei seiner Leute zu sich und kletterte mit ihnen in das Innere der Space-Jet. Von Steiner ließ er sich durch das Schiff führen und die Einrichtung erklären. Dann kehrte er zu Rous zurück, der draußen wartete. „Sagen Sie Ihrem Mann, er soll herauskommen. Meine Leute werden Ihr Schiff nach Akonar bringen. Schnell!"

Rous zuckte mit den Schultern und bat Steiner, zu ihm zu kommen. Die Arkoniden würden die Space-Jet nicht von der Stelle bewegen können und entsprechende Bemühungen sicher bald aufgeben.

Inzwischen aber näherte sich die unsichtbare Front weiter.

Ragow drehte den Spieß mit dem Fleisch ein letztes Mal und schaltete den Strahler ab.

„Ich denke", sagte er in aller Ruhe, „wir können nun essen. Es wäre schade, wenn es kalt würde."

Mit einem großen Messer zerteilte er den Braten und machte sich dann über seinen Anteil her. Josua zögerte nicht, seinem Beispiel zu folgen. Beide Männer taten so, als gäbe es keine Arkoniden oder Unsichtbare.

Rous und Steiner sahen sich an, lächelten verhalten und gesellten sich zu Josua und Ragow. Das war für Noir und Harras das Zeichen, ebenfalls die Sorgen des Alltags zu vergessen und sich den angenehmeren Dingen des Lebens zu widmen.

Der Offizier der Arkoniden blieb stehen wie jemand, den man abzuholen vergessen hatte.

Nach einer Weile steckte einer seiner Leute den Kopf aus der Luke der Space-Jet.

„Der Antrieb funktioniert nicht", gab er bekannt.

Die Terraner ließen sich nicht stören. Genußvoll verzehrten sie ihren Braten. Nur Rous ließ kein Auge von den drei Flugzeugen in zweihundert Meter Entfernung und den dabeistehenden Soldaten.

„Er muß!" erwiderte der Offizier unbeirrt und kletterte in die Jet.

So sehr sich die Arkoniden jedoch bemühten, es rührte sich nichts.

Inzwischen kaute Rous den letzten Bissen. Er befürchtete, daß ihnen nicht mehr viel Zeit blieb. Wie schnell sich die Angriffsfront der anderen Dimension heranschob, war ihm unbekannt, aber seiner Berechnung nach mußte sie früher oder später die drei Flugzeuge erreichen. Dann würde alles sehr schnell gehen.

Er stand auf und ging zu dem Offizier, der gerade aus der Space-Jet sprang. Auch seine Helfer kamen heraus.

„Ich denke, Sie kümmern sich um Ihre Leute", schlug er vor. „In wenigen Minuten kann es zu spät sein. Außerdem. . ."

Ein schriller Schreckensschrei unterbrach ihn. Er fuhr herum und sah zu den Flugzeugen – gerade rechtzeitig genug, um den einen Soldaten zu erblicken, der unsichtbar geworden war. Nur den Kopf sah man noch ein Stück in eine Richtung schweben, dann war auch er nicht mehr vorhanden.

Ein anderer Soldat schrie los, aber dann erfaßte auch ihn die herangleitende Zeitfront und überrollte ihn.

Panik brach aus.

Der Offizier brüllte einige sinnlose Befehle und rannte in Richtung der drei Flugzeuge, die von dem geheimnisvollen Vorgang natürlich nicht berührt wurden. In aufgelöster Ordnung folgten ihm die Männer seines Aufgebots. Rous wollte ihnen noch eine Warnung nachrufen, aber es war bereits zu spät. Die Männer rannten genau in ihr Verderben und verschwanden im Verlauf von zehn Sekunden. Was von ihnen blieb, waren nur die Spuren im Sand.

Rous drehte sich seinen Begleitern zu. „Los – ins Schiff! Wir haben keine Sekunde zu verlieren!"

Steiner war als erster in der Space-Jet und schaltete den Hypersender ein, wie es verabredet war. Die Zentrale in Terrania sollte von den Vorgängen unterrichtet werden, bevor das eigentliche Experiment begann. Nur eine Sekunde später war Rous ebenfalls in der Zentrale und leitete die Energie des Arkonidenreaktors in den Linsenfeldgenerator.

Dumpf schloß sich hinter Josua, der die Space-Jet zuletzt betrat, die Schleuse.

Steiner erhielt inzwischen Kontakt mit der Station auf Terra. Ohne sich um die Vorgänge in seiner Umgebung zu kümmern, setzte er den vorbereiteten Funkspruch ab: *Gruppe Rous an Zentrale Terrania! Angriff läuft, befinden uns in Zone A. Bisherige Feststellungen: Überlappungszone verläuft asymmetrisch. Überschneidung ist gegeben. Wir versuchen, mit Linsenfeldgenerator Einblick in die andere Ebene zu erhalten. Melden uns wieder. Ende.*

Rous wartete, bis der Generator anlief und sich das Lichtfenster zu bilden begann. Mitten im Raum entstand plötzlich ein schimmernder Lichtkreis von gut einem Meter Durchmesser. Josua starrte darauf, als sehe er ein unbegreifliches Wunder, obwohl er doch genau wußte, was es war. Aber Rous mußte zugeben, daß auch ihm nicht sehr wohl zumute war. Das Aufleuchten des Fensters bewies, daß die Zeitfront jetzt in dieser Sekunde über sie kam.

Steiner schaltete den Hyperfunk ab und trat zu Rous.

„Es ist soweit", stellte er sachlich fest, aber in seiner Stimme war ein kaum merkliches Zittern. „Worauf warten wir noch?"

Iwan Ragow, der ein wenig seitlich stand, stieß plötzlich einen entsetzten Schrei aus. „Mein Arm! Die verdammten Unsichtbaren holen mich!"

Es war Noir, der handelte. „Schnell, Steiner! Ragow muß zuerst durch das Fenster!"

Rous hob die Hand. „Seid ihr verrückt geworden?"

„Wenn wir unsere Eigenzeit nicht verlieren wollen, müssen wir es wagen, Leutnant!" brüllte Noir ihn an. „Sollen wir in der anderen Dimension landen und gleichzeitig unsere Eigenzeit verlieren? Dann gäbe es wahrscheinlich keine Rückkehr mehr für uns."

Rous begriff, worauf Noir hinaus wollte. Ragow aber begriff noch schneller.

Mit einem Satz schnellte er vor, schrie von Schmerzen gepeinigt auf, während sein Arm wieder sichtbar wurde, und sprang dann mitten hinein in das Fenster des leuchtenden Ringes.

Gleichzeitig verschwand er endgültig.

Rous fühlte sich gepackt und ebenfalls in den Feuerring geschoben. Noch während sein Kopf die Grenze zur anderen Dimension durchstieß, sahen seine Augen die Veränderung. Nicht daß es heller oder dunkler wurde, nein, an der Beleuchtung änderte sich nichts. Wohl aber veränderte sich die Landschaft. Es war, als sei mit dem Durchgang durch das Lichtfenster zugleich ein Teleportersprung auf eine andere, fremde Welt erfolgt. Oder war dies Tats-Tor, in einer anderen Zeit?

Er sah Ragow, der die zwei oder drei Meter bis zum Boden gestürzt und nicht auf den Beinen gelandet war. Der Russe stand gerade wieder auf und sah sich mit erstaunten Augen um, ohne den Vorgang so recht zu begreifen.

Aus dem Nichts erhielt Rous plötzlich einen Stoß und verlor den Halt. Er landete auf den Füßen, drehte sich um und sah Harras, der in drei Meter Höhe schwebte, von einem matt leuchtenden Ring umgeben.

„Springen Sie!" forderte er ihn auf.

Harras sprang und landete neben Rous.

„Lieber Himmel – was ist das?"

Rous wartete, bis sie alle versammelt waren und nur noch der matt schimmernde Leuchtring den Weg in die eigene Zeitebene verriet. Wenn man ihn aus den Augen verlor, gab es keine Rückkehr mehr.

„Das ist die Zeitebene der Unsichtbaren, Harras. Außer uns bewegt sich hier nichts, nicht einmal der Wind, denn alles ist zweiundsiebzigtausendmal langsamer als wir. Für einen Bewohner dieser fremden Zeitebene sind wir unsichtbar, weil wir uns zu schnell bewegen."

„Wo sind die Bewohner?" fragte Josua ängstlich und hielt sich dicht neben Steiner.

„Wir werden sie finden", versprach Rous und deutete in Richtung eines nahen Gebirges. „Sehen Sie dort die arkonidische Polizeitruppe, Noir? Sie haben ihre Eigenzeit verloren und sehen aus wie Steinbrocken."

Sie sahen sich um und schwiegen, obwohl sie noch viele Fragen auf dem Herzen hatten. Sie nahmen an, Rous würde sie bald alle beantworten, weil er ja schon einmal in der anderen Zeitebene geweilt hatte.

Der Horizont wurde durch eine dunkel schimmernde Mauer begrenzt, die hoch in den Himmel reichte. Sie stellte das Ende des Wirkungsbereichs des LFG dar. Weiter als bis zu der schwarzen Mauer würden sie nicht vordringen können, und was dahinter lag, würde auch weiterhin ein Geheimnis bleiben.

Sie standen in einer fruchtbaren Landschaft, die von Tälern und Höhenzügen unterbrochen wurde. In den Tälern wanden sich Ströme und Bäche einem unbekannten Ziel entgegen, das hinter der schwarzen Mauer lag. Reglos und starr standen die Bäume vor ihnen, von keinem Lufthauch bewegt. Es war verhältnismäßig warm und schwül. Wolken standen am Himmel.

Ein merkwürdiges Flimmern der Luft veranlaßte Harras zu der Frage: „So warm ist es doch nun auch wieder nicht, daß die erhitzte

Luft nach oben steigen würde. Außerdem – wenn Ihre Theorie stimmt, Rous – muß diese Luftbewegung so langsam vor sich gehen, daß wir sie nicht bemerken. Haben Sie eine Erklärung?"

Rous starrte gegen den Horizont und bemerkte nun auch das Flimmern. Er kniff die Augen zusammen, nickte langsam und antwortete: „Ja, ich habe eine Erklärung. Sie werden auch für alle auftretenden Phänomene eine Erklärung finden, wenn Sie nie vergessen, daß alles hier langsamer vor sich geht. Was Sie flimmern sehen, Harras, sind die Moleküle der Luft, die das Licht brechen."

Steiner stöhnte leise auf und riß sich von dem erstaunlichen Anblick los. Sein Blick fiel auf einen durchsichtigen, völlig klaren Kristall von Erbsengröße, der in zwei Meter Höhe bewegungslos in der Luft hing. Fast erschrocken deutete der Physiker darauf und rief verdutzt: „Haben Sie dafür eine Erklärung, Rous? Schwerelos schwebt hier ein kristalliner Gegenstand. Hat die Gravitation auch etwas mit der Verlangsamung der Zeit zu tun?"

Rous betrachtete den Kristall und lächelte erleichtert. „Dieser Kristall ist nichts anderes als ein unendlich langsam fallender Regentropfen. Bedenken Sie, er fällt zweiundsiebzigtausendmal langsamer als auf der Erde, falls diese Welt die gleiche Gravitation besitzt. Das scheint übrigens der Fall zu sein. Was bedeutet das? Der Regentropfen fällt etwa zehn Zentimeter in der Stunde, wenn wir seine auf Terra übliche Fallgeschwindigkeit zugrunde legen."

Sie starrten auf das schier unbegreifliche Wunder des schwebenden Kristalls. Steiner war anscheinend nicht so recht überzeugt. Mit der Hand griff er nach dem Regentropfen und versuchte, ihn aufzufangen. Aber es gelang ihm nicht. Wie festgenagelt stand der Kristall in der Luft und ließ sich um keinen Millimeter bewegen. Die Trägheit seiner Masse war parallel zur Zeitverschiebung gewachsen. Man mußte zweiundsiebzigtausendmal mehr Energie anwenden, als man auf der Erde benötigte, um einen Regentropfen aufzufangen. Soviel Kraft aber besaß auch Steiner nicht.

„Unfaßbar", stellte er fest und gab es auf. „Wenigstens werden wir hier nicht naß."

Rous wandte sich um. Seine Augen suchten den Leuchtring. Er atmete auf, als er ihn erblickte. „Ich denke, wir unternehmen einen Spaziergang bis zur schwarzen Mauer. Vielleicht gelingt es uns doch, festzustellen, was dahinter ist. Vorsicht, Ragow, stolpern Sie nicht über unseren Polizeioffizier.“

Der Russe blieb stehen und betrachtete den Arkoniden, der bewegungs- und scheinbar leblos vor ihnen stand. Die Augen waren halb geöffnet, und man wußte nicht, ob die Lider nach oben oder nach unten strebten.

Ragow tippte dem Arkoniden mit der Spitze seines Zeigefingers gegen die Backe. Bis die Körperwärme des lebendigen Körpers gegen die Gefühlsnerven Ragows stieß, würde eine halbe Stunde vergehen.

Die starre Maske zeigte weder Furcht noch Schmerz, dazu war noch keine Zeit gewesen. Vielleicht in fünfzig Stunden, dachte Rous voller Grauen, würde der Arkonide bemerken, was mit ihm geschehen war.

„Er kann uns nicht sehen“, sagte Rous und nickte Ragow zu. „Wir sind zu schnell für ihn. Wollte er uns sichtbar für seine Welt machen, müßte er uns mit einer Kamera filmen, die mehr als eine Million Bilder in der Sekunde belichtet. Wir sind für ihn wesentlich schneller als für uns das rasanteste Geschoß. Wir müßten dieses Denkmal mit Zeitraffer aufnehmen – sechzehn Bilder in zwanzig Stunden. Wenn der Film dann mit normaler Geschwindigkeit vorgeführt wird – sechzehn Bilder pro Sekunde –, würden wir den Arkoniden so erleben, wie er wirklich ist.“

Steiner deutete auf den halb geöffneten Mund des Offiziers. „Gilt das auch für den akustischen Effekt?“

„Selbstverständlich.“ Rous begriff sofort, worauf der Physiker hinaus wollte. „Die Schallwellen werden für unsere Begriffe auch verlangsamt. Wenn wir gleiche Naturgesetze wie bei uns voraussetzen, müßte sich also hier der Schall mit einer Stundengeschwindigkeit von knapp siebzehn Metern voranbewegen. Nicht die Schallwellen, die von uns erzeugt werden, die sind anderen Gesetzen unterworfen. Die Schallgeschwindigkeit beträgt also in dieser Dimension für *uns* fünf Millimeter. Vielleicht begreifen Sie jetzt, wie schnell wir uns bewegen.“

„Durchbrechen wir die Schallmauer“, sagte Harras, der praktische Typ, und setzte sich zögernd in Bewegung. Sein Gesicht verzog sich zu einer fragenden Grimasse, als er den Widerstand der Luft spürte, die nur widerwillig beiseite zu weichen schien.

Sie näherten sich allmählich der schwarzen Wand. Genau im

Zentrum des so abgesperrten Gebietes schimmerte fahl und doch deutlich sichtbar das Lichtfenster, durch das die sechs Männer in das unwirkliche Reich der anderen Zeitdimension eingedrungen waren. Der Durchmesser des Kreises mochte zweieinhalb Meter betragen.

Rous fand Zeit, zum Himmel emporzuschauen. Die Wolkenformation hatte keinerlei Veränderung erfahren, und es würde noch Tage dauern, ehe die bereits fallenden Regentropfen die Oberfläche des unheimlichen Planeten erreichten. Erdentage natürlich. Wie lange hier in dieser Zeitlosigkeit ein Planetentag dauern würde, war nicht abzuschätzen. Drehte sich diese Welt in vierundzwanzig Terra-Stunden einmal um ihre eigene Achse, würde die Sonne etwa einhundert Jahre am Himmel stehen. Hundert Jahre würde es dauern, ehe sie nach ihrem Aufgang im Osten bis zum westlichen Horizont gewandert und versunken war.

Der Tag würde zweihundert Jahre dauern. . .

Rous schwindelte, als er daran dachte.

Der Himmel war leicht rötlich gefärbt, mit einem fahlen, grünlichen Unterton. Die Sonne war hinter den Wolken verborgen, und es konnte unter den gegebenen Umständen Jahre dauern, ehe sie daraus wieder zum Vorschein kam.

Plötzlich begriff Rous.

Ehe er seine neue Berechnung aber den anderen mitteilen konnte, standen diese vor einer neuen Entdeckung. Ein Fluß trennte sie noch von der schwarzen Mauer, die wenige hundert Meter vor ihnen die Landschaft durchzog.

Die von dem unfühlbaren Sturm gepeitschte Wasseroberfläche war mitten in ihrer Bewegung erstarrt, aber man konnte deutlich die Windrichtung erkennen. Als sei der Fluß plötzlich gefroren, so sah es aus. Einzelne Spritzer hingen bewegungslos in der Luft. Es konnte Stunden dauern, ehe sie sich wieder mit dem Wasser vereinigten.

„Wie sollen wir denn da auf die andere Seite kommen?“ fragte Harras enttäuscht. „Das ist ja der materialisierte Zeitstrom.“

„Unsinn“, entgegnete Rous und ließ sich von dem Problem ablenken, über das er so intensiv nachgedacht hatte. „Gehen Sie nur hinter mir her.“

Er schritt weiter, als sei kein Fluß vorhanden. Sein Fuß berührte die erstarrte Oberfläche des Wassers und fand Halt. Ehe die anderen

Männer so recht begriffen, was sie mit ihren eigenen Augen sahen, war Rous mitten auf dem Fluß und ging weiter, als befände er sich auf einer Oberfläche aus Stein.

„Es ist völlig gefahrlos!“ rief er zurück und blieb einen Moment stehen. „Ehe das Wasser Zeit hat, unter meinem Fuß zurückzuweichen, vergehen mindestens zehn Minuten.“

Es war, als ginge man über Eis, aber die Glätte fehlte völlig. Die reglosen Wellen gaben die Richtung des Windes an, der sie so geformt hatte. Gleichzeitig sahen sie es auch an den vereinzelten Bäumen. Den gebogenen Zweigen nach zu urteilen, mußte der Sturm recht stark sein, der die Luft bewegte. Aber sie spürten nichts davon, denn für sie kroch selbst ein Hurrikan mit einem halben Millimeter in der Sekunde dahin.

Und dann standen sie vor der Mauer.

Rous betastete sie mit den Händen und spürte einen festen Widerstand. Die Wand war schwarz, aber nicht von einer absoluten, lichtlosen Schwärze, wie er es erwartet hatte, sondern matt schimmernd wie Kristallmarmor. Das Dunkel begann erst wenige Zentimeter hinter der obersten lichtdurchlässigen Schicht.

Wenigstens sah es so aus.

Die Wand war glatt und wies nicht die geringste Fuge auf, an der ein Finger oder ein Fuß Halt gefunden hätte. Sie reichte bis hinauf in den Himmel und schien sich wie eine Glocke über den Boden zu wölben. Allerdings ließ die Farbe nach, je höher sie war. Im Zenit gewährte sie den rötlichen Sonnenstrahlen Durchblick, und auch die Wolken waren durch sie hindurch sichtbar.

Also schuf der LFG ein Zeit-Kraftfeld, das sich gleich einer Kugel um ihn legte. Es würde sich auch unter der Oberfläche fortsetzen, war Rous überzeugt. Gleichzeitig begann er zu ahnen, daß sie längst nicht alles von der geheimnisvollen Welt der anderen Dimension sahen. Erneut erhob sich die entscheidende Frage: Was lag jenseits der schwarzen Wand?

Es gab nur ein einziges Mittel, das zu erfahren, aber es schien Rous zu riskant. Man mußte den LFG ausschalten, während man sich in der fremden Zeitdimension aufhielt. Dann würde auch die Wand verschwinden.

Aber gleichzeitig wurde der Rückweg versperrt.

Unwillkürlich drehte Rous sich um und atmete beruhigt auf, als er den matten Lichtkreis dicht über dem Boden schweben sah. Reiner Zufall war es, daß er dicht daneben den verkrüppelten Baum bemerkte, der an einen Galgen erinnerte.

„Hier geht es nicht weiter", stellte Steiner völlig überflüssig fest. „Da kann niemand durch." Er tippte gegen die Wand. „Was mag das für Material sein?"

„Gar keines", sagte Rous. „Es ist Energie, nichts anderes."

„Energie?" Josua beugte sich interessiert vor. „Eine feste Mauer aus Energie? Das habe ich noch nie erlebt."

„Doch", sagte Noir, „das haben Sie. Denken Sie nur an die Schutzschirme unserer Schiffe. Wenn Sie einen Gegenstand dagegen werfen, wird er ebenfalls nicht durchgelassen."

Der Afrikaner schüttelte fast verzweifelt den Kopf. „Das ist ja der Unterschied, Noir. Unsere Energieschirme verwandeln Materie bei Kontakt in Energie. Diese Wand aber kann man anfassen. Sie fühlt sich weder kalt noch warm an, sie verteilt keine tödlichen Blitzschläge, und sie verwandelt mich auch nicht in Energie."

„Die neutralisierte Energieglocke über Terrania kann man auch berühren, ohne zu sterben, und doch läßt sie keine Materie eindringen", stellte Steiner mit Nachdruck fest. „Es kann sich somit bei dieser schwarzen Wand ohne weiteres um reine Energie handeln. Um Energie, die von unseren Geräten in der Space-Jet erzeugt wird und somit unseren Gesetzen unterliegt. Ich möchte besonders auf diesen letzten Umstand hinweisen, falls sich jemand Gedanken darüber macht, wie sich das Hindernis eines Tages beseitigen läßt."

„Schon gemacht", teilte Rous ihm mit. „Aber ich möchte nicht in dieser unwirklichen Welt herumlaufen, wenn der Rückweg versperrt wird. Es sei denn, jemand sitzt vor dem LFG und schaltet ihn nach einer bestimmten Zeit wieder ein."

„Ich denke, wir haben schon einen Weg gefunden, wie wir eines Tages in die Welt der Fremden vordringen können", sagte Noir sachlich und strich nachdenklich über die Wand. „Vielleicht sollten wir die Dinge auch anders sehen und besser annehmen, daß uns diese Mauer vor den Gefahren schützt, die vielleicht hinter ihr auf uns lauern."

Sie gingen noch zwei- oder dreihundert Meter an der Wand entlang, dann überquerten sie wieder den Fluß und nahmen Richtung auf den schimmernden Ring, der in mehr als tausend Meter Entfernung auf sie wartete.

Ragow stieß plötzlich einen Fluch aus und faßte sich ins Gesicht. Dann trat er einen Schritt zurück und starrte auf den winzigen Gegenstand, der dicht vor seiner Nase bewegungslos in der Luft schwebte. Während des Gehens war er gegen ihn gestoßen.

„Ein Insekt!" rief er ungläubig und schüttelte den Kopf. „Ich bin mit einer Fliege zusammengestoßen. Und das Biest geht nicht aus dem Weg."

Die anderen versammelten sich um den Gegenstand des Anstoßes. Es war in der Tat eine Art Fliege. Sie hatte lange Fühler und bunt schillernde Flügel, acht feingliedrige Beine und glänzende, große Augen.

Rous war es plötzlich, als hätte er in dieser Welt der völligen Bewegungslosigkeit doch eine geringfügige Bewegung gesehen.

Das Insekt?

Aber das war doch nicht gut möglich, selbst wenn das kleine Tier mit einer Stundengeschwindigkeit von hundert Kilometern geflogen wäre. Es würde dann in zwanzig Sekunden einen Zentimeter zurücklegen. Mit dem Auge war es schwer, einen frei schwebenden Körper in dieser Hinsicht zu kontrollieren.

Aber etwas anderes an dem Insekt bewegte sich. Die Flügel.

Jetzt sahen es außer Rous auch die anderen. Unendlich langsam zwar und kaum merklich, aber dafür ohne jeden Zweifel, hoben sich die buntschillernden Flügel des Insektes. Es dauerte fast zehn Sekunden, dann sanken sie wieder nach unten, um eine halbe Minute später erneut das Spiel zu beginnen.

„Eine Minute für einen Flügelschlag", erklärte Harras und rechnete. „Donnerwetter! Dann macht ja das Biest tausend Flügelschläge pro Sekunde. In der anderen Dimension natürlich. Unglaublich!"

„Es gibt irdische Insekten, die mehr ausführen", erklärte Ragow in aller Ruhe und sah zu, wie die Flügel ihren höchsten Stand erreichten und wieder abzusinken begannen. Während dieser zwei oder drei Minuten hatte das Tier bereits einige Zentimeter zurückgelegt. Es war somit relativ schnell und legte in Wirklichkeit bis zu dreißig Meter in der Sekunde zurück.

„Wenn hier jemand auf uns schießt", stellte Steiner fest, „könnten wir der Kugel gemächlich ausweichen."

Er rechnete halblaut und gab dann das Ergebnis freudestrahlend bekannt. „Ja, ein Geschoß der gewöhnlichen Art würde in einer Minute etwa einen Meter zurücklegen. Unglaublich, wenn man sich das vorstellt. Wir leben in der Welt der Zeitlupe."

„Aber glauben Sie nur nicht, Steiner", sagte Rous ernst, „daß Sie unverletzt blieben, wenn so ein kriechendes Geschoß Sie träfe. Wenn Sie stehenbleiben, würde es unendlich langsam in Ihren Körper eindringen und Sie töten."

„Schöne Aussichten." Der Physiker schüttelte sich und ließ sich erneut von dem schillernden Insekt ablenken, das unbeirrt seinen langsamen Flug fortsetzte. „Könnte man es töten?"

Rous zog die Augenbrauen hoch. „Warum wollen Sie es töten? Es hat uns nichts getan. . ."

„Es war nur eine Frage", lenkte Steiner ein. „Ich möchte nur wissen, ob es uns möglich ist, ein Lebewesen dieser fremden Dimension umzubringen. Mehr nicht."

„Ich denke schon, daß es möglich ist", gab Rous widerstrebend zu, „aber ich hoffe, wir werden es niemals nötig haben. In der augenblicklichen Situation sind wir ihnen genau zweiundsiebzigtausendmal überlegen."

„Womit unser Auftrag", warf Harras triumphierend ein, „so gut wie erfüllt ist. Denn mehr sollten wir ja nicht, als feststellen, wie sich der unheimliche Gegner besiegen läßt."

„Ja", sagte Rous ohne jede Begeisterung. „Sie haben natürlich völlig recht, Harras. Nur sind wir bisher noch keinem Gegner begegnet. Wir wissen nicht einmal, wie er aussieht, wer er ist und was er plant. Unter diesem Aspekt betrachtet, ist unser Auftrag noch lange nicht erledigt. Er hat nicht einmal begonnen."

Sie gingen weiter und beschleunigten ihre Schritte. Fünfhundert Meter vor ihnen schimmerte das rettende Lichtfenster, durch das sie in ihre Welt zurückkehren konnten. Für einen Augenblick drängte sich Rous die Frage auf, ob ihr Aufenthalt in einer anderen Zeitdimension etwas mit einem Ortswechsel zu tun hatte, oder ob die beiden Welten an ein und derselben Stelle existierten. Die Vorstellung war zu verrückt, um reale Hintergründe haben zu können. Oder?

Rous rannte gegen den Rücken Steiners, der stehengeblieben war.

Was ist denn? wollte er fragen, aber dann sah er das starre und maskenhafte Gesicht des Physikers, seinen erhobenen Arm und die weit aufgerissenen Augen der anderen Männer.

Er folgte ihren Blicken.

Alles Blut wich aus seinem Gesicht, und ihm war, als höre sein Herz auf zu schlagen. Für lange Sekunden sträubte sich sein Verstand, das zu akzeptieren, was seine Augen schauten.

Die Tatsache nämlich, daß sie alle für ewige Zeiten in der fremden Dimension bleiben mußten, weil es keine Rückkehr mehr für sie gab.

Die Tatsache, daß der schimmernde Ring des Lichtfensters plötzlich erloschen war.

Rous überwand die erste Schrecksekunde, und sein Verstand begann wieder zu arbeiten. Das Lichtfenster war verschwunden – das ließ sich nicht mehr ändern. Aber sein Erlöschen hatte einige Veränderungen bewirkt, deren Bedeutung wichtig genug sein konnte, ihr Schicksal zu beeinflussen.

Der Himmel hatte sich verfärbt. Es war, als sei eine Schicht weggezogen worden, die den Blick auf das Firmament bisher versperrt hatte. Immer noch standen die Wolken vor der verborgenen Sonne, aber jetzt wurde klar ersichtlich, daß sie rot sein mußte.

Und noch etwas sah Rous.

Die schwarze Mauer war verschwunden.

Ungehindert konnte er nun bis zum fernen Horizont blicken, aber er wurde arg enttäuscht. Denn die Landschaft hinter der Wand sah nicht viel anders aus als vor ihr. Höhere Gebirgszüge waren zu erkennen. Sie reckten sich hinein in den brennenden Himmel. Breite Täler mit silbernen Strömen, die mit Blut übergossen zu sein schienen, erstreckten sich bis zu den fernen Bergen. Wälder und Steppen brachten Abwechslung in die Naturkulisse der fremdartigen Welt.

Aber sonst – kein Lebewesen.

Iwan Ragow überwand ebenfalls die Starre. „Himmel! Was ist geschehen? Das Lichtfenster. . .“

„. . . ist erst einmal erloschen“, vollendete Steiner unnatürlich ruhig. „Vielleicht hat auf der anderen Seite jemand daran gedreht.“

„Wer?“ fragte Rous. „Die Zeitfront ist über die Space-Jet

hinweggerollt. Wenn unsere Berechnungen stimmen, müssen inzwischen alle organischen Lebewesen, die Tats-Tor bevölkerten, verschwunden sein. Ich sehe nichts. Müßten sie nicht alle hier sein?"

Diesmal war Harras der bessere Logiker. „Zwischen unserem Lagerplatz und der Hauptstadt Akonar gab es keine Siedlungen. Hundert Kilometer freie Steppe und Wald. Wir müssen also mindestens auch hier hundert Kilometer laufen, ehe wir die in die andere Dimension herübergenommenen Arkoniden und Springer finden werden."

Rous hatte andere Probleme. „Wie werden wir zurückkommen – in unsere Ebene?"

Steiner zuckte mit den Schultern und sah Ragow an. Der Russe legte seine Hand auf den Griff der Strahlwaffe Steiners und erklärte: „Wir sind ja nicht gerade wehrlos, falls man uns angreift. Im übrigen meine ich, wir sollten in der Nähe bleiben und nicht weit fortgehen, damit wir es sofort merken, wenn das Fenster entsteht. Vielleicht ist es nur eine Stromunterbrechung im LFG."

„Ziemlich unwahrscheinlich." Harras schüttelte den Kopf. „Das Ding ist abgeschaltet worden. Anders kann ich mir den Vorfall nicht erklären."

„Es gibt tausend andere Erklärungen", wies Rous den Techniker zurecht. „Wir werden niemals erfahren, was geschehen ist, wenn wir den Rückweg nicht finden. Im übrigen hat Ragow recht: Bleiben wir in der Nähe – oder wenigstens einer von uns."

„Soll das heißen", fragte Steiner, „daß Sie noch Lust verspüren, in der Gegend herumzulaufen? Was erwarten Sie davon?"

„Jedenfalls ist die Mauer verschwunden, das ist der erste Vorteil. Nichts mehr hindert mich nun daran, diese Welt mit zweiundsiebzigtausendfacher Geschwindigkeit des Normaldaseins zu erforschen und. . ."

„Sie vergessen", unterbrach ihn der Physiker trocken, „daß Sie trotzdem nicht schneller als normal laufen können. Für hundert Meter benötigen Sie immer noch zwölf Sekunden, wenn Sie sich anstrengen. Um einen Kilometer zu marschieren, werden zehn Minuten notwendig sein, also wandern Sie sechs Kilometer in der Stunde. Ich gebe zu, die versteinerten Figuren dort brauchen für die gleiche Strecke etliche Jahre, aber das bedeutet nicht, daß Sie relativ schneller sind.

Außerdem beginne ich mir allmählich Sorgen zu machen. Gibt es hier etwas zu essen?"

Rous zuckte mit den Schultern. „Allein deshalb ist eine Art Expedition notwendig. Eine Wache muß natürlich zurückbleiben, aber wer? Jeder ist wichtig genug, um bei einer Entscheidung zugegen zu sein. Sollen wir es dem Zufall überlassen und losen?"

„Das dürfte die beste Lösung sein", stimmte Harras zu und griff in die Tasche, um ein Solarstück herauszuholen. Nachdenklich wog er das Geldstück in der Hand. „Ob wir jemals wieder etwas dafür kaufen können?"

Josua war der Unglückliche, der allein zurückbleiben sollte.

Rous zeigte auf den einzelnen Baum, der wie ein Galgen aussah. „Zehn Meter rechts von jenem Baum, Kemo, steht in der anderen Dimension unsere Space-Jet. Sie halten sich am besten hier bei dem Felsen auf, da können Sie alles im Auge behalten. Sobald das Lichtfenster wieder erscheint, geben Sie uns Nachricht über Funk."

Bei einem kurzen Experiment stellten sie erleichtert fest, daß die Funksignale die Eigenzeit der Geräte behielten.

Nicht sehr erfreut sah der Afrikaner ihnen nach, als sie davonmarschierten. Er schob die Strahlwaffe, die Harras ihm überlassen hatte, in den Gürtel seiner Kombination.

Rous und die anderen vier Männer näherten sich indessen wieder dem Fluß, der sie von der Mauer getrennt hatte. Sie gingen etwas langsamer, als sie die Stelle erreichten, an der sich die schwarze Wand vor ihnen aufgetürmt hatte. Rous streckte die Hand vor, aber die Augen täuschten nicht. Die Mauer war verschwunden.

„Wir müssen uns natürlich die Gefahr vergegenwärtigen, wenn wir jetzt weitergehen", sagte Rous nachdenklich und sah seine Gefährten fest an. „Angenommen, jemand schaltet den LFG wieder ein, wenn wir jenseits der Wand sind – wie sollen wir jemals wieder in die Glocke gelangen? Hat sich das einer schon überlegt?"

„Wir müssen das Risiko auf uns nehmen", erwiderte Steiner ungeduldig. „Im übrigen haben wir Josua zurückgelassen. Wenn es jemanden gibt, der das Gerät einschaltet, kann es ihm nicht schwerfallen, uns zu suchen. Nein, ich habe keine Bedenken, den Marsch fortzusetzen. Wir können nicht ewig ohne zu essen und zu trinken existieren."

„Das Wasser", sagte Rous und zeigte auf die erstarrten Wogen des Flusses, „dürfte nicht besonders erfrischend sein. Ich beginne daran zu zweifeln, daß wir in dieser anderen Welt überhaupt existieren können. Sehen Sie das Gras dort – kann es jemand von Ihnen bewegen? Nein, niemand kann es, weil es uns zuviel Widerstand entgegensetzt. So ist es mit allem, was hier lebt oder besteht. Wir werden verhungern und verdursten, wenn wir den Rückweg nicht finden."

„Ich habe immerhin einen kleinen Vorrat mitgenommen", erklärte Ragow.

Rous sah ihn eine Weile an, ehe er den Kopf schüttelte. „Das konnten Sie auch ein bißchen früher sagen, Ragow. Sie hätten mir einige sorgenvolle Minuten erspart."

„Jetzt ist die Freude um so größer", tröstete der Arzt und gab jedem der Männer eine kleine Packung. „Vorsicht damit! Sie enthält eine Notration und Wassertabletten. Ein Mann kann damit eine ganze Woche auskommen, wenn er sie einteilt. Jedenfalls werden wir so schnell nicht verhungern."

Sie marschierten weiter.

Bald veränderte sich der Charakter der Landschaft. Die steinige Ebene machte einer Grassteppe Platz, die das Marschieren jedoch nicht angenehmer gestaltete. Das Gras mit seinen unnachgiebigen und scharfen Kanten erwies sich als äußerst gefährlich.

Sie waren froh, als das Gras niedriger wurde und einem Moospolster Raum gab, das zwar ebenfalls hart, aber nicht so hinderlich wirkte.

Das Gelände stieg an.

Steiner wischte sich den Schweiß von der Stirn.

„Die Zeit mag ja hier langsamer vergehen", sagte er und blieb stehen, um auf die Ebene hinabzublicken. Irgendwo dort unten stand Josua Wache. „Aber schwitzen kann man genauso schnell wie überall, wo es heiß ist."

Sie standen auf einem kleinen Plateau. Hinter ihnen fiel das Gelände ab in die weite Ebene, vor ihnen stieg es weiter an, den Gipfeln der Berge entgegen. Nach einem zweistündigen Marsch hatten sie nicht mehr als zehn Kilometer zurückgelegt, aber die Neugier, zu erfahren, was hinter den Bergen lag, ließ sie die Anstrengungen vergessen.

Und dann sahen sie eine Bewegung.

Sie entstand am westlichen Horizont, wo die deutlichste Wolkenansammlung den Himmel bedeckte und es zweifellos regnete. Unendlich langsam würden dort die Tropfen herabfallen und den Boden in den nächsten Tagen erreichen. Es war verrückt, darüber nachzudenken.

Die Bewegung, die ihre Augen gefangennahm, entstand in den Wolken und glich einem Lichtstrahl, der schnell in einer Schlangenlinie zur Erde hinabglitt und die Oberfläche nach ein oder zwei Sekunden erreichte. Die Leuchterscheinung aber erlosch nicht, sondern blieb zwischen Himmel und Erde stehen, als sei sie ein Leuchtbogen.

Steiner starrte lange auf die Erscheinung, dann sagte er: „Was ist das?"

Rous war blaß geworden. Er sah seine Vermutungen bestätigt. „Ein Blitz, Steiner. Ein ganz gewöhnlicher Blitz – nur zweiundsiebzigtausendfach verlangsamt. Es kann sein, daß er noch zehn Stunden dort am Himmel stehenbleibt. Haben Sie gesehen? Er benötigte volle zwei Sekunden, um von den Wolken bis zur Erde zu gelangen. Das bedeutet, daß. . ."

„Nein", unterbrach ihn der Physiker und schüttelte fassungslos den Kopf. „Das kann doch nicht wahr sein. Das wäre – das wäre. . ."

„Es ist nichts als eine logische Folgerung, Steiner. Wenn in dieser Dimension alles für uns langsamer ist, weil wir zweiundsiebzigtausendfach schneller leben, dann auch das Licht. Das Licht bewegt sich in dieser Zeitebene für uns mit einer Geschwindigkeit von vier Kilometern in der Sekunde. Noch wissen wir nicht, welche Folgen das haben kann, aber Sie erkennen an dem Blitz dort drüben, daß Folgen vorhanden sind."

Am irdischen Himmel konnte ein Blitz eine oder zwei Sekunden stehen. Das bedeutete, daß der Blitz dort drüben im Westen zwanzig oder vierzig Stunden bleiben konnte, festgebannt von dem unbegreiflichen Naturgesetz der verschiedenen Dimensionen, die aber gemeinsame Grundgesetze besaßen.

Denn – relativ gesehen – war auch hier die Lichtgeschwindigkeit 300 000 Kilometer in der Sekunde.

„Die rote Sonne", sagte Harras und deutete gen Süden, wo der Himmel wie Feuer brannte, „hat sie etwas damit zu tun?" Rous nickte. „Sie brachte mich zuerst auf die Idee. Die so unendlich verlangsamten

Sonnenstrahlen sind ein deutliches Beispiel für die Auswirkungen des Doppler-Effekts. Ich wundere mich, daß wir überhaupt noch etwas sehen können."

„Wenn wir länger bleiben, werde ich mich damit befassen", sagte Steiner und sah mit zusammengekniffenen Augen auf den Blitz.

Sie schritten weiter, jeder mit seinen eigenen Gedanken beschäftigt. Eine kurze Anfrage bei Josua ergab, daß sich nichts verändert hatte. Der Afrikaner erhielt den Auftrag, sofort zu funken, wenn das Lichtfenster wieder erschien, hindurchzusteigen und den LFG für zwei Stunden abzuschalten, damit man zurückkehren konnte und die schwarze Wand kein Hindernis bildete.

André Noir fiel die steigende Temperatur zuerst auf.

„Ich finde, es ist ziemlich warm", sagte er und sah in Richtung des Gipfels, der ihren Augen verborgen war. „Warum strengen wir uns eigentlich so an? Die ganze Zeit habe ich es schon fragen wollen, aber ich nahm an, es liege ein besonderer Grund dafür vor, zu Fuß zu gehen. Wie ist es damit, Leutnant Rous?"

„Sie meinen die arkonidischen Kampfanzüge, wenn ich Sie verstanden habe? Ja, das ist so ein Problem für sich. Bedenken Sie die ungeheuere Geschwindigkeit, die ein Flug durch diese Welt bedeuten würde. Ich kann es nicht mit Bestimmtheit behaupten, aber schon bei einigen Metern pro Sekunde würden wir verglühen."

Steiner schaute bärbeißig drein, bückte sich und wollte einen Stein aufheben. Es gelang ihm nicht. Die Masseträgheit des kleinen Kiesels vergrößerte auch sein Gewicht um das Zweiundsiebzigtausendfache.

Rous konnte sich ein Lächeln nicht verkneifen. „Ich weiß genau, was Sie wollen, Steiner, aber ich hätte Ihnen gleich sagen können, daß es nicht geht. Der Stein unterliegt anderen Gesetzen, auf die wir keinen Einfluß haben. Ich weiß seit meinem ersten Besuch dieser Zeitebene, daß wir niemals einen Gefangenen aus dieser Zeitebene mit hinüber in die unsere nehmen können, wenn wir keine Antigravgeräte einsetzen. Aber wenn Sie meine Vermutung bestätigt sehen wollen, so nehmen Sie einen Gegenstand, den wir mitbrachten. Eine Münze etwa. Werfen Sie sie dort in die Schlucht hinab. Wir werden sehen, was geschieht."

Sie waren alle froh, eine Pause einlegen zu können. Der Gedanke, nicht laufen zu müssen, sondern vielleicht fliegen zu können, wirkte anregend. Aber wenn Rous recht behielt, war es auch damit leider nichts.

Steiner zog eine Münze aus der Tasche, betrachtete sie eine Weile bedauernd und trat dann bis an den Rand des Abgrunds vor. Der Felsen fiel steil und senkrecht in die Tiefe, hundert Meter etwa.

„Sie brauchen das Geldstück nur fallen zu lassen", sagte Rous und bemühte sich, seine innere Spannung nicht zu zeigen. „Das wird genügen."

Steiner nickte.

Noir, Harras und Ragow drängten sich neben Rous und blickten gespannt auf Steiner, der zum Wurf ausholte und dann das Geldstück weit von sich schleuderte.

Es beschrieb einen flachen Bogen und begann dann nach unten zu fallen. Aber höchstens für eine Sekunde, dann ging eine merkwürdige Veränderung mit ihm vor. Zuerst schien es, als würde es von einer nicht sichtbaren Lichtquelle angeleuchtet, silbern und grell blinkte es. Dann wurde es rot und schließlich erneut weiß. Ein feiner Dampfstreifen zeigte die Spur der Flugkurve. Schließlich, noch bevor es den Talgrund erreichte, war es verschwunden, von der Luftreibung der trägen Moleküle aufgefressen und verglüht.

Ausrufe der Verwunderung wurden laut.

Rous sagte: „Genauso, wie ich es mir dachte. Nun weiß ich auch, daß ein Schuß aus unseren Impulsstrahlern verheerende Folgen haben muß. Können Sie sich das nicht vorstellen?"

Steiner, der von dem Abgrund zurückgetreten war, nickte langsam. „Doch, Rous, das kann ich mir jetzt auch vorstellen. Ein Lichtstrahl auf der Erde, der mit 72 000facher Lichtgeschwindigkeit durch die Atmosphäre jagte, würde nicht nur seine Spur in der Lufthülle, sondern auch in der Zeit hinterlassen. Das ganze Gefüge könnte zerplatzen und auseinanderfallen. Und hier. . ."

„Und hier", sagte Rous sicher, „werden wir es nicht auf einen Versuch ankommen lassen. Ich möchte nicht riskieren, daß die Zeit – *daß die Zeit explodiert*", fügte er entschlossen hinzu.

Er achtete nicht darauf, daß die anderen Männer blaß wurden. Einen kurzen Blick zurück in die Ebene werfend, setzte er sich wieder in Bewegung.

Die anderen folgten ihm.

Die Luft um den Gipfel bewegte sich nicht mehr als unten in der Ebene, aber sie war undurchsichtiger und wärmer. Man konnte kaum zehn Meter weit sehen. Die Anstrengung hatte sich nicht gelohnt, denn ein Weitblick war nicht möglich. Es war, als sei der flache Kuppelgipfel in lockere Watte gehüllt.

„Möchte wissen, woher die Hitze stammt!" rief Noir und schüttelte den Kopf. „Eine vernünftige Erklärung fällt wohl niemandem gerade ein?"

„Doch."

Steiner sagte es und bückte sich. Er legte die Hand gegen das nackte Felsgestein und zog sie schnell wieder zurück. Verwunderung trat in sein Gesicht. Dann richtete er sich wieder auf.

„Nun?" forderte Rous ihn auf, das Ergebnis des Experiments in verständliche Worte zu kleiden. „Was ist?"

„Der Boden ist warm", meinte Steiner unentschlossen. „Unter den Felsen brennt ein Feuer – könnte man meinen."

Harras begann zu lachen. Wütend drehte sich Steiner nach ihm um. „Möchte wissen, was es da zu lachen gibt! Warum soll es hier keinen Vulkan oder so etwas geben?"

„Feuer", sagte Harras grinsend. „Ich stelle mir nur vor, wie Feuer hier aussieht. Eine Flamme brennt und benötigt Zeit dazu. Wie sieht das hier aber aus? Eine in der Zeit festgefrorene Flamme?"

„Trotzdem ist sie genau so heiß", warnte Steiner und deutete auf den Boden zu ihren Füßen. „Die Wärme hatte Zeit genug, die Felsen als Leiter zu benutzen – Jahrtausende vielleicht."

Rous betrachtete den Hang auf der anderen Seite des Gipfels. „Ich weiß nicht – möglicherweise stehen wir nicht an der höchsten Stelle. Sie bringen mich auf einen Gedanken, Steiner. Wenn dies ein Vulkan ist, stehen wir vielleicht am Rand eines Kraters. Das würde die Hitze erklären."

Harras, der ein Stück weitergewandert war, rief plötzlich: „Kommen Sie hierher!"

Steiner und Rous setzten sich sofort in Bewegung, während Ragow und Noir noch warteten.

Die Hitze, so spürte Rous, wurde größer. Fast vermeinte er, direkt von einer Wärmequelle aus angestrahlt zu werden. Dann erblickte er durch den Dunst hindurch Harras, der ihnen zuwinkte.

„Hier ist der eigentliche Krater!“ rief der Techniker und deutete in das rotglühende Loch zu seinen Füßen. „Dort unten ist die Lava.“

Sie sah aus wie eine feste, rotglühende Masse, die sich nicht bewegte. Aber die erstarrten Wellenbewegungen verrieten, daß die Masse im Steigen begriffen war und zu einem noch nicht vorherbestimmbaren Zeitpunkt den Rand des Kraters erreichen würde.

„Daher die Hitze“, erklärte Steiner. „Meine Vermutung stimmt, mehr wollte ich nicht wissen. Wer weiß übrigens, wie schnell dieser Vulkanausbruch vor sich geht, den wir da miterleben?“

„Vulkanausbruch?“ Rous sah überrascht aus.

Steiner zeigte auf die Lava. „Was denn sonst? Die Lava steigt, davon bin ich überzeugt. Sie wird den Rand des Kraters in zwei oder drei Jahren erreichen, vielleicht auch früher. Jedenfalls droht keine Gefahr für uns. Und wenn das flüssige Feuer dann ins Tal hinabzurinnen beginnt, ist immer noch Zeit, sich in Sicherheit zu bringen. Ob allerdings auch für jene, deren Eigenzeit mit der des Vulkans übereinstimmt, ist fraglich.“

„Ein Vulkanausbruch“, sagte Ragow verblüfft. „Und wir stehen dabei und sehen uns die Entwicklung an.“

Noir räusperte sich. „Ehrlich gesagt – mir wird es zu warm hier. Wahrscheinlich können wir nun in der eingeschlagenen Richtung nicht weitergehen, weil niemand weiß, wie breit der Krater ist. Was tun wir also? Umkehren?“

„Ich sehe keine andere Möglichkeit“, gab Rous zu.

„Wenn wir wirklich in Richtung der Stadt Akonar wollen, müssen wir einen anderen Weg suchen“, schlug Ragow vor.

Steiner meinte: „Die Stadt selbst werden wir niemals finden, weil sie in unserer Zeitebene blieb, aber wir werden die Bewohner vorfinden. Vielleicht können wir dem eingebildeten Administrator einen Denkzettel verabreichen.“

„Was nützt das“, erkundigte Harras sich spöttisch, „wenn er die Ohrfeige erst in drei Tagen spürt?“

Rous hatte inzwischen erkannt, daß der Grund für die trübe Sicht nichts anderes als die mit den Dämpfen angefüllte Luft war. Ihm kam der unangenehme Gedanke, daß diese Dämpfe vielleicht giftig sein könnten.

„Wir kehren um“, gab er bekannt und trat den Rückweg an. „Es hat keinen Sinn, daß wir uns einer unbekannten Gefahr aussetzen. Unten in der Ebene ist die Luft sauber."

Sie waren etwa auf halbem Weg, als Ragow plötzlich einen Schrei ausstieß. Er hob den Arm und zeigte mit bebenden Lippen auf die Felswand zu ihrer Linken. Zuerst sahen sie nicht, was seine Aufmerksamkeit so erregte, denn nichts bewegte sich.

„Das Tier dort", stammelte Ragow erregt. „Seht ihr es denn nicht?"

Rous strengte seine Augen an, aber er sah nichts als starre Felsbrocken unterschiedlicher Größenordnung.

Der Russe hatte den Arm sinken lassen und neigte den Kopf, um besser hören zu können. Irgend etwas war in der Luft, ein seltsames Geräusch. Es klang wie das dumpfe Grollen eines fernen Gewitters. Aber wenn auch der Blitz immer noch am Himmel stand, so war er viel zu weit entfernt, als daß der Donner schon bis hierher kommen konnte. Mehr als siebzehn Meter in der Stunde legte der Schall nicht zurück.

Und doch war das leise Grollen in der Luft.

„. . . uuuf – ruuuf. . ."

Ragow fragte: „Können Sie es jetzt hören, Leutnant? Ich hörte es im selben Augenblick, als ich die Tiere bemerkte."

„Welche Tiere?" wollte Steiner wissen. „Ich sehe keine Tiere."

„Sie sitzen oder kriechen vor den Höhlen dort. Ich habe auch niemals derartige Wesen gesehen. Sind es Raupen?"

„Raupen?" rief Rous und wurde langsam ungeduldig. „Ich kann keine Raupen erkennen. Außerdem ist die Entfernung noch zu groß."

„Ich meine", sagte Ragow ruhig, „sie sehen aus wie Raupen, sind aber viel größer. Die Steine dort drüben vor den Höhlen."

In der Felswand klafften die schwarzen Schlünde der Höhlen wie offene Münder. Unregelmäßige Steinstufen führten zu ihnen hinauf, schmale Pfade, wie von unzähligen Füßen getreten. Unten, zu Beginn dieser Pfade, lagen die Steine.

Jetzt sahen es auch die anderen Männer. Die vermeintlichen Steine besaßen alle die gleiche Form. Wie aus dem Felsen gemeißelt, lagen und standen sie einzeln und in Gruppen umher und bewegten sich nicht.

Und in der Luft war das nie endende „. . . ruuuf – druuuuufff. . ."

„Es sind zweifellos Lebewesen, und sie hausen in den Höhlen", dozierte Ragow und schritt unverzagt auf die merkwürdige Gruppe zu. „Da mir ähnliche Organismen in der normalen Dimension noch nicht begegnet sind, handelt es sich aller Wahrscheinlichkeit nach um Bewohner dieser Zeitebene. Vielleicht sind sie sogar die großen Unbekannten.“

Rous hatte sich von seiner Überraschung erholt. Er folgte dem Gelehrten, der nun mitten zwischen den versteinerten Lebewesen stand und sie intensiv studierte. Auch die anderen drei Männer waren herbeigekommen. Die Kreaturen sahen wirklich aus wie ins Riesenhafte vergrößerte Raupen. Die Flügelansätze am Rücken verrieten, daß die Wesen einmal fliegen gekonnt hatten. Keine der Raupen war kleiner als anderthalb Meter. Statt feiner Haare besaßen sie eine dunkelbraune Panzerschale, die den ganzen Körper umschloß. Dicht unter dem runden Insektenkopf saßen zwei feingliedrige Greifwerkzeuge, die sich erheblich von den Beinen unterschieden, die offensichtlich nur der Fortbewegung dienten.

„. . . druuuf – uuff. . .“

Die merkwürdigen Töne waren während der Annäherung heller und kürzer geworden, erhielten aber ihren gewohnten dunklen Klang zurück, als die Männer stehenblieben. Schallverzerrung?

Rous nickte, als er die unausgesprochene Frage Steiners ahnte.

„Ja, das ist es. Die Tiere hier stoßen ihre Rufe aus, die infolge der Zeitdehnung unendlich langsam an unser Ohr dringen. Wir müßten sie auf Tonband aufnehmen und mit zweiundsiebzigtausendfacher Geschwindigkeit wieder abspielen – dann erst hörten wir die Originallaute.“

Ragow nickte. „Sie haben recht, Leutnant. Die Tiere verständigen sich untereinander. Sie besitzen also einen gewissen Grad von Intelligenz. Vielleicht mehr, als wir ahnen.“

Rous wollte etwas antworten, aber das feine Summen des Empfängers hinderte ihn daran. Josua meldete sich.

Hastig schaltete Rous das Gerät ein. „Ja, Josua? Hier Rous. Was gibt's?“

Die Stimme des Afrikaners klang unsicher. „Ein – ein Ding ist über mir in der Luft. Es sieht aus wie ein Schiff, vielleicht zehn Meter lang, wie ein Torpedo geformt. Es muß aus den Wolken gekommen sein und sinkt langsam tiefer. Es sieht aus, als wolle es landen.“

Die anderen Teilnehmer der Expedition horchten auf. Rous wußte sofort, was ihnen aufgefallen war, und faßte es in Worte. „Sie können sehen, Josua, wie sich das Schiff bewegt?“

„Deutlich sogar, Leutnant. Aber es ist sehr langsam. Es wird noch zwei Stunden dauern, ehe es landet – *wenn* es landet.“

„Wir kehren zurück“, versprach Rous und warf den versteinerten Raupen einen bedauernden Blick zu. „Die Landung eines Schiffes scheint mir wichtig genug zu sein, unsere Untersuchungen hier abzubrechen.“

„Ich melde mich, wenn etwas geschieht“, sagte Josua abschließend.

Ragow schüttelte mißmutig den Kopf. „Ob es richtig ist, wenn wir unseren Fund einfach ignorieren? Wenn wir wenigstens eine der Raupen mitnehmen könnten.“

„Sie wissen selbst, daß das unmöglich ist, wenigstens unter den gegebenen Umständen und ohne Antigravgerät. Wollten Sie eine der Figuren hier von der Stelle bewegen, benötigten Sie die gleiche Energie, die notwendig wäre, einen Menschen auf der Erde innerhalb von einer Sekunde auf eine Geschwindigkeit von siebzig Kilometern pro Sekunde zu beschleunigen. Anders ausgedrückt: Sie werfen mit den bloßen Fäusten leichter einen Menschen in die Kreisbahn um die Erde, als daß Sie eine der Raupen hier auch nur einen Meter anheben.“

Ragow blickte verzweifelt. „Allmählich beginne ich zu begreifen, welche Rolle der Begriff der Zeit spielt. Nur fürchte ich, daß ich verrückt werde, wenn ich es endgültig begriffen habe.“

Rous warf noch einen Blick auf die Raupen und lauschte dem merkwürdigen Geräusch ihrer Rufe nach. „Wir sehen uns die Druuf später noch an, jetzt werden wir. . .“

„Wen?“ fragte Steiner überrascht.

„Ich nenne sie ‚Druuf‘, weil sich ihre Rufe genau so anhören“, erklärte Rous. „Jetzt brechen wir auf, um uns das seltsame Schiff anzusehen, das in der Nähe unseres erloschenen Lichtfensters zu landen gedenkt.“

Teils erleichtert, teils unbefriedigt, setzten sich die Teilnehmer der Expedition in Marsch.

19.

Das Schiff war mehr als tausend Meter lang und umkreiste den Planeten in großer Entfernung. Sein Inneres bestand aus einer Unzahl komplizierter Kontrollgeräte, automatisch arbeitender Alarmeinrichtungen und Räumen voll positronischer Instrumente. Undeutlich bewegten sich in dem Halbdunkel nicht genau erkennbare Gestalten, die das einzig Lebendige in dem riesigen Schiff repräsentierten.

Das Schiff kontrollierte den Planeten, der am Rand der Zeitebene dahineilte und schon mehr als einmal in die fremde Dimension eingedrungen war, um aber immer wieder zurückzukehren. Jedesmal war er dann mit fremden Organismen überladen, von deren Übernahme sich die Wissenschaftler eine Verschmelzung der beiden Zeitebenen versprachen.

So war gerade wieder eine andere Welt entvölkert worden, ohne daß deren Bevölkerung etwas dagegen hatte tun können.

Als der Planet zurückkehrte, brachte er neue Organismen mit, die mit ihrem temporalen Beharrungsvermögen eine gewisse Angleichung an die andere Zeitebene bewirkten.

Für die Fremden war es eine bittere Lehre gewesen, als sie bei der ersten Begegnung erkennen mußten, daß nicht ihre, sondern die andere Zeitebene, jene nämlich, die sie kreuzten, die dominierende war. Ihr mußten sie sich anpassen, wenn sie weiterhin existieren wollten.

Kontrollschirme leuchteten auf, und Zeiger huschten über beleuchtete Skalen. Irgendwo tief im Innern des Schiffes summten Aggregate und Reaktoren.

Natürlich war den Fremden ihre Beziehung zum anderen Universum längst bekannt. Alle organischen Lebewesen der anderen Zeitebene lebten 72 000fach schneller als sie. Nur mit Hilfe komplizierter Apparate und Instrumente konnten sie sichtbar gemacht werden. Das alles erinnerte an die Technik unvorstellbarer Zeitlupenaufnahmen. Die Filme mußten mit rasender Geschwindigkeit durch die Kameras laufen, um bei verlangsamter Projektion wenigstens flüchtige Schatten auf die Bildschirme zu zaubern.

Aber wenn die eigene Welt in die andere Ebene eindrang und wieder zurückkehrte, waren jedesmal zahllose Organismen eingefangen und unterlagen den Naturgesetzen der eigenen Ebene. Vielleicht gelang es so, eine Angleichung der beiden Dimensionen zu erzielen.

Gestalten huschten hin und her, sie waren nicht zu erkennen.

Die Schirme unterschieden sich nicht voneinander, zeigten jedoch verschiedene Bilder. Der erste Schirm links blieb relativ leer. Auf ihm waren ferne Berge in einer weiten Ebene zu sehen, dazwischen Täler und Flüsse. Der Himmel war bewölkt, und es würde jeden Augenblick anfangen zu regnen. Im Hintergrund nahe dem Horizont tobte sich ein Gewitter aus. Erste Blitze zuckten aus den Wolken.

Der zweite Schirm zeigte genau das gleiche Bild, aber er verlangsamte die Vorgänge. Das Wasser der Bäche schien bereits langsamer zu fließen. Der Bildausschnitt war der gleiche wie zuvor. Er zeigte die Ebene, den Hang des Gebirges und die Flüsse.

Auf dem dritten Schirm wurde die beginnende Zeitlupe deutlich wirksam.

Der vierte Schirm verlangsamte bereits um die Hälfte.

Auf dem fünften Schirm schlich der Blitz zur Oberfläche hinab, und der Regen fiel, als hingen die einzelnen Tropfen an unsichtbaren Bindfäden, die jemand nur zögernd nachließ.

Auf dem sechsten Schirm huschten erste Schatten über die gewölbte Scheibe. Da die Bewegung verlangsamt wurde und nur diese Schatten erkennbar wurden, konnte man sich gut vorstellen, wie schnell diese Phantome in Wirklichkeit waren.

Erst auf dem zehnten Schirm bewegten sich diese Schatten normal und wurden erkennbar. Aber die Verlangsamung war in so starkem Maß wirksam, daß alles normale Leben erstarrt zu sein schien. Das Gewitter und der Blitz glichen einem Gemälde. Der Regen hing wie festgehalten in der Luft, und die Flüsse schienen eingefroren. Nur die Schatten der Wesen aus einer anderen Dimension bewegten sich normal.

Fremde Gesichter beugten sich über den zehnten Schirm.

20.

Rous hatte gleich das Gefühl, beobachtet zu werden. Es war ihm unmöglich, das Gefühl zu erklären, er hatte es einfach und mußte sich damit abfinden. Natürlich war es barer Unsinn, denn niemand war zu sehen, der ihn hätte beobachten können.

Ragow lachte nicht, als Rous seinen Verdacht äußerte.

„Warum sollten wir nicht beobachtet werden?“ fragte er. „Zeugt nicht die bevorstehende Landung des Schiffes davon? Aber noch wissen wir ja nicht, ob es überhaupt landen will. Vielleicht. . .“

„Vielleicht ist es ferngesteuert und soll uns beobachten. Wir kennen zwar die Intelligenzen der fremden Zeitebene nicht, aber wir sollten sie auch nicht unterschätzen. Mir jedenfalls kommen die Druuf nicht geheuer vor.“

Sie wanderten durch die Ebene und überquerten den Fluß, der ehemals vor der schwarzen Wand geflossen war. In der Ferne erkannten sie den Galgenbaum, davor eine bekannte Gestalt – Josua.

Und in knapp hundert Metern schwebte das Schiff.

Rous schaltete das Armbandfunkgerät ein. „Was ist, Josua? Landet es nicht?“

„Es hat angehalten“, kam die Stimme des Afrikaners. „Es sinkt nicht weiter. Es will also doch nicht landen. Ob es uns entdeckt hat?“

„Unmöglich! Wir bewegen uns viel zu schnell.“

Rous hatte ein unsicheres Gefühl, als er das sagte. Er war plötzlich nicht mehr so sehr davon überzeugt, daß die Druuf sie nicht sehen konnten. Wenn sie ein wenig Ahnung von Technik hatten – und das mußte der Fall sein, denn sie bauten Raumschiffe –, dann konnte es ihnen auch gelingen, die Zeitsperre zu durchbrechen.

Sie benötigten fünf Minuten, dann standen sie bei Josua und unter dem reglos über ihnen schwebenden Schiff.

Rous sah seine Vermutung bestätigt.

„Eine Beobachtungsstation“, sagte er und deutete nach oben.

„Sehen Sie die verschiedenen Kameras, die auf uns gerichtet sind? Ich nehme an, wir haben es mit einer Relaisstation zu tun. Sie nehmen uns mit Fernsehkameras auf und leiten das Bild weiter – wohin, das allerdings weiß ich auch nicht. Vielleicht in eine ihrer Städte oder in ein anderes Schiff."

„Sie meinen, in dem Schiff ist niemand?" fragte Steiner verwundert. „Robotgesteuert?"

„Das ist nicht sicher, aber ich bin davon überzeugt, daß dieses kleine Schiff nichts anderes als das Beiboot eines größeren ist. Sie wollen sich nicht in Gefahr bringen und senden eine bewegliche Fernsehkamera. Wir würden es kaum anders machen, wenn wir in ihrer Haut steckten."

Steiner kniff die Augen zusammen. „Beantworten Sie mir zwei Fragen, Leutnant, und ich werde nichts mehr sagen."

„Fragen Sie."

„Erstens: Warum bringen sie ihre Kameras so offen an? Zweitens: Warum sind es mindestens acht oder zehn Kameras, die auf uns gerichtet sind? Würde eine nicht genügen?"

Rous hatte einige Falten auf der Stirn, als er über die Fragen des Physikers nachdachte. Er wußte, daß der Wissenschaftler keine einzige Frage ohne besonderen Grund stellen würde. Die Antwort war nicht ganz einfach.

„Warum sie die Kameras nicht versenkbar einbauten, weiß ich nicht. Es wird schwer sein, darauf eine plausible Antwort zu finden. Was Ihre zweite Frage angeht, so glaube ich schon, eine Erklärung finden zu können. Nehmen wir einen Vergleich zu Hilfe. Wenn ich zwei oder drei Tonbandgeräte habe, kann ich mit Überspielungen ein ganz normales Musikstück so dehnen, wie ich möchte. Wenn es vorher normal drei Minuten dauert, ist es einfach, es in einen Impuls von drei Sekunden Länge zu verwandeln. Ich würde es natürlich kaum noch wiedererkennen, aber das steht nicht zur Debatte. Ich kann die drei Minuten aber auch genauso gut auf drei Stunden ausdehnen. Jeder einzelne Ton würde dann Minuten dauern."

„Wunderbar", sagte Steiner. „Und was soll das?"

„Übertragen Sie die akustische Erfahrung in das Gebiet der Optik, Steiner. Die Fremden wollen uns sehen. Was müssen sie also tun? Sie nehmen uns mit ihren Kameras auf, simultan und gleichzeitig von einer Kamera zur anderen überspielend. Der Ablauf der Geschehnisse würde verlangsamt – und die Fremden, die 72 000mal langsamer als wir leben, können uns sehen."

Steiner sah hoch zu dem Schiff, das bewegungslos genau über ihnen stand.

„Sie können uns sehen?" wiederholte er unsicher. „Dann sind wir nicht mehr länger sicher hier. Wenn sie es für richtig halten, werden sie uns töten. . ."

„Wie denn?"

„Wenn sie die Geschehnisse selbst verlangsamen können, um sie mit ihren Augen wahrzunehmen, dann werden sie auch Geschosse erfinden, die schnell genug sind, uns zu treffen."

Rous nickte langsam, gab aber keine Antwort.

Dichter drängten sich die seltsamen Gestalten um den zehnten Bildschirm im Innern des großen Schiffes, das noch immer über dem Planeten stand.

„Sie dürfen nicht weiterleben."

„Warum nicht?"

„Ihr Einfluß ist schädlich auf den Verschmelzungsprozeß der Zeitebenen. Wenn wir sie am Leben lassen, werden sie ewig Fremdlinge bleiben. Zurück in ihre eigene Dimension können sie nicht mehr."

„Wie kamen sie überhaupt in die unsere?"

Die Antwort ließ auf sich warten. Auf den zehn Bildschirmen mit den unterschiedlichen Geschwindigkeiten änderte sich nichts. Die sechs Fremden waren deutlich zu erkennen. Sie sahen nach oben, als suchten sie etwas. Alles andere war zur Bewegungslosigkeit erstarrt. Am Horizont stand immer noch der Blitz am Himmel, ein schauerliches Bild plötzlich angehaltener Zeit.

„Wir wissen es nicht, aber es ist nun schon das zweite Mal, daß Wesen aus der anderen Ebene mit wirksamer Eigenzeit zu uns kamen. Für uns bedeutet das einen Rückschlag. Wenn schon eine Verschmelzung stattfinden soll, so müssen die anderen unseren Zeitablauf annehmen."

„Aber die andere Ebene ist stärker, größer."

„Wir dürfen uns nicht selbst aufgeben."

Wieder entstand eine Pause.

Endlich kam der Befehl aus der Zentrale, und er beseitigte jeden Gedanken an einen Kompromiß.

Der Befehl lautete: „Tötet sie!"

Iwan Ragow betrachtete das bewegungslose Schiff eine Zeitlang, dann sagte er: „Wenn sie landen wollen, wird es einige Stunden oder gar Tage dauern. Bis dahin bin ich zurück."

Rous horchte auf. „Zurück? Was soll denn das heißen?"

„Ich werde mir die Raupen ansehen – diese Druuf, wie sie von Ihnen genannt werden. Vielleicht finde ich einen Schlüssel."

„Gehen Sie nicht allein, Ragow. André Noir soll Sie begleiten. Vielleicht kann er Ihnen behilflich sein."

Noir war nicht sehr begeistert, aber er sah ein, daß man den Wissenschaftler nicht allein in das Gebirge laufen lassen konnte. Und Ragow war von seinem Vorhaben nicht abzubringen.

Die beiden Männer brachen sofort auf, und es wurde verabredet, daß jede Neuigkeit per Funk übermittelt werden sollte.

Rous, Steiner, Harras und Josua sahen hinter den beiden her und wandten ihre Aufmerksamkeit wieder dem fremden Schiff zu.

Rous bemerkte es zuerst. „Es bewegt sich, Steiner. Seitlich. Allerdings nur sehr langsam."

Es dauerte fast fünf Minuten, ehe der Physiker den Kopf neigte. „Sie haben recht, Leutnant. Nach links. Höchstens zweifache Schallgeschwindigkeit, würde ich sagen."

„Also pro Sekunde einen Zentimeter. Hm, was soll das?"

„Wir werden ja sehen. Wenn wir nur wüßten, wohin sie die Bilder senden."

Harras sagte langsam: „Ich habe ein ungutes Gefühl, Leutnant. Wir stehen ohne jede Deckung mitten in der Ebene. Über uns ist das fremde Schiff. Wenn sie uns erledigen wollen, können sie das tun."

„Warum sollten sie uns töten wollen?"

„Verlieren wir nicht zuviel Zeit, wenn wir über die Gründe nachdenken?"

Steiner nickte. „Harras hat recht, Leutnant. Was wissen wir von den Fremden, die in dieser Dimension existieren? Ragow war nicht so dumm, als er in die Berge ging."

„Wenn wir uns beeilen, holen wir ihn und Noir noch ein", meinte Rous. Er sah nach oben. „Das Schiff wird schneller."

Nervös fingerte Josua an den Kontrollinstrumenten seines Kampfanzugs. Steiner und Harras folgten dem Beispiel des Afrikaners.

„Ihr wollt doch nicht ohne mich losfliegen?" erkundigte Rous sich.

Rous wußte, daß eine Geschwindigkeit bis zu drei Metern in der Sekunde völlig ungefährlich war. Es lag an der Zusammensetzung der Atmosphäre, daß diese relativ große Geschwindigkeit ohne nachteilige Folgen blieb. Man spürte zwar die beginnende Reibungswärme, aber mehr auch nicht.

„Wir müssen vorsichtig sein", mahnte er. „Niemand darf sich schneller bewegen als ich."

Steiner erhob sich als erster in die Luft. Von den Antigravfeldern getragen, hing er schwerelos in einigen Metern Höhe über den anderen.

Die anderen folgten, und Marcel Rous befahl: „Halten Sie sich hinter mir. Sobald die Wärme zu stark spürbar wird, abbremsen. Glauben Sie mir, ich hätte mir früher auch nie träumen lassen, daß die Dichte der Lufthülle von der Zeit abhängt, die in ihr vergeht."

Das war nicht ganz korrekt ausgedrückt, beleuchtete aber das ganze Problem. Die Zeit war es in der Tat, die diese Welt veränderte. Wenn man den Ablauf der Zeit in dieser Dimension um das 72 000fache beschleunigen könnte, würde die Welt wieder normal werden.

Oder *war* sie normal? *War diese fremde Zeitebene die normale?*

Die Frage durchzuckte Rous wie ein Blitz, und ihm war, als sei gerade hier der Schlüssel zu ihrem Problem.

Nur wenige Meter über dem steinigen Boden schwebten sie dahin, und Rous kam zu Bewußtsein, daß sie zu Beginn ihres Abenteuers nicht gewagt hatten zu fliegen.

Steiner warf einen Blick zum Himmel und rief: „Das Schiff verfolgt uns, aber es ist nicht so schnell. Sie wollen uns also nicht aus den Augen verlieren. Immerhin – wir haben relativ sechzigfache Schallgeschwindigkeit."

Rous nickte zögernd. „Spürt ihr die Wärme? Direkt hinter uns entsteht ein richtiges Vakuum, so langsam bewegt sich die Luft." Er sah ebenfalls in die Höhe. „Sie haben recht, Steiner. Das Kameraschiff verfolgt uns."

Sie überquerten den Fluß, das Tal und erreichten den flachen Hügel, den sie bereits kannten. Das kleine Schiff war weit zurückgeblieben. Es schaffte in der Sekunde vielleicht zwei Zentimeter.

„Ob sie uns jetzt noch sehen können?“ fragte Harras.

„Ich glaube nicht, daß ihre Reichweite so groß ist.“ Rous schüttelte den Kopf. „Wäre das der Fall, brauchten sie uns nicht zu folgen.“

Sie erblickten wenig später bei den Raupen vor den Höhlen zwei menschliche Gestalten, die sich bewegten – und jede Bewegung fiel in dieser Welt der völligen Bewegungslosigkeit sofort auf.

Iwan Ragow und André Noir.

Kaum berührte Rous' Fuß den Boden, als er Steiner einen lauten Schrei ausstoßen hörte. Der Physiker zeigte mit ausgestrecktem Arm in die Ebene hinab. Die Männer folgten seinem Blick und erstarrten.

Rous spürte, wie eine eiskalte Hand nach seinem Herzen griff, denn nun sah er die praktische Auswirkung seiner Theorien. Dort, wo der Galgenbaum gestanden hatte, war nur noch ein greller Energiefinger, der senkrecht auf dem felsigen Boden stand, den Baum einhüllte und nur noch als undeutliche Silhouette erscheinen ließ.

Der Energiefinger – knapp zehn Meter dick – setzte sich senkrecht nach oben fort und verlor sich im Rot des wolkenfreien Himmels. Er schien direkt aus dem Weltall zu kommen und permanent zu strahlen. Wie ein gigantischer Bleistift aus purer Energie stand das Gebilde drüben in der Ebene und bedeckte genau das Gebiet, in dem sie sich noch vor einer Stunde aufgehalten hatten.

Rous schätzte, daß sich der Energiestrahl bis in eine Höhe von vierzig Kilometern gut mit dem bloßen Auge verfolgen ließ, dann verschluckte ihn der Himmel.

Er sagte grimmig: „Sie haben zu lange gezögert. Der Todesstrahl hätte uns alle erwischt, und wir wären nicht schnell genug gewesen, ihm auszuweichen. Das Licht legt immerhin noch vier Kilometer in der Sekunde zurück, eine unvorstellbare Geschwindigkeit für diese Welt der Starre. Vielleicht erkennen wir nun, was es bedeutet, dreihunderttausend Kilometer in der Sekunde zurückzulegen, wie es das Licht bei uns tut. Das dort drüben ist ein Energiestrahl, aus einem sehr hoch fliegenden Schiff auf uns abgeschossen. Damit steht fest, daß uns die Druuf entdeckt haben. Und wir wissen noch etwas: Sie haben die Absicht, uns zu töten.“

Steiner sah hinauf in den wolkenbedeckten Himmel. „Und wenn sie ihre Zielgeräte jetzt neu einstellen?"

Rous schüttelte den Kopf. „Keine Sorge, Steiner. Daran habe ich auch schon gedacht. Aber hier droht uns keine Gefahr. Glauben Sie, die Druuf werden ihre Artgenossen töten? Sie werden es kaum wagen, eine ihrer Siedlungen zu zerstören."

Ragow, der vor einem der bewegungslosen Druuf gehockt hatte, richtete sich wieder auf. In seinem Gesicht stand ein fragender Ausdruck.

„Ich verstehe das nicht", sagte er und erhob sich. „Sie haben Raumschiffe und Energiestrahler, aber sie hausen in Höhlen. Wie reimt sich das zusammen?"

Doch Rous war auch diesmal nicht um eine Antwort verlegen. „Denken Sie nur hundert Jahre zurück, Ragow. Wie sah es damals auf der Erde aus? Die Vorfahren von Josua lebten damals noch im afrikanischen Busch und waren froh, wenn sie mit Hilfe eines Speeres einen Löwen erlegen konnten. Gleichzeitig aber wurde fünftausend Kilometer entfernt an der ersten Atombombe gearbeitet. Wenn es schon zwischen den Bewohnern eines Planeten derartige Unterschiede in technischer Hinsicht gibt, wie groß können diese Unterschiede erst werden, wenn ein Volk ganze Sonnensysteme bevölkert?"

Ragow nickte langsam. „Sie haben natürlich recht, Leutnant. Sie sind also überzeugt, daß diese Raupen die vorherrschenden Intelligenzen der fremden Zeitebene sind?"

„Wir können es nur vermuten, Ragow. Wissen werden wir es erst dann, wenn wir zum erstenmal den fremden Angreifern gegenüberstehen. Ich muß aber gestehen, daß ich dieser ersten Begegnung mit einigem Unbehagen entgegensehe."

Noir zeigte in den Himmel. „Das Kameraschiff kommt nicht näher. Es bleibt stehen."

„Es ist nur dem Energieschuß ausgewichen", vermutete Harras. Er fuhr sich über die Stirn, dann fügte er nachdenklich hinzu: „Es müßte doch einfach sein, hinaufzufliegen und es abzuschießen."

Rous warf ihm einen schnellen Blick zu. „Sind Sie verrückt?"

„Wieso? Wir wurden angegriffen. Es ist unser Recht, uns zu verteidigen. Wer weiß, wie lange wir auf dieser Welt zubringen müssen. Ich habe keine Lust, ständig davonzulaufen."

„Harras hat recht", sagte Steiner.

Noir und Josua nickten einmütig.

„Hm." Rous sah sich überstimmt. „Ganz so einfach, wie Harras sich das vorstellt, wird es kaum sein. Wir wollen nicht vergessen, daß die Druuf uns sehen können."

„Sie können uns nur solange sehen, wie das Kameraschiff existiert. Wenn es ausfällt, dauert es ewig lange, bis sie einen Ersatz schaffen." Harras schien von seiner Idee besessen. „Ich nehme den Handstrahler und schmelze die Kameras weg. Dann versuche ich, das Schiff selbst so zu beschädigen, daß es abstürzt."

Rous sah hinauf in den Himmel.

„Dort – seht!" rief er plötzlich. „Der Energiestrahl! Er erlischt!" Ganze zehn Sekunden dauerte es, ehe der Strahl endgültig erloschen war.

Harras hantierte an seinem Instrumentengürtel.

Rous sagte: „Ich habe über gewisse Dinge nachgedacht und möchte Sie von dem Ergebnis in Kenntnis setzen. Noch vor einer guten Stunde befürchteten wir, daß ein Schuß aus unseren Strahlpistolen eine Katastrophe heraufbeschwören könnte, weil ja dann die Lichtimpulse mit 72 000facher Lichtgeschwindigkeit durch die fremde Dimension eilen würden. Wir hatten sogar Angst, das Raum-Zeit-Gefüge könne zerreißen. Nun, ich glaube das jetzt nicht mehr."

„Warum nicht?" fragte Steiner.

„Weil wir ja auch funken. Funkwellen sind genauso schnell wie das Licht. Es passiert also nichts, wenn sich in dieser Dimension etwas überlichtschnell – relativ gesehen – bewegt. Ich glaube also, Harras, Sie können Ihren Impulsstrahler unbesorgt einsetzen."

„Ehrlich gesagt", meinte Harras und bemühte sich, seine Ruhe zu bewahren, „ich hatte unsere anfänglichen Spekulationen schon wieder vergessen. Ich hätte also auf jeden Fall geschossen."

„Sie waren schon immer ein leichtsinniger Mensch", rügte Iwan Ragow und betrachtete nachdenklich die Druuf vor den Höhlen. „Hoffentlich finde ich dann endlich Gelegenheit, die Raupen zu untersuchen."

„Mir ein Rätsel, wie Sie das anstellen wollen", gestand Rous.

Der Wissenschaftler lächelte.

„Mir aber nicht mehr", teilte er gelassen mit. „Ich habe einen Plan."

Die Gestalten vor dem zehnten Bildschirm bewegten sich erregt.

„Der Prozeß der Verlangsamung dauert noch zu lange.“

„Wir werden sie niemals töten können, weil sie zu schnell sind.“

„Sie sind in die Berge gegangen. Solange sie in der Nähe der geflügelten Sklaven weilen, können wir sie nicht angreifen.“

Weitere Bildschirme leuchteten auf, und farbige Muster huschten über gewölbte Mattscheiben. Irgendwo in der Tiefe des Schiffes brummten die Reaktoren.

„Wir müssen versuchen, den Verlangsamungsprozeß zu beschleunigen, damit die Ereignisse nicht zu weit abgleiten. Wie sollen wir einen Gegner vernichten können, der derart schnell ist? Wir holen ihn niemals ein.“

Wieder beugten sich die im Schatten befindlichen Gesichter über den zehnten Bildschirm.

„Sie können fliegen.“

„Ohne Flügel! Wahrscheinlich Schwerkraftaufhebung.“

Wieder eine lange Pause.

Dann: „Einer kommt zurück. Was mag er wollen?“

Und dann, erschrocken und mit plötzlicher Gewißheit: „Er trägt eine Waffe und fliegt unser Kameraschiff an. Wir müssen etwas unternehmen und. . .“

„Zu spät!“

Alle zehn Bildschirme waren von einer Sekunde zur anderen dunkel geworden.

Fred Harras war nicht sehr wohl zumute, als er langsam auf das fast bewegungslose Schiff zuschwebte, den schußbereiten Impulsstrahler in der rechten Hand. Hundert Meter unter Harras war die Oberfläche des unbekannten Planeten. Er hing schwerelos darüber und regelte seinen Flug mit den Kontrollinstrumenten am Gürtel der Kombination.

Das Schiff war nur noch wenige Meter entfernt. Deutlich konnte er die zehn Objektive der Kameras erkennen.

Harras sagte in das Funkgerät: „Ich bin in Schußweite.“

„Worauf warten Sie?“ kam Rous’ Frage.

Harras nickte und nahm die erste Kamera aufs Korn. Der feine Energiestrahl traf und zerschmolz sie im Verlauf einer Sekunde. Aber die Kamera war ein Produkt ihrer eigenen Zeitebene, und sie richtete sich nach ihren Naturgesetzen. Zwar konnte Harras den Schmelzprozeß verfolgen, aber die Metalltropfen und das dabei entstehende Gas verhielten sich so wie alle Gegenstände in dieser verrückten Welt.

Unendlich langsam nur, aber durch den im Sinne der normalen Zeitebene lichtschnellen Energiestoß doch merklich angetrieben, schwebten die weißglühenden Teilchen davon, um schon nach wenigen Metern ihre Geschwindigkeit wieder zu verringern.

Die zweite Kamera schmolz ab, dann die dritte, die vierte. . .

Nach einer halben Minute war das Zerstörungswerk vollendet. Wenn die Fremden kein zweites Aufnahmeschiff besaßen, konnten sie die Terraner nicht weiter beobachten.

Harras zögerte. Sollte er versuchen, das Schiff abzuschießen? Es bewegte sich kaum merklich und bedeutete an sich keine Gefahr für sie, aber vielleicht bot sein Inneres Hinweise auf den unbekannten Gegner aus der anderen Zeit.

Er fragte Rous und der entschied: „Wenn Sie meinen, daß Sie ein empfindliches Teil treffen und zerstören können, versuchen Sie es, Harras. Vielleicht stürzt es wirklich ab. Dann bekommt Steiner endlich Arbeit."

Harras bewegte sich vorsichtig um den silbern schimmernden Flugkörper herum. Er hütete sich, in den deutlich sichtbaren Treibstrahl zu geraten, der mit knapp vier Kilometern in der Sekunde aus den Düsen drang. Was aber bedeuteten vier Sekundenkilometer gegen echte Lichtgeschwindigkeit?

Er hob die Waffe und richtete sie gegen das Heck. Dann drückte er auf den Feuerknopf.

Der Erfolg war deutlich sichtbar und entsprechend eindrucksvoll.

Das Schiff explodierte.

Es explodierte im Zeitlupentempo, zuerst noch mit einem halben Meter Ausdehnung pro Sekunde, dann langsamer. Es fiel Harras nicht schwer, den Trümmern auszuweichen, die dann, scheinbar leicht wie Daunenfedern, nach unten abzusinken begannen. Schließlich, eine halbe Minute nach der Explosion, schwebten die Trümmer in Form einer großen Kugelschale scheinbar bewegungslos in der Luft. Nur wenn man lange hinsah, bemerkte man, daß sie unendlich langsam nach unten fielen.

Harras hörte in seinem Empfänger die Rufe seiner Gefährten, die das Schauspiel vom Boden aus beobachtet hatten.

„Unglaublich!“

Das war zweifellos Steiner, der sich immer wieder über die optisch wahrnehmbaren Effekte der Zeitdehnung wundern konnte, obwohl er sie genau begriff.

„Kommen Sie zurück!“ rief Rous besorgt. „Sonst erwischt Sie noch der Energiestrahl des Mutterschiffs.“

Harras ließ sich seitwärts dem Boden entgegensinken. Er überholte dabei die Trümmer des Schiffes, die knapp zweihundert Meter von der Stelle entfernt landen würden, an der – in der eigenen Zeitebene – die Space-Jet stehen mußte.

Währenddessen erläuterte Iwan Ragow seinen Plan. Gestützt auf die Erfahrungen, die Rous vor einiger Zeit bei der Rettung von Rosita Peres gemacht hatte, wollte er ein Experiment versuchen. Die anderen hörten seinen Ausführungen gespannt zu.

„Sie wollen also versuchen, einen Druuf mit Hilfe eines Antigravfelds zu bewegen?“ fragte Rous und deutete auf die Raupen.

„Genau“, bestätigte der Russe und hantierte an den Kontrollen seines arkonidischen Spezialanzugs. „Außerdem werde ich noch meinen Schutzschirm als Energieglocke bemühen. Vielleicht gelingt es mir, in ihr ein eigenes Zeitfeld zu erzeugen, falls Sie verstehen, wie ich das meine.“

Die Männer sahen sich an. Rous schüttelte den Kopf. „Ideen haben Sie schon, Ragow, das muß man Ihnen lassen. Ein eigenes Zeitfeld? Wollen Sie damit sagen, daß es unter Umständen möglich ist, die beiden verschiedenen Zeitebenen einander zu nähern, um eine neue, neutrale Ebene zu schaffen, auf der eine Verständigung mit den Fremden nicht mehr aussichtslos scheint?“

„Ja, das wollte ich sagen. Genau das.“

„Und das alles innerhalb einer kleinen Energieglocke?“

„Ja, denn in ihr kann ich die Bedingungen schaffen, die ich haben möchte. Ich kann die Gravitation aufheben, jede Temperatur erzeugen, die mir angenehm ist, jederzeit den Standort wechseln, wobei die Bedingungen bleiben...“

„Aber Sie können die bestehende Zeit nicht ändern?“

Ragow lächelte. „Wer sagt das? Sie scheinen immer wieder zu vergessen, daß die Lichtgeschwindigkeit eine nahe Verwandte der Zeit ist. Und die Lichtgeschwindigkeit beträgt hier auf dieser Welt, das konnten wir nun einwandfrei bestätigt erhalten, nur vier Kilometer in der Sekunde. In der Energieglocke aber bin ich vor der Hitzemauer der Atmosphäre sicher. Was also geschieht, wenn ich unter diesen Voraussetzungen mit zwölf oder dreizehn Mach durch die Gegend sause?"

Rous starrte ihn fassungslos an. In seinen Augen flackerte erstes Verstehen. Auch Steiner nickte langsam und zögernd. Noir zeigte offene Bewunderung für die kühnen Folgerungen des Gelehrten. Josua verhielt sich abwartend.

Als Harras landete, kam er gerade zur rechten Zeit, um den Beginn des Experiments mitzuerleben.

Einer der Druuf stand abseits von der Gruppe. Ragow nahm neben ihm Aufstellung und schaltete dann mit einer entschlossenen Bewegung seiner Hand den Schutzschirm ein. Die schimmernde Glocke hatte einen Durchmesser von anderthalb Metern und war drei Meter hoch. Sie schloß den Gelehrten und die anscheinend versteinerte Raupe völlig ein.

Dann aktivierte Ragow den Antigravantrieb seines Anzugs. Die anderen sahen ihn schwach lächeln, als er sich bückte und den Druuf mit einer leichten Handbewegung anhob. Ja, er hob ihn an. Das praktisch in der Zeit eingemauerte Lebewesen wurde beweglich. In sich selbst allerdings blieb es vorerst noch wie aus Stein und schien tot, aber insgesamt verlor es seine Starre. Langsam schwebte die Riesenraupe mit den gläsernen Flügeln an die Seite Ragows.

Dann erhob sich die Engergieglocke mit ihrem lebendigen Inhalt in die Luft, um schnell in die Höhe zu steigen. Bereits nach wenigen Sekunden überschritt Ragow die bisherige Sicherheitsgeschwindigkeit und entschwand bald darauf den Blicken seiner Freunde.

Rous sah Steiner an.

„Wir hätten ihn nicht fliegen lassen sollen", sagte der Leutnant. „Wer weiß, ob seine Theorien stimmen."

„Das hätten wir uns eher überlegen sollen", gab der Physiker zurück. „Aber ich glaube kaum, daß wir uns Sorgen machen sollten. Können Sie ihn mit dem Sender erreichen?"

Rous versuchte es, aber das Ergebnis war negativ.

„Er ist zweifellos zu sehr mit dem Experiment beschäftigt", sagte Rous beinahe beschwörend.

Niemand gab ihm eine Antwort.

Das Schweigen wurde nur von einem langgezogenen „ruuuf – druuuf" unterbrochen.

Iwan Ragow war allein – wenn man von dem bewegungslosen Druuf absah.

In einer Höhe von zehn Kilometern raste er, eingeschlossen von der schützenden Energieglocke, durch die Atmosphäre des fremden Planeten. Der Antrieb seines Spezialanzugs verlieh ihm eine ständig steigende Geschwindigkeit. Entgegen der Meinung von Leutnant Rous war Ragow davon überzeugt, daß ein Überschreiten der hier gültigen Lichtgeschwindigkeit gewisse Effekte hervorrief.

Drei Sekundenkilometer.

Das entsprach etwa 225 000 Kilometern in der Sekunde – im heimatlichen Universum. Die Einsteinsche Dilatation machte sich da noch nicht bemerkbar, wenigstens noch nicht so stark, daß man sie sofort hätte registrieren können.

Der Druuf rührte sich nicht. Reglos schwebte er neben Ragow. Immerhin hatte die Raupe in der Zwischenzeit den rechten Greifarm um einige Zentimeter angehoben.

Als Ragow an den Instrumenten ablas, daß er dreitausendneunhundertundneunzig Meter in der Sekunde zurücklegte, bemerkte er die erste Veränderung an seinem Versuchsobjekt. Zuerst waren es nur die beiden Arme, die sich bewegten, dann die Füße und schließlich die feinen Flügel und die Augen.

Die Augen. Sie sahen Ragow an.

Vier Kilometer in der Sekunde. Knapp unter der Lichtgeschwindigkeit. Vielleicht genügte es.

Der Druuf schien aus einem Schlaf zu erwachen. In seine Augen trat ein ängstlicher Ausdruck, und er schien zu begreifen, daß etwas Ungewöhnliches mit ihm oder seiner Umgebung vor sich ging. Er machte eine Bewegung und stieß gegen die Energiesperre.

Er stieß einen kurzen, schrillen Schrei aus.

Ragow nickte befriedigt. Der optischen Gleichschaltung folgte bereits die akustische. Aus dem langen und tiefen „druuuuf“ war ein heller, schriller Piepser geworden. Die Raupe lebte vielleicht noch eine Kleinigkeit langsamer als er, Ragow, aber immerhin war sie der totenähnlichen Starre entrissen worden.

„Schön ruhig bleiben, alter Rauperich“, sagte der Gelehrte väterlich und zeigte in die Tiefe, wo eine Wolkendecke jede Sicht auf die Oberfläche des Planeten versperrte. „Wenn du da hinunterfällst, brichst du dir die Knochen – es sei denn, du rutschst sofort wieder in deine ursprüngliche Zeitebene zurück.“

Der Druuf hielt den Kopf ein wenig schief und lauschte dem Klang der Worte nach. Ihren Sinn begriff er nicht, aber er schien die Warnung zu ahnen. Der Blick verriet Erstaunen und zeigte dann Panik.

Ragow verringerte die Geschwindigkeit, und sofort wurden die Bewegungen des Druuf langsamer. Mit Absinken der Geschwindigkeit kehrte der Druuf also wieder in seine eigene Zeitebene zurück.

Der Gelehrte stieß einen leisen Fluch aus.

„Dann muß ich es eben anders versuchen“, sagte er verbissen und beschleunigte erneut. Weder er noch der Druuf spürten etwas von einem Andruck, denn die Antigravfelder schufen einen eigenen Lebensbereich, der von außen her nicht mehr beeinflußt werden konnte. „Bin gespannt, was geschehen wird.“

Der winzige Zeiger auf der Skala näherte sich einem nicht sonderlich markierten Punkt, weil er auf der Erde und im normalen Universum nichts bedeutete.

Viertausendeinhundertundsechzig Meter in der Sekunde. Das war Lichtgeschwindigkeit. Hier jedenfalls. . .

Die Bewegungen des Druuf waren nun völlig normal und entsprachen exakt denen Ragows, was die Geschwindigkeit anging. Die absolute Gleichschaltung der beiden Zeitebenen war vollzogen, aber sie war labil. Eine geringfügige Veränderung der Fluggeschwindigkeit bewirkte zugleich ein erneutes Auseinandergleiten der Zeiten.

Wenigstens war das mit Sicherheit der Fall, wenn man wieder unter die Lichtgeschwindigkeit sank. Was aber würde geschehen, wenn man zuvor über die Lichtgeschwindigkeit hinausging? Ragow hatte sich diese Frage gestellt, ohne eine logisch fundierte Antwort zu finden. Praktisch gesehen gab es kein Überschreiten der ultimaten Geschwindigkeit, aber in dieser Ebene des verlangsamten Zeitablaufs war es möglich. Was würde geschehen?

Fünf Kilometer in der Sekunde. Zehn Kilometer.

Das war weit über Lichtgeschwindigkeit. Ragow beobachtete den Druuf genauso aufmerksam wie sich selbst. Von einer Veränderung war nichts zu bemerken. Die Raupe bewegte sich völlig normal, abgesehen davon, daß sie versuchte, sich an den Zustand der Schwerelosigkeit zu gewöhnen.

Ragow schaltete den Sender ein und rief Rous. Erst Minuten später erhielt er eine Antwort. Die Gesuchten waren dreihundert Kilometer vor ihm. Er selbst hatte den Planeten einmal umrundet.

„Was ist?“ wollte Rous wissen. „Wo stecken Sie denn, Ragow? Wir machen uns Sorgen um Sie.“

„Unnötig, wie immer“, beruhigte der Russe lakonisch. „Im Augenblick rase ich mit relativer Überlichtgeschwindigkeit durch die oberen Schichten der Atmosphäre. Der Druuf benimmt sich normal. Er hält sich somit auf unserer Zeitebene auf.“

„Landen Sie?“

Die Antwort kam zögernd: „Ich möchte schon, aber ich fürchte, dann wird mein Versuchsobjekt wieder zu leblosem Stein. Allerdings habe ich noch eine verrückte Hoffnung.“

„Reden Sie schon!“

„Ich überschritt die Lichtgeschwindigkeit. Vielleicht hat ein unbekannter Effekt den Zeitablauf stabilisiert.“

„Nur eine Vermutung“, sagte Rous enttäuscht. „Landen Sie!“

Inzwischen verlangsamte Ragow seine Fluggeschwindigkeit rapide und ließ den Druuf nicht aus den Augen.

Drei Kilometer in der Sekunde – zwei. . .

Der Druuf bewegte sich normal. Von einem Zurückgleiten in die langsamere Zeitebene war nichts zu bemerken.

Ein Kilometer pro Sekunde.

Ragow konnte es kaum fassen, aber es gab keinen Zweifel mehr. Die Zeitebene des Druuf hatte sich seiner eigenen angepaßt. Das Überschreiten der relativen Lichtgeschwindigkeit verschmolz die beiden Dimensionen zu einer.

Die Zukunft würde erweisen, ob es sich um einen dauerhaften Prozeß oder nur um einen vorübergehenden Effekt handelte.

Ragow verringerte die Geschwindigkeit weiter und ließ sich absinken. Kaum berührte er den felsigen Grund des Planeten, da schaltete er den Energieschirm ab und ließ die normale Schwerkraft zurückkehren. Der aufrecht stehende Druuf war nur um einen Kopf kleiner als er. Aufmerksam und neugierig sah das merkwürdige Wesen sich nach allen Seiten um. Es war ganz offensichtlich, daß ihm der Anblick von Humanoiden nicht neu war.

„Ganz possierlicher Kerl“, sagte Steiner anerkennend. „Und er bewegt sich genauso schnell wie wir? Wie ist das nur möglich?“

Ragow zuckte mit den Schultern. „Darüber können wir uns immer noch den Kopf zerbrechen. Jedenfalls können wir Wesen in unsere eigene Ebene zurückholen, wenn wir das wollen. Die Druuf haben es leichter. Sie überrollen uns einfach mit ihrer Zeitfront – und schon sind wir verwandelt.“

„Was wollen Sie mit ihm anfangen?“

Ragow gab keine Antwort. Er sah interessiert zu, wie sich der Druuf auf seine kurzen Laufbeine herabließ und davonschritt. Dabei stieß er einige schrille Rufe aus, von denen man nicht mehr ahnen konnte, daß sie sich verlangsamt wie „druuf“ anhörten.

Das Raupenwesen ging bis zu den Höhlen und blieb dann plötzlich mit einem Ruck stehen. Ragow, der ihm gefolgt war, erkannte den Grund. Der Druuf hatte seine reglosen Gefährten erblickt.

Der erste sichtbare Beweis für die Intelligenz der Raupen.

Ragow erschrak fast, als er den fragenden Ausdruck in den schwarzen Augen des Druuf bemerkte, die ihn voll anblickten. Dann begann das seltsame Wesen, seine starren Gefährten mit den Greifarmen zu untersuchen. Atemlos und stumm sahen die sechs Männer zu, immer bereit, einen plötzlichen Angriff abzuwehren.

Dann aber wandte der Druuf sich ab, kam auf sie zu. Vor Ragow blieb er stehen.

Er *kannte* Ragow also.

Noir trat von einem Bein auf das andere.

Rous flüsterte ihm zu: „Ist er Telepath? Können Sie etwas feststellen?“

„Ich bin Hypno, mehr nicht“, gab Noir zurück. „Ich kann leider keine Gedanken lesen, nur andere Gehirne beeinflussen. Immerhin könnte ich im Gehirn des Druuf einige Gedankenbilder erzeugen, die ihm verständlich machen, was wir ihm sagen wollen. Was ich mir bildlich vorstelle, sieht auch der Druuf. Schließlich kann ich ihm befehlen, nicht zu fliehen, wenn Sie das wünschen."

„Vorerst", warf Ragow ein, „wäre es mir lieb, er behielte seinen eigenen Willen. Beschränken Sie sich also darauf, zu versuchen, eine Art Verständigung durch Gedankenbilder herbeizuführen, Noir."

Der Hypno nickte und machte sich an die Arbeit.

Er fand einen sehr gelehrigen Schüler.

Sie holten noch zwei weitere Druuf in ihre eigene Zeit und erhielten somit den Beweis, daß Ragows erster Versuch kein Zufallsergebnis darstellte. Aber es war nicht einmal Steiner möglich, eine gut fundierte Erklärung für das Phänomen abzugeben. Man hatte die Tatsache an sich zu akzeptieren und mußte die Fragen offen lassen.

Rous ging mit Harras ein wenig abseits, um Noir bei seinen Experimenten nicht zu stören. Auch Ragow schien angestrengt beschäftigt zu sein und es vorzuziehen, allein zu bleiben. Steiner war den immer noch herabsinkenden Trümmern des Kameraschiffs entgegengeflogen, um schon jetzt mit seiner Untersuchung zu beginnen. Josua hielt Wache auf einem größeren Felsen.

„Vielleicht sollten wir einen der Arkoniden in unsere Zeit zurückholen", meinte Rous und zeigte in die Ebene hinab, wo die versteinerte Polizeitruppe des Administrators von Tats-Tor ein bewegungsloses Dasein fristete.

„Welchen Sinn hätte das?" Harras lehnte ab.

Rous wechselte das Thema. „Unseren Auftrag haben wir zum größten Teil erfüllt, lediglich bleibt uns die Rückkehr und damit die Berichterstattung versagt. Man wird sich Sorgen um uns machen und vielleicht bald etwas unternehmen. Die Space-Jet muß noch am alten Fleck stehen."

„Wenn sie nur den Angriff überstanden hat und der LFG noch intakt ist."

Rous' Gesicht überzog sich mit einem Schatten. „Das sollte natürlich unsere Hauptsorge sein. Warum fiel das Gerät aus? Es muß ohne jeden Handgriff geschehen sein, denn als es geschah, befand sich dort niemand mehr. Ich bin auch davon überzeugt, daß dies hier...", er zeigte mit weitgreifender Geste über die Ebene bis zum fernen

Horizont, „. . . nicht Tats-Tor ist. Wir sind auf einem anderen Planeten.“

Sie richteten ihr Augenmerk auf Steiner. Deutlich erkannten sie in etwa fünfzig Meter Höhe den Mann inmitten der Schiffstrümmer. Steiner war immer noch beschäftigt.

Rous schaltete das Funkgerät ein. „Erfolg gehabt, Steiner?“

„Wie man's nimmt“, kam die prompte Antwort. „Aber ich frage mich noch, wie ich die Bruchstücke untersuchen soll. Sie unterliegen den Gesetzen der anderen Zeit. Sobald ich sie aus dem Schwerkraftbereich meines Anzugs entlasse, kann ich sie nicht mehr bewegen.“

„Wenden Sie Ragows Methode an. Was für organische Lebewesen gültig ist, sollte auch bei anorganischer Materie funktionieren. Nehmen Sie das Zeug mit auf die Reise.“

Steiner verstand sofort. „Eine gute Idee. Ich werde die Lichtgeschwindigkeit überschreiten und ein paar eingesammelte Stücke in unsere Zeitebene holen.“

Er flog in seiner Energieglocke davon. Die verbliebenen Trümmer sanken ruhig weiter, als sei nichts geschehen. Sie wurden ganz allmählich schneller, aber es würde noch lange dauern, ehe sie den Boden erreichten. Wahrscheinlich würde der unendlich langsame Aufprall sie genauso langsam verbiegen oder gar zerbrechen.

„Wissen Sie, Leutnant, worüber ich mir noch Gedanken mache?“ fragte Harras und sah auf die Stelle des Horizonts, an der Steiner verschwunden war. „Wir leben hier in der anderen Dimension und haben es geschafft, alle Angriffe bisher abzuwehren. Aber die Zeitbegriffe verwirren mich. Ich frage mich ernsthaft: Wieviel Zeit vergeht denn nun *wirklich?* Drüben, bei uns – meine ich.“

Rous betrachtete ihn aufmerksam. „Das weiß niemand von uns. Wir können nur hoffen, daß die Differenz nicht allzu groß sein wird.“ Er schwieg, denn in diesem Augenblick summte der Empfänger. Er schaltete ihn ein. „Ja, wer spricht?“

„Steiner. Hören Sie, Rous – ich habe etwas gefunden. Etwa hundert Kilometer westlich von Ihnen, Hochplateau. Können Sie herkommen? So schnell wie möglich?“

„Was ist es denn?“

Kurze Pause. Dann sagte Steiner: „Es ist eine gelandete Kaulquappe.“

Aus großer Höhe war die Kaulquappe kaum zu erkennen, so wenig hob sie sich von ihrem felsigen Untergrund ab. Dann aber, als die beiden Männer tiefer sanken, wurde das Kugelschiff deutlicher. Mit geöffneter Schleuse stand es dort unten auf dem Plateau, als sei das die natürlichste Sache der Welt.

Steiner winkte zu Rous und Harras hinauf, die langsam niedersanken und weich landeten.

„Ich wäre schon hineingegangen, aber schließlich ist das Ihre Angelegenheit, Leutnant. Ist es wirklich eins von unseren Schiffen?"

Rous nickte grimmig. „Und ob! Es ist sogar *mein* Schiff, das seit einem Vierteljahr als überfällig gilt. Wir haben es bereits aufgegeben. Ich hätte nie gedacht, meine alte, gute K-7 wiederzusehen. Wie fanden Sie sie?"

„Purer Zufall, Leutnant. Kaum überschritt ich die Lichtgeschwindigkeit und verlangsamte wieder, um umzukehren, da reagierte mein Massetaster. Als ich nach der Quelle der Störung suchte, fand ich die Kaulquappe." Erst jetzt schien Steiner zu begreifen, was Rous gesagt hatte. „Das da ist Ihr altes Schiff? *Ihr* Schiff? Das wäre doch. . ."

Es verschlug ihm die Sprache.

Rous kümmerte sich nicht um ihn, sondern schritt auf die K-7 zu. Harras folgte ihm.

Während Leutnant Marcel Rous sich der K-7 näherte, zogen die damaligen Ereignisse noch einmal blitzschnell an seinem Gedächtnis vorbei.

„Ob sie noch leben?" unterbrach Harras seine Gedanken.

Rous zuckte mit den Schultern. „Ich weiß es nicht, Harras. Es ist inzwischen viel Zeit vergangen."

„Vielleicht", sagte Harras bedeutsam und begann, die Leiter emporzusteigen. Er dachte nicht daran, dem Expeditionsleiter den Vortritt zu lassen. „Wir werden es gleich wissen."

Rous folgte ihm bis in die geräumige Schleuse. Die Innenluke war ebenfalls geöffnet.

Der Korridor war leer.

„Versuchen wir es in der Zentrale", sagte Rous und schauderte zusammen, als das Echo seiner Worte hohl vom Gang zurückgeworfen wurde.

Niemand begegnete ihnen. Rous' Befürchtung, eine der Türen

könne geschlossen sein, bewahrheitete sich zum Glück nicht. Das Schiff war wie ausgestorben. Aber die Tür zur Zentrale war nur halb geöffnet.

Ein Mann in der zartgrünen Uniform des Solaren Imperiums hatte soeben die Zentrale betreten und war dabei, sie zu schließen. Rous kannte den Mann. Er gehörte zum technischen Personal. Reglos und wie aus Stein gehauen stand er da, das Gesicht noch in den leeren Gang gerichtet und die Hand auf dem Drehknauf. Er zog die Tür zu, aber es würde noch Stunden dauern, ehe sie geschlossen war.

Vorsichtig drängte sich Rous an ihm vorbei, bückte sich, um unter dem Arm hinwegzutauchen, und trat in die Zentrale. Seine Vermutung hatte ihn nicht getrogen. Die gesamte Mannschaft war hier versammelt. Naturgemäß war es sehr eng, aber alle Männer hatten Platz gefunden. Leutnant Hiller, der Erste Offizier der K-7, stand etwas erhöht auf einer umgestürzten Kiste und hielt eine Ansprache. Sein Mund war weit geöffnet und das, was er gerade sagte, mußte den Buchstaben „o“ enthalten. Und fast in derselben Sekunde hörte Rous den tiefen summenden Ton, der an sein Ohr drang.

Himmel – wie lange mochte ein „oooohhhhh“ hier dauern? Zwei oder drei Stunden?

Die Augen der Versammelten waren ausnahmslos auf Leutnant Hiller gerichtet – bis auf die des letzten Mannes, der erst jetzt in die Zentrale kam.

„Mein Gott!“ rief Harras, der Rous gefolgt war. „Das ist ja wie eine Versammlung von – von Toten. . .“

„Sie sind tot, wenigstens für uns“, erklärte Rous gefaßt. „Zum Glück aber wissen wir nun, wie wir sie wieder zum Leben erwecken können. Ah. . .“, unterbrach er sich und deutete auf einen Mann in der Uniform des Raumkadetten, „. . . da ist ja auch Becker.“

Harras gab keine Antwort. Er näherte sich dem Sprecher, den Rous als Leutnant Hiller bezeichnet hatte. Eine Weile sah er auf den rund geformten Mund des Offiziers und ließ sich von dem Anblick eines in der Zeit versteinerten Menschen faszinieren, dann lauschte er dem summenden Ton nach, der in der Zentrale schwebte und nicht verhallen wollte.

„Ein einziger Herzschlag“, sagte Rous in der Stille hinein, „dauert zwischen fünfzehn und zwanzig Stunden.“

Harras nickte und schien sich wie aus einem Bann zu lösen. „Ich weiß, Leutnant. Ich weiß. Wie wollen wir sie befreien?"

„Mit der gleichen Methode, mit der wir auch die Druuf in unsere Ebene holten."

Harras deutete zur Tür. „Müssen wir uns da nicht beeilen? Wenn der Bursche dort die Tür geschlossen hat, sitzen wir hier gefangen. Wüßten Sie einen Ausweg aus dieser Falle? Ich nicht."

Rous wurde blaß. Harras hatte nur zu recht. Wenn sich die Tür zur Zentrale erst einmal geschlossen hatte, gab es kein Entrinnen mehr. Der Erste Offizier konnte zehn Minuten sprechen, das würde genügen, um in Wirklichkeit fast zwei Jahre vergehen zu lassen.

Ihm wurde plötzlich trotz der normalen Temperatur siedend heiß.

Wie lange weilten sie eigentlich schon in der fremden Zeitebene?

Rous riß sich zusammen. „Sie haben recht, Harras. Wir müssen uns beeilen. Ich schätze, es wird noch einige Stunden dauern, ehe die Tür geschlossen ist. Rufen Sie Ragow, Noir und Josua herbei. Sie müssen uns helfen. Nehmen Sie aber gleich einen Mann von hier mit. Ich kümmere mich um Becker."

Er schaltete das Antigravfeld seines Anzugs ein, faßte Becker um den Leib und manövrierte ihn vorsichtig auf den Gang hinaus. Becker war starr und steif wie aus Glas, aber in der Schwerelosigkeit ließ er sich leicht bewegen. Draußen klärte er Steiner auf, der herbeigekommen war und seine Schiffstrümmer vergessen hatte. Die neue Aufgabe war dringlicher und außerdem interessanter.

Auch der Physiker eilte ins Schiff, um sich ein Besatzungsmitglied zu holen.

Rous schaltete seinen Schutzschirm ein und stieg zusammen mit Becker auf. In einer Höhe von zehn Kilometern ging er auf Geschwindigkeit und erlebte das „Erwachen" seines Kadetten. Zuerst bewegte sich der Mann nur unmerklich, aber dann wurden die Anzeichen deutlicher, daß sich die beiden Eigenzeiten einander näherten, bis sie synchron verliefen.

Die aufgerissenen Augen verrieten nur zu deutlich Beckers Gefühle. Rous winkte ihm zu und sagte: „Ich werde Ihnen alles erklären. Reden Sie nicht."

Becker starrte in die Tiefe, wo die Oberfläche des Planeten unter ihm dahinglitt, als Rous auf fünf Sekundenkilometer ging und dann, nach einer weiten Kurve, in die alte Richtung zurückflog und dabei die Geschwindigkeit verringerte. Schließlich landeten sie wieder auf dem Planeten bei der K-7.

Rous schaltete Schutzschirm und Schwerkraftfeld ab.

„Willkommen, Kadett Becker", sagte er. „Nun können Sie fragen. Meine Begleiter werden inzwischen Ihre Kameraden befreien. Sie sind sich ja wohl hoffentlich klar darüber, daß Sie Gefangene waren. Gefangene einer anderen Zeit."

Becker nickte langsam, sah sich um und flüsterte scheu: „Wie kommen Sie hierher? Was sagt Sikermann?"Rous wurde blaß und sah seine seltsamen Vermutungen bestätigt. „Seien Sie ganz ruhig, Becker. Können Sie sich genau an das erinnern, was geschehen ist? Wissen Sie noch, wie alles kam?"

Befremdet nickte Kadett Becker. „Natürlich kann ich das. Sie schickten mich in das Haus. Dann war mir, als zerre mich etwas aus der Welt des Sichtbaren – es muß eine Art gewaltsame Teleportation gewesen sein –, denn als ich Sekunden später die Augen wieder aufschlug, war ich hier. Nur einen Augenblick stand ich mit Horrahk und Jeffers allein auf dem Plateau, da materialisierte dicht bei uns die K-7 mit ihrer gesamten Mannschaft. Wir begriffen nicht, was geschah, aber der Erste Offizier, Leutnant Hiller, befahl uns in die Zentrale. Er glaubte, eine Erklärung gefunden zu haben. Er hatte kaum einige Sätze gesprochen, da geschah etwas Merkwürdiges."

Rous' Gedanken begannen zu wirbeln. Er ahnte bereits die ganze Wahrheit und fürchtete sich davor, die Konsequenzen zu ziehen. Denn was für Becker und seine Gefährten zutraf, hatte auch für ihn und seine Leute Gültigkeit.

Oder nicht? Schließlich hatten sie ihre Eigenzeit nicht eingebüßt, wenn sie sich auch in der fremden Dimension aufhielten.

„Was geschah?"

„Es war so ähnlich wie zuvor. Ich sah Leutnant Hiller vor meinen Augen allmählich verschwinden, als schöbe sich eine Wolke zwischen ihn und mich. Etwas zog mich davon, aber ich bemerkte die Veränderung nicht so schnell. Ich sah überhaupt nichts mehr – und dann sah ich Sie."

Rous verstand. Ehe Beckers Nerven die Reflexe weitergeben konnten, war die Umwandlung bereits vor sich gegangen.

„Wir haben unsere Eigenzeit behalten, wenn wir uns auch in einer fremden Zeitebene aufhalten, Becker. Steiner kann Ihnen das später erklären. Wir fanden ein Mittel, Lebewesen und auch Materie aus der anderen Dimension in die unsrige zu holen. So befreiten wir Sie. Die Frage ist nur: Was geschieht mit der Kaulquappe? Sie ist zu groß, als daß wir auch sie aus dem Zeitgefängnis holen könnten."

Becker schüttelte den Kopf. „Ich werde noch verrückt. Wie konnten Sie das alles so schnell schaffen? Und wer ist Steiner? Auch die anderen kenne ich nicht, bis auf den Hypno."

Rous legte Becker die Hand auf die Schulter. „Sagen Sie mir noch etwas, und seien Sie nicht über meine Frage erstaunt. Können Sie sich erinnern, wie lange es etwa her ist, daß Sie aus dem Haus auf Mirsal kamen und – die andere Zeit sie einholte und schluckte?"

Becker betrachtete seinen Vorgesetzten sinnend. Er bemerkte, daß Leutnant Rous die Luft anhielt, während er auf die Antwort wartete.

„Nun", sagte er langsam, „auf keinen Fall mehr als zwei Minuten. Ich stand kaum auf dem Plateau, da war auch schon die K-7 da, öffnete die Luke, und Leutnant Hiller erschien, um anzuordnen. . ."

Rous hörte schon nicht mehr zu. Er begann zu ahnen, daß er sehr leicht – wenn überhaupt – eine Erde wiedersehen konnte, die um Jahrtausende gealtert war, wenn kein Wunder geschah.

Er übersah, daß seit einigen Stunden bereits Wunder auf Wunder geschah.

Einige Zeit später schüttelte Harras energisch den Kopf. „Nein, Leutnant, das ist völlig aussichtslos. Die K-7 muß bleiben, wo sie ist. Wir können sie niemals aus der anderen Ebene holen und ihr die alte Eigenzeit zurückgeben. Warum auch? Wir haben nun die Möglichkeit, Lebensmittel, Wasser und andere Dinge, die wir dringend zum Leben benötigen, in unsere Eigenzeit zu holen, damit wir sie verwenden können. Wir halten es lange genug aus, bis Hilfe eintrifft. Rhodan wird sich um uns kümmern, wenn wir nicht auftauchen. In der Zwischenzeit können wir in der K-7 wohnen. Wir haben festgestellt, daß sich die Türen bei eingeschaltetem Antigravfeld öffnen und schließen lassen."

„Eine Unterkunft haben wir, das stimmt. Aber ich mache mir Sorgen. Wir wollen nicht vergessen, daß Kadett Becker und alle Leute der K-7 um zwei Minuten alterten, während wir um drei Monate älter wurden. Was geschieht, wenn das gleiche Gesetz auch auf uns zutrifft, die wir zwar unsere Eigenzeit behielten, uns aber in der fremden Zeitebene aufhalten? Eine Dehnung wird zu bemerken sein, aber wir wissen noch nicht, wie groß sie ist und in welchem Verhältnis sie zur wirklich vergehenden Zeit steht."

Steiner winkte ab. „Ich glaube, wir machen uns unnötige Gedanken. Wäre wirklich eine sehr lange Frist verstrichen, hätte Rhodan längst etwas unternommen. Wenn er noch nicht auftauchte, dann kann das nur einen Grund haben: Es ist noch zu wenig Zeit verstrichen, als daß er sich Sorgen macht."

Degenhoff, der Funker der K-7, stand ein wenig abseits und lauschte der Unterhaltung. Jetzt trat er hinzu und sagte: „Leutnant Rous, warum senden wir keinen Funkspruch aus? An Bord der Kaulquappe ist ein leistungsfähiger Hypersender. Was macht es schon, wenn die Arkoniden oder sonstwer uns ortet? Hauptsache ist schließlich, daß Rhodan unseren Notruf auffängt."

Rous wollte schon abwinken, da hielt er mitten in der Bewegung inne. Sein fragender Blick streifte Steiner und Harras.

„Wie wollen wir den Sender bedienen?" fragte er.

„Er ist zu groß, um in unsere Zeit geholt zu werden, aber er läßt sich zerlegen, Leutnant. Die einzelnen Teile können später wieder zusammengebaut werden."

„Ausgezeichnet", sagte Rous und lächelte voller Zweifel.

„Wenn das geschehen ist und wir senden, was geschieht mit den Impulsen? Können sie diese Zeitebene verlassen und zu den Empfängern auf Terra gelangen? Darauf können wahrscheinlich auch Sie, Degenhoff, mir keine Antwort geben."

„Niemand kann das", warf Steiner ein, und es klang ein wenig vorwurfsvoll. „Probieren geht über studieren. Ich stimme also für Degenhoffs Vorschlag."

„Ich auch", sagte Harras, „obwohl ich davon überzeugt bin, daß irgend etwas die Funkimpulse verändern wird. Entweder schluckt sie die Zeitmauer, oder sie werden derart beschleunigt oder auch verlangsamt, daß niemand sie verstehen kann."

„Also gut", kürzte Rous die Diskussion ab. „Versuchen wir es."

Degenhoff machte sich an die Arbeit und konnte nach zwei Stunden melden, daß er den Sender in drei Teile zerlegt hatte. Auf die

Demontage des komplizierten Empfängers wollte man vorerst verzichten. Wiederum zwei Stunden später stand der Hypersender funkbereit im Schatten der K-7. Degenhoff wartete auf das Zeichen.

Rous erklärte: „An sich recht aussichtslos, weil wir nicht einmal wissen, in welcher Richtung sich die Erde oder andere Empfangsstationen befinden. Sie sehen, Degenhoff, nicht nur die Zeit, sondern auch der Raum bereitet uns einige Sorgen."

„Ich werde den Funkspruch vom Band ablaufen und dabei die Sendeantenne ständig rotieren lassen. So wird jeder Sektor dieser Halbkugel erfaßt. Später müssen wir Sender und Reaktor auf die andere Seite des Planeten fliegen und dort die gleiche Prozedur wiederholen. Nur dann können wir hoffen, daß unser Spruch irgendwo bestimmt aufgenommen wird."

„Und", fragte Steiner skeptisch, „wie soll der Spruch aussehen?"

Rous nahm einen Zettel aus der Tasche und begann zu schreiben. Steiner sah hinauf in den immer noch bewölkten Himmel, seine Augen suchten den Blitz am Horizont. Er hatte sich noch nicht verändert, und allmählich hatte man sich an ihn gewöhnt. Insgesamt weilten sie also noch keine volle Sekunde auf dieser Welt. Josua, der wieder in der Nähe des verbrennenden Galgenbaums Wache hielt, hatte vor wenigen Minuten bekanntgegeben, daß bis jetzt das Lichtfenster noch nicht erschienen war. In zwei Stunden würde ihn Noir ablösen. Einer mußte immer dort sein.

Rous hatte einige Verbesserungen am Text vorgenommen, schien aber jetzt mit seinem Werk zufrieden zu sein.

„Ich denke, so geht's", meinte er nicht völlig überzeugt und hielt Degenhoff den Zettel hin.

Der Funker nahm ihn und las vor: *„Hilferuf! Hier Expedition Marcel Rous! An alle! Rückweg versperrt, Linsenfeldgenerator ausgefallen! Position unbekannt! Eigenzeit konstant! Besatzung der K-7 gefunden! Alles wohlauf!"*

Rous machte eine ungeduldige Bewegung. „Worauf warten Sie eigentlich noch, Degenhoff?"

Mein Gott! dachte er, als der Funker sich an das Gerät begab. Ob wir jemals wieder diesen unglaublichen Planeten verlassen können?

21.

Am 16. Juli 2041 kam Perry Rhodan zum drittenmal nach Tats-Tor. Während der entvölkerte Planet auf den Bildschirmen der DRUSUS auftauchte, wanderten Rhodans Gedanken zurück, und er dachte an die ersten beiden Besuche, die ergebnislos und ohne jede Hoffnung für die Verlorenen verlaufen waren.

Es war der 13. Januar 2041.

Seit zehn Tagen bereits fehlte jede Spur der Expedition.

Die DRUSUS landete auf Tats-Tor. Nach einigem Suchen fand man die verlassene Space-Jet, in die der Linsenfeldgenerator eingebaut worden war.

Rhodan, Reginald Bull und einige Mutanten schritten mit sehr gemischten Gefühlen auf die Space-Jet zu, die einsam und verlassen mitten in einer Wüste stand. Außer ihnen gab es auf dieser Welt kein Leben, nicht einmal Insekten oder Würmer. Die Zeitfront hatte alles mit sich genommen und nur anorganische Materie und Pflanzen zurückgelassen.

Bully bemühte sich, seine Erregung zu verbergen.

„Sie sind nun schon seit zehn Tagen verschwunden", sagte er mit belegter Stimme. „Wenn sie durch das Lichtfenster in die andere Zeitebene gegangen sind, warum kommen sie dann nicht zurück?"

Rhodan warf ihm einen kurzen Seitenblick zu, während er ruhig weiterschritt. „Um eine Antwort auf diese Frage zu finden, kamen wir hierher, Bully. Ich habe das Gefühl, es könnte hundert Antworten geben – es wird an uns liegen, die einzig richtige herauszufinden." Er zeigte auf den Diskus. „In seiner Zentrale befindet sich der Linsenfeldgenerator. Wir werden gleich sehen, was damit los ist."

„Was soll damit los sein?" fragte Bully voller Ungewißheit.

Rhodan antwortete nicht.

Bully schwieg den Rest des Weges beharrlich.

Sie konnten ungehindert in das Innere des kleinen Raumschiffs eindringen. Es geschah auch nichts, als Perry Rhodan mit seinen Begleitern in die Zentrale vordrang. Es dauerte nicht lange, bis sie eine eindeutige, aber keineswegs befriedigende Antwort auf ihre Frage erhielten.

Die erstarrten Metalltropfen auf dem Boden der Zentrale besagten eigentlich schon genug, aber Rhodan versuchte, die Anlage in Gang zu bringen. Bald mußte er einsehen, wie sinnlos sein Bemühen war.

Der Linsenfeldgenerator war ein für allemal erledigt. Die Spulen waren durchgebrannt und die Leitungen zerschmolzen. Eine Reparatur war unter den gegebenen Umständen so gut wie aussichtslos.

„Jetzt wissen wir wenigstens Bescheid", murmelte Bully.

Rhodan nickte ihm zu. „Ein Trost, mit dem die Mitglieder der verschollenen Expedition nur wenig anfangen können. Wie holen wir sie aus ihrem Zeitgefängnis wieder heraus?"

„Wir bauen einen neuen Generator", schlug einer der Mutanten vor.

„Ganz richtig." Rhodan nickte. „Es gibt keine andere Möglichkeit. Aber dazu müssen wir zur Erde zurückkehren. Nur das Forschungszentrum in Terrania hat die Mittel, ein solches Projekt zu verwirklichen. Hoffentlich verlieren Leutnant Rous und seine Leute inzwischen nicht den Mut."

Bully starrte nachdenklich auf die erloschenen Bildschirme und sagte: „Wenn sie nur nicht zuviel Zeit verlieren."

Rhodan schüttelte den Kopf.

„Oder wir", meinte er und verließ das kleine Raumschiff. Er wußte, daß sie hier nichts mehr tun konnten.

Und so kam es, daß Perry Rhodan mit der DRUSUS wenige Wochen später ein zweites Mal auf Tats-Tor landete, diesmal mit einem sehr großen und leistungsfähigen Linsenfeldgenerator an Bord.

Sie benötigten einen ganzen Tag, das Gerät draußen in der Wüste neben der Space-Jet aufzubauen. Die von der Erde mitgekommenen Techniker waren fest davon überzeugt, daß ihre Neuschöpfung funktionieren würde. Rhodan und Bully hofften es.

Natürlich auch Gucky, der diesmal mitkommen durfte. Mit ernster Miene watschelte der Mausbiber hinter den beiden Männern her. In den braunen Augen schimmerte Zweifel.

Rhodan machte bei den Technikern halt, die ihr neues Gerät aufgestellt hatten. Die Projektoren zeigten in die gleiche Richtung, wie die des inzwischen unbrauchbar gewordenen Generators. Wenn nicht etwas Unvorhergesehenes eintrat, mußte man nach Einschalten des Apparats den kreisförmigen Lichtbogen sehen, durch den man in die andere Zeitebene vordringen konnte.

„Sind Sie fertig?" fragte Rhodan den leitenden Ingenieur und zeigte auf die komplizierte Apparatur. „Wann kann der Versuch unternommen werden?"

„Sobald die Leitungen an die Generatoren der DRUSUS angeschlossen sind."

Rhodan nickte und drehte sich um. „Ich werde auf die andere Seite gehen. Gucky und die Mutanten werden mich begleiten. Bully bleibt zurück und übernimmt das Kommando, falls etwas schiefgehen sollte. . ."

„Schiefgehen?" erkundigte sich Gucky mit seiner piepsenden Stimme. „Und was dann?"

„Wir müssen das Risiko auf uns nehmen", erklärte Rhodan ruhig. „Leutnant Rous tat es auch – und ist verschollen. Aber wir haben eine Erkärung dafür. Ohne Generator gibt es keine Rückkehr aus der anderen Ebene. Dieses Gerät hier wird aber nicht versagen, dafür sorgen unsere Techniker. Wir werden also jederzeit zurückkehren können." Er wandte sich wieder an die Wissenschaftler. „Wann ist es soweit?"

„In einer Stunde."

Die Sonne Morag war nur ein kleines Stück weitergewandert und stand hoch am Himmel. Die Wüste des Planeten Tats-Tor lag einsam und tot unter ihren sengenden Strahlen und dokumentierte die Leblosigkeit der von der Zeitfront überrollten Welt.

Rhodan schob den Impulsstrahler im Gürtel zurecht und warf seinen Begleitern einen letzten Blick zu. Neben ihm zitterte Gucky voller Ungeduld. Rhodan spürte die Scheu seines kleinen Freundes vor dem Unbekannten. So tapfer und mutig der kleine Mausbiber auch sein mochte, die fremde Zeitebene war etwas, das er nicht begriff – und darum hatte er Angst vor ihr.

„Wir bleiben zusammen", sagte Rhodan und legte Gucky seine

Rechte auf die Schulter. „Sobald wir durch das Lichtfenster gestiegen sind, mußt du telepathisch auf Empfang gehen, damit wir Leutnant Rous möglichst schnell finden. John Marshall wird die Funkgeräte bedienen. Ich selbst sorge dafür, daß wir nicht von einem möglichen Gegner überrascht werden, aber wir wissen ja, daß alle Vorgänge hinter dem Zeitvorhang zweiundsiebzigtausendmal langsamer ablaufen. Also werden wir auch keinen Gegner zu befürchten haben." Er nickte den Technikern zu.

Bully stand abseits und bemühte sich, ein gleichgültiges Gesicht zu zeigen. Leibhaftige Gegner fürchtete er nicht, aber das Vordringen in eine fremde, unbekannte Lebenssphäre war ein Wagnis, das mehr als bloßen Mut erforderte.

Trotzdem war er bereit, mitzugehen. Der Reiz des Abenteuers war verlockend.

Er kam nicht mehr dazu, seine widersprüchlichen Gedanken weiter zu verfolgen. Der leitende Ingenieur schaltete die Energiezufuhr ein. Mit einem dumpfen Summen bauten sich die Magnetfelder auf, die ihrerseits wieder dazu dienten, eine Lücke in die Zeitmauer zu brechen. Diese Lücke würde sich durch das matte Flimmern eines Lichtbogens verraten, der das Fenster umschloß.

Aber dann geschah nichts weiter. Zwar vibrierten alle Teile der fest verankerten Apparaturen, und das Summen verstärkte sich, der Lichtbogen jedoch blieb aus.

Der Ingenieur schaute verdutzt auf die schwankenden Zeiger der Meßskalen und schüttelte den Kopf.

Rhodan trat näher zu ihm und fragte laut, um das Summen zu übertönen: „Was ist? Das Feld baut sich doch auf?"

„Es baut sich auf", bestätigte der Ingenieur ratlos und ließ die Skalen nicht aus den Augen. „Ich kann keinen Fehler entdecken. Alles funktioniert genau nach Plan, und eigentlich müßte das Lichtfenster nun zu sehen sein. Ich verstehe nicht."

Niemand verstand es damals vor gut sechs Monaten. Zuerst wirkte die Enttäuschung fast niederschmetternd, und man suchte den Fehler in dem Lichtfeldgenerator selbst, bis ein kluger Kopf im Forschungszentrum von Terrania auf den Gedanken kam, ihn woanders zu suchen.

In den auf Tats-Tor herrschenden Umständen nämlich.

Es war ein schwerer Schlag für Rhodan gewesen, der nun annehmen mußte, daß die Expedition des Leutnant Rous für alle Zeiten verloren war. Sie hatten keine andere Wahl, als vorläufig aufzugeben und nach Terra zurückzukehren.

Etwa drei Monate später betrat Chefphysiker Erb, einer der Wissenschaftler, die sich mit der Verbesserung des Linsenfeldgenerators abmühten, Rhodans Arbeitszimmer hoch über den Straßen von Terrania.

Rhodan hatte gerade eine Unterredung mit dem Administrator der Venus gehabt. Er forderte Erb auf, Platz zu nehmen.

„Was kann ich für Sie tun?" eröffnete er das Gespräch und war mit seinen Gedanken ganz woanders. Die Siedler auf der Venus hatten um mehr administrative Freiheit gebeten, und es war nicht einzusehen, warum man sie ihnen verweigern sollte.

„Ich glaube", sagte Erb, „daß ich endlich weiß, warum der Linsenfeldgenerator damals auf Tats-Tor nicht funktionierte."

Rhodan vergaß die Venus. Er beugte sich vor und sah den Physiker an. „Ich habe alle Hoffnung aufgegeben, Rous jemals helfen zu können. Erwecken Sie keinen falschen Optimismus in mir, Erb." Er machte eine wegwerfende Handbewegung. „Unsinn. Hören Sie nicht auf mich, Erb. Berichten Sie, was Sie herausgefunden haben. Jede Kleinigkeit ist wichtig."

Der Physiker, eine sympathische Erscheinung mit bereits ergrauten Haaren, lächelte verlegen. „Eigentlich war nicht ich es, der die Antwort fand, sondern Gustav VI."

„Gustav VI.?" fragte Rhodan erstaunt.

„Ja, so nennen wir das Positronengehirn unserer Abteilung. Es ist natürlich nicht so leistungsfähig wie die großen Gehirne auf den Schiffen oder gar auf der Venus, aber es hat uns schon gute Dienste geleistet. Ich habe also Gustav VI. alle Informationen eingegeben, die ich über das Problem der anderen Zeitebene kannte, wobei ich zugeben muß, auch mit bloßen Vermutungen gearbeitet zu haben. Nach verschiedenen Anfragen kristallisierten sich die Antworten heraus. Stichproben ergaben ihre Richtigkeit. Ein Irrtum ist so gut wie ausgeschlossen."

Rhodan hatte alle anderen Probleme vergessen, die ihn als Administrator des Solaren Imperiums beschäftigten. Nach drei Monaten relativer Ruhe stand das Gespenst wieder vor ihm – das Gespenst der anderen Zeitebene, die das eigene Universum durchquerte und überall dort, wo sich die Dimensionen berührten, Unheil und Verderben brachte.

„Sprechen Sie weiter, Erb. Welche Antworten fanden Sie?"

Der Physiker lächelte nun nicht mehr. Sein Gesicht war starr geworden. „Zuerst wollte ich wissen, ob der von uns konstruierte Linsenfeldgenerator einwandfrei arbeitete, weil er auf Tats-Tor so kläglich versagte. Die Antwort des Gehirns besagt, daß wir keinen Fehler machten und daß das Gerät einwandfrei gebaut war. Es mußte demnach funktionieren."

Rhodan nickte, unterbrach den Physiker aber nicht, wenn dieser auch eine Pause machte. Erst nach Sekunden fuhr Erb fort: „Ich suchte den Fehler woanders, und zwar mit Gustavs Hilfe. Die Antwort lautet mit einem Wahrscheinlichkeitsfaktor von siebenundneunzig Prozent, daß überhaupt kein Fehler vorliegt."

„Kein Fehler?" murmelte Rhodan erstaunt. „Was soll denn das heißen?"

„Nun, ein gewisser Fehler existiert schon, aber er ist lediglich theoretischer Natur. Es war ein Fehler von uns, anzunehmen, daß die Verhältnisse *während* einer Zeit-Überlappung die gleichen seien wie *nach* einer solchen Berührung der beiden Zeitebenen."

Rhodan sah Erb fest an. In seinen Augenwinkeln zuckte es leicht. „Sagen Sie das noch einmal, bitte."

Erb tat ihm den Gefallen und schwieg dann erwartungsvoll.

Rhodan sagte langsam: „Wir müssen also einen Linsenfeldgenerator konstruieren, der den veränderten Verhältnissen gerecht wird? Einen Generator, der auch dann wirksam wird, wenn die Zeitfront längst über eine Welt hinweggeglitten ist?"

Erb nickte. „Jawohl, das ist das Problem. Gustav VI. berechnete, daß ein Überwechseln in die andere Ebene nur dann möglich sein kann, wenn bereits eine Berührung stattgefunden hat. Also während und nach einer Überlappung. Ist jedoch nach einer Überlappung schon eine größere Zeitspanne vergangen, ist ein Eindringen mit unserem jetzigen Generator nicht mehr möglich."

„Ich verstehe." Rhodan nickte langsam. „Sie glauben, daß es möglich ist, ein neues Gerät zu konstruieren?"

„Ja, das glaube ich. Es handelt sich um gewisse Veränderungen der sich überschneidenden Magnetfelder, die das Zeitfeld erzeugen. Im Grunde ist es einfach. Wenn Sie mich bäten, es Ihnen zu erklären, so müßte ich kapitulieren. Sie werden wissen, wie ich das meine."

„Genau." Rhodan lächelte und lehnte sich zurück. „Wie lange werden Sie benötigen, den neuen Generator zu bauen? Oder können Sie das alte Gerät benutzen?"

„Ich halte das für unzweckmäßig. Ein Umbau wäre komplizierter als eine völlige Neukonstruktion. Wenn ich also eine Bitte aussprechen dürfte?"

„Schon in Ordnung, Erb. Sie erhalten alle Vollmachten und alle finanziellen Mittel. Denken Sie daran, daß es nicht nur um das Leben der sechs Männer geht, die in die andere Zeitebene eindrangen, sondern auch darum, eine Abwehr gegen die Überlappungsfronten zu finden. Überall finden Überschneidungen der beiden Daseinsebenen statt. Was geschieht, wenn einmal die Erde in eine solche Zone geriete?"

Erb wurde blaß, dann stand er auf und sagte fest: „Sie können sich auf mich verlassen. Schon morgen kann ich Ihnen die Pläne vorlegen. Der Bau wird zwar einige Monate in Anspruch nehmen, aber er wird erfolgreich sein."

Einige Monate?" fragte Rhodan gedehnt. „Das ist ziemlich lange."

Der Physiker stritt das nicht ab, aber er begründete, warum es unmöglich schneller zu schaffen wäre. Und dann, genau in diesem Augenblick, hatte Rhodan jene Idee, die das Schicksal der Milchstraße entscheiden sollte.

„Hören Sie, Erb, noch eine letzte Frage. Spielt die Größe des Linsenfeldgenerators eine Rolle hinsichtlich seiner Betriebssicherheit? Ich meine das so: Ein größerer Generator erzeugt auch ein größeres Lichtfenster, darüber herrscht Einigkeit. Was ich wissen will, ist: Wird die Funktionssicherheit dadurch beeinflußt, oder können Sie auch bei dem größeren Generator für die Sicherheit garantieren?"

„Die Größe spielt überhaupt keine Rolle."

„Ausgezeichnet. Dann sorgen Sie dafür, daß die Kreislücke in der Zeitmauer einen Durchmesser von mehr als hundert Metern erhält."

Erb starrte Rhodan entgeistert an. „Hundert Meter? Das ist ungeheuerlich. Bisher war das Lichtfenster niemals größer als einige Meter."

„Ist es technisch möglich oder nicht?"

„Es ist möglich, selbstverständlich. Alle Anlagen müßten entsprechend verstärkt werden. Aber ich fürchte, das Gewicht des neuen Apparats wäre so groß, daß ein Transport und eine Montage auf Tats-Tor. . ."

„Einen Augenblick", unterbrach ihn Rhodan und lächelte. „Damit wir uns nicht mißverstehen: Der neue Generator soll nicht wieder ausgebaut werden. Ich möchte, daß er in der DRUSUS seinen Platz findet als fester Bestandteil des Schiffes, überall einsatzbereit und jederzeit transportabel. Ist es unter diesen Umständen möglich?"

Langsam begriff Erb, was Rhodan wollte. Er nickte. „Es ist möglich. Ich werde dann nur zwei oder drei Monate brauchen. Sie erhalten einen Generator, der Ihnen ein Lichtfenster vor die DRUSUS legt, durch das Sie jederzeit einen Kreuzer in die andere Welt schicken können."

„Das", sagte Rhodan gelassen, „ist genau das, was ich auch vorhabe."

Rhodan sah immer noch auf den Planeten in der Mitte des Bildschirms. Seine Gedanken kehrten in die Gegenwart zurück. Das da vorn war Tats-Tor, die von den Fremden aus einer anderen Zeit entvölkerte Welt.

Im Herzen der gewaltigen DRUSUS ruhte der Block des neuen Linsenfeldgenerators. Die Kontrollen dafür waren in der Beobachtungskuppel aufgebaut worden. Von hier aus sah man genau hinein in das entstehende Lichtfenster von zweihundert Meter Durchmesser. Unten im Hangar lag der Leichte Kreuzer SAMBO ausschleusbereit. Sein Durchmesser betrug einhundert Meter. Fünfzig Meter also war der Sicherheitsabstand zwischen Hülle und Lichtfenster. Mit der SAMBO, in die man einen der beiden Fiktivtransmitter installiert hatte, wollte Rhodan in das fremde Universum eindringen.

Zusammen mit dem Forschungsstab von Terrania garantierte Erb dafür, daß der neue Generator den Durchbruch zur anderen Zeitebene möglich machte.

Die DRUSUS verlangsamte weiter und landete eine Stunde später dicht neben der Space-Jet auf Tats-Tor.

Rhodan verließ die Zentrale und begab sich in die Aussichtskuppel. Dort wurde er von Bully, Baldur Sikermann und Erb erwartet. Gucky saß still und bescheiden in einer Ecke und tat so, als sei er nicht da. Der Leiter des Mutantenkorps, John Marshall, unterbrach sein Gespräch mit Sikermann und wandte sich erwartungsvoll Rhodan zu.

„Es ist soweit", sagte Rhodan mit belegter Stimme. Monate hatte er auf diesen Augenblick gewartet, aber nun, wenige Minuten vor dem Start, kamen ihm Bedenken.

Es war kein Vorstoß in den Raum, sondern ein Vorstoß in die Zeit. Und die Zeit war ein noch relativ unbekannter Faktor.

Aber nicht nur ein unbekannter, sondern auch ein gefährlicher.

„Die SAMBO ist startbereit", meldete Sikermann. „Die Mannschaft befindet sich bereits vollzählig an Bord."

„Ebenfalls alle verfügbaren Mutanten, sowie Crest und Atlan", fügte Marshall hinzu. „Bis auf mich und Gucky."

Rhodan nickte. „Bully übernimmt das Kommando der DRUSUS und bleibt ständig mit allen Funkgeräten auf Empfang. Ich glaube zwar nicht daran, daß durch die Zeitmauer hindurch eine Funkverbindung möglich ist, aber wir wollen keine Chance außer acht lassen, Kontakt zu halten. Und noch etwas. . ." Rhodan wandte sich direkt an Bully und sah ihm in die Augen. „Wir wissen seit den Ereignissen auf Mirsal II, daß Personen, die mit dem LFG in das fremde Universum eindringen, ihre Eigenzeit behalten. Ebenso wissen wir aber, daß die damaligen Ereignisse nicht unbedingt die Verhältnisse in der anderen Zeitebene charakterisieren. Es ist nicht auszuschließen, daß aufgrund der geänderten Situation diesmal andere Phänomene auftauchen können, die für uns nicht vorhersehbar sind. Ich halte es für durchaus möglich, daß für euch eine längere Zeitspanne vergeht als für uns. Trotzdem ist es unerläßlich, daß die DRUSUS hier wartet, und sollte es Tage oder gar Wochen dauern. Ist das klar, Bully?"

„Es ist klar, Perry", antwortete Bully. „Wir werden warten, was immer auch geschieht. Der Linsenfeldgenerator bleibt eingeschaltet."

„Eigentlich", warf Erb sachlich ein, „handelt es sich mehr um einen Krümmungsfeldgenerator, denn das erzeugte Lichtfeld wird stark gekrümmt. Anders ist ein Eindringen in die fremde Zeitebene nicht möglich, wenn nicht gerade eine Berührung mit der unseren stattfindet. Ein kleiner Unterschied nur, aber wichtig genug, ihn zu erwähnen."

Rhodan sah Erb lächelnd an. „Wenn Sie in allen Dingen so genau und gewissenhaft sind, sollten wir eigentlich keine Bedenken mehr haben, uns Ihrer Konstruktion anzuvertrauen."

„Das ist es auch nicht, was mir Sorgen bereiten würde", entgegnete der Physiker gelassen. „Auf den neuen KF-Generator können Sie sich verlassen. Aber das Verhältnis zwischen unserem Universum und der anderen Zeitebene – das ist meine eigentliche Sorge."

„Ich stimme Ihnen zu", sagte Rhodan sehr ernst. „Aber wir müssen das Risiko eingehen, wenn wir nicht eines Tages von der anderen Zeitebene überrollt werden wollen." Er sah auf die Uhr. „Ich denke, in fünf Minuten beginnen wir mit dem Experiment." Er sah hinaus auf die tote Oberfläche des Planeten. Rechts stand die verlassene Space-Jet. Die Projektoren des Krümmungsfeldgenerators waren auf einen Punkt gerichtet, der links davor lag. Er lag so, daß man ihn auch von der SAMBO aus sehen konnte, die startbereit in ihrem Hangar wartete. Die Hangarschleuse war bereits geöffnet worden, so daß der Leichte Kreuzer jederzeit den gewaltigen Leib der DRUSUS verlassen konnte. „Gehen wir."

Bully und Erb sahen sich an. Dann gaben sie Rhodan spontan die Hand.

„Alles Gute, Perry", murmelte Bully gepreßt. „Du kannst dich auf uns verlassen."

„Sie werden zurückkommen", sagte Erb einfach und wandte sich den Kontrollen seines Geräts zu, von dem das Schicksal aller abhing.

„Danke", erwiderte Rhodan und nickte Sikermann, Marshall und Gucky zu. Dann verließ er mit festen Schritten den Beobachtungsraum und trat hinaus auf den Gang. Marshall folgte ihm, zuletzt kam Sikermann.

Gucky rutschte langsam von der Couch, auf der er gesessen hatte, watschelte gemächlich zu Bully und nahm dessen herabhängende Hand.

„Hoffentlich dauert es nicht zu lange, bis wir uns wiedersehen", meinte er und nickte Erb zu. „Ich weiß nicht, ob es in der anderen Zeitebene auch so gute Mohrrüben wie an Bord der DRUSUS gibt, aber du kannst mir glauben, die Rüben sind nicht das einzige Schöne, das mir die Rückkehr erstrebenswert macht. Du gehörst auch dazu."

Bully blieb merkwürdigerweise ernst und friedlich.

„Paß auf Perry auf, Gucky", mahnte er und klopfte seinem kleinen Freund sachte auf die pelzige Schulter. „Bleib stets in seiner Nähe und beschütze ihn. Ich glaube, ich habe ihn noch niemals so ungern ziehen lassen wie diesmal. Eigentlich sollte man nichts auf Ahnungen geben."

„Soll man auch nicht", stimmte der Mausbiber zu und reichte Erb die Hand. „Wenn dein Krümmungskasten nur einwandfrei funktioniert, mein Lieber."

Gucky duzte jeden, ohne Rücksicht auf Rang und Namen. Niemand nahm ihm das übel, denn der Mausbiber genoß nun einmal Sonderrechte.

„Wird schon klappen", meinte Erb und legte seine Hand auf die Kontrollen des KFG. „Es ist besser, wenn du dich an Bord der SAMBO begibst. Ich schalte das Feld in genau zwei Minuten ein."

„Ich bin eher dort als Rhodan", versicherte Gucky, konzentrierte sich und sprang.

Rhodan und Sikermann betraten gleichzeitig den Hangar. Der Telepath Marshall folgte ihnen.

Der Hangar war ein gewaltiger Raum, denn immerhin beherbergte er einen Kugelkreuzer mit einem Durchmesser von hundert Metern. Draußen lag die flimmernde Wüste des Planeten.

Ohne ein Wort zu verlieren, ging Rhodan in die SAMBO und nahm im Sessel des Kopiloten Platz. Auf dem Bildschirm war der Himmel zu sehen. In ihm mußte das runde Lichtfenster erscheinen, durch das sie in die andere Dimension eindringen wollten.

Sikermann setzte sich neben Rhodan. Seine klobigen Fäuste legten sich besitzergreifend auf die Kontrollen. Sein bulliges Gesicht blieb ohne jeden Ausdruck, aber Rhodan erahnte die erregten Gedanken seines Piloten.

Gucky begab sich nicht in jene Räume, die den Mutanten vorbehalten waren, sondern spazierte ebenfalls in die Kommandozentrale, wo er sich auf einem Liegebett niederließ und sich mit dem Rücken gegen die Wand lehnte. Mit klugen Augen beobachtete er alles, was Rhodan und Sikermann unternahmen. Alle seine Nerven und Sinne waren angespannt. Er konnte jetzt jede Sekunde seine unglaublichen parapsychischen Fähigkeiten einsetzen, wenn es nötig sein sollte.

Das erste Startsignal schrillte durch die Räume der SAMBO. Die Luken schlossen sich automatisch und riegelten das Innere des Schiffes von der Außenwelt ab. Vor dem Vakuum des Weltraums war man nun sicher, aber war man es auch vor der Zeit?

Das zweite Signal.

Rhodan sah auf die nervigen Hände Sikermanns, der auf das Kommando wartete. Dann wanderte sein Blick zum Bildschirm. Dort hatte sich noch nichts geändert. Der Himmel war klar und ohne Wolken.

Mit der rechten Hand schaltete Rhodan den Telekom ein, der ihn mit dem Kommandostand der DRUSUS verband. „Bully? Wir sind startbereit.“

Bullys Gesicht erschien auf dem Bildschirm. „Noch sechzig Sekunden, Perry. Warte ab, bis du den Lichtbogen siehst.“

„Selbstverständlich. Und was denkst du jetzt?“

Bully verzog das Gesicht. „Frag mich nicht danach.“

„Was kann schon passieren, wenn wir schnell zurückkehren?“ entgegnete Rhodan. „Solange es Erb gelingt, den KPG eingeschaltet zu lassen, können wir jederzeit zurückkehren. Sobald wir Rous gefunden haben.“

„Wie lange mag das dauern?“

Rhodan gab keine Antwort. Als er auf die Uhr sah, sagte Bully: „Noch zehn Sekunden. Wir werden ja sehen, ob das Ding funktioniert.“

„Es wird“, versicherte Erb im Hintergrund.

Die zehn Sekunden verstrichen unendlich langsam.

„Jetzt schaltet Erb ein“, gab Bully bekannt.

Rhodan nahm den Blick von dem kleinen Bildschirm und sah auf den großen. Noch war der Himmel über der Wüste wolkenlos und klar, aber schon begann es an verschiedenen Stellen matt zu schimmern. Es war, als entstünde aus dem Nichts eine Luftspiegelung. Das Ganze wurde zu einem unterbrochenen Kreis, dessen Durchmesser etwas mehr als zweihundert Meter betrug.

Das dritte Startzeichen schrillte durch die SAMBO.

Der Lichtkreis wurde immer deutlicher und ausgeprägter. Nach weiteren zwanzig Sekunden wies er keine Lücke mehr auf. Deutlich sichtbar und hell strahlend hob er sich gegen den klaren Himmel ab. Aber der Himmel innerhalb des Kreises hatte sich verändert.

Rhodan bemerkte es erst jetzt. Der Himmel innerhalb des Lichtfensters war rötlich geworden. Bewegungslos standen dunkle Wolken unter diesem rötlich angehauchten Himmel – Wolken, die vorher nicht dagewesen waren.

Es waren bereits die Wolken der anderen Zeitebene.

„Fertig!“ sagte Rhodan und nickte Sikermann zu. „Start in zehn Sekunden!“

Sikermann handelte völlig automatisch. Jeder an Bord der SAMBO wußte, was er zu tun hatte.

Der untere Rand der Lichterscheinung stand zwanzig Meter über der Wüste von Tats-Tor. Ohne ein Fluggerät war er nicht zu erreichen.

Aus dem gigantischen Kugelleib der DRUSUS schoß zehn Sekunden nach Rhodans Kommando die SAMBO hinaus in die Atmosphäre des Planeten Tats-Tor. Dicht über dem sandigen Boden dahingleitend, nahm das Schiff mit eingeschalteten Schutzschirmen Geschwindigkeit auf und raste auf das leuchtende Krümmungsfeld zu, das ein Universum vom anderen trennte.

Bully und Erb sahen, wie die SAMBO in das Lichtfenster eintauchte – und sofort verschwand.

In derselben Sekunde verstummten alle Funkzeichen des Leichten Kreuzers. Vom Bildschirm verschwand das Gesicht Rhodans, als habe eine unsichtbare Faust es hinweggewischt. In *dieser* Welt gab es keinen Perry Rhodan mehr und keine SAMBO.

Und in der anderen Welt?

Mit zusammengekniffenen Augen starrte Bully auf den leeren Schirm.

Das lange Warten begann.

22.

Sie hausten immer noch auf dem höher gelegenen Felsplateau bei den Höhlen der Druuf. In den vergangenen acht Tagen war die Sonne nur ein kaum merkliches Stück weitergewandert, aber der am Himmel stehende Blitz war inzwischen erloschen. Mehr als vierzig Stunden hatte er unverändert zwischen Wolken und Erdboden gestanden.

Leutnant Rous mit seinen fünf Begleitern wartete ungeduldig darauf, daß unten in der Ebene wieder das kleine Lichtfenster entstehen würde, das ihnen die Rückkehr in das normale Universum ermöglichte. Aber sie warteten vergebens.

Das Auffinden der vor Monaten verschollenen K-7 und ihrer Besatzung war ein Lichtblick. Kein Lichtblick allerdings war die Tatsache, daß für den Kommandanten des Beiboots nur wenige Minuten vergangen waren, während Rous zuvor im normalen Universum fast ein Vierteljahr gelebt hatte.

Die sechzig Meter hohe Kugel stand auf dem Plateau im Schatten der Felsen. Weiter oben lag über dem Gipfel des Berges noch immer die Dunstwolke, die einen bevorstehenden Vulkanausbruch ankündigte. Aber ihrer Zeitrechnung nach konnte dieser Ausbruch erst in einigen Jahren stattfinden.

Außer ihnen lebte nichts auf dieser Welt, die Rous die Kristallwelt getauft hatte. Wenigstens lebte nichts sichtbar, denn alles hier bewegte sich zweiundsiebzigtausendmal langsamer als gewohnt. Alles unterlag den Gesetzen der anderen Zeitebene. Alles.

Nur mit Hilfe von Antigravfeldern und Überschreiten der relativen Lichtgeschwindigkeit, die hier etwa vier Kilometer in der Sekunde betrug, war es möglich geworden, Gegenstände oder Lebewesen in die eigene Zeitdimension zu holen. Denn die Eigenzeit allein war es, die sie alle von der Leblosigkeit unterschied.

Der Physiker Fritz Steiner und der Biologe Iwan Ragow standen am Rand des Plateaus. Der Hypno André Noir war bei ihnen. Zwischen ihnen hockte ein seltsames Lebewesen auf dem steinigen Boden und bewegte sich völlig normal. Es war einer der Druuf, den man in die gültige Zeit geholt hatte, um ihn zu studieren. Mit Hilfe Noirs war es gelungen, eine Art Verständigung herbeizuführen. Noir erzeugte in dem Gehirn des fremden Wesens hypnotische Impulse und gab ihm so zu verstehen, was man wissen wollte. Die Unterhaltung war ein wenig einseitig, aber sie genügte vollauf für eine Überraschung.

Fred Harras bediente den inzwischen ebenfalls in die Eigenzeit geholten Hypersender der K-7. Unaufhörlich sandte er den Notruf aus, in der irrsinnigen Hoffnung, daß ihn irgendwo jemand hören würde.

Josua hielt Wache in der Nähe jener Stelle, an der – in der anderen Dimension – die Space-Jet stehen mußte. Hier waren sie eingedrungen, und wenn es jemals einen Rückweg geben würde, mußte er hier sichtbar werden.

„Ich habe versucht, dem Druuf klarzumachen, daß seine Gefährten uns angriffen", sagte Noir gerade und machte ein nachdenkliches Gesicht. „Wenn ich seine Antwortzeichen richtig deute, streitet er alles ab. Er hat mit den erfolgten Angriffen nichts zu tun."

„Er lügt", behauptete Steiner und betrachtete sinnend das raupenähnliche Geschöpf, das zwischen ihnen hockte. „Natürlich fürchtet er, für den Angriff verantwortlich gemacht zu werden."

„Vielleicht ist es auch die Wahrheit", meinte Ragow und sah an dem Druuf vorbei. „Vorschnelle Urteile haben schon manche Ungerechtigkeit herbeigeführt."

„Es gibt auf dieser Welt keine anderen intelligenten Lebewesen", beharrte Steiner auf seiner These, und wenn Noir nicht eingegriffen hätte, wäre erneut eine hitzige Debatte zwischen den beiden Wissenschaftlern entstanden.

„Ich bitte Sie, meine Herren. Ein übereiltes Urteil ist genauso schädlich wie ein Verschweigen des Ernstes der Situation. Es ist zwar richtig, daß wir außer den großen Raupen keine intelligenten Lebewesen auf der Kristallwelt fanden, aber damit ist keineswegs gesagt, daß es sie nicht gibt. Ehrlich gesagt, ich finde die Vorstellung merkwürdig, daß ausgerechnet diese Wesen uns angegriffen haben sollen – zumal mit Hilfe gesteuerter Zeitverlangsamer, die es ihnen ermöglichten, uns für ihre Augen sichtbar zu machen. Aber wie dem auch sei, fest steht, daß wir hier nicht mehr sicher sind, auch wenn sich alles mehr als siebzigtausendmal langsamer bewegt als wir."

Quer über das Plateau kam Leutnant Rous auf sie zugeschritten. Auf seiner Stirn stand eine steile Falte.

„Wir haben inzwischen auch den Hyperfunk-Empfänger aufgebaut", sagte er und streifte den Druuf mit einem skeptischen Blick. „Bisher erhielt Harras keine Antwort auf seine Sendungen. Es steht somit fest, daß niemand außer uns in der fremden Zeitebene weilt."

„Warum nehmen die Druuf unsere Rufe nicht auf?" fragte Steiner.

Rous zuckte mit den Schultern. „Ich dachte, Sie wüßten es inzwischen, oder hat Ihnen der Gefangene noch keine Antwort gegeben? Vielleicht benutzen sie andersartige Funkgeräte."

„Der Kerl hier ist stur", sagte Steiner ungehalten. „Er behauptet, der Angriff sei von anderer Seite aus erfolgt."

Noir richtete sich langsam auf.

„Wissen Sie was, Leutnant?" begann er und verschränkte die Arme vor der Brust. „Ich habe genau wie Ragow das Gefühl, daß wir eine falsche Fährte verfolgen. Die Druuf, wie wir sie nennen, sind nicht die Druuf."

Rous zog die Augenbrauen in die Höhe.

„Die eigentlichen Intelligenzen der fremden Zeitebene sehen anders aus", fuhr Noir fort. „Ich kann es nicht mit Bestimmtheit sagen, aber schließlich versteht diese Raupe hier, was ich ihr mitteilen möchte. Aus ihren Reaktionen kann ich mit einiger Sicherheit schließen, daß sie genauso erstaunt über den erfolgten Angriff ist wie wir. Und genauso beunruhigt. Ich fürchte, Leutnant, wir vergeuden unsere Zeit. Das ist genauso, als wollten fremde Raumfahrer, die auf der Erde landen, Hunde oder Kühe über die politische Situation des Planeten ausfragen."

„Hm", machte Rous und betrachtete die Raupe interessiert. „Sie meinen also, wir werden von anderer Seite aus bedroht?"

„Genau das meine ich. Wenn die Zeit auch für die Unbekannten langsamer vergeht, so *vergeht* sie aber. Ich bin überzeugt, sie haben sich längst zu einem neuen Angriff auf uns formiert. Vergessen Sie nicht: Eine ihrer Sekunden bedeutet für uns zwanzig Stunden."

„Seit wir hier weilen, sind also kaum mehr als zehn Sekunden vergangen", sann Rous vor sich hin. „Wenn wir weiter bedenken, daß bereits ein Angriff erfolgte, sollten wir erkennen, wie schnell die Intelligenzen dieser Welt eigentlich reagieren. Vielleicht stimmen unsere Umrechnungen nicht vollständig, aber es kann kein Zweifel daran bestehen, daß sie annähernd richtig sind. Wir müssen also damit rechnen, daß bald ein neuer Angriff erfolgt. Was werden wir dagegen tun?"

„Wir sind schneller als sie", sagte Steiner. „Wir werden ihnen ausweichen."

„Die relative Schallgeschwindigkeit in dieser Zeitebene beträgt einen halben Zentimeter pro Sekunde", erinnerte Rous. „Aber wir wissen, daß mit Hilfe eines schützenden Energiefelds auch innerhalb der Atmosphäre Lichtgeschwindigkeit möglich ist. Und die beträgt immerhin vier Kilometer in der Sekunde. Da ist ein Ausweichen kein wahres Vergnügen mehr. Einmal also werden uns die Fremden erwischen."

Ehe jemand antworten konnte, summte an Rous' Arm der winzige Funkempfänger auf, der die Männer miteinander verband.

Rous drückte auf einen Knopf und sagte in das winzige Mikrophon: „Wer ruft?"

„Josua!" meldete sich der Afrikaner. „Das Lichtfenster – es ist wieder da! Aber . . ."

Rous war es, als träfe ihn ein elektrischer Schlag.

„Was?" rief er verblüfft. „Das Fenster ist wieder da?"

„Ja – aber es ist größer! Zweihundert Meter groß!"

Rous sah Steiner, Ragow und Noir an. „Schnell! Beeilt euch! Zurück zur K-7! Wir fliegen sofort zu Josua!" Dann sagte er wieder ins Mikrophon: „Wir kommen sofort, Josua! Ich bleibe auf Empfang."

In Rous' Kopf wirbelten die Gedanken. Es war unmöglich, mit dem Beiboot zu starten, denn es hatte die normale Eigenzeit nicht zurückerhalten. Es gehorchte mit seiner unvorstellbaren Masse den Naturgesetzen der fremden Zeitebene und war unbeweglich.

Es blieb nichts anderes übrig, als die Besatzung einzeln mit Hilfe der arkonidischen Kampfanzüge zu dem rettenden Lichtfenster zu bringen. Um aber das weitere Funktionieren des Linsenfeldgenerators zu garantieren . . .

Rous' Gedankengang stoppte jäh. Was hatte Josua gesagt? Zweihundert Meter?

Erst jetzt begann Rous zu begreifen, daß etwas Ungeheuerliches geschehen war. Das war nicht der alte Generator, der den Rückweg schuf, sondern ein völlig neuer. Ihr altes Fenster hatte einen Durchmesser von wenigen Metern besessen.

Fassungslos und mit wilden Hoffnungen erfüllt, stolperte er hinter Steiner, Ragow und Noir her, die auf die K-7 zurannten. Er sah nicht mehr, daß ihm die Riesenraupe mit geschmeidigen, gleitenden Bewegungen folgte.

Außerdem wurde seine Aufmerksamkeit durch Josua abgelenkt. Nicht sehr laut, aber immerhin deutlich genug drang es aus dem winzigen Lautsprecher des kleinen Funkgeräts an Rous' Arm: „. . . unbegreiflich! Ein Kugelschiff – es muß ein Kugelschiff gewesen sein! . . . rast durch das Lichtfenster! Es stoppt schnell ab! Höhe etwa dreihundert Meter!“

Rous wäre fast gestolpert.

Ein Kugelschiff.

Das konnte nur Rhodan sein.

Die Freude übermannte ihn. Sie waren gerettet. Rhodan hatte sie nicht im Stich gelassen.

So schnell er konnte, raste er zu den nahen Felsen, unter denen Harras seine Funkstation aufgebaut hatte. Mit dem kleineren Gerät hatte der Techniker schon längst Josuas Rufe aufgefangen, als Rous ihn erreichte.

„Normalfunk!“ rief Rous ihm zu. „Rufen Sie Rhodan! Gehen Sie gleichzeitig auf Empfang!“

Steiner und Ragow erreichten inzwischen die K-7 und alarmierten die noch ahnungslose Besatzung. Sekunden später ging alles drunter und drüber.

Noir verfiel bald wieder in langsamere Gangart. Er wußte, daß es nun nicht mehr auf Sekunden ankam. Ohne sich zu überhasten, ging er zu den Käfigen, in die sie die Druuf gesperrt hatten. Es waren insgesamt fünf Exemplare, die nun nicht mehr ihre ursprüngliche Eigenzeit besaßen, sondern genauso schnell wie die Menschen lebten. Natürlich bewegten sie sich jetzt auch genauso schnell.

Druuf?

Noir war sicher, daß diese Raupen nicht die eigentlichen Beherrscher der fremden Dimension waren. Ihre ganze Reaktion wies darauf hin. So wie die Druuf handelten keine intelligenten Wesen, die eine komplizierte Technik beherrschten.

Inzwischen kam Rous Harras zu Hilfe, als plötzlich der Empfänger zu arbeiten begann. Der Lautsprecher unterbrach sein eintöniges Summen, und dann hörten sie alle auf dem Plateau die überlaute, verzerrte Stimme, die ihnen in diesem Augenblick wie eine Erlösung vorkam.

„Hier Leichter Kreuzer SAMBO, Kommandant Perry Rhodan! Haben Ihren Spruch empfangen! Peilen Sie an! Senden Sie weiter!“

Mit einem Jubelschrei fiel Harras Leutnant Rous um den Hals und klopfte ihm auf die Schulter.

Acht Tage unheimlichen Erlebens und ständigen Wartens waren vorbei. Bald würden sie nicht mehr die Gefangenen der Zeit sein, sondern in ihr normales Universum zurückkehren können.

Rous wandte sich Steiner zu, der von der K-7 herbeigelaufen kam.

„Was ist nun, Leutnant?“ fragte der Physiker. „Sollen wir warten, bis man uns findet? Vielleicht sollten wir unsere Position bekanntgeben.“

„Das besorgt Harras schon mit dem Sender“, beruhigte ihn Rous. „Helfen Sie Noir und Ragow, die gefangenen Druuf transportbereit zu machen. Wir nehmen sie mit. Unsere Telepathen werden ihnen das Geheimnis der Angreifer entlocken. Die K-7 muß zurückgelassen werden. Wenn Rhodan eintrifft, dürfen wir keine Zeit mehr verlieren.“

Steiner begann zu lachen. Rous ahnte, daß es nichts als eine befreiende Reaktion war, hervorgerufen durch die schreckliche Anspannung der vergangenen Woche. Einer Woche, in der sie Gefangene der Zeit gewesen waren.

„Keine Zeit verlieren“, stieß Steiner prustend hervor. „Welche Zeit meinen Sie, Leutnant?“

Rous verzichtete darauf, dem Physiker zu antworten. In Wahrheit wußte er auch nicht, was er hätte antworten sollen.

Rhodan wußte in derselben Sekunde, in der er mit der SAMBO das Tor zur anderen Zeitebene durchstieß, daß er die Verbindung mit der DRUSUS verloren hatte. Bullys Gesicht war vom Bildschirm verschwunden, als sei es nie dort gewesen. Die Funksignale verstummten.

Der Himmel veränderte sich. Er wurde rot, mit einem Stich ins Violette.

Rhodan hörte sofort verzerrte Worte in Englisch. Mit einer schnellen Handbewegung korrigierte er die Einstellung und vernahm den Notruf der Verschollenen.

Er atmete auf. Leutnant Rous und seine Begleiter lebten also noch.

Schnell antwortete er, um die Verbindung herzustellen. Dann, als der Peilempfänger die Richtung bestimmte, nahm die SAMBO wieder Fahrt auf.

Während dieser aufregenden Sekunden hockte Gucky auf seiner Couch und lauschte nach Gedankenimpulsen. Kurze Zeit darauf verkündete er mit heller Stimme: „Leutnant Rous geht es gut. Die Mitglieder der Expedition sind wohlauf. Auch den Besatzungsmitgliedern der K-7 kann man nicht anmerken, daß sie Schaden gelitten haben. Außerdem . . ."

Rhodan hatte nur mit halbem Ohr zugehört, aber nun durchzuckte es ihn unwillkürlich. Er unterbrach Gucky scharf. „Was soll das heißen? Die K-7 ist seit über einem Jahr verschollen und gilt als verloren."

Gucky richtete sich auf. Er verlor ein wenig von seiner trägen Haltung. „Leutnant Rous hat die K-7 gefunden und die Besatzung mit einer besonderen von Ragow und Steiner entdeckten Methode aus der Fremdzeit in die normale Eigenzeit geholt. Soweit ich bisher in den Gedanken der Männer lesen konnte, vergingen für die K-7 ganze zwei Minuten, obwohl doch schon vor sieben Monaten die erste Begegnung mit den Zeitlosen fast vier Monate zurücklag. Übrigens sind für Rous und sein Team seit ihrem Eindringen in dieses Universum nur acht Tage vergangen, während es für uns mehr als sieben Monate waren. Damit scheint sich die Vermutung zu bestätigen, daß die Beibehaltung der Eigenzeit innerhalb dieses Universums nicht identisch mit dem Zeitablauf in unserem Universum ist. Es hängt tatsächlich davon ab, wann, wo und wie ein Eindringen in dieses Universum stattfindet und wie stark die Überlappungsfront ist."

„Ich fürchte", murmelte Sikermann, „daß wir außerstande sind, über die Relationen der entsprechenden Zeiten gültige Gesetze aufzustellen. Vielleicht unterliegen auch wir bereits entscheidenden Zeitverschiebungen."

„Malen Sie nicht den Teufel an die Wand", bat sich Rhodan aus. „Gehen Sie auf Peilkurs, und landen Sie bei Leutnant Rous. Gucky, du forschst weiter in den Gedanken der Vermißten, damit sie uns nicht alles erklären müssen, wenn wir landen. Ich fürchte, wir haben keine Sekunde zu verlieren, wenn Bully draußen nicht vor Ungeduld sterben soll."

Sie begriffen sofort, wie er das meinte, und sie begriffen auch, wie ernst er es meinen mußte. Wenn zwei Minuten schon drei Monaten gleichkamen, was erst würde geschehen, wenn sie Stunden in dieser Dimension weilten? Aber sie wußten ja, daß es keinen Maßstab gab, die Verschiebung festzulegen, denn sie war erfahrungsgemäß unterschiedlich.

Rhodan sah hinab auf die erstarrte Ebene, die glitzernden Kristallflüsse und die in ihren Bewegungen eingefrorenen Wellen. Drüben am Horizont mußte es regnen, aber es würde Stunden und Tage dauern, bis die Regentropfen die Planetenoberfläche erreichten, so langsam fielen sie. Zehn Zentimeter in der Stunde, grob gerechnet.

Sikermann sagte in das nachdenkliche Schweigen hinein: „Die Instrumente registrieren eine starke Belastung der Energieschirme. Was kann das sein?"

Rhodan kontrollierte die Skalen mit einem schnellen Blick. Jede Einstellung blieb in seinem Gedächtnis haften. „Der Luftwiderstand, Sikermann. Alles hier unterliegt den herrschenden Gesetzen der fremden Zeitebene, also auch die Atmosphäre. Relativ gesehen, durchrasen wir mit zehntausendfacher Schallgeschwindigkeit die Luft. Hätten wir keine Schutzschirme, würden wir verglühen. Verlangsamen Sie das Tempo trotzdem. Wir müssen gleich da sein."

Die Peilzeichen wurden stärker, und dann, wenige Augenblicke später, entdeckte Rhodan die K-7, die auf einem Hochplateau ruhte. Winzige Gestalten liefen hin und her – die Mitglieder der verschollenen Expedition und die Besatzung des damals auf Mirsal II verschwundenen Beiboots.

Eine Minute später standen sich Leutnant Rous und Rhodan gegenüber.

„Ich bin froh, daß ich Sie gefunden habe, Leutnant. Nun aber dürfen wir keine Zeit mehr verlieren. Ersparen Sie sich den Bericht bis später, alles Wichtige erfuhr ich bereits durch Gucky und Marshall. Ich bin also informiert. Geben Sie den Befehl, daß die Besatzung der K-7 in die SAMBO einsteigt. Was ist mit den Gefangenen? Sie sehen aus wie Raupen."

„Wir nannten Sie ‚Druuf', weil ihre Ruflaute, durch die Zeitdehnung verzögert, wie ein dumpfes ‚Druuuf' klangen. Zuerst nahmen wir an, es handle sich um die Intelligenzen der fremden Ebene, aber inzwischen hat Noir eine andere Theorie entwickelt. Er hält sie für die Sklaven oder Diener der eigentlichen Herrscher."

Rhodan lächelte flüchtig. „Ich hoffe, daß wir die wirklichen Druuf eines Tages noch kennenlernen."

Er ahnte nicht, wie nahe dieser Tag war.

„Wir müssen jeden Moment mit einem neuen Angriff rechnen", bemerkte Rous eindringlich. „Die Druuf haben genug Zeit gehabt, sich darauf vorzubereiten, nachdem wir sie vor einigen Tagen zurückschlugen und ihren Zeitverzögerer vernichteten."

„Zeitverzögerer?"

„Ja, denn für ihre Augen sind wir so gut wie unsichtbar", erklärte Rous hastig. „Unsere Bewegungen sind derart schnell, daß sie nicht mehr wahrgenommen werden. Also nahmen sie ein kleines Beiboot und montierten Kameras darauf, mit denen sie uns aufnahmen. Sie überspielten die Filme und verlangsamten sie. Schließlich sahen sie uns so, wie wir wirklich sind. So ungefähr müssen sie vorgegangen sein."

„Umgekehrt könnten wir das auch tun, aber es wäre schwieriger", meinte Rhodan. „Sie meinen, mit Hilfe eines solchen Zeitverzögerers könnten sie uns erneut angreifen?"

„Zweifellos." Rous nickte und schwieg plötzlich, denn bei den Käfigen der Druuf bildete sich eine Menschenansammlung. Jemand rief etwas, aber weder Rous noch Rhodan konnten es verstehen.

„Sorgen Sie dafür", sagte Rhodan, „daß wir in zehn Minuten starten können."

Als Rous davonschritt, wandte Rhodan seine Aufmerksamkeit wieder den Käfigen zu, die ebenfalls in die SAMBO gebracht werden sollten. Er hätte es sich eigentlich denken sollen, daß Gucky die ihm verbleibende Zeit in der fremden Dimension nützen würde, auch wenn er dazu keinen besonderen Auftrag erhalten hatte.

Der Mausbiber hatte sofort die gefangenen Riesenraupen entdeckt und telepathischen Kontakt mit ihnen aufgenommen. Zwar war es ihm nicht möglich, den Druuf seine Gedanken oder Wünsche mitzuteilen, aber er konnte klar und deutlich lesen, was die Wesen dachten.

Und das war sehr aufschlußreich.

Gucky hockte am Boden und lauschte, bis die Raumfahrer kamen, um die Käfige in die SAMBO zu bringen.

„Ihr müßt sie nicht einsperren", sagte Gucky und hoppelte aufgeregt hin und her. „Sie sind harmlos und völlig ungefährlich. Die Beherrscher der fremden Dimension haben sie mißbraucht."

Es entstand einige Verwirrung. Ragow kam hinzu und unterhielt sich einige Minuten mit Gucky. Was er erfuhr, bestätigte seine eigenen Vermutungen. Die Raupen waren nur ein Hilfsvolk der wirklichen Druuf.

Gucky war beruhigt, als Ragow ihm versicherte, daß die Raupen gut und anständig behandelt würden. Er hoppelte davon, auf die SAMBO zu.

Rhodan drängte zum Aufbruch. Er ahnte die Folgen einer weiteren Verzögerung in ihrer ganzen Tragweite. Wieviel Zeit mußte für Bully in der DRUSUS bereits vergangen sein?

Als letzter betrat Rhodan den schrägen Laufsteg, der zur Schleuse führte. Mit einem kurzen Blick streifte er die K-7. Das Schiff würde hier zurückbleiben müssen, denn es war so gut wie unmöglich, es jetzt in die gültige Eigenzeit zurückzubringen.

Sikermann hockte bereits hinter den Kontrollen und erwartete nervös das Startkommando. Rhodan nickte ihm zu. Das Schiff war startklar.

„Langsam aufsteigen. Keine erhöhte Beschleunigung. Kurs bekannt. Wir landen kurz auf halber Strecke und nehmen Josua auf, der uns entgegengeflogen ist. Dann weiter zum Lichtfenster."

Die folgenden Minuten vergingen schnell. Josua wurde eingeschleust, und weiter ging der Flug. In der Zentrale starrte Rhodan auf den breiten Frontbildschirm und ließ die vorübergleitende Landschaft nicht aus den Augen. Hinter ihm stand Leutnant Rous und korrigierte den Kurs, wenn es notwendig war. Schließlich gab es niemanden, der die Strecke zwischen dem Vulkan und dem Lichtfenster so gut kannte wie er.

Am Horizont, etwa hundert Kilometer entfernt, stand eine dunkle, undurchsichtige Wand. Sie setzte sich nach oben hin fort, wurde aber merklich schwächer und lichtdurchlässiger. Inzwischen war Rous darüber informiert worden, daß während der acht Tage, die seine Gruppe auf der Kristallwelt verbracht hatte, im Normalraum sieben Monate verstrichen waren. Dieses Phänomen ließ sich nach wie vor nicht völlig erklären.

Die SAMBO glitt weiter, überquerte jene Stelle, an der früher die kleine Zeitmauer gewesen war, vor der Rous' Gruppe hilflos gestanden hatte, bis das Lichtfenster und damit auch das Hindernis verschwunden war, und erreichte schließlich die weite Ebene.

In ihrer Mitte war eine glasige Stelle, die noch glühte.

„Dort traf der tödliche Energieschuß der Druuf die Oberfläche", erklärte Rous nüchtern. „Vor acht Tagen etwa. Der Felsen ist noch flüssig."

Aber Rhodan achtete weder auf Rous' Worte noch auf den glühenden Kreis. Seine suchenden Augen hatten eine flüchtige Bewegung in Flugrichtung erkannt, dort, wo der flammende Ring den Berührungspunkt der beiden Dimensionen an den Himmel zeichnete.

Das Lichtfenster war noch da. Der Rückweg in die eigene Zeitebene war nicht versperrt. Sie konnten dieses fremdartige Universum verlassen.

Und sie konnten es doch nicht!

Aus dem Weltall kommend, rasten etwa zwanzig lange, torpedoförmige Riesenschiffe auf den Lichtring zu und eröffneten ein rasendes Feuer aus Energiegeschützen auf die Leuchterscheinung. Die fremden Schiffe legten in der Sekunde zwei Kilometer zurück, sie mußten also – in ihrer eigenen Dimension – fast mit halber Lichtgeschwindigkeit dahinrasen.

Der Feuervorhang vor und um das Loch in der Zeitmauer wurde immer dichter. Rhodan erkannte mit einem schnellen Blick, daß es völlig unmöglich war, die Sperre zu durchbrechen. Die eigenen Schutzschirme würden unweigerlich zusammenbrechen.

23.

„Fertig!“ sagte der Druuf. „Einschalten!“

Schatten glitten durch die Korridore und Räume des riesigen Schiffes. Es raste mit Lichtgeschwindigkeit dahin. Der Effekt, den die Druuf erwartet hatten, trat prompt ein. Die in ihre Dimension eingedrungenen Fremden wurden sichtbar.

„Eingeschaltet!“ kam die Antwort über viele Lichtstunden hinweg aus dem Flaggschiff der Robotflotte, die in der Atmosphäre des Planeten auf den Feind lauerte. „Leiten Sie uns.“

Das war notwendig, denn nur auf den Bildschirmen des Giganten, der mit Lichtgeschwindigkeit flog, wurden die Fremden sichtbar. Die kleineren Robotschiffe blieben weiterhin blind und mußten sich auf die Befehle des Giganten verlassen, der ihren Einsatz leitete.

Der Druuf beugte sich über die Schirme. Gerade war wieder ein Planet der anderen Zeitebene mit Millionen fremder Lebewesen überrollt worden. Die Raupen würden sich ihrer annehmen, sie mit Nahrung versorgen und sie in ihre Quartiere bringen. Die Verständigung bedeutete kein Hindernis, denn nun lebten die Fremden nicht schneller als sie, sondern hatten sich angepaßt.

Bis auf jene, die mit Hilfe eines technischen Geräts in ihre Ebene eingedrungen waren und ihre Eigenzeit behalten hatten. Sie bewegten sich so schnell, daß sie unter normalen Bedingungen unsichtbar blieben. Sie bedeuteten eine Gefahr, denn es war das Ziel der Druuf, die beiden Ebenen anzugleichen.

Auf dem Bildschirm war ein Kugelschiff zu sehen. Vor wenigen Minuten war es übernommen worden. Aber dann waren die Fremden gekommen und hatten die Besatzung in ihre eigene Zeit zurückgeholt. Sie mußten sterben, wenn das Projekt nicht gefährdet werden sollte.

Die Bildrelaisstation funktionierte.

„Waffen einsatzbereit?“ erkundigte sich der Druuf.

„Einsatzbereit!“ kam die Antwort aus dem Flaggschiff.

„Geschwindigkeit aufnehmen – etwa Halblicht! Das ist auch für die Fremden zu schnell, als daß sie einem Angriff ausweichen könnten.“

Noch ehe die Kampfflotte den Befehl ausführen konnte, geschah etwas Merkwürdiges.

Unten, dicht neben jener Stelle, an der die sechs Fremden eingedrungen waren, entstand eine Leuchterscheinung, ein Lichtring gewaltigen Ausmaßes. Der Druuf kannte diese Erscheinung. Sie rührte von jenem Gerät her, das den anderen das Eindringen in diese Zeitebene ermöglichte.

Erhielten die Fremden Verstärkung?

Der flammende Ring wurde vollständig. Fast gleichzeitig tauchte in seiner Mitte eine Kugel auf. Sie stieß aus dem Nichts in diese Welt vor und verlangsamte bald den rasenden Flug. Zielbewußt strebte sie auf das Gebirge zu, wo die etwas kleinere Kugel wartete.

Im Funkempfänger waren verzerrte Impulse.

Der Druuf befahl seiner Flotte: „Warten!“

Die schwarzen Schiffe der Druuf warteten. Nach gut einer halben Stunde kam der Befehl: „Angriff! Ich leite!“

Für den Druuf selbst waren vielleicht zehn Minuten vergangen. Auf seinem Bildschirm bewegten sich die Fremden in natürlich scheinender Geschwindigkeit. Auch für den Druuf verging die Zeit nun schneller als für jene auf den Schiffen der Kampfflotte, die keine Lichtgeschwindigkeit flogen.

„Konzentrisch mit Halblicht!“

Die Steuersignale ließen die Kontrollen der Schiffe reagieren. Mit halber Lichtgeschwindigkeit rasten zwanzig schlanke Kreuzer auf die Oberfläche des Planeten hinab und eröffneten das Feuer.

Dann kamen sofort neue Befehle.

Leutnant Rous zuckte hilflos mit den Schultern. „Es tut mir leid, daß ich Ihnen keine Erklärung dafür geben kann. Auch Steiner weiß keinen Rat. Wenn unsere Berechnungen stimmen, dann können für die Druuf seit unserem Eindringen hier vor acht Tagen höchstens zehn Sekunden vergangen sein. Sie können unmöglich in diesen zehn Sekunden eine neue Methode entwickelt haben, uns zu sehen.“

„Sie haben aber“, sagte Rhodan. Ernst setzte er hinzu: „Und sie reagieren innerhalb von Tausendstelsekunden. Es scheint unmöglich, aber der Beweis ist vorhanden. Wir müssen eine Erklärung finden, sonst sind wir erledigt.“

Er ließ, während er sprach, den Bildschirm nicht aus den Augen.

Die fremden Schiffe – ungewöhnlich schlanke und lange Gebilde aus schwarzem Metall, vorn und hinten spitz – waren neben dem Lichtfenster niedergegangen und beschossen es mit ihren Energiegeschützen. Sie legten einen regelrechten Sperrgürtel aus flammender Energie davor, so daß weder eine Rückkehr in das eigene Universum noch ein Vordringen eventueller Verstärkungen in diese Zeitebene möglich war.

„Können wir die schwarzen Schiffe nicht angreifen?“

Rhodan nickte. „Natürlich können wir das, aber ich bin mir nicht ganz klar, wie unsere Schutzschirme auf Energiestrahlen reagieren, die nur vier Kilometer in der Sekunde zurücklegen. Haben Sie eine Ahnung?“

Rous schüttelte den Kopf. Steiner, der ein wenig im Hintergrund der Zentrale stand, sagte: „Ich ahne, was Sie vermuten. Die Energiestrahlen unterliegen den Gesetzen der anderen Ebene. Ihre Zerstörungskraft muß entsprechend größer sein.“ Er zögerte. „Kann sie aber nicht genauso gut geringer sein?“

„Wollen Sie es ausprobieren?“ schlug Rhodan vor.

Steiner gab keine Antwort.

Rhodan seufzte. „Fest steht, daß die Druuf uns sehen können. Sikermann, bitten Sie Crest und Atlan in die Zentrale.“

Die SAMBO stand zwanzig Kilometer von dem Lichtfenster entfernt. Sikermanns Hände lagen auf dem Fahrthebel. Sobald einer der Energiefinger, die jetzt den Rückzug blockierten, auf sie zuschwenken würde, konnte er das Schiff in die Höhe schießen lassen. Es blieben ihm zehn Sekunden dafür.

Crest betrat als erster die Zentrale. Seine hochgewachsene, ehrfurchtgebietende Gestalt mit den weißen Haaren, seine rötlichen Albinoaugen und die feingliedrigen Hände wiesen ihn als Arkoniden aus. Er lächelte Rhodan und den anderen Männern zu und nahm in einem der Sessel Platz.

Atlan, der Unsterbliche, folgte Crest. Auch er lächelte, aber es war ein spöttisches, überlegenes Lächeln, das Rhodan bei anderer Gelegenheit gereizt hätte.

In kurzen Worten schilderte Rhodan, was inzwischen geschehen war. Crest und Atlan hörten zu, ohne ihn zu unterbrechen. In ihren Gesichtern spiegelte sich Besorgnis, und auch Atlan lächelte nun nicht mehr.

„Jetzt kannst du also auch nicht mehr weiter, Barbar?“ erkundigte er sich trotzdem noch spöttisch. „Wir, die degenerierten Arkoniden, sollen dir helfen? Etwas absurd, nicht wahr?“

„Absolut nicht, Arkonide“, gab Rhodan zurück. „Aber wozu streiten wir uns? Denken wir lieber gemeinsam darüber nach, wie wir in unsere eigene Zeit zurückkehren können. Dies hier ist weder Vergangenheit, Gegenwart noch Zukunft. Dies hier ist einfach – anders.“

Atlan nickte. „Ich stimme dir zu, Perry. Dies hier ist anders. Aber wir kamen hierher, also werden wir auch zurückgelangen.“

„Nicht durch den Sperrgürtel dort beim Lichtfenster.“

Atlan nickte abermals. „Finden wir zuerst eine Erklärung dafür, warum die Druuf plötzlich so schnell reagieren können, obwohl sie doch angeblich zweiundsiebzigtausendmal langsamer leben als wir. Was also ist geschehen?“

„Wenn wir das wüßten ...“, begann Leutnant Rous, wurde aber mit einer Handbewegung Atlans zum Schweigen gebracht.

„Wir werden es wissen, wenn wir logisch überlegen. Da denke ich zuerst an die Raupen, die wir an Bord haben. Sie haben ihre Eigenzeit verloren und sich uns angepaßt. Warum sollte es nicht möglich sein, daß sich die Druuf uns ebenfalls anpassen?“

„Genau mein Gedankengang“, murmelte Rhodan. „Nun weiter.“

„Ganz einfach. Wir wissen heute noch nicht genau, was geschieht, wenn wir die Lichtgeschwindigkeit erreichen, weil wir niemals dazu kamen, es zu erproben. Bei *unserer* Lichtgeschwindigkeit gehen wir in Transition. Niemand hat es je geschafft, im Normalraum mit Lichtgeschwindigkeit zu fliegen. Abgesehen von Leutnant Rous und seinen Leuten. Doch das geschah nur im relativen Sinn. Immerhin bietet sich hier eine Antwort an, wie du zugeben mußt.“

Rhodan nickte, verzichtete aber darauf, dem Unsterblichen zu antworten. Ruhig wartete er ab, ob Atlan seine eigenen Vermutungen bestätigte.

„Was also mag geschehen sein, als die Druuf auf den Gedanken kamen, ebenfalls Lichtgeschwindigkeit zu fliegen? Verschoben sich ebenfalls die Zeitbegriffe? Lebten sie plötzlich genauso schnell wie wir? Und was ist, wenn das geschah? Sahen sie uns genauso, wie wir uns sehen? Verging die Zeit für sie genauso schnell wie für uns? Werden sie darum auch schneller sterben müssen, weil sie schneller leben? Das sind Spekulationen, denen wir später immer noch nachgehen können. Wichtig ist, daß wir eine Erklärung finden – und ich glaube, das haben wir hiermit getan."

„Das ist ...", rief Steiner verblüfft und sah Atlan fassungslos an, der den Blick zurückgab.

Rhodan warf einen Blick auf den Bildschirm. „Drei der schwarzen Schiffe haben das Feuer eingestellt. Sie steigen verhältnismäßig langsam auf und wenden uns den Bug zu. Ich glaube, daß wir bald Gelegenheit erhalten werden, die Zeitdifferenz bestimmen zu können, auf die sich die Druuf uns genähert haben. Das ist dann auch gleichzeitig ihre Reaktionszeit."

Atlan hatte sich neben Crest gesetzt. Leise unterhielten sich die beiden Arkoniden. Rhodan konnte hören, daß sie die Möglichkeiten erörterten, wie man den Druuf beikommen könne.

„Halten Sie die SAMBO startklar!" befahl Rhodan dem Piloten und achtete wieder auf den Bildschirm. Die drei fremden Schiffe waren bis hoch in die Atmosphäre gestiegen, den Bug immer noch auf die SAMBO gerichtet. Es wurde nun klar ersichtlich, daß sie einen Angriff planten. „Sie steuern nach meinem Kommando, Sikermann! Wir müssen wissen, wie lange sie benötigen, um auf eine veränderte Situation zu reagieren."

Im Grund genommen war das eine einmalige Gelegenheit, diese Reaktionszeit festzustellen. Bei dem ersten Angriff auf Leutnant Rous hatte sie noch fünf Minuten betragen. Inzwischen konnte sie sich entscheidend verkürzt haben.

Drüben bei den drei Schiffen blitzte es auf. Rhodan erkannte es in derselben Sekunde, in der die Strahlen auch die Schutzschirme der SAMBO berührten.

Zeiger schlugen aus, und das Summen im Leib des gewaltigen Schiffes verstärkte sich jäh.

„Ab!" rief Rhodan.

Sikermann reagierte blitzschnell. Mit einem Satz schoß die SAMBO in die Höhe und jagte hinauf in die Stratosphäre der Kristallwelt. Bald überschritt sie die Zwei-Kilometer-pro-Sekunden-Markierung und ließ die nachfolgenden Energiestrahlen hinter sich zurück. Aber die drei Schiffe ließen nicht locker. Sie kamen nach.

Drei Kilometer in der Sekunde – das bedeutere 75 Prozent der relativen Lichtgeschwindigkeit. Es war Rhodan ein völliges Rätsel, wie die Druuf sie sehen konnten.

Wenn allerdings Atlans Theorie stimmte . . .

Aber wie sollte sie? Die sie verfolgenden drei Schiffe legten nur zwei Kilometer in der Sekunde zurück. Das war in ihrer eigenen Ebene kaum halbe Lichtgeschwindigkeit.

Rhodan gab es auf, weiter über das Problem nachzudenken. Er konnte nicht ahnen, daß weit draußen, Lichtstunden von der Kristallwelt entfernt, das Riesenschiff der Druuf mit echter Lichtgeschwindigkeit kreiste – echt im Sinne der anderen Zeitebene – und durch Relaisstationen mit den Einheiten der schwarzen Flotte verbunden war.

„Die Schirme haben es ausgehalten", sagte Atlan in diesem Augenblick trocken. Er hatte das Gespräch mit Crest für einen Moment unterbrochen. „Ob sie allerdings auch den Beschuß aus siebzehn Buggeschützen aushalten, wage ich zu bezweifeln."

„Dann sind wir uns ja einig, Arkonide", entgegnete Rhodan ebenso gelassen. „Wir lassen es auch nicht auf einen Versuch ankommen. Nur frage ich mich, wie lange wir mit den Druuf Verstecken spielen sollen."

„Spielen?" meldete sich plötzlich Gucky. „Die Druuf spielen Verstecken?"

Rhodan wandte sich dem Mausbiber zu.

„Damit es keine Mißverständnisse gibt", sagte er mit Nachdruck. „Niemand hat behauptet, daß die Druuf spielen.Ich weiß, daß du für dein Leben gern spielst, aber jetzt ist nicht die Zeit und Gelegenheit dazu." Er stockte plötzlich und betrachtete den Mausbiber mit wachsender Aufmerksamkeit. „Hm, wenigstens wäre ‚spielen' nicht die richtige Bezeichnung." Wieder machte er eine Pause, um zu überlegen. „Hole Ras Tschubai!" befahl er dann.

Gucky zwitscherte etwas Unverständliches, rutschte aber gehorsam von seiner Couch und watschelte zur Tür. Dicht davor überlegte er es sich anders, blieb stehen, konzentrierte sich – und verschwand in der flimmernden Luft. Er hatte es vorgezogen zu teleportieren.

„Was hast du mit Ras Tschubai vor?“ fragte Atlan.

Rhodan ließ den Bildschirm nicht aus den Augen. Tief unter ihnen glitt die Oberfläche der Kristallwelt hinweg – eigentlich war der Planet längst zu einer großen Kugel geworden, um die die SAMBO mit drei Kilometern in der Sekunde kreiste. So waren sie vor Überraschungsangriffen einigermaßen sicher.

„Ras Tschubai ist Teleporter, genau wie Gucky. Ich will die beiden auf ein Schiff der Druuf schicken.“

Sogar Atlan war verblüfft über diesen Plan. Für lange Sekunden schwieg er, dann fragte er: „Warum?“

Rhodan lächelte sanft, als er antwortete: „Ich hätte zu gern gewußt, wie die Druuf aussehen. Deswegen.“

Ras Tschubai war wie die anderen Mutanten durch die Zelldusche auf dem Kunstplaneten Wanderer relativ unsterblich geworden. Wenigstens für einen Zeitraum von gut sechzig Jahren.

Zusammen mit Gucky erschien er wenige Minuten später in der Zentrale und meldete sich bei Rhodan.

Immer noch umkreiste die SAMBO den Kristallplaneten, den man seines erstarrten Lebens wegen so genannt hatte. Etwas langsamer folgten die drei schwarzen Schiffe der Druuf, die vergeblich versuchten, die schnellere Kugel einzuholen. Einzelne Energieschüsse verfehlten ihr Ziel.

Rhodan wandte sich Ras Tschubai und Gucky zu. „Auf dem Heckbildschirm seht ihr die drei Schiffe der Druuf. Ihr springt gemeinsam und trennt euch nicht. Ich will wissen, wie die Druuf aussehen. Gucky versucht eine telepathische Verständigung herbeizuführen, während Ras Deckung gibt. Wenn man euch angreift, wehrt euch. Es kann sein, daß die Druuf dort in den Schiffen *nicht* langsamer leben als wir, also Vorsicht.“

„Und wenn sie keine Telepathen sind?“ gab der Mausbiber zu bedenken. „Ich kann dann ihre Impulse empfangen, aber ihnen nichts mitteilen.“

„Dann kommt zurück und holt Noir“, sagte Rhodan.

Ras Tschubai zog seinen Strahler aus dem Gürtel und schob die

Sicherung zurück. Er schien nicht die Absicht zu haben, das geringste Risiko einzugehen. Gucky nahm keine Waffe mit.

„Ich erwarte euch bald zurück“, sagte Rhodan. „Viel Glück!“

Gucky ging zu Ras Tschubai und nahm dessen Hand in die seine. Sie nickten sich zu, konzentrierten sich gleichzeitig – und verschwanden.

Rhodan starrte eine Weile auf die Stelle und wandte sich dann erneut an Sikermann.

„Bleiben Sie auf dem bisherigen Kurs und ändern Sie ihn nur im Notfall. Geschwindigkeit beibehalten.“

Er war gespannt auf das, was die beiden Teleporter berichten würden.

Als Gucky die Rematerialisation beendete, spürte er als erstes die Hand des Afrikaners in der seinen. Der Simultansprung hatte also einwandfrei geklappt.

Es war dämmrig um sie. Unter ihren Füßen befand sich ein flexibler Boden, ähnlich einem Plastikteppich. Die Wände schimmerten in einem ungewissen Licht, das aus ihnen zu dringen schien. Die Decke war schwarz. Irgendwo in der Tiefe vibrierten unbekannte Maschinen.

Sonst war alles still.

„Hörst du etwas – außer den Maschinen?“ fragte Gucky.

Der Afrikaner verneinte. Dann, nach einer Pause, flüsterte er: „Und du? Gedankenimpulse?“

Nach einer Weile schüttelte Gucky den Kopf. „Hier in diesem Schiff gibt es niemanden, der denkt. Oder aber er trägt einen Abschirmapparat. Ich kann niemanden orten.“

Ras wollte antworten, aber dann blieb er stumm.

Gucky hatte es auch gehört.

Nicht weit von ihnen waren leise Schritte. Sie klangen merkwürdig unregelmäßig und schleifend.

„Da kommt jemand“, hauchte Ras erschrocken. Er strengte seine Augen an, aber der Gang, den er nun erkennen konnte, machte eine Biegung. Die Schritte waren hinter dieser Biegung und näherten sich unaufhaltsam.

Der Afrikaner griff nach Guckys Arm. „Sollten wir nicht lieber ...“

„Verschwinden? Kommt nicht in Frage. Wir bleiben hier. Nun gut, gegen ein Versteck habe ich nichts einzuwenden, da ich mir den Druuf in aller Ruhe ansehen möchte.“

Sie fanden einige Meter weiter eine Nische. Wahrscheinlich diente sie zur Lagerung irgendwelcher Gegenstände. Im Augenblick jedenfalls leistete sie Gucky und Ras vortreffliche Dienste, indem sie die beiden Teleporter vor den Augen des sich nähernden Druuf verbarg.

Jetzt bog er um die Ecke.

Inzwischen hatten sich die beiden an das Dämmerlicht gewöhnt, und es fiel ihnen nicht mehr schwer, ihre Umgebung klar zu erkennen. An den Wänden, dicht neben den Lichtquellen, hingen seltsame Gebilde, deren Sinn unmöglich zu erraten war. Bilder jedenfalls waren es nicht, das erkannte Gucky auf den ersten Blick. Eher Plastiken, wenn auch das nicht sicher sein konnte. Mehrere Türen führten in unbekannte Räume.

Um die Ecke bog ein Schatten.

Der Druuf war nicht größer als einen Meter, besaß unregelmäßige Kugelform, soweit sich das erkennen ließ, und hatte mehrere Gliedmaßen, mit denen er sich vorwärtsbewegte. Dünne Fühler oder Antennen standen nach oben und schwankten leicht hin und her.

Der Druuf kam näher. Einzelheiten wurden sichtbar.

Vergeblich suchte Ras nach Augen, einem Mund oder nach den Ohren. Das Wesen hatte kein Gesicht.

Es hatte einen asymmetrischen Körper. Es war, als sei ein großer Tropfen flüssigen Metalls plötzlich erstarrt.

Ras Tschubai hauchte kaum hörbar: „Er bewegt sich langsam, aber er bewegt sich. Er hält sich also in unserer Zeitebene auf."

Gucky nickte, ohne etwas zu sagen. Fasziniert betrachtete er den Druuf, der langsam auf sie zuglitt. Ja, gleiten war das richtige Wort für diese Art der Fortbewegung. Die Beine bewegten sich unaufhörlich. Immer berührten zwei oder drei der kurzen Beine den Boden.

Gucky versuchte noch einmal, in die Gedanken des merkwürdigen Wesens einzudringen, das nun keine zwei Meter von ihm entfernt war. Es war vergeblich. Guckys tastende Impulse stießen auf eine Mauer.

Schweigend und reglos warteten sie, bis der Druuf weit genug entfernt war und um eine zweite Biegung verschwand.

Ras atmete erleichtert auf.

„Was sind das für Wesen?" flüsterte er verblüfft. „Sind es Insekten oder Säugetiere? Denken sie überhaupt? Hast du etwas feststellen können?"

„Denken können sie bestimmt, sonst könnten sie keinen Krieg führen", erwiderte Gucky sarkastisch. „Aber ehrlich gesagt, ich habe keinen einzigcn Gedanken auffangen können. Hast du die Beine gesehen? Sie sind so angeordnet, daß der Druuf immer auf die Füße fällt. Beim Gehen bewegen sie sich alle." Er machte eine winzige Pause. „Fast automatisch", fügte er dann hinzu.

Ras überhörte es.

„Also in die Zentrale." Er erriet die Gedanken des Mausbibers. „Bin gespannt, wie sie reagieren, wenn sie uns sehen."

„Da sie so seltsam aussehen, werden sie uns für Monstren halten", vermutete Gucky. „Hoffentlich erschrecken sie nicht zu sehr."

„Wenn sie dich zuerst sehen . . .", meinte Ras.

Gucky stieß ein empörtes Zischen aus und sagte: „Springen wir in die Zentrale. Wenn wir nur wüßten, wo sie ist."

Das war ein Problem für sie. Teleporter konnten ihr Ziel nur dann erreichen, wenn sie es sehen oder sich wenigstens vorstellen konnten. Man mußte es ihnen also zumindest eindringlich beschrieben haben, oder sie mußten selbst einmal dort gewesen sein.

Gucky zuckte mit den Schultern. „Gehen wir so, vielleicht haben wir Glück. Wenn jemand auftaucht, verstecken wir uns in einer Nische, davon haben sie ja hier genug. Außerdem sind die Druuf viel zu langsam, um eine große Gefahr darzustellen."

Nach der zweiten Biegung hatten sie den Druuf wieder eingeholt. Die hörbaren Schritte täuschten über die Geschwindigkeit hinweg, mit der sich das Wesen bewegte. Jeder Schritt brachte es höchstens zehn Zentimeter voran, und nur alle drei bis vier Sekunden erfolgte ein solcher Schritt.

Sie warteten, bis der Druuf durch eine Tür glitt und verschwand. Der Vorgang nahm fast zwei Minuten in Anspruch.

„Sie sind noch ein bißchen zurück mit der Zeit", flüsterte Gucky.

Als der Weg frei war, kamen sie schneller voran. Sie begegneten keinem Druuf mehr und fanden die Zentrale schon deshalb ohne besondere Schwierigkeiten, weil das Schiff nicht die bekannte Kugelform besaß, sondern lang und von geringem Durchmesser war. Die Zentrale konnte daher nur im Bug liegen.

Der Gang endete vor einer Tür.

Ras Tschubai konnte sich später nicht mehr erinnern, woher er und

Gucky wußten, daß die glatte Wand eine Tür war. Kein Anzeichen wies darauf hin. Es gab keine Klinke, keinen Drehknopf, keine Einbuchtung, in die man hätte die Hand legen können, um den Öffnungsimpuls zu geben.

Eine glatte Wand – sonst nichts.

Gucky begann zu espern und ertastete telekinetisch das Hindernis.

„Ein elektronisches Schloß", gab er flüsternd bekannt, „das sich nur mit Hilfe elektrischer Wellen betätigen läßt. Die Druuf müssen also immer einen kleinen Sender mit sich herumschleppen, wenn sie durch eine Tür wollen. Merkwürdig."

„Kannst du die Tür öffnen?" fragte Ras besorgt.

„Wenigstens versuchen", tröstete Gucky und konzentrierte sich auf seine Aufgabe. Ras hielt inzwischen Wache. In seiner Hand ruhte noch immer der schwere Impulsstrahler.

Hinter der Wand – oder Tür – war ein Geräusch. Irgend etwas klickte leise, dann schob sich die Wand beiseite. Dahinter wurde ein großer Raum sichtbar, in dem es von Instrumenten und fremdartigen Apparaturen nur so wimmelte. Das war ohne jeden Zweifel die gesuchte Kommandozentrale des schwarzen Schiffes.

Das erste, was Ras ins Auge stach, war ein gewaltiger, ovaler Bildschirm, der genau an der Stirnseite in der Wand eingelassen war. Auf ihm war die SAMBO zu erkennen.

Vor dem Bildschirm standen drei Druuf. Sie hatten das Öffnen der Tür anscheinend nicht bemerkt. Wenigstens taten sie nichts, um die Eindringlinge aufzuhalten. Neben ihnen befanden sich die schweren Metallblöcke unbekannter Maschinen.

In der rechten Ecke leuchtete ein zweiter, kleinerer Bildschirm.

Ras zuckte zusammen, obwohl er keineswegs begriff, was er sah.

Zwei Kreise lagen um einen gemeinsamen Mittelpunkt, verschoben sich zögernd und kehrten wieder zurück. Der eine Kreis war rot, der andere grün. Es war offensichtlich, daß jemand bemüht war, dafür zu sorgen, daß sich die beiden Kreise deckten und genau um den Mittelpunkt lagerten.

Welchen Sinn das Ganze haben sollte, war Ras nicht klar, aber er ahnte, daß es eine Vorrichtung zur Beibehaltung des jeweilig befohlenen Kurses war.

Der mittlere Druuf wandte sich langsam um.

Gucky versuchte noch immer, telepathische Verbindung mit den fremden Lebewesen aufzunehmen, aber es gelang ihm nicht. Keine noch so geringe gedankliche Reaktion wurde spürbar, als wären die Druuf seelenlose, nur automatisch handelnde Geschöpfe.

Er versuchte es mit der akustischen Methode.

„Warum verfolgt ihr uns?" fragte Gucky in der Sprache der Arkoniden. „Wir wünschen keinen Krieg."

Jetzt hatte sich der mittlere Druuf endlich umgedreht. Es war klar, daß er noch nicht völlig die Zeitebene der Terraner erreicht hatte. Immerhin näherte er sich ihr bedenklich.

Gucky und Ras konnten bemerken, daß sich die Gehwerkzeuge in die Haut der Kugel zurückgezogen hatten. Dafür waren Arme erschienen, an deren Enden die verschiedenartigsten Instrumente saßen. Kleine Zangen, Schraubenzieher, Finger sogar und Saugnäpfe.

Einer der Arme zog sich langsam wieder zurück, und eine halbe Minute später entstand eine runde, dunkle Öffnung in dem Kugelleib.

Der Druuf sandte keine Gedankenimpulse aus, also war es Gucky auch nicht möglich, die Absichten des fremden Wesens zu erfahren. Er war genauso unvorbereitet wie Ras, als das Feuer auf sie eröffnet wurde.

Ein greller Energiestrahl kam aus der Mündung der Waffe und fuhr zwischen Ras und Gucky hindurch, um gegen die Wand zu prallen, dort fächerartig auseinanderzufließen und erlöschend nach allen Richtungen abzugleiten.

„Mistvieh!" zischte Gucky und sprang unter dem Strahl hinweg in Deckung. Ein Metallblock bot Sicherheit genug. Gleichzeitig ergriffen Guckys telekinetische Kraftströme den Druuf. Der Energiestrahl schoß nach oben und ließ die Decke der Zentrale abschmelzen.

Ras war ebenfalls in Deckung gegangen. Er zögerte nicht, seine eigene Waffe einzusetzen. Über den Maschinenblock hinweg nahm er den kriegerischen Druuf aufs Korn, zog den Abzug durch und ließ ihn nicht eher wieder los, bis das fremde Wesen, in flammende Glut gehüllt, seinen Angriff einstellte.

Irgend etwas polterte mit metallischem Klang zu Boden.

Vorsichtig hob Gucky den Kopf über seine Deckung. Was der Mausbiber sah, war so verblüffend, daß er für einen wichtigen Moment die beiden anderen Druuf in der Zentrale vergaß.

Der Angreifer war auseinandergefallen. In der Kugel klaffte ein breiter Spalt und gab ihr Inneres frei. Silbern schimmernde Leitungen, von der Hitze verbrannt und an einigen Stellen verfärbt, erinnerten mit ihrem Gewirr an die Windungen eines hochentwickelten elektronischen Gehirns. Metallkästchen, teilweise zerstört, fielen immer noch aus ihren Halterungen und rollten polternd auf den Boden, wo sie liegenblieben. Mit dumpfem Knall zersprang eine Röhre – oder etwas, das wie eine Röhre aussah. Eine blaue Stichflamme zuckte hoch, um gleich wieder zu erlöschen. In der Luft war plötzlich der Gestank nach verbranntem Gummi und Ozon.

Ras sagte trocken: „Roboter! Unsere Druuf sind nichts als Roboter. Ich wußte es schon, als ich auf den Burschen schoß."

Gucky starrte immer noch auf das Unfaßbare.

„Sie sind Roboter, wahrhaftig", bestätigte er, fügte aber hinzu: „Sie sind also auch nicht die echten Druuf."

„Vorsicht!" schrie er und riß den Impulsstrahler hoch, um das Feuer zu eröffnen.

Die beiden anderen Roboter mußten die Niederlage ihres Gefährten inzwischen registriert haben. Sie handelten entsprechend und griffen an. Ras Tschubais Warnung kam keine Sekunde zu früh. Gucky verschwand hinter dem Metallblock und versuchte, telekinetisch einzugreifen, aber infolge der langsameren Reaktionszeit der Roboter war Ras im Vorteil und kam auch ohne Gucky zurecht.

Mit zwei schnellen Schüssen erledigte er die beiden Roboter.

In der Zentrale sah es nun wüst aus. Viel konnte nicht mehr heil geblieben sein. Die beiden Farbringe wanderten aus dem Schirm, und Ras stellte gleichzeitig fest, daß sich auch die SAMBO auf dem Ovalschirm verschob.

Das Schiff der Druuf kam vom Kurs ab. Die Oberfläche des Kristallplaneten wurde sichtbar und näherte sich mit rasender Geschwindigkeit.

„Wir müssen fort!" rief Ras und bereitete sich auf den Sprung vor.

Gucky sah, daß es keine andere Möglichkeit gab. In diesem Schiff hatten sie nichts mehr verloren, und es war unmöglich, weiter in ihm zu verweilen, wollten sie nicht ihr Leben aufs Spiel setzen.

„Springen wir", meinte er bedauernd und zeigte den Nagezahn, ohne dabei, wie gewohnt, zu grinsen. „Aber die beiden anderen

Kähne sehen wir uns noch an. Jetzt wissen wir ja Bescheid. Doch erst zur SAMBO."

Sie entmaterialisierten.

Zwei Minuten später bohrte sich das Schiff der Druuf mit einer gewaltigen Detonation tief in die Oberfläche des Kristallplaneten.

Mit zusammengekniffenen Augen stand Leutnant Rous neben Rhodan in der Zentrale der SAMBO und beobachtete das Schauspiel.

„Es kann nicht sein", murmelte er verdutzt und wurde blaß. „Es ist doch unmöglich."

„Was?" fragte Rhodan knapp.

„Es ist doch unmöglich, daß sich der ganze Planet, die ganze andere Zeitebene *uns* anpaßt. Haben Sie eine andere Erklärung für die Tatsache, daß die Detonation dort unten für uns sichtbar ist? Sehen Sie – der Rauchpilz steigt schnell in die Atmosphäre hoch. Nicht langsam und kaum bemerkbar. Früher fiel ein Regentropfen wenige Zentimeter in der Sekunde und jetzt . . ."

Rhodan nickte langsam.

„Sie wollen eine Erklärung?" Er stand reglos da wie eine Statue, aber um seine Mundwinkel zuckte es. „Es gibt keine andere Zeitebene, Leutnant Rous. Wenigstens *noch* nicht."

Aber er wußte in seinem Innern, daß es doch eine gab, er wagte jedoch nicht, sie anzuerkennen.

Denn sie bedeutete das Ende aller Hoffnungen.

Rhodan sah in die Gesichter der Offiziere der SAMBO. Diese Gesichter waren ernst, denn die Raumfahrer wußten, daß Rhodan nicht ohne Grund eine Besprechung anordnete, während sie von den schwarzen Schiffen verfolgt wurden.

Rhodan begann: „Ragow hat inzwischen entdeckt, daß die Bewegungen der gefangenen Raupenwesen sich unserem Zeitablauf angleichen. Sie werden allmählich schneller und haben bereits mehr als halbe Normalzeit erreicht. Weiter mußten wir schon vorher feststellen, daß die Druuf es anscheinend verstanden, uns trotz der zweiundsiebzigtausendfach schnelleren Bewegungen zu sehen und zu verfolgen. Wir zerbrachen uns bisher vergeblich den Kopf, wie sie das anstellten. Gucky und Ras fanden auf dem Schiff der Druuf lediglich Roboter, die ebenfalls nur ein wenig langsamer lebten als wir in unserer Zeitebene. Also wieder eine Angleichung. Aufschluß jedoch gibt erst der Absturz des Schiffes und seine Zerstörung. Wenn wir auch vermuten dürfen, daß sich einzelne Druuf mit Hilfe uns unbekannter Faktoren einer anderen Zeitebene zu nähern vermögen, so wäre es doch absurd, wollten wir annehmen, ein ganzer Planet passe sich uns an, wie es die Explosion zu beweisen scheint."

Er machte eine kurze Pause und ließ seine Worte wirken. Die meisten Zuhörer wagten es noch nicht, den einzig logischen Schluß zu ziehen, weil er zu phantastisch – und zu furchtbar war.

Rhodan liebte es nicht, seine Freunde im ungewissen zu lassen. Mit einer kurzen Handbewegung stellte er die Verbindung zur Zentrale her und sagte: „Sikermann, schalten Sie den großen Bildschirm ein und blenden Sie das empfangene Bild hierher in die Messe. Wir können den großen Interkomschirm benutzen."

Er wartete, bis der Schirm hell wurde und die dahinziehende Oberfläche des Kristallplaneten wiedergab.

„Wir haben das Tempo nicht erhöht", sagte Rhodan ruhig. „Unser Flug ist durch die Zeitangleichung schneller geworden. Sikermann, schalten Sie die Vergrößerung ein und verzögern Sie den Flug der SAMBO derart, daß Einzelheiten der Oberfläche sichtbar werden. Achten Sie dabei auf die verfolgenden Druuf-Schiffe."

Das Bild auf dem Schirm verschwamm. Wüste und Gebirge wurden sichtbar, glitten nun langsamer über die Mattscheibe und machten schließlich einer Szene Platz, die so überraschend wirkte, daß ein Raunen durch die Versammlung ging.

Die Kristallwelt schien bisher wie erstarrt und tot zu sein.

Dort auf dem Schirm aber krochen und spazierten Hunderte von Raupen umher, gingen ihren Beschäftigungen nach und taten ganz so, als hätten sie niemals langsamer gelebt. Ein Zeitunterschied war nun überhaupt nicht mehr zu erkennen.

Die Zuschauer erkannten sogar einige Bewohner von Tats-Tor, die durch eine Berührung der beiden Zeitebenen ihre Eigenzeit verloren hatten und verschwunden waren. Jetzt lebten sie dort unten auf der Kristallwelt – und sie lebten genauso schnell wie die Raupen – und wie alle hier auf der SAMBO.

Jemand stöhnte – es mußte jemand sein, der nun begriff, was Rhodan mit seiner Demonstration bezweckte.

Iwan Ragow trat vor. „Ich habe es bereits geahnt, als ich die Raupen in den Käfigen untersuchte und sah, daß sie sich zu bewegen begannen. Es ist nicht ihre Zeitebene, die sich der unsrigen anpaßt, sondern die unsere, die die Eigenzeit verliert. Wir sind langsamer geworden. In Wirklichkeit leben wir nun zweiundsiebzigtausendmal langsamer als die Menschen auf der Erde oder die Mannschaft der DRUSUS. Jede Sekunde hier . . ."

Er brach ab und schlug die Hände vors Gesicht.

Rhodan ging zu ihm und legte ihm die Hände auf die Schultern. „Das ist eine bloße Annahme, Ragow. Niemand weiß, wieviel Zeit wirklich vergeht, und wir sollten uns bemühen, keine voreiligen Schlüsse zu ziehen. Es steht allerdings fest, daß wir uns der anderen Ebene anpassen, und zweifellos sind wir verloren, wenn wir nicht in unser eigenes Universum zurückkehren. Aber es ist noch lange nicht gesagt, daß die Menschen auf der DRUSUS mit jeder hier vergehenden Sekunde um zwanzig Stunden älter werden. Die Relationen zwischen den beiden Ebenen sind flexibel und unberechenbar. Wir kennen die Gesetze nicht, die zwischen ihnen bestehen und die alle Differenzen bewirken."

„Gibt es denn eine logische Erklärung für das Phänomen?" fragte Crest.

Rhodan schüttelte den Kopf. „Leider muß ich Ihnen antworten: vorerst – nein. Haben Sie eine?"

Crest verneinte.

„Ich bin auf Spekulationen angewiesen, genau wie Sie alle. Wir sind zwar in der Lage, mit Hilfe des Krümmungsfeldgenerators in dieses Universum einzudringen, aber wir können nicht feststellen, welchen Einfluß ein solcher Vorgang auf unsere Eigenzeit hat. Auf keinen Fall jedoch dürfen wir die Möglichkeit ausschließen, daß die Druuf Geräte entwickelt haben, die Eindringlinge, wie wir es sind, ihrer Eigenzeit berauben können. Erinnern wir uns der bisher vorliegenden Erkenntnisse: Alle Lebewesen, die von einer Überlappungsfront überrollt werden, verlieren dabei ihre Eigenzeit. Wer jedoch mit einem LFG oder KFG hier eindringt, behält seine Eigenzeit, jedenfalls nahmen wir das aufgrund der Ereignisse bisher an. Nun hat sich jedoch herausgestellt, daß für Rous und dessen Begleiter seit ihrem Eindringen in dieses Universum lediglich acht Tage vergangen sind, während es für uns in unserer eigenen Zeitebene sieben Monate waren. Man hätte doch annehmen sollen, daß für die Gruppe Rous eine ebenso lange Zeit verging wie für uns. Ich nehme an, daß die Gruppe Rous unmittelbar nach ihrer Ankunft in den Einflußbereich von automatisch arbeitenden Zeitmanipulatoren der Druuf geraten ist. Nun haben uns die Druuf entdeckt und ihre Geräte den Umständen entsprechend neu justiert, eine Vermutung, die durch die nun relativ schnell vonstatten gehende Zeitanpassung bestärkt wird. Vergessen wir auch nicht, daß die Druuf offenbar ohne Schwierigkeiten mit ihren Raumschiffen in unserem Universum operieren. Sie können sich unserem Zeitablauf anpassen. Konsequenterweise müssen wir voraussetzen, daß sie Eindringlinge umgekehrt manipulieren können."

Sie schwiegen. Auch Rhodan gab keine Antwort. Sie alle wußten, daß sie Gefangene einer anderen Zeit waren. Einer Zeit, die, eingebettet im normalen Universum, dieses allmählich überflutete.

Rhodan fragte sich insgeheim, ob das wirklich ein so großes Unglück bedeutete, aber dann kehrte er in die unbarmherzige Gegenwart zurück.

„Wir werden die Robotschiffe der Druuf angreifen", sagte er.

Die beiden verfolgenden Torpedoschiffe hatten sich inzwischen weiter genähert. Rhodan verminderte die Geschwindigkeit der SAMBO und befahl Gucky und Ras, getrennt anzugreifen. Der Afrikaner nahm seine Strahlwaffe mit. Er kannte nun die Voraussetzungen, die ihn auf dem Schiff der Druuf erwarteten, und war ziemlich sicher, es sehr schnell zum Absturz bringen zu können. Die Kugelroboter waren leicht zu überwältigen.

Gucky hingegen verzichtete abermals auf die Mitnahme einer Waffe. Er war davon überzeugt, auch so mit den Robotern fertig zu werden.

Sekunden bevor sie sprangen, geschah an anderer Stelle etwas sehr Wichtiges . . .

„Sie werden sichtbar, Meister."

Der Druuf vernahm die Worte seines Flottenkommandanten, der mit den Robotschiffen vor dem Lichtring operierte und zu verhindern suchte, daß die Fremden in ihre eigene Zeitebene zurückkehrten. „Sie sind immer noch schneller als wir – etwa doppelt so schnell. Aber wir können sie sehen, ohne Ihren Bildschirm in Anspruch nehmen zu müssen."

„Wie seht ihr *mich?*" fragte der Druuf gespannt.

„Normal und in gleicher Geschwindigkeit."

Der Druuf atmete erleichtert auf.

„Dann sind es die Fremden, die von unserer Zeitebene absorbiert werden", stellte er fest. „Wir haben gesiegt. Haltet den Lichtring weiter unter Beschuß, damit sie nicht fliehen können. Jetzt wollen wir sie lebendig fangen, um das Geheimnis zu ergründen, wie sie zu uns kamen, ohne anfänglich ihre Eigenzeit zu verlieren. Nehmt die Verfolgung auf. Ich schalte meine Geräte ab und gehe auf Normalgeschwindigkeit."

„Drei meiner Robotschiffe verfolgen sie. Eines stürzte ab."

Der Druuf verarbeitete die Nachricht. Dann sagte er: „Wenn die Fremden ihren Widerstand nicht einstellen, werde ich mit dem großen Schiff eingreifen. Wir bleiben in Verbindung."

Mit einem Ruck seiner massigen Gliedmaßen zog er den Fahrthebel zurück.

Die Geschwindigkeit des riesigen Schiffes sank rapide.

Langsam näherte es sich der Kristallwelt.

Gucky materialisierte auf dem harten Metallboden eines Korridors. Reglos verharrte er, um zu lauschen.

Es kam nicht oft vor, daß Gucky Angst verspürte. Eigentlich war es auch keine Angst, die ihn plötzlich beschlich, eher die unheimliche Gewißheit, allein zu sein.

Irgendwo im Innern des metallenen Leibes stampften Maschinen. Welcherart der Antrieb war, den die Druuf für ihre Schiffe entwickelt hatten, vermochte niemand zu sagen. Es war jedoch sicher, daß sie die Lichtgeschwindigkeit erreichten und überschritten.

Gucky begann gemächlich den Gang entlangzuwatscheln, jederzeit bereit, sich mit einem Teleportersprung in Sicherheit zu bringen. Seine Aufgabe war es, das Schiff unbrauchbar zu machen, mehr nicht.

Gucky gelangte in einen großen Raum mit Sichtluken. Er erkannte unter dem Schiff die dahingleitende Landschaft des Kristallplaneten. Das Leben war aus seiner Erstarrung erwacht. Auch der letzte Zeitunterschied war verschwunden.

Draußen auf dem Korridor war ein leises Summen, dann ein Schleifen.

Gucky sprang mit einem Satz zur Seite und nahm hinter der Tür Aufstellung. Sollte sich doch jemand an Bord aufhalten – jemand, der kein Roboter war?

Eine massige Gestalt füllte den Rahmen der Tür aus, und Gucky erkannte, daß es sich niemals um eine der bekannten Kugeln handeln konnte. Dies hier war etwas anderes.

Er duckte sich tiefer, um nicht gesehen zu werden. In dem Raum war es nicht besonders hell. Die Druuf schienen von einer lichtarmen Welt zu stammen.

Die massige Gestalt rollte in den Raum.

Gucky wußte, daß ein Roboter nicht unbedingt gehen muß, um sich voranzubewegen. Dieser hier rollte auf winzigen Rädern, die unter seinem Rumpf angebracht waren. Dieser Rumpf war nahezu rechteckig, mit vier Gliedmaßen an jeder Seite und zwei weiteren je vorn und hinten. Einen Kopf besaß das Gebilde nicht, dafür zwei schwankende Antennen mit goldenen Kugeln an der Spitze, von denen ein bläulicher Schein ausging. Gucky vermeinte so etwas wie einen leichten elektrischen Strom zu spüren, der kribbelnd durch seinen Körper floß.

Das bedeutete noch keine direkte Gefahr, kündigte aber zweifellos eine solche an.

Das Ding war ein Roboter, wenn seine eigentliche Funktion vorerst auch noch unbekannt blieb. Gucky hatte es nun nicht mehr so eilig, das Schiff abstürzen zu lassen. Der Roboter interessierte ihn. Wie würde er reagieren, wenn er ihn, Gucky, wahrnahm?

Der Koloß rollte in den Raum hinein, hielt in der Mitte und spielte mit seinen Antennen hin und her. Waren das seine Sensoren, mit denen er sah und hörte? Auf welcher Basis arbeiteten sie?

Gucky versuchte eine telepathische Auskunft zu erhalten, aber das Ergebnis blieb genauso negativ wie bei den Kugelrobotern. Dann versuchte er es telekinetisch.

Seine PSI-Kräfte griffen nach dem Roboter und hielten ihn fest. Gucky sah, wie der Roboter sich bewegen wollte, aber er ließ ihn nicht los. Gleichzeitig kam er aus seinem Versteck hervor und trippelte langsam und stets fluchtbereit um das Monstrum herum.

Gucky konnte nicht verhindern, daß sich plötzlich am Ende des ihm am nächsten liegenden Armes ein merkwürdiges Ding bildete, dessen Zweck ihm nicht sofort klar wurde.

Es erinnerte entfernt an eine Gabel, deren Spitzen auf Gucky gerichtet waren. Wie eine Waffe sah das Instrument nicht aus. Gucky wich ein wenig zur Seite und hielt den Arm des Roboters dabei fest. Seine telekinetischen Fähigkeiten vermochten die Vorgänge im Innern des Monstrums nicht völlig zu beeinflussen, weil er nicht wußte, wie der Mechanismus funktionierte. Der elektrische Schock traf ihn überraschend.

Gucky spürte, wie Impulse durch seine Nervenstränge rasten und das Gehirn erreichten. Sie legten seine parapsychischen Partien sofort lahm. Der Roboter wurde frei. Er drehte sich um und rollte leise summend auf den reglosen Mausbiber zu.

Gucky konnte sich nicht rühren. Er begriff mit jähem Entsetzen, daß er den unverzeihlichen Fehler begangen hatte, einen Gegner zu unterschätzen.

Dann sah er, wie die zwölf Arme nach ihm griffen und spürte den harten Druck zupackender Klammern.

Ras Tschubai hatte wesentlich mehr Glück bei seinem Unternehmen.

Als er materialisierte, machte es sich bezahlt, daß er sich auf die Kommandozentrale des Druuf-Schiffes konzentriert hatte. Er stand unmittelbar hinter drei Kugel-Robotern und konnte sie mit einem einzigen Schuß aus seiner Impulswaffe unschädlich machen, bevor sie sich rührten oder seine Anwesenheit bemerkten. Ehe Ras daranging, die Zentrale systematisch zu zerstören, beschloß er, einen Rundgang durch das Schiff zu machen.

Er ging dabei sehr vorsichtig zu Werke, entdeckte aber nichts Neues. Die technischen Einrichtungen blieben ihm zum größten Teil ein Rätsel.

Je tiefer der Afrikaner in das Innere des Schiffes vordrang, desto intensiver und dumpfer wurde das Brummen des Antriebs. Nach einem Kurzsprung stand Ras inmitten der vibrierenden Maschinen der Antriebszentrale.

Er duckte sich sofort hinter einen mächtigen, silberglänzenden Metallblock und sah sich vorsichtig um. Zuerst glaubte er, der weite

Raum sei verlassen und würde fernbedient, aber dann erkannte er seinen Irrtum. Lautlos und auf Rollen gleitend bewegten sich Roboter zwischen den Generatoren und riesigen Schalttafeln hin und her.

Ras blieb in seinem Versteck, um möglichst viel zu beobachten, ehe er sein Zerstörungswerk begann. Jede Information konnte über Leben und Tod entscheiden.

Ras schaltete die kleine Kamera ein, die er auf Wunsch Rhodans mitgenommen hatte, und rief über sein Armbandfunkgerät die SAMBO. „Hier Ras Tschubai. Bitte Bestätigung!"

Die Antwort kam Sekunden später. Rhodan meldete sich. „Hier SAMBO. Was gibt es?"

„Ich halte mich in den Maschinenräumen des Druuf-Schiffes auf. Ich werde die Kamera so halten, daß Sie alles sehen."

„Warten Sie zehn Sekunden", befahl Rhodan. „Ich lasse die Bildaufnahmegeräte einschalten, damit wir später ein Dokument besitzen. Unsere Techniker benötigen Zeit, die fremden Maschinen zu studieren."

Ras wartete einen Augenblick und begann dann die Kamera zu schwenken. Dabei gab er einen kurzen Kommentar. „Hier sind andere Roboter. Fast hat es den Anschein, als hätten die Druuf für jeden Zweck andere Konstruktionen eingesetzt. Wie die Druuf aussehen, weiß ich nicht. Es gibt keinerlei Hinweise. Vielleicht hat Gucky mehr Glück."

„Mit Gucky besteht keine Verbindung. Er beantwortet unsere Rufe nicht. Auch ein telepathischer Kontakt blieb bisher aus."

Ras gab keine Antwort. Er richtete sich ein wenig auf, um die kleine Kamera in die entferntesten Winkel des Raumes zu richten.

Einer der Arbeitsroboter hielt mitten in seiner Bewegung inne. Langsam sank sein Arm nach unten. Dann rollte er auf das Versteck des Afrikaners zu.

„Sie haben mich bemerkt", flüsterte Ras erschrocken. „Ich muß mit der Zerstörung beginnen."

„Warten Sie noch!" kam Rhodans Befehl. „Springen Sie in einen anderen Raum, und kehren Sie später in die Maschinenhalle zurück. Wir benötigen noch einige Aufnahmen. Lassen Sie Ihr Gerät eingeschaltet, eine Anpeilung ist unwesentlich."

Ras hatte keine Zeit mehr, zu antworten. Der Roboter war bis in unmittelbare Nähe gerollt und hatte vier Arme vorgestreckt, als wolle er einen unsichtbaren Gegner greifen.

Er griff – aber ins Leere.

Ras materialisierte zwei Stockwerke höher in einer runden Halle, deren Decke kuppelartig geformt war. Sie bestand aus einem milchigweißen Material, auf dem verschwommene, farbige Streifen hin und her huschten. Noch während Ras zusah, nahmen die Streifen allmählich Formen an.

Sie wurden zu einem klar erkennbaren Bild.

In seinem Gehirn spürte er gleichzeitig einen sanften Druck, dem er unwillkürlich nachgab. Er war kein Telepath, und doch schien er plötzlich Gedanken lesen zu können, denn klar und deutlich war eine Stimme in seinem Bewußtsein – eine Stimme, die zu ihm sagte: *Was du siehst, Fremdling, war Wirklichkeit.*

Fast gleichzeitig fragte Rhodan: „Was ist, Ras? Wo halten Sie sich auf? Unser Bild hier ist verschwommen. Stellen Sie die Kamera ein ..."

Ras flüsterte: „Jemand hat telepathischen Kontakt zu mir aufgenommen. Was soll ich tun?"

Rhodan antwortete: „Seien Sie vorsichtig! Vielleicht ist es eine Falle. Ich störe Sie jetzt nicht, um Sie nicht abzulenken. Senden Sie weiter."

Die Stimme in Tschubais Bewußtsein wiederholte ihren ersten und einzigen Satz. Unter der Decke wurde das Bild deutlicher. Ein Planet drehte sich rasend um sich selbst und lief deutlich sichtbar um eine gelbweiße Sonne. Alles machte auf Ras den Eindruck, als schwebe er Lichtstunden von dem Planeten entfernt im Raum und sähe eine Aufnahme im Zeitraffertempo.

Der Beschauer stürzte dem Planeten entgegen, der sich in der Sekunde etwa einmal um seine Achse drehte. Vielleicht fünf oder sechs Minuten benötigte er, um die Sonne einmal zu umkreisen.

Der Planet wurde größer. Ras konnte Kontinente und Meere unterscheiden. Die Formen waren merkwürdig bekannt.

Der Planet war die Erde.

Ras Tschubai erstarrte vor Entsetzen. Die Druuf kannten die Erde. Sie wußten, woher die Menschen kamen.

Die Erde drehte sich mit zweiundsiebzigtausendfacher Normalgeschwindigkeit. Er, Ras Tschubai, sah sie aus der Sicht der Druuf. Er war, was die Zeit anbetraf, selbst zu einem Druuf geworden.

Er und sie alle, die mit Rhodan gekommen waren.

Dann fiel ihm etwas auf.

Zuerst hielt er es für eine Täuschung, aber dann – in jeder Sekunde einmal – erkannte er, daß er richtig gesehen hatte. Deutlich konnte sein den Bewegungen folgendes Auge die Kontinente wahrnehmen – Afrika, Amerika. Dazwischen der Atlantik.

Und mitten im Atlantik ein kleinerer Kontinent, den es heute auf der Erde nicht mehr gab.

Atlantis!

Gleichzeitig war wieder die fremde Stimme in seinem Gehirn. *Das, Fremdling, was du siehst, war Wirklichkeit. Vor einer Zeit, die ihr den Bruchteil eines Jahres nennt.*

Atlantis – vor wenigen Monaten?

Angespannt starrte Ras auf den wirbelnden Planeten und den vorüberhuschenden Kontinent Atlantis, der immer nur für den Bruchteil einer Sekunde sichtbar wurde.

Jede Sekunde war ein Tag.

Jeder Tag aber bedeutete zweihundert Sonnenumläufe – mehr als sechs Generationen.

Ras fühlte Schwindel in sich aufsteigen.

Wann – in ihrer Zeit – hatten die Druuf diese Bilder aufgenommen? Vor zehntausend Jahren, als sich die Zeitebenen zum erstenmal kreuzten?

Plötzlich erkannte er, welches das Schicksal der Expedition sein würde, wenn kein Wunder geschah. Weilten sie nur eine Woche auf der Ebene der Druuf, würden in ihrem eigenen Universum mehr als tausend Jahre vergehen. Es würde kein Solares Imperium und kein Reich der Arkoniden mehr geben.

Ras Tschubai riß in aufwallender Verzweiflung seine Strahlwaffe empor und schickte den vernichtenden Energiefinger mitten hinein in das Bild der rasend kreisenden Erde. Es erlosch.

In dem kreisförmigen Saal öffneten sich zehn Türen. Gewaltige, rechteckige Gestalten traten ein. Ihre Antennen richteten sich auf Ras, die goldenen Kugeln begannen bläulich zu flimmern.

Aber Ras war schnell genug.

Noch ehe ihn die paralysierenden Schockwellen erreichten, teleportierte er zurück in den Maschinenraum. Im Zentrum blieb er stehen und eröffnete das Feuer auf die Schalttafeln, Instrumentenreihen und die bedienenden Roboter.

Metall tropfte zu Boden. Isolierung verschmorte, und grelle Blitze zuckten von Block zu Block. Irgendwo war eine Detonation zu hören. Ras verlor das Gleichgewicht und wäre gestürzt, wenn er sich nicht gegen die Wandung eines Generators gelehnt hätte.

Das Schiff neigte sich vor und raste der Oberfläche des Planeten entgegen.

„Verlieren Sie keine Zeit!" rief Rhodan. „Sie stürzen ab!"

Ras nickte grimmig.

„Ich weiß", gab er zurück. Mit einem letzten Blick übersah er das Chaos und konzentrierte sich auf den Sprung.

Er sah noch, wie sich im Hintergrund eine ovale Tür öffnete und drei der rechteckigen Kolosse eindrangen. Er spürte noch die erste Schockwelle ihrer unbekannten Waffen, aber sie kam zu spät. Sie konnte seine Konzentration nicht mehr brechen. Er sprang.

Das schwarze Schiff raste unaufhaltsam dem felsigen Grund entgegen und bohrte sich mit dem spitzen Bug tief in das Gebirge, um Sekunden darauf in einer flammenden Explosion zerfetzt zu werden.

Ras Tschubai materialisierte dicht neben Rhodan in der Zentrale der SAMBO.

Er wollte erleichtert aufatmen, da sah er Rhodans Gesicht.

„Vom Einsatz zurück", meldete er sachlich und versuchte aus den Mienen Crests und Sikermanns zu erfahren, was geschehen war.

Rhodan nickte ihm zu und sagte: „Das Schiff, in das Gucky gesprungen ist, weicht vom Kurs ab. Es fliegt mit erhöhter Geschwindigkeit einem Punkt entgegen, der außerhalb des eigentlichen Systems liegt. Gucky gibt keine Antwort." Er sah Ras an. „Was kann geschehen sein?"

Ras dachte instinktiv an die rechteckigen Roboter. Vielleicht hatte sich der Mausbiber überraschen lassen. Es sah ihm zwar nicht ähnlich, aber vielleicht hatte er die Gefahr unterschätzt und sich zu sehr auf seine Fähigkeiten verlassen.

„Die Druuf haben Kampfroboter, die mit uns nicht bekannten Waffen operieren."

„Sie haben Gucky erwischt." Rhodan wandte sich an Sikermann. „Folgen Sie dem fliehenden Schiff. Wir müssen erfahren, wohin sie Gucky bringen wollen."

Ras überwand seine Bedenken. „Soll ich nicht versuchen . . ."

„Nein", lehnte Rhodan ab. „Wenn Gucky tot ist, kommen Sie ohnehin zu spät. Lebt er aber noch, dann weiß er sich selbst zu helfen. Wir wollen jedenfalls in seiner Nähe bleiben, damit er springen kann – sobald er dazu fähig ist. Außerdem finden wir vielleicht endlich eine Spur der echten Druuf."

John Marshall stand neben Atlan. Er hatte bisher geschwiegen. Nun stieß er plötzlich einen Ruf aus, lauschte angestrengt in sich hinein und sagte dann: „Es war Gucky – ein kurzer Impuls. So, als sei er für einen Augenblick aus dem Schlaf erwacht und gleich wieder eingeschlafen. Es war kein klarer Gedanke, sondern nur – Angst. Schreckliche Angst." Marshall sah Rhodan besorgt an. „Ich möchte jetzt nicht in Guckys Haut stecken."

„Ich auch nicht", gab Rhodan zu. Er sah auf den Bildschirm. Das schwarze Schiff der Druuf, an dessen Bord sich Gucky aufhielt, war kleiner geworden, aber die SAMBO nahm bereits Fahrt auf. Der Kristallplanet wurde ebenfalls kleiner.

Ras schwieg. Alle schwiegen.

Sie spürten, wie ernst Guckys Lage war.

Der Druuf in dem riesigen Schiff sagte: „Wiederholen Sie die Nachricht!"

„Wir haben einen der Fremden gefangen, Meister. Er sieht anders aus als die Meister. Vielleicht ist er ein Diener. Wir wissen nicht, wie er in unser Schiff gelangen konnte."

Der Druuf wartete lange Sekunden, ehe er befahl: „Bringt den Gefangenen auf mein Schiff. Schnell!"

Er schaltete das Gerät aus und verharrte mehrere Minuten regungslos in seinem Sitz.

Dann bereitete er alles auf den Empfang des Gefangenen vor.

Gucky verlor nicht die Besinnung. Er konnte sehen und hören, spürte die lähmende Wirkung der Schockwaffe und fühlte den Schmerz durch das Nervensystem jagen. Aber er konnte sich nicht wehren.

Unfähig sich zu bewegen, sah er den Roboter näher kommen. Immer noch spien die goldenen Kugeln ihre blauen Flammen, die auf ihn zueilten und ihn festhielten. Wenn Gucky sich auch nicht genügend konzentrieren konnte, um einen Teleportersprung auszuführen, so war er doch in der Lage, seine Situation genau zu erkennen und zu analysieren.

Er war in die Gewalt der Druuf geraten, jener völlig unbekannten Wesen, die sie alle mit ihrer Zeitebene absorbiert hatten. Er würde vielleicht bald einem Druuf gegenübertreten, aber er würde einen hohen Preis dafür zahlen müssen. Vielleicht sogar sein Leben.

In erster Linie war es der Ärger über seine Unvorsichtigkeit, der Gucky zu schaffen machte. Wie die meisten intelligenten Lebewesen war er eitel. Daß ausgerechnet ihm das passieren mußte, hatte seinen Stolz verletzt. Nun saß er in der Falle, und alle seine wunderbaren Fähigkeiten nützten ihm nichts. Die Teile seines Gehirns, die er zum Teleportieren brauchte, konnten nicht mehr aktiviert werden. Telekinetisch war er jetzt so hilflos wie ein neugeborenes Kind. Und was die Telepathie anging, so fehlte ihm die Gelegenheit, ihre Wirksamkeit zu erproben.

Das viereckige Monstrum stand dicht vor ihm. Alle Tentakel hingen lose an dem metallenen Körper herab, nur die Antennen sprühten noch blaue Energiefunken. Sie genügten, Gucky zu lähmen.

Trotzdem meinte Gucky zusammenzuzucken, als im Türrahmen ein riesiger Schatten auftauchte und ein zweiter Roboter den Raum betrat. Er war ein genaues Ebenbild des ersten Kolosses. Beide hoben einen der Arme und legten dann die „Hände" gegeneinander.

Eine Art der Kontaktaufnahme und Verständigung?

Es mußte so sein. Guckys heimliche Hoffnung, sich nun aus dem Bann befreien zu können, wurde nicht erfüllt. Vergeblich versuchte er, die nervliche Lähmung zu überwinden und seine PSI-Fähigkeiten zu aktivieren. Die Schmerzen verstärkten sich sofort derart, daß er den Versuch schnell aufgab.

Er versuchte, wenigstens die Augen so weit zu verdrehen, daß er die Sichtluken sehen konnte. Die SAMBO, das erkannte er staunend, war verschwunden. Seitlich stand die nun gelbweiße Sonne inmitten des schwarzen Universums. Vorher war die Sonne wegen des Dopplereffekts rot gewesen. Auch das hatte sich also normalisiert.

Das Schiff mußte den Kurs geändert haben. Soweit Gucky erkennen konnte, raste es hinaus in den Raum, einem unbekannten Ziel entgegen.

Für einen Augenblick drehte sich die Oberfläche des Kristallplaneten unter einer Sichtluke hinweg. Auf seiner Oberfläche stand ein pilzförmiges Gebilde, das nur von einer atomaren Explosion herrühren konnte.

Gucky atmete erleichtert auf. Atmen konnte er wenigstens noch – und das war gut so, denn weder er noch Ras trugen einen Schutzanzug.

Er fragte sich, warum in den Schiffen der Druuf atembare Luft vorhanden war, obwohl nur Roboter an Bord weilten. Welchen Sinn hatte das nun wieder?

Ras hatte also Erfolg gehabt. Dort unten auf dem Kristallplaneten war das zweite Schiff detoniert. Die Pilzwolke konnte keine andere Ursache haben.

Wenn Gucky dazu fähig gewesen wäre, hätte er jetzt neiderfüllt geseufzt. Die Druuf hatten ein weiteres Robotschiff verloren, und in dieser Sekunde würde Rhodan bereits wissen, daß sein kleiner Freund Gucky in die Gewalt des Gegners gefallen war.

Das Universum vor den Luken war nicht vollständig schwarz. Tausende von Sternen legten sich mit ihrem Licht wie ein Schleier über die dunkle Unendlichkeit und verliehen ihr einen silbernen Schimmer von Zeitlosigkeit. Dieser silberne Schimmer wurde plötzlich unterbrochen.

Gucky erkannte es aus den Augenwinkeln. Ein schwarzer Schatten bedeckte mit seiner ovalen Form die Sterne und verriet seinen Umriß. Er kam schnell näher. Es war Gucky unmöglich, die Länge des Schattens abzuschätzen, aber er vermutete, daß er mindestens einen Kilometer maß.

Ein Schiff?

Besaßen die Druuf so große Schiffe? Sie waren wahrscheinlich die beherrschende Intelligenzform der anderen Zeitebene und kannten die Raumfahrt bereits seit Jahrtausenden.

Nein, das war falsch. Nach irdischer Zeitrechnung mochte das stimmen, aber von den Druuf aus gesehen lag Christi Geburt ja gerade erst zehn Tage zurück.

Gucky stockte plötzlich der Atem. Ihm kam zu Bewußtsein, daß die

Raumschiffe der Druuf wahrscheinlich schon vor einer Million Jahren die Galaxis durchstreiften – ohne daß sie jemand gesehen hatte.

Ein leichter Ruck ging durch das Schiff, als es gegen den Riesen stieß. Laut hallte es durch den Raum, als sich Klammern um den Leib des Torpedos legten und die beiden Schiffe miteinander verbanden.

Die Roboter beendeten ihre lautlose Unterhaltung. Der neu Hinzugekommene verließ den Raum wieder.

Die Sichtluken schlossen sich plötzlich, ohne daß die Beleuchtung in dem Raum heller wurde. In dem Halbdunkel vermochte Gucky kaum noch etwas zu erkennen. Die Umrisse des Roboters hoben sich gegen die matt schimmernde Wand ab, aber auch wenn Gucky ihn nicht erblickt hätte, so wären die bläulich zuckenden Blitze seiner Kugelantennen nicht zu übersehen gewesen.

Dann, urplötzlich, erloschen die blauen Blitze.

Zuerst sah Gucky es überhaupt nicht, so sehr erleichterte ihn das abrupte Nachlassen des Schmerzes im gesamten Nervensystem. Ihm war, als wäre das Gehirn bisher in einem stählernen Kessel eingeschlossen gewesen, dessen Wände wie durch ein Wunder schmolzen und es frei ließen.

Dann erst begriff Gucky.

Der Roboter hatte ihn aus seinem Bann entlassen, weil er sich seiner Beute sicher fühlte. Hier, mit dem Mutterschiff der Druuf fest verbunden, war jede Flucht des Gefangenen unmöglich.

Guckys erster Impuls war zu teleportieren. Dann aber konnte er es nicht unterlassen, sich lieber erneut in Gefahr zu begeben, als ohne die Genugtuung einer kleinen Rache von dem Ort des Geschehens zu scheiden.

Der Roboter wußte nicht, wie ihm geschah, als sich seine sämtlichen zwölf Tentakel und die beiden Antennen nach hinten bogen, von einer unsichtbaren Kraft aus dem Nichts ergriffen. In seinem Innern gehorchten die elektronischen Einrichtungen den Befehlsimpulsen und stemmten sich gegen den unsichtbaren Feind, aber die Anstrengungen bewirkten nur das Gegenteil.

Erste Sicherungen brannten durch, zischend sprang hinter der Metallhaut ein Funke über und zerschmolz wichtige Verbindungen. Ein zweiter Kurzschluß ließ den Koloß erzittern. Aus den herabgebogenen Antennen sprühten blaue Strahlen, aber sie irrten ungezielt gegen die Decke und zerplatzten dort. Gucky spürte keine Wirkung.

Mit einer letzten vergeblichen Kraftanstrengung versuchte der Roboter, sich des Angriffs zu erwehren. Er wankte und stürzte dann zu Boden. Auf der Rückenplatte erschien ein rotglühender Fleck, und Gucky ahnte, daß es nun an der Zeit war, das Weite zu suchen.

Er konzentrierte sich auf die felsige Oberfläche des Kristallplaneten, entmaterialisierte und sprang.

Aber er kam nicht weit.

Seine Rematerialisation war gewaltsamer Natur und fand auch nicht an dem Ort statt, den er dafür vorgesehen hatte.

Schmerzen durchzuckten Gucky, als er zu sehen begann. Er fiel in eine endlose Tiefe, aber er konnte atmen. Ehe er zu einem neuen Sprung ansetzte, war plötzlich ein Gedanke in seinem Gehirn. Es war ein fremder Impuls, der sich ihm aufdrängte. Es mußte der Gedankenbefehl eines Druuf sein.

Dir droht keine Gefahr, Fremdling, wenn du dich mir ergibst.

Gucky fühlte Panik in sich aufsteigen. Er wollte zurück auf die SAMBO. Zu Rhodan und den anderen Freunden.

Er sah Rhodan vor sich, als er verzweifelt die Augen schloß, um zu teleportieren.

Er sprang blind hinein in das Ungewisse, um den Druuf zu entrinnen.

Der Schacht, in dem er fiel, verschwand.

Es wurde hell.

Sikermann ließ die Kontrollen einrasten. Ohne den Blick vom Frontalschirm zu nehmen, sagte er: „Das schwarze Schiff verlangsamt sein Tempo.“

„Halten Sie den Abstand, Sikermann. Bevor wir angreifen, müssen wir wissen, ob es allein ist.“

Sie sahen sehr bald, daß es nicht allein war.

Die Umrisse eines gewaltigen Schiffes hoben sich auf dem Bildschirm ab. Es war gut tausend Meter lang. Die Art des Antriebs war nicht zu erkennen. In der schwarzen Hülle gab es keine Luken. Wie ein unheimlicher Schatten wartete der Riese dort im All auf das kleinere Schiff, das sich ihm langsam näherte, um schließlich von langen Magnetklammern eingefangen zu werden.

„Das Mutterschiff der Druuf“, sagte Rhodan so leise, als fürchte er, die dort drüben auf den schwarzen Schiffen könnten ihn hören. „Das muß es sein. Ob sie uns nicht sehen können?“

Sikermann hob die Schultern. „Eigentlich doch. Vielleicht fürchten sie keinen Angriff, weil sie eine Geisel besitzen. Gucky.“

Rhodan wandte sich Marshall zu. „Immer noch nichts, John? Sie empfangen keine Impulse von Gucky?“

„Selten nur, aber sie sind unklar und – und unvollkommen. Ihre Intensität schwankt erheblich. Mal kommen die Impulse stärker durch, dann wieder so schwach, daß ich sie kaum wahrnehmen kann. Leider bleiben sie unverständlich.“

„Jedenfalls lebt Gucky noch und befindet sich an Bord des kleinen Schiffes“, stellte Rhodan fest. Er zögerte einen Augenblick, dann sagte er zu Ras: „Tschubai, Sie werden bald springen müssen. Ich sehe keine andere Möglichkeit, Gucky herauszuholen.“

„Wir können angreifen“, meinte Sikermann. „Mit unseren Waffen . . .“

„. . . werden wir Gucky schon umbringen“, vollendete Rhodan sarkastisch. „Nein, mit bloßer Gewalt ist nichts zu erreichen. Nur die Mutanten können uns weiterbringen.“

Atlan kam herbei und legte Rhodan seine Rechte auf die Schulter. „Wenn dein kleiner Freund in Sicherheit ist, sollten wir ernstlich daran gehen, wieder in unsere Zeitebene zurückzukehren. Ich mache mir große Sorgen, Barbar.“

„Ich auch“, gab Rhodan zu. „Wir haben uns schon viel zu lange hier aufgehalten. Aber ich weiß noch nicht, wie wir den Energievorhang durchbrechen sollen. Das Risiko ist zu groß.“

„Das Risiko, noch länger hier zu verweilen und alle Zeit des Universums zu verlieren, ist wesentlich größer.“ Atlan schüttelte den Kopf. „In den wenigen Sekunden des gewaltsamen Durchbruchs kann die SAMBO niemals ernsthaft beschädigt werden.“

„Und die Druuf, Atlan? Wir wollten wissen, wie sie aussehen und wer sie sind. Sollen wir es nie erfahren?“

„Wir werden es erfahren – vielleicht schon bald, wenn Gucky wieder bei uns ist.“ Atlan wandte seine Aufmerksamkeit wieder dem Bildschirm zu und wollte gerade etwas sagen, als John Marshall einen überraschten Ruf ausstieß.

„Gucky! Er meldet sich! Seine Gedanken kommen ganz stark durch. Er kann fliehen, aber er wartet noch. Ein Roboter – viereckig und mit Antennen, an denen goldene Kugeln sitzen . . ."

„Das sind die gleichen Roboter, wie sie mir begegneten", warf Ras hastig ein.

Marshall ließ sich nicht ablenken. „Er will den Roboter unschädlich machen, ehe er zurückkommt. Er weiß nicht, wo wir sind. Meine Gedanken scheint er nicht zu empfangen. Vielleicht achtet er aber auch nicht darauf. Jetzt greift er an."

Atemlos lauschten sie den Worten des Telepathen, der den Kampf zwischen dem Mausbiber und dem Roboter schilderte, soweit er die Einzelheiten Guckys jagenden Gedanken entnehmen konnte. Viel war es nicht, aber dann konnte Marshall schließlich berichten: „Erledigt! Er hat es geschafft. Nun konzentriert er sich auf den Sprung." Marshall schwieg für eine Sekunde und sah sich in der Zentrale um, als erwarte er, Gucky zu sehen. „Er ist weg. Ich kann keinen Gedanken mehr von ihm auffangen. Gucky ist gesprungen."

Rhodan bekam schmale Augen. Sein Blick streifte zuerst Crest, dann Atlan, um schließlich auf Marshall hängenzubleiben. „Er ist gesprungen?"

„Ich habe jeden Kontakt verloren. Er *muß* gesprungen sein. Oder er ist tot."

Für lange Sekunden war es in dem halbrunden Raum völlig ruhig. Niemand sprach.

Dann sagte Rhodan zu Sikermann: „Kurs auf die beiden Schiffe der Druuf. Wir greifen an!" Er trat vor und drückte den Hebel des Interkoms herab. „Alarm! Gefechtsstationen klar! Captain Aurin, Feuerbereitschaft für den Fiktivtransmitter!"

Der Fiktivtransmitter stammte vom Planeten „Wanderer", der Kunstwelt des zeitlosen Unsterblichen. Er konnte Materie teleportieren, sie von einer Sekunde zur anderen über eine beliebige Entfernung versetzen. Wenn sich die entsprechenden Felder beim Robotschiff dort drüben überschnitten, würde es einfach verschwinden, als sei es nie zuvor dagewesen. Irgendwo, tausend oder hunderttausend Lichtjahre entfernt, würde es wieder auftauchen, in Zeit und Raum verloren.

Die SAMBO verlangsamte und ging in Angriffsposition. Die

Schutzschirme bauten sich auf, um feindliche Strahlschüsse abzuwehren.

Im Interkom knackte es, dann sagte die Stimme Aurins: „Transmitter auf das Ziel gerichtet. Erwarte Feuerbefehl."

„Warten!" gab Rhodan zurück.

Er lauerte auf die erste Aktion der Druuf und hatte nicht lange zu warten.

Die Magnetklammern lösten sich von dem Rumpf des kleineren Schiffes und gaben es frei. Schnell zogen sie sich in die Hülle zurück. Eine flimmernde Wand baute sich zwischen den Druuf-Schiffen und der SAMBO auf. Die schwarzen Schatten der beiden Gegner schienen in einer fast durchsichtigen Blase zu schwimmen.

Energieschutzschirme hatten keinen Einfluß auf die Wirkungskraft des Fiktivtransmitters, doch das konnten die Druuf nicht wissen.

Am Bug des großen Schiffes schoben sich schwarze Platten zur Seite, dann kam aus einer Versenkung der spiralige Lauf eines elektronischen Geschützes hervorgekrochen, dessen Mündung sich gegen die SAMBO richtete.

Im Hintergrund ließ Crest deutlich hörbar die Luft aus den Lungen entweichen. Seine Spannung lockerte sich, als er die Absicht des Gegners erkannte – die Ungewißheit war für ihn schlimmer gewesen.

„Da!" rief Atlan unwillkürlich, als der grelle Blitz aufflammte und gegen den Schirm der SAMBO prallte, um nach allen Seiten fächerartig abzufließen.

Rhodan nickte grimmig. Er beugte sich ein wenig hinab, ohne den Bildschirm aus den Augen zu lassen. „Aurin! Feuer – zehn Sekunden lang auf das Robotschiff. Vielleicht kommt der Riese dann zur Vernunft."

Eigentlich geschah im Verlauf der nun folgenden Sekunden nicht viel. Zuerst schien es, als verstärke sich das Flimmern der Energieschale, in der die beiden Schiffe der Druuf standen, dann teilte sie sich und brach auseinander, um sich neu zu bilden. Aber diesmal nur um das große Schiff. Das kleine hing für einen Augenblick ungeschützt und verlassen im Raum – dann war es einfach spurlos verschwunden.

Aber nicht ohne recht merkwürdige Nebenerscheinungen.

Der Fiktivtransmitter war im normalen Universum entwickelt worden und gehorchte somit dessen Gesetzen. Auch das Abgleiten der SAMBO in die fremde Zeitebene konnte das nicht aufheben. Das kleine, schwarze Schiff der Druuf wurde mit unvorstellbarer Wucht aus der vierten Dimension gerissen und in die zeit- und raumlose fünfte geschleudert. In die fünfte Dimension der fremden Zeitebene. Die Wucht, mit der dieser Vorgang erfolgte, besaß die zweiundsiebzigtausendfache Geschwindigkeit sonstiger Materie-Teleportationen. Die Zeit der fremden Ebene wirkte wie fester Stoff, etwa wie Wasser, wenn ein Gegenstand mit sehr hoher Geschwindigkeit darin eintauchte.

Das teleportierte Schiff prallte praktisch gegen eine Mauer massiv gewordener Zeit.

Es zerstäubte in Atome, verursachte jedoch dabei einen Riß in der Zeitmauer. Ohne daß Rhodan oder sonst jemand auf der SAMBO es ahnte, wurden sie alle ein Stück in die Vergangenheit geschleudert. Rein äußerlich machte sich das nicht bemerkbar, denn der Effekt beschränkte sich nur auf die nähere Umgebung.

Und doch bewahrte die temporale Katastrophe Rhodan vor einer bösen Überraschung, denn wäre sie nicht eingetreten, so hätte er viele Jahre verloren. Jahre, in denen das Solare Imperium vielleicht zerfallen und untergegangen wäre.

So aber sah er nur für einen Augenblick ein flimmerndes Loch an jener Stelle, an der das schwarze Schiff gestanden hatte. Noch während er es registrierte und eine Erklärung für das Phänomen suchte, schloß sich die Lücke wieder. Alles war wie zuvor.

„Den sind wir los“, sagte Sikermann.

„Captain Aurin!“ rief Rhodan in den Interkom. „Halten Sie den Transmitter bereit, aber feuern Sie nur auf ausdrücklichen Befehl!“

„Verstanden!“ kam es trocken zurück.

„Unsere Schutzschirme halten den Beschuß der Druuf nicht lange aus“, warnte Sikermann besorgt. „Wenn wir nicht angreifen . . .“

„Warten wir noch“, unterbrach ihn Rhodan. „Die Druuf haben ja schließlich mit eigenen Augen gesehen, welche Waffe wir besitzen. Sie werden entsprechend handeln.“

Atlan sagte: „Ob die Druuf überhaupt Augen haben?“

Gucky hätte nicht zu sagen vermocht, wie lange diese Teleportation dauerte, aber er spürte, daß sie nicht wie üblich verlief. Plötzlich war er wieder imstande, etwas zu spüren – und es war wohltuende Wärme, die ihn jetzt umgab.

Wärme bedeutete Leben und Materialisation.

Und Gehirnfunktion.

Er öffnete die Augen, um sich zu orientieren und notfalls sofort wieder zu springen, egal, wohin. Aber noch ehe er etwas erkennen konnte, hörte er einen erstaunten und erleichterten Ruf.

„Da ist er – Gucky!"

Gleichzeitig strömten die Gedanken auf ihn ein und überschütteten ihn mit einem Schwall von Freude und Sympathie.

„Ja, das ist er", sagte nun auch Rhodan und vergaß für Sekunden das große Schiff der Druuf. „Gucky, du hast uns in einige Verlegenheit gebracht."

Der Mausbiber sah sich langsam um und studierte die Gesichter der in der Zentrale Anwesenden. Es schien ihm schwerzufallen, sich der Ereignisse zu erinnern.

„Wie lange ist es her", fragte er und sah schließlich auf den Bildschirm, „seit das kleinere Schiff fort ist?"

„Erst wenige Minuten, Gucky. Ich nehme an, du bist inzwischen auf dem großen Schiff der Druuf gewesen. Was hast du dort gefunden?"

Langsam schüttelte der Mausbiber den Kopf. Für eine Sekunde sah er in die Augen Atlans, als suche er dort nach einer Antwort auf seine Fragen, dann verkündete er: „Ich bin erst vor zehn Sekunden aus dem kleinen Schiff hierher gesprungen."

Rhodan unterdrückte einen verblüfften Ausruf und begegnete den erstaunten Blicken der anderen. „Du kannst nicht erst vor zehn Sekunden gesprungen sein, Gucky, denn wir haben bereits vor drei Minuten das Schiff mit dem Fiktivtransmitter unschädlich gemacht. Du mußt dich also in der Zeit verirrt haben."

In den braunen Augen des Mausbibers flackerte die Angst vor dem Unerklärbaren, Unheimlichen, auf das es keine Antworten gab.

Als der telepathische Kontakt abbrach, wußte der Druuf, daß sein Gefangener entflohen war. Fast in derselben Sekunde sah er auf dem Bildschirm, wie das gegnerische Schiff in Angriffsposition ging.

„Zeitsperre einschalten!" kam sein Kommando.

Gleichzeitig ließ er die Magnetklammern einfahren und gab das kleinere Schiff frei. Das Buggeschütz wurde ausgefahren und feuerte seinen wirkungslosen Schuß gegen den Feind ab.

Dann – von einer Sekunde zur anderen – verschwand das kleine Kampfschiff der Druuf. Es sah aus, als sei es in Transition gegangen.

Die Verbindung zu den siebzehn Schiffen bei dem Lichtring bestand noch. Der Druuf nutzte die entstehende Pause und unterrichtete sich über den Stand der Dinge. Bis jetzt hatte niemand aus der anderen Ebene versucht, den Fremden zu Hilfe zu eilen.

„Energievorhang beibehalten! Jeden Angriff abwehren! Zusammenbleiben! Der Feind kann unsere Schiffe nur einzeln vernichten."

Das war pure Vermutung, mehr nicht. Was wußte man schon über den Gegner? Wie war es ihm gelungen, die Zeitmauer zu durchbrechen? Was bezweckte er damit?

Der Druuf brütete stumm vor sich hin und versuchte, sich selbst die gestellten Fragen zu beantworten.

Es gelang ihm nicht, aber er beschloß, einen letzten Versuch zu unternehmen, den Unbekannten in seine Gewalt zu bringen.

Die Kruukh lebten auf einem isolierten Planeten am Rand des Universums und besaßen keine eigene Zivilisation, aber sie dienten den Druuf schon seit Jahrtausenden.

Atlan stand neben Rhodan, als der flimmernde Energieschirm, der bisher um das Druuf-Schiff gelegen hatte, urplötzlich erlosch.

Gleichzeitig zog sich der Lauf der Energiewaffe in den schwarzen Metallleib zurück, die Luke schloß sich wieder.

Es sah so aus, als wollte der Druuf den Angriff einstellen.

„Was soll das bedeuten?" fragte Rhodan unsicher.

Sie starrten auf die Bildschirme und suchten nach einer Antwort. Tief unter ihnen drehte sich der Kristallplanet langsam um seine Achse. Das Leben auf ihm war erwacht, und ein Unterschied zwischen den beiden Zeitebenen war nicht mehr feststellbar.

Unter anderen Umständen hätte Rhodan die Zivilisation der Raupenwesen sehr interessiert, und es wäre ihm daran gelegen gewesen, die von der Zeitfront überrollten Arkoniden und anderen Entführten zu befreien, aber jetzt, da er selbst ein Gefangener der fremden Dimension geworden war, hielt er es für wichtiger, zuerst an die Rückkehr zu denken.

Die SAMBO und das große Schiff der Druuf schwebten ohne Antrieb in nur geringer Entfernung voneinander und kreisten um den Kristallplaneten.

Atlan streckte den Arm aus.

„Eine Luke öffnet sich.“ Nach einer Pause fügte er hinzu: „Aber es ist kein Geschütz.“

Sikermann sah Rhodan fragend an. Seine rechte Hand lag auf den Befehlsschaltern für die eigenen Abwehrwaffen. In der Waffenzentrale wartete Captain Rodes Aurin auf das Kommando.

Rhodan schüttelte fast unmerklich den Kopf. Genau wie alle anderen sah er auf den Bildschirm, der die geöffnete Luke im Druuf-Schiff deutlich wiedergab. Zum erstenmal war es Menschen vergönnt, einen Blick in das Innere des schwarzen Giganten zu werfen.

Viel war nicht zu erkennen.

Wahrscheinlich handelte es sich lediglich um eine Luftschleuse, durch die man das Schiff betreten oder verlassen konnte.

Sollten die Druuf etwa . . .

Ein dunkler Schatten wurde sichtbar. Er war nicht viel höher als einen Meter. Die von Sikermann sofort eingeschaltete Vergrößerung zeigte, daß es sich um ein Wesen handelte, das in einem Schutzanzug steckte. Es hatte Beine und Arme und trat nun an den Rand der Schleuse. Dort blieb es stehen und wartete ab. Die Männer in der SAMBO hatten das Gefühl, als betrachtete es sie.

„Was ist denn das?“ fragte Rhodan, ohne eine Antwort zu erhoffen.

Gucky und John Marshall sagten fast gleichzeitig: „Es denkt.“

Die beiden Telepathen vermochten die vorerst nur schwachen Impulse deutlich wahrzunehmen, wenn sie ihren Sinn auch nicht zu deuten wußten. Das Wesen dort drüben mußte in völlig fremden und unbekannten Bahnen denken.

„Ob es ein Druuf ist?“

Marshall zuckte mit den Schultern. „Ich weiß es nicht – aber eigentlich hatte ich mir die Druuf anders vorgestellt.“

„Es ist falsch, sich in dieser Hinsicht überhaupt eine Vorstellung zu machen“, sagte Rhodan mit leichtem Vorwurf. „Aufpassen jetzt! Der Schutzschirm drüben besteht nicht mehr. Das bedeutet, daß wir Besuch erhalten werden. Sikermann, schalten Sie auch unseren Schirm ab.“

Der Raumfahrer machte ein erschrockenes Gesicht. „Aber – wenn ein plötzlicher Angriff erfolgt? Jeder Energieschuß kann uns dann erledigen."

„Im Augenblick droht uns keine Gefahr. Wir erhalten Besuch. Sehen Sie nur, der Bursche hat bereits das Schiff verlassen und schwebt auf uns zu."

Sie sahen es alle.

Die Gestalt in dem Raumanzug hatte sich geschickt von der Schleuse abgestoßen und kam langsam auf die SAMBO zu. Gleichzeitig fast erlosch der Energieschirm des terranischen Schiffes. Der Abstand zwischen den beiden Gegnern betrug höchstens fünfhundert Meter.

„Er hat die Strecke gut berechnet", sagte Atlan in das Schweigen hinein. „Auch ohne Korrektur würde er uns erreichen. Willst du ihn nicht bei der Schleuse empfangen, Barbar?"

Rhodan sagte, ohne die Augen vom Schirm zu nehmen: „Ich bleibe in der Zentrale. Gucky soll gehen."

„Gucky?"

„Ja, Gucky. Wenn ich mich nicht täusche, hat der fremde Botschafter einiges mit ihm gemeinsam. Nun, Gucky? Gehst du?"

Der Mausbiber watschelte zur Tür. „Natürlich gehe ich. Wohin soll ich den Besucher bringen?"

„Hierher. Aber sei vorsichtig! Wir wissen nicht, wer es ist und welche Absichten ihn zu uns bringen. Versuche, in seinen Gedanken mehr zu erfahren."

„Verstehe", sagte Gucky und verschwand nach draußen auf den Gang.

Marshall sah gegen die wieder geschlossene Tür. „Ich hätte mitgehen sollen."

Rhodan schüttelte den Kopf. „Wer immer der Besucher auch sein mag, wir dürfen ihn nicht erschrecken. Gucky ist klein und sieht relativ harmlos aus – mit unseren Augen gesehen, meine ich. Wir sind fast doppelt so groß wie der Fremde. Das ist ein Handikap für ihn. Er erlebt noch früh genug eine Überraschung, wenn er uns hier gegenübersteht."

„Ich kann gedanklichen Kontakt mit Gucky halten", schlug Marshall vor, der seine bösen Ahnungen nicht zu ignorieren gedachte.

Rhodan hatte nichts dagegen.

Der Bildschirm zeigte den Fremden nun deutlicher – wenigstens seinen Anzug. Dann glitt er seitlich von den Blicken der Beschauer.

Gucky war inzwischen zur Schleuse teleportiert. Mit wenigen Handgriffen schlüpfte er in seinen Druckanzug und verschloß die Innenluke. Dann ließ er die Atemluft aus der Kammer strömen und öffnete die Außenluke.

Der Besucher war noch fünfzig Meter entfernt und strebte so zielsicher auf die Schleuse zu, als hätte er schon vorher gewußt, wo sie war. Das konnte natürlich Zufall sein, aber Gucky glaubte nicht an solche Zufälle.

Ich komme in Frieden, war ein Gedanke ganz deutlich in seinem wachsamen Gehirn. *Wenn ihr Gedanken aufnehmen könnt, dann werdet ihr wissen, daß ich den Frieden will. Könnt ihr mich verstehen?*

Ehe Gucky sich zu einer Antwort entschloß, überlegte er. Zeit genug dazu blieb ihm noch. Er suchte Marshall und fand geistigen Kontakt. Blitzschnell gingen Fragen und Antworten hin und her, dann löste er den Abwehrschirm, den er in Richtung des Fremden um sein Gehirn gelegt hatte, damit dieser der telepathischen Unterhaltung nicht lauschen konnte.

Wer bist du? fragte Gucky und verriet damit, daß er Telepath war, ganz wie es Rhodan über Marshall, der sich während des telepathischen Kontaktes mit Rhodan beraten hatte, vorgeschlagen hatte.

Ich bin ein Kruukh, kam die Antwort deutlich zurück. *Die Meister senden mich zu euch.*

Also kein Druuf, stellte Gucky erleichtert fest. Sie hatten jemand anderen geschickt. Der Mausbiber wußte nicht, warum, aber er fürchtete sich vor den eigentlichen Druuf. Es war eine instinktive Scheu, die er nicht erklären konnte.

Wir erwarten dich, Kruukh.

Der Fremde landete mit einem sanften Ruck auf der Hülle der SAMBO und trat in die Schleuse. Furcht oder Bedenken schien er nicht zu kennen.

Du bist der Kommandant dieses Schiffes?

Nein, nur einer seiner Freunde, gab Gucky vorsichtig zurück. Er hatte nun Gelegenheit, den Besucher zu studieren, während er die Außenluke schloß und die Luft einströmen ließ. So schnell wie möglich wollte er den lästigen Anzug wieder loswerden – und vielleicht konnte er diesen Fremden auch dazu bewegen, sich des Anzugs zu entledigen. Durch die matt schimmernde Sichtscheibe hindurch war nicht viel zu sehen. Gucky glaubte aber, dahinter ein Gesicht erkennen zu können.

Ist unsere Luft für dich atembar? fragte er.

Die Antwort kam schnell. *Ja, wir besitzen auf unseren Heimatwelten die gleiche Atmosphäre.*

Gucky schälte sich aus seinem Anzug. Gleichzeitig ließ er die Innenluke aufschwenken.

Der Besucher tat es ihm nach.

Es war ein seltsames Wesen, das wenige Minuten später vor dem Mausbiber stand, aber sein Aussehen war nicht dazu angetan, Furcht oder Schrecken zu erregen.

Im ersten Augenblick wußte Gucky nicht so recht, womit er den Kruukh vergleichen sollte, denn eine echte Parallele zu einem Bewohner der Erde gab es nicht. Die obere Partie ähnelte der eines riesigen Hummers. Auf langen, beweglichen Stielen saßen die schwarzen Perlaugen, die nun den Mausbiber neugierig betrachteten. Eine Nase oder einen Mund besaß das Wesen anscheinend nicht, oder eben an einer anderen noch nicht sichtbaren Stelle. Vier feingliedrige Arme mit dreifingrigen Händen waren genau nach allen Seiten verteilt. Das merkwürdige Wesen konnte also überall hinlangen, ohne seine Stellung verändern zu müssen.

Der Unterleib war stark gepanzert und schloß nach unten rund ab. Zwei nicht mehr sehr lange und plump wirkende Gliedmaßen mußten die Füße sein, auf denen es sich langsam voranbewegte. Bekleidung trug der Besucher ebensowenig wie Gucky. Eine Waffe war nicht zu sehen.

Ich bin ein Kruukh, kam noch einmal die gedankliche Vorstellung. *Ich soll mit dem Kommandanten sprechen.*

Er dachte nicht „sprechen“, aber die Bedeutung seines Impulses war klar. Er wollte Perry Rhodan eine Botschaft seines Meisters überbringen.

Folge mir, gab Gucky zurück und schritt voran.

John Marshall hatte die telepathische Unterhaltung zwischen dem Fremden und Gucky gut verfolgen können und war unterrichtet.

Sikermanns Hand lag unverändert auf dem Aktivierungshebel des Energieschirms. Beim geringsten Anzeichen einer Gefahr würde er ihn einschalten. Dann war die SAMBO isoliert.

Die Tür öffnete sich. Gucky schob sich in die Zentrale, machte den Weg für den Unterhändler frei und sagte piepsend: „Darf ich vorstellen – Kruukh, der Gesandte der Druuf."

Auf seinen kurzen Beinen trippelte der Bienenkrebs – so hatte Gucky den Fremdling insgeheim getauft – in den Raum. Mit seinen Stielaugen sah er die Anwesenden der Reihe nach an, ehe er endlich stehenblieb und vor Rhodan eine leichte Verbeugung machte. Seine Gedankenimpulse kamen nun verstärkt und so intensiv, daß selbst die Nicht-Telepathen sie wahrnehmen und verstehen konnten. Kruukh mußte ganz besonders begabt sein.

Du bist der Kommandant dieses Schiffes und der Meister der Fremden aus der anderen Zeitebene? fragte er, aber in Wirklichkeit war es eine Feststellung. *Mein Herr, den ihr ‚Druuf' nennt, läßt euch sagen, daß jeder Widerstand unsinnig ist. Ihr habt eure Eigenzeit ebenso verloren wie alle anderen Lebewesen eures Universums, das von unserer Dimension gestreift wurde. Es gibt keine Rückkehr mehr. Ergebt euch.*

Rhodan betrachtete das merkwürdige Wesen mit zusammengekniffenen Augen. Irgend etwas an ihm erregte sein Mißfallen, aber er hätte nicht zu sagen vermocht, was es war. Auch wußte er, wie falsch es war, eine fremde Intelligenz nach äußeren Merkmalen zu beurteilen. Kurz sah er zu Atlan, dem Unsterblichen mit dem Extrasinn.

Atlan stand bewegungslos und betrachtete den Kruukh aufmerksam. In seinen Augen stand Mißtrauen. Das war es, was Rhodans eigene Vermutungen bestätigte. Auch Atlan hatte Verdacht geschöpft.

„Wir begrüßen dich auf unserem Schiff, Kruukh", sagte Rhodan laut. „Über die Forderung deines Herrn sind wir allerdings erstaunt. Warum sollten wir uns kampflos in die Hände der Druuf begeben, von denen wir nicht einmal wissen, wie sie aussehen? Außerdem steht noch keineswegs fest, ob wir in dieser Zeitebene bleiben müssen. Wenn die Druuf es ehrlich mit uns meinen, warum lassen sie uns nicht wenigstens den Versuch unternehmen, durch den Lichtring zurückzukehren, durch den wir auch kamen?"

Der Kruukh sah Rhodan direkt an. *Ich weiß nichts über die Motive meines Meisters, ich führe nur seine Anordnungen aus. Zum Zeichen, daß ihr keinen Krieg mehr wollt, soll der Kommandant dieses Schiffes mit mir kommen, damit er dem Druuf seine Ergebenheit bezeigt. Das ist alles, was ich zu berichten und zu fordern habe.*

„Das ist eine ganze Menge", sagte Atlan aus dem Hintergrund und warf Rhodan einen warnenden Blick zu. Seine gespannte Haltung verriet, daß er jeden Augenblick einen Angriff des Bienenkrebses erwartete. Welcher Natur dieser Angriff sein würde, ahnte er nicht.

Rhodan sagte zu Marshall: „Holen Sie André Noir, Ralf Marten und Fellmer Lloyd hierher. Wir wollen wissen, woran wir mit dem Kruukh sind." Als Marshall den Raum verlassen hatte, fuhr er fort: „Wir werden prüfen, ob deine Angaben stimmen, Kruukh. Dann kannst du gehen und dem Druuf unsere Antwort überbringen."

Der Bienenkrebs gab keine Antwort. Er tat dafür etwas, das zuerst nur von Gucky bemerkt wurde. Er schirmte sein Gehirn völlig ab und aktivierte einen bisher brachliegenden Teil. Dann griff er an.

Als John Marshall mit den drei angeforderten Mutanten die Zentrale betrat, war schon alles vorbei. Im ersten Augenblick schöpfte auch niemand Verdacht.

„Wuriu Sengu ist auf seinem Posten", meldete Marshall. Sengu war der japanische Späher, der durch feste Materie sehen konnte und somit alles, was in der Zentrale geschah, beobachtete.

„Wir werden mit der SAMBO bei dem Schiff der Druuf anlegen und an Bord gehen", sagte Rhodan mit seltsam monotoner Stimme. „Die Druuf wollen nur unser Bestes."

Marshall wurde sofort in Alarmbereitschaft versetzt. So schnell konnte Rhodan nicht seine Meinung geändert haben. Das war völlig ausgeschlossen. Mit einem schnellen Blick streifte Marshall Atlan und Crest. Der Unsterbliche stand ein wenig verkrampft neben dem anderen Arkoniden. Lose hingen die beiden Arme herab.

Genau wie Rhodan und Crest wirkte auch Atlan wie eine Puppe.

Der Hypno André Noir sprüte das Unheil, denn instinktiv fühlte er, daß jemand am Werk gewesen war, der über die gleiche Begabung wie er verfügte. Beeinflussung mit nachhaltiger Wirkung, eine Art Posthypnose.

Die vier müssen der gleichen Behandlung unterzogen werden, dachte der Kruukh und beging damit den entscheidenden Fehler. Er hatte nicht damit gerechnet, daß jemand seine Gedanken lesen könnte, wenn er sie nicht gezielt ausstrahlte.

Ohne sich etwas anmerken zu lassen, sagte Marshall, der die Gedanken des Fremden natürlich empfangen hatte: „Noir, Sie sind dran.“

Damit verriet er auch einem Telepathen nicht, was er damit meinte.

Die volle Wucht der hypnotischen Impulse traf den unvorbereiteten Bienenkrebs, durchbrach den natürlichen Widerstand und nahm von seinem Gehirn Besitz. Ehe der Kruukh überhaupt wußte, daß der Spieß umgedreht worden war, stand er völlig unter dem Einfluß Noirs.

„Erledigt“, sagte der Hypno gelassen. „Was soll ich mit ihm machen?“

Marshall überlegte fieberhaft. Ohne Rhodan wollte er keine Entscheidung treffen. Zuerst mußten Rhodan und die anderen von dem Bann befreit werden, den der unheimliche Besucher um ihr Bewußtsein gelegt hatte.

„Schalten Sie ihn für fünf Minuten aus, damit er keinen Schaden mehr anrichten kann. Dann befreien Sie Rhodan.“

Völlig apathisch stand der Kruukh zwei Minuten später neben Marshall und wußte nicht, was um ihn herum geschah. In aller Ruhe konnte Noir darangehen, die unter Hypno-Einfluß stehenden zu behandeln und ihnen ihren eigenen Willen zurückzugeben.

Rhodans Gesicht zeigte einen erstaunten Ausdruck, als der Bann von ihm wich. Es war seltsam, daß er sich an das Vorgefallene erinnern konnte. Der Eingriff war also nicht besonders intensiv gewesen.

„Ich konnte es nicht verhindern, da es zu schnell ging“, berichtete er. „Weder Gucky noch ich bemerkten die Absicht dieses wenig erfreulichen Besuchers. An sich kein dummer Gedanke, uns zu hypnotisieren. Wir wären den Druuf folgsam in die Falle gegangen. Wie gut, daß wir über noch bessere Hypnos verfügen. Danke, Noir.“

„Danken Sie Marshall, er schöpfte sofort Verdacht“, erwiderte der Hypno bescheiden und wandte sich wieder seinem Gefangenen zu. „Was soll ich nun mit ihm machen?“

„Geben Sie ihm den Befehl, sich völlig neutral zu verhalten. Wir nehmen ihn als Geisel mit. Dem Druuf werden wir nun zeigen, daß wir den Trick durchschaut haben.“

Noir führte den willenlosen Gefangenen aus der Zentrale.

Rhodan nickte Sikermann zu. „Schutzschirm einschalten! Impulsstrahler einsetzen! Feuer auf das Druuf-Schiff! Wir werden versuchen, es auf diese Weise zu vertreiben."

Keine drei Sekunden später wurde das schwarze Riesenschiff der Druuf von der flammenden Energie eingehüllt. An einigen Stellen konnten abschmelzende Metallplatten beobachtet werden, aber groß war der Schaden nicht, den die SAMBO anrichten konnte, denn der Kommandant der Druuf reagierte blitzschnell. An dem flimmernden Feld prallten die Energieschüsse bald ab, während die getroffenen Stellen schnell abkühlten.

Sekunden später zog sich der Druuf-Raumer zurück.

Die Stelle des Raumes, an der er gestanden hatte, war leer.

Rhodan ließ den Blick nicht vom Bildschirm, als er sagte: „Kurs auf den Lichtring, Sikermann. Wir werden nun den Durchbruch mit Gewalt versuchen. Ich habe inzwischen eingesehen, daß jede Sekunde Verzögerung gefährlich ist."

24.

Aus dem Raum kommend, jagte die SAMBO mit relativer Lichtgeschwindigkeit auf den schwach schimmernden Lichtring zu, der deutlich sichtbar über der Ebene stand.

Der Energievorhang der kleinen, schwarzen Schiffe war nicht verblaßt. Aber es waren nur noch fünf oder sechs Einheiten, die ihr Dauerfeuer auf das Loch zum anderen Universum richteten.

Der Leuchtring schnellte scheinbar heran, die Energiefinger der Druuf griffen nach dem Schiff – waren aber zu langsam.

Dann war die SAMBO durch.

Hinter ihr verfärbte sich der Himmel und wurde wieder klar und blau. Die Sandwüste von Tats-Tor flog wie rasend vorbei, während Sikermann die Verzögerung einschaltete.

Im Lautsprecher war eine Stimme.

Bullys Stimme. „Wir hatten euch nicht so schnell zurückerwartet."
Rhodan griff nach dem Mikrophon des Telekoms. „Hier Rhodan. Krümmungsfeldgenerator sofort ausschalten!"
Nach zehn Sekunden kam die Antwort: „Abgeschaltet."
Rhodan atmete auf und sank in den Sessel zurück. Atlan trat von hinten an ihn heran.
„Wollen wir Bully nicht fragen, wieviel Zeit hier vergangen ist?" meinte er. „Erst dann können wir beruhigt sein."
Aber noch ehe Rhodan antworten konnte, sagte Bullys Stimme aus dem Lautsprecher des Empfängers: „Warum habt ihr so schnell den Rückzug angetreten? Ihr wart ja keine zwei Minuten drüben."
Rhodan sah Atlan an und kam aus dem Sessel hoch.
„Nun?" murmelte er erschüttert. „Was sagst du nun?"
Der Unsterbliche zuckte mit den Schultern. „Was soll ich dazu sagen? Es ist genau das Gegenteil von dem, was wir erwarteten, eingetreten."
Sikermann hatte inzwischen den Flug soweit verlangsamt, daß er die SAMBO in einer weiten Schleife zurückbringen konnte. Dicht neben der gigantischen Kugel der DRUSUS setzte er auf.
Da sagte Crest: „Und unsere Eigenzeit haben wir auch wieder."
Ein Blick auf die Bildschirme bestätigte die Feststellung.
In normaler Geschwindigkeit sahen sie drüben aus einer Schleuse der DRUSUS einen Mann kommen.
Es war Bully.
Fünf Minuten später schüttelte er Rhodan und den anderen die Hände. „Es hat also doch nicht geklappt – oder?"
„Wir waren einige Stunden drüben, mein Lieber", klärte Rhodan ihn auf. „Fordere keine Erklärung für die Zeitverschiebung, wir haben keine."
„Aber ich", sagte Atlan zu ihrer Überraschung. „Sie ist einfach. Wir sprachen übrigens schon darüber. Der Fiktivtransmitter muß etwas damit zu tun haben. Er schleuderte das Robotschiff der Druuf in die Zeitmauer und versetzte uns gleichzeitig in die Vergangenheit – und zwar um viele Jahre. Nur so ist es möglich, daß die Differenz der beiden Ebenen sich – und zwar rein zufällig – ziemlich genau ausglich. Wir hatten Glück, sonst nichts."
In diesem Augenblick schrillte der Interkom.

Es war Iwan Ragow. „Die Raupen sind wieder bewegungslos geworden. Sie rühren sich nicht mehr. Auch dieser Kruukh. Wie ein Steinblock. Was soll ich tun?“

„Vorläufig nichts“, ordnete Rhodan an und unterbrach die Verbindung.

„Wir wissen noch zu wenig über die andere Zeitebene, aber wir haben einen Weg zu den Druuf gefunden. Unser erster Versuch ist gescheitert, und wir erhielten nicht den gewünschten Kontakt, aber das nächste Mal schon kann es anders sein“, sagte Atlan.

Bully fragte ungeduldig: „Wollen wir es gleich wieder versuchen? Bis jetzt haben wir ja erst ein paar Minuten verloren. Der Tag ist noch lang.“

Rhodan legte ihm die Hand auf die Schulter. „Mein lieber, alter Bully – ein paar Minuten, sagst du. Nur ein Zufall bewirkte, daß es Minuten sind. Es hätten genauso gut ein paar Jahrzehnte sein können. Jeder weitere Vorstoß nach drüben muß besser vorbereitet werden. Wir können nur hoffen, daß es bis dahin nicht zu weiteren katastrophalen Überlappungen kommt. Vergiß auch nicht, daß wir bald wieder den Planeten Wanderer aufsuchen müssen, um die nächste Zelldusche zu erhalten. Wir kehren zur Erde zurück.“

Dabei blieb es. Nichts mehr an Bord der DRUSUS, in die man die SAMBO eingeschleust hatte, erinnerte noch an das Abenteuer auf dem Kristallplaneten.

Nichts mehr außer einigen reglosen Raupen, die in der Stellung erstarrt waren, in der sie die Zeitmauer durchbrochen hatten – und einem bewegungslosen Kruukh.

ENDE

Perry-Rhodan-Buch 9 „Das rote Universum“ erscheint am 15. 6. 81

Technische Daten:

1. Steuerdüsen für die Bremstriebwerke
2. Korpuskulartriebwerke für Verzögerungs- und Steuermanöver (4 Stück)
3. Schutzhauben für Peil-, Ortungs- und Funkantennen
4. Hauptkraftwerksanlage mit 20 Kernfusionsreaktoren
5. Transmitterhalle mit darunterliegenden Aggregaten
6. Rechnerzentrale mit Hauptpositronik
7. Mannschleuse für Flucht und Reparaturarbeiten
8. Wohndecks mit Schlaf- und Aufenthaltsräumen der Mannschaft
9. Durch Startschleuse abgeschossene Kampfrakete
10. Anlagen für Atmosphären- und Wasserregeneration einschließlich entsprechender Notanlageaggregate
11. Antigravtriebwerk, gekoppelt mit Schwerkrafterzeugern und Andruckneutralisatoren
12. Halbraumfeldgenerator des Lineartriebwerks
13. Verteilerhalle zwischen Lasten- und Transportantigravschächten, gleichzeitig Hangar für Gleiter und Robots
14. Lagerraum für sperrige Güter mit extra großem Zugang zum Lastenantigravschacht
15. Lastenantigravschacht
16. Zweite Kraftwerksanlage mit 4 Kernfusionsreaktoren
17. Ausgefahrene Teleskoplandestütze (insgesamt 8 Stück)
18. Ausgefahrener Bodenantigravschacht
19. Auflageteller der Landestütze mit Fesselfeldprojektoren zur Verankerung des gelandeten Schiffes
20. Traktorstrahlprojektor zur zusätzlichen Stabilisierung des Schiffskörpers, gleichzeitig als Hebevorrichtung für große und sperrige Lasten verwendet (Diese werden durch eine in dieser Zeichnung nicht sichtbare Schleuse in das Schiff gehoben und von dort durch den Lastenantigravschacht in den entsprechenden Lagerraum gebracht.)
21. Korpuskulartriebwerke zur Beschleunigung (insgesamt 8 Stück)
22. Stützmassenbehälter für Triebwerk
23. Landestützen-Hydraulik
24. Laderäume
25. Impulsgeschütz (insgesamt 32 Stück)
26. Projektionsdornen für Halbraumfeld
27. Halbraumfeldprojektor des Lineartriebwerks
28. Schiffswand aus terkonitähnlichem Spezialstahl
29. Reparaturwerkstätten
30. Hangar für Beiboote und Kampfraketen
31. Beiboote (Länge 18 m, Durchmesser 6 m)
32. Schutzschirmgeneratoren
33. Arbeitsdecks mit Messen, Krankenstation, Labors etc.
34. Leitstand, darunter Funk- und Waffenzentrale
35. Energiewandler des Hauptkraftwerks
36. Transportantigravschacht
37. Hyperfunk-Sendeanlage
38. Stützmassenbehälter für Bremstriebwerke